UMA FORTUNA PERIGOSA

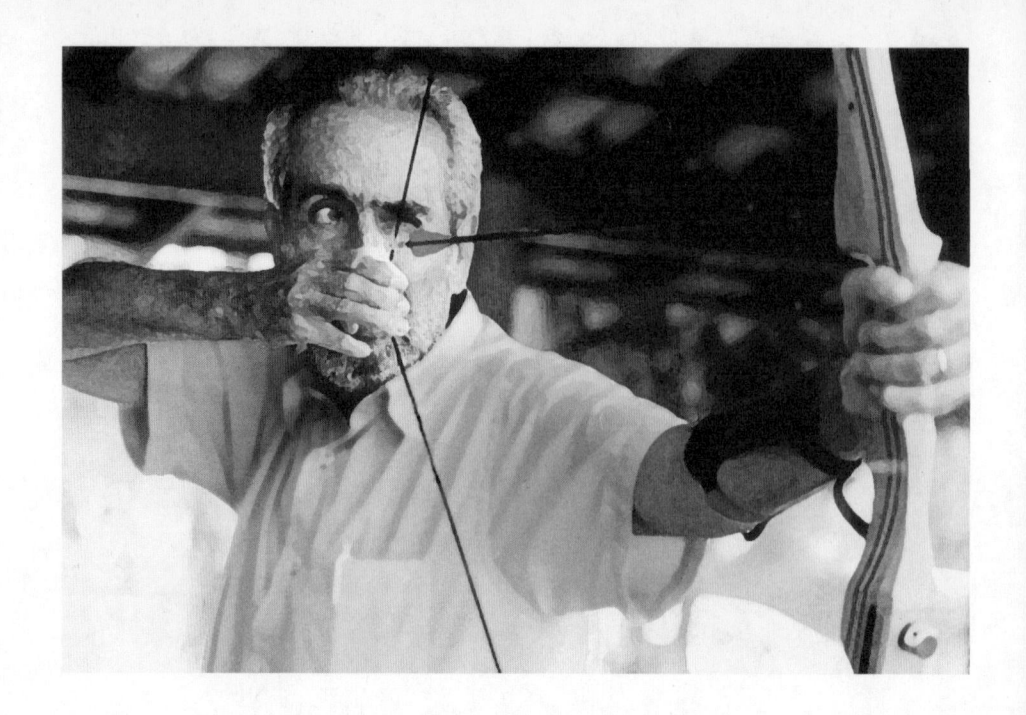

O Arqueiro

GERALDO JORDÃO PEREIRA (1938-2008) começou sua carreira aos 17 anos, quando foi trabalhar com seu pai, o célebre editor José Olympio, publicando obras marcantes como *O menino do dedo verde*, de Maurice Druon, e *Minha vida*, de Charles Chaplin.

Em 1976, fundou a Editora Salamandra com o propósito de formar uma nova geração de leitores e acabou criando um dos catálogos infantis mais premiados do Brasil. Em 1992, fugindo de sua linha editorial, lançou *Muitas vidas, muitos mestres*, de Brian Weiss, livro que deu origem à Editora Sextante.

Fã de histórias de suspense, Geraldo descobriu *O Código Da Vinci* antes mesmo de ele ser lançado nos Estados Unidos. A aposta em ficção, que não era o foco da Sextante, foi certeira: o título se transformou em um dos maiores fenômenos editoriais de todos os tempos.

Mas não foi só aos livros que se dedicou. Com seu desejo de ajudar o próximo, Geraldo desenvolveu diversos projetos sociais que se tornaram sua grande paixão.

Com a missão de publicar histórias empolgantes, tornar os livros cada vez mais acessíveis e despertar o amor pela leitura, a Editora Arqueiro é uma homenagem a esta figura extraordinária, capaz de enxergar mais além, mirar nas coisas verdadeiramente importantes e não perder o idealismo e a esperança diante dos desafios e contratempos da vida.

KEN FOLLETT

UMA FORTUNA PERIGOSA

ARQUEIRO

Título original: *A Dangerous Fortune*

Copyright © 1993 por Ken Follett
Copyright da tradução © 2019 por Editora Arqueiro Ltda.

Todos os direitos reservados. Nenhuma parte deste livro pode ser utilizada ou reproduzida sob quaisquer meios existentes sem autorização por escrito dos editores.

tradução: A. B. Pinheiro de Lemos

preparo de originais: Lucas Bandeira

revisão: Flávia Midori e Tereza da Rocha

diagramação: Ana Paula Daudt Brandão

capa: www.blacksheep-uk.com

adaptação de capa: Gustavo Cardozo

imagens de capa: The Royal Photographic Society Collection/Victoria and Albert Museum, Londres/Getty Images (Londres), English Heritage/Heritage Images/Getty Images (cédula)

impressão e acabamento: Lis Gráfica e Editora Ltda.

CIP-BRASIL. CATALOGAÇÃO NA PUBLICAÇÃO
SINDICATO NACIONAL DOS EDITORES DE LIVROS, RJ

F724f

Follett, Ken
    Uma fortuna perigosa/ Ken Follett; tradução de A. B. Pinheiro de Lemos. São Paulo: Arqueiro, 2019.
    480 p.; 16 x 23 cm.

    Tradução de: A dangerous fortune
    ISBN 978-85-306-0013-6

    1. Ficção inglesa. I. Lemos, A. B. Pinheiro de. II. Título.

19-57747
    CDD: 823
    CDU: 82-3(410.1)

Todos os direitos reservados, no Brasil, por
Editora Arqueiro Ltda.
Rua Funchal, 538 – conjuntos 52 e 54 – Vila Olímpia
04551-060 – São Paulo – SP
Tel.: (11) 3868-4492 – Fax: (11) 3862-5818
E-mail: atendimento@editoraarqueiro.com.br
www.editoraarqueiro.com.br

ÁRVORE GENEALÓGICA DOS PILASTERS

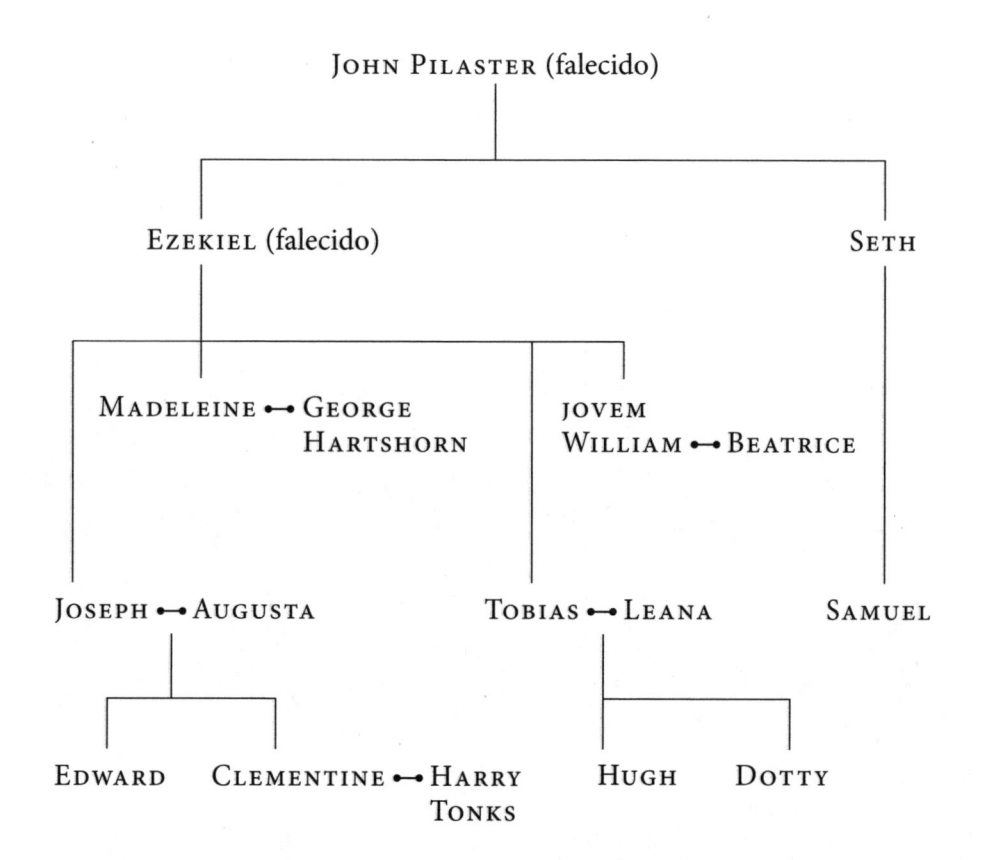

- **John Pilaster** (falecido)
  - **Ezekiel** (falecido)
    - Madeleine ↔ George Hartshorn
      - Joseph ↔ Augusta
        - Edward
        - Clementine ↔ Harry Tonks
    - Jovem William ↔ Beatrice
      - Tobias ↔ Leana
        - Hugh
        - Dotty
  - **Seth**
    - Samuel

PRÓLOGO
1866

1

NO DIA DA tragédia, os meninos da Escola Windfield estavam confinados em seus quartos.

Era um sábado quente de maio. Normalmente, passariam a tarde no campo do lado sul, alguns jogando críquete e outros assistindo ao jogo da beira ensombreada do Bishop's Wood. Mas um crime fora cometido. Seis soberanos de ouro haviam sido roubados da escrivaninha do Dr. Offerton, o professor de latim, e a escola inteira estava sob suspeita. Todos os meninos ficariam detidos em seus quartos até que o ladrão fosse descoberto.

Micky Miranda estava sentado a uma mesa com as iniciais de gerações de estudantes entediados gravadas. Tinha nas mãos uma publicação do governo, *Equipamento de infantaria*. As gravuras de espadas, mosquetes e rifles costumavam fasciná-lo, mas agora sentia calor demais para se concentrar. No outro lado da mesa, seu colega de quarto, Edward Pilaster, levantou os olhos de um livro de exercícios de latim. Estava copiando a tradução de Micky de uma página de Plutarco e apontou com um dedo sujo de tinta.

– Não consigo ler esta palavra – disse Edward.

Micky deu uma olhada.

– Decapitado – disse ele. – É a mesma palavra em latim, *decapitare*.

Micky achava latim fácil, talvez porque muitas palavras eram parecidas com o espanhol, sua língua materna.

A pena de Edward continuou a riscar o papel. Micky levantou-se, inquieto, e foi até a janela aberta. Não havia brisa. Seus olhos percorreram, ansiosos, o pátio do estábulo até o bosque. Havia uma piscina natural ensombreada numa pedreira abandonada na extremidade norte do Bishop's Wood. A água era fria e profunda...

– Vamos nadar – propôs ele, subitamente.

– Não podemos – respondeu Edward.

– Poderíamos sair pela sinagoga.

A "sinagoga" era o quarto ao lado, partilhado por três garotos judeus. A Escola Windfield ensinava teologia, mas praticava a tolerância religiosa, motivo pelo qual atraía pais judeus, a família metodista de Edward e o pai católico de Micky. Mas, apesar do posicionamento oficial da escola, os garotos judeus sofriam certa perseguição.

– Passamos pela janela deles, descemos para o telhado da lavanderia, chegamos ao pátio pelo lado sem janelas da estrebaria e corremos para o bosque – acrescentou Micky.

Edward parecia assustado.

– Vai levar a Listradora se for apanhado.

A Listradora era a vara de freixo usada pelo diretor, o Dr. Poleson. A punição por violar o castigo eram doze golpes dolorosos. Micky já fora açoitado uma vez por jogar a dinheiro, e ainda estremecia quando lembrava. Mas a possibilidade de ser apanhado era remota, e a perspectiva de se despir e entrar nu na piscina natural era tão imediata que ele quase podia sentir a água fria em sua pele suada.

Olhou para o seu companheiro de quarto. Não gostavam muito de Edward na escola: era preguiçoso demais para ser um bom aluno, desajeitado demais para se sair bem nos esportes e egoísta demais para ser popular. Micky era o único amigo de Edward, que odiava quando ele passava algum tempo na companhia de outros garotos.

– Vou perguntar se Pilkington quer ir – disse Micky, encaminhando-se para a porta.

– Não, não faça isso – interveio Edward, nervoso.

– Por que não? – indagou Micky. – Você é um medroso.

– Não sou medroso – protestou Edward, sem soar convincente. – Preciso acabar meu dever de latim.

– Então acabe enquanto vou nadar com Pilkington.

Edward se manteve obstinado por mais um momento, depois acabou cedendo, embora com relutância.

– Está bem, vou com você.

Micky abriu a porta. Ouvia-se um burburinho por todo o prédio, mas não se via nenhum professor no corredor. Ele correu para o quarto ao lado. Edward seguiu-o.

– Olá, hebreus – disse Micky.

Dois dos meninos jogavam cartas à mesa. Fitaram-no por um momento, depois continuaram o jogo, sem comentar nada. O terceiro, o Gordo Greenbourne, comia bolo. A mãe lhe mandava comida o tempo todo.

– Olá, vocês dois – cumprimentou ele, afável. – Querem bolo?

– Por Deus, Greenbourne, você come como um porco – disse Micky.

O Gordo deu de ombros e tornou a se concentrar no bolo. Era alvo de muita zombaria, porque, além de gordo, era judeu, mas nada parecia afe-

9

tá-lo. Diziam que seu pai era o homem mais rico do mundo, e talvez isso o tornasse imune aos insultos, pensou Micky.

Micky foi até a janela, abriu-a e olhou ao redor. O pátio do estábulo estava deserto.

– O que vocês vão fazer? – perguntou o Gordo.

– Vamos nadar – respondeu Micky.

– Serão açoitados.

– Sei disso – murmurou Edward, lamuriento.

Micky sentou no peitoril da janela, ficou de bruços, esticou-se de costas e caiu pelos poucos centímetros que o separavam do telhado inclinado da lavanderia. Teve a impressão de ouvir uma telha partir, mas o telhado aguentou seu peso. Ergueu a cabeça e viu Edward a fitá-lo na maior ansiedade.

– Desça logo! – disse Micky.

Ele escorregou pelo telhado e aproveitou um cano de escoamento conveniente para chegar ao chão. Um minuto depois, Edward estava a seu lado.

Micky espiou pelo canto da parede da lavanderia. Não havia ninguém à vista. Sem hesitar, disparou pelo pátio do estábulo e entrou no bosque. Continuou a correr entre as árvores até julgar que ninguém mais podia avistá-lo dos prédios da escola, e só então parou para descansar. Edward parou ao seu lado.

– Conseguimos! – exclamou Micky. – Não fomos vistos!

– Provavelmente seremos apanhados na volta – respondeu Edward, sombrio.

Micky sorriu. Edward tinha uma típica aparência inglesa: cabelos louros lisos e olhos azuis, um nariz grande como uma faca de lâmina larga. Era alto, de ombros largos, forte, mas sem muita coordenação. Não tinha a menor noção de elegância e usava suas roupas de qualquer maneira. Ele e Micky tinham a mesma idade, 16 anos, mas sob outros aspectos eram muito diferentes. Micky tinha cabelos pretos cacheados e olhos escuros, era meticuloso com a aparência e detestava andar desarrumado ou sujo.

– Confie em mim, Pilaster – disse Micky. – Não cuido sempre de você?

Edward sorriu, mais calmo.

– Está bem. Vamos embora.

Seguiram por uma trilha quase indiscernível através do bosque. Estava um pouco mais fresco sob as folhas das faias e dos olmos, e Micky começou a se sentir melhor.

– O que vai fazer neste verão? – perguntou a Edward.

– Costumamos ir para a Escócia em agosto.

– Sua família tem um pavilhão de tiro lá?

Micky absorvera o jargão da classe alta inglesa e sabia que "pavilhão de tiro" era o termo correto, mesmo que o pavilhão em questão fosse um castelo de cinquenta cômodos.

– Eles alugam um lugar – explicou Edward. – Mas não caçamos nada. Meu pai não é um esportista, sabe?

Micky percebeu um tom defensivo na voz de Edward e tentou analisar seu significado. Sabia que a aristocracia inglesa gostava de atirar em aves em agosto e caçar raposas durante todo o inverno. Também sabia que os aristocratas não enviavam seus filhos para aquela escola. Os pais dos meninos de Windfield eram homens de negócios e engenheiros, não condes e bispos, e homens assim não tinham tempo para desperdiçar com caçadas e tiro ao alvo. Os Pilasters eram banqueiros e, quando Edward dizia "Meu pai não é um esportista", estava reconhecendo que sua família não ocupava uma posição muito alta na hierarquia social.

Micky achava divertido que os ingleses tivessem mais respeito pelos ociosos do que pelos trabalhadores. No país de Micky, não respeitavam nem os nobres sem objetivos nem os homens de negócios que trabalhavam com afinco. O povo de Micky respeitava o poder acima de tudo. Se um homem tinha o poder de controlar outros – para alimentá-los ou deixá-los à míngua, aprisioná-los ou libertá-los, matá-los ou permitir que vivessem –, de que mais precisava?

– E você? – indagou Edward. – Onde vai passar o verão?

Micky queria mesmo que ele fizesse essa pergunta.

– Aqui – respondeu. – Na escola.

– Vai passar as férias inteiras na escola outra vez?

– Tenho que passar. Não tenho como ir para casa. A viagem leva seis semanas. Preciso começar a voltar antes mesmo de chegar lá.

– Meu Deus, isso não é fácil!

Na verdade, Micky não estava com a menor vontade de ir. Desde que a mãe morrera, detestava sua casa. Agora havia apenas homens lá: o pai, o irmão mais velho, Paulo, alguns tios e primos e quatrocentos vaqueiros. *Papa* era um herói para os homens e um estranho para Micky: frio, inacessível, impaciente. Mas o maior problema era o irmão de Micky. Paulo era estúpido, mas forte. Odiava Micky por ser mais inteligente e gostava de humilhar o irmão caçula. Nunca perdia a oportunidade de provar a todos que Micky não era capaz de laçar novilhos, domar cavalos ou matar uma cobra com um tiro na cabeça. Sua brincadeira predileta era assustar o cavalo de Micky para que disparasse. Micky fechava os olhos e segurava as rédeas com toda a força, apavorado, enquanto o animal corria pelos pampas, frenético, até se exaurir. Não, Micky não queria voltar para casa nas férias. Mas também não queria ficar na escola. O que ele realmente desejava era ser convidado para passar o verão com a família Pilaster.

Edward, porém, não fez a sugestão de imediato, e Micky abandonou o assunto. Tinha certeza de que tornaria a surgir.

Pularam uma cerca de estacas podres e subiram por uma colina baixa. Quando chegaram ao topo, avistaram a piscina natural. As faces cortadas da pedreira eram íngremes, mas os meninos ágeis conseguiam encontrar um meio de descer. Lá embaixo havia um poço fundo de água verde e turva que continha sapos, rãs e uma ou outra cobra-d'água.

Para a surpresa de Micky, três garotos já estavam ali.

Ele estreitou os olhos por causa da claridade do sol refletida na superfície e observou os meninos nus. Todos os três eram do quarto ano da Windfield.

A cabeleira ruiva pertencia a Antonio Silva, que, apesar dos cabelos, era um compatriota de Micky. O pai de Tonio não possuía tantas terras quanto o de Micky, mas os Silvas moravam na capital e tinham amigos influentes. Como Micky, Tonio não podia ir para casa nas férias, mas era bastante afortunado por ter amigos na embaixada de Córdoba em Londres, assim não precisava ficar na escola durante todo o verão.

O segundo menino era Hugh Pilaster, primo de Edward. Não existia qualquer semelhança entre eles: Hugh tinha cabelos pretos, feições delicadas e impecáveis, e quase sempre exibia um sorriso malicioso. Edward ressentia-se por Hugh ser um bom aluno e fazer com que ele parecesse o burro da família.

O outro era Peter Middleton, um garoto um pouco tímido, sempre colado no confiante Hugh. Todos os três tinham os corpos brancos e sem pelos, braços e pernas finos, próprios dos seus 13 anos.

Só depois é que Micky notou o quarto garoto. Ele nadava sozinho, no outro lado da piscina natural. Era mais velho que os três e não parecia pertencer ao grupo. Micky não conseguia ver seu rosto direito para identificá-lo.

Edward tinha um sorriso insinuante. Percebera a oportunidade de fazer uma brincadeira. Levou um dedo aos lábios pedindo silêncio e começou a descer pela face da pedreira. Micky seguiu-o.

Chegaram à saliência em que os garotos menores deixaram suas roupas. Tonio e Hugh haviam mergulhado, investigando alguma coisa, enquanto Peter nadava sozinho de um lado para outro. Peter foi o primeiro a avistar os recém-chegados.

– Essa não! – exclamou ele.

– Olhe só! Vocês não estão violando o castigo, estão? – gritou Edward.

Hugh Pilaster notou o primo.

– E vocês também! – respondeu.

– É melhor voltarem antes que sejam apanhados! – Edward pegou uma calça no chão. – Mas tomem cuidado para não molhar as roupas, senão todos saberão onde estiveram!

Então jogou a calça no meio do poço e caiu na gargalhada.

– Seu babaca! – berrou Peter, nadando para pegar a calça que boiava.

Micky sorria, divertindo-se.

Edward pegou uma botina e a arremessou.

Os meninos menores começaram a entrar em pânico. Edward pegou outra calça e a jogou na água. Era hilário ver as três vítimas berrando, mergulhando para buscar suas roupas, e Micky caiu na gargalhada.

Enquanto Edward continuava a lançar botinas e roupas no poço, Hugh Pilaster saiu da água. Micky imaginava que ele fugiria, mas inesperadamente Hugh foi para cima de Edward. Antes que este pudesse se virar, Hugh deu-lhe um violento empurrão. Embora fosse muito maior, Edward foi pego de surpresa. Cambaleou na saliência por um instante e caiu no poço com um barulho assustador.

Tudo aconteceu em um piscar de olhos. Hugh recolheu as roupas ainda ali e subiu pela encosta da pedreira como um macaco. Peter e Tonio desataram numa risada zombeteira.

Micky perseguiu Hugh por um momento, mas logo compreendeu que não tinha a menor chance de alcançar um menino menor e mais ágil. Virando-se, olhou para ver se Edward estava bem. Nem precisava ter se preocupado. Edward aflorara à superfície. Agarrara Peter Middleton e começara a empurrar a cabeça do garoto para dentro d'água várias vezes, punindo-o por ter rido dele.

Tonio nadou para longe e alcançou a beirada da piscina natural, segurando um punhado de roupas encharcadas. Virou-se para ver o que acontecia lá atrás.

– Deixe-o em paz, seu gorila! – gritou ele para Edward.

Tonio sempre fora insolente, e Micky se perguntou o que ele faria agora. Tonio se afastou um pouco mais pela beirada do poço e tornou a se virar, com uma pedra na mão. Micky berrou uma advertência para Edward, mas era tarde demais. Tonio arremessou a pedra com surpreendente precisão, acertando Edward na cabeça. Uma mancha de sangue apareceu em sua testa.

Edward soltou um grito de dor, largou Peter e começou a atravessar o poço atrás de Tonio.

2

HUGH CORREU NU pelo bosque, na direção da escola, segurando o que restava de suas roupas, tentando ignorar a dor dos pés descalços no terreno acidentado. Chegando ao ponto em que a trilha cruzava com outra, virou à esquerda, correu mais um pouco e depois mergulhou nas moitas, escondendo-se.

Esperou, tentando acalmar a respiração ofegante, e ficou escutando atentamente. Seu primo Edward e o amigo dele, Micky Miranda, eram os piores de toda a escola: preguiçosos, maus esportistas, valentões. A única coisa a fazer era se manter longe deles. Mas tinha certeza de que Edward viria em seu encalço. O primo sempre o odiara.

Seus pais também haviam brigado. O pai de Hugh, Toby, tirara seu capital do negócio da família e iniciara seu próprio empreendimento, comercializando tintas para a indústria têxtil. Mesmo aos 13 anos, Hugh sabia que o pior crime na família Pilaster era tirar seu capital do banco. O pai de Edward, Joseph, nunca perdoara o irmão.

Hugh se perguntou o que teria acontecido com seus amigos. Eram quatro no poço, antes de Micky e Edward aparecerem: Tonio, Peter e Hugh se divertiam de um lado e um garoto mais velho, Albert Cammel, nadava sozinho do outro.

Tonio normalmente era corajoso, ao ponto da temeridade, mas tinha pavor de Micky Miranda. Vinham do mesmo lugar, um país sul-americano chamado Córdoba, e Tonio dissera que a família de Micky era poderosa e cruel. Hugh não compreendia o que isso significava, mas o efeito era impressionante: Tonio podia enfrentar os outros garotos da quinta série, mas com Micky era sempre educado, até mesmo subserviente.

Peter devia estar aterrorizado: tinha medo da própria sombra. Hugh esperava que ele tivesse escapado dos valentões.

Albert Cammel, apelidado de Corcunda, não estava com Hugh e seus amigos, e deixara as roupas num lugar diferente, então era provável que tivesse escapado.

Hugh também fugira, mas ainda não se livrara dos problemas. Perdera as roupas de baixo, as meias e as botinas. Teria de se esgueirar para a escola com a camisa e a calça encharcadas e torcer para não ser visto por um professor ou um dos veteranos. Soltou um grunhido alto ante aquela ideia. Por que essas coisas sempre acontecem comigo?, perguntou a si mesmo, angustiado.

Metera-se em encrencas desde que chegara a Windfield, um ano e meio antes. Não tinha problemas acadêmicos: estudava bastante e era sempre o primeiro da turma em cada exame. Mas as pequenas regras o irritavam além da conta. Devia se deitar todas as noites quando faltavam quinze minutos para as dez horas, mas sempre encontrava algum motivo para permanecer de pé até dez e quinze. Achava os lugares proibidos irresistíveis e fora atraído a explorar o jardim da reitoria, o pomar da diretoria, o depósito de carvão e a adega de cerveja. Corria quando deveria andar, lia quando deveria dormir e conversava durante as orações. E sempre acabava daquele jeito, culpado e assustado, especulando por que se deixara levar a tanto sofrimento.

O bosque continuou silencioso por vários minutos enquanto ele refletia sombriamente sobre seu destino, imaginando se terminaria como um pária da sociedade ou até mesmo um criminoso, metido na cadeia, banido para a Austrália ou enforcado.

Acabou chegando à conclusão de que Edward não viria em seu encalço. Levantou-se, vestiu a calça e a camisa molhadas. Foi nesse instante que ouviu alguém chorando.

Cauteloso, deu uma espiada e avistou os cabelos ruivos de Tonio. O amigo caminhava devagar pela trilha, nu, todo molhado, carregando as roupas e soluçando.

– O que aconteceu? – perguntou Hugh. – Onde está Peter?

Tonio explodiu subitamente:

– Não vou contar nunca! Eles me matariam!

– Tudo bem, não precisa contar.

Como sempre, Tonio sentia pavor de Micky: o que quer que tivesse acontecido, ele jamais revelaria.

– É melhor você se vestir – acrescentou Hugh, pragmático.

Tonio olhou, apático, para a trouxa de roupas encharcadas em seus braços. Parecia chocado demais para separá-las. Hugh pegou-as. Ali estavam as botinas e a calça, apenas uma meia, mas faltava a camisa. Hugh ajudou o amigo a vestir o que ele trouxera e depois se encaminharam para a escola.

Tonio parou de chorar, embora ainda permanecesse abalado. Hugh torceu para que os valentões não tivessem feito alguma coisa horrível com Peter. Mas agora não podia deixar de pensar que precisava salvar a própria pele.

– Se conseguirmos entrar no dormitório sem que ninguém nos veja, podemos vestir roupas limpas e as botinas de reserva – disse ele, planejando os próximos passos. – Então, assim que o castigo for suspenso, iremos até a cidade e compraremos roupas novas a crédito na Baxted's.

Tonio assentiu.

– Está certo – murmurou, apático.

Enquanto seguiam entre as árvores, Hugh especulou de novo por que Tonio estava tão transtornado. Afinal, a brutalidade dos garotos mais velhos não era novidade em Windfield. O que teria acontecido no poço depois que Hugh fugira? Mas Tonio não falou mais nada a respeito durante todo o caminho de volta.

A escola era um conjunto de seis prédios que outrora fora o núcleo de uma grande fazenda. O dormitório deles era na antiga leiteria, perto da capela. Para chegar lá, tinham de pular um muro e atravessar a quadra de *fives*. Subiram no muro e espiaram. O pátio estava deserto, como Hugh esperava, mas mesmo assim ele hesitou. A ideia da Listradora acertando seu traseiro o deixava arrepiado. Só que não havia alternativa. Tinha de voltar à escola e vestir roupas secas.

– Está limpo – sussurrou ele. – Vamos!

Pularam o muro juntos e correram através do pátio para a sombra fresca da capela de pedra. Até ali, tudo bem. Esgueiraram-se em torno do lado leste, quase colados na parede. Depois correram pelo caminho principal para entrar no dormitório. Hugh parou por um instante. Não havia ninguém à vista.

– Agora! – avisou ele.

Os dois meninos saíram correndo. Foi no instante em que alcançavam a porta que o desastre se abateu.

– Pilaster Menor – gritou uma voz familiar e cheia de autoridade. – É você?

Hugh compreendeu então que estava perdido.

Sentiu o coração dar um pulo. Virou-se. O Dr. Offerton escolhera aquele exato momento para sair da capela e agora se encontrava parado na sombra do pórtico, um vulto alto de túnica do colégio e barrete na cabeça. Hugh reprimiu um gemido. O Dr. Offerton, cujo dinheiro fora roubado, era o menos propenso entre todos os professores a demonstrar misericórdia. Hugh iria mesmo encarar a Listradora. Os músculos de seu traseiro se contraíram involuntariamente.

– Venha até aqui, Pilaster – ordenou o Dr. Offerton.

Hugh se aproximou, arrastando os pés, com Tonio logo atrás. Por que assumo esses riscos?, pensou Hugh, angustiado.

– Para o gabinete do diretor, agora mesmo – acrescentou o Dr. Offerton.

– Pois não, senhor – balbuciou Hugh, desesperado.

A situação só piorava. Quando o diretor visse como ele estava vestido, provavelmente o expulsaria da escola. E como explicaria isso à sua mãe?

– Vá logo! – insistiu o professor, impaciente.

Os dois meninos se adiantaram, então o Dr. Offerton acrescentou:

– Você não, Silva.

Hugh e Tonio trocaram um olhar rápido e aturdido. Por que Hugh deveria ser punido e Tonio não? Como não podiam questionar as ordens, Tonio escapuliu para o dormitório enquanto Hugh era conduzido à casa do diretor.

Já podia sentir a Listradora. Sabia que choraria, e isso seria ainda pior do que a dor, pois, aos 13 anos, sentia-se velho demais para chorar.

A casa do diretor ficava do outro lado da escola, e Hugh foi andando bem devagar. Chegou lá cedo demais, e a criada abriu a porta um segundo depois que ele tocou a sineta.

Encontrou o Dr. Poleson no vestíbulo. O diretor era calvo, com uma cara de buldogue, mas por algum motivo não parecia tão furioso quanto deveria estar. Em vez de perguntar por que Hugh saíra de seu quarto e por que estava todo molhado, ele apenas abriu a porta de seu gabinete e disse em voz baixa:

– Entre, jovem Pilaster.

Não restava a menor dúvida de que poupava sua raiva para a aplicação do castigo. Hugh entrou, com o coração disparado.

Ficou atônito ao deparar com a mãe sentada ali.

Pior ainda, ela estava chorando.

– Eu só fui nadar um pouco! – balbuciou Hugh.

A porta foi fechada às suas costas, e ele percebeu que o diretor não o acompanhara.

Depois, começou a compreender que aquilo nada tinha a ver com a violação do castigo para ir nadar, com as roupas perdidas e o fato de se encontrar seminu.

Teve o terrível pressentimento de que era muito pior do que isso.

– Mãe, o que aconteceu? Por que veio até aqui?

– Ah, Hugh – soluçou ela –, seu pai morreu!

3

SÁBADO ERA O melhor dia da semana para Maisie Robinson. No sábado, o pai recebia o pagamento. Naquela noite haveria carne e pão fresco para o jantar.

Ela estava sentada no degrau da frente, com o irmão Danny, esperando que o pai voltasse do trabalho. Danny tinha 13 anos, dois a mais que Maisie, e ela o achava maravilhoso, embora nem sempre o irmão a tratasse com gentileza.

A casa situava-se numa rua de habitações úmidas e sem ventilação, no bairro do porto de uma pequena cidade na costa nordeste da Inglaterra. Pertencia à Sra. MacNeil, uma viúva. Ela residia no quarto da frente do primeiro andar. Os Robinsons viviam no cômodo dos fundos, e outra família ocupava o segundo andar. Quando fosse o momento de o pai chegar em casa, a Sra. MacNeil estaria na porta, esperando para receber o aluguel.

Maisie estava com fome. No dia anterior suplicara alguns ossos quebrados ao açougueiro, o pai comprara um nabo e fizeram um ensopado. Essa fora a última refeição de Maisie. Mas hoje era sábado!

Ela tentou não pensar no jantar, pois isso só aumentava a dor em seu estômago. A fim de afastar a comida dos seus pensamentos, falou com Danny:

– Papa xingou esta manhã.

– O que ele disse?

– Falou que a Sra. MacNeil é um *paskudniak*.

Danny riu. A palavra significava "saco de merda". As duas crianças falavam inglês fluentemente depois de um ano no novo país, mas ainda se lembravam do iídiche.

O nome da família na verdade não era Robinson, mas Rabinowicz. A Sra. MacNeil passara a odiá-los desde que descobrira que eram judeus. Jamais conhecera um judeu antes e ao alugar o quarto pensara que fossem franceses. Não havia outros judeus naquela cidade. Os Robinsons também não pretendiam ir para lá: haviam comprado passagens para um lugar chamado Manchester, onde havia muitos judeus, mas o capitão do navio os enganara dizendo que Manchester era ali. Ao descobrirem que se encontravam no lugar errado, Papa dissera que iriam economizar para irem até Manchester, mas depois Mama caíra doente. Como ainda estava, eles continuavam ali.

Papa trabalhava no porto, num armazém enorme com a inscrição "Tobias Pilaster & Co." em letras grandes acima do portão. Maisie se perguntara muitas vezes quem seria Co. Papa trabalhava como escriturário, mantendo registros dos barris de corante que entravam e saíam do prédio. Era um homem meticuloso, que tomava anotações e fazia listas. Mama era o oposto. Sempre fora a ousada. Fora Mama quem quisera vir para a Inglaterra. Mama adorava festas, viajar, conhecer pessoas, arrumar-se toda, participar de jogos. Era por isso que Papa a amava tanto, pensou Maisie: porque ela era algo que ele nunca poderia ser.

Mama não andava mais tão animada. Passava o dia inteiro deitada no colchão velho, sempre sonolenta, o rosto pálido brilhando de suor, a respiração quente e malcheirosa. O médico dissera que ela precisava adquirir forças ingerindo ovos frescos, leite e carne todos os dias. Papa o pagara com o dinheiro do jantar daquela noite. Agora, Maisie sentia-se culpada cada vez que comia, sabendo que assim tirava o alimento que poderia salvar a vida de sua mãe.

Maisie e Danny haviam aprendido a roubar. Nos dias de feira, iam para o centro da cidade e furtavam batatas e maçãs das barracas armadas na praça. Os vendedores tinham olhos atentos, mas de vez em quando se distraíam com alguma coisa – uma discussão pelo troco, uma briga de cachorros, um bêbado – e as crianças agarravam o que podiam. Quando a sorte as ajudava, encontravam um garoto rico, da idade delas; tratavam então de cercá-lo e roubá-lo. Esses meninos sempre tinham uma laranja ou um saco de balas no bolso, até mesmo algumas moedas. Maisie tinha medo de ser apanhada, porque sabia que Mama ficaria muito envergonhada, mas ao mesmo tempo sentia fome.

Ela ergueu os olhos e avistou alguns homens se aproximando pela rua, num grupo, e se perguntou quem seriam. Ainda era muito cedo para os trabalhadores nas docas voltarem para casa. Falavam com vozes alteradas, gesticulavam com os braços, sacudiam os punhos cerrados. Quando chegaram perto, Maisie reconheceu o Sr. Ross, que morava no segundo andar e trabalhava com Papa na Pilaster. Por que ele não estava no armazém? Teria sido despedido? Parecia bastante furioso. Tinha o rosto vermelho e suava muito, falava sobre pessoas estúpidas, sanguessugas miseráveis e desgraçados mentirosos. Quando o grupo passou pela casa, o Sr. Ross deixou-os abruptamente e entrou. Maisie e Danny tiveram de se desviar, apressados, de suas botinas.

Quando Maisie tornou a erguer os olhos, avistou Papa. Magro, de barba preta e cabelos castanho-claros, ele seguia os outros a alguma distância, de cabeça baixa. Parecia tão desolado e desesperado que Maisie sentiu vontade de chorar.

– Papa, o que aconteceu? – perguntou ela. – Por que voltou mais cedo?

– Vamos entrar – murmurou ele, a voz tão baixa que Maisie mal conseguiu ouvir.

As duas crianças acompanharam-no até os fundos da casa. Ele se ajoelhou ao lado do colchão e beijou os lábios da mulher. Ela despertou e sorriu. Papa não retribuiu o sorriso.

– A firma quebrou – anunciou ele, em iídiche. – Toby Pilaster foi à falência.

Maisie não sabia direito o que isso significava, mas o tom de voz de Papa fazia parecer que um desastre acontecera. Ela olhou para Danny, que deu de ombros.

– Por quê? – perguntou Mama.

– Uma crise financeira – explicou Papa. – Um grande banco de Londres quebrou ontem.

Mama franziu o cenho, num esforço para se concentrar.

– Mas não estamos em Londres – disse ela. – O que Londres tem a ver conosco?

– Não sei dos detalhes.

– Então não tem mais trabalho?

– Nem trabalho nem pagamento.

– Mas hoje eles pagaram você.

Papa baixou a cabeça.

– Não, não pagaram.

Maisie tornou a olhar para Danny. Isso eles compreendiam. A falta de dinheiro significava que não haveria comida para nenhum deles. Danny parecia apavorado. Maisie sentiu vontade de chorar.

– Eles têm que pagar – sussurrou Mama. – Você trabalhou a semana inteira. Eles têm que pagar.

– Eles não têm dinheiro. É isso que "falência" significa, que você deve dinheiro às pessoas e não pode pagar.

– Mas o Sr. Pilaster é um homem bom, você sempre disse.

– Toby Pilaster está morto. Enforcou-se ontem à noite em seu escritório em Londres. Tinha um filho da idade de Danny.

– Como vamos alimentar nossos filhos?

– Não sei.

Para o horror de Maisie, Papa começou a chorar.

– Desculpe, Sarah – acrescentou ele, enquanto as lágrimas escorriam para sua barba. – Eu trouxe você para este lugar horrível, onde não há judeus nem ninguém para nos ajudar. Não posso pagar o médico, não posso comprar remédios, não posso alimentar nossos filhos. Eu falhei. Sinto muito, sinto muito...

Ele inclinou-se para a frente, comprimiu o rosto molhado contra o peito de Mama. Ela afagou seus cabelos com a mão trêmula.

Maisie estava consternada. Papa nunca chorava. Parecia significar o fim de qualquer esperança. Talvez todos morressem agora.

Danny levantou-se, olhou para Maisie e inclinou a cabeça na direção da porta. Ela também se levantou e saíram juntos do quarto, na ponta dos pés. Maisie foi se sentar no degrau da frente e começou a chorar.

– O que vamos fazer? – murmurou ela.

– Temos de fugir – respondeu Danny.

As palavras de Danny provocaram uma sensação de frio no peito da irmã.

– Não podemos – respondeu ela.

– Precisamos. Não há comida. Se ficarmos, vamos morrer.

Maisie não se importava em morrer, mas um pensamento diferente lhe ocorreu: Mama com certeza passaria fome para alimentar os filhos. Se ficassem, ela morreria. Precisavam ir embora para salvá-la.

– Tem razão – disse ela. – Se partirmos, talvez Papa consiga arrumar comida suficiente para Mama. Temos que ir embora, pelo bem dela.

Ao pronunciar essas palavras, Maisie ficou chocada com o que estava acontecendo com sua família. Era ainda pior do que o dia em que deixaram

Viskis, com as casas da aldeia ainda ardendo lá atrás, e embarcaram num trem frio, com todos os seus pertences em dois sacos de pano de vela. Pois naquela ocasião sabia que Papa sempre cuidaria dela, não importava o que ocorresse, e agora tinha de cuidar de si mesma.

– Para onde iremos? – indagou ela, num sussurro.

– Eu vou para a América.

– América? Como?

– Há um navio no porto que vai partir para Boston com a maré da manhã... Vou subir por uma corda esta noite e me esconder num dos botes no convés.

– Vai como clandestino – murmurou Maisie, com medo e admiração na voz.

– Isso mesmo.

Observando o irmão, ela percebeu pela primeira vez que a sombra de um bigode começava a aparecer sobre o lábio superior. Ele estava se tornando um homem, e um dia teria uma barba preta cheia como a de Papa.

– Quanto tempo leva a viagem até a América, Danny?

Ele hesitou e fez uma cara de tolo.

– Não sei – balbuciou.

Maisie compreendeu que não fazia parte dos planos do irmão e sentiu-se triste e assustada.

– Não vamos juntos, então – comentou ela.

Danny parecia se sentir culpado, mas não a contestou.

– Eu direi o que você deve fazer, Maisie. Vá para Newcastle. Pode andar até lá em cerca de quatro dias. É uma cidade enorme, maior do que Gdansk. Ninguém vai notá-la. Corte os cabelos, roube uma calça e finja ser um menino. Procure um estábulo grande e ajude com os cavalos. Você sempre foi boa com eles. Se gostarem de você, vão lhe dar gorjetas, e depois de algum tempo podem até lhe arrumar um emprego de verdade.

Maisie não podia imaginar a ideia de ficar completamente sozinha.

– Prefiro ir com você, Danny.

– Não pode. Já vai ser bastante difícil sozinho, tendo que me esconder no navio, roubar comida e assim por diante. Não teria condições de cuidar de você, ainda por cima.

– Não precisaria cuidar de mim. Eu ficaria quieta como um camundongo.

– Eu me preocuparia com você.

– E não se preocupa em me deixar aqui sozinha?

– Temos que cuidar de nós mesmos! – exclamou Danny, irritado.

Maisie compreendeu que o irmão já tomara sua decisão. Nunca fora capaz de dissuadi-lo de coisa alguma depois que ele se decidia.

– Quando devemos partir? – sussurrou ela, com temor no coração. – Pela manhã?

Ele balançou a cabeça.

– Agora. Tenho que entrar no navio assim que escurecer.

– Fala mesmo a sério?

– Claro.

Como para provar, ele se levantou. Maisie também ficou de pé.

– Devemos levar alguma coisa?

– O quê?

Ela deu de ombros. Não tinha mudas de roupa nem objetos pessoais. Não havia comida nem dinheiro para levar.

– Quero dar um beijo de despedida na mamãe.

– Não faça isso – disse Danny, em tom ríspido. – Se fizer, vai ficar.

Era verdade. Se ela visse Mama agora, perderia a coragem e contaria tudo. Maisie engoliu em seco.

– Tem razão – balbuciou ela, reprimindo as lágrimas. – Estou pronta.

Eles se afastaram, andando lado a lado.

Ao chegarem ao final da rua, Maisie teve vontade de se virar, lançar um último olhar para a casa, mas sentiu medo de perder a coragem e continuou a andar, sem olhar para trás.

4

Do *The Times*:

O CARÁTER DO COLEGIAL INGLÊS – O juiz de Ashton, Sr. H. S. Wasbrough, realizou ontem uma audiência no Hotel Station, Windfield, para tratar da morte de Peter James St. John Middleton, de 13 anos, um estudante. O menino nadava no poço de uma pedreira abandonada, perto da Escola Windfield, quando dois meninos mais velhos o viram aparentemente em dificuldades, como foi testemunhado na audiência. Um deles, Miguel Miranda, natural de Córdoba, declarou que seu companheiro, Edward Pilaster, de 15 anos, tirou as roupas e mergulhou, a fim de tentar salvar o menino mais jovem, mas foi em vão. O diretor da escola, o Dr. Herbert Poleson, disse que a pedreira era proibida aos alunos, mas sabia que a regra nem sempre era obedecida. O júri apresentou o veredito de morte acidental por afogamento. O juiz destacou a bravura de Edward Pilaster ao tentar salvar a vida do amigo e disse que o caráter do colegial inglês, quando formado por instituições como a Windfield, era uma coisa de que podíamos nos orgulhar.

5

MICKY MIRANDA FICOU fascinado pela mãe de Edward.
Augusta Pilaster era alta e escultural, beirando os 30 anos. Tinha cabelos e sobrancelhas pretos, um rosto altivo, de malares salientes, o nariz reto e afilado, um queixo forte. Não chegava a ser linda, nem mesmo bonita, mas de alguma forma aquele rosto altivo exercia um profundo fascínio. Usou um casaco preto e um chapéu também preto na audiência, e isso a fez parecer ainda mais dramática. Apesar disso, o mais encantador para Micky era a impressão incontestável de que as roupas formais cobriam um corpo voluptuoso e a atitude arrogante e autoritária escondia uma natureza ardente. Ele mal conseguia desviar os olhos da mulher.

Ao lado dela, sentou o marido, Joseph, pai de Edward, um homem feio, de rosto amargo, na casa dos 40 anos. Tinha o mesmo nariz largo de Edward e a mesma tonalidade clara, mas os cabelos louros já haviam recuado bastante no alto da cabeça, e ele usava enormes costeletas que se projetavam das faces, como para compensar a calvície. Micky não pôde deixar de se perguntar o que levara uma mulher tão espetacular a se casar com um homem assim. Ele era muito rico. Talvez fosse isso.

Voltavam para a escola numa carruagem alugada do Hotel Station: o Sr. e a Sra. Pilaster, Edward, Micky e o diretor, o Dr. Poleson. Micky achou graça ao perceber que o diretor também se encantara com Augusta Pilaster. O velho Pole perguntou se a audiência a cansara, indagou se ela se sentia confortável na carruagem, ordenou ao cocheiro que fosse mais devagar e se apressou em saltar primeiro ao final do percurso para ter a emoção de segurar a mão da mulher quando ela desembarcasse. O rosto de buldogue nunca parecera tão animado.

A audiência transcorrera sem problemas. Micky exibira sua expressão mais franca e honesta ao contar a história inventada por ele e Edward, mas no fundo ficara apavorado. Os britânicos podiam ser muito rigorosos com a verdade, e ele estaria perdido se descobrissem o que de fato acontecera. Mas o tribunal se mostrara tão maravilhado com o relato de heroísmo que ninguém o questionara. Edward estava nervoso e gaguejara, mas o juiz o desculpara, sugerindo que ele estava transtornado por não ter sido capaz de salvar a vida de Peter e insistindo que não deveria se culpar por isso.

Nenhum dos outros meninos fora chamado para a audiência. Hugh deixara a escola no dia do afogamento por causa da morte do pai. Tonio não fora convocado a prestar depoimento porque ninguém sabia que ele testemunhara a morte. Além disso, Micky o intimidara para que se mantivesse em silêncio. A outra testemunha, o menino desconhecido que nadava do outro lado do poço, não se apresentara.

Os pais de Peter Middleton estavam abalados demais para comparecer. Enviaram seu advogado, um velho sonolento, cujo único objetivo era abafar todo o incidente, com o mínimo de estardalhaço. O irmão mais velho de Peter, David, comparecera à audiência e ficara indignado quando o advogado se recusara a fazer perguntas a Micky ou Edward. Para alívio de Micky, o velho rejeitara os protestos sussurrados de David. Micky sentira-se grato pela indolência do advogado. Edward poderia desmoronar sob um interrogatório que o colocasse contra a parede.

Na sala de estar empoeirada do diretor, a Sra. Pilaster abraçou Edward e beijou o ferimento em sua testa, onde a pedra arremessada por Tonio o atingira.

– Meu pobre menino – murmurou ela.

Micky e Edward não haviam contado a ninguém que Tonio o acertara com uma pedra, pois teriam de explicar o motivo da pedrada. Em vez disso, disseram que Edward batera a cabeça ao mergulhar para salvar Peter.

Enquanto tomavam chá, Micky viu uma nova faceta de Edward. A mãe, sentada ao seu lado no sofá, tocava-o a todo instante, chamando-o de Teddy. Em vez de se mostrar embaraçado, como aconteceria com a maioria dos meninos, ele parecia gostar, e reagia aos afagos da mãe com um sorriso cativante, que Micky nunca vira antes. Ela é louca pelo filho, pensou Micky, e ele adora.

Depois de alguns minutos de conversa afável, a Sra. Pilaster levantou-se abruptamente, surpreendendo os homens, que também ficaram de pé.

– Tenho certeza de que deseja fumar, Dr. Poleson. – Sem esperar pela resposta, ela acrescentou: – O Sr. Pilaster o acompanhará numa volta pelo jardim e poderá também fumar um charuto. Teddy, querido, vá com seu pai. Eu gostaria de passar alguns minutos sozinha na capela. Talvez Micky possa me mostrar o caminho.

– Claro, claro, claro – balbuciou o diretor, gaguejando em sua ansiedade para se submeter àquela série de ordens. – Leve a Sra. Pilaster, Miranda.

Micky ficou impressionado. Sem o menor esforço, ela impusera sua vontade a todos! Ele lhe abriu a porta e saiu atrás dela. No corredor, perguntou com a maior polidez:

– Gostaria que eu providenciasse uma sombrinha, Sra. Pilaster? O sol está bem forte.

– Não, obrigada.

Passaram pela porta da frente. Havia muitos meninos nas proximidades da casa do diretor. Micky compreendeu que já se espalhara a notícia sobre a deslumbrante mãe de Edward, e todos queriam contemplá-la. Feliz por acompanhá-la, ele a conduziu até a capela da escola.

– Devo esperá-la aqui fora, Sra. Pilaster?

– Entre. Quero conversar com você.

Ele começou a ficar nervoso. O prazer de acompanhar uma mulher madura e atraente pela escola se desvaneceu, e Micky se perguntou por que ela fazia questão de conversar com ele a sós.

A capela estava vazia. Ela se sentou num banco no fundo e convidou-o a sentar ao seu lado.

– Agora me conte a verdade – ordenou ela, fitando-o nos olhos.

~

Augusta percebeu o lampejo de surpresa e medo no rosto do garoto e compreendeu que acertara em cheio. Mas Micky recuperou-se num instante.

– Já contei a verdade.

Ela balançou a cabeça.

– Não, não contou.

Ele sorriu.

O sorriso pegou-a de surpresa. Acuara-o de forma inesperada. Sabia que o pusera na defensiva e mesmo assim o garoto lhe sorria. Poucos homens podiam resistir à força de sua vontade, mas ele parecia ser uma exceção, apesar de sua juventude.

– Quantos anos você tem, Micky?

– Dezesseis.

Augusta estudou-o. Ele era escandalosamente bonito, com cabelos crespos castanho-escuros, a pele lisa, embora já houvesse uma insinuação de decadência nos olhos empapuçados e nos lábios cheios. Lembrava um pouco o conde de Strang, com seu autocontrole e sua beleza... Ela tratou de afastar esse pensamento com uma pontada de culpa.

– Peter Middleton não estava em dificuldades quando vocês chegaram ao poço – comentou ela. – Nadava tranquilo e feliz.

– Por que diz isso? – indagou Micky, friamente.

Augusta podia sentir que ele estava apavorado, mas ainda assim mantinha a pose. Era de fato um garoto bastante maduro. Involuntariamente, ela se viu revelando mais do que pretendia:

– Esqueceu que Hugh Pilaster também estava lá? Ele é meu sobrinho. O pai se matou na semana passada, como já deve saber, e foi por isso que ele deixou a escola. Mas Hugh falou com a mãe, que é minha cunhada.

– O que ele contou?

Augusta franziu o cenho.

– Contou que Edward jogou as roupas de Peter no poço – informou, relutante.

Ela não conseguia entender por que Teddy fizera uma coisa assim.

– E depois?

Augusta sorriu. O menino assumia o comando da conversa. Ela é que deveria interrogá-lo, mas acontecia o contrário.

– Quero apenas que me conte o que ocorreu.

Micky assentiu.

– Está bem.

Quando ele concordou, Augusta ficou aliviada, mas também preocupada. Queria saber a verdade, embora ao mesmo tempo a temesse. Pobre Teddy... Ele quase morrera quando bebê porque havia algo errado com o leite de Augusta. Definhara a olhos vistos até os médicos descobrirem a natureza do problema e recomendarem uma ama de leite. Desde então, Teddy sempre fora vulnerável e precisara de sua atenção especial. Se dependesse dela, o filho não teria ido para um colégio interno, mas o pai fora intransigente nesse ponto... Augusta tornou a concentrar sua atenção em Micky.

– Edward não queria machucar ninguém – começou ele. – Estava apenas se divertindo. Jogou as roupas dos outros garotos na água por brincadeira.

Ela assentiu. Isso lhe parecia normal, meninos provocando uns aos outros. O pobre Teddy também devia ter sofrido essas perseguições.

– Foi então que Hugh empurrou Edward para o poço.

– O pequeno Hugh sempre foi um arruaceiro... Igual a seu desventurado pai – comentou Augusta.

E como o pai, pensou ela, era bem provável que tivesse um fim trágico.

– Os outros meninos riram, então Edward empurrou a cabeça de Peter para dentro d'água a fim de lhe dar uma lição. Hugh fugiu. Foi nesse momento que Tonio jogou uma pedra em Edward.

Augusta ficou horrorizada.

– Ele podia ter desmaiado e se afogado!

– Só que isso não aconteceu, e Edward saiu atrás de Tonio. Fiquei observando os dois. Ninguém olhava para Peter Middleton. Tonio conseguiu escapar. Foi só então que notamos que Peter estava quieto demais. Não sabemos realmente o que houve. Talvez estivesse muito cansado ou sem fôlego para sair do poço por causa dos caldos que Edward lhe dera. Seja como for, ele boiava com o rosto imerso. Nós o tiramos da água no mesmo instante, mas ele já estava morto.

Não era culpa de Edward, refletiu Augusta. Os meninos eram sempre rudes uns com os outros. De qualquer forma, ela se sentia grata por aquela história não ter aflorado no inquérito. Micky dera cobertura a Edward, graças a Deus.

– E os outros garotos? – indagou ela. – Eles devem saber o que aconteceu.

– Foi muita sorte Hugh ter deixado a escola naquele dia.

– E o outro... Você o chamou de Tony?

– Antonio Silva. Nós o tratamos por Tonio. Não se preocupe com ele. É do meu país. Vai fazer o que eu mandar.

– Como pode ter certeza?

– Ele sabe que, se me causar algum problema, sua família vai sofrer as consequências lá em Córdoba.

Havia algo assustador na voz do menino, e Augusta estremeceu.

– Quer que eu vá buscar um xale? – perguntou Micky, atencioso.

Augusta recusou.

– Ninguém mais viu o que aconteceu?

Micky franziu o cenho.

– Havia outro garoto nadando no poço quando chegamos.

– Quem?

Ele balançou a cabeça.

– Não consegui ver o rosto, e não imaginei que isso seria importante.

– Ele testemunhou tudo?

– Não sei. Não posso afirmar em que momento ele foi embora.

– Mas já havia desaparecido quando vocês tiraram o corpo da água?

– Já, sim.

– Eu gostaria de saber quem é ele – disse Augusta, angustiada.

– Talvez ele nem seja do colégio – comentou Micky. – Podia ser alguém da cidade. Por algum motivo, ele não se apresentou como testemunha, então acho que não representa um perigo para nós.

Um perigo para nós. Ocorreu a Augusta que se envolvera com aquele menino em algo desonesto, possivelmente ilegal. Não gostava da situação. Entrara nela sem pensar direito e agora se sentia acuada. Fitou-o nos olhos.

– O que você quer?

Ela pegou-o desprevenido.

– Como assim? – murmurou Micky, parecendo aturdido.

– Deu cobertura a meu filho. Cometeu perjúrio hoje.

Augusta percebeu que ele ficara desequilibrado com sua franqueza. Isso lhe agradou, pois significava que recuperara o controle.

– Não creio que tenha assumido tamanho risco pela bondade de seu coração. Acho que quer alguma coisa em troca. Por que não me diz logo o que é?

Ela viu o olhar de Micky baixar para seu busto e por um momento frenético pensou que ele faria uma sugestão indecente.

– Quero passar o verão com vocês.

Augusta não esperava por isso.

– Por quê?

– Teria que viajar seis semanas para chegar à minha casa. Por isso passo as férias no colégio. E detesto... É solitário e chato. Gostaria de ser convidado para passar o verão com Edward.

Subitamente, ele era de novo um colegial. Augusta pensara que ele pediria dinheiro ou talvez um emprego no Banco Pilasters. Mas aquele pedido parecia insignificante, quase infantil. Contudo, era evidente que não se tratava de algo insignificante para o garoto. Afinal, pensou ela, ele tinha apenas 16 anos.

– Muito bem, passará o verão conosco e será bem-vindo – garantiu Augusta.

A perspectiva não lhe desagradava. Era um jovem extraordinário sob certos aspectos, mas tinha modos perfeitos e era bonito. Não seria difícil tê-lo como hóspede. E ele podia ser uma boa influência para Edward. Se Teddy tinha algum defeito, era a falta de determinação. Micky parecia ser o oposto. Talvez um pouco de sua força se transmitisse para Teddy. Micky sorriu, exibindo dentes brancos, e murmurou:

– Obrigado.

Ele parecia sinceramente satisfeito. Augusta queria ficar sozinha por algum tempo e meditar sobre o que acabara de acontecer.

– Agora pode se retirar. Eu encontro sozinha o caminho para a casa do diretor.

Micky levantou-se.

– Não pode imaginar como me sinto grato – disse ele, estendendo a mão.

Ela a apertou.

– Também sou grata a você por proteger Teddy.

Ele inclinou-se como se fosse beijar sua mão, mas depois, para o espanto de Augusta, beijou-a nos lábios. Foi tão rápido que ela não teve tempo de desviar o rosto. Procurou por palavras de protesto enquanto Micky se erguia, mas não conseguiu pensar no que dizer. No instante seguinte, ele já havia deixado a capela.

Era um ultraje! O garoto não deveria tê-la beijado, muito menos nos lábios. Quem ele pensava que era? O primeiro pensamento de Augusta foi o de revogar o convite para o verão. Mas sabia que nunca faria isso.

Por que não?, perguntou a si mesma. Por que não podia cancelar o convite a um mero colegial? Ele agira com extrema presunção, e por isso não deveria ser seu hóspede.

Mas a ideia de voltar atrás em sua promessa deixou-a contrafeita. Não era apenas porque Micky salvara Teddy da desgraça, refletiu Augusta. Era pior do que isso. Ela entrara numa conspiração criminosa com o garoto. Isso a deixava desagradavelmente vulnerável a ele.

Augusta continuou sentada na capela fresca por um longo tempo, olhando para as paredes vazias e se perguntando, com um profundo sentimento de apreensão, como aquele jovem tão bonito e esperto usaria o seu poder.

PARTE UM

1873

CAPÍTULO UM
Maio

1

Quando MICKY MIRANDA tinha 23 anos, seu pai foi a Londres para comprar rifles.

O Señor Carlos Raul Xavier Miranda, sempre chamado de Papa, era um homem baixo, de ombros fortes. Linhas de agressividade e brutalidade foram esculpidas em seu rosto bronzeado. De calça de couro e com chapéu de aba larga, montado num garanhão alazão, podia ser uma figura graciosa e imponente, mas no Hyde Park, de fraque e cartola, ele se sentia um tolo, o que o deixava perigosamente mal-humorado.

Não eram nada parecidos. Micky era alto e esguio, com feições suaves, e impunha sua vontade pelo sorriso e não fazendo cara feia. Sentia profunda afeição pelos requintes da vida em Londres: belas roupas, maneiras polidas, lençóis de linho e água encanada nas casas. Seu grande receio era de que Papa quisesse levá-lo de volta para Córdoba. Não poderia suportar voltar aos dias no lombo do cavalo e às noites dormindo no chão duro. Ainda pior era a perspectiva de ficar de novo sob o domínio do irmão mais velho, Paulo, que era uma réplica de Papa. Talvez Micky voltasse para casa um dia, mas como um homem importante por si mesmo, não como o filho mais novo de Papa Miranda. Enquanto isso, precisava persuadir o pai de que era mais útil em Londres do que seria em Córdoba.

Caminhavam pela South Carriage Drive numa tarde ensolarada de sábado. O parque estava apinhado de londrinos bem-vestidos, a pé, a cavalo ou em carruagens abertas, aproveitando o tempo ameno. Mas Papa não estava se divertindo.

– Preciso desses rifles! – murmurou ele para si mesmo, em espanhol, duas vezes.

– Pode comprá-los em Córdoba – respondeu Micky na mesma língua, sondando a situação.

– Dois mil rifles? Talvez. Mas seria uma compra tão grande que todos ficariam sabendo.

Portanto, ele queria manter em segredo. Micky não tinha a menor ideia das intenções de Papa. Os dois mil rifles e a munição consumiriam todas as reservas de dinheiro da família. Por que Papa precisava de repente de tamanho arsenal? Não havia guerra em Córdoba desde a agora lendária Marcha dos Vaqueiros, quando Papa levara seus homens através dos Andes para libertar a província de Santa María dos invasores espanhóis. Para quem seriam as armas? Se somasse os vaqueiros, os parentes e os demais empregados e agregados de Papa, daria menos de mil homens. Papa devia estar planejando recrutar mais. Contra quem lutariam? Papa não dera nenhuma informação e Micky tinha medo de perguntar. Em vez disso, o rapaz comentou:

– De qualquer maneira, é provável que não consiga encontrar armas de boa qualidade em nosso país.

– Isso é verdade – disse Papa. – O Westley-Richards é o melhor rifle que já vi.

Micky pudera ajudar Papa na escolha dos rifles. Sempre fora fascinado por armas de todos os tipos e se mantinha a par dos últimos desenvolvimentos técnicos. Papa precisava de rifles de cano curto que não fossem incômodos demais para homens a cavalo. Micky o levara a uma fábrica em Birmingham e mostrara a carabina Westley-Richards com uma alavanca de carregar pela culatra apelidada de rabo de macaco por causa da alça curva.

– E eles podem providenciar a remessa bem depressa – acrescentou Micky.

– Eu imaginava que teria que esperar seis meses para que as armas fossem fabricadas. Mas eles podem fornecer tudo em poucos dias!

– É que eles usam as máquinas americanas.

No passado, quando as armas eram fabricadas por ferreiros que ajustavam as peças por tentativa e erro, levariam mesmo seis meses para produzir dois mil rifles, mas as máquinas modernas eram tão precisas que os componentes de qualquer arma se ajustavam a qualquer outra do mesmo padrão, e uma fábrica bem-equipada poderia fabricar centenas de rifles idênticos por dia, como se fossem alfinetes.

– E ainda têm uma máquina que produz duzentos mil cartuchos por dia! – exclamou Papa, assentindo, maravilhado.

Mas seu ânimo oscilou mais uma vez e ele acrescentou, sombrio:

– Só que como podem pedir o dinheiro antes da entrega dos rifles?

Papa não sabia nada de comércio internacional. Presumira que o fabricante entregaria os rifles em Córdoba e aceitaria o pagamento lá. Ao contrário, o pagamento deveria ser efetuado antes que as armas deixassem a fábrica em Birmingham.

Mas Papa relutava em enviar barris de moedas de prata através do oceano Atlântico. Pior ainda, não podia entregar toda a fortuna da família antes de receber as armas em segurança.

– Resolveremos esse problema, Papa – garantiu Micky com voz calma. – É para isso que servem os bancos mercantis.

– Explique tudo de novo. Quero ter certeza de que compreendi direito.

Micky ficou feliz por ser capaz de explicar alguma coisa a Papa.

– O banco pagará ao fabricante em Birmingham. Providenciará o embarque das armas para Córdoba e fará o seguro da viagem. Quando a carga chegar, o banco aceitará seu pagamento no escritório que mantém em Córdoba.

– Mas depois vai ter que mandar a prata para a Inglaterra.

– Não necessariamente. Podem usá-la para pagar uma carga de carne salgada enviada de Córdoba para Londres.

– E como eles ganham dinheiro?

– Tiram uma parte de tudo. Pagam ao fabricante dos rifles com um desconto, ficam com uma comissão do transporte e do seguro e cobram do senhor uma taxa extra pela mercadoria.

Papa assentiu. Tentava não deixar transparecer, mas era evidente que estava impressionado, e isso deixou Micky feliz.

Deixaram o parque e caminharam por Kensington Gore até a casa de Joseph e Augusta Pilaster.

Nos sete anos desde o afogamento de Peter Middleton, Micky passara todas as férias com os Pilasters. Concluído o colegial, excursionara pela Europa durante um ano com Edward, e foram colegas de quarto nos três anos em que cursaram a Universidade de Oxford, bebendo e jogando, aprontando o diabo e apenas fingindo, sem muito empenho, que eram estudantes.

Micky não tornara a beijar Augusta. Bem que teria gostado. Queria mais do que apenas beijá-la. E tinha a impressão de que ela talvez permitisse. Por trás daquele verniz de arrogância fria havia o coração quente de uma mulher impulsiva e sensual, ele tinha certeza. Mas se contivera por prudência. Alcançara algo de valor inestimável ao ser aceito quase como um filho numa das famílias mais ricas da Inglaterra e seria loucura arriscar essa posição invejável seduzindo a esposa de Joseph Pilaster. Apesar disso, ele não podia deixar de sonhar com a possibilidade.

Os pais de Edward haviam acabado de se mudar para uma nova casa. Kensington Gore, que não muito tempo antes era uma estrada rural que se ligava pelos campos Mayfair à aldeia de Kensington, havia sido tomada, ao longo do lado sul, por esplêndidas mansões. No lado norte da rua ficavam o Hyde Park e os jardins do Palácio de Kensington. Era o lugar perfeito para a residência de uma família rica.

Micky já não tinha muita certeza sobre o estilo arquitetônico.

Sem dúvida, era impressionante. A mansão fora construída com tijolos vermelhos e pedras brancas, e tinha grandes janelas com vitrais no térreo e no segundo andar. Acima do segundo andar havia um imenso frontão de forma triangular que abrangia três fileiras de janelas – seis, depois quatro, e duas no ápice. Eram quartos, presumivelmente para os inúmeros parentes, hóspedes e criados. As laterais do frontão eram íngremes e nos degraus se empoleiravam animais de pedra: leões, dragões e macacos. No topo havia um navio com a vela enfunada. Talvez representasse o navio negreiro que, segundo a lenda familiar, fora a fundação da riqueza dos Pilasters.

– Tenho certeza de que não há outra casa como esta em toda Londres – comentou Micky ao parar com o pai na rua, contemplando-a.

– Era exatamente isso que a dama queria – respondeu Papa em espanhol.

Micky assentiu. Papa ainda não conhecera Augusta, mas já podia imaginá-la.

A casa tinha também um enorme porão. Uma ponte atravessava a área do porão, levando ao pórtico de acesso. A porta estava aberta, e eles entraram.

Augusta oferecia um chá da tarde, uma pequena festa para exibir sua casa. O vestíbulo revestido com painéis de carvalho estava apinhado de convidados e criados. Micky e o pai entregaram seus chapéus a um lacaio e depois abriram caminho pela multidão até a enorme sala de estar, nos fundos da casa. As portas de vidro estavam abertas, e os convidados se espalhavam pelo terraço de lajes de pedra e pelo comprido jardim.

Micky escolhera de propósito apresentar o pai numa ocasião com tantos convidados, pois o comportamento de Papa nem sempre correspondia aos padrões londrinos e era melhor que os Pilasters o conhecessem aos poucos. Mesmo pelos padrões cordoveses, ele não dava muita atenção às sutilezas sociais, e acompanhá-lo por Londres era como guiar um leão na coleira. Ele insistia em levar a pistola por baixo do casaco em todos os momentos.

Papa não precisou que Micky lhe apontasse Augusta.

Ela se encontrava no centro da sala, num vestido de seda azul vivo, com um decote quadrado baixo que revelava o início dos seios. Quando Papa lhe apertou a mão, ela o fitou com seus olhos escuros hipnóticos e disse em voz baixa e aveludada:

– Señor Miranda, que prazer finalmente conhecê-lo!

Papa ficou fascinado no mesmo instante. Inclinou-se sobre a mão de Augusta.

– Nunca poderei retribuir toda a sua gentileza com Miguel – disse, num inglês precário.

Micky estudou-a enquanto ela lançava seu encantamento sobre Papa. Augusta mudara muito pouco desde o dia em que a beijara na capela da Escola Windfield. Uma ou duas linhas extras em torno dos olhos a tornavam ainda mais fascinante. Os fios prateados nos cabelos realçavam a escuridão do resto. E se ela se tornara um pouco mais corpulenta, isso só contribuíra para que seu corpo ficasse ainda mais voluptuoso.

– Micky sempre me fala de seu esplêndido rancho – disse ela a Papa.

Ele baixou a voz:

– Deve nos visitar um dia.

Deus nos livre, pensou Micky. Augusta em Córdoba ficaria tão deslocada quanto um flamingo numa mina de carvão.

– Talvez eu vá – respondeu ela. – Fica muito longe?

– Com os novos navios, mais velozes, é apenas um mês de viagem.

Micky notou que o pai ainda segurava a mão de Augusta. E sua voz se tornara insinuante. Ele já se apaixonara. Micky sentiu uma pontada de ciúme. Se alguém devia flertar com Augusta, era Micky, não Papa.

– Ouvi dizer que Córdoba é um lindo lugar – comentou ela.

Micky rezou para Papa não fazer nada embaraçoso. Na verdade, ele podia ser encantador quando lhe convinha, e agora representava o papel do romântico fidalgo sul-americano para agradar Augusta.

– Posso lhe prometer que a receberemos como a rainha que é – disse ele, ainda em voz baixa, deixando claro que representava para ela.

Mas Augusta era uma adversária à altura.

– Que perspectiva mais tentadora... – murmurou ela, com uma insinceridade desavergonhada que deixou Papa inebriado.

Retirando a mão com a maior suavidade, ela olhou por cima do ombro de Papa.

– Capitão Tillotson! – exclamou. – Que gentileza a sua ter vindo!

Augusta se afastou para cumprimentar o recém-chegado. Papa ficou desconsolado. Demorou um momento para recuperar o controle e depois disse, abruptamente:

– Leve-me ao chefe do banco.

– Claro – respondeu Micky, nervoso.

Ele olhou ao redor à procura do velho Seth. Todo o clã Pilaster estava presente, inclusive tias solteironas, sobrinhos e sobrinhas, sogros e primos de segundo grau. Reconheceu alguns membros do Parlamento e um punhado de representantes da baixa nobreza. A maioria dos outros convidados eram parceiros comerciais, calculou Micky. E havia rivais também, pensou ele ao avistar a figura empertigada de Ben Greenbourne, chefe do Banco Greenbournes, que diziam ser o homem mais rico do mundo. Ben era o pai de Solomon, o garoto que Micky conhecera como o Gordo Greenbourne. Haviam perdido contato depois que deixaram o colégio. O Gordo não entrara na universidade nem fizera uma excursão pela Europa; fora direto trabalhar com o pai.

A aristocracia, de um modo geral, achava vulgar falar sobre dinheiro, mas aquele grupo não tinha tais inibições, e Micky ouviu várias vezes a palavra "*crash*". A palavra saía às vezes nos jornais grafada "*Krach*" porque se originou na Áustria. Os preços das ações caíram e os juros bancários subiram, segundo Edward, que recentemente começara a trabalhar no banco da família. Algumas pessoas estavam alarmadas, mas os Pilasters sentiam-se confiantes em que Londres não seria arrastada com Viena.

Micky conduziu Papa pelas portas de vidro até o terraço, onde havia bancos de madeira à sombra de toldos listrados. Ali encontraram o velho Seth sentado com uma manta sobre os joelhos, apesar do calor da primavera. Ele estava debilitado por alguma doença desconhecida e parecia frágil como uma casca de ovo, mas tinha o nariz dos Pilasters, uma lâmina enorme e curva que ainda o fazia parecer formidável.

– Que pena que não esteja bem o bastante para ir à recepção real, Sr. Pilaster! – dizia uma convidada que se mostrava efusiva com o velho.

Micky poderia ter avisado à mulher que essa era a coisa errada para se dizer a um Pilaster.

– Ao contrário, fico contente pela desculpa – resmungou Seth. – Não vejo por que deveria me curvar diante de pessoas que nunca ganharam um centavo em suas vidas.

– Mas o príncipe de Gales... Que honra!

Seth não estava com ânimo para argumentar – na verdade, quase nunca estava – e retrucou:

– Minha jovem, o nome Pilaster é uma garantia de negócios honestos aceita em cantos do globo que nunca ouviram falar do príncipe de Gales.

– O senhor parece quase desaprovar a família real, Sr. Pilaster! – insistiu a mulher, numa tentativa forçada de parecer jovial.

Fazia setenta anos que Seth não era jovial.

– Desaprovo a ociosidade – rebateu ele. – A Bíblia diz: "Se alguém não trabalha, não deve comer." São Paulo escreveu isso na Segunda Epístola aos Tessalonicenses, capítulo três, versículo dez, e não acrescentou que a realeza era uma exceção à regra.

A mulher retirou-se confusa.

– Sr. Pilaster – disse Micky, reprimindo um sorriso –, permita que eu lhe apresente meu pai, Señor Carlos Miranda, que veio de Córdoba para uma visita.

Seth apertou a mão de Papa.

– Córdoba, é? Meu banco tem um escritório na sua capital, Palma.

– Vou muito pouco à capital – respondeu Papa. – Tenho um rancho na província de Santa María.

– Então está no negócio de carne.

– Isso mesmo.

– Pense na refrigeração.

Papa ficou confuso. Micky explicou:

– Inventaram uma máquina que mantém a carne gelada. Se conseguirem encontrar um jeito de instalar essa máquina nos navios, vamos poder mandar carne fresca para o mundo inteiro sem salgá-la.

Papa franziu o cenho.

– Isso pode ser ruim para nós. Tenho uma instalação enorme para salgar carne.

– Desative-a – disse Seth. – Mude para a refrigeração.

Papa não gostava que lhe dissessem o que fazer, e Micky ficou um pouco preocupado. De esguelha, ele avistou Edward.

– Papa, quero que conheça meu melhor amigo. – Ele conseguiu afastar o pai de Seth. – Permita que lhe apresente Edward Pilaster.

Papa examinou Edward com um olhar frio e objetivo. Edward não era bonito – saíra ao pai, não à mãe –, mas parecia um saudável camponês, musculoso e de pele clara. As noites em claro e as imensas quantidades de vinho não haviam cobrado seu tributo, pelo menos ainda não.

– Vocês dois são amigos há muitos anos – comentou, apertando a mão de Edward.

– Almas irmãs – concordou Edward.

Papa franziu o cenho, sem compreender.

– Podemos falar de negócios por um momento? – interveio Micky.

Desceram do terraço para o gramado novo. As bordas haviam sido plantadas recentemente, a terra revolvida, as mudas ainda pequenas.

– Papa tem feito algumas compras grandes aqui e precisa providenciar o transporte e o financiamento – explicou Micky. – Pode ser sua primeira oportunidade no banco da família.

Edward ficou interessado.

– Terei o maior prazer em cuidar de tudo – garantiu ele a Papa. – Gostaria de ir ao banco amanhã de manhã para que possamos acertar todos os detalhes?

– Estarei lá – respondeu Papa.

– Eu gostaria de saber uma coisa – disse Micky. – Se o navio afundar, quem perde: nós ou o banco?

– Nenhum dos dois – informou Edward, orgulhoso. – A carga será segurada pelo Lloyd's. Receberíamos o dinheiro do seguro e embarcaríamos uma nova carga. Vocês não pagam até receberem a mercadoria. Por falar nisso, qual é a carga?

– Rifles.

Edward ficou desolado.

– Nesse caso, não poderemos ajudá-los.

Micky não entendeu.

– Por quê?

– Por causa do velho Seth. Ele é metodista. Toda a família é, mas Seth é o mais devoto. Ele é contra financiar vendas de armas e, como é sócio sênior, essa é a política do banco.

– Mas que diabo! – praguejou Micky.

Ele lançou um olhar apreensivo para o pai. Por sorte, Papa não entendera a conversa. Micky sentiu um frio no estômago. Seu plano não podia fracassar por causa de algo tão estúpido quanto a religião de Seth.

– O velho hipócrita está praticamente morto. Por que deveria interferir?

– Ele está prestes a se aposentar – comentou Edward. – Mas acho que o tio Samuel vai assumir e ele é igual a Seth, sabe?

Muito pior. Samuel, o filho solteirão de Seth, tinha 53 anos e gozava de perfeita saúde.

– Teremos que procurar outro banco mercantil – disse Micky.

– Isso não deve ser um problema – garantiu Edward –, desde que vocês possam fornecer sólidas referências comerciais.

– Referências? Por quê?

– Bem, o banco sempre assume o risco de o comprador desfazer o negócio e deixá-lo com uma carga indesejável no outro lado do mundo. Por isso precisa de alguma garantia de que está tratando com um negociante respeitável.

O que Edward não compreendia era que o conceito de negociante respeitável ainda não existia na América do Sul. Papa era um *caudillo*, um latifundiário provinciano com 50 mil hectares de pampas e um bando de vaqueiros que também servia como seu exército particular. Exercia o poder de uma forma que os britânicos não conheciam desde a Idade Média. Era como pedir referências a Guilherme, o Conquistador.

Micky fingiu continuar imperturbável.

– Não tenho a menor dúvida de que podemos providenciar algo assim.

Na verdade, ele se sentia impotente. Mas se quisesse permanecer em Londres, tinha de fechar aquele negócio.

Voltaram para o terraço apinhado. Micky escondia sua angústia. Papa ainda não percebera que deparavam com uma grave dificuldade. Micky teria de explicar mais tarde, então haveria problemas. Papa não tolerava o fracasso e sua raiva era assustadora.

Augusta apareceu no terraço e falou com Edward:

– Procure Hastead para mim, Teddy, querido. – Hastead era o prestativo mordomo galês. – O licor acabou e o miserável escolheu logo este momento para desaparecer.

Edward afastou-se. Augusta ofereceu a Papa um sorriso caloroso e íntimo.

– Está gostando de nossa pequena reunião, Señor Miranda?

– Muito, obrigado – disse Papa.

– Quer chá ou uma taça de licor?

Papa teria preferido tequila, Micky sabia, mas não serviam bebidas fortes assim em chás de metodistas.

Augusta lançou um olhar para Micky. Sempre hábil em reconhecer o ânimo das pessoas, ela comentou:

– Percebo que não está gostando da festa. Qual é o problema?

Ele não hesitou em confessar:

– Esperava que Papa pudesse ajudar Edward a levar um negócio novo para o banco, mas envolve armas e munição. Só que Edward me explicou que tio Seth não financia armas.

– Seth não será sócio sênior por muito mais tempo – declarou Augusta.

– Ao que parece, Samuel tem a mesma posição do pai.

– É mesmo? – O tom de Augusta era insinuante. – E quem disse que Samuel será o sucessor?

2

HUGH PILASTER USAVA uma nova gravata estilo plastrão azul-celeste, um pouco estufada no colarinho, presa por um alfinete. Deveria vestir também um paletó novo, mas ganhava apenas 68 libras por ano, então precisava melhorar as roupas velhas com uma gravata nova. Aquela era a última moda, e a cor fora uma escolha ousada. Mas, quando contemplou seu reflexo no enorme espelho sobre a lareira na sala de estar de tia Augusta, constatou que a gravata azul e o terno preto combinavam muito bem com seus olhos azuis e cabelos pretos, e torceu para que a gravata lhe desse uma aparência jovial e atraente. Talvez Florence Stalworthy pensasse assim. Começara a se interessar por roupas desde que a conhecera.

Era um pouco embaraçoso morar com Augusta e ser tão pobre. Havia, porém, uma tradição no Banco Pilasters: os homens eram pagos pelo que valiam, não importando se pertenciam ou não à família. Outra tradição era que todos começavam de baixo. Hugh se destacara nos estudos e teria sido representante de turma se não se metesse em tantas encrencas, mas sua instrução contava pouco no banco. Ele fazia o trabalho de um aprendiz de escriturário e recebia de acordo. A tia e o tio nunca se ofereciam para ajudá-lo financeiramente, por isso tinham de aturar sua aparência um tanto desalinhada.

Hugh não ligava muito para o que pensavam de sua aparência, é claro. Era com Florence Stalworthy que se preocupava. Era uma jovem de pele clara e bonita, filha do conde de Stalworthy. O fato mais importante a respeito dela, porém, era que se mostrava interessada por Hugh Pilaster. A verdade era que Hugh se fascinaria por qualquer moça que conversasse com ele. Isso o perturbava, porque significava, sem dúvida, que seus sentimentos eram superficiais, mas não podia evitar. Se uma jovem o tocava por acaso, era suficiente para deixá-lo de boca seca. Atormentava-o a curiosidade de saber como eram as pernas das moças por baixo de todas aquelas camadas de saias e anáguas. Havia ocasiões em que o desejo doía como uma ferida. Ele tinha 20 anos, sentia-se assim desde os 15, e nesses cinco anos não beijara ninguém além da mãe.

Festas como aquele chá da tia Augusta eram uma tortura refinada. Por ser uma festa, todos se empenhavam em ser agradáveis, encontravam assuntos para conversar, demonstravam interesse pelos outros. As moças pareciam adoráveis, sorriam e às vezes flertavam discretamente. Havia tanta gente amontoada na casa que era inevitável que algumas moças roçassem em Hugh, esbarrassem nele ao se virarem, tocassem em seu braço ou até mesmo comprimissem os seios em suas costas ao se espremerem para passar. Ele teria uma semana de noites irrequietas.

Muitos dos presentes eram parentes, como não podia deixar de ser. Seu pai, Tobias, e o pai de Edward, Joseph, eram irmãos. Mas o pai de Hugh retirara seu capital do negócio da família, iniciara seu próprio empreendimento, falira e se matara. Foi por isso que Hugh deixara o dispendioso colégio interno em Windfield e se transferira para a Academia Folkestone para Filhos de Cavalheiros. Foi por isso que começara a trabalhar aos 19 anos em vez de realizar uma excursão europeia e gastar alguns anos na universidade. Era por isso que morava com a tia. E era por isso que não tinha roupas novas para usar na festa. Era um parente, mas era pobre, um constrangimento para uma família cujo orgulho, confiança e posição social se baseavam na riqueza.

Nunca ocorreria a algum deles resolver o problema dando-lhe dinheiro. A pobreza era a punição por fazer maus negócios e, se você começasse a atenuar o sofrimento gerado pelos fracassos, não haveria incentivo para se sair bem. "Seria como pôr colchões de plumas nas celas da prisão", diziam sempre que alguém sugeria ajudar os perdedores.

O pai de Hugh fora vítima de uma crise financeira, mas isso não fazia a menor diferença. Ele falira no dia 11 de maio de 1866, uma data conhecida pelos banqueiros como Sexta-Feira Negra. Naquele dia, uma corretora chamada Overend & Gurney Ltda. quebrara, com uma dívida de 5 milhões de libras, e muitas empresas foram arrastadas com ela, inclusive o Joint Stock Bank de Londres e a companhia construtora de sir Samuel Peto, além da Tobias Pilaster & Co. Mas, segundo a filosofia dos Pilasters, não havia desculpas no mundo dos negócios. Também havia no momento uma crise financeira e com certeza algumas firmas quebrariam antes que passasse, mas os Pilasters defendiam-se com extremo vigor, descartando os clientes menores, reduzindo o crédito e rejeitando de forma implacável todos os negócios que não fossem absolutamente seguros. Acreditavam que a autopreservação era o maior dever dos banqueiros.

Ora, também sou um Pilaster, pensou Hugh. Posso não ter o nariz Pilaster, mas entendo de autopreservação. A raiva às vezes fervilhava em seu coração quando refletia sobre o que acontecera com seu pai e o deixava ainda mais determinado a se tornar o mais rico e mais respeitado de toda a família. A escola ordinária lhe ensinara coisas úteis, como aritmética e ciências, enquanto seu primo próspero, Edward, se debatia com latim e grego. E o fato de não ter ido para a universidade lhe proporcionara um início prematuro nos negócios. Nunca se sentira tentado a seguir um rumo diferente, tornar-se pintor, parlamentar ou clérigo. As finanças estavam em seu sangue. Podia informar a atual taxa de juros mais depressa do que era capaz de responder se chovia. Decidira que nunca seria tão presunçoso e hipócrita quanto seus parentes mais velhos, mas ainda assim seria um banqueiro.

Contudo, não pensava muito sobre isso. Na maior parte do tempo, só pensava em mulheres.

Ele passou da sala de estar para o terraço e avistou Augusta se aproximando com uma jovem a reboque.

– Meu caro Hugh – disse ela –, aqui está sua amiga, a Srta. Bodwin.

Hugh soltou um gemido interior. Rachel Bodwin era uma jovem alta, intelectual, de opiniões radicais. Não era bonita – tinha cabelos castanhos opacos e olhos claros muito juntos –, mas era animada e interessante, cheia de ideias subversivas, e Hugh a apreciara muito quando chegara a Londres para trabalhar no banco. Mas Augusta decidira que ele deveria se casar com Rachel e isso arruinara o relacionamento. Antes disso, discutiam com veemência e liberdade sobre divórcio, religião, pobreza e voto feminino. Desde que Augusta iniciara sua campanha para uni-los, eles se limitavam a uma conversa superficial e desajeitada.

– Está adorável, Srta. Bodwin – disse ele, mecanicamente.

– É muito gentil – respondeu ela num tom entediado.

Augusta já se virava quando percebeu a gravata de Hugh.

– Oh, céus! – exclamou ela. – O que é isso? Você parece um estalajadeiro!

Hugh ficou vermelho. Se pudesse formular uma resposta brusca, teria arriscado, mas nada lhe ocorreu, e limitou-se a murmurar:

– É uma gravata nova, que chamam de plastrão.

– Deve dá-la ao engraxate amanhã mesmo – disse ela, afastando-se em seguida.

Tornou a aflorar no peito de Hugh o ressentimento contra o destino que o obrigara a morar com a tia autoritária.

– As mulheres não deveriam comentar as roupas de um homem – murmurou ele, mal-humorado. – Não é próprio para uma dama.

– Acho que as mulheres devem comentar qualquer coisa que lhes interesse – protestou Rachel. – Por isso digo que gosto de sua gravata e que combina com seus olhos.

Hugh sorriu para ela, sentindo-se melhor. Afinal, Rachel era muito simpática. Mas não era por sua simpatia que Augusta queria que Hugh se casasse com ela. Rachel era filha de um advogado especializado em contratos comerciais. A família dela não tinha dinheiro além dos rendimentos profissionais do pai e, na hierarquia social, ela se encontrava vários degraus abaixo dos Pilasters. Na verdade, eles nem estariam naquela festa se não fosse pelo fato de o Sr. Bodwin ter prestado serviços úteis ao banco. Rachel era uma jovem de nível social inferior e, caso se casasse com Hugh, confirmaria a posição dele em um ramo secundário da família, e era isso que Augusta queria.

Ele não era totalmente avesso à ideia de pedir Rachel em casamento. Augusta insinuara que lhe daria um generoso presente se ele se casasse com a moça que ela escolhesse. Porém não era isso que o tentava, mas sim a perspectiva de todas as noites ir para a cama com uma mulher, levantar sua camisola além dos tornozelos e dos joelhos, além das coxas...

– Não me olhe desse jeito – disse Rachel, irônica. – Só falei que gostei de sua gravata.

Hugh corou de novo. Ela não podia imaginar o que passara na mente dele, não é mesmo? Seus pensamentos sobre mulheres eram tão grosseiramente físicos que ele se envergonhava de si mesmo na maior parte do tempo.

– Desculpe – murmurou.

– Que família grande a Pilaster! – exclamou ela, jovial, olhando ao redor. – Como consegue lidar com todos eles?

Hugh também observou ao redor e avistou Florence Stalworthy. Ela estava extraordinariamente bonita: os cachos louros caíam sobre seus ombros delicados, ela usava um vestido rosa com rendas e fitas de seda e tinha plumas de avestruz no chapéu. Percebeu que Hugh a encarava e lhe abriu um sorriso.

– Dá para perceber que perdi sua atenção – comentou Rachel, com uma brusquidão característica.

– Sinto muito mesmo.

Rachel tocou no braço dele.

– Hugh, meu caro, escute por um momento. Gosto de você. É uma das poucas pessoas na sociedade de Londres que não são completamente insípidas. Mas não o amo e jamais me casarei com você, não importa quantas vezes sua tia tente nos unir.

Hugh ficou surpreso.

– Eu acho...

Mas ela ainda não acabara.

– E sei que você sente o mesmo em relação a mim. Portanto, não finja que está desolado, por favor.

Depois de um momento de espanto, Hugh sorriu. Aquela franqueza era o que mais apreciava em Rachel. Percebeu que ela tinha razão: gostar não era amar. Ele não sabia bem o que era o amor, mas Rachel parecia entender do assunto.

– Isso significa que podemos voltar a discutir sobre o sufrágio feminino? – indagou ele, alegre.

– Claro que sim, mas não hoje. Vou falar com o seu antigo colega de escola, o Señor Miranda.

Hugh franziu o cenho.

– Micky não é capaz de soletrar "sufrágio", muito menos dizer o que isso significa.

– Mesmo assim, metade das debutantes de Londres está apaixonada por ele.

– Não posso imaginar por quê.

– Ele é a Florence Stalworthy de calças – explicou Rachel, afastando-se em seguida.

Hugh tornou a franzir o cenho, pensando a respeito. Micky sabia que

Hugh era um parente pobre e o tratava de acordo. Por isso era difícil para Hugh fazer uma avaliação objetiva dele. Micky era simpático, sempre muito bem-vestido. Lembrava a Hugh um gato, insinuante e sensual, com o pelo brilhante. Não havia ninguém tão bem-cuidado. Alguns homens diziam que ele não era muito viril, mas as mulheres pareciam não se importar com isso.

Hugh seguiu Rachel com os olhos enquanto ela atravessava o terraço até o lugar em que Micky se encontrava, conversando com a irmã de Edward, Clementine, tia Madeleine e a jovem tia Beatrice. Ele se virou para Rachel, concedendo-lhe toda a sua atenção, apertou-lhe a mão e disse algo que a fez rir. Hugh percebeu que Micky estava sempre conversando com três ou quatro mulheres ao mesmo tempo.

Mesmo assim, Hugh não gostou da sugestão de que Florence era de alguma forma parecida com Micky. Ela também era atraente e popular, mas Micky não passava de um cafajeste, refletiu Hugh.

Ele se aproximou de Florence, agitado e nervoso.

– Como tem passado, lady Florence?

Ela sorriu, deslumbrante.

– Que casa extraordinária!

– Gosta?

– Não tenho certeza.

– É o que diz a maioria das pessoas.

Ela riu, como se Hugh tivesse feito um comentário espirituoso, e ele se sentiu extremamente satisfeito.

– É muito moderna, sabe? – continuou o rapaz. – Tem cinco banheiros! E uma enorme caldeira no porão que aquece a casa inteira, e canos para a água quente.

– Talvez o navio de pedra lá em cima seja um pouco exagerado.

Hugh baixou a voz:

– Também acho. Lembra uma cabeça de vaca na frente de um açougue.

Florence soltou outra risadinha. Hugh ficou em êxtase por conseguir fazê-la rir. Pensou que seria ótimo afastá-la da multidão.

– Precisa conhecer o jardim.

– É adorável!

Não era, pois acabara de ser plantado, mas isso não tinha a menor importância. Hugh conduziu-a pelo terraço, mas foram detidos por Augusta, que lançou um olhar de censura para o sobrinho.

– Lady Florence – disse ela –, foi muita gentileza sua ter vindo! Edward vai lhe mostrar o jardim.

Ela pegou o filho, sentado ali perto, e despachou os dois para o jardim antes que Hugh pudesse dizer alguma coisa. Ele rangeu os dentes com frustração e jurou a si mesmo que não a deixaria impune por isso.

– Hugh, meu caro, sei que você quer conversar com Rachel.

Augusta segurou-o pelo braço e levou-o de volta para dentro de casa. Não havia nada que ele pudesse fazer para resistir, a não ser desvencilhar o braço e provocar uma cena. Rachel conversava com Micky Miranda e seu pai.

– Micky, quero que seu pai conheça meu cunhado, o Sr. Samuel Pilaster.

Augusta afastou-se com Micky e o pai, deixando Hugh outra vez em companhia de Rachel, que começou a rir.

– Não dá para discutir com ela.

– Seria como discutir com um trem a toda a velocidade – comentou Hugh, furioso.

Pela janela, ele podia ver a crinolina do vestido de Florence balançando pelo jardim ao lado de Edward. Rachel acompanhou seus olhos.

– Vá atrás dela – sugeriu.

Hugh sorriu.

– Obrigado.

Ele se encaminhou apressado para o jardim. Ao se aproximar, uma ideia maliciosa lhe ocorreu. Por que não entrar no jogo da tia e afastar Edward de Florence? Augusta ficaria uma fera ao descobrir, mas valeria a pena por alguns minutos a sós no jardim com Florence. E que se danasse o resto, pensou ele.

– Edward, sua mãe me pediu que o chamasse. Ela está no salão.

Edward não questionou. Já se acostumara às repentinas mudanças de ideia da mãe.

– Com licença, lady Florence.

Ele deixou os dois e voltou para a casa.

– Ela mandou mesmo chamá-lo? – indagou Florence.

– Não.

– Que maldade! – protestou ela, sorrindo.

Hugh olhou-a nos olhos, deleitando-se com sua aprovação. Enfrentaria problemas depois, mas arriscaria muito mais em troca de um sorriso assim.

– Venha conhecer o pomar – sugeriu ele.

3

AUGUSTA ESTAVA SE divertindo com Papa Miranda. O camponês parecia um touro! Era muito diferente do filho gracioso e elegante. Augusta gostava bastante de Micky Miranda. Sempre se sentia mais mulher quando se achava em sua companhia, embora ele fosse tão jovem. Micky a contemplava como se ela fosse a coisa mais desejável que já vira. Havia ocasiões em que Augusta desejava que ele fizesse mais do que olhar. Era um desejo absurdo, é claro, mas mesmo assim ela o experimentava de vez em quando.

Ficara alarmada com a conversa a respeito de Seth. Micky presumia que, quando o velho Seth morresse ou se aposentasse, seu filho Samuel assumiria o lugar de sócio sênior do Banco Pilasters. Micky não faria essa suposição por conta própria. Alguém da família devia ter dito a ele. Augusta não queria que Samuel assumisse. Queria o cargo para seu marido, Joseph, sobrinho de Seth.

Ela olhou pela janela da sala de estar e avistou os quatro sócios do Banco Pilasters juntos no terraço. Três eram Pilasters: Seth, Samuel e Joseph – os metodistas do início do século XIX tinham uma preferência por nomes bíblicos. O velho Seth parecia o inválido que era, com uma manta sobre os joelhos, durando mais que a sua vida útil. O filho estava ao seu lado. Samuel não possuía uma aparência tão distinta quanto a do pai. Tinha o mesmo nariz, que parecia um bico, mas por baixo a boca era um tanto mole, com dentes estragados. A tradição o indicava como sucessor porque era o mais velho dos sócios depois de Seth. O marido de Augusta, Joseph, era quem falava, argumentando para o tio e o primo com movimentos curtos da mão, um gesto característico de impaciência. Ele também tinha o nariz Pilaster, mas o resto das feições era um tanto irregular, e ele estava perdendo os cabelos. O quarto sócio mantinha-se um pouco recuado, escutando com os braços cruzados. Era o major George Hartshorn, marido da irmã de Joseph, Madeleine. Ex-oficial do Exército, exibia uma cicatriz proeminente na testa, de um ferimento sofrido vinte anos antes na Guerra da Crimeia. Não era um herói, porém. Seu cavalo se assustara com um motor a vapor, ele caíra e batera a cabeça na roda de uma carroça. Homem amável, que seguia as orientações dos outros, não era inteligente o bastante para dirigir o banco. Além do mais, nunca houvera um sócio sênior cujo nome não fosse Pilaster. Os únicos candidatos para valer eram Samuel e Joseph.

Tecnicamente, a decisão era tomada por votação dos sócios. Pela tradição, a família costumava chegar a um consenso. Na realidade, Augusta sentia-se determinada a impor sua vontade. Mas não seria fácil.

O sócio sênior do Banco Pilasters era um dos homens mais importantes do mundo. Podia salvar um monarca se decidisse conceder um empréstimo; sua recusa podia desencadear uma revolução. Junto a um punhado de outros – J. P. Morgan, os Rothschilds, Ben Greenbourne –, ele tinha nas mãos a prosperidade de nações. Era adulado por chefes de Estado, consultado por primeiros-ministros e cortejado por diplomatas. E sua esposa era bajulada por todos.

Joseph queria o cargo, mas não tinha sutileza. Augusta estava apavorada com a possibilidade de o marido deixar a oportunidade lhe escapar das mãos. Se não fosse controlado, ele poderia dizer bruscamente que gostaria de ser considerado e depois permitir que a família decidisse. Podia não lhe ocorrer que havia outras coisas a fazer para garantir sua vitória na competição. Por exemplo, Joseph jamais faria algo para desacreditar o rival.

Augusta encontraria meios de fazer isso por ele.

Não tivera a menor dificuldade para identificar a fraqueza de Samuel. Aos 53 anos, era um solteirão e vivia com um rapaz a que todos se referiam, brincando, como seu "secretário". Até aquele momento, a família não dava a menor atenção aos arranjos domésticos de Samuel, mas Augusta especulava se não poderia reverter essa situação.

Seria preciso o maior cuidado para lidar com Samuel. Era um homem detalhista e melindroso, o tipo capaz de mudar toda a roupa só porque uma gota de vinho caiu no joelho da calça, mas não era fraco e não podia ser intimidado. Uma ofensiva frontal não era o melhor meio de atacá-lo.

Não teria nenhum pesar por atingi-lo. Jamais gostara de Samuel. Às vezes ele se comportava como se a achasse divertida e costumava se recusar a aceitá-la pelo que ela aparentava, o que causava a mais profunda irritação em Augusta.

Circulando entre os convidados, ela tratou de afastar da mente a relutância impertinente do sobrinho Hugh em cortejar uma jovem adequada. Esse ramo da família sempre criara problemas e ela não permitiria que a distraísse de uma questão mais importante para a qual Micky a alertara: a ameaça de Samuel.

Ela avistou a cunhada, Madeleine Hartshorn, no vestíbulo. Pobre Madeleine, logo se via que era irmã de Joseph, por causa do nariz Pilaster. Em alguns dos homens parecia distinto, mas nenhuma mulher podia parecer outra coisa a não ser tosca com um nariz enorme como aquele.

Outrora, Madeleine e Augusta haviam sido rivais. Anos antes, logo depois do casamento de Joseph, Madeleine ressentira-se da maneira como a família começara a se concentrar em torno de Augusta, embora Madeleine nunca tivesse o magnetismo ou a energia para fazer o que Augusta fazia: cuidar de casamentos e velórios, promover romances, apaziguar brigas e organizar ajuda para doentes, grávidas e enlutados. A atitude de Madeleine quase causara uma divisão na família. Depois, no entanto, ela entregara uma arma nas mãos da rival. Augusta entrara em uma tarde numa loja de prataria exclusiva na Bond Street bem a tempo de ver Madeleine se esgueirar para os fundos. Augusta continuara ali, fingindo hesitar diante de uma bandeja para torradas, até divisar um jovem bonito seguir pelo mesmo caminho. Já ouvira boatos de que quartos sobre lojas assim eram às vezes usados para encontros românticos. Então teve quase certeza de que Madeleine tinha um caso. Uma nota de 5 libras persuadira a proprietária da loja, uma certa Sra. Baxter, a revelar o nome do jovem: visconde Tremain.

Augusta ficara verdadeiramente chocada, mas o primeiro pensamento que lhe ocorrera fora que, se Madeleine podia se divertir com o visconde Tremain, ela também poderia fazê-lo com Micky Miranda. Mas era uma ideia inadmissível, é claro. Além do mais, se Madeleine fora descoberta, a mesma coisa poderia acontecer com Augusta.

Aquilo poderia arruinar Madeleine socialmente. Um homem que mantinha um caso amoroso era considerado imoral, mas também romântico; já uma mulher que fazia o mesmo era uma meretriz. Se o seu segredo escapasse, ela seria escorraçada pela sociedade e se tornaria a vergonha da família. A primeira ideia de Augusta fora usar o segredo para controlar Madeleine, mantendo sobre sua cabeça a ameaça de denúncia. Mas isso tornaria Madeleine hostil para sempre. Era tolice multiplicar inimigos sem necessidade. Tinha de haver um meio de desarmar Madeleine e ao mesmo tempo convertê-la numa aliada. Depois de muita reflexão, Augusta formulara uma estratégia. Em vez de intimidar Madeleine com a informação, ela fingiria estar do seu lado.

– Um aviso sensato, minha cara Madeleine – sussurrara Augusta. – A Sra. Baxter não merece confiança. Diga a seu visconde que providencie um lugar mais discreto.

Madeleine lhe suplicara que guardasse segredo e se mostrara pateticamente grata quando Augusta prometera de bom grado silêncio eterno.

Desde então, não havia mais sinal de rivalidade entre as duas. Augusta pegou Madeleine pelo braço.

– Venha conhecer o meu quarto... – disse ela. – Acho que você vai gostar.

No segundo andar da casa ficavam o seu quarto de dormir e o de vestir, os quartos de dormir e de vestir de Joseph e um escritório. Ela levou Madeleine a seu quarto, fechou a porta e esperou a reação.

Decorara o quarto de acordo com a última moda japonesa, com cadeiras com ornamentos em baixo-relevo, papel de parede de plumas de pavão e peças de porcelana sobre a lareira. Havia um enorme guarda-roupa pintado com temas orientais, e o divã junto à janela projetada para fora era ocultado em parte por cortinas com desenhos de libélulas.

– Que ousadia, Augusta! – exclamou Madeleine.

– Obrigada. – Augusta experimentou uma felicidade quase completa. – Eu queria um material melhor para as cortinas, mas a Liberty's já havia vendido quando fui lá. Venha conhecer o quarto de Joseph.

Ela conduziu Madeleine pela porta de comunicação. O quarto de Joseph era decorado numa versão mais moderada do mesmo estilo, com papel escuro nas paredes e cortinas de brocado. Augusta sentia um orgulho especial pelo armário laqueado de portas de vidro que continha a coleção de caixas de rapé cravejadas de pedras preciosas do marido.

– Joseph é tão excêntrico – comentou Madeleine, olhando para as caixas de rapé.

Augusta sorriu. O marido não tinha nada de excêntrico, em termos gerais, mas era insólito para um austero banqueiro metodista colecionar algo tão frívolo e requintado, e toda a família se divertia com isso.

– Ele diz que é um bom investimento – explicou Augusta.

Para ela, um colar de diamantes também seria um bom investimento, mas o marido jamais comprava coisas assim, pois os metodistas consideravam as joias uma extravagância desnecessária.

– Os homens devem ter um hobby – disse Madeleine. – Serve para mantê-los longe de encrencas.

Longe dos bordéis, era o que ela queria dizer. A referência implícita aos pecadilhos dos homens lembrou Augusta de seu propósito.

– Madeleine, minha cara, o que vamos fazer em relação a nosso primo Samuel e seu "secretário"? – indagou ela, com extrema delicadeza.

Madeleine ficou perplexa.

– Devemos fazer alguma coisa?

– Se Samuel se tornar o sócio sênior, sim.

– Por quê?

– Ora, minha cara, o sócio sênior do Pilasters deve receber embaixadores, chefes de Estado, até mesmo a realeza... e deve ser *absolutamente* irrepreensível em sua vida particular.

Madeleine compreendeu e corou.

– Não está sugerindo que Samuel seja de alguma forma... depravado?

Era exatamente o que Augusta estava sugerindo, mas não queria ser tão direta, pois temia que isso levasse Madeleine a defender o primo.

– Espero nunca saber – respondeu ela, evasiva. – O importante é o que as pessoas pensam.

Madeleine ainda não se convencera.

– Acha mesmo que as pessoas pensam... isso?

Augusta se concentrou para ter paciência com os melindres de Madeleine.

– Minha cara, ambas somos casadas e sabemos como são os homens. Têm apetites animais. O mundo presume que um homem solteiro de 53 anos que vive com um rapaz bonito é pervertido... e os céus sabem que na maioria dos casos o mundo deve estar certo.

Madeleine franziu o cenho, parecendo preocupada. Antes que pudesse dizer alguma coisa, houve batidas à porta e Edward entrou.

– O que é, mãe?

Augusta irritou-se com a interrupção e não entendeu o que o filho queria.

– Como assim?

– Você mandou me chamar.

– De jeito nenhum. Eu lhe pedi que mostrasse o jardim a lady Florence.

Edward ficou chateado.

– Hugh disse que você queria falar comigo!

Augusta compreendeu tudo.

– É mesmo? E posso supor que é ele quem está mostrando o jardim a lady Florence neste momento?

Edward percebeu aonde a mãe queria chegar.

– Acho que sim – murmurou ele, aflito. – Não fique zangada comigo, mãe, por favor.

Augusta se derreteu no mesmo instante.

– Não se preocupe, Teddy, querido. Hugh é um menino muito astuto.

Mas, se ele pensava que podia ser mais esperto do que sua tia Augusta, era também um tolo.

A interrupção a irritara, mas, pensando bem, ela chegou à conclusão de que já dissera o suficiente a Madeleine sobre o primo Samuel. Naquele estágio, tudo o que desejava era plantar a semente da dúvida. Qualquer informação a mais poderia ser um desastre. Decidiu deixar como estava. Saiu do quarto com a cunhada e o filho, proclamando:
— Agora preciso voltar aos meus convidados.

Desceram todos. A festa corria muito bem, a julgar pela cacofonia de conversas, risos e uma centena de colheres de chá de prata retinindo em pires de porcelana. Augusta verificou por um instante a sala de jantar, onde os criados serviam salada de lagosta, bolo de frutas e bebidas geladas. Passou pelo vestíbulo, trocando uma ou duas palavras com cada convidado que atraía sua atenção, mas procurando uma pessoa em particular — a mãe de Florence, lady Stalworthy.

Preocupava-a a possibilidade de Hugh se casar com Florence. Hugh já vinha se saindo muito bem no banco. Tinha o cérebro comercial ágil de um vendedor ambulante e os modos cativantes de um jogador profissional. Até mesmo Joseph falava dele com aprovação, alheio à ameaça a seu próprio filho. O casamento com a filha de um conde acrescentaria a posição social aos talentos naturais de Hugh, o que o tornaria um perigoso rival para Edward. O querido Teddy não tinha o charme superficial de Hugh, nem sua cabeça para números, então precisava de toda a ajuda que Augusta pudesse lhe conceder.

Encontrou lady Stalworthy junto à janela da sala de estar. Era uma bela mulher de meia-idade e usava um vestido rosa e um pequeno chapéu de palha cheio de flores. Augusta especulou, ansiosa, como ela se sentia em relação a Hugh e Florence. Hugh não chegava a ser um grande partido, mas também não era um desastre, do ponto de vista de lady Stalworthy. Florence era a mais jovem de três filhas, e as outras duas haviam se casado bem. Portanto, lady Stalworthy podia ser indulgente. Augusta precisava impedir aquela união. Mas como?

Ela aproximou-se da janela e percebeu que lady Stalworthy observava Hugh e Florence no jardim. Hugh explicava alguma coisa e os olhos de Florence faiscavam de prazer enquanto o contemplava e escutava.

— A felicidade despreocupada da juventude — murmurou Augusta.

— Hugh parece um bom rapaz — comentou lady Stalworthy.

Augusta fitou-a atentamente por um momento. Lady Stalworthy exibia um sorriso sonhador. Devia ter sido tão bonita quanto a filha, calculou Augusta. Estava recordando sua própria juventude. Precisava ser trazida de volta ao mundo com um solavanco, concluiu Augusta.

– Como passam depressa esses dias despreocupados...

– Mas são tão idílicos enquanto duram!

Era a hora do veneno.

– O pai de Hugh morreu, como você sabe. E a mãe dele leva uma vida retraída em Folkestone. Por isso Joseph e eu nos sentimos na obrigação de assumir uma posição parental. – Augusta fez uma pausa. – Creio que nem preciso dizer que uma aliança com sua família seria um triunfo extraordinário para Hugh.

– É muita gentileza sua dizer isso – respondeu lady Stalworthy, como se tivesse recebido um lindo elogio. – Os Pilasters também são uma família de distinção.

– Obrigada. Se Hugh trabalhar com afinco, poderá um dia ter uma vida confortável.

Lady Stalworthy parecia um pouco consternada.

– Quer dizer que o pai não lhe deixou nada?

– Não.

Augusta precisava fazer com que ela soubesse que Hugh não receberia dinheiro nenhum dos tios ao casar.

– Ele terá que trabalhar muito para subir no banco enquanto viver do próprio salário.

– Ah... – murmurou lady Stalworthy, o rosto deixando transparecer uma ponta de desapontamento. – Felizmente, Florence tem uma pequena independência.

Augusta sentiu um aperto no coração. Quer dizer que Florence tinha seu próprio dinheiro. Era uma péssima notícia. Augusta especulou quanto seria. Os Stalworthys não eram tão ricos quanto os Pilasters – poucas pessoas eram –, mas levavam uma vida confortável, Augusta imaginava. De qualquer forma, a pobreza de Hugh não era suficiente para colocar lady Stalworthy contra ele. Augusta teria de tomar medidas mais drásticas.

– A querida Florence seria uma grande ajuda para Hugh... uma influência estabilizadora, tenho certeza.

– Sim – respondeu lady Stalworthy, distraída, para depois franzir o cenho. – Estabilizadora?

Augusta hesitou. Era um caminho perigoso, mas tinha de assumir o risco.

– Nunca dou ouvidos a boatos e tenho certeza de que a senhora também não – disse ela. – Tobias *foi* bastante desafortunado, quanto a isso não resta a menor dúvida, mas Hugh *praticamente* não apresenta qualquer sinal de ter herdado a fraqueza.

– Isso é ótimo – comentou lady Stalworthy, mas sua expressão era de profunda preocupação.

– Mesmo assim, Joseph e eu ficaríamos muito felizes em vê-lo casado com uma moça tão sensata quanto Florence. Dá para perceber que ela seria firme com ele se...

Augusta deixou o resto da frase no ar.

– Eu... – Lady Stalworthy engoliu em seco. – Não recordo qual era a fraqueza do pai.

– Bem, acho que não era verdade.

– Apenas entre nós duas, claro.

– Talvez eu não devesse ter tocado no assunto.

– Preciso saber de tudo, pelo bem de minha filha. Tenho certeza de que compreende.

– O jogo – falou Augusta em voz baixa, pois não queria ser ouvida por outros. Havia pessoas ali que saberiam que ela mentia. – Foi o que o levou a tirar a própria vida. A vergonha.

Queiram os céus que os Stalworthys não se deem o trabalho de verificar a verdade, desejou ela fervorosamente.

– Pensei que a empresa tivesse quebrado.

– Isso também.

– Que coisa trágica!

– É verdade. Joseph teve que pagar as dívidas de Hugh uma ou duas vezes, mas conversou com muita firmeza com o rapaz e temos certeza de que isso não tornará a acontecer.

– Isso é tranquilizador – comentou lady Stalworthy, mas seu rosto contava uma história diferente.

Augusta concluiu que já devia ter advertido o suficiente. A farsa de que seria a favor da união se dissipava de uma maneira perigosa. Tornou a olhar pela janela. Florence ria de algo que Hugh dizia, inclinando a cabeça para trás e mostrando os dentes de um jeito um tanto... inconveniente. Ele praticamente a comia com os olhos. Todos na festa podiam perceber que se sentiam atraídos um pelo outro.

– Tenho a impressão de que não vai demorar muito para a situação alcançar um ponto crítico – acrescentou Augusta.

– Talvez já tenham conversado o suficiente por um dia – declarou lady Stalworthy, transtornada. – É melhor eu interferir. Com licença.

– Pois não.

Lady Stalworthy encaminhou-se apressada para o jardim.

Augusta sentiu-se aliviada. Conduzira com êxito outra conversa delicada. Agora lady Stalworthy desconfiava de Hugh. A partir do momento que uma mãe se sente apreensiva em relação a um pretendente, raramente fica a seu favor no final.

Ela olhou ao redor e avistou Beatrice Pilaster, outra cunhada. Joseph tivera dois irmãos: um fora Tobias, o pai de Hugh, e o outro era William, sempre chamado de jovem William, porque nascera 23 anos depois de Joseph. William tinha agora 25 anos e ainda não era sócio no banco. Beatrice era sua esposa. Era como uma cachorrinha enorme, feliz e desajeitada, louca para ser amiga de todos. Augusta decidiu lhe falar sobre Samuel e seu secretário e aproximou-se dela.

– Beatrice, minha cara, não gostaria de conhecer meu quarto?

4

MICKY E O pai deixaram a festa e voltaram a pé para seus aposentos em Camberwell. Passaram apenas por parques – primeiro o Hyde Park, depois o Green Park e então o St. James's Park – até chegarem ao rio. Pararam no meio da ponte de Westminster para descansar por um momento e contemplar a vista.

Na margem norte do Tâmisa ficava a maior cidade do mundo. Rio acima, avistavam-se as Casas do Parlamento, construídas como uma imitação moderna da Abadia de Westminster, do século XIII, situada nas proximidades. Rio abaixo, viam-se os jardins de Whitehall, o palácio do duque de Buccleuch e o enorme prédio de alvenaria da nova estação ferroviária de Charing Cross.

As docas estavam fora de vista e os grandes navios não subiam até ali, mas o rio estava movimentado, com botes, barcaças e embarcações de passeio, uma linda imagem ao sol do final da tarde.

A margem sul parecia pertencer a um país diferente. Era a área das cerâmicas de Lambeth e ali, nos campos de barro pontilhados de oficinas mambembes, bandos de homens e mulheres pálidos e esfarrapados ainda trabalhavam, fervendo ossos, catando lixo, acendendo fornos e despejando a massa nos moldes a fim de fazer os canos de escoamento e as chaminés para a cidade em rápida expansão. Mesmo ali na ponte, a quase meio quilômetro de distância, o cheiro ainda era forte. As choupanas baixas em que aquelas pessoas viviam se agrupavam em torno dos muros do Palácio Lambeth, a residência em Londres do arcebispo de Canterbury, como a sujeira deixada pela maré alta numa praia lamacenta. Apesar da proximidade do palácio do arcebispo, o lugar era conhecido como Devil's Acre, o acre do demônio, provavelmente porque as fogueiras e a fumaça, os trabalhadores se arrastando e o cheiro fétido levavam as pessoas a pensar no inferno.

Os aposentos de Micky ficavam em Camberwell, um subúrbio respeitável depois da área das cerâmicas, mas ele e o pai hesitaram na ponte, relutantes em atravessar Devil's Acre. Micky ainda amaldiçoava a escrupulosa consciência metodista do velho Seth Pilaster por frustrar seus planos.

– Vamos resolver esse problema do embarque dos rifles, Papa – disse ele.
– Não se preocupe.

Papa deu de ombros.
– Quem está se colocando em nosso caminho?

Era uma pergunta simples, mas tinha um significado profundo na família Miranda. Quando enfrentavam um problema difícil, sempre perguntavam: "Quem está se colocando em nosso caminho?" Significava, na verdade: "Quem temos que matar para conseguir o que queremos?" Fazia Micky recordar toda a barbárie da vida na província de Santa María, todas as lendas macabras que ele preferia esquecer: a história da punição que Papa aplicara à sua amante por ser infiel, enfiando-lhe um rifle e puxando o gatilho; a ocasião em que uma família judia abrira um armazém ao lado do seu na capital da província e por isso ele o incendiara, queimando o homem, a mulher e os filhos vivos; o anão que se vestira como Papa no Carnaval e fizera todo mundo rir ao desfilar de um lado para outro numa perfeita imitação do modo de andar de Papa, até que Papa se aproximara calmamente, sacara uma pistola e estourara a cabeça do homenzinho.

Mesmo em Córdoba isso não era normal, mas ali a brutalidade temerária de Papa o convertera num homem a ser temido. Na Inglaterra, isso o levaria à cadeia.

– Não vejo necessidade de uma ação drástica – declarou Micky, tentando encobrir seu nervosismo com um ar de despreocupação.

– Por enquanto, não há pressa. O inverno está começando em Córdoba. Não haverá luta antes do verão. – Papa lançou um olhar duro para Micky. – Mas *preciso* dos rifles até o final de outubro.

O olhar do pai deixou os joelhos de Micky bambos. Ele teve de encostar no parapeito de pedra da ponte para se firmar.

– Vou cuidar de tudo, Papa – murmurou ele, nervoso. – Não se preocupe.

Papa assentiu como se não tivesse a menor dúvida a respeito. Permaneceram em silêncio por um minuto. Depois, inesperadamente, Papa anunciou:

– Quero que você continue em Londres.

Micky sentiu os ombros relaxarem. Era o que ele mais desejava. Devia ter feito algo certo para merecer isso.

– Acho que é uma boa ideia, Papa – disse ele, tentando disfarçar sua felicidade.

E foi nesse momento que Papa lançou a bomba.

– Mas vamos suspender sua mesada.

– O quê?

– A família não pode mais mantê-lo. Você terá que cuidar do próprio sustento.

Micky ficou consternado. A mesquinhez do pai era tão lendária quanto sua violência, mas ainda assim aquilo era inesperado. Os Mirandas eram ricos. Papa tinha milhares de cabeças de gado, monopolizava todos os negócios com cavalos num vasto território, arrendava terras para pequenos fazendeiros e era dono da maior parte das lojas da província de Santa María.

Era verdade que o dinheiro da família não valia muita coisa na Inglaterra. Em sua terra, 1 dólar de prata cordovês pagava uma lauta refeição, uma garrafa de rum e uma meretriz para passar a noite. Aqui, mal daria para uma refeição ordinária e um copo de cerveja fraca. Fora um tremendo golpe quando Micky compreendera isso ao ingressar na Escola Windfield. Conseguira complementar sua mesada jogando cartas, mas tivera dificuldade para equilibrar o orçamento até se tornar amigo de Edward. Mesmo agora, Edward ainda pagava todos os programas caros a que iam juntos: óperas, visitas a hipódromos, caçadas e meretrizes. No entanto, Micky precisava de uma renda básica para pagar o aluguel, as contas do alfaiate, mensalidades dos clubes de cavalheiros, que eram um elemento essencial da vida em Londres, e gorjetas para os criados. Como Papa esperava que ele conseguisse esse dinheiro? Arrumando um emprego? Era uma ideia absurda. Nenhum membro da família Miranda trabalhava por salário.

Ele já ia perguntar como poderia viver sem dinheiro quando Papa mudou de assunto abruptamente.

– Vou explicar agora para que são os rifles. Vamos tomar o deserto.

Micky não entendeu. A propriedade dos Mirandas abrangia uma extensa área da província de Santa María. Fazia fronteira com uma propriedade menor, que pertencia à família Delabarca. Ao norte de ambas estendia-se uma terra tão árida que nem Papa nem seu vizinho jamais haviam se dado o trabalho de reivindicá-la.

– Para que queremos o deserto? – indagou Micky.

– Por baixo da areia há um mineral chamado nitrato. É usado como fertilizante, muito melhor do que esterco. Pode ser embarcado para o mundo inteiro e vendido bem caro. Quero que você fique em Londres para cuidar da venda.

– Como sabemos que o mineral existe?

– Delabarca começou a extrair o nitrato. A família dele ficou rica.

Micky ficou animado. Aquilo poderia transformar o futuro da família. Não de imediato, é claro, não depressa o bastante para resolver o problema de sua sobrevivência sem a mesada. Mas a longo prazo...

– Temos que agir depressa – acrescentou Papa. – Riqueza é poder, logo a família Delabarca vai ser mais forte do que nós. Antes que isso aconteça, temos que destruí-la.

CAPÍTULO DOIS
Junho

1

Casa Whitehaven
Kensington Gore
Londres, S. W.
2 de junho de 1873

Minha cara Florence,
    Onde você está? Eu esperava encontrá-la no baile da Sra. Bridewell, depois em Richmond, depois na casa dos Muncasters no sábado... mas você não foi a nenhum deles! Escreva-me uma linha e diga que continua viva!
    Afetuosamente,
    Hugh Pilaster

Park Lane, 23
Londres, W.
3 de junho de 1873

Ao Ilustríssimo Senhor Hugh Pilaster
Senhor,
    Agradeceria se não tentasse se comunicar com minha filha, sob quaisquer circunstâncias, daqui por diante.
    Stalworthy

Casa Whitehaven
Kensington Gore
Londres, S. W.
6 de junho de 1873

Querida Florence,
    Finalmente encontrei uma mensageira confidencial para lhe entregar este bilhete. Por que vem sendo afastada de mim? Ofendi seus pais? Ou – que os céus não permitam! – você? Sua prima Jane ficou de me trazer a resposta. Escreva-a depressa!
    Com profundo afeto,
    Hugh

Mansão Stalworthy
Stalworthy
Buckinghamshire
7 de junho de 1873

Caro Hugh,
Estou proibida de vê-lo porque você é um jogador como seu pai. Lamento sinceramente, mas devo acreditar que meus pais sabem o que é melhor para mim.
Com extremo pesar,
Florence

Casa Whitehaven
Kensington Gore
Londres, S. W.
8 de junho de 1873

Querida mãe,
Uma jovem acaba de me rejeitar porque meu pai era um jogador. Isso é verdade? Por favor, responda imediatamente. Preciso saber!
Seu filho que muito a ama,
Hugh

Wellington Villas, 2
Folkestone
Kent
9 de junho de 1873

Meu querido filho,
Jamais soube que seu pai jogava. Não posso imaginar quem inventaria algo tão iníquo a respeito dele. Ele perdeu o dinheiro num colapso financeiro, como eu sempre lhe disse. Não houve outro motivo.
Espero que esteja bem e feliz, meu querido, e que sua amada acabe por aceitá-lo. Continuo como sempre. Sua irmã Dorothy manda lembranças.
Sua mãe

Casa Whitehaven
Kensington Gore
Londres, S. W.
10 de junho de 1873

Querida Florence,

Creio que alguém pode ter lhe contado um engano sobre meu pai. A empresa dele foi à bancarrota, é verdade. Não foi culpa dele: uma grande firma chamada Overend & Gumey quebrou, ficou devendo 5 milhões de libras e muitos dos credores foram à ruína. Ele acabou com a própria vida no mesmo dia. Mas jamais foi um jogador, e eu também não sou.

Se explicar isso ao nobre conde, seu pai, acredito que tudo ficará esclarecido.

Afetuosamente,
Hugh

Mansão Stalworthy
Stalworthy
Buckinghamshire
11 de junho de 1873

Hugh,

Escrever mentiras para mim não vai adiantar. Tenho agora certeza de que o conselho de meus pais é certo e que devo esquecê-lo.

Florence

Casa Whitehaven
Kensington Gore
Londres, S. W.
12 de junho de 1873

Querida Florence,

Você tem de acreditar em mim! É possível que eu não tenha contado a verdade sobre meu pai – embora, com toda a sinceridade, eu não duvide da palavra de minha mãe –, mas, quanto a mim, sei a verdade! Quando tinha 14 anos, apostei 1 xelim no Derby e perdi. Desde então, nunca mais pensei em jogar em qualquer coisa. Quando a encontrar, farei um juramento.

Com esperança,
Hugh

FOLJAMBE & MERRIWEATHER, ADVOGADOS
GRAY'S INN
LONDRES, W. C.
13 de junho de 1873

Ao Ilustríssimo Senhor Hugh Pilaster
Senhor,
Fomos instruídos por nosso cliente, o conde de Stalworthy, a lhe solicitar que desista de qualquer tentativa de comunicação com sua filha.

Por favor, queira tomar conhecimento de que o nobre conde adotará toda e qualquer providência necessária, inclusive uma ação judicial, para obrigá-lo a cumprir sua vontade nessa questão, a menos que se abstenha imediatamente.

Por Srs. Foljambe & Merriweather
Albert C. Merriweather

Hugh,
Ela mostrou sua última carta à minha tia, a mãe dela. Levaram-na para Paris, até o fim da temporada em Londres, e depois vão para Yorkshire. Não adianta, ela não quer mais saber de você. Sinto muito,
Jane

2

O ARGYLL ROOMS ERA o local de diversão mais popular em Londres, mas Hugh nunca estivera lá. Jamais lhe ocorreria visitar um lugar assim. Embora não chegasse a ser um bordel, tinha uma péssima reputação. Contudo, poucos dias depois de Florence Stalworthy rejeitá-lo de forma definitiva, Edward convidou-o a ir lá com ele e Micky para uma noite de devassidão. Hugh aceitou.

Não costumava passar muito tempo com o primo. Edward sempre fora mimado, um valentão preguiçoso que arrumava outras pessoas para fazerem seu trabalho. Hugh havia muito fora lançado no papel de ovelha negra da família, seguindo os passos do pai. Tinham pouco em comum. Apesar disso, Hugh decidiu experimentar os prazeres da devassidão. Espeluncas sórdidas e mulheres de vida fácil faziam parte da rotina de milhares de ingleses da classe alta. Talvez soubessem mais que ele. Talvez fosse aquele, em vez do amor verdadeiro, o caminho para a felicidade.

Na verdade, Hugh não tinha certeza de ter estado mesmo apaixonado por Florence. Estava furioso com os pais dela por terem-na virado contra ele, ainda mais porque o motivo fora uma mentira insidiosa sobre seu pai. Mas descobrira, um tanto constrangido, que não ficara tão desolado assim. Pensava com frequência em Florence, mas continuava a dormir bem, comer com apetite e se concentrar no trabalho sem dificuldade. Isso significava que nunca a amara? A moça de quem mais gostava no mundo, além da irmã Dotty, de 6 anos, era Rachel Bodwin, e Hugh aventara a ideia de se casar com ela. Isso era amor? Ele não sabia. Talvez fosse jovem demais para compreender o amor. Ou talvez aquilo simplesmente ainda não tivesse ocorrido com ele.

O Argyll Rooms ficava ao lado de uma igreja, na Great Windmill Street, perto de Piccadilly Circus. Edward pagou o ingresso de 1 xelim para cada um e entraram. Os três usavam traje a rigor: casaca preta com lapela de seda, calça preta com galão de seda, colete branco, camisa branca e gravata-borboleta branca. O traje de Edward era novo e caro; o de Micky, um pouco mais barato, mas da última moda; e o de Hugh fora herdado de seu pai.

O salão de baile era uma arena iluminada de maneira extravagante por bicos de gás, com imensos espelhos dourados que aumentavam ainda mais a claridade. A pista de dança estava apinhada de casais e por trás de uma requintada treliça dourada havia uma orquestra, meio escondida, que tocava uma vigorosa polca. Alguns homens usavam traje a rigor, um sinal de que pertenciam à classe alta e tinham vindo confraternizar com a plebe. A maioria, porém, vestia o respeitável terno preto, o que identificava essas pessoas como um bando de escriturários e pequenos negociantes.

Havia uma galeria escura em cima do salão de baile. Edward apontou para lá.

– Se fizer amizade com uma das mulheres – disse ele a Hugh –, pode pagar mais 1 xelim e levá-la lá para cima. Tem poltronas de pelúcia, meia-luz e garçons cegos.

Hugh sentia-se desorientado não apenas pelas luzes, mas também pelas possibilidades. As mulheres a seu redor tinham vindo com o propósito exclusivo de flertar! Algumas estavam acompanhadas por namorados, mas outras tinham ido sozinhas, pretendendo dançar com estranhos. Todas se vestiam com esmero, e usavam vestidos de festa com crinolina, muitos com decotes profundos, e os chapéus mais espantosos. Mas ele notou que na pista de dança todas usavam seus mantos, recatadas. Micky e Edward haviam lhe assegurado que não eram prostitutas, mas jovens comuns, atendentes de lojas, criadas e costureiras.

– Como se faz para conhecê-las? – indagou Hugh. – Imagino que não posso abordá-las, como se fossem meretrizes.

Edward apontou para um homem alto e de aparência distinta, de casaca e gravata branca, com um emblema no peito, que parecia supervisionar a dança.

– Aquele é o mestre de cerimônias. Ele apresenta vocês, se você lhe der uma gorjeta.

O clima era uma mistura curiosa, mas excitante, de respeitabilidade e licenciosidade, constatou Hugh.

A polca terminou e alguns dançarinos retornaram às suas mesas.

– Essa não! – exclamou Edward, apontando. – O Gordo Greenbourne está aqui!

Hugh olhou na direção indicada e avistou seu antigo colega de colégio, maior do que nunca, estufando o colete branco. Estava abraçado a uma moça de beleza espetacular. Os dois sentaram-se a uma mesa.

– Por que não vamos até lá por um momento? – sugeriu Micky.

Hugh estava ansioso para ver a moça de perto e concordou no mesmo instante. Os três jovens abriram caminho entre as mesas.

– Boa noite, Gordo! – disse Edward, animado.

– Olá, turma – respondeu ele, muito amável. – As pessoas me chamam de Solly agora.

Hugh vira Solly algumas vezes na City, o distrito financeiro de Londres. Solly trabalhava havia uns anos no escritório central do banco da família, a apenas uma esquina do Pilasters. Ao contrário de Hugh, Edward só trabalhava na City havia poucas semanas, e era por isso que não esbarrara antes com Solly.

– Pensamos em nos juntar a vocês – acrescentou Edward em tom casual, lançando um olhar inquisitivo para a moça.

Solly virou-se para sua companheira.

– Srta. Robinson, permita que eu lhe apresente alguns antigos colegas de colégio: Edward Pilaster, Hugh Pilaster e Micky Miranda.

A reação de Srta. Robinson foi surpreendente. Empalideceu por trás do ruge e disse:

– Pilaster? Da família de Tobias Pilaster?

— Tobias Pilaster era meu pai – disse Hugh. – Como sabe o nome dele?

Ela recuperou o controle num instante.

— Meu pai trabalhava na Tobias Pilaster & Co. Quando eu era criança, ficava me perguntando quem era Co.

Todos riram e o momento de tensão passou.

— Não gostariam de sentar? – indagou a moça.

Havia uma garrafa de champanhe na mesa. Solly serviu a Srta. Robinson e pediu mais taças.

— É uma verdadeira reunião dos antigos companheiros de Windfield – disse ele. – Adivinhem quem mais está aqui? Tonio Silva.

— Onde? – perguntou Micky.

Ele não parecia satisfeito por saber que Tonio estava ali, e Hugh se perguntou por quê. No colégio, Tonio sempre tivera medo de Micky, recordou ele.

— Está na pista de dança – disse Solly. – Dançando com uma amiga da Srta. Robinson, a Srta. April Tilsley.

— Podem me chamar de Maisie – falou a Srta. Robinson. – Não sou uma moça *formal*.

E deu uma piscadela lasciva para Solly.

Um garçom trouxe um prato com lagosta e pôs na frente de Solly. Ele enfiou um guardanapo no colarinho da camisa e começou a comer.

— Sempre pensei que judeus não comessem crustáceos – comentou Micky, num tom levemente insolente.

Como no passado, Solly continuava indiferente a comentários do gênero.

— Só como comida kosher em casa.

Maisie Robinson fitou Micky com uma expressão hostil.

— Nós, judias, comemos o que gostamos – disse ela, pegando um pedaço de lagosta do prato de Solly.

Hugh ficou surpreso ao descobrir que ela era judia. Sempre pensara que os judeus eram morenos. Estudou-a atentamente. Ela era um tanto baixa, mas crescia um palmo ou mais prendendo os cabelos acobreados num coque alto e complementando com um enorme chapéu ornamentado com folhas e frutas artificiais. Por baixo do chapéu havia um rosto pequeno e imprudente, com um brilho malicioso nos olhos verdes. O decote do vestido marrom revelava uma extensão espantosa de busto sardento. Sardas não costumavam ser consideradas atraentes, mas Hugh mal conseguia desviar os olhos. Depois de algum tempo, Maisie sentiu seu olhar e fitou-o também. Ele desviou os olhos com um sorriso de desculpa.

Hugh tratou de afastar o pensamento daqueles seios e correu os olhos pelo grupo. Notou como seus antigos colegas haviam mudado nos últimos sete anos. Solly Greenbourne amadurecera. Embora ainda fosse gordo e exibisse o mesmo sorriso descontraído, adquirira um ar de autoridade nos seus 20 e poucos anos. Talvez fosse consequência da riqueza, mas Edward era rico e não tinha a mesma aura. Solly já era respeitado na City. Embora fosse fácil conquistar respeito quando se era herdeiro do Banco Greenbournes, ainda assim um jovem tolo nessa posição poderia em pouco tempo se tornar alvo de piadas.

Edward estava mais velho, mas, ao contrário de Solly, não amadurecera. Para ele, como para uma criança, diversão era tudo. Não era estúpido, mas tinha dificuldade para se concentrar no trabalho no banco porque preferia estar em outro lugar, dançando, bebendo e jogando.

Micky era agora um belo demônio, com olhos escuros, sobrancelhas pretas e cabelos cacheados um pouco compridos demais. Seu traje a rigor era correto, mas um tanto ousado: o paletó tinha gola e punhos de veludo e a camisa tinha babados. Hugh notara que ele já atraíra olhares de admiração e sorrisos convidativos de várias mulheres sentadas às mesas próximas. Mas Maisie Robinson parecia ter aversão a ele, e Hugh calculou que não era apenas por causa do comentário sobre os judeus. Havia algo sinistro em Micky. Era quieto, atento e controlado de uma maneira enervante. Não era franco, raramente deixava transparecer hesitação, insegurança ou vulnerabilidade e nunca revelava coisa alguma de sua alma, se é que tinha uma. Hugh não confiava nele.

A dança terminou e Tonio Silva veio para a mesa com a Srta. April Tilsley. Hugh encontrara-se com Tonio em diversas ocasiões desde os tempos do colégio, mas, mesmo que não o visse por anos, poderia reconhecê-lo de imediato pelos cabelos ruivos. Haviam sido melhores amigos até aquele dia pavoroso em 1866 quando a mãe de Hugh viera avisá-lo de que seu pai havia morrido e o tirara do colégio. Eram os garotos mais levados da quarta série, sempre metidos em encrencas, mas, apesar das surras, aproveitavam a vida.

Hugh especulara muitas vezes, ao longo dos anos, o que havia de fato acontecido no poço naquele dia. Nunca acreditara na história que saiu no jornal de que Edward tentara salvar Peter Middleton. Edward não teria coragem. Mas Tonio ainda se recusava a falar a respeito e a única outra testemunha, Albert Cammel, o Corcunda, fora viver na Colônia do Cabo.

Hugh estudou o rosto de Tonio enquanto ele apertava a mão de Micky. Tonio parecia continuar intimidado por Micky.

– Como vai, Miranda?

Tonio falou com voz normal. A expressão, no entanto, era uma mistura de medo e admiração, como se estivesse diante de um campeão de boxe famoso por seu temperamento explosivo.

A companheira de Tonio, April, era um pouco mais velha do que Maisie, calculou Hugh, e parecia ser fechada e agressiva, o que a tornava menos atraente. Tonio, no entanto, estava se divertindo com ela. Pegava em seu braço, sussurrava em seu ouvido e a fazia rir.

Hugh tornou a se virar para Maisie. Ela era loquaz e animada, com uma voz melodiosa que tinha um leve sotaque do nordeste da Inglaterra, onde ficava o armazém de Tobias Pilaster. Sua expressão era sempre fascinante ao sorrir, franzir o cenho, fazer bico, torcer o nariz arrebitado e revirar os olhos. Tinha pestanas claras, notou Hugh, e um punhado de sardas no nariz. Era uma beleza pouco convencional, mas ninguém podia negar que era a mulher mais bonita do salão.

Hugh sentia-se obcecado pela ideia de que, já que Maisie se encontrava ali, no Argyll Rooms, isso significava que estava disposta a beijar, trocar carícias e talvez Ir Até o Fim naquela noite com um dos homens à mesa. Ele imaginava um encontro sexual com quase todas as moças que conhecia – envergonhava-se da intensidade e da frequência com que pensava a respeito –, mas isso normalmente só podia acontecer depois da corte, do noivado e do casamento. Com Maisie, porém, podia ser naquela noite!

Ela tornou a perceber que Hugh a fitava. Como às vezes ocorria na companhia de Rachel Bodwin, ele se sentiu constrangido pela impressão de que Maisie podia ler seus pensamentos. Desesperado, Hugh procurou alguma coisa para dizer.

– Sempre viveu em Londres, Srta. Robinson? – balbuciou por fim.

– Estou aqui há apenas três dias.

Podia ser superficial, pensou Hugh, mas pelo menos estavam conversando.

– Tão pouco tempo! – exclamou ele. – Onde esteve antes?

– Viajando – respondeu ela, virando-se em seguida para falar com Solly.

– Ah... – murmurou Hugh.

Isso parecia encerrar a conversa e ele ficou desapontado. Maisie agira quase como se tivesse algum ressentimento contra ele, mas April se compadeceu.

– Maisie trabalha num circo há três anos – explicou ela.

– Céus! Fazendo o quê?

Maisie tornou a se virar.

– Montando a cavalo sem sela – informou. – Ficando de pé sobre os cavalos, pulando de um para outro, todos esses truques.

– Numa roupa justa, é claro – acrescentou April.

A ideia de Maisie num traje justo era insuportavelmente inebriante. Hugh cruzou as pernas.

– Como começou nesse trabalho? – indagou.

Ela hesitou por um instante, depois pareceu tomar uma decisão sobre alguma coisa. Mudou de posição na cadeira para fitar Hugh diretamente e um brilho perigoso surgiu em seus olhos.

– É fácil explicar. Meu pai era empregado da Tobias Pilaster & Co. Seu pai enganou o meu e deixou de pagar uma semana de trabalho. Minha mãe estava doente. Sem aquele dinheiro, ou eu passaria fome ou ela morreria. Por isso fugi de casa. Tinha 11 anos.

Hugh sentiu o rosto corar.

– Não creio que meu pai tenha enganado ninguém. E se você tinha 11 anos, não poderia compreender o que aconteceu.

– Compreendia a fome e o frio!

– Talvez a culpa tenha sido de seu pai – insistiu Hugh, embora soubesse que aquilo era uma insensatez. – Ele não deveria ter tido filhos se não tinha condições de alimentá-los.

– Ele podia alimentá-los! – explodiu Maisie. – Trabalhava como um escravo... e depois vocês roubaram o dinheiro dele!

– Meu pai foi à falência, mas nunca roubou.

– Se é você que paga no final, não faz diferença!

– Não é a mesma coisa, e você demonstra que é tola e insolente ao dizer isso.

Era evidente que os outros achavam que ele fora longe demais, e alguns deles se puseram a falar ao mesmo tempo.

– Não vamos discutir sobre algo que aconteceu há tanto tempo – interveio Tonio.

Hugh sabia que devia parar, mas ainda estava furioso.

– Desde os 13 anos tenho que escutar a família Pilaster condenando meu pai, mas não aceito isso de uma artista de circo.

Maisie levantou-se, os olhos faiscando como esmeraldas.

Por um momento, Hugh pensou que ela fosse esbofeteá-lo. Só que ela disse apenas:

– Vamos dançar, Solly. Talvez o seu amigo grosseiro vá embora até a música acabar.

3

A DISCUSSÃO DE HUGH com Maisie acabou com a festa. Solly e ela foram dançar e os outros decidiram ir a uma caça a ratos. Era ilegal, mas havia meia dúzia de arenas regulares a cinco minutos a pé de Piccadilly Circus e Micky Miranda conhecia todas.

Estava escuro quando saíram do Argyll e foram para o distrito de Londres conhecido como Babylon. Ali, fora das vistas dos palácios de Mayfair, mas convenientemente perto dos clubes de cavalheiros em St. James, havia um labirinto de ruas estreitas dedicadas ao jogo, a esportes sangrentos, ópio, pornografia e, principalmente, prostituição. Era uma noite quente e úmida e o ar estava impregnado do cheiro de comida, cerveja e esgoto. Micky e seus amigos foram andando devagar pelo meio da rua apinhada. Logo no primeiro minuto, um velho com uma cartola amassada lhe ofereceu um livro de versos libidinosos, um rapaz com ruge nas faces piscou para ele, uma mulher bem-vestida de sua idade abriu o casaco para oferecer o vislumbre rápido dos seios bonitos e uma velha esfarrapada perguntou se não queria fazer sexo com uma garota com cara de anjo, que devia ter uns 10 anos. Os prédios, quase todos bares, salões de dança, bordéis e pensões ordinárias, tinham paredes encardidas e janelas pequenas e sujas, através das quais se podia avistar de vez em quando uma festa iluminada por bicos de gás. Desfilavam pela rua grã-finos de colete branco como Micky, escriturários e pequenos comerciantes de chapéu-coco, agricultores de olhos arregalados, soldados com o uniforme desabotoado, marujos com os bolsos temporariamente cheios de dinheiro e uma quantidade surpreendente de casais de classe média, de aparência respeitável, andando de braços dados.

Micky estava se divertindo. Era a primeira vez em várias semanas que conseguia escapulir de Papa por uma noite. Aguardavam a morte de Seth Pilaster para fechar a compra dos rifles, mas o velho se apegava à vida como um mexilhão na pedra. Não era divertido ir a salões de dança e bordéis com o próprio pai. Ainda por cima, Papa o tratava mais como um criado, às vezes mandando que ele esperasse do lado de fora enquanto ia para o quarto com uma prostituta. Aquela noite era um bendito descanso.

Estava contente por ter se encontrado de novo com Solly Greenbourne. Os Greenbournes eram ainda mais ricos do que os Pilasters, e Solly poderia ser útil algum dia.

Mas não ficara tão contente por deparar com Tonio Silva. Tonio sabia demais sobre a morte de Peter Middleton, sete anos antes. Naquele tempo, Tonio tinha pavor de Micky. Ainda parecia cauteloso e o respeitava, mas não era a mesma coisa que se sentir assustado. Micky se preocupava com ele, mas naquele momento não sabia o que poderia fazer com relação a isso.

Ele deixou a Windmill Street e avançou por uma viela estreita. Olhos de gatos piscavam para ele das pilhas de lixo. Depois de conferir se os outros o seguiam, Micky entrou num bar sórdido, atravessou-o, saiu pela porta dos fundos, cruzou um pátio em que uma prostituta se ajoelhava na frente de um cliente à luz do luar e abriu a porta de um prédio de madeira em péssimas condições que parecia um estábulo.

Um homem de cara suja, metido num casaco comprido e seboso, cobrou 4 *pence* como ingresso. Edward pagou e eles entraram.

O lugar era bastante iluminado. Pairavam no ar um nevoeiro de fumaça de tabaco e um cheiro repulsivo de sangue e excremento. Quarenta ou cinquenta homens e umas poucas mulheres se agrupavam em torno de uma arena circular. Os homens eram de todas as classes, alguns com grossos ternos de lã e lenços coloridos no pescoço, o traje típico de trabalhadores prósperos, outros com sobrecasacas e roupas mais refinadas. Mas as mulheres eram todas pouco respeitáveis, como April. Vários homens estavam com um cachorro no colo ou amarrado na perna da cadeira.

Micky apontou para um homem barbudo, com um gorro de tweed, que segurava um cachorro com uma focinheira, preso por uma corrente. Alguns espectadores examinavam atentamente o cão. Era um animal atarracado e musculoso, com uma cabeça enorme e mandíbulas poderosas. Parecia furioso e irrequieto.

– Ele será o próximo – informou Micky.

Edward afastou-se para comprar bebidas de uma mulher com uma bandeja. Micky virou-se para Tonio e falou em espanhol. Era descortês fazer isso na presença de Hugh e April, que não entendiam a língua, mas Hugh não era ninguém e April era ainda menos, então não se importou.

– O que anda fazendo agora? – perguntou ele.

– Sou adido do embaixador cordovês em Londres – respondeu Tonio.

– É mesmo?

Micky ficou intrigado. A maioria dos países sul-americanos não via sentido em ter um embaixador em Londres, mas Córdoba mantinha um representante ali havia dez anos. Sem dúvida, Tonio conseguira o posto de adido porque sua família, os Silvas, era bem relacionada na capital cordovesa, Palma. O pai de Micky, por sua vez, era um barão provinciano e não exercia esse tipo de influência.

– O que você tem que fazer?

– Respondo às cartas de firmas britânicas que querem fazer negócios em Córdoba. Perguntam sobre clima, moeda, transporte interno, hotéis, uma porção de coisas.

– Trabalha o dia inteiro?

– Não com frequência. – Tonio baixou a voz para acrescentar: – Não conte a ninguém, mas na maioria dos dias só preciso escrever duas ou três cartas.

– E eles lhe pagam?

Muitos diplomatas tinham recursos próprios e trabalhavam de graça.

– Não. Mas tenho um quarto na residência do embaixador, e todas as refeições. Além disso, recebo uma verba para roupas e pagam minhas mensalidades nos clubes.

Micky estava fascinado. Esse tipo de trabalho seria perfeito para ele, e sentiu a maior inveja. Casa e comida de graça, as despesas básicas de um jovem londrino pagas em troca de uma hora de trabalho toda manhã. Micky especulou se haveria algum meio de afastar Tonio do cargo.

Edward voltou com cinco doses de conhaque em copos pequenos e distribuiu-os. Micky engoliu o seu de uma só vez. Era vagabundo e ardeu ao descer pela garganta.

Subitamente, o cachorro rosnou e começou a correr em círculos frenéticos, puxando a corrente, os pelos do pescoço eriçados. Micky olhou ao redor e avistou dois homens carregando uma gaiola com ratos imensos. Os ratos estavam ainda mais agitados do que o cachorro, correndo por cima e por baixo uns dos outros, guinchando de terror. Todos os cachorros começaram a latir e por algum tempo houve uma terrível cacofonia enquanto os donos berravam com os animais para que ficassem quietos.

A entrada foi fechada e trancada por dentro, e o homem de casaco ensebado começou a recolher as apostas.

– Minha nossa, nunca vi ratos tão grandes – disse Hugh Pilaster. – Onde conseguiram?

Foi Edward quem respondeu:

– São criados para isso. – Ele se virou para um dos homens que carregavam a gaiola. – Quantos nesta rodada?

– Seis dúzias.

– Isso significa que vão pôr 72 ratos na rinha – explicou Edward.

– Como é a aposta? – perguntou Tonio.

– Você pode apostar no cachorro ou nos ratos. E se você acha que os ratos vão vencer, pode apostar em quantos ratos restarão depois que o cachorro morrer.

O homem de casaco ensebado gritava os rateios e pegava dinheiro em troca de pedaços de papel nos quais escrevia números com um lápis grosso.

Edward apostou 1 soberano no cachorro, e Micky, 1 xelim em seis ratos sobrevivendo, que pagavam cinco para um. Hugh, cheio de escrúpulos, recusou-se a apostar.

A rinha tinha pouco mais de um metro de profundidade e uma cerca de madeira também de pouco mais de um metro. Toscos candelabros espalhados em intervalos em torno da cerca projetavam uma claridade intensa no buraco. O dono tirou a focinheira do cachorro e o animal entrou na rinha por um portão de madeira, que foi fechado em seguida. O cachorro ficou imóvel, as pernas rígidas, os pelos no dorso eriçados, o olhar fixo, esperando pelos ratos. Os homens levantaram a gaiola. Houve um silêncio de expectativa.

Foi nesse instante que Tonio gritou:

– Dez guinéus no cachorro.

Micky ficou surpreso. Tonio falara das vantagens do emprego como se precisasse tomar cuidado com a maneira como gastava seu dinheiro. Seria mentira? Ou ele fazia apostas com que não tinha condições de arcar?

O homem do casaco ensebado hesitou. Era uma aposta alta para ele também. Depois de um instante, ele rabiscou num pedaço de papel, que entregou a Tonio em troca do dinheiro.

Os homens balançaram a gaiola para a frente como se fossem jogá-la na rinha. No último instante, uma portinhola se abriu na extremidade e os ratos escorregaram para fora, caindo com guinchos de terror. Chocada, April soltou um grito, e Micky riu.

O cachorro se pôs a trabalhar com uma concentração letal. Enquanto os ratos caíam, suas mandíbulas se movimentavam em ritmo furioso. Pegava um rato, quebrava sua espinha com um movimento da cabeça enorme e o largava para agarrar outro.

O cheiro de sangue tornou-se nauseante. Todos os cachorros latiam, desesperados, e o barulho era aumentado pelos espectadores, as mulheres soltando gritos estridentes diante da carnificina, os homens berrando palavras de encorajamento para o cachorro ou para os ratos. Micky não parava de rir.

Os ratos levaram um momento para compreender que estavam acuados na rinha. Alguns corriam pela beirada, procurando uma saída. Outros pulavam, tentando em vão escalar as paredes lisas. O restante se amontoava em pilhas. Por alguns segundos, o cachorro atacou à vontade, matando uma dezena ou mais.

Depois os ratos se viraram, todos ao mesmo tempo, como se tivessem ouvido um sinal. Começaram a investir contra o cachorro, mordendo suas pernas, seus quadris, o rabo curto. Alguns subiram em suas costas, morderam o pescoço e as orelhas. Um deles cravou os pequenos dentes afiados em seu lábio inferior e ficou balançando nas mandíbulas letais até que o cachorro uivou de raiva, bateu-o contra o chão e finalmente conseguiu soltá-lo de sua carne que sangrava.

O cachorro se virava em círculos vertiginosos, pegava um rato após outro, matando todos, mas sempre havia mais atrás dele. Metade dos ratos já morrera quando ele começou a se cansar. As pessoas que haviam apostado em 36, com um rateio elevado, rasgaram seus talões, mas as que apostaram em números menores passaram a gritar ainda mais alto.

O cachorro levara vinte ou trinta mordidas, que sangravam, e o chão se tornara escorregadio com seu sangue e com os corpos úmidos dos ratos mortos. Ele ainda balançava a cabeça enorme, ainda quebrava espinhas com a boca implacável, mas os movimentos já não eram mais tão rápidos e as patas não tinham tanta firmeza na terra molhada. Agora, pensou Micky, é que começa a ficar interessante.

Percebendo a fadiga do cachorro, os ratos ficaram mais ousados. Quando um estava em suas mandíbulas, outro saltava para sua garganta. Corriam entre suas pernas, por baixo de sua barriga, pulavam para as partes macias da pele. Um dos ratos maiores cravou os dentes numa perna traseira e se recusou a largar. O cachorro virou a cabeça para mordê-lo, mas outro rato o distraiu saltando em seu focinho. Um instante depois, a perna pareceu ceder – o rato deve ter rompido um tendão, pensou Micky – e subitamente o cachorro passou a mancar.

O cão se movia muito mais lentamente. Como se percebessem isso, todos os ratos remanescentes, cerca de dez, o atacaram por trás. Cansado, ele os abocanhava, partia suas espinhas, deixava-os cair na terra ensanguentada. Mas a barriga estava agora em carne viva, e ele não conseguiria resistir por muito tempo mais. Micky pensou que sua aposta fora correta e que haveria seis ratos vivos quando o cachorro morresse.

Foi nesse instante que o cachorro teve um repentino acesso de energia. Girando sobre três pernas, matou mais quatro ratos em quatro segundos. Mas foi seu último fôlego. Largou um rato e as pernas vergaram sob o corpo. Mais uma vez, virou a cabeça para abocanhar as criaturas, mas dessa vez não encontrou nenhuma. E baixou a cabeça.

Os ratos começaram a se alimentar.

Micky contou: restavam seis.

Ele olhou para seus companheiros. Hugh parecia nauseado.

– Um pouco forte para seu estômago, hein? – murmurou Edward.

– O cachorro e os ratos estão se comportando de acordo com sua natureza – respondeu Hugh. – São os humanos que me dão nojo.

Edward soltou um grunhido e afastou-se para comprar mais bebidas.

Os olhos de April brilhavam ao contemplarem Tonio, um homem, pensou ela, que podia se dar ao luxo de perder 10 guinéus numa aposta. Micky observou com mais atenção e constatou uma pontada de pânico no rosto de Tonio. Não creio que ele tenha condições de perder 10 guinéus, refletiu Micky.

Ele recebeu sua recompensa: 5 xelins. Já obtivera um lucro naquela noite. Mas tinha o pressentimento de que descobrira uma coisa sobre Tonio que, no fim das contas, poderia valer muito mais.

4

FORA MICKY QUEM deixara Hugh mais enojado. Ao longo de toda a briga, ele ficara rindo, quase histérico. A princípio, Hugh não conseguira determinar por que aquela risada lhe parecia tão assustadoramente familiar. Depois, lembrara-se de Micky rindo quando Edward jogara as roupas de Peter Middleton no poço. Era uma lembrança desagradável de um incidente sinistro.

Edward voltou com as bebidas.

– Vamos até a casa de Nellie – propôs.

Tomaram as doses de conhaque e saíram. Na rua, Tonio e April despediram-se dos outros e entraram num prédio que parecia um hotel barato.

Hugh presumiu que passariam uma hora ou talvez o resto da noite num quarto. Perguntou-se se deveria continuar com Edward e Micky. Não estava se divertindo, mas queria saber o que acontecia na casa de Nellie. Decidira experimentar a depravação, então tinha de seguir até o final da noite, não desistir no meio do caminho.

A casa de Nellie ficava na Prince's Street, perto da Leicester Square. Havia dois guardas uniformizados na porta. Quando os três chegaram, os guardas proibiam a entrada de um homem de meia-idade que usava um chapéu-coco.

– Só com traje a rigor – declarou um dos guardas, sob protestos do homem.

Eles pareciam conhecer Edward e Micky, pois um deles tocou no quepe enquanto o outro abria a porta. Avançaram por um corredor comprido até outra porta. Foram inspecionados através de uma janelinha e depois a porta foi aberta.

Era um pouco como entrar numa enorme sala de estar de uma mansão de Londres. Havia fogo em duas lareiras grandes, sofás, cadeiras e mesinhas por toda parte, e a sala estava repleta de homens e mulheres em trajes a rigor.

Contudo, demorava só um momento para perceber que não era uma sala de estar comum. A maioria dos homens continuava de chapéu na cabeça. Cerca de metade fumava – o que não era permitido em qualquer salão elegante – e alguns haviam tirado o casaco e desfeito o nó da gravata. A maioria das mulheres se achava completamente vestida, mas poucas pareciam usar roupas de baixo. Algumas sentavam no colo de homens, outras os beijavam, e uma ou duas permitiam que as acariciassem nas partes íntimas.

Pela primeira vez na vida, Hugh estava num bordel.

Era um lugar barulhento, com homens berrando piadas, mulheres rindo e um violinista tocando uma valsa. Hugh seguiu Micky e Edward, que atravessaram a sala. Havia nas paredes retratos de mulheres nuas e casais copulando, e Hugh começou a ficar excitado. Na outra extremidade, sob um enorme quadro a óleo de uma complexa orgia ao ar livre, estava sentada a pessoa mais gorda que Hugh já vira, uma mulher de busto imenso, o rosto todo pintado, num vestido de seda que parecia uma barraca púrpura. Ocupava a cadeira como se fosse um trono, cercada por moças. Atrás, havia uma escada larga com um carpete vermelho que devia levar aos quartos.

Edward e Micky aproximaram-se do trono e fizeram uma reverência. Hugh seguiu o exemplo.

– Nell, minha querida – disse Edward –, permita que lhe apresente meu primo, o Sr. Hugh Pilaster.

– Sejam bem-vindos, rapazes – retrucou Nell. – Espero que divirtam essas lindas moças.

– Daqui a pouco, Nell. Há jogo esta noite?

– Sempre há jogo na casa de Nellie – respondeu ela, acenando para uma porta no outro lado da sala.

Edward fez outra reverência.

– Voltaremos logo.

– Não falhem comigo, rapazes!

Eles se afastaram.

– Ela age como uma rainha! – murmurou Hugh.

Edward riu.

– Este é o melhor prostíbulo de Londres. Algumas das pessoas que fazem reverência para ela esta noite vão se curvar diante da rainha pela manhã.

Foram para a sala ao lado, onde havia cerca de quinze homens sentados ao redor de duas mesas de bacará. Cada mesa tinha uma linha branca a cerca de um palmo da beirada e os jogadores empurravam fichas coloridas pela linha para fazer suas apostas. A maioria tinha drinques ao lado, e o ar recendia a fumaça de charuto.

Havia poucas cadeiras vazias em uma das mesas, e Edward e Micky se sentaram. Um garçom lhes trouxe algumas fichas e eles assinaram um recibo.

– De quanto são as apostas? – perguntou Hugh a Edward em voz baixa.

– Uma libra, no mínimo.

Ocorreu a Hugh que, se jogasse e ganhasse, poderia pagar uma das mulheres na sala ao lado. Não chegava a ter 1 libra nos bolsos, mas era evidente que Edward tinha crédito ali... Depois, ele se lembrou de Tonio perdendo 10 guinéus na rinha de ratos.

– Não vou jogar – murmurou ele.

– Nunca imaginamos que você jogaria – comentou Micky, indiferente.

Hugh sentiu-se deslocado. Pensou em pedir a um garçom que lhe trouxesse um drinque, mas concluiu que provavelmente lhe custaria o salário de uma semana. Um homem deu as cartas de uma caixa e Micky e Edward fizeram suas apostas. Hugh decidiu sair dali.

Retornou à outra sala. Observando os móveis com mais atenção, percebeu que eram um tanto ordinários. Havia manchas no estofamento de veludo e marcas de cigarro na madeira envernizada, e os tapetes estavam puídos e rasgados. Ao seu lado, um bêbado cantava ajoelhado para uma prostituta enquanto seus dois companheiros caíam na gargalhada. Num sofá, um casal se beijava, as bocas abertas. Hugh já ouvira dizer que as pessoas faziam isso, mas nunca testemunhara. Ficou observando, fascinado, enquanto o homem desabotoava a frente do vestido da mulher e começava a acariciar os seios. Eram brancos e flácidos, com mamilos enormes, de um vermelho-escuro. A cena ao mesmo tempo o excitou e o repugnou. Apesar da aversão, sentiu o membro endurecer. O homem no sofá baixou a cabeça e começou a beijar os seios da mulher. Hugh não podia acreditar no que via. A mulher olhou por cima da cabeça do homem, percebeu que Hugh observava e piscou para ele.

– Você poderia fazer isso comigo, se quisesse – sussurrou uma voz no ouvido de Hugh.

Ele virou-se, com um sentimento de culpa, como se o tivessem flagrado fazendo algo vergonhoso. Ao seu lado estava uma jovem de cabelos escuros, mais ou menos de sua idade, com uma grossa camada de ruge nas faces. Ele não pôde deixar de olhar para seu busto. Desviou os olhos no instante seguinte, constrangido.

– Não seja tímido – disse ela. – Pode olhar à vontade. São para você desfrutar.

Horrorizado, Hugh sentiu a mão da mulher em sua virilha. Ela encontrou seu membro rígido e o apertou.

– Minha nossa, como você está excitado!

Hugh sofria uma angústia de prazer. Estava prestes a explodir. A moça ergueu a cabeça, beijou seus lábios, ao mesmo tempo que esfregava seu membro.

Foi demais. Incapaz de se controlar, Hugh ejaculou nas roupas de baixo.

A moça sentiu. Por um momento ficou surpresa, depois desatou a rir.

– Meu Deus, você é virgem! – exclamou ela em voz alta.

Hugh sentiu-se humilhado. A moça olhou ao redor e acrescentou para a prostituta mais próxima:

– Eu só toquei e ele se molhou todo!

Várias pessoas riram. Hugh virou-se e encaminhou-se para a saída. Os risos pareciam acompanhá-lo por toda a sala. Teve de fazer um esforço para não correr. Finalmente alcançou a porta e um instante depois saiu para a rua.

A noite esfriara um pouco. Ele respirou fundo. Parou por um momento a fim de se acalmar. Se aquilo era depravação, ele não gostara. Maisie fora grosseira em relação a seu pai; a briga de ratos fora repugnante; as prostitutas haviam zombado dele. Pois que todos se danassem!

Um guarda lançou-lhe um olhar simpático.

– Decidiu se retirar cedo, senhor?

– Uma boa ideia – murmurou Hugh, afastando-se.

~

Micky estava perdendo. Podia trapacear no bacará se estivesse com a banca, mas naquela noite a banca não foi parar em suas mãos. Sentiu-se secretamente aliviado quando Edward propôs:

– Vamos pegar duas garotas.

– Vá você – disse ele, simulando indiferença. – Vou continuar jogando.

Um brilho de pânico surgiu nos olhos de Edward.

– Está ficando tarde.

– Vou tentar recuperar o que perdi – insistiu Micky, obstinado.

Edward baixou a voz:

– Eu pago suas fichas.

Micky fingiu hesitar, mas acabou cedendo.

– Está bem.

Edward sorriu.

Ele acertou as contas e os dois voltaram à sala principal. Quase no mesmo instante uma loura de seios grandes se aproximou de Edward. Ele abraçou seus ombros nus e ela se comprimiu contra o peito dele.

Micky avaliou as prostitutas. Uma mulher um pouco mais velha, com uma expressão depravada, atraiu sua atenção. Ele lhe sorriu e a mulher se aproximou. Ela enfiou a mão por dentro de sua camisa, cravou as unhas em seu peito, mordeu gentilmente seu lábio inferior. Micky percebeu que Edward os observava, vermelho de excitação, e começou a se sentir impaciente. Olhou para a mulher.

– Qual é o seu nome?

– Alice.

– Vamos subir, Alice.

Subiram todos juntos. Havia no patamar uma estátua de mármore de um centauro com um enorme pênis ereto, que Alice acariciou ao passarem. Ao lado um casal praticava o ato sexual de pé, alheio a um bêbado sentado no chão, observando. As mulheres se encaminharam para quartos separados, mas Edward conduziu-as para o mesmo quarto.

– Todos juntos esta noite, rapazes? – indagou Alice.

– Estamos querendo economizar – disse Micky, arrancando uma gargalhada de Edward.

– Estiveram juntos no colégio, não é? – murmurou Alice, insinuante, enquanto fechava a porta. – Costumavam divertir um ao outro?

– Cale essa boca – ordenou Micky, abraçando-a.

Enquanto Micky beijava Alice, Edward aproximou-se por trás, envolvendo-a com os braços para apertar os seios. Ela pareceu um pouco surpresa, mas não fez nenhuma objeção. Micky sentiu as mãos de Edward movendo-se entre seu corpo e o da mulher e compreendeu que o amigo também se esfregava na bunda da prostituta.

– O que tenho de fazer? – indagou a outra mulher depois de um momento. – Estou me sentindo de fora.

– Tire as roupas – disse Edward. – Você será a próxima.

CAPÍTULO TRÊS
Julho

1

QUANDO MENINO, HUGH pensava que o Banco Pilasters pertencia aos homens que estavam sempre circulando de um lado para outro. Não passavam, na verdade, de meros mensageiros, mas todos eram um tanto corpulentos, usavam trajes impecáveis com correntes de relógios de prata estendidas pelo colete amplo. Andavam pelo banco com tamanha dignidade e pompa que, para uma criança, pareciam as pessoas mais importantes ali.

Hugh fora levado ao banco aos 10 anos pelo avô, irmão do velho Seth. O salão de paredes de mármore no térreo lhe lembrara uma igreja: imenso, gracioso, silencioso, um lugar em que rituais incompreensíveis eram cumpridos por um sacerdócio de elite a serviço de uma divindade chamada Dinheiro. O avô lhe mostrara tudo: a quietude atapetada do segundo andar, ocupado pelos sócios e seus secretários, onde serviram ao pequeno Hugh um copo de xerez e um prato de biscoitos na Sala dos Sócios; os escriturários seniores às suas mesas no terceiro andar, de óculos e ansiosos, cercados por pilhas de papéis amarradas com fitas como presentes; e os juniores no último andar, sentados em fileiras de mesas altas, como os soldadinhos de brinquedo de Hugh, escrevendo registros em livros enormes com os dedos sujos de tinta. Mas o melhor de tudo para Hugh fora o porão, onde contratos ainda mais velhos do que o avô eram guardados em cofres, milhares de selos esperavam para serem lambidos, e onde havia uma sala inteira cheia de tinta, guardada em enormes jarros de vidro. Ficara espantado ao pensar sobre o processo. A tinta chegava ao banco, era espalhada sobre papéis por escriturários e depois os papéis eram levados para o porão, onde ficariam guardados para sempre – e de alguma forma isso dava dinheiro.

O mistério desaparecera agora. Ele sabia que os enormes livros encadernados em couro não eram textos arcanos, mas apenas listas de transações financeiras compiladas de forma meticulosa e atualizadas com precisão, e seus próprios dedos haviam ficado com câimbras e manchados de tinta pelos dias escrevendo neles. Uma letra de câmbio não era mais um encantamento mágico, mas apenas uma promessa de pagar determinada quantia numa data futura, escrita num papel, com a garantia de um banco. Descontar, que quando criança ele achava que era contar para trás de cem a um, passara a ser a prática de comprar letras de câmbio a um preço um pouco menor que o valor expresso, guardando-as até a data especificada para então resgatá-las com um pequeno lucro.

Hugh era assistente-geral de Jonas Mulberry, o escriturário-chefe. Homem calvo, na casa dos 40 anos, Mulberry tinha um bom coração, mas era um tanto amargo. Explicava com calma as coisas para Hugh, mas era sempre rápido em encontrar defeitos se seu assistente se mostrasse apressado ou descuidado. Hugh trabalhava sob suas ordens havia um ano e no dia anterior cometera um grave erro. Perdera a nota de carga de uma remessa de tecido que partira de Bradford para Nova York. O fabricante se apresentara no salão lá embaixo pedindo seu dinheiro, mas Mulberry precisava conferir a nota antes de autorizar o pagamento e Hugh não conseguira encontrar o documento. Foram obrigados a pedir ao homem que voltasse no dia seguinte.

Hugh acabara encontrando o documento, mas passara a maior parte da noite preocupado e naquela manhã imaginara um novo sistema para arquivar os papéis para Mulberry.

Na mesa à sua frente havia duas bandejas de madeira, dois cartões retangulares, uma pena e um tinteiro. Ele escreveu devagar, com todo o cuidado, no primeiro cartão:

Aos cuidados do escriturário-chefe

No segundo, escreveu:

Documentos já vistos pelo escriturário-chefe

Depois de passar o mata-borrão, ele pregou um cartão em cada bandeja. Levou as bandejas para a mesa de Jonas Mulberry e recuou para avaliar seu trabalho. O Sr. Mulberry entrou nesse momento.

– Bom dia, Sr. Hugh.

Todos os membros da família eram tratados no banco pelo primeiro nome, caso contrário haveria confusão entre os diferentes Srs. Pilasters.

– Bom dia, Sr. Mulberry.

– Que droga é essa? – indagou Mulberry, mal-humorado, olhando para as bandejas.

– Bem... – começou Hugh. – Encontrei aquela nota de carga.

– E onde estava?

– Junto com algumas cartas que o senhor tinha assinado.

Mulberry estreitou os olhos.

– Está tentando insinuar que a culpa foi minha?

– Claro que não – apressou-se em dizer Hugh. – É minha responsabilidade manter seus papéis em ordem. É por isso que instituí o sistema de bandejas. Para separar os documentos que já examinou dos que ainda aguardam sua atenção.

Mulberry soltou um grunhido evasivo. Pendurou o chapéu-coco no gancho atrás da porta e sentou-se à mesa.

– Muito bem – respondeu por fim –, vamos experimentar. Talvez seja eficiente. Da próxima vez, tenha a gentileza de me consultar antes de pôr em prática suas ideias engenhosas. Afinal, esta é a minha sala e sou o escriturário-chefe.

– Pois não – murmurou Hugh. – Peço desculpas.

Ele sabia que deveria ter pedido permissão a Mulberry, mas ficara tão ansioso com a nova ideia que não tivera paciência para esperar.

– O empréstimo russo foi fechado ontem – anunciou Mulberry. – Quero que desça para a sala de correspondência e organize a contagem dos pedidos.

– Certo.

O banco estava levantando um empréstimo de 2 milhões de libras para o governo da Rússia. Emitira títulos de 100 libras, com juros de 5 libras ao ano, mas os títulos estavam sendo vendidos a 93, o que significava que a taxa de juros real ficava acima de 5⅜%. A maioria dos títulos fora comprada por outros bancos de Londres e Paris, mas alguns haviam sido oferecidos ao público geral e agora os pedidos deviam ser contados.

– Tomara que tenhamos mais pedidos do que podemos atender – comentou Mulberry.

– Por quê?

– Porque assim as pessoas não atendidas tentarão comprar os títulos amanhã no mercado aberto e isso fará a cotação subir, talvez para 95 libras, e todos os nossos clientes acharão que fizeram um bom negócio.

Hugh assentiu.

– E se tivermos poucos pedidos?

– Nesse caso, o banco, como subscritor, terá que comprar o excedente... a 93 libras. E amanhã a cotação pode baixar para 92 ou 91 libras e teremos prejuízo.

– Entendo.

– Pode ir.

Hugh deixou a sala de Mulberry, que ficava no terceiro andar, e desceu depressa a escada. Sentia-se feliz por Mulberry ter aceitado sua ideia das bandejas e aliviado por não ter havido grandes consequências do extravio da nota de carga. Ao chegar ao segundo andar, onde ficava a Sala dos Sócios, ele avistou Samuel Pilaster, muito elegante numa sobrecasaca cinza-prateada e com uma gravata de cetim azul-marinho.

– Bom dia, tio Samuel.

– Bom dia, Hugh. O que está fazendo?

Ele demonstrava mais interesse por Hugh do que os outros sócios.

– Vou contar os pedidos para o empréstimo russo.

Samuel sorriu, exibindo os dentes tortos.

– Não sei como pode estar tão animado com um dia assim pela frente!

Hugh continuou a descer. Na família, as pessoas começavam a falar aos sussurros sobre tio Samuel e seu secretário. Hugh não achava chocante que Samuel fosse o que as pessoas chamavam de efeminado. As mulheres e os vigários podiam fingir que o sexo entre homens era uma perversão, mas acontecia o tempo todo em colégios como Windfield e não fazia mal a ninguém.

Ele chegou ao térreo e entrou no enorme salão do banco. Eram apenas nove e meia, e as dezenas de empregados do Pilasters ainda entravam pela porta da frente, recendendo ao bacon do café da manhã e aos trens subterrâneos. Hugh acenou com a cabeça para a Srta. Greengrass, a única escriturária. Um ano antes, quando ela foi contratada, discutiu-se muito no banco se uma mulher seria capaz de realizar aquele trabalho. Ela acabara por dirimir a questão ao demonstrar excepcional competência. Haveria mais mulheres trabalhando no banco no futuro, calculava Hugh.

Ele desceu ao porão pela escada nos fundos e seguiu para a sala de correspondência. Dois mensageiros separavam as cartas, e os pedidos de títulos do empréstimo russo já enchiam um saco grande. Hugh decidiu convocar dois escriturários juniores para somarem os pedidos e depois iria conferir a aritmética.

O trabalho o ocupou durante a maior parte do dia. Faltavam poucos minutos para as quatro da tarde quando ele conferiu o último maço de pedidos e acrescentou a cifra à coluna. A emissão não fora totalmente vendida. Pouco mais de 100 mil libras em títulos não foram vendidas. Era uma proporção pequena para uma emissão de 2 milhões de libras, mas havia uma grande diferença psicológica entre vender tudo e faltar um pouco. Os sócios ficariam desapontados.

Hugh escreveu a soma num papel branco e subiu à procura de Mulberry. O salão do banco estava quieto agora. Havia apenas uns poucos clientes junto ao balcão envernizado. Ali atrás, os funcionários tiravam os enormes livros-caixa e depois os guardavam. O Pilasters não tinha muitas contas particulares. Era um banco mercantil que emprestava dinheiro a negociantes para financiar seus empreendimentos. Como o velho Seth dizia, o Pilasters não estava interessado em contar as moedas ensebadas de um merceeiro ou as notas encardidas de um alfaiate – não havia lucro suficiente nisso. Mas toda a família mantinha suas contas pessoais no banco, e o mesmo privilégio era oferecido a uns poucos clientes muito ricos. Hugh avistou um deles, sir John Cammel. Conhecera seu filho em Windfield. Magro e calvo, sir John tirava vastos rendimentos de minas de carvão e docas em suas terras em Yorkshire. Ele andava de um lado para outro no chão de mármore, parecendo impaciente e irritado. Hugh aproximou-se.

– Boa tarde, sir John. Está sendo bem atendido?

– Não, meu rapaz, não estou. Será que ninguém trabalha neste lugar?

Hugh olhou ao redor rapidamente. Nenhum dos sócios ou funcionários mais graduados se encontrava à vista. Ele decidiu tomar a iniciativa.

– Não quer subir para a Sala dos Sócios, senhor? Sei que terão o maior prazer em recebê-lo.

– Está bem.

Hugh o levou para o segundo andar. Os sócios trabalhavam todos na mesma sala, a fim de poderem ficar de olho uns nos outros, conforme a tradição. O lugar parecia o salão de leitura de um clube de cavalheiros, com sofás de couro, estantes e uma mesa de centro com jornais. De retratos emoldurados nas paredes os Pilasters ancestrais contemplavam os narizes aduncos de seus descendentes. A sala estava vazia.

– Um deles voltará logo, tenho certeza – disse Hugh. – Posso lhe oferecer um cálice de vinho Madeira?

Ele foi até o aparador e serviu uma dose generosa enquanto sir John se instalava numa poltrona de couro.

– Sou Hugh Pilaster, por falar nisso.

– É mesmo?

Sir John se sentiu um pouco apaziguado ao descobrir que falava com um Pilaster, não com um empregado qualquer.

— Estudou em Windfield? — perguntou ele.

— Estudei, sim, senhor. Fui contemporâneo de seu filho Albert. Nós o chamávamos Corcunda, por causa do nome.

— Todos os Cammels são chamados de Corcunda.

— Não o vejo desde... desde aquela época.

— Ele foi para a Colônia do Cabo e gostou tanto de lá que nunca mais voltou. Cria cavalos agora.

Albert Cammel era um dos alunos que nadavam no poço naquele dia fatídico em 1866. Hugh nunca ouvira sua versão sobre o afogamento de Peter Middleton.

— Eu gostaria de escrever para ele, senhor.

— Eu diria que ele ficará muito contente em receber uma carta de um antigo colega de colégio. Darei o endereço.

Sir John foi até uma mesa, molhou uma pena no tinteiro e escreveu numa folha de papel.

— Aqui está.

— Obrigado.

Sir John já não demonstrava irritação, notou Hugh, satisfeito.

— Há mais alguma coisa que eu possa fazer enquanto espera? — perguntou Hugh.

— Talvez possa cuidar disso.

Ele tirou um cheque do bolso. Hugh o examinou. Era de 110 mil libras, o maior cheque pessoal que ele já manuseara.

— Acabei de vender uma mina de carvão a meu vizinho — explicou sir John.

— Claro que posso depositar.

— Vão me pagar quanto de juros?

— 4%, no momento.

— Acho que está bom.

Hugh hesitou. Ocorreu-lhe que, se persuadisse sir John a comprar os títulos russos, a emissão do empréstimo seria totalmente coberta. Deveria mencionar o assunto? Já ultrapassara sua autoridade ao trazer um cliente para a Sala dos Sócios. Decidiu correr o risco.

— Pode conseguir cinco e três oitavos com a compra de títulos russos.

Sir John estreitou os olhos.

— É mesmo?

— Sim. A subscrição foi encerrada ontem, mas para o senhor...

— São seguros?

– Tão seguros quanto o governo russo.

– Pensarei a respeito.

O entusiasmo de Hugh fora atiçado e ele queria fechar a venda naquele momento.

– A taxa pode não ser a mesma amanhã, como o senhor sabe. Quando os títulos entrarem no mercado aberto, o preço pode subir ou descer.

Hugh pensou que parecia ansioso demais e tratou de recuar.

– Mas depositarei o cheque em sua conta imediatamente e, se desejar, pode conversar com um dos meus tios sobre os títulos.

– Está certo, jovem Pilaster... Até a próxima.

Hugh saiu e encontrou tio Samuel no corredor.

– Sir John Cammel está na sala, tio. Encontrei-o no salão lá embaixo com ar irritado, por isso eu o trouxe para cá e lhe servi um cálice de Madeira... Espero ter feito a coisa certa.

– Claro que fez. Pode deixar que eu cuido dele.

– Ele trouxe este cheque de 110 mil libras. Mencionei o empréstimo russo... Faltam 100 mil libras para completar a subscrição.

Samuel franziu as sobrancelhas.

– Foi uma precipitação sua.

– Comentei apenas que ele poderia conversar a respeito com um dos sócios, se quisesse uma taxa de juros maior.

– Está certo. Não é uma má ideia.

Hugh voltou ao salão no térreo, pegou o livro de registro de sir John, anotou o depósito e levou o cheque ao funcionário responsável pela compensação. Subiu para a sala de Mulberry no terceiro andar. Entregou a soma dos pedidos dos títulos russos, mencionou a possibilidade de sir John Cammel comprar o saldo e sentou à sua mesa.

Um mensageiro entrou na sala com chá e pão com manteiga numa bandeja. Esse lanche leve era servido a todos os funcionários que ficavam no banco depois das quatro e meia da tarde. Quando não havia muito trabalho, a maior parte do pessoal se retirava às quatro. Os empregados dos bancos figuravam na elite dos escriturários e eram muito invejados pelos funcionários de comerciantes e armadores, que muitas vezes trabalhavam até tarde, inclusive noite adentro.

Pouco depois Samuel entrou e entregou alguns papéis a Mulberry.

– Sir John comprou os títulos – informou ele a Hugh. – Bom trabalho. Uma oportunidade bem aproveitada.

– Obrigado.

Samuel notou as bandejas na mesa de Mulberry.

– O que é isso? – indagou ele, achando graça. – Aos cuidados do escriturário-chefe... Documentos já vistos pelo escriturário-chefe.

Mulberry explicou:

– O propósito é manter separados os documentos que entram e os que saem. Evita confusões.

– É um bom sistema. Acho que também vou adotar.

– Para dizer a verdade, Sr. Samuel, foi ideia do jovem Sr. Hugh.

Samuel olhou admirado para Hugh.

– Você é bastante esperto, meu caro rapaz.

Hugh era às vezes acusado de ser presunçoso, por isso preferiu simular humildade.

– Sei que ainda tenho muito que aprender.

– Sem falsa modéstia. Diga-me uma coisa: se fosse liberado do serviço com o Sr. Mulberry, que função escolheria em seguida?

Hugh nem precisava pensar na resposta. O cargo mais cobiçado era o de escriturário de correspondência. A maioria dos empregados só tomava conhecimento de uma parte da transação, aquela que registrava, mas o escriturário de correspondência, que preparava cartas para os clientes, tinha uma visão global. Era a melhor posição para se aprender e a melhor para conseguir uma promoção. E o escriturário de correspondência de tio Samuel, Bill Rose, estava prestes a se aposentar.

– Gostaria de ser o seu escriturário de correspondência – respondeu Hugh, sem hesitar.

– É mesmo? Depois de apenas um ano no banco?

– Quando o Sr. Rose se afastar, já será um ano e meio.

– É verdade. – Samuel ainda parecia divertido, mas não dera uma resposta negativa. – Veremos, meu rapaz, veremos...

Assim que ele saiu, Mulberry perguntou a Hugh:

– Aconselhou sir John Cammel a comprar os títulos russos?

– Apenas mencionei a possibilidade.

– Ora, ora... – murmurou Mulberry. – Ora, ora...

E por vários minutos ele ficou observando Hugh com uma expressão pensativa.

2

ERA UMA TARDE ensolarada de domingo e Londres inteira saíra para passear em seus melhores trajes dominicais. Piccadilly estava livre de tráfego, pois só um inválido usaria um veículo no sabá. Maisie Robinson e April Tilsley desciam por Piccadilly, apreciando os palácios dos ricos e tentando atrair homens.

Moravam no Soho, partilhando o quarto de um cortiço na Carnaby Street, perto de St. James's Workhouse, um asilo que abrigava e dava trabalho a indigentes. Levantavam por volta do meio-dia, vestiam-se com o maior cuidado e saíam pelas ruas. Quase sempre, ao cair da noite, já haviam encontrado dois homens para lhes pagarem o jantar. Caso contrário, passavam fome. Quase não tinham dinheiro, mas precisavam de pouco. Quando o aluguel atrasava, April pedia um "empréstimo" a um namorado. Maisie sempre usava as mesmas roupas e lavava os trajes de baixo todas as noites. Um dia desses alguém lhe compraria um vestido novo. Mais cedo ou mais tarde, ela esperava, um dos homens que pagavam seu jantar haveria de pedi-la em casamento ou instalá-la como sua amante.

April ainda estava animada com o sul-americano que conhecera, Tonio Silva.

– Pense nisso, ele pode perder 10 guinéus numa aposta! – exclamou ela. – E eu sempre gostei de cabelos ruivos.

– Não gostei do outro sul-americano, o moreno – comentou Maisie.

– Micky? Ele é deslumbrante!

– Tem razão, mas há algo de malicioso nele.

April apontou para uma enorme mansão.

– Esta é a casa do pai de Solly.

Era afastada da rua, com um caminho semicircular na frente. Parecia um templo grego, com uma fileira de colunas frontais que subiam até o teto. Latão reluzia na enorme porta e havia cortinas vermelhas de veludo nas janelas.

– Você pode morar aí um dia – disse April.

Maisie balançou a cabeça.

– Eu não.

– Já aconteceu antes – insistiu April. – Você só precisa ser mais sensual do que as garotas da aristocracia, o que não é difícil. Depois de casar, pode aprender num instante a imitar o jeito de falar. Já fala muito bem, menos quando fica zangada. E Solly é um bom garoto.

— Um bom garoto gordo — murmurou Maisie, com uma careta.

— Mas muito rico! As pessoas dizem que o pai dele mantém uma orquestra sinfônica em sua casa de campo só para quando quer ouvir um pouco de música depois do jantar!

Maisie suspirou. Não queria pensar em Solly.

— Para onde vocês foram depois que gritei com o tal de Hugh?

— Uma rinha de ratos. Depois, Tonio e eu fomos para o Hotel Batt's.

— Fez tudo com ele?

— Claro! Por que acha que fomos para o Batt's?

— Para jogar uíste?

As duas riram. April fez uma cara desconfiada.

— Você também fez com Solly, não é?

— Eu o deixei feliz.

— O que isso significa?

Maisie fez um gesto com a mão e elas tornaram a rir.

— Só tocou nele? Por quê?

Maisie deu de ombros.

— Talvez você esteja certa, Maisie. Às vezes é melhor não deixar que eles tenham tudo na primeira vez. Se os deixa esperando, eles ficam ainda mais loucos por você.

Maisie mudou de assunto.

— Encontrar pessoas da família Pilaster me traz terríveis recordações.

April assentiu.

— Odeio a merda dos patrões! — disse ela com uma súbita veemência.

A linguagem de April conseguia ser mais vulgar do que o vocabulário a que Maisie se acostumara no circo.

— Nunca trabalharei para nenhum. É por isso que faço o que faço. Fixo o meu preço e recebo adiantado.

— Meu irmão e eu saímos de casa no dia em que Tobias Pilaster quebrou. — Maisie sorriu, pesarosa. — Pode-se dizer que é por causa dos Pilasters que estou aqui hoje.

— O que fez depois que partiu? Entrou para o circo imediatamente?

— Não.

Maisie sentiu um aperto no coração ao recordar como se sentira assustada e solitária.

— Meu irmão embarcou num navio que partiu para Boston. Nunca mais o vi nem tive notícias dele. Dormi num depósito de lixo por uma semana. Graças a Deus o tempo estava bom. Era maio. Só choveu uma noite, e eu me cobri com trapos e fiquei com pulgas por anos... Eu me lembro do velório.

– De quem?

– De Tobias Pilaster. O cortejo fúnebre passou pelas ruas. Era um homem importante na cidade. Lembro que tinha um garoto, não muito mais velho do que eu, usando um casaco preto e cartola, segurando a mão da mãe. Devia ser Hugh.

– Quem diria!

– Depois, fui andando até Newcastle. Eu me vesti como um garoto e trabalhei num estábulo como ajudante. Eles me deixavam dormir na palha à noite, junto com os cavalos. Passei três anos ali.

– Por que foi embora?

– Fiquei com isto – respondeu Maisie, balançando os seios.

Os olhos de um homem de meia-idade que passava por elas no momento quase pularam para fora das órbitas.

– Quando o chefe dos cavalariços percebeu que eu era uma moça, tentou me estuprar. Bati na cara dele com um chicote de montaria e perdi o emprego.

– Espero que o tenha cortado – comentou April.

– Com certeza joguei um balde de água fria no fogo dele.

– Deveria ter batido na coisa dele.

– Ele podia gostar.

– Para onde foi depois que deixou o estábulo?

– Fui para o circo. Comecei ajudando a cuidar dos cavalos e acabei virando uma das amazonas. – Ela suspirou, nostálgica. – Gostava de lá. As pessoas eram simpáticas.

– Até demais, aposto.

Maisie assentiu.

– Nunca me dei bem com o dono do circo. Quando ele quis me levar para a cama, resolvi ir embora. Cheguei à conclusão de que, se tivesse que chupar paus para viver, ia querer um salário melhor. E aqui estou.

Ela sempre absorvia os maneirismos da fala dos outros e adotara o vocabulário desenvolto de April.

– E quantos paus você chupou desde então? – perguntou April, fitando-a com um olhar matreiro.

– Nenhum, para dizer a verdade. – Maisie parecia embaraçada. – Não

91

posso mentir para você, April... Não tenho certeza se levo jeito para esse trabalho.

— É perfeita para isso! — protestou April. — Tem aquele brilho nos olhos a que os homens não resistem. Quero que me escute. Insista com Solly Greenbourne. Dê a ele um pouco mais a cada vez. Deixe-o sentir sua cona num dia, vê-la nua no outro... Em umas três semanas, ele vai estar ofegando de desejo. Uma noite, quando arriar sua calça e estiver com a ferramenta na boca, diga a ele: "Se me comprasse uma casinha em Chelsea, Solly, poderíamos fazer isso sempre que você quisesse." Juro a você, Maisie, que se ele disser não, eu viro freira.

Maisie sabia que a amiga tinha razão, mas sua alma se revoltava contra isso. Não entendia direito por quê. Em parte, era porque não se sentia atraída por Solly. Paradoxalmente, outro motivo era ele ser tão simpático. Não tinha coragem de manipulá-lo sem piedade. Mas o pior era achar que assim renunciaria a toda esperança do verdadeiro amor, de um casamento de verdade, com um homem que a amasse. Por outro lado, tinha de sobreviver de alguma forma e estava determinada a não viver como os pais, esperando a semana inteira por uma ninharia no dia do pagamento e sempre correndo o risco do desemprego por causa de uma crise financeira a centenas de quilômetros de distância.

— O que me diz dos outros? — indagou April. — Poderia ter escolhido qualquer um.

— Gostei de Hugh, mas o ofendi.

— De qualquer maneira, ele não tem dinheiro.

— Edward é um porco, Micky me assusta e Tonio é seu.

— Então Solly é mesmo seu homem.

— Não sei...

— Pois eu sei. Se você o deixar escapulir por entre os dedos, vai passar o resto da vida andando por Piccadilly e pensando: "Eu poderia morar naquela casa agora."

— É bem provável.

— E se não ficar com Solly, o que pode acontecer? Pode acabar com um merceeiro antipático de meia-idade que vai deixar você sempre sem dinheiro e vai querer que lave seus lençóis.

Maisie remoeu essa perspectiva enquanto chegavam à extremidade oeste de Piccadilly e viravam para o norte, entrando na Mayfair. Talvez conseguisse levar Solly a se casar com ela, caso se empenhasse. E seria capaz de interpretar o papel de uma grande dama sem muita dificuldade. Falar da maneira correta era metade da batalha, e ela sempre fora competente na imitação. Mas a ideia de amarrar Solly a um casamento sem amor a repugnava.

Passaram por uma estrebaria de cavalos de aluguel. Maisie sentiu saudades do circo e parou para afagar um enorme garanhão alazão. O cavalo encostou o focinho em sua mão no mesmo instante.

– O Vermelho não costuma deixar que pessoas estranhas toquem nele – disse uma voz masculina.

Maisie virou-se e deparou com um homem de meia-idade num fraque preto com colete amarelo. As roupas formais contrastavam com o rosto curtido e a fala rude, e ela calculou que se tratava de um ex-cavalariço que abrira seu próprio negócio e se saíra muito bem. Ela sorriu.

– Ele não se importa que eu o afague, não é mesmo, Vermelho?

– Conseguiria montá-lo?

– Se conseguiria? Claro que sim. Sem sela e ainda consigo ficar de pé em cima dele. O Vermelho é seu?

O homem fez uma pequena reverência.

– George Sammles, a seu dispor, senhoras. Proprietário, como diz ali.

Ele apontou para seu nome pintado acima da porta.

– Eu não deveria me gabar, Sr. Sammles, mas passei os últimos quatro anos num circo, por isso sou capaz de montar qualquer animal em sua estrebaria – disse Maisie.

– É mesmo? – murmurou ele, pensativo. – Ora, ora...

– Em que está pensando, Sr. Sammles? – interveio April.

Ele hesitou.

– Pode parecer um bocado apressado, mas me pergunto se essa dama não estaria interessada numa proposta de negócio.

Maisie especulou o que viria em seguida. Até aquele momento, achava que a conversa não passava de uma digressão sem consequências.

– Continue.

– Sempre estamos interessadas em propostas de negócio – acrescentou April, insinuante.

Mas Maisie tinha a impressão de que Sammles não estava interessado no que April tinha em mente.

– Sabe, o Vermelho está à venda – começou o homem. – Mas não se vende um cavalo deixando-o dentro da estrebaria. Se sair montada nele pelo parque durante mais ou menos uma hora, uma dama como você, se me permite a ousadia, tão bonita assim, atrairia muita atenção, e é possível que mais cedo ou mais tarde alguém pergunte quanto quer pelo cavalo.

Ganharia dinheiro com isso?, pensou Maisie. Poderia ser um meio de pagar o aluguel sem vender seu corpo ou sua alma? Só que ela não fez a pergunta que estava em sua mente. Em vez disso, comentou:

– E eu diria então à pessoa: "Vá falar com o Sr. Sammles, em Curzon Mews, pois o pangaré é dele." É isso que pretende?

– Exatamente, só que, em vez de chamar o Vermelho de pangaré, poderia falar "esta magnífica criatura" ou "este esplêndido espécime equino", ou qualquer outra coisa assim.

– Talvez – disse Maisie, pensando que usaria as próprias palavras, não as de Sammles. – Agora, vamos aos negócios. – Ela não podia mais simular indiferença pelo dinheiro. – Quanto me pagaria?

– Quanto acha que vale?

Maisie pensou numa quantia absurda.

– Uma libra por dia.

– É demais – retrucou ele no mesmo instante. – Pago a metade.

Ela mal podia acreditar na sorte: 10 xelins por dia era um salário fabuloso. As moças de sua idade que trabalhavam como criadas se sentiriam afortunadas se ganhassem 1 xelim por dia. Seu coração disparou.

– Negócio fechado – ela se apressou em dizer, com receio de que o homem mudasse de ideia. – Quando começo?

– Venha amanhã, às dez e meia.

– Estarei aqui.

Trocaram um aperto de mãos e as moças se afastaram.

– Não se esqueça de usar esse vestido. É encantador – disse ainda o homem.

– Pode deixar – respondeu Maisie.

Era o único que ela possuía. Mas não contou isso a Sammles.

3

TRÁFEGO NO PARQUE
AO EDITOR DO *THE TIMES*

Senhor, tem sido observado no Hyde Park, nos últimos dias, por volta de onze e meia, todas as manhãs, um congestionamento tão grande de carruagens que não se pode avançar durante cerca de uma hora. Numerosas explicações foram sugeridas, como a de que muitos residentes dos campos vieram à cidade para a temporada ou a de que a prosperidade de Londres é agora tão grande que as esposas dos negociantes também dispõem de carruagem e vão passear no parque. A verdade ainda não foi mencionada em nenhum lugar. A culpa é de uma dama, de nome desconhecido, mas a quem os homens chamam de "A Leoa", sem dúvida por causa da cor acobreada de seus cabelos. Trata-se de uma criatura fascinante, muito bem-vestida, que monta com facilidade e graça cavalos que desafiariam muitos homens e guia, com igual facilidade, uma carruagem puxada por parelhas perfeitas. A fama de sua beleza e de sua habilidade equestre é tamanha que Londres inteira se desloca para o parque a essa hora e, uma vez ali, não pode mais se mover. Como seu ofício é saber de tudo e conhecer a todos, senhor, e portanto deve estar a par da verdadeira identidade da Leoa, não poderia persuadi-la a desistir, a fim de que o parque possa voltar a seu estado normal de decoro sereno e travessia fácil?

Sempre ao seu dispor,

UM OBSERVADOR

A carta só podia ser uma piada, pensou Hugh, largando o jornal. A Leoa era bastante real – ouvira os escriturários falarem a seu respeito –, mas não era a causa do congestionamento de carruagens. Mesmo assim, ele estava intrigado. Olhou para o parque através das janelas da Casa Whitehaven. Era feriado. O sol brilhava e já havia muitas pessoas passeando a pé, a cavalo ou em carruagens. Hugh pensou que poderia dar um pulo no parque na esperança de ver a causa de toda aquela confusão.

Tia Augusta também planejava ir ao parque. Sua caleche estava parada na frente da casa. O cocheiro usava sua peruca e o lacaio de libré esperava para subir atrás. Ela ia ao parque àquela hora na maioria das manhãs, como faziam todas as mulheres e homens ociosos da classe alta. Diziam que era pelo ar fresco e pelo exercício, mas iam principalmente para ver e serem vistos. A verdadeira causa do congestionamento eram as carruagens que paravam para os ocupantes conversarem, bloqueando a passagem.

Hugh ouviu a voz da tia. Levantou-se da mesa do café da manhã e foi para o saguão. Como sempre, tia Augusta estava impecavelmente vestida. Usava um vestido roxo, com um corpete justo e metros de babados por baixo. A escolha do chapéu fora infeliz, no entanto: uma miniatura de chapéu de palha de barqueiro, de uns 10 centímetros, empoleirado no alto do penteado, na frente. Era a última moda e ficava encantador nas moças bonitas, mas Augusta estava longe de ser graciosa e nela o chapéu ficava ridículo. Não era com frequência que ela cometia tais erros, mas quando acontecia era quase sempre por seguir a moda com uma fidelidade exagerada.

Ela conversava com tio Joseph, que exibia o ar de cansaço que costumava assumir quando a esposa lhe falava. Postava-se na frente de Augusta, meio de lado, passando os dedos pelas enormes costeletas, impaciente. Hugh se perguntou se haveria alguma afeição entre os dois. Devia ter existido no passado, refletiu ele, pois conceberam Edward e Clementine. Agora, quase nunca demonstravam afeto, mas de vez em quando Augusta manifestava cuidado com Joseph. É bem provável que eles ainda se amem, concluiu Hugh. Augusta continuou a falar como se o sobrinho não estivesse presente, como era de hábito.

– Toda a família está preocupada – disse ela, insistente, como se tio Joseph tivesse sugerido o oposto. – Pode haver um escândalo.

– A situação, qualquer que seja, já vem se prolongando há anos e ninguém jamais achou que era escandalosa.

– Porque Samuel não é o sócio sênior. Uma pessoa comum pode fazer muitas coisas sem atrair atenção. Mas o sócio sênior do Banco Pilasters é uma figura pública.

– Ora, talvez o problema não seja urgente. Tio Seth ainda está vivo e tudo indica que assim continuará por muito tempo.

– Sei disso. – Havia um tom de frustração na voz de Augusta. – Às vezes eu gostaria... – Ela parou antes de se expor demais. – Mais cedo ou mais tarde, ele entregará o comando. Pode acontecer amanhã. O primo Samuel não pode fingir que não há nada com que se preocupar.

– Talvez – disse Joseph. – Mas se ele fingir, não sei o que se poderia fazer.

– Pode ser necessário informar a Seth sobre o problema.

Hugh se perguntou até onde o velho Seth sabia da vida do filho. No fundo de seu coração, era provável que conhecesse a verdade, mas talvez nunca a admitisse nem para si mesmo.

– Que os céus nos livrem – murmurou Joseph, apreensivo.

– Seria de fato lamentável – concordou Augusta, mal escondendo o que realmente sentia. – Você apenas deve fazer Samuel compreender que, se ele não mudar, seu pai terá que ser consultado, e nesse caso Seth ficará a par de tudo.

Hugh não podia deixar de admirar a astúcia implacável da tia. Ela dava um recado a Samuel: largue seu secretário ou forçaremos seu pai a enfrentar a realidade de que o filho é mais ou menos casado com um homem.

Na verdade, ela não se importava absolutamente com Samuel e seu secretário. Queria apenas tornar impossível que ele viesse a ser sócio sênior, a fim de que o manto passasse para seu marido. Era um golpe baixo, e Hugh especulou se Joseph compreendia mesmo o que Augusta estava fazendo.

– Eu gostaria de resolver tudo sem uma ação drástica – declarou Joseph, desconfortável.

Augusta baixou a voz para um murmúrio íntimo. Quando isso acontecia, Hugh sempre achava que ela parecia obviamente falsa, como um dragão tentando ronronar.

– Tenho certeza de que encontrará um meio de fazer isso. – Ela sorriu, suplicante. – Vai me levar para passear hoje? Eu gostaria muito de sua companhia.

Ele balançou a cabeça.

– Preciso ir ao banco.

– É uma pena ficar trancado num escritório empoeirado num dia lindo como este!

– Houve um pânico em Bolonha.

Hugh ficou intrigado. Desde o *Krach* em Viena, houvera diversas bancarrotas de bancos e liquidações de empresas em diferentes partes da Europa, mas aquele era o primeiro "pânico". Londres escapara aos danos até agora. Em junho, a taxa bancária, o termômetro do mundo financeiro, subira para 7% – nem chegava a ser um estado febril – e já caíra para 6%. Agora, no entanto, podia haver alguma agitação.

– Espero que o pânico não nos afete – disse Augusta.

– Enquanto tivermos cuidado, nada acontecerá conosco – garantiu Joseph.

– Hoje é feriado! Não vai haver ninguém para preparar o seu chá.

– Eu diria que posso sobreviver meio dia sem tomar chá.

– Mandarei Sara servi-lo dentro de uma hora. Ela fez um bolo de cereja, o seu predileto. Vai levar uma fatia e preparar o chá.

Hugh percebeu que aquela era uma boa oportunidade.

– Quer que eu o acompanhe, tio? Talvez necessite de um escriturário.

Joseph balançou a cabeça.

– Não vou precisar de você.

– Pode precisar dele para algum serviço, querido – sugeriu Augusta.

– Ou ele pode querer o meu conselho – acrescentou Hugh com um sorriso.

Joseph não apreciou a brincadeira.

– Só vou ler os telegramas e decidir o que deve ser feito quando os mercados reabrirem amanhã.

– Eu gostaria de ir assim mesmo, só por curiosidade – insistiu Hugh, como um tolo.

Era sempre um erro pressionar Joseph.

– Já disse que não preciso de você – respondeu ele, irritado. – Vá passear no parque com sua tia. Ela precisa de um acompanhante.

Joseph pôs o chapéu na cabeça e saiu.

– Você tem um talento para aborrecer desnecessariamente as pessoas, Hugh – comentou Augusta. – Pegue o seu chapéu. Já estou pronta para sair.

Hugh não queria passear com Augusta, mas o tio lhe dera essa ordem e ele estava curioso para ver a Leoa, por isso não discutiu.

A filha de Augusta, Clementine, apareceu vestida para sair. Hugh brincava com a prima quando eram crianças e ela sempre fora dedo-duro. Aos 7 anos, pedira a Hugh que lhe mostrasse seu pênis. Depois, contara à mãe o que ele fizera e Hugh levara uma surra. Agora, aos 20 anos, Clementine parecia a mãe, mas, se Augusta era autoritária, ela era insidiosa.

Saíram todos. O lacaio os ajudou a subir na caleche. Era um veículo novo, pintado de azul, puxado por uma magnífica parelha de tordilhos castrados – tudo à altura da esposa de um grande banqueiro. Augusta e Clementine sentaram viradas para a frente e Hugh instalou-se no outro lado. A capota estava arriada por causa do sol brilhante, mas as mulheres abriram suas sombrinhas. O cocheiro estalou o chicote e partiram.

Poucos minutos depois alcançaram a South Carriage Drive. Estava tão apinhada quanto alegara o autor da carta ao *The Times*. Havia centenas de cavalos montados por homens de cartola e mulheres em silhões, dezenas de carruagens de todos os tipos, abertas e fechadas, de duas e quatro rodas, além de crianças em pôneis, casais a pé, babás com carrinhos de bebê e pedestres com cachorros. As carruagens faiscavam de tinta nova, os cavalos estavam escovados, os homens usavam fraque completo e as mulheres exibiam todas as cores brilhantes que as novas tinturas químicas podiam produzir. Todos avançavam devagar, para melhor avaliarem cavalos e carruagens, roupas e chapéus. Augusta falava com a filha, e a conversa não exigia nenhuma contribuição de Hugh além de uma indicação ocasional de concordância.

– Lá está lady St. Ann com um chapéu de Dolly Varden! – exclamou Clementine.

– Saiu de moda há um ano – comentou Augusta.

– Ora, ora – murmurou Hugh.

Uma carruagem emparelhou com a deles e Hugh viu sua tia Madeleine Hartshorn. Se ela tivesse costeletas, ficaria igual ao irmão Joseph, pensou ele. Era a maior aliada de Augusta na família. Juntas, controlavam a vida social dos parentes. Augusta era a força orientadora, mas Madeleine era sua fiel acólita.

As carruagens pararam e as duas trocaram cumprimentos. Obstruíam a passagem e duas ou três carruagens pararam atrás.

– Dê uma volta conosco, Madeleine – disse Augusta. – Preciso conversar com você.

O lacaio de Madeleine ajudou-a a descer de sua carruagem e subir na de Augusta. Tornaram a partir.

– Estão ameaçando contar ao velho Seth sobre o secretário de Samuel – anunciou Augusta.

– Oh, não! – protestou Madeleine. – Não podem fazer isso!

– Falei com Joseph, mas eles insistem em contar.

O tom de sincera preocupação de Augusta deixou Hugh impressionado. Como ela conseguia? Talvez se convencesse de que a verdade era qualquer coisa que lhe aprouvesse dizer no momento.

– Vou conversar com George – prometeu Madeleine. – O choque pode matar o querido tio Seth.

Hugh aventou a ideia de relatar a conversa a Joseph. Será que o tio ficaria consternado ao descobrir como ele e os outros sócios vinham sendo manipulados pelas esposas? Mas não acreditariam em Hugh. Ele não era ninguém, e era por isso que Augusta não se importava com o que dizia em sua presença.

A carruagem passou a andar mais devagar, quase parando. Havia um agrupamento de carruagens e cavalos à frente.

– Qual é a causa disso? – indagou Augusta, irritada.

– Deve ser a Leoa – sugeriu Clementine, animada.

Hugh esquadrinhou a multidão, ansioso, mas não conseguiu identificar o que causava a retenção. Havia várias carruagens de tipos diferentes, nove ou dez cavalos e alguns pedestres.

– Que história é essa de Leoa? – perguntou Augusta.

– Ah, mãe, ela é famosa!

Enquanto a carruagem de Augusta se adiantava, uma pequena e elegante vitória saiu do meio da multidão, puxada por uma parelha de cavalos de passadas altas e guiada por uma mulher.

– *Essa* é a Leoa! – balbuciou Clementine.

Hugh olhou para a mulher que conduzia a vitória e ficou espantado ao reconhecê-la.

Era Maisie Robinson.

Ela estalou o chicote e os cavalos aumentaram a velocidade. Usava um traje marrom de merino, com debruns de seda e uma gravata de laço de uma tonalidade marrom-amarelada. Tinha na cabeça um chapéu pequeno, com a aba levantada.

Hugh sentiu-se outra vez furioso com ela pelo que dissera a respeito de seu pai. Ela nada sabia de finanças e não tinha o direito de acusar pessoas de desonestidade de maneira leviana. Mesmo assim, ele não pôde deixar de pensar que Maisie estava deslumbrante. Havia algo encantador e irresistível na pose daquele corpo pequeno e perfeito sentado na vitória, na inclinação do chapéu e até mesmo na maneira como ela segurava o chicote e sacudia as rédeas.

Portanto, a Leoa era Maisie Robinson! Mas como ela adquirira de repente cavalos e carruagens? Será que ganhara muito dinheiro? E o que ela pretendia?

Hugh ainda especulava quando houve um acidente.

Um puro-sangue nervoso passou trotando pela carruagem de Augusta e se assustou com um pequeno e barulhento terrier. Empinou e o cavaleiro caiu, bem na frente da vitória de Maisie.

Ela mudou de direção prontamente, demonstrando um controle extraordinário do veículo, e atravessou o caminho na diagonal. A evasiva colocou-a de frente para os cavalos de Augusta, e o cocheiro puxou as rédeas e soltou uma imprecação.

Maisie parou a vitória bem ao lado da caleche. Todos olharam para o cavaleiro caído. Ele parecia ileso. Levantou-se sem ajuda, limpou a poeira das roupas e afastou-se, praguejando, para pegar seu cavalo. Maisie reconheceu Hugh.

– Ora essa, Hugh Pilaster! – gritou ela.

Hugh corou.

– Bom dia – balbuciou ele, sem ter ideia do que fazer em seguida.

Ele compreendeu no mesmo instante que cometera um grave erro de etiqueta. Não deveria ter respondido a Maisie enquanto estava na companhia das tias, já que não podia lhes apresentar uma pessoa assim. Deveria tê-la esnobado.

Maisie, no entanto, não fez a menor menção de cumprimentar as mulheres.

– Gosta desses cavalos?

Ela parecia ter esquecido a discussão que tiveram. Hugh estava completamente atordoado por aquela mulher linda e surpreendente, com uma excepcional habilidade nas rédeas e maneiras despreocupadas.

– São muito bonitos – murmurou ele, sem olhar para os animais.

– Estão à venda.

– Hugh – interrompeu tia Augusta, seca –, faça o favor de dizer a essa *pessoa* que nos deixe passar!

Maisie fitou-a pela primeira vez e disse calmamente:

– Cale essa matraca, sua velha megera.

Clementine engasgou e tia Madeleine soltou um gritinho de horror. Hugh ficou boquiaberto. As roupas deslumbrantes e a carruagem de luxo tornavam fácil esquecer que Maisie era uma garota de cortiço. Suas palavras eram tão esplendidamente vulgares que por um momento Augusta ficou aturdida demais para responder. Ninguém nunca se atrevera a lhe falar daquela maneira.

Maisie não deu tempo para que a mulher se recuperasse.

– Diga a seu primo Edward que ele deveria comprar meus cavalos! – acrescentou, tornando a se virar para Hugh.

Em seguida, ela estalou o chicote e partiu.

– Como ousa me expor a uma pessoa assim? – explodiu Augusta. – Como tem coragem de tirar o chapéu para ela?

Hugh olhava para Maisie, admirando as costas perfeitas e o chapéu jovial. Tia Madeleine aderiu ao coro:

– Como pode conhecer uma mulher assim, Hugh? Nenhum rapaz bem-educado deveria ter um relacionamento com um tipo desses! E parece que você até a apresentou a Edward!

Fora Edward quem apresentara Maisie a Hugh, mas ele não tentaria transferir a culpa para o primo. Não iam mesmo acreditar.

– Na verdade, não a conheço muito bem – protestou ele.

Clementine estava fascinada.

– Onde a conheceu, Hugh?

– Num lugar chamado Argyll Rooms.

Augusta franziu o cenho para Clementine.

– Não quero saber dessas coisas – disse Augusta. – Hugh, mande Baxter nos levar para casa.

– Vou sair para dar uma volta – anunciou Hugh, abrindo a porta da caleche.

– Vai atrás daquela mulher! – exclamou Augusta. – Eu o proíbo!

– Pode ir, Baxter – disse Hugh, já no chão.

O cocheiro sacudiu as rédeas, as rodas giraram. Hugh tirou o chapéu, com polidez, enquanto as tias, furiosas, se afastavam.

Ainda não ouvira a última palavra sobre o assunto. O problema continuaria mais tarde. Tio Joseph seria informado e logo todos os sócios saberiam que Hugh se relacionava com mulheres ordinárias.

Mas era feriado, o sol brilhava, o parque estava repleto de gente se divertindo e Hugh não iria se preocupar com a raiva da tia.

Sentia-se alegre enquanto avançava. As pessoas costumavam andar em círculos, então talvez a encontrasse de novo.

Estava ansioso por conversar mais com ela. Queria esclarecer tudo sobre seu pai. Por mais estranho que parecesse, não guardava mais nenhum ressentimento pelo que Maisie dissera. Ela se enganara, pensou Hugh, e compreenderia se ele explicasse tudo. E, de qualquer forma, só falar com ela já era emocionante.

Ele chegou a Hyde Park Corner e virou para o norte, ao longo da Park Lane. Tirou o chapéu para vários parentes e conhecidos: os jovens William e Beatrice num cupê, tio Samuel numa égua castanha, o Sr. Mulberry com a esposa e os filhos. Maisie poderia ter parado no outro lado ou talvez já tivesse isso embora. Hugh começou a achar que não tornaria a vê-la.

Mas viu.

Ela estava de partida, atravessando a Park Lane. Era mesmo Maisie, sem sombra de dúvida, com sua gravata marrom-amarelada. Ela não o viu.

Num impulso, Hugh seguiu-a até Mayfair, passando por estrebarias, correndo para não perdê-la de vista. Maisie parou a vitória num estábulo e saltou. Um cavalariço se adiantou e começou a ajudá-la com os cavalos.

Hugh aproximou-se por trás, ofegante. Não entendia por que fazia aquilo.

– Olá, Srta. Robinson.

– Olá de novo!

– Eu a segui – avisou ele, desnecessariamente.

Maisie encarou-o.

– Por quê?
– Gostaria de saber se aceita sair comigo uma noite dessas – deixou escapar ele, sem pensar.

Ela inclinou a cabeça para o lado, o cenho um pouco franzido, avaliando o convite. Sua expressão era cordial, como se apreciasse a ideia, e Hugh pensou que ela aceitaria. Mas parecia que considerações práticas travavam uma guerra com suas inclinações. Maisie desviou os olhos, uma ruga surgiu em sua testa, então finalmente pareceu se decidir.

– Você não tem como me bancar – afirmou ela, objetiva, dando-lhe as costas para entrar no estábulo.

4

Fazenda Cammel
Colônia do Cabo
África do Sul
14 de julho de 1873

Caro Hugh,

Foi ótimo ter notícias suas! Vive-se um tanto isolado por aqui e você não pode imaginar o prazer que sentimos ao receber uma carta longa e cheia de notícias da Inglaterra. A Sra. Cammel, que costumava ser a honorável Amelia Clapham até casar comigo, divertiu-se bastante com seu relato sobre a Leoa...

É um pouco tarde para falar a respeito, sei disso, mas fiquei muito chocado com a morte de seu pai. Colegiais não escrevem mensagens de condolências. Além disso, sua tragédia pessoal foi um tanto ofuscada pelo afogamento de Peter Middleton naquele mesmo dia. Mas, pode ter certeza, muitos de nós pensamos em você e conversamos sobre o assunto depois que foi tirado do colégio de forma tão abrupta...

Estou contente por me perguntar sobre Peter. Tenho me sentido culpado desde aquele dia. Não cheguei a ver o pobre coitado morrer, mas testemunhei o suficiente para adivinhar o resto.

Seu primo Edward, como você descreveu de maneira tão vívida, era mais podre do que um gato morto. Você conseguiu pegar a maior parte das suas roupas na água e escapou, mas Peter e Tonio não foram tão rápidos.

Eu estava do outro lado e creio que Edward e Micky nem me notaram. Ou talvez não tenham me reconhecido. De qualquer forma, nunca me falaram sobre o incidente.

Depois que você foi embora, Edward continuou a atormentar Peter, cada vez mais, empurrando sua cabeça para baixo, jogando água em seu rosto, enquanto o pobre se debatia e tentava recuperar suas roupas.

Percebi que a situação estava fora de controle, mas fui um completo covarde, infelizmente. Deveria ter corrido em socorro de Peter, mas eu não era muito grande, não tinha condições de enfrentar Edward e Micky Miranda, e não queria que minhas roupas também ficassem molhadas. Lembra-se da punição por violar o castigo? Eram doze golpes da Listradora, e não me importo em admitir que tinha mais medo disso do que de qualquer outra coisa. Então tratei de pegar minhas roupas e fui embora, sem chamar a atenção.

Só olhei para trás uma vez, da beirada da pedreira. Não sei o que aconteceu no intervalo, mas Tonio subia pela encosta nu, segurando suas roupas molhadas, e Edward nadava em seu encalço, deixando Peter ofegante e cuspindo água lá no meio.

Pensei que Peter se recuperaria, mas obviamente eu estava enganado. Ele devia estar no limite de suas forças. Enquanto Edward perseguia Tonio e Micky observava, Peter se afogou, sem que ninguém notasse.

Só mais tarde é que eu soube disso, é claro. Voltei à escola e me esgueirei para meu dormitório. Quando começaram a fazer perguntas, jurei que passara a tarde inteira ali. E quando a terrível história foi revelada, não tive a coragem de admitir que testemunhara o que aconteceu.

Não é algo de que eu me orgulhe, Hugh, mas contar a verdade, finalmente, fez com que eu me sentisse um pouco melhor...

Hugh largou a carta de Albert Cammel e ficou olhando pela janela de seu quarto. A carta explicava mais e menos o que Cammel imaginava.

Explicava como Micky Miranda se insinuara nas boas graças da família Pilaster, a tal ponto que passava todas as férias em companhia de Edward e tinha todas as despesas pagas pelos pais do amigo. Sem dúvida, Micky contara a Augusta que Edward praticamente matara Peter. No tribunal, porém, Micky jurara que Edward tentara salvar o garoto que se afogava. E, ao dizer tal mentira, Micky salvara os Pilasters da desgraça pública. Augusta deve ter sentido a mais profunda gratidão. E talvez também tenha temido que Micky um dia se voltasse contra a família e revelasse a verdade. Hugh experimentou um calafrio de medo na boca do estômago. Sem saber, Albert Cammel revelara que o relacionamento de Augusta com Micky era profundo, sinistro e corrupto.

Mas outro enigma persistia, pois Hugh sabia algo sobre Peter Middleton de que quase ninguém tinha conhecimento. Peter era um tanto fraco e os outros meninos o tratavam como um pária. Constrangido por sua fraqueza, ele iniciara um programa de treinamento e seu principal exercício era a natação. Percorria aquele poço de um lado a outro, hora após hora, tentando desenvolver o físico. Não dera certo. Um garoto de 13 anos só ficava com ombros largos e peito musculoso ao se tornar um homem, e esse processo não podia ser acelerado.

O único efeito de todo o seu esforço fora transformá-lo em um peixe na água. Conseguia mergulhar até o fundo, prender a respiração por vários minutos, boiar de costas e manter os olhos abertos sob a superfície. Seria preciso muito mais do que Edward Pilaster para afogá-lo.

Então por que ele morrera?

Albert Cammel dissera a verdade até o ponto em que a conhecia, Hugh tinha certeza. Mas tinha de haver mais. Outra coisa acontecera naquela tarde quente em Bishop's Wood. Um nadador inexperiente poderia morrer por acidente, se afogar porque não suportara a brutalidade de Edward. Mas isso não mataria Peter. E se sua morte não fora acidental, então fora provocada.

E isso era assassinato.

Hugh estremeceu.

Só havia três pessoas ali na ocasião: Edward, Micky e Peter. Peter devia ter sido assassinado por Edward ou Micky.

Ou por ambos.

5

AUGUSTA JÁ ESTAVA insatisfeita com sua decoração japonesa. A sala de estar estava cheia de biombos orientais, móveis angulosos sobre pernas finas e compridas, leques e vasos japoneses em armários pretos laqueados. Era tudo muito caro, mas cópias baratas já apareciam nas lojas da Oxford Street e a decoração não era mais exclusiva das melhores casas. Infelizmente, Joseph não permitiria uma redecoração tão cedo e Augusta teria de conviver com aqueles móveis cada vez mais comuns por vários anos.

A sala de estar era o lugar em que Augusta recebia na hora do chá, todos os dias úteis da semana. As mulheres costumavam chegar primeiro: suas cunhadas, Madeleine e Beatrice, e sua filha, Clementine. Os sócios vinham direto do banco, por volta das cinco da tarde: Joseph, o velho Seth, o marido de Madeleine, George Hartshorn, e Samuel de vez em quando. Se os negócios andavam tranquilos, os rapazes também compareciam: Edward, Hugh e o jovem William. A única pessoa que não pertencia à família e se tornara um frequentador regular do chá era Micky Miranda, mas às vezes havia um clérigo metodista, talvez um missionário à procura de recursos para converter os pagãos nos Mares do Sul, na Malásia ou no recém-aberto Japão.

Augusta empenhava-se muito para que todos continuassem a vir. Os Pilasters gostavam de doces, e ela providenciava os mais deliciosos biscoitos e bolos, além do melhor chá de Assam e do Ceilão. Grandes eventos, como feriados e casamentos na família, eram planejados durante essas sessões. Assim, quem deixasse de comparecer logo perdia contato com o que estava acontecendo.

Apesar de tudo isso, de vez em quando um deles entrava numa fase de querer ser independente. O caso mais recente fora o da esposa do jovem William, Beatrice, cerca de um ano antes, depois que Augusta se mostrara um tanto insistente ao dizer que não ficava bem um pano que ela escolhera para um vestido. Quando isso acontecia, deixava a pessoa em paz por algum tempo, depois a reconquistava com um gesto de extravagante generosidade. No caso de Beatrice, Augusta oferecera uma elegante festa de aniversário para sua velha mãe, que já se encontrava na fronteira da senilidade e quase inapresentável em público. Beatrice ficara tão agradecida que esquecera por completo a discussão sobre o pano, exatamente como Augusta planejara.

Naquelas reuniões na hora do chá, Augusta descobria o que estava acontecendo na família e no banco. Agora, estava preocupada com o velho Seth. Com extremo cuidado, vinha desenvolvendo na família a ideia de que Samuel não poderia ser o próximo sócio sênior. Seth, no entanto, não demonstrava a menor inclinação por se aposentar, apesar da saúde precária. Ela achava irritante ver seus cuidadosos planos bloqueados pela tenacidade obstinada de um velho.

Era final de julho, e Londres se tornava mais sossegada. A aristocracia deixava a cidade nessa época e ia para seus iates em Cowes ou seus pavilhões de caça na Escócia. Os nobres ficavam no campo, abatendo aves, caçando raposas e perseguindo cervos até depois do Natal. Entre fevereiro e a Páscoa, começariam a voltar, e em maio a temporada de Londres estaria no auge.

A família Pilaster não seguia essa rotina. Embora muito mais rica do que a aristocracia, eram homens de negócios que nem pensavam em passar metade do ano na ociosidade, perseguindo animais estúpidos. De modo geral, no entanto, era possível persuadir os sócios a tirarem férias durante a maior parte do mês de agosto, desde que não houvesse nenhuma agitação incomum no mundo financeiro.

Naquele ano, pairavam dúvidas sobre as férias durante todo o verão, já que uma tempestade distante ressoava, ameaçadora, sobre todas as capitais financeiras da Europa. O pior, porém, parecia ter passado: as taxas bancárias haviam caído para 3%. Augusta alugara um pequeno castelo na Escócia. Ela e Madeleine planejavam viajar dentro de uma semana e os homens seguiriam para lá um ou dois dias depois.

Poucos minutos antes das quatro da tarde, quando Augusta, parada na sala de estar, pensava descontente em seus móveis e na obstinação do velho Seth, Samuel apareceu.

Todos os Pilasters eram feios, mas Samuel era o pior, pensou ela. Tinha o nariz enorme da família, mas também exibia uma boca débil, feminina, e dentes irregulares. Era meticuloso, vestia-se de forma impecável, era exigente com sua comida, amava gatos e odiava cachorros.

Mas o que Augusta mais detestava nele era o fato de ser, entre todos os homens da família, o mais difícil de persuadir. Ela podia envolver o velho Seth, suscetível a uma mulher atraente mesmo em sua idade avançada. Quase sempre podia controlar Joseph, esgotando sua paciência. George Hartshorn estava sob o domínio de Madeleine e assim podia ser manipulado indiretamente. E os outros eram jovens o bastante para ser intimidados, embora Hugh às vezes lhe criasse problemas.

Nada dava certo com Samuel, muito menos o seu charme feminino. Ele tinha uma maneira irritante de rir quando Augusta pensava que estava sendo astuta. Dava a entender que Augusta não devia ser levada a sério e isso a ofendia profundamente. Ela se sentia muito mais magoada pelo escárnio sutil de Samuel do que por ser chamada de velha megera por uma vagabunda no parque.

Naquele dia, porém, Samuel não apresentava seu sorriso divertido e cético. Parecia furioso... tão furioso que por um momento Augusta ficou alarmada. Era óbvio que ele viera mais cedo para encontrá-la sozinha. Ela lembrou que fazia dois meses vinha conspirando para arruiná-lo e que pessoas já haviam sido assassinadas por muito menos. Samuel não apertou a mão de Augusta. Parou na sua frente, usando um fraque cinza perolado e uma gravata grená e recendendo a água de colônia. Augusta ergueu as mãos num gesto defensivo. Ele soltou uma risada seca e afastou-se.

– Não vou agredi-la, Augusta, embora os céus saibam que merece uma surra de chicote.

Claro que ele não tocaria nela. Era uma alma gentil, que se recusava a financiar a exportação de rifles. Augusta recuperou a confiança no mesmo instante.

– Como se atreve a me criticar? – questionou ela, desdenhosa.

– Criticar? – A raiva tornou a aflorar nos olhos de Samuel. – Não me rebaixo a criticá-la!

Ele fez uma pausa, e sua voz tinha um tom de ira controlada quando voltou a falar.

– Eu a desprezo.

Augusta não seria intimidada pela segunda vez.

– Veio aqui para me comunicar que está disposto a renunciar a seus hábitos iníquos? – indagou ela, numa voz ressonante.

– Meus hábitos iníquos... Você está disposta a destruir a felicidade de meu pai e tornar minha vida infeliz só por causa de sua ambição e ainda fala dos *meus* hábitos iníquos! Creio que ficou tão absorvida no mal que esqueceu por completo o que isso significa.

Ele se mostrava tão decidido e arrebatado que Augusta se perguntou se não teria sido maldade sua ameaçá-lo. Depois, no entanto, compreendeu que Samuel tentava enfraquecer sua determinação apelando para sua compaixão.

– Só estou preocupada com o banco – disse ela, friamente.

– É essa a sua desculpa? É o que vai dizer ao Todo-Poderoso, no Dia do Juízo Final, quando Ele perguntar por que me chantageou?

– Cumpro o meu dever.

Agora que se sentia outra vez no comando da situação, Augusta começou a especular por que ele fora visitá-la. Seria para admitir a derrota ou para desafiá-la? Se Samuel cedesse, ela teria certeza de que muito em breve se tornaria a esposa do sócio sênior. Mas a alternativa a deixava com vontade de roer as unhas. Se ele a desafiasse, teria uma luta longa e difícil pela frente, sem qualquer garantia do resultado.

Samuel foi até a janela e olhou para o jardim.

– Lembro que você era uma menina bonita – murmurou ele, pensativo, arrancando um grunhido impaciente de Augusta. – Costumava ir à igreja num vestido branco, com fitas brancas nos cabelos. As fitas não enganavam ninguém. Já era uma tirana, mesmo naquela época. Todos passeavam pelo parque depois da missa, e as outras crianças tinham medo de você. Apesar disso, aceitavam-na, porque era você quem organizava as brincadeiras. Aterrorizava até mesmo seus pais. Se não conseguisse o que queria, podia ter um acesso de raiva tão barulhento que as pessoas paravam suas carruagens para saber o que estava acontecendo. Seu pai, que Deus guarde sua alma, tinha o olhar atormentado de um homem que não é capaz de compreender como trouxe tal monstro ao mundo.

Tudo o que ele dizia era bem próximo da verdade, o que incomodou Augusta.

– Essas coisas aconteceram há muitos anos – protestou ela, desviando os olhos.

Samuel continuou, como se ela não tivesse intervindo:

– Não é por mim que estou preocupado. Gostaria de ser o sócio sênior, mas posso viver sem isso. Seria dos bons. Não tão dinâmico quanto meu pai, talvez, mas alguém que trabalha em equipe. Só que Joseph não está à altura do cargo. É irascível e impulsivo e toma péssimas decisões. E você piora a situação ao estimular sua ambição e turvar seu julgamento. Joseph é bom trabalhando em grupo, quando outros podem guiá-lo e contê-lo. Mas não deve ser o líder, porque o julgamento dele não é bom o bastante. Vai prejudicar o banco a longo prazo. Você não se importa com isso?

Por um momento, Augusta se perguntou se ele teria razão. Corria o risco de matar a galinha dos ovos de ouro? Mas havia tanto dinheiro no banco que jamais poderiam gastar tudo, mesmo que nenhum deles nunca mais trabalhasse. De qualquer forma, era um absurdo dizer que Joseph seria prejudicial ao banco. Não havia nada de muito difícil no que os sócios faziam: iam ao banco, liam as páginas de economia dos jornais, emprestavam dinheiro às pessoas, cobravam os juros. Joseph poderia fazer isso tão bem quanto qualquer outro.

– Os homens sempre fingem que o trabalho no banco é complexo e misterioso. Você não me engana. – Ela percebeu que estava na defensiva. – Eu me justificarei perante Deus, não para você.

– Falaria mesmo com meu pai, como ameaçou? – indagou Samuel. – Sabe que isso poderia matá-lo.

Augusta só hesitou por um instante.

– Não há alternativa.

Ele fitou-a em silêncio por um longo tempo.

– Acredito em você, seu demônio.

Augusta prendeu a respiração. Era uma rendição? Ela sentiu que a vitória se encontrava quase a seu alcance e, em sua cabeça, ouviu alguém dizer, com o devido respeito: *Permita-me apresentar a Sra. Joseph Pilaster, esposa do sócio sênior do Banco Pilasters...*

Samuel ainda hesitou por um instante, mas acabou falando, com evidente repulsa:

– Muito bem. Direi aos outros que não desejo o cargo de sócio sênior quando meu pai se aposentar.

Augusta reprimiu um sorriso de triunfo. Vencera. Virou o rosto para esconder sua felicidade.

– Pode desfrutar de sua vitória – acrescentou Samuel, amargurado. – Mas lembre-se, Augusta, todos temos segredos, até você. Um dia alguém usará seus segredos contra você dessa maneira e então recordará o que fez comigo.

Augusta ficou aturdida. A que ele se referia? Sem qualquer motivo, a imagem de Micky Miranda aflorou em sua mente, mas ela tratou de expulsá-la.

– Não tenho segredos de que me envergonhar.

– Não mesmo?

– Não!

Mas a confiança de Samuel a preocupava. Ele fitou-a com uma expressão estranha.

– Um jovem advogado chamado David Middleton procurou-me ontem.

Por um momento, Augusta não compreendeu.

– Eu deveria conhecê-lo?

O nome era desconcertantemente familiar.

– Encontrou-o uma única vez, há sete anos, numa audiência.

Augusta sentiu um súbito calafrio. Middleton: era o sobrenome do garoto que se afogara.

– David Middleton está convencido de que seu irmão Peter foi assassinado... por Edward – acrescentou Samuel.

Augusta precisava desesperadamente sentar, mas recusou-se a dar a Samuel a satisfação de vê-la abalada.

– Por que raios ele quer criar problemas agora, sete anos depois?

– Ele me contou que nunca ficou satisfeito com o resultado do inquérito, mas permaneceu em silêncio com receio de causar um sofrimento ainda maior aos pais. Só que a mãe morreu pouco depois de Peter, e o pai faleceu este ano.

– Por que ele procurou você, não a mim?

– Ele pertence ao meu clube. Diz que releu os registros da audiência e verificou que várias testemunhas não foram chamadas para prestar depoimento.

Era verdade, pensou Augusta, angustiada. Havia o insidioso Hugh Pilaster, um garoto sul-americano chamado Tony, ou qualquer coisa parecida, e uma terceira pessoa que nunca fora identificada. Se David Middleton pressionasse um deles, toda a história poderia ser revelada.

Samuel estava pensativo.

– Do seu ponto de vista, foi uma pena que o juiz fizesse aqueles comentários sobre o heroísmo de Edward. Isso deixou as pessoas em dúvida. Acreditaram que Edward ficou parado na margem, hesitante, enquanto um garoto se afogava. Mas quem conhece Edward sabe que ele não atravessaria a rua para ajudar alguém, muito menos mergulharia num poço para salvar um garoto que se afogava.

Aquele tipo de conversa era um absurdo total, um verdadeiro insulto.

– Como ousa falar assim? – protestou Augusta, sem conseguir impor o tom de autoridade habitual.

Samuel ignorou-a.

– Os garotos do colégio nunca acreditaram. David estudou lá também, não muitos anos antes, e conhecia muitos dos rapazes mais velhos. Conversou com eles, o que aumentou suas suspeitas.

– Toda essa história é ridícula.

– Middleton gosta de uma briga, como todos os advogados – insistiu Samuel, indiferente aos protestos. – Não vai deixar o caso ser esquecido.

– Ele não me assusta nem um pouco.

– Isso é ótimo, porque tenho certeza de que receberá a visita dele muito em breve. – Samuel encaminhou-se para a porta. – Não ficarei para o chá. Boa tarde, Augusta.

Ela se jogou no sofá. Não previra isso... Como poderia? Seu triunfo sobre Samuel fora ofuscado. Aquela velha história deveria estar completamente esquecida, mas ressurgia sete anos depois! Augusta sentiu medo por Edward. Não suportaria que acontecesse qualquer coisa de mau ao filho. Baixou a cabeça para que parasse de latejar. O que poderia fazer?

Hastead, o mordomo, entrou na sala acompanhado por duas criadas com bandejas de chá e bolos.

– Com sua permissão, madame – murmurou ele, com seu sotaque galês.

Os olhos de Hastead pareciam espiar em direções diferentes e as pessoas nunca sabiam em qual se concentrar. A princípio, isso fora desconcertante, mas Augusta já se acostumara. Ela assentiu.

– Obrigado, madame – disse ele.

Começaram a arrumar a porcelana para o chá. Augusta às vezes se acalmava com o comportamento subserviente de Hastead e a visão das criadas obedecendo às suas ordens, mas agora não adiantou. Ela se levantou e foi até as portas de vidro, que estavam abertas. O jardim ensolarado também não a ajudou. Como poderia deter David Middleton?

Ainda se angustiava com o problema quando Micky Miranda chegou.

Augusta ficou contente ao vê-lo. Ele estava encantador como sempre, em seu fraque preto e calça listrada, um colarinho branco imaculado em torno do pescoço, uma gravata preta de cetim na garganta. Percebeu a aflição de Augusta e no mesmo instante demonstrou sua simpatia. Atravessou a sala com a graciosidade e a rapidez de um gato selvagem e sua voz soou como uma carícia.

– O que a deixou assim transtornada, Sra. Pilaster?

Ela sentiu-se grata por Micky ter sido o primeiro a chegar. Segurou-o pelos braços.

– Aconteceu uma coisa terrível.

Micky pôs as mãos na cintura de Augusta, como se estivessem dançando, e ela experimentou um tremor de prazer quando os dedos dele apertaram seus quadris.

– Não precisa ficar tão aflita – murmurou ele, tranquilizando-a. – Conte-me tudo.

Augusta começou a se acalmar. Em momentos como aquele, gostava muito de Micky. Ele a fazia se lembrar de como se sentira com o jovem conde de Strang quando moça. Micky era muito parecido com Strang: sua graça espontânea, sua dedicação, suas roupas impecáveis, mas, acima de tudo, a maneira como se movimentava, a agilidade das pernas e dos braços, um corpo que funcionava como uma máquina bem ajustada. Strang era louro e inglês, enquanto Micky era moreno e latino, mas ambos a faziam se sentir mulher. Ela queria puxar o corpo de Micky ao encontro do seu, repousar a cabeça em seu ombro...

Percebeu que os criados observavam e compreendeu que era um pouco indecoroso Micky permanecer assim, com as mãos em seus quadris. Tratou de se desvencilhar, pegou o braço dele e conduziu-o pelas portas de vidro para o jardim, onde poderiam conversar sem que os criados os ouvissem. O ar era quente e perfumado. Sentaram juntos num banco de madeira, à sombra, e Augusta virou-se de lado para encará-lo. Ansiava por segurar a mão de Micky, mas isso seria impróprio.

– Vi Samuel saindo. Ele teve alguma coisa a ver com isso? – indagou Micky.

Augusta falou em voz baixa e Micky teve de inclinar a cabeça para ouvi-la, tão perto que ela poderia beijá-lo sem se mexer:

– Ele veio me contar que não vai reivindicar a posição de sócio sênior.

– Grande notícia!

– É verdade. Significa que o cargo caberá, com certeza, a meu marido.

– E Papa poderá ter seus rifles.

– Assim que Seth se aposentar.

– É irritante a maneira como o velho Seth resiste! – exclamou Micky. – Papa sempre me pergunta quando isso vai acontecer.

Augusta sabia por que Micky se preocupava tanto. Ele tinha medo de que o pai o mandasse voltar para Córdoba.

– Não creio que o velho Seth possa aguentar por muito mais tempo – comentou ela, para confortá-lo.

Ele voltou a encará-la.

– Mas não foi isso que a deixou transtornada.

– Não, não foi. É aquele menino infeliz que se afogou no colégio, Peter Middleton. Samuel me contou que o irmão dele, que é advogado, começou a fazer perguntas.

Os belos traços de Micky se contorceram.

– Depois de tantos anos?

– Ao que parece, ele se manteve calado por causa dos pais, mas agora os dois já morreram.

– Acha que o problema é grave?

– Você deve saber melhor do que eu.

Augusta hesitou. Tinha de fazer uma pergunta, mas receava a resposta. Tomou coragem.

– Micky... O menino morreu por culpa de Edward?

– Bem...

– Diga sim ou não! – exigiu ela.

Micky fez uma pausa.

– Sim.

Augusta fechou os olhos. Teddy, querido, pensou ela, por que você fez isso?

– Peter não nadava muito bem – acrescentou Micky, gentilmente. – Edward não chegou a afogá-lo, mas o deixou exausto. Peter ainda estava vivo quando Edward o deixou e foi atrás de Tonio. Mas acho que ficou fraco demais para nadar até a margem do poço e se afogou enquanto ninguém o observava.

– Teddy não teve a intenção de matá-lo.

– Claro que não.

– Foi apenas uma brincadeira de mau gosto.

– Edward não queria causar nenhum mal.

– Então não foi assassinato.

– Receio que tenha sido – disse Micky, sério, e o coração de Augusta parou por um segundo. – Se um ladrão derruba um homem tencionando apenas roubá-lo, e o homem sofre um ataque cardíaco e morre, o ladrão é culpado de assassinato, mesmo que não tivesse tido a intenção de matar.

– Como sabe disso?

– Consultei um advogado há alguns anos.

– Por quê?

– Queria saber a situação de Edward.

Augusta enfiou o rosto nas mãos. Era pior do que imaginara.

Micky retirou as mãos dela do rosto e beijou-as, uma de cada vez. Foi um gesto tão terno que a deixou com vontade de chorar. Ele continuou a segurá-las enquanto falava:

– Nenhuma pessoa sensata perseguiria Edward por causa de algo que aconteceu quando ele era garoto.

– Mas será que David Middleton é uma pessoa sensata? – gemeu Augusta.

– Talvez não. Parece que ele alimentou essa obsessão ao longo dos anos. Deus nos livre que ele insista até descobrir a verdade.

Augusta estremeceu ao imaginar as consequências. Haveria um escândalo. A imprensa sensacionalista diria: SEGREDO VERGONHOSO DE HERDEIRO DE BANCO. A polícia entraria em ação. O pobre Teddy poderia ser levado a julgamento e, se fosse considerado culpado...

– Micky, é horrível demais até para imaginar! – murmurou ela.

– Então temos de fazer alguma coisa.

Augusta apertou as mãos de Micky, depois as soltou e avaliou a situação. Pesara o tamanho do problema. Vira a sombra da forca se estender sobre seu único filho. Era tempo de parar de se angustiar e tomar uma iniciativa. Graças a Deus Edward tinha em Micky um verdadeiro amigo.

– Devemos dar um jeito de as investigações de David Middleton não levarem a parte alguma. Quantas pessoas sabem a verdade?

– Seis. Edward, você e eu já somos três, mas não vamos contar nada a ninguém. Tem Hugh.

– Ele não estava presente quando o menino morreu.

– Não, mas testemunhou o suficiente para saber que era falsa a história que contamos no inquérito. E o fato de termos mentido nos faz parecer culpados.

– Portanto, Hugh é um problema. E os outros?

– Tonio Silva viu tudo.

– Ele não revelou nada na ocasião.

– Tinha muito medo de mim naquela época. Mas não tenho certeza se ainda se sente assim.

– E o sexto rapaz?

– Nunca descobrimos quem era. Não vi o rosto dele na ocasião e ele nunca se apresentou. Receio que nada possamos fazer a respeito. Mas se ninguém sabe quem ele é, creio que não representa um perigo para nós.

Augusta experimentou um novo tremor de medo. Não tinha a mesma certeza. Havia sempre o risco de a testemunha desconhecida se apresentar. Mas Micky tinha razão: não havia nada que pudessem fazer a respeito.

– Ou seja, há duas pessoas com quem precisamos tratar: Hugh e Tonio.

Houve um momento de silêncio.

Hugh não podia mais ser considerado um estorvo menor, refletiu Augusta. Seu comportamento ambicioso lhe valia uma reputação cada vez melhor no banco e Edward parecia lerdo em comparação. Augusta conseguira sabotar o romance entre Hugh e lady Florence Stalworthy, mas agora Hugh ameaçava Teddy de uma maneira muito mais perigosa. Era preciso fazer alguma coisa em relação a ele. Mas o quê? Hugh era um Pilaster, mesmo que do pior tipo. Ela vasculhou o cérebro à procura de uma resposta, mas nada encontrou.

– Tonio tem uma fraqueza – comentou Micky, pensativo.

– Qual é?

– É um mau jogador. Aposta mais do que pode e sempre perde.

– Poderia armar um jogo para ele?
– Talvez.
Passou pela cabeça de Augusta que Micky talvez soubesse como trapacear nas cartas. Só que não podia perguntar isso. A mera sugestão seria um insulto mortal para qualquer cavalheiro.
– Pode sair caro – acrescentou Micky. – Vai me financiar?
– De quanto precisaria?
– Cem libras, acho.
Augusta não hesitou. A vida de Teddy estava em jogo.
– Está certo.
Ela ouviu vozes no interior da casa. Os outros convidados começavam a chegar. Levantou-se.
– Não sei ainda como lidar com Hugh – acrescentou ela, preocupada. – Tenho de pensar a respeito. Agora precisamos entrar.
Sua cunhada Madeleine estava na sala e pôs-se a falar no instante em que eles passaram pela porta.
– Aquela costureira ainda vai me levar à loucura! Duas horas para marcar uma bainha... Mal posso esperar por uma xícara de chá. Você mandou fazer esse bolo de amêndoas divino! Poxa, não acham que o tempo esquentou demais?
Augusta apertou a mão de Micky num gesto conspiratório e sentou-se para servir o chá.

CAPÍTULO QUATRO
Agosto

1

LONDRES ESTAVA QUENTE e abafada, e a população ansiava por ar fresco e campos abertos. No primeiro dia de agosto, todos foram às corridas em Goodwood.

Viajaram em trens especiais, partindo da Victoria Station, no sul de Londres. As divisões da sociedade britânica refletiam-se nos meios de transporte: a alta sociedade seguia nos luxuosos vagões da primeira classe; os pequenos comerciantes e professores viajavam na segunda classe; lotada, mas ainda confortável; e os trabalhadores de fábricas e criados domésticos sentavam nos bancos duros de madeira da terceira. Ao desembarcar do trem, a aristocracia tomava carruagens, a classe média ia para os ônibus puxados por cavalos e os trabalhadores seguiam a pé. Os piqueniques dos ricos haviam sido enviados em trens mais cedo: dezenas de cestos, carregados nos ombros por jovens lacaios, com louça de porcelana e toalhas de linho, galinhas cozidas e pepinos, champanhe e pêssegos de estufa. Para a classe média havia barracas vendendo salames, crustáceos e cerveja. Os pobres levavam pão e queijo embrulhados em lenços.

Maisie Robinson e April Tilsley foram com Solly Greenbourne e Tonio Silva. A posição do grupo na hierarquia social era incerta. Solly e Tonio, com toda a certeza, pertenciam à primeira classe, mas Maisie e April deveriam ficar na terceira. Solly ficou no meio-termo e comprou passagens de segunda classe. Ao deixarem a estação, pegaram um ônibus que seguiu por South Downs até o hipódromo.

Solly, no entanto, gostava demais de comer para se satisfazer com um almoço comprado numa barraca, por isso enviara quatro criados na frente, com um vasto piquenique com salmão frio e vinho branco no gelo. Estenderam no chão uma toalha branca como a neve e sentaram ao redor dela, na grama viçosa. Maisie colocava comida na boca de Solly. Sentia uma afeição cada vez maior por ele. Solly era gentil com todos, divertido, e tinha uma conversa interessante. A gula era seu único vício. Ela ainda não o deixara fazer tudo o que queria, mas parecia que, quanto mais recusava, mais devotado ele se tornava.

As corridas começaram logo depois do almoço. Havia um bookmaker ali perto, em cima de um caixote, gritando as cotações. Usava um terno quadriculado, uma gravata de seda enorme, um imenso ramo de flores na botoeira do paletó e chapéu branco. Tinha uma bolsa de couro cheia de dinheiro pendurada no ombro e se postava sob uma faixa que dizia: *Wm. Tucker, King's Head, Chichester*.

Tonio e Solly apostaram em todos os páreos. Maisie ficou entediada: cada corrida de cavalos era igual à seguinte quando você não apostava. April não queria sair do lado de Tonio, então Maisie decidiu dar uma volta sozinha.

Os cavalos não eram a única atração. Os morros ao redor do hipódromo estavam apinhados de tendas, estandes e carroças. Havia cabines de apostas, aberrações e ciganas de pele escura e lenços coloridos na cabeça lendo mãos. Vendiam-se gim, sidra, empadões de carne, laranjas e bíblias. Realejos e bandas competiam e entre a multidão circulavam mágicos, malabaristas e acrobatas, todos pedindo moedas. Havia cachorros que dançavam, anões, gigantes e homens em pernas de pau. O clima agitado de parque de diversões fez Maisie se lembrar do circo e ela sentiu uma pontada nostálgica de pesar pela vida que deixara para trás. Os artistas estavam ali para tirar dinheiro do público por todos os meios possíveis e ela ficava feliz quando alcançavam seu objetivo.

Sabia que deveria tirar mais de Solly. Era uma loucura sair com um dos homens mais ricos do mundo e continuar morando num quarto no Soho. Àquela altura já deveria estar usando diamantes e peles, pensando em comprar uma casinha suburbana em St. John's Wood ou Clapham. Seu trabalho mostrando os cavalos de Sammles não duraria muito tempo. A temporada de Londres se aproximava do fim e as pessoas com dinheiro para comprar cavalos partiriam para o campo. Mas ela não permitia que Solly lhe desse nada além de flores, o que deixava April furiosa.

Maisie passou por uma tenda enorme. Do lado de fora, duas moças vestidas como bookmakers e um homem de terno preto gritavam:

– A única certeza nas corridas em Goodwood hoje é o advento do Dia do Juízo Final! Apostem sua fé em Jesus e a recompensa será a vida eterna!

O interior da tenda parecia fresco e escuro e, num impulso, Maisie resolveu entrar. A maioria das pessoas sentadas nos bancos parecia já ter sido convertida. Maisie acomodou-se perto da saída e pegou um livro de hinos.

Podia compreender por que as pessoas se reuniam em capelas e iam pregar em corridas de cavalos. Isso fazia com que sentissem que pertenciam a alguma coisa. O sentimento de pertencer era a verdadeira tentação que Solly lhe oferecia: não tanto os diamantes e as peles, mas a perspectiva de se tornar amante de Solly Greenbourne, com um lugar para morar, uma renda regular e certa posição no esquema mais amplo das coisas. Não era uma posição respeitável nem permanente – o arranjo terminaria no instante em que Solly se cansasse dela –, mas era muito mais do que tinha agora.

A congregação levantou-se para cantar um hino. Falavam em se lavar com o sangue do Cordeiro, o que deixou Maisie nauseada. Ela saiu.

Passou por um espetáculo de marionetes no instante em que chegava ao clímax e o irascível Sr. Soco era lançado de um lado para outro do pequeno palco pela esposa, que brandia um porrete. Maisie estudou a multidão. Não se ganhava muito dinheiro num espetáculo de marionetes se fosse conduzido com honestidade. A maior parte da audiência se afastaria sem pagar nada e os outros dariam apenas quantias ínfimas. Mas havia outros meios de despojar os espectadores. Depois de um momento, avistou um garoto roubando um homem de cartola. Todos observavam o espetáculo, exceto Maisie, e ninguém mais viu a mãozinha suja se insinuar pelo bolso do colete do homem.

Maisie não tinha a menor intenção de fazer alguma coisa a respeito. Em sua opinião, os jovens ricos e descuidados mereciam perder seus relógios de bolso e os ladrões ousados mereciam os despojos. Só que, quando olhou mais atentamente para a vítima, reconheceu os cabelos pretos e os olhos azuis de Hugh Pilaster. Recordou que April lhe dissera que Hugh não tinha dinheiro. Ele não podia perder o relógio. Maisie decidiu, num impulso, salvá-lo da própria negligência.

Aproximou-se, apressada, por trás da multidão. O punguista era um garoto ruivo esfarrapado de uns 11 anos, mais ou menos a idade de Maisie quando ela fugiu de casa. Estava tirando do colete, com o maior cuidado, a corrente do relógio de Hugh. No momento em que houve uma explosão de risos na audiência, o punguista se esgueirou com o relógio na mão.

Maisie agarrou-o pelo pulso.

O garoto soltou um grito de medo e tentou se desvencilhar, mas Maisie era forte demais para ele.

– Me dê o relógio e não direi nada – sussurrou ela.

Ele hesitou por um instante. Maisie percebeu medo e ganância atravessando o rosto sujo. Depois, com uma resignação cansada, o garoto largou o relógio no chão.

– Vá roubar outra pessoa – disse ela.

Maisie soltou a mão do garoto, que sumiu num piscar de olhos.

Ela pegou o relógio. Era de ouro, com tampa. Maisie abriu-o e verificou a hora: 15h10. Atrás, havia a inscrição:

Tobias Pilaster
de sua esposa que muito o ama
Lydia
23 de maio de 1851

O relógio fora um presente da mãe de Hugh para o pai. Maisie ficou feliz por tê-lo recuperado. Fechou o relógio e bateu no ombro de Hugh.

Ele virou-se, contrariado por ter sua atenção desviada do espetáculo, mas logo seus olhos azuis se arregalaram de surpresa.

— Srta. Robinson!

— Que horas são? — perguntou Maisie.

Ele estendeu a mão para o relógio num gesto automático e encontrou o bolso vazio.

— Estranho... — Hugh olhou ao redor, como se o relógio pudesse ter caído de seu bolso. — Espero não ter...

Ela levantou o relógio.

— Minha nossa! Como o encontrou?

— Vi quando o senhor estava sendo roubado e consegui recuperá-lo.

— Onde está o ladrão?

— Deixei que fosse embora. Era apenas um menino.

— Mas...

Hugh estava perplexo.

— Eu o teria deixado levar o relógio se não soubesse que o senhor não pode comprar outro.

— A senhorita não fala a sério.

— Claro que falo. Eu também roubava quando era criança, sempre que podia me safar.

— Que coisa horrível!

Maisie percebeu que se irritava de novo com ele. Achava que havia algo de hipócrita na atitude de Hugh.

— Ainda me lembro do velório de seu pai — disse ela. — Era um dia frio e chovia. Seu pai morreu devendo dinheiro ao meu. No entanto, você usava um casaco naquele dia, enquanto eu não tinha nenhum. Isso foi justo?

– Não sei – respondeu Hugh, com súbita raiva. – Eu tinha 13 anos quando meu pai quebrou. Isso significa que tenho de fechar os olhos para a vilania pelo resto da vida?

Maisie estava atordoada. Não era com frequência que os homens a tratavam com rispidez, e era a segunda vez que Hugh agia assim. Mas não queria discutir de novo com ele.

– Desculpe – murmurou ela, tocando no braço dele. – Não pretendia criticar seu pai. Só queria que compreendesse por que uma criança pode roubar.

Ele se acalmou no mesmo instante.

– Ainda não lhe agradeci por recuperar meu relógio. Foi presente de casamento de minha mãe para meu pai, então para mim significa mais do que seu valor.

– E o menino encontrará outro para roubar.

Hugh riu.

– Jamais conheci alguém como a senhorita! Gostaria de tomar um copo de cerveja? Estou sentindo muito calor.

Era o que Maisie desejava.

– Claro que gostaria.

A poucos metros dali havia uma carroça de quatro rodas com enormes barris. Hugh comprou duas canecas de cerâmica com uma cerveja maltada morna. Maisie estava com sede e tomou um longo gole. Era mais saborosa do que o vinho francês de Solly. Um cartaz escrito a giz fora pregado na carroça: *Se sair daqui com uma caneca, ela será quebrada na sua cabeça.*

Uma expressão pensativa estampou-se no rosto normalmente animado de Hugh.

– Compreende que ambos fomos vítimas da mesma catástrofe? – perguntou ele depois de algum tempo.

Maisie não entendeu.

– Como assim?

– Houve uma crise financeira em 1866. Quando isso acontece, empresas absolutamente honestas quebram... como um cavalo que cai e derruba os outros da equipe no chão. A empresa do meu pai faliu porque pessoas lhe deviam dinheiro e não pagaram. E ele ficou tão transtornado que se matou, deixando minha mãe viúva e a mim órfão aos 13 anos. Seu pai não podia alimentar a família porque a empresa lhe devia dinheiro e não pôde pagar, e você fugiu de casa aos 11.

Maisie percebeu a lógica do que ele dizia, mas seu coração não lhe permitia concordar. Odiara Tobias Pilaster por demasiado tempo.

– Não é a mesma coisa – protestou ela. – Os trabalhadores não têm controle sobre esses fatos. Fazem apenas o que os patrões mandam. Os patrões têm o poder. É culpa deles se as coisas dão errado.

Hugh refletiu por um momento.

– Não sei, talvez você tenha razão. Sem dúvida, os patrões ficam com a maior parte da recompensa. Mas de uma coisa tenho certeza: patrões ou empregados, seus filhos não são culpados.

Maisie sorriu.

– É difícil acreditar que descobrimos algo em que concordamos.

Acabaram de tomar a cerveja, devolveram as canecas e se afastaram alguns metros até um carrossel com cavalos de madeira.

– Quer dar uma volta? – sugeriu Hugh.

Maisie tornou a sorrir.

– Não.

– Está aqui sozinha?

– Não. Vim com... amigos.

Por algum motivo, não queria que ele soubesse que fora levada por Solly.

– E você? Veio com aquela sua tia horrível?

Hugh fez uma careta.

– Não. Os metodistas não aprovam as corridas de cavalos. Ela ficaria horrorizada se soubesse que estou aqui.

– Sua tia gosta de você?

– Nem um pouco.

– Então por que o deixa morar na casa dela?

– Ela gosta de manter as pessoas por perto para controlá-las.

– E controla você?

– Bem que tenta. – Ele sorriu. – Às vezes consigo escapar.

– Deve ser difícil conviver com ela.

– Não tenho condições de morar sozinho. Preciso ser paciente e trabalhar duro no banco. Mais cedo ou mais tarde, vou ser promovido e então serei independente. – Hugh tornou a sorrir. – E aí posso mandá-la fechar a matraca, seguindo seu exemplo.

– Espero que isso não tenha lhe causado problemas.

– Causou, mas valeu a pena ver a raiva dela. Foi quando comecei a gostar da senhorita.

– Foi por isso que me convidou para jantar?

– Foi. Por que recusou?

– Porque April me contou que você não tem dinheiro.

– Tenho o suficiente para duas costeletas e um pudim de ameixa.

– Como uma moça pode resistir a isso? – brincou Maisie.

Ele riu.

– Saia comigo esta noite. Vamos a Cremorne Gardens e dançamos um pouco.

Maisie ficou tentada, mas pensou em Solly e se sentiu culpada.

– Não, obrigada.

– Por que não?

Ela se fez a mesma pergunta. Não estava apaixonada por Solly, não tirava dinheiro dele. Por que então se guardava para ele? Tenho 18 anos, pensou, e se não posso sair para dançar com um rapaz de quem gosto, de que adianta viver?

– Está bem.

– Aceita o convite?

– Aceito.

Hugh exibiu um enorme sorriso. Ela o deixara feliz.

– Devo ir buscá-la?

Maisie não queria que ele visse o cortiço no Soho em que partilhava um quarto com April.

– Não. Vamos nos encontrar em algum lugar.

– Certo... Pode ser no Westminster Pier e pegamos a barca para Chelsea?

– Combinado!

Fazia meses que Maisie não se sentia tão animada.

– A que horas? – perguntou ela.

– Oito?

Ela fez os cálculos depressa. Solly e Tonio iam querer ficar até o último páreo. Depois, tinham de pegar o trem de volta a Londres. Poderia se despedir de Solly na Victoria Station e seguir a pé para Westminster. Concluiu que seria possível.

– Se eu me atrasar, você me espera?

– A noite inteira, se for necessário.

Pensar em Solly a fez se sentir culpada de novo.

– Preciso voltar para meus amigos agora.

– Eu a acompanharei – propôs Hugh, ansioso.

Maisie ficou desconfortável.

– É melhor não ir comigo.

– Como quiser.

Ela estendeu a mão e Hugh apertou-a. Parecia estranhamente formal.

– Até mais tarde – murmurou Maisie.

– Ficarei esperando.

Maisie afastou-se, com a sensação de que ele a observava. Por que fiz isso?, pensou ela. Quero sair com ele? Gosto mesmo desse rapaz? Em nosso primeiro encontro tivemos uma briga que acabou com a festa e hoje ele já ia discutir de novo se eu não o acalmasse. Não nos damos bem. Nunca conseguiríamos dançar juntos. Talvez eu não vá.

Mas ele tinha olhos azuis adoráveis.

Decidiu não pensar mais a respeito. Concordara em encontrá-lo e iria comparecer. Poderia ou não gostar da noite, e de nada adiantaria se preocupar com isso.

Precisaria inventar uma desculpa para deixar Solly. Ele esperava levá-la para jantar. Mas Solly nunca a questionava. Aceitava qualquer desculpa, por mais implausível que fosse. De qualquer forma, ela tentaria pensar numa justificativa convincente, pois se sentia mal por abusar da natureza tolerante de Solly.

Encontrou os outros no mesmo lugar em que os deixara. Passaram o resto da tarde entre a grade e o bookmaker de terno xadrez. April e Tonio tinham os olhos brilhantes, numa expressão triunfante. Assim que viu Maisie, April foi logo dizendo:

– Ganhamos 110 libras. Não é maravilhoso?

Maisie ficou feliz por April. Era um bocado de dinheiro para se ganhar sem fazer esforço nenhum. Enquanto ela lhes dava os parabéns, Micky Miranda apareceu, esfregando os polegares nos bolsos do colete cinza. Ela não ficou surpresa por vê-lo ali. Todos iam a Goodwood.

Embora Micky fosse espantosamente bonito, Maisie não gostava dele. Lembrava a ela o diretor do circo, que achava que todas as mulheres deveriam ficar contentes quando as convidava para ir para a cama e se sentia afrontado quando alguma o recusava. Micky trazia Edward Pilaster a reboque, como sempre. Maisie achava aquele relacionamento curioso. Eram muito diferentes. Micky era esguio, impecável, confiante. Edward era enorme, desajeitado, grosseiro. Por que eram tão inseparáveis? Apesar disso, a maioria das pessoas se encantava com Micky. Tonio tratava-o com uma espécie de veneração nervosa, como um cachorrinho diante de seu dono cruel.

Atrás deles vinham um homem mais velho e uma moça. Micky apresentou-o como seu pai. Maisie estudou-o com interesse. Ele não se parecia nada com Micky. Era baixo, de pernas arqueadas, ombros muito largos, o rosto curtido pelo tempo. Ao contrário do filho, não parecia à vontade no colarinho duro e na cartola. A mulher se agarrava a ele como uma amante, mas devia ser pelo menos trinta anos mais jovem. Micky apresentou-a como Srta. Cox.

Todos falaram sobre seus ganhos. Edward e Tonio haviam apostado alto num cavalo chamado Prince Charlie. Solly ganhara muito dinheiro e depois perdera tudo, e dava a impressão de se divertir com as duas coisas. Micky não informou como se saíra. Maisie concluiu que ele não apostara tanto quanto os outros. Parecia muito cauteloso, calculista demais para ser um grande apostador.

Ele a surpreendeu em seguida.

– Vamos ter um jogo grande esta noite, Greenbourne. Mínimo de 1 libra. Quer entrar? – perguntou ele a Solly.

Maisie teve a impressão de que a pose descontraída de Micky encobria uma considerável tensão. O rapaz era indecifrável.

Solly aceitava qualquer coisa.

– Claro que sim.

Micky virou-se para Tonio.

– E você, também se junta a nós?

O tom de "pegar ou largar" soou falso para Maisie.

– Pode contar comigo – respondeu Tonio, excitado. – Estarei lá!

April ficou perturbada.

– Não esta noite, Tonio... Você me prometeu.

Maisie desconfiou que Tonio não tinha como arcar com a aposta mínima de uma libra.

– O que eu prometi? – indagou ele, piscando para os amigos.

Ela sussurrou alguma coisa em seu ouvido e todos os homens riram.

– É o último grande jogo da temporada, Silva – acrescentou Micky. – Vai se arrepender se perdê-lo.

Aquilo surpreendeu Maisie. No Argyll Rooms, tivera a nítida impressão de que Micky detestava Tonio. Por que ele tentava agora persuadi-lo a participar de um jogo de cartas?

– Estou com sorte hoje. É só ver quanto ganhei com os cavalos! – disse Tonio. – Claro que jogo esta noite!

Micky olhou para Edward, e Maisie capturou uma expressão de alívio atravessar seus olhos.

– Vamos todos jantar no clube? – sugeriu Edward.

Solly olhou para Maisie e ela compreendeu que o convite lhe proporcionava a desculpa de que precisava para não passar a noite com ele.

– Vá jantar com seus amigos, Solly – disse ela. – Não me importo.

– Tem certeza?

– Tenho, sim. Foi um dia adorável. Passe a noite em seu clube.

– Então está combinado – declarou Micky.

Ele, o pai, a Srta. Cox e Edward se despediram.

Tonio e April foram fazer uma aposta no páreo seguinte. Solly ofereceu o braço a Maisie.

– Vamos dar uma volta? – propôs ele.

Foram andando ao longo da cerca pintada de branco que delimitava a pista. O sol esquentava e o ar do campo tinha um cheiro agradável.

– Você gosta de mim, Maisie? – indagou Solly depois de algum tempo.

Ela parou, ergueu-se na ponta dos pés e beijou seu rosto.

– Gosto muito.

Solly fitou-a nos olhos e ela ficou aturdida ao ver seus olhos marejados por trás dos óculos.

– Solly, querido, o que foi?

– Também gosto de você, Maisie. Mais do que de qualquer outra pessoa que já conheci.

– Obrigada.

Maisie estava comovida. Não era comum Solly demonstrar qualquer emoção mais forte do que um leve entusiasmo.

– Quer se casar comigo, Maisie?

Ela ficou atordoada. Era a última coisa no mundo que esperava ouvir. Homens da classe de Solly não pediam em casamento moças como ela. Seduziam-nas, davam dinheiro, mantinham-nas como amantes, tinham filhos com elas, mas não casavam. Maisie estava atônita demais para falar.

– Eu daria qualquer coisa que você quisesse – acrescentou Solly. – Por favor, diga que sim.

Casar com Solly! Maisie compreendeu que seria incrivelmente rica pelo resto da vida. Uma cama macia todas as noites, fogo aceso em todos os cômodos da casa e tanta manteiga quanta pudesse comer. Poderia acordar a hora que quisesse. Nunca mais sentiria frio, nunca mais passaria fome, nunca mais se vestiria em andrajos, nunca mais ficaria exausta.

A palavra *sim* tremeu na ponta de sua língua.

Pensou no quartinho de April no Soho, com seu ninho de camundongos na parede. Pensou em como a latrina fedia nos dias quentes. Pensou nas noites em que não jantavam. Pensou em como os pés doíam depois de um dia inteiro circulando pelas ruas.

Olhou para Solly. Até que ponto seria difícil casar com aquele homem?

– Eu a amo demais, Maisie. Estou desesperado por você.

Ele a amava de fato, Maisie podia perceber.

E era esse o problema.

Ela não o amava.

Solly merecia algo melhor. Merecia uma esposa que o amasse de verdade, não uma garota criada nas ruas, com uma pedra no lugar do coração. Se casasse com ele, estaria enganando-o. E ele era bom demais para isso.

Maisie sentiu-se à beira das lágrimas.

– Você é o homem mais generoso e gentil que já conheci...

– Não diga que não, por favor – interrompeu-a Solly. – Se não pode dizer sim, não diga nada. Pense a respeito, pelo menos por um dia, talvez mais.

Maisie suspirou. Sabia que deveria recusá-lo, e seria mais fácil se o fizesse logo. Mas ele estava suplicando.

– Muito bem, pensarei a respeito.

Solly ficou radiante.

– Obrigado.

Ela balançou a cabeça, pesarosa.

– O que quer que aconteça, Solly, acho que nunca um homem melhor do que você vai me pedir em casamento.

2

HUGH E MAISIE fizeram o passeio de barca do Westminster Pier a Chelsea. Era um princípio de noite quente e claro, e o rio lamacento estava cheio de barquinhos, barcaças e balsas. Subiram pelo rio, passaram sob a nova ponte ferroviária pela Victoria Station e pelo

Hospital Christopher Wren, em Chelsea, na margem norte, e contemplaram, na margem sul, as flores de Battersea Fields, a tradicional área de duelos de Londres. A Battersea Bridge era uma ponte de madeira em precárias condições que parecia prestes a cair. Na extremidade sul ficavam as fábricas de produtos químicos, mas no lado oposto havia lindos chalés em torno da Igreja Velha de Chelsea, e crianças nuas se banhavam nas águas rasas.

Eles desembarcaram pouco mais de 1 quilômetro depois da ponte e subiram do cais para o espetacular portão dourado de Cremorne Gardens. Eram 5 hectares de bosques e grutas, canteiros de flores e gramados, estufas e caramanchões entre o rio e a King's Road. Já escurecia quando chegaram, e havia lanternas chinesas nas árvores e lampiões a gás acesos ao longo dos caminhos sinuosos. O lugar estava lotado. Muitos dos jovens que tinham ido às corridas haviam decidido encerrar o dia ali. Todos se vestiam com esmero e circulavam despreocupados pelos jardins, rindo e flertando, as moças em duplas, os rapazes em grupos maiores, os casais de braços dados.

Fizera um tempo bom durante todo o dia, ensolarado e quente, mas a noite se tornava ainda mais quente e abafada, com nuvens que ameaçavam desabar numa tempestade. Hugh sentia-se ao mesmo tempo exultante e nervoso. Estava animado por acompanhar Maisie, mas experimentava a insegurança de quem não conhecia as regras do jogo em que se metera. O que Maisie esperava? Deixaria que ele a beijasse? Permitiria que fizesse qualquer coisa que desejasse? Ansiava por tocar seu corpo, mas não sabia por onde começar. Ela esperava que ele fosse até o fim? Bem que Hugh queria, mas nunca fizera isso antes e tinha medo de bancar o tolo. Os outros escriturários do banco falavam muito sobre mulheres, o que faziam e deixavam de fazer com as meretrizes, mas Hugh desconfiava que grande parte não passava de invenção. De qualquer forma, Maisie não podia ser tratada como uma vagabunda. Ela não era isso.

Ele também temia ser visto por alguém que o conhecesse. Sua família desaprovaria com veemência o que estava fazendo. Não apenas Cremorne Gardens era um lugar frequentado pela classe baixa, como os metodistas achavam que era um antro de imoralidade. Se fosse descoberto, Augusta com certeza usaria a informação contra ele. Uma coisa era Edward levar mulheres desregradas a lugares de péssima reputação. Afinal, ele era o filho e o herdeiro. Era diferente para Hugh, sem dinheiro e com uma educação deficiente, que todos esperavam se tornar um fracassado como o pai. Diriam que aqueles jardins licenciosos constituíam seu habitat natural, que seu lugar era entre escriturários, artesãos e moças como Maisie.

Hugh atingira um ponto crítico em sua carreira. Estava prestes a ser promovido a escriturário de correspondência – com um salário de 150 libras por ano, mais do que o dobro do que ganhava agora – e poderia perder tudo por um relato de comportamento dissoluto.

Ele observava ansioso os outros homens que andavam pelos caminhos sinuosos entre os canteiros de flores, com medo de reconhecer alguém. Havia uns poucos das classes altas, alguns abraçados a moças, mas todos tomavam o cuidado de evitar os olhos de Hugh, e ele compreendeu que também tinham receio de serem vistos ali. Concluiu que se encontrasse algum conhecido, era bem provável que quisesse tanto quanto ele manter tudo em segredo, e ficou mais tranquilo.

Não podia deixar de se orgulhar de Maisie. Ela usava um vestido azul-esverdeado com decote e crinolina, um gracioso chapéu de marinheiro no alto dos cabelos armados, e atraía muitos olhares de admiração.

Passaram por um balé, um circo oriental, um gramado de boliche americano, e entraram num restaurante para jantar. Era uma experiência nova para Hugh. Embora os estabelecimentos se tornassem cada vez mais comuns, eram frequentados principalmente pela classe média. As pessoas da classe alta não gostavam da ideia de comer em público. Jovens como Micky e Edward comiam fora com frequência, mas achavam que se rebaixavam e só faziam isso quando estavam procurando ou já haviam encontrado mulheres fáceis para lhes fazer companhia.

Durante todo o jantar, Hugh tentou não pensar nos seios de Maisie. As curvas, muito alvas e cheias de sardas, apareciam sedutoras por cima do decote. Ele só vira seios à mostra uma única vez, no bordel de Nellie, poucas semanas antes, mas nunca tocara em nenhum. Seriam firmes, como músculos, ou flácidos? Quando uma mulher tirava o espartilho, os seios balançavam ao andar ou permaneciam rígidos? Ao serem apalpados, cediam à pressão ou eram duros como joelhos? Maisie o deixaria tocá-los? Às vezes pensava até em beijá-los, como o homem no bordel beijara os seios da prostituta, mas era um desejo secreto de que se envergonhava. Na verdade, sentia-se vagamente envergonhado de todos esses sentimentos. Parecia animalesco sentar em companhia de uma mulher e pensar o tempo todo em seu corpo nu, como se não se importasse com ela, apenas querendo usá-la.

Hugh, porém, não podia deixar de se sentir assim, ainda mais com Maisie, que era tão atraente.

Enquanto comiam, houve um espetáculo de fogos de artifício em outra parte de Cremorne. Os estouros e clarões perturbaram os leões e os tigres enjaulados, que rugiram em desaprovação. Hugh recordou que Maisie trabalhara num circo e perguntou como era.

— Você passa a conhecer as pessoas muito bem quando vivem tão juntas — comentou ela, pensativa. — É bom sob alguns aspectos, ruim sob outros. Todo mundo se ajuda sempre. Há romances, muitas discussões, algumas brigas... Ocorreram dois assassinatos nos três anos que passei no circo.

— Minha nossa!

— E não se pode contar com o dinheiro.

— Por quê?

— Quando as pessoas precisam economizar, a diversão é a primeira coisa que cortam do orçamento.

— Eu nunca tinha pensado nisso. Devo me lembrar para não investir o dinheiro do banco em nenhuma forma de diversão.

Maisie sorriu.

— Pensa em finanças o tempo todo?

Não, refletiu Hugh, venho pensando em seus seios o tempo todo.

— Deve compreender que sou o filho da ovelha negra. Sei mais sobre a atividade bancária do que os outros rapazes da família, mas preciso trabalhar em dobro para provar o meu valor.

— Por que é tão importante provar que é capaz?

Boa pergunta, pensou Hugh, e demorou um pouco para responder.

— Sempre fui assim, eu acho. No colégio, tinha de ser o primeiro da turma. E o fracasso do meu pai tornou a coisa ainda pior. Todos pensam que vou acabar como ele, então preciso mostrar que estão enganados.

— De certo modo, também me sinto assim. Nunca vou viver como minha mãe, sempre à beira da miséria. Vou ter dinheiro, não importa o que precise fazer.

— É por isso que sai com Solly? — perguntou Hugh, tão gentilmente quanto podia.

Maisie franziu o cenho e por um momento Hugh pensou que ela fosse se zangar. Mas o instante logo passou e Maisie ofereceu um sorriso irônico.

— Acho que é uma pergunta justa. Se quer saber a verdade, não me orgulho de minha ligação com Solly. Venho enganando-o com certas... expectativas.

Hugh ficou surpreso. Isso significava que ela não fora até o fim com Solly?

– Ele parece gostar de você.

– E eu gosto dele. Só que a amizade não é a única coisa que ele quer, nunca foi, e eu sempre soube disso.

– Acho que entendo.

Hugh concluiu que ela não fora até o fim com Solly, o que significava que podia não se mostrar disposta a ir até o fim com ele. Sentiu-se ao mesmo tempo desapontado e aliviado. Desapontado porque desejava-a avidamente; aliviado porque estava intensamente nervoso com a expectativa.

– Você parece satisfeito – comentou Maisie.

– Estou contente por saber que você e Solly são apenas amigos.

Ela parecia um pouco triste, e Hugh especulou se dissera algo errado.

Ele pagou o jantar. Foi bastante caro, mas trouxera o dinheiro que vinha economizando para comprar roupas novas, 19 xelins, então estava bem preparado. Ao deixarem o restaurante, as pessoas nos jardins pareciam mais efusivas do que antes, sem dúvida por terem consumido muita cerveja e gim.

Chegaram a uma pista de dança. A dança era uma coisa em que Hugh se sentia confiante. Fora o único aspecto em que recebera uma boa instrução na Academia Folkestone para Filhos de Cavalheiros.

Levou Maisie para o meio e tomou-a em seus braços pela primeira vez. As pontas dos dedos comicharam quando encostou a mão direita em suas costas, um pouco acima da cintura. Podia sentir o calor do corpo de Maisie através das roupas. Com a mão esquerda, segurou a dela, e Maisie a apertou. A sensação deixou-o arrebatado.

Hugh sorriu ao final da primeira dança, satisfeito, e para sua surpresa ela tocou em sua boca com a ponta de um dedo.

– Gosto quando você sorri. Parece um menino.

Não era exatamente essa a impressão que tentava transmitir, mas àquela altura qualquer coisa que agradasse a ela seria ótima para ele.

Dançaram de novo. Eram bons parceiros. Embora Maisie fosse baixa, Hugh era apenas um pouco mais alto e os dois tinham leveza nos pés. Ele já dançara com dezenas de moças, talvez até centenas, mas nunca se divertira tanto. Era como se só agora descobrisse a sensação deliciosa de ter uma mulher bem perto, movendo e girando ao ritmo da música e executando os passos mais complicados em harmonia.

– Está cansada? – perguntou Hugh ao final da música.

– Claro que não!

Continuaram a dançar.

Nos bailes da sociedade, era falta de educação dançar com a mesma moça mais de duas vezes. Devia-se levá-la para fora da pista, oferecer-se para buscar champanhe ou um sorvete. Hugh sempre se irritara com esses regulamentos, e agora, felizmente, se sentia livre para ser um dançarino anônimo naquele baile público.

Permaneceram na pista até meia-noite, quando a música parou.

Todos os casais deixaram a pista de dança e se afastaram pelas trilhas do parque. Hugh notou que muitos homens mantinham o braço em torno de suas parceiras, apesar de não estarem mais dançando. Com alguma apreensão, ele fez o mesmo. Maisie pareceu não se importar.

As festividades começavam a ficar turbulentas. Ao lado das trilhas havia pequenas cabines, como camarotes de teatro, onde as pessoas podiam sentar e jantar, observando a passagem da multidão. Algumas dessas cabines haviam sido alugadas por grupos de estudantes, que agora estavam embriagados. Um homem andando à frente deles teve a cartola derrubada de brincadeira, e Hugh teve de se abaixar para evitar um pedaço de pão arremessado em sua direção. Puxou Maisie mais para perto, protetor, e experimentou uma imensa alegria quando ela passou o braço por sua cintura, apertando de leve.

Havia numerosos bosques e moitas ensombreados ao largo da trilha principal. Hugh percebeu vagamente casais nos bancos de madeira, embora não pudesse ter certeza de que estavam se abraçando ou apenas sentados juntos. Ficou surpreso quando o casal à frente parou de repente e trocou um beijo ardente no meio da trilha. Conduziu Maisie pelo lado, constrangido. Logo superou o embaraço e ficou animado. Poucos minutos mais tarde, passaram por outro casal abraçado. Hugh olhou para Maisie, que lhe sorriu de uma forma que ele tinha certeza de que era encorajadora. Mas não foi capaz de reunir a coragem necessária para beijá-la.

Os jardins se tornavam cada vez mais caóticos. Tiveram de contornar uma briga envolvendo seis ou sete rapazes, todos embriagados, aos gritos, esmurrando e derrubando uns aos outros. Hugh notou que havia agora diversas mulheres sozinhas e se perguntou se eram prostitutas. O clima era cada vez mais ameaçador e ele sentia necessidade de proteger Maisie.

Foi nesse instante que um grupo de trinta ou quarenta rapazes se aproximou, arrancando os chapéus das pessoas, empurrando as mulheres para o lado, derrubando os homens no chão. Não havia como escapar, pois eles se espalhavam pelo gramado nas laterais da trilha. Hugh agiu depressa. Postou-se na frente de Maisie, de costas para o ataque, tirou o chapéu e abraçou-a com firmeza. O bando passou. Um ombro pesado acertou as costas de Hugh, que cambaleou, ainda segurando Maisie, mas conseguiu recuperar o equilíbrio. A seu lado, uma moça foi derrubada, e mais adiante um homem levou um soco no rosto. Depois os arruaceiros sumiram.

Hugh relaxou os braços e olhou para Maisie. Ela encarou-o em expectativa. Hesitante, ele baixou a cabeça e beijou-a nos lábios. Eram deliciosamente macios e receptivos. Hugh fechou os olhos. Esperara por isso durante anos. Era seu primeiro beijo. E era tão maravilhoso quanto sonhara. Aspirou a fragrância de Maisie. Os lábios dela se moviam contra os seus com delicadeza. Ele queria nunca mais parar.

Foi Maisie quem rompeu o beijo. Fitou-o nos olhos e apertou-o com toda a força, os corpos se comprimindo.

– Você pode estragar todos os meus planos – murmurou ela.

Hugh não entendeu o que ela queria dizer.

Ele olhou para o lado. Havia um caramanchão com um banco vazio. Tomando coragem, sugeriu:

– Quer sentar um pouco?

– Está bem.

Avançaram pela escuridão e sentaram-se no banco de madeira. Hugh tornou a beijá-la.

Dessa vez sentiu-se um pouco menos hesitante. Passou o braço pelos ombros de Maisie, puxou-a ao seu encontro, inclinou o queixo dela com a outra mão e beijou-a com mais ardor do que antes, comprimindo os lábios com força. Ela reagiu com entusiasmo, arqueando as costas para que ele pudesse sentir os seios contra seu peito. Surpreendeu-o que Maisie se mostrasse tão desejosa, embora ele não soubesse de nenhum motivo para as mulheres não gostarem tanto de beijos quanto os homens. A ânsia dela deixou-o ainda mais excitado.

Hugh acariciou seu rosto e seu pescoço e a mão desceu para o ombro. Queria tocar nos seios, mas tinha medo de que ela ficasse ofendida, por isso hesitou. Maisie encostou os lábios em seu ouvido e disse num sussurro que era também um beijo:

– Pode tocá-los.

Surpreendeu-o que ela fosse capaz de ler seus pensamentos, mas o convite excitou-o de maneira quase insuportável, não apenas porque ela estava disposta, mas também porque falara a respeito. *Pode tocá-los.* As pontas dos dedos de Hugh desceram do ombro, passaram pela clavícula, alcançaram a curva de um seio, por cima do decote. A pele era macia e quente. Ele não sabia o que fazer em seguida. Devia tentar enfiar a mão por dentro?

Maisie respondeu à indagação silenciosa pegando a mão dele e comprimindo-a contra o vestido, abaixo do decote.

– Aperte, mas gentilmente – sussurrou ela.

Foi o que ele fez. Não eram como músculos ou joelhos, descobriu, e sim macios, exceto pelos mamilos enrijecidos. Sua mão passou de um para outro, acariciando e apertando alternadamente. A respiração de Maisie era quente em seu pescoço. Hugh sentiu que podia ficar assim a noite inteira, mas fez uma pausa para beijá-la nos lábios novamente. Dessa vez, beijou-a só por um instante, afastou o rosto, tornou a beijá-la e a se afastar várias vezes, cada vez mais excitado. Compreendeu que havia muitas maneiras de beijar.

Subitamente, Maisie ficou imóvel.

– Escute!

Hugh já percebera, de forma vaga, que os jardins estavam mais barulhentos, e agora distinguiu gritos e estrondos. Olhando para a estradinha, viu que as pessoas corriam em diferentes direções.

– Deve ser uma briga – comentou ele.

E nesse instante ouviu um apito da polícia.

– Droga! Agora vai haver a maior confusão.

– É melhor irmos embora – sugeriu Maisie.

– Vamos pegar o caminho para a entrada da King's Road e ali tomamos um fiacre.

– Está bem.

Hugh hesitou, relutante em partir.

– Só mais um beijo.

– Pode dar.

Ele beijou-a e Maisie abraçou-o com força.

– Hugh, estou feliz por ter conhecido você.

Ele pensou que era a coisa mais linda que alguém já lhe dissera.

Voltaram à trilha e seguiram para o norte, apressados. Um momento depois, dois jovens se aproximaram correndo, um perseguindo o outro. O primeiro esbarrou em Hugh, jogando-o longe. Quando ele se levantou, os dois já haviam desaparecido. Maisie ficou preocupada.

– Você se machucou?

Ele limpou as roupas e pegou o chapéu.

– Não. E não quero que aconteça nada com você. Vamos pelo gramado, pode ser mais seguro.

No instante em que deixaram a trilha, os lampiões a gás se apagaram. Foram andando no escuro. Havia agora um contínuo clamor de homens berrando e mulheres gritando, pontuados pelos apitos da polícia. Ocorreu de repente a Hugh que poderia ser preso. Todos saberiam então o que andara fazendo. Augusta diria que ele era desregrado demais para merecer um posto de responsabilidade no banco. Bufou. Então logo recordou a sensação que experimentara ao tocar nos seios de Maisie e decidiu que não se importava com o que Augusta dissesse.

Mantiveram-se afastados dos caminhos e espaços abertos, passando entre árvores e arbustos. O terreno se elevava um pouco desde a margem do rio, então Hugh sabia que estariam no caminho certo enquanto continuassem a subir.

Avistou à distância lanternas piscando e foi na direção das luzes. Começaram a encontrar outros casais, que também seguiam para lá. Hugh imaginou que era menos provável que a polícia encrencasse se estivessem no meio de um grupo de pessoas obviamente respeitável e sóbrio.

Quando se aproximaram, trinta ou quarenta policiais passaram pelos portões. Forçando para entrar no parque contra o fluxo da multidão, os guardas puseram-se a bater com os cassetetes em homens e mulheres, indiscriminadamente. A multidão virou-se e correu na direção oposta. Hugh pensou depressa.

– Deixe-me carregá-la – disse ele a Maisie.

Ela parecia confusa, mas concordou.

– Está bem.

Hugh abaixou-se e suspendeu-a, um braço sob os joelhos, o outro em torno dos ombros.

– Finja que desmaiou.

Maisie fechou os olhos e ficou inerte. Ele caminhou contra a multidão, gritando com sua voz mais enérgica:

– Abram caminho! Saiam da frente!

Ao verem uma mulher aparentemente desmaiada, até as pessoas em fuga se desviaram. Hugh avançou contra os policiais, que pareciam tão em pânico quanto o público.

– Saia da frente! – gritou ele para um dos guardas. – Deixe a dama passar!

O homem parecia hostil e por um momento Hugh pensou que seu blefe seria descoberto. Depois um sargento gritou:

– Deixem o cavalheiro passar!

Ele atravessou a linha da polícia e no instante seguinte estava numa área livre.

Maisie abriu os olhos e ele sorriu. Gostava de segurá-la assim e não tinha a menor pressa em largar seu fardo.

– A senhorita está bem?

Ela assentiu. Parecia à beira das lágrimas.

– Pode me pôr no chão.

Hugh baixou-a com toda a gentileza e abraçou-a.

– Não precisa chorar. Já passou agora.

Maisie balançou a cabeça.

– Não é pela confusão. Já estive no meio de brigas antes, mas esta é a primeira vez que alguém toma conta de mim. Sempre tive de me virar sozinha. É uma experiência totalmente inédita.

Ele não sabia o que dizer. Todas as moças que conhecia sempre presumiam que os homens cuidariam delas. Descobria coisas novas o tempo todo com Maisie.

Hugh procurou um fiacre de aluguel. Não havia nenhum à vista.

– Infelizmente, acho que teremos de andar.

– Quando eu tinha 11 anos, andei durante quatro dias para chegar a Newcastle. Creio que posso andar de Chelsea até o Soho.

3

MICKY MIRANDA COMEÇARA a trapacear nas cartas quando ainda estudava na Escola Windfield, a fim de complementar o dinheiro insuficiente que o pai enviava. Os métodos que inventara eram toscos, mas bastavam para enganar colegiais. Depois, numa viagem transatlântica de volta para casa, realizada entre o colégio e a universidade, tentara trapacear num jogo com outro passageiro, que por acaso era um jogador profissional. O homem mais velho achara engraçado e tomara Micky sob sua proteção, ensinando a ele os princípios básicos do ofício.

Trapacear se tornava mais perigoso quando as apostas eram altas. Se as pessoas jogavam por ninharias, nunca lhes ocorria que alguém pudesse trapacear. A suspeita aumentava com o volume das apostas.

Se fosse descoberto naquela noite, isso significaria não apenas o fracasso de seu plano para arruinar Tonio. Trapacear nas cartas era o pior crime que um cavalheiro podia cometer na Inglaterra. Seria convidado a se retirar dos clubes, os amigos nunca estariam em casa quando os visitasse e ninguém falaria com ele na rua. As raras histórias que ouvira a respeito de ingleses trapaceando sempre terminavam com o culpado deixando o país para se estabelecer em algum território selvagem, como a Malásia ou a baía de Hudson. O destino de Micky seria voltar para Córdoba, suportar as zombarias do irmão mais velho e passar o resto da vida criando gado. A ideia o deixava angustiado.

Mas as recompensas por aquela noite eram tão grandes quanto os riscos.

Não fazia aquilo apenas para agradar a Augusta. Só isso já era importante o bastante, já que ela representava seu passaporte para os ricos e poderosos de Londres. Mas Micky queria também o cargo de Tonio.

Papa dissera que o filho teria de ganhar seu sustento em Londres. Não receberia mais dinheiro de casa. O emprego de Tonio era ideal. Permitiria que Micky vivesse como um cavalheiro, trabalhando muito pouco. E seria também mais um degrau na escalada para uma posição superior. Um dia Micky poderia se tornar embaixador. E assim seria capaz de manter a cabeça erguida em qualquer companhia. Nem mesmo seu irmão ousaria escarnecer dele.

Micky, Edward, Solly e Tonio jantaram cedo no Cowes, o clube que todos preferiam. Entraram na sala de jogos por volta das dez horas. Outros dois jogadores do clube, que haviam ouvido falar das apostas altas, se sentaram com eles à mesa de bacará: o capitão Carter e o visconde Montagne. Micky sabia que Montagne era um tolo, mas Carter era esperto. Teria de ser cauteloso com ele.

Havia uma linha branca em torno da mesa, a cerca de 30 centímetros da beirada. Cada jogador tinha uma pilha de soberanos de ouro à sua frente, fora do quadrado branco. A partir do momento em que o dinheiro cruzava a linha para dentro do quadrado, a aposta estava feita.

Micky passara o dia fingindo beber. No almoço, molhara os lábios com champanhe e jogara o resto na grama sem que ninguém percebesse. No trem de volta a Londres, aceitara várias vezes quando Edward lhe oferecera a garrafa, mas sempre bloqueara o gargalo com a língua enquanto parecia tomar um gole. Ao jantar, servira-se de uma taça pequena de clarete e tornara a enchê-la mais duas vezes, sem beber um gole. Agora, pediu uma cerveja de gengibre que parecia conhaque com soda. Precisava se manter absolutamente sóbrio para executar as delicadas trapaças que lhe possibilitariam arruinar Tonio Silva.

Passou a língua pelos lábios, nervoso, depois se controlou, fazendo um esforço para relaxar.

Entre todos os jogos, o preferido dos trapaceiros era o bacará. Micky pensou que talvez tivesse sido inventado para permitir que os espertos roubassem dos ricos.

Para começo de conversa, era um jogo de pura sorte, que não demandava habilidade ou estratégia. O jogador recebia duas cartas e somava seus valores: um três e um quatro davam sete, um dois e um seis davam oito. Se o total fosse superior a nove, apenas o último dígito contava: assim, quinze era cinco, vinte era zero, e a soma mais alta possível era nove.

Um jogador com uma soma baixa podia pedir uma terceira carta, que seria aberta, para que todos vissem.

A pessoa na banca dava apenas três mãos: uma para a esquerda, outra para a direita e a terceira para si mesma. Os jogadores apostavam na mão esquerda ou na direita. A banca pagava a mão maior do que a sua.

A segunda grande vantagem do bacará, do ponto de vista do trapaceiro, era o fato de ser jogado com pelo menos três baralhos. Isso significava que o trapaceiro podia usar um quarto baralho, tirando uma carta da manga com a maior confiança sem se preocupar com a possibilidade de outro jogador já ter a mesma carta na mão.

Enquanto os outros ainda se acomodavam e acendiam seus charutos, Micky pediu ao garçom que trouxesse três baralhos novos. Ao voltar, era natural que o homem entregasse os baralhos a Micky.

A fim de controlar o jogo, ele precisava dar as cartas, então seu primeiro desafio era ficar com a banca. Isso envolvia dois truques: neutralizar o corte e dar a segunda carta. Eram duas operações relativamente simples, mas ele estava com os músculos tão contraídos de tensão que poderia frustrar até as manobras mais fáceis.

Micky rompeu os lacres. As cartas eram sempre arrumadas da mesma maneira, com os curingas em cima e o ás de espadas no fundo. Micky tirou os curingas e embaralhou, desfrutando da sensação das cartas novas. Era muito simples transferir um ás do fundo para cima do baralho, mas depois ele tinha de deixar que um dos outros jogadores cortasse sem mudar a posição do ás.

Estendeu o baralho para Solly, sentado à sua direita. Ao baixar o baralho para a mesa, contraiu um pouco a mão, a fim de que a carta de cima – o ás de espadas – permanecesse em sua palma, escondida. Solly cortou. Mantendo a palma virada para baixo durante todo o tempo para esconder o ás, Micky tornou a pegar o baralho, repondo a carta escondida. Tivera sucesso na neutralização do corte.

– A carta mais alta fica com a banca? – indagou ele, tentando parecer indiferente à resposta.

Houve murmúrios de concordância.

Segurando o baralho com firmeza, ele deteve em sua mão a carta de cima e começou a distribuir, bem depressa. Mantendo a carta de cima recuada, ele sempre dava a segunda, até que chegou a sua vez, quando deu o ás. Todos viraram as cartas. Micky era o único ás e ganhou a banca.

Ele conseguiu exibir um sorriso casual.

– Acho que vou ter sorte esta noite.

Ninguém fez qualquer comentário.

Micky relaxou um pouco.

Disfarçando seu alívio, deu a primeira mão.

Tonio jogava à sua esquerda, junto a Edward e o visconde Montagne. À direita estavam Solly e o capitão Carter. Micky não queria ganhar. Não era esse o seu propósito naquela noite. Queria apenas que Tonio perdesse.

Jogou limpo por algum tempo, perdendo um pouco do dinheiro de Augusta. Os outros relaxaram e pediram uma nova rodada de drinques. Quando chegou o momento oportuno, Micky acendeu um charuto.

No bolso interno de seu casaco, perto da caixa de charutos, estava outro baralho, comprado na mesma papelaria que fornecia as cartas do clube, de modo que os jogos combinassem.

Ajeitara o baralho extra em pares vencedores, todos somando nove, a soma mais alta: quatro e cinco, nove e dez, nove e valete, e assim por diante. Deixara em casa as cartas excedentes e todos os reis e rainhas.

Ao guardar a charuteira no bolso, ele empalmou o baralho extra. Pegando o baralho na mesa com a outra mão, encaixou as cartas novas no fundo. Enquanto os outros misturavam seus conhaques com soda, Micky embaralhou, arrumando no alto, com todo o cuidado, na ordem, uma carta de baixo, duas cartas ao acaso, outra carta de baixo, mais duas ao acaso. Começou a dar as cartas, primeiro para a esquerda, depois para a direita, em seguida para si mesmo, ficando com um par vencedor.

Na rodada seguinte, ele deu para Solly a mão vencedora. Por algum tempo continuou assim, fazendo Tonio perder e Solly ganhar. O dinheiro que ganhava do lado de Tonio era pago ao lado de Solly e ninguém desconfiava de Micky, pois a pilha de soberanos à sua frente permanecia praticamente a mesma.

Tonio começara pondo na mesa a maior parte do dinheiro que ganhara nas corridas, em torno de 100 libras. Quando estava reduzido a 50, ele se levantou.

– Este lado está dando azar – disse ele. – Vou sentar junto de Solly.

Ele foi para o outro lado da mesa. Isso não vai adiantar, pensou Micky. Não era mais difícil mudar o jogo e fazer o lado esquerdo ganhar e o direito perder dali por diante. Mas Micky ficou um pouco tenso ao ouvir Tonio falar em azar. Queria que Tonio continuasse a pensar que estava com sorte, mesmo enquanto perdia.

De vez em quando Tonio variava seu estilo, apostando 5 ou 10 soberanos numa mão em vez de 2 ou 3. Quando isso acontecia, Micky lhe dava a mão vencedora. Tonio recolhia os ganhos e comentava, exultante, apesar de sua pilha de soberanos se tornar cada vez menor:

– Estou com sorte hoje! Tenho certeza!

Micky sentia-se mais relaxado agora. Estudava o estado mental de sua vítima enquanto manipulava as cartas com suavidade. Não bastava tirar tudo o que Tonio tinha. Micky queria que ele apostasse o que não possuía, apostasse com dinheiro emprestado e fosse incapaz de pagar as dívidas. Só assim o lançaria na desgraça total.

Micky esperou com apreensão enquanto Tonio perdia mais e mais. Tonio sentia-se intimidado por Micky e em geral fazia o que ele lhe sugeria, mas não era um completo idiota rematado. Havia a possibilidade de que tivesse o bom senso de recuar à beira da ruína.

Quando o dinheiro de Tonio estava quase acabando, Micky efetuou uma nova manobra. Tornou a tirar a charuteira do bolso.

– Estes são da nossa terra, Tonio. Experimente um.

Para seu alívio, Tonio aceitou. Era um charuto comprido e levaria meia hora para ser fumado. Tonio não ia querer abandonar o jogo antes de terminar o charuto.

Depois que acenderam os charutos, Micky iniciou o golpe de misericórdia. Mais duas mãos e Tonio estava quebrado.

– Lá se foi tudo o que ganhei em Goodwood esta tarde! – exclamou ele, desolado.

– Devemos lhe dar uma chance de recuperar o dinheiro – disse Micky. – Pilaster emprestará 100 libras, tenho certeza.

Edward ficou um pouco surpreso, mas pareceria mesquinhez se recusasse, quando tinha uma pilha de dinheiro à sua frente.

– Claro que sim – concordou ele.

– Talvez seja melhor você sair, Silva – interveio Solly –, e agradecer por ter tido um grande dia de jogo sem custo.

Micky xingou Solly mentalmente por se meter, cheio de boas intenções. Se Tonio assumisse agora uma atitude sensata, todo o seu plano seria arruinado.

Tonio hesitou.

Micky prendeu a respiração.

Só que não era da natureza de Tonio jogar com prudência e, como Micky previra, ele não resistiu à tentação de continuar.

– Está bem – disse Tonio. – Vou jogar até acabar o charuto.

Micky deixou escapar um discreto suspiro de alívio.

Tonio chamou o garçom e pediu pena, papel e tinta. Edward contou 100 soberanos e Tonio escreveu a promissória. Micky sabia que o outro nunca seria capaz de pagar se perdesse tudo.

O jogo continuou. Micky percebeu que suava um pouco enquanto mantinha o delicado equilíbrio, garantindo que Tonio perdesse sem parar, com um ganho ocasional mais elevado, a fim de permanecer otimista. Mas dessa vez, quando tinha apenas 50 libras, Tonio declarou:

– Só ganho quando aposto alto. Vou apostar tudo na próxima mão.

Era uma aposta elevada, até mesmo para o Cowes Club. Se Tonio perdesse, estaria acabado. Alguns sócios viram o volume da aposta e se aproximaram da mesa para observar.

Micky deu as cartas.

Olhou para Edward, à esquerda, que balançou a cabeça para indicar que não queria outra carta.

Solly, à direita, fez o mesmo.

Micky virou suas cartas. Dera a si mesmo um oito e um ás, somando nove.

Edward virou sua mão, à esquerda. Micky não sabia quais cartas eram. Só sabia de antemão quais as que ele próprio ia receber, mas dava as outras ao acaso. Edward tinha um cinco e um dois, somando sete. Ele e o capitão Carter perderam suas apostas.

Solly virou sua mão, as cartas em que Tonio apostara seu futuro.

Ele tinha um nove e um dez. Dava dezenove, que contava como nove. Empatava com a banca, assim não havia vencedor nem perdedor, e Tonio continuava com suas 50 libras.

Micky praguejou mentalmente.

Queria que Tonio deixasse aqueles 50 soberanos na mesa. Recolheu as cartas depressa.

– Vai baixar sua aposta, Silva? – indagou, com um tom zombeteiro.

– Claro que não – respondeu Tonio. – Pode dar as cartas.

Micky agradeceu à sua estrela e deu as cartas, ficando com outro par vencedor.

Dessa vez Edward bateu nas cartas, indicando que queria uma terceira.

Micky deu-lhe um quatro de paus e olhou para Solly, que recusou.

Micky virou suas cartas, um cinco e um quatro. Edward tinha um quatro virado, mostrou um rei sem valor e outro quatro, dando o total de oito. Seu lado perdera.

Solly virou um dois e um quatro, somando seis. O lado direito também perdera para a banca.

E Tonio estava arruinado.

Ele empalideceu. Parecia doente e murmurou alguma coisa, que Micky reconheceu como uma imprecação em espanhol.

Micky suprimiu um sorriso de triunfo e recolheu os ganhos. E foi nesse instante que viu algo que o fez prender a respiração e o coração parar de medo.

Havia quatro quatro de paus na mesa.

Estavam supostamente jogando com três baralhos. Quem notasse as quatro cartas idênticas saberia no mesmo instante que cartas extras haviam sido de alguma forma inseridas no jogo.

Era o risco daquele método de trapacear. A chance de ocorrer algo assim era uma em cem mil.

Se a irregularidade fosse notada, seria Micky, não Tonio, quem ficaria arruinado.

Até agora, ninguém percebera. Os naipes não tinham importância no bacará, por isso a irregularidade não era flagrante. Micky apressou-se em recolher as cartas, o coração disparado. Agradecia à sua estrela por ter escapado impune quando Edward disse:

– Espere um instante... Havia quatro quatro de paus na mesa.

Micky xingou-o mentalmente por ser tão estúpido. Edward estava apenas pensando em voz alta. Claro que não tinha a menor ideia do plano de Micky.

– Não é possível – declarou o visconde Montagne. – Jogamos com três baralhos. Só pode haver três quatro de paus.

– Exatamente – concordou Edward.

Micky soprou uma baforada do charuto.

– Você está bêbado, Pilaster. Um deles era de espadas.

– Ah, me desculpe.

– A esta hora da noite, quem vai notar a diferença entre espadas e paus? – indagou o visconde Montagne.

Mais uma vez, Micky pensou que escapara. E, mais uma vez, sua felicidade foi prematura.

– Vamos examinar as cartas – propôs Tonio, beligerante.

Micky teve a impressão de que seu coração parara. As cartas da última mão eram colocadas numa pilha, que era embaralhada e reutilizada quando o baralho acabava. Se as cartas descartadas fossem viradas, os quatro quatros idênticos seriam vistos e Micky estaria liquidado.

– Espero que não esteja duvidando da minha palavra – murmurou Micky, desesperado.

Era um desafio dramático num clube de cavalheiros. Poucos anos antes, essas palavras levariam a um duelo. As pessoas nas mesas vizinhas começaram a se virar para ver o que estava acontecendo. Todos encararam Tonio, à espera de sua resposta.

Micky pensava depressa. Dissera que um dos quatros era de espadas, não de paus. Se pudesse tirar o quatro de espadas de cima da pilha de descarte, provaria sua afirmação, e com um pouco de sorte ninguém ia querer ver o restante das cartas.

Mas primeiro precisava encontrar um quatro de espadas. Havia três. Podiam estar na pilha de descarte, mas era mais provável que houvesse pelo menos um no baralho que vinha usando, ainda em sua mão.

Era sua única chance.

Enquanto todos fitavam Tonio, Micky virou o baralho. Com movimentos mínimos do polegar, foi expondo um canto de cada carta. Mantinha os olhos fixos em Tonio, mas ergueu as cartas até seu campo de visão a fim de poder ler os números e os naipes.

– Vamos examinar o descarte – insistiu Tonio, obstinado.

Os outros se viraram para Micky. Controlando os nervos, ele continuou a manusear o baralho, rezando para que aparecesse logo um quatro de espadas. Em meio a tamanho drama, ninguém reparava no que ele fazia. As cartas em discussão estavam numa pilha em cima da mesa, então ninguém se importava com as cartas que estavam em sua mão. Teriam de verificar com extrema atenção para perceber que, por trás das mãos, ele manuseava o baralho. E, mesmo que percebessem, não compreenderiam de imediato quais eram suas intenções.

Só que Micky sabia que não podia depender indefinidamente de sua dignidade. Mais cedo ou mais tarde, um deles perderia a paciência, abandonaria a cortesia e pegaria o descarte.

– Se não pode perder como um homem, então não deve jogar – declarou ele a fim de ganhar uns poucos e preciosos segundos.

Sentiu que um pouco de suor aflorava em sua testa e se perguntou se passara pelo quatro de espadas na pressa.

– Não há mal nenhum em verificar, não é mesmo? – interveio Solly, com a voz calma.

Maldito Solly, sempre repulsivamente ponderado, pensou Micky, cada vez mais desesperado.

E foi nesse instante que ele encontrou o quatro de espadas.

Tratou de empalmá-lo.

– Está bem – murmurou Micky, com uma despreocupação simulada, que era o oposto do que realmente sentia.

Todos ficaram imóveis e silenciosos.

Micky largou o baralho que manuseara de modo furtivo, mantendo o quatro de espadas na palma da mão. Pegou a pilha de descarte, largando o quatro em cima. Pôs a pilha na frente de Solly.

– Garanto que vai encontrar um quatro de espadas aí.

Solly virou a carta de cima e todos viram que era um quatro de espadas.

Houve um burburinho pela sala à medida que todos relaxavam.

Micky ainda estava apavorado com a possibilidade de alguém virar mais cartas e descobrir que havia quatro quatro de paus por baixo.

– Creio que isso esclarece tudo – disse o visconde de Montagne. – E, falando por mim, Miranda, só posso pedir desculpas se houve alguma dúvida sobre sua palavra.

— É bom ouvi-lo dizer isso — respondeu Micky.

Todos olharam para Tonio. Ele se levantou, o rosto contraído.

— Que se danem todos vocês! — gritou ele, retirando-se em seguida.

Micky recolheu todas as cartas da mesa. Agora, ninguém jamais saberia a verdade.

Suas palmas estavam úmidas de suor. Enxugou-as com discrição na calça.

— Lamento pelo comportamento de meu conterrâneo. Se há uma coisa que detesto é um homem que não sabe jogar como um cavalheiro.

4

NAS PRIMEIRAS HORAS do novo dia, Maisie e Hugh foram andando para o norte, passando pelos novos subúrbios de Fulham e South Kensington. A noite tornou-se mais quente, as estrelas desapareceram. Caminhavam de mãos dadas, embora as palmas estivessem suadas com o calor. Maisie estava desnorteada, mas feliz.

Algo estranho acontecera naquela noite. Ela não entendia, mas gostava. No passado, quando os homens a beijavam e apalpavam seus seios, sentira que era parte de uma transação, algo que dava em troca do que precisava deles, o que quer que fosse. Dessa vez fora diferente. Ela *desejara* que Hugh a tocasse. E ele fora educado o bastante para não fazer nada sem ser convidado!

Começara enquanto dançavam. Até esse momento, Maisie não imaginara que aquela noite poderia ser radicalmente diferente de qualquer outra que passara com um jovem de classe alta. Hugh era mais encantador do que a maioria e ficava bonito de colete branco e gravata de seda, mas ainda era apenas um rapaz simpático. Depois, na pista de dança, ela começara a pensar como seria agradável beijá-lo. A sensação se tornara mais intensa ao passearem pelos jardins, vendo tantos casais flertando. A hesitação dele era irresistível. Outros homens considerariam o jantar e a conversa uma preliminar tediosa ao evento importante da noite e mal poderiam esperar para levá-la a um canto escuro e a apertarem toda. Mas Hugh fora tímido.

Sob outros aspectos, ele era o oposto de inibido. No meio da confusão, fora absolutamente destemido. Depois que fora derrubado, sua única preocupação havia sido evitar que algo parecido acontecesse com ela. Hugh era muito mais do que um jovem elegante comum.

E quando ela finalmente o fizera compreender que queria ser beijada, fora delicioso, muito diferente de qualquer beijo que experimentara antes. Contudo, ele não era hábil nem experiente. Pelo contrário. Era ingênuo e indeciso. Então por que ela gostara tanto? E por que desejara de repente sentir as mãos de Hugh em seus seios?

Essas indagações não a atormentavam, apenas a deixavam intrigada. Estava contente, caminhando por Londres no escuro com Hugh. De vez em quando sentia umas gotas de chuva, mas a ameaça de tempestade não se concretizara. Ela se pôs a pensar como seria bom se ele a beijasse de novo.

Chegaram a Kensington Gore e viraram à direita pelo lado sul do parque, na direção do centro da cidade, onde ela morava. Hugh parou em frente a uma casa enorme, cuja fachada era iluminada por dois lampiões a gás. Passou o braço pelos ombros de Maisie.

– Esta é a casa de minha tia Augusta. É aqui que eu moro.

Maisie abraçou a cintura dele e contemplou a casa, tentando imaginar como seria viver numa mansão daquelas. Teve dificuldade de pensar no que faria com tantos cômodos. Afinal, se você tivesse um lugar para dormir, outro para cozinhar e talvez o luxo de uma sala para receber convidados, de que mais precisava? Não havia por que ter duas cozinhas ou duas salas de visitas se só se podia ocupar uma de cada vez. Isso a lembrou de que ela e Hugh viviam em ilhas distintas da sociedade, separadas por um oceano de dinheiro e privilégios. A ideia perturbou-a.

– Nasci num barraco de um cômodo – murmurou ela.

– No nordeste?

– Não. Na Rússia.

– É mesmo? Maisie Robinson não parece um nome russo.

– Meu verdadeiro nome é Miriam Rabinowicz. Todos trocamos de nome quando viemos para cá.

– Miriam... – disse ele baixinho. – Gosto desse nome.

Hugh puxou-a e tornou a beijá-la. A ansiedade de Maisie evaporou-se e ela se entregou à sensação. Ele estava menos hesitante agora. Sabia do que gostava. Ela absorvia os beijos, sedenta, como um copo de água gelada num dia quente. Queria que Hugh tocasse de novo seus seios.

Ele não a desapontou. Um momento depois, ela sentiu a mão dele no seio esquerdo, acariciando-o gentilmente. Quase que no mesmo instante seu mamilo ficou duro, e as pontas dos dedos de Hugh o comprimiram através da seda do vestido. Maisie ficou embaraçada por seu desejo ser tão óbvio, mas isso o inflamou ainda mais.

Depois de algum tempo, ela quis sentir o corpo de Hugh. Enfiou as mãos por dentro do casaco, subindo e descendo pelas costas dele, sentindo a pele quente através da camisa fina de algodão. Estava se comportando como um homem, pensou ela. E se perguntou se Hugh se importaria. No entanto, experimentava um prazer grande demais para se controlar.

E foi nesse instante que começou a chover.

Não foi uma chuva que aumentasse pouco a pouco, mas uma tempestade que desabou de repente. Houve um relâmpago, seguido por um trovão e um aguaceiro imediato. Ao interromperem o beijo, já estavam com os rostos molhados.

Hugh puxou-a pela mão.

– Vamos nos abrigar na casa!

Atravessaram a rua correndo. Desceram alguns degraus para a área do porão, passando sob uma placa que dizia "Entrega de mercadorias". Ao alcançarem a porta, Maisie estava encharcada. Hugh abriu a porta. Levou um dedo aos lábios, pedindo silêncio, e conduziu-a para dentro.

Maisie hesitou por uma fração de segundo, especulando se deveria indagar o que ele tinha em mente, mas afastou o pensamento e atravessou a porta.

Cruzaram na ponta dos pés uma cozinha do tamanho de uma pequena igreja até uma escada estreita. Hugh encostou a boca em seu ouvido.

– Há toalhas limpas lá em cima – sussurrou. – Vamos subir pela escada dos fundos.

Ela seguiu-o por três longos lances de escada e passaram por outra porta até um patamar. Hugh olhou por uma porta aberta em que ardia uma luz noturna.

– Edward ainda não voltou – disse ele, sem baixar a voz. – Não há mais ninguém neste andar. Os quartos do tio e da tia ficam no andar de baixo e os criados dormem em cima. Venha.

Ele levou-a para seu quarto e acendeu a luz a gás.

– Vou buscar as toalhas – murmurou, saindo em seguida.

Maisie tirou o chapéu e correu os olhos pelo quarto. Era surpreendentemente pequeno, mobiliado com simplicidade, com uma cama de solteiro, uma cômoda, um guarda-roupa comum e uma escrivaninha pequena. Ela esperava algo mais luxuoso, mas Hugh era um parente pobre e seu quarto refletia sua condição.

Ela examinou com interesse as coisas de Hugh. Ele tinha um par de escovas de cabelo com cabo de prata com as iniciais *T.P.* gravadas, outra herança do pai. Estava lendo um livro intitulado *Manual da boa prática comercial*. Havia na escrivaninha a fotografia emoldurada de uma mulher e uma menina de cerca de 6 anos. Maisie abriu a gaveta da mesa de cabeceira. Continha uma Bíblia sobre outro livro. Ela afastou a Bíblia e leu o título do livro escondido: *A duquesa de Sodoma*. Compreendeu que estava bisbilhotando. Com um sentimento de culpa, tratou de fechar a gaveta.

Hugh voltou com uma pilha de toalhas. Maisie pegou uma. Estava quente, e ela comprimiu-a, agradecida, contra o rosto molhado. Era assim que os ricos viviam, pensou: enormes pilhas de toalhas quentes sempre que precisassem. Enxugou os braços nus e o colo.

– De quem é a fotografia, Hugh?
– Minha mãe e minha irmã. Ela nasceu depois da morte de meu pai.
– Qual é o nome dela?
– Dorothy. Eu a chamo de Dolly. Gosto muito dela.
– Onde elas moram?
– Em Folkestone, à beira-mar.

Maisie se perguntou se algum dia as conheceria.

Hugh puxou a cadeira da escrivaninha e a fez se sentar. Ajoelhou-se na frente dela, tirou seus sapatos e enxugou os pés molhados com uma toalha limpa. Maisie fechou os olhos. A sensação da toalha quente e macia nas solas dos pés era maravilhosa.

Seu vestido estava encharcado, e ela estremeceu. Hugh se desvencilhou do casaco e das botinas. Maisie sabia que não poderia se enxugar sem tirar o vestido. Por baixo, estava até decente. Não usava o calção comprido até os joelhos – só as mulheres ricas usavam –, mas tinha uma anágua comprida e uma camisa de baixo. Num impulso, ela se levantou, deu as costas para Hugh e pediu:

– Pode me ajudar?

Maisie sentiu as mãos de Hugh tremerem enquanto os dedos manuseavam sem jeito os colchetes do vestido. Ela também estava nervosa, mas não podia recuar agora. Depois que ele acabou, Maisie agradeceu e tirou o vestido.

Virou-se para encará-lo.

A expressão de Hugh era uma mistura tocante de embaraço e desejo. Ele se mantinha imóvel, como Ali Babá contemplando o tesouro dos ladrões. Maisie pensara vagamente que iria apenas se enxugar com uma toalha e tornaria a pôr o vestido assim que estivesse seca, mas agora compreendeu que não seria assim, o que a deixou contente.

Levantou as mãos para o rosto de Hugh, puxou-o para baixo e beijou-o. Dessa vez Maisie abriu a boca, esperando que ele fizesse o mesmo, mas isso não ocorreu. Hugh nunca beijara assim, compreendeu ela. Ela projetou a ponta da língua contra os lábios dele. Sentiu que ele ficou chocado, mas também excitado. Depois de um momento, Hugh entreabriu a boca e respondeu com sua língua, ainda inibido. Sua respiração se tornou mais pesada.

Logo ele interrompeu o beijo, estendeu as mãos para o topo da camisa e tentou abrir o botão. Encontrou alguma dificuldade e acabou pegando a camisa com as duas mãos, puxando com força e arrancando os botões. As mãos de Hugh envolveram os seios de Maisie e ele fechou os olhos e gemeu. Ela sentia que ia derreter por dentro. Queria mais daquilo, agora e sempre.

– Maisie...

Ela fitou-o.

– Quero...

A moça sorriu.

– Eu também.

Quando as palavras saíram, ela se perguntou de onde vinham. Falara sem pensar. Mas não tinha dúvida. Desejava-o mais do que jamais quisera qualquer outra coisa.

Ele acariciou seus cabelos.

– Nunca fiz isso antes.

– Nem eu.

Hugh a encarou.

– Pensei...

Ele não continuou.

Maisie sentiu um ímpeto de raiva, mas se controlou. A culpa era dela se Hugh pensara que era promíscua.

– Vamos deitar – murmurou ela.

Hugh suspirou feliz e perguntou:

– Tem certeza?

– Se tenho certeza? – repetiu ela.

Maisie mal podia acreditar que ele perguntara aquilo. Jamais conhecera um homem que perguntasse isso. Nunca pensavam nos sentimentos dela. Maisie pegou a mão de Hugh e beijou a palma.

– Se não tinha certeza antes, tenho agora.

Maisie deitou na cama estreita. O colchão era duro, mas o lençol estava limpo. Ele ficou ao seu lado.

– E agora?

A experiência de Maisie ia até ali, mas ela conhecia o passo seguinte.

– Sinta-me – murmurou ela.

Ele a tocou, hesitante, por sobre a roupa. Subitamente, Maisie ficou impaciente. Arrancou a anágua – não usava nada por baixo – e comprimiu a mão de Hugh contra a elevação entre suas pernas.

Hugh a acariciou, beijando seu rosto com a respiração quente e acelerada. Ela sabia que deveria ter medo de engravidar, mas não conseguia pensar no perigo. Perdera o controle. O prazer era tão intenso que não conseguia pensar. Era o máximo a que chegara com um homem, mas sabia exatamente o que queria em seguida. Encostou os lábios no ouvido de Hugh e sussurrou:

– Enfie seu dedo.

Ele obedeceu.

– Você está toda molhada! – disse ele, espantado.

– É para ajudá-lo.

Os dedos de Hugh a exploraram com delicadeza.

– Parece tão pequena...

– Você tem de ser gentil – disse Maisie, embora uma parte dela quisesse ser possuída com toda a fúria.

– Vamos fazer agora?

Maisie estava impaciente.

– Depressa, por favor!

Ela sentiu-o mexer na calça, depois se ajeitar entre suas pernas. Estava assustada – ouvira histórias sobre a dor intensa da primeira vez –, mas também consumida pelo desejo.

Ele a penetrou. Depois de um momento, encontrou resistência. Empurrou devagar... e doeu.

– Pare! – exclamou Maisie.

Hugh fitou-a preocupado.

– Desculpe...

– Vai dar tudo certo. Beije-me.

Ele baixou o rosto e beijou seus lábios, gentilmente a princípio, e logo com um ardor intenso. Maisie pôs as mãos na cintura de Hugh, ergueu um pouco seus quadris e puxou-o com força. Houve um instante de dor, intensa o bastante para fazê-la gritar, depois algo cedeu e ela experimentou uma imensa liberação da tensão. Parou de beijá-lo e fitou-o nos olhos.

– Você está bem, Maisie?

Ela assentiu.

– Fiz algum barulho?

– Fez, mas acho que ninguém ouviu.

– Não pare.

Hugh ainda hesitou por um momento.

– Maisie – murmurou ele –, isto é um sonho?

– Se for, não vamos acordar agora.

Ela se movimentou contra ele, guiando-o com as mãos em sua cintura. Hugh seguiu as orientações. Maisie lembrou-se de como haviam dançado poucas horas antes. Entregou-se à sensação. Ele começou a ofegar.

A distância, acima do barulho de suas respirações, Maisie ouviu uma porta ser aberta.

Ela estava tão absorvida em suas sensações e no corpo de Hugh que o som não foi capaz de alarmá-la.

E de repente uma voz áspera destruiu o clima, como uma pedra atirada em uma janela.

– Ora, ora, Hugh... O que é isso?

Maisie ficou paralisada.

Hugh soltou um gemido desesperado e Maisie sentiu que ele ejaculara dentro dela.

Sentiu vontade de chorar.

– O que pensa que esta casa é, um bordel? – acrescentou a voz desdenhosa.

– Hugh, saia de cima de mim – sussurrou Maisie.

Ele se retirou, rolando para fora da cama. Maisie avistou o primo Edward, parado na porta, fumando um charuto, observando-os atentamente. Hugh cobriu-a depressa com uma toalha grande. Ela sentou na cama e puxou a toalha até o pescoço.

Edward abriu um sorriso repulsivo.

– Se você já acabou, acho que é minha vez.

Hugh enrolou uma toalha na cintura.

– Você está bêbado, Edward – disse, controlando a raiva com um esforço visível. – Vá para seu quarto antes de dizer algo de que se arrependa.

Edward ignorou-o e aproximou-se da cama.

– É a vagabunda de Solly Greenbourne! Não conto nada a ele... se você for boazinha comigo.

Maisie compreendeu que ele falava a sério e estremeceu de nojo. Sabia que alguns homens se sentiam atraídos por mulheres que acabavam de ser possuídas por outro. Percebeu intuitivamente que Edward era um desses.

Hugh ficou furioso.

– Saia daqui, seu idiota!

– Seja camarada – insistiu Edward. – Afinal, ela não passa de uma puta.

Edward avançou e arrancou a toalha de Maisie.

Ela saltou para o outro lado da cama, cobrindo-se com os braços, mas não havia necessidade. Hugh atravessou com dois passos o pequeno quarto e acertou um violento soco no nariz de Edward. O sangue jorrou e Edward soltou um berro de dor.

Edward estava neutralizado, mas Hugh continuava furioso e esmurrou-o de novo.

Gritando de dor e medo, Edward cambaleou até a porta. Hugh seguiu-o, acertando outros socos atrás da cabeça. Edward desatou a berrar:

– Deixe-me em paz! Pare com isso! Por favor!

Ele caiu na entrada do cômodo.

Maisie se levantou. Edward estava estendido no chão, com Hugh em cima dele, ainda batendo.

– Pare, Hugh! – gritou ela. – Você vai matá-lo!

Maisie tentou segurar os braços de Hugh, mas ele estava dominado por tamanha fúria que era difícil contê-lo.

Um momento depois, ela vislumbrou um movimento com o canto dos olhos. Ergueu o rosto e deparou com a tia Augusta parada no alto da escada, usando um penhoar de seda preto, encarando-a fixamente. À luz bruxuleante dos bicos de gás, ela parecia um fantasma voluptuoso.

Havia uma estranha expressão nos olhos de Augusta. A princípio, Maisie não pôde determinar o quê, mas logo compreendeu e ficou assustada.

Era uma expressão de triunfo.

5

ASSIM QUE VIU a moça nua, Augusta sentiu que era sua oportunidade de se livrar de Hugh de uma vez por todas.

Reconheceu-a no mesmo instante. Era a vagabunda que a insultara no parque, a que as pessoas chamavam de Leoa. Passou pela cabeça de Augusta que até mesmo aquela mulher à toa poderia um dia meter Hugh numa tremenda encrenca. Havia algo de arrogante e inflexível na sua cabeça erguida, no brilho dos seus olhos. Mesmo então, quando deveria estar mortificada de vergonha, mantinha-se firme, completamente nua, sustentando com frieza o olhar de Augusta. Tinha um corpo magnífico, pequeno mas bem-feito, os seios alvos e redondos, uma explosão de pelos ruivos na virilha. Sua expressão era tão altiva que quase fez Augusta se sentir a intrusa. Mas ela provocaria a desgraça de Hugh.

Os contornos de um plano já se definiam na mente de Augusta quando ela notou que Edward se encontrava estendido no chão, o rosto todo ensanguentado.

Todos os seus antigos temores afloraram com uma força incrível e ela retornou ao passado, 23 anos antes, quando o filho pequeno quase morrera. Um pânico cego a dominou.

– Teddy! – gritou ela. – O que aconteceu com Teddy?

Ajoelhou-se ao lado de Edward.

– Fale comigo! – berrou. – Fale comigo!

Um medo insuportável a envolvia, como quando seu bebê definhava dia a dia e os médicos não conseguiam entender por quê.

Edward se sentou e gemeu.

– Diga alguma coisa! – suplicou Augusta.

– Não me chame de Teddy!

O terror diminuiu um pouco. Ele estava consciente e podia falar. Só que a voz estava engrolada e o nariz parecia deformado.

– O que aconteceu?

– Peguei Hugh com sua prostituta e ele ficou furioso! – respondeu Edward.

Reprimindo a raiva e o medo, Augusta estendeu a mão e tocou gentilmente no nariz do filho. Ele soltou um berro, mas permitiu que a mãe o apalpasse. Não havia nada quebrado, concluiu ela. Estava apenas inchado. Foi nesse instante que ouviu a voz do marido:

– O que está acontecendo aqui?

Augusta se levantou.

– Hugh agrediu Edward.

– O garoto está bem?

– Acho que sim.

Joseph virou-se para Hugh.

– Que inferno. Como pôde fazer uma coisa assim?

– O idiota pediu por isso – declarou Hugh, num tom de desafio.

Isso mesmo, Hugh, piore sua situação, pensou Augusta. Faça qualquer coisa, mas não peça desculpas. Quero que seu tio fique furioso com você.

A atenção de Joseph, no entanto, dividia-se entre os rapazes e a mulher, e seus olhos retornavam a todo instante ao corpo nu. Augusta experimentou uma pontada de ciúme.

E isso a deixou mais calma. Não havia nenhum problema grave com Edward. Ela começou a raciocinar depressa. Como poderia aproveitar melhor a situação? Hugh estava totalmente vulnerável agora. Podia fazer o que quisesse com ele. Lembrou-se de sua conversa com Micky Miranda. Hugh tinha de ser silenciado, pois sabia muito sobre a morte de Peter Middleton. E aquele era o momento de atacar.

Primeiro, tinha de separá-lo da mulher.

Alguns criados haviam aparecido em suas roupas de dormir e esperavam na porta que levava à escada dos fundos, olhando, horrorizados, mas também fascinados, para a cena no patamar. Augusta notou o mordomo, Hastead, num robe de chambre amarelo de seda de que Joseph se desfizera alguns anos antes, e Williams, o lacaio, num camisão de dormir listrado.

– Hastead e Williams, ajudem o Sr. Edward a ir para a cama, está bem?

Os dois se adiantaram, apressados, e ajudaram Teddy a se levantar.

Augusta em seguida dirigiu-se à governanta:

– Sra. Merton, cubra essa moça com um lençol ou qualquer coisa. Leve-a para o meu quarto e ajude-a a se vestir.

A Sra. Merton tirou o próprio robe e ajeitou-o nos ombros de Maisie, que o fechou para cobrir sua nudez, mas não fez menção de se retirar.

– Hugh, corra até a casa do Dr. Humbold, na Church Street – acrescentou Augusta. – É melhor ele examinar o nariz do pobre Edward.

– Não vou deixar Maisie – protestou Hugh.

– Já que foi você quem causou o dano, o mínimo que pode fazer é chamar o médico! – insistiu Augusta em tom ríspido.

– Eu vou ficar bem, Hugh – interveio Maisie. – Vá chamar o médico. Ainda estarei aqui quando você voltar.

Hugh ainda hesitava.

– Por aqui, por favor – disse a Sra. Merton para Maisie, indicando a escada dos fundos.

– Ora, acho que devemos usar a escada principal – declarou Maisie.

Andando como uma rainha, ela atravessou o patamar e começou a descer a escada. A Sra. Merton seguiu-a.

– E então, Hugh? – insistiu Augusta.

Ela percebeu que o sobrinho ainda resistia à ideia de se afastar, mas não conseguia pensar em um bom motivo para recusar. Depois de um momento ele cedeu.

– Vou calçar as botas.

Augusta ocultou seu alívio. Conseguira separá-los. Agora, se sua sorte continuasse, seria capaz de sacramentar o destino de Hugh. Ela virou-se para o marido.

– Vamos para o seu quarto conversar sobre o que aconteceu.

Desceram a escada e entraram no quarto de Joseph. Assim que a porta foi fechada, Joseph abraçou-a e beijou-a. Augusta compreendeu que ele queria fazer amor.

Aquilo era inesperado. Faziam amor uma ou duas vezes por semana, mas era sempre ela quem tomava a iniciativa: ia para o quarto dele e se deitava em sua cama. Considerava que mantê-lo satisfeito era parte de seu dever conjugal, mas gostava de ter o controle, por isso o desencorajava a procurá-la em seu quarto. Logo que se casaram, era mais difícil conter o marido. Ele insistia em possuí-la sempre que quisesse e, por algum tempo, Augusta fora obrigada a se submeter, mas acabara impondo sua maneira de conduzir. Depois, durante certo período, ele a pressionara com sugestões indecorosas, como fazerem amor com a luz acesa, Augusta ficar por cima ou lhe fazer coisas inomináveis com a boca. Mas ela resistira com firmeza e havia muito que o marido deixara de manifestar tais ideias.

Agora, no entanto, ele rompia o padrão. E Augusta sabia o motivo. Joseph ficara inflamado pela visão do corpo nu de Maisie, aqueles seios jovens e firmes, a moita de cabelos ruivos. Sentiu um gosto amargo na boca e tratou de repelir o marido.

Ele assumiu uma expressão ressentida. Augusta queria-o furioso com Hugh, não com ela, por isso pôs a mão em seu braço num gesto conciliatório.

— Mais tarde — murmurou ela. — Virei procurá-lo depois.

Joseph aceitou.

— Há sangue ruim em Hugh — comentou ele. — Herdou do meu irmão.

— Ele não pode continuar morando aqui depois disso — declarou Augusta num tom de quem não admitia discussão.

Joseph não se mostrou disposto a contestá-la.

— Tem toda a razão.

— Também deve despedi-lo do banco.

Joseph resistiu à ideia.

— Peço que não se intrometa no que deve acontecer no banco.

— Ora, Joseph, ele acaba de insultá-lo ao trazer para esta casa uma mulher desafortunada — insistiu Augusta, usando um eufemismo para prostituta.

Joseph foi sentar-se à sua escrivaninha.

— Sei muito bem o que ele fez. Só estou lhe pedindo que separe o que acontece em casa do que acontece no banco.

Ela decidiu recuar por um momento.

— Está bem. Você sabe melhor do que eu o que fazer.

Joseph sempre estranhava quando a esposa cedia inesperadamente.

— Acho que é melhor mesmo despedi-lo — murmurou ele, depois de um momento. — Imagino que voltará para a casa da mãe em Folkestone.

Augusta não tinha muita certeza disso. Ainda não definira sua estratégia. Procurava pensar com os pés no chão.

— Em que ele poderia trabalhar?

— Não tenho a menor ideia.

Augusta compreendeu que cometera um erro. Hugh seria ainda mais perigoso se ficasse desempregado, ressentido, sem ter nada para fazer. David Middleton ainda não o procurara — talvez ainda não soubesse que Hugh estava no poço com os outros meninos naquele dia fatídico —, mas o faria, mais cedo ou mais tarde. Ela ficou aflita. Devia ter pensado melhor antes de insistir na demissão de Hugh. Ficou irritada consigo mesma.

Conseguiria persuadir Joseph a mudar de ideia outra vez? Tinha de tentar.

— Talvez estejamos sendo rigorosos demais.

Ele ergueu as sobrancelhas, espantado com aquela repentina demonstração de misericórdia.

— Afinal — acrescentou Augusta —, você vive dizendo que ele tem potencial como banqueiro. Talvez seja uma insensatez mandá-lo embora.

Joseph se aborreceu.

— Decida logo o que quer, Augusta!

Ela se sentou numa cadeira baixa, perto da escrivaninha. Deixou a camisola subir e estendeu as pernas. Ainda tinha pernas bonitas. O marido contemplou-as e sua expressão abrandou.

Enquanto ele estava distraído, Augusta vasculhou o cérebro em busca de uma ideia. E teve uma súbita inspiração.

— Mande-o para o exterior.

— Como?

Quanto mais pensava na ideia, mais a apreciava. Hugh seria mantido fora do alcance de David Middleton, mas ainda dentro da esfera de influência de Augusta.

— Mande-o para o Extremo Oriente ou para a América do Sul — continuou Augusta, animando-se com a perspectiva. — Algum lugar onde seu mau comportamento não se reflita diretamente na minha casa.

Joseph esquecera a irritação com ela.

— Não é uma má ideia — respondeu ele, pensativo. — Há uma vaga nos Estados Unidos. O homem que dirige nosso escritório em Boston precisa de um assistente.

Os Estados Unidos seriam um lugar perfeito, pensou Augusta. Estava feliz com a própria esperteza.

No momento, porém, Joseph apenas aventava essa possibilidade. Ela queria que o marido assumisse o compromisso.

— Mande Hugh para lá o mais depressa possível. Não quero que ele continue nesta casa nem por mais um dia.

— Ele pode reservar a passagem pela manhã. Depois disso, não terá motivos para permanecer em Londres. Pode ir a Folkestone se despedir da mãe e ficar lá até o navio zarpar.

E assim ele não se encontrará com David Middleton por muitos anos, refletiu Augusta com satisfação.

— Esplêndido! Então esse problema está resolvido.

Havia mais alguma coisa? Ela se lembrou de Maisie. Será que Hugh gostava dela? Parecia improvável, mas tudo era possível. Ele podia se recusar a se separar da garota. Era um fio solto, o que preocupou Augusta. Hugh não podia levar uma vagabunda para Boston, é claro, mas havia o risco de ele se recusar a deixar Londres sem ela. Augusta especulou se poderia atrapalhar o romance que se iniciava, apenas por precaução.

Ela se levantou e foi até a porta que se comunicava com seu quarto. Joseph parecia desapontado.

– Preciso me livrar da garota – explicou Augusta.

– Alguma coisa que eu possa fazer?

A pergunta surpreendeu-a. Não era típico do marido fazer ofertas abstratas de ajuda. Ele queria dar outra olhada na prostituta, pensou Augusta, amargurada. Ela balançou a cabeça.

– Volto num instante. Espere-me na cama.

Augusta passou para o seu quarto e fechou a porta com firmeza.

Maisie já se vestira e prendia o chapéu nos cabelos. A Sra. Merton dobrava um vestido azul-esverdeado ordinário, que guardou numa bolsa barata.

– Emprestei um vestido meu, já que o dela está encharcado, senhora – explicou a governanta.

Isso respondia a uma pequena dúvida que vinha intrigando Augusta. Pensara que era muito estranho que Hugh fizesse algo tão estúpido quanto levar uma prostituta para casa. Compreendia agora como acontecera. Haviam sido surpreendidos pela súbita tempestade e Hugh abrigara a mulher para se enxugar. Depois uma coisa levara a outra.

– Qual é o seu nome? – perguntou ela.

– Maisie Robinson. Já sei o seu.

Augusta descobriu que sentia aversão a Maisie Robinson. Não sabia direito o motivo, pois a garota não valia um sentimento tão forte. Só podia ser pela maneira como ela se portara quando nua: orgulhosa, sensual, independente.

– Imagino que você queira dinheiro – disse ela, desdenhosa.

– Sua vaca hipócrita! – explodiu Maisie. – Não se casou com aquele seu marido rico e feio por amor!

Era a pura verdade, e ouvi-la deixou Augusta sem fôlego. Subestimara a jovem. Começara mal e agora precisava fazer um esforço para sair da situação. Dali por diante, precisaria ter o maior cuidado com Maisie. Era uma oportunidade providencial e não deveria desperdiçá-la.

Augusta engoliu em seco, forçando-se a adotar um tom neutro.

– Não quer se sentar por um momento?

Ela indicou uma cadeira. Maisie ficou surpresa, hesitou um pouco e acabou cedendo.

Augusta ocupou um lugar à sua frente.

Tinha de persuadir a jovem a renunciar a Hugh. Ela reagira com desdém à insinuação de um suborno. Augusta relutava em repetir a oferta. Sentia que dinheiro não daria certo com Maisie. Mas era evidente que tampouco se tratava de uma garota que podia ser intimidada.

Augusta precisava fazê-la acreditar que a separação seria a melhor saída para os dois. E daria mais certo se Maisie pensasse que renunciar a Hugh fosse uma ideia sua. Augusta talvez a convencesse se argumentasse em contrário. Era uma ideia e tanto...

– Se quer casar com ele, não posso impedi-la – declarou Augusta.

A moça ficou surpresa, e Augusta se deu os parabéns por pegá-la desprevenida.

– O que a faz pensar que quero me casar com ele? – indagou Maisie.

Augusta quase riu. Teve vontade de dizer: *O fato de você ser uma espertinha interesseira*, mas se conteve.

– Que moça não gostaria de se casar com Hugh? É um jovem simpático e bonito, além de pertencer a uma família importante. Não tem dinheiro, mas suas perspectivas são excelentes.

Maisie estreitou os olhos.

– Quase parece que a senhora quer que eu me case com ele.

Augusta queria dar exatamente essa impressão, mas precisava ser cautelosa. Maisie era desconfiada e parecia inteligente demais para ser enganada com facilidade.

– Deixemos de fantasias, Maisie. Perdoe-me por dizer isso, mas nenhuma mulher da minha classe gostaria que um homem de sua família se casasse com alguém tão abaixo de seu nível.

Maisie não demonstrou qualquer ressentimento.

– Poderia, se o odiasse o bastante.

Mais confiante, Augusta continuou a conduzi-la no rumo que desejava.

– Acontece que não odeio Hugh. Quem lhe deu essa ideia?

– Ele próprio. Contou que a senhora o trata como um parente pobre e cuida para que todos façam o mesmo.

– Como as pessoas podem ser tão ingratas! Por que eu desejaria arruinar a carreira dele?

– Porque ele dá de dez naquele idiota do seu filho, Edward.

Uma onda de raiva envolveu Augusta. Mais uma vez, Maisie chegara perto da verdade. Não havia dúvida de que Edward carecia da astúcia que Hugh possuía, mas era um jovem bom e delicado, enquanto Hugh era um malcriado.

– Acho que é melhor não mencionar o nome de meu filho – murmurou ela.

Maisie sorriu.

– Parece que toquei num ponto fraco. – No instante seguinte, ela voltou a falar com seriedade: – Então é esse o seu jogo. Não vou entrar nele.

– Como assim?

Lágrimas afloraram de repente nos olhos de Maisie.

– Gosto demais de Hugh para arruiná-lo.

Augusta ficou surpresa e satisfeita com o vigor da paixão de Maisie. Seu plano se desenvolvia com perfeição, apesar do início desastroso.

– O que pretende fazer?

Maisie fez um esforço para não chorar.

– Nunca mais tornarei a vê-lo. A senhora ainda poderá destruí-lo, mas não terá a minha ajuda.

– Ele pode procurá-la.

– Vou desaparecer. Hugh não sabe onde moro e vou permanecer longe dos lugares em que ele pode me procurar.

Um bom plano, pensou Augusta. E você só vai precisar cumpri-lo por pouco tempo, porque Hugh irá para o exterior e ficará ausente por anos, talvez para sempre. Mas ela não disse nada. Levara Maisie à conclusão óbvia e agora a moça não precisava de nenhuma ajuda adicional.

Maisie enxugou o rosto na manga do vestido.

– É melhor eu ir agora, antes de Hugh voltar com o médico. – Ela se levantou. – Obrigada por me emprestar seu vestido, Sra. Merton.

A governanta abriu a porta.

– Vou lhe mostrar o caminho.

– Vamos pela escada dos fundos desta vez, por favor – pediu Maisie. – Não quero...

Ela parou de falar, engoliu em seco e depois acrescentou, quase num sussurro:

– Não quero ver Hugh de novo.

E então ela se retirou.

A Sra. Merton seguiu-a e fechou a porta.

Augusta deixou escapar um longo suspiro. Conseguira. Acabara com a carreira de Hugh, neutralizara Maisie Robinson e evitara o perigo de David Middleton, tudo em uma só noite. Maisie fora uma oponente formidável, mas no final demonstrara ser emotiva demais.

Augusta saboreou seu triunfo por um momento e depois subiu para o quarto de Edward.

Encontrou-o sentado na cama, tomando um cálice de conhaque. O nariz estava machucado, havia sangue coagulado ao redor e ele parecia sentir pena de si mesmo.

– Meu pobre menino... – murmurou Augusta.

Ela foi molhar o canto de uma toalha na bacia, sentou na beirada da cama e limpou o sangue do lábio superior do filho. Ele contraiu o rosto.

– Desculpe! – exclamou ela.

Edward sorriu.

– Tudo bem, mãe. Pode continuar. É reconfortante.

Enquanto ela o limpava, o Dr. Humbold entrou no quarto, acompanhado de perto por Hugh.

– Andou brigando, meu jovem? – indagou o médico, jovial.

Augusta irritou-se com a sugestão.

– Claro que não. Ele foi agredido.

Humbold ficou desconcertado.

– Claro, claro...

– Onde está Maisie? – perguntou Hugh.

Augusta não queria falar a respeito de Maisie na presença do médico. Levantou-se e saiu com Hugh do quarto.

– Ela foi embora.

– A senhora a mandou embora?

Augusta sentiu vontade de lhe dizer que não falasse com ela naquele tom, mas concluiu que nada teria a ganhar por enfurecê-lo. Sua vitória sobre Hugh já era total, embora ele ainda não soubesse. Por isso respondeu, num tom apaziguador:

– Se eu a tivesse expulsado, não acha que ela esperaria na rua para informá-lo? Ela se retirou por livre e espontânea vontade e disse que escreveria para você amanhã.

– Mas ela garantiu que estaria aqui quando eu voltasse com o médico!

– Mudou de ideia. Nunca viu uma garota dessa idade fazer isso?

Hugh estava atordoado. Não sabia o que dizer em seguida.

– Não tenho dúvida de que ela desejava se livrar o mais depressa possível da situação embaraçosa em que você a colocou – acrescentou Augusta.

Parecia fazer sentido para Hugh.

– Suponho que a senhora a tenha feito se sentir tão constrangida que ela não suportou mais permanecer na casa.

– Já chega – protestou Augusta com severidade. – Não estou interessada em ouvir sua opinião. Seu tio Joseph conversará com você pela manhã, antes de sair para o banco. Boa noite.

Por um momento, Hugh deu a impressão de que insistiria em discutir. Mas não havia mais nada que ele pudesse dizer.

– Muito bem – murmurou ele, indo para seu quarto.

Augusta voltou ao quarto do filho. O médico fechava sua maleta.

– Não houve nenhum dano maior – informou ele. – O nariz vai ficar dolorido por alguns dias e Edward poderá acordar amanhã com o olho roxo. Mas ele é jovem e vai se recuperar rápido.

– Obrigada, doutor. Hastead o conduzirá até a porta.

– Boa noite.

Augusta inclinou-se sobre a cama e beijou o filho.

– Boa noite, Teddy, querido. Trate de dormir agora.

– Está bem, mãe. Boa noite.

Augusta tinha mais uma tarefa a cumprir.

Desceu a escada e entrou no quarto de Joseph. Esperava que ele tivesse adormecido, mas encontrou-o sentado na cama, lendo o *Pall Mall Gazette*. Largou o jornal no mesmo instante e levantou as cobertas para que Augusta se deitasse.

Abraçou-a imediatamente. Augusta percebeu que havia bastante claridade no quarto. O dia amanhecera sem que tivesse notado. Fechou os olhos.

Joseph penetrou-a depressa. Ela enlaçou-o, respondendo a seus movimentos. Pensou em si mesma quando tinha 16 anos, deitada na margem de um rio num vestido rosa e com chapéu de palha, sendo beijada pelo jovem conde de Strang. Em sua mente, ele não parava de beijá-la, levantava sua saia, fazia amor sob o sol quente enquanto o rio murmurava a seus pés...

Depois que tudo acabou, ela passou algum tempo ao lado de Joseph, refletindo sobre sua vitória.

– Uma noite extraordinária – murmurou ele, sonolento.

– É verdade... aquela moça horrível...

– Hum... uma beleza impressionante... arrogante e voluntariosa... pensa que é tão boa quanto qualquer outra pessoa... um corpo adorável... como o seu nessa idade.

Augusta sentiu-se mortalmente ofendida.

– Joseph! Como pode dizer isso?

Ele não respondeu e Augusta percebeu que o marido já adormecera. Enfurecida, ela afastou as cobertas, saiu da cama e deixou o quarto. Não voltou a dormir.

6

MICKY MIRANDA MORAVA em uma casa geminada de dois cômodos em Camberwell, propriedade de uma viúva com um filho crescido. Nenhum de seus amigos da classe alta jamais o visitara ali no subúrbio, nem mesmo Edward Pilaster. Micky tinha um orçamento apertado para representar o papel de um jovem elegante e acomodações de luxo eram uma das coisas que podia dispensar.

Toda manhã, às nove horas, a senhoria levava café e pão quente para ele e Papa. Enquanto comiam, Micky contou como fizera Tonio Silva perder 100 libras que não possuía. Não esperava que o pai entoasse louvores, mas contava com um relutante reconhecimento de sua engenhosidade. Papa, no entanto, não se mostrou impressionado. Soprou o café e soltou um sonoro arroto.

– Quer dizer que ele voltou para Córdoba?
– Ainda não, mas voltará.
– É o que você espera. Tanto trabalho e apenas *espera* que ele volte.

Micky ficou magoado.

– Confirmarei seu destino hoje.
– Quando eu tinha a sua idade...
– Teria cortado a garganta dele, sei disso. Acontece que estamos em Londres, não na província de Santa María, e eu acabaria enforcado se saísse por aí cortando a garganta das pessoas.
– Há ocasiões em que não se tem opção.
– Mas há outras ocasiões em que é melhor avançar com cuidado, Papa. Pense em Samuel Pilaster, nas objeções sentimentais a negociar armas. Não consegui tirá-lo do caminho sem derramar sangue?

Na verdade, fora Augusta quem o fizera, mas Micky não dissera isso a Papa.

– Ainda tenho minhas dúvidas – insistiu Papa. – Quando vou ter os rifles?

Era uma questão delicada. O velho Seth continuava vivo, ainda era o sócio sênior do Banco Pilasters. Estavam no mês de agosto. Em setembro, a neve do inverno começaria a derreter nas montanhas de Santa María. Papa queria voltar para casa... com as armas. Assim que Joseph se tornasse sócio sênior, Edward fecharia o negócio e as armas seriam embarcadas. Mas o velho Seth se apegava com uma teimosia irritante a seu posto e a sua vida.

– Vai recebê-los em breve, Papa. Seth não vai durar muito tempo.

– Ainda bem – murmurou Papa, com a expressão arrogante de quem ganhara uma discussão.

Micky passou manteiga no pão. Sempre fora assim. Jamais conseguia agradar ao pai, por mais que tentasse.

Ele se concentrou no dia que teria pela frente. Tonio devia uma soma que não tinha como pagar. O próximo passo era converter o problema numa crise. Micky queria que Edward e Tonio travassem uma discussão em público. Se pudesse providenciar isso, a desgraça de Tonio se tornaria do conhecimento geral e ele seria obrigado a renunciar a seu emprego e voltar para Córdoba. O que o deixaria fora do alcance de David Middleton.

Micky tencionava fazer tudo isso sem transformar Tonio num inimigo. Afinal, tinha outro propósito: queria o emprego dele. Era bem possível que o rapaz tornasse as coisas difíceis, se assim desejasse, falando mal de Micky para o embaixador. Micky queria persuadi-lo a lhe abrir as portas da embaixada.

A situação era complicada pela história de seu relacionamento com Tonio. No colégio, Tonio odiara e temera Micky. Mais recentemente, passara a admirá-lo. Agora, Micky precisava se tornar o melhor amigo de Tonio, ao mesmo tempo que arruinava sua vida.

Enquanto Micky remoía o dia movimentado à sua frente, houve batidas à porta do quarto e a senhoria anunciou um visitante. Um momento depois, Tonio entrou.

Micky planejara procurá-lo logo depois do café da manhã. A visita lhe poupava esse esforço.

– Sente e tome um café – convidou ele, jovialmente. – Que azar você teve ontem à noite! As cartas são assim mesmo, alguns ganham, outros perdem.

Tonio cumprimentou Papa antes de se sentar. Dava a impressão de que não dormira.

– Perdi mais do que podia – admitiu ele.

Papa soltou um grunhido de irritação. Não tinha paciência com pessoas que sentiam pena de si mesmas. Além disso, desprezava a família Silva, que considerava um bando de pusilânimes que viviam de favores e corrupção na cidade.

Micky fingiu ter compaixão.

– Lamento ouvir isso – disse ele, com uma expressão séria.

– Sabe o que significa. Neste país, um homem que não paga suas dívidas de jogo não é um cavalheiro. E um homem que não é um cavalheiro não pode ser um diplomata. Talvez eu tenha de pedir demissão e voltar para casa.

Exatamente, pensou Micky, mas falou em voz pesarosa:

– Compreendo o problema.

– Sabe como são as pessoas nesses assuntos... – continuou Tonio. – Se você não paga logo no dia seguinte, já se torna suspeito. Só que eu levaria anos para conseguir pagar 100 libras. É por isso que vim procurá-lo.

– Não estou entendendo – disse Micky, embora compreendesse perfeitamente.

– Pode me emprestar o dinheiro? – suplicou Tonio. – É cordovês, diferente desses ingleses. Não condenamos um homem por um único erro. E um dia eu lhe pagarei tudo.

– Se eu tivesse todo esse dinheiro, pode ter certeza de que o daria a você. Mas não sou tão próspero assim.

Tonio olhou para Papa, que o fitou friamente.

– Não – disse apenas.

O rapaz baixou a cabeça.

– Sou um idiota em relação ao jogo. Não sei o que fazer. Se voltar para casa em desgraça, não vou ter coragem de encarar minha família.

– Talvez eu possa fazer alguma coisa para ajudá-lo – anunciou Micky, pensativo.

Tonio se animou no mesmo instante.

– Ah, por favor, qualquer coisa!

– Edward e eu somos grandes amigos, como sabe. Posso conversar com ele em seu nome, explicar as circunstâncias e pedir que seja indulgente... como um favor pessoal para mim.

– Faria isso?

Os olhos de Tonio brilhavam de esperança.

– Pedirei a ele que espere e não conte a ninguém. Não posso garantir que ele vai concordar, é claro. Os Pilasters têm muito dinheiro, mas são rígidos com relação ao assunto. De qualquer forma, tentarei.

Tonio segurou a mão de Micky.

– Não sei como agradecer – disse ele, arrebatado. – Jamais vou me esquecer do que está fazendo por mim.

– Não fique tão esperançoso...

– Não posso evitar. Estava desesperado e você me deu um motivo para continuar a viver. – Tonio parecia envergonhado. – Pensei em me matar esta manhã. Fui até a ponte de Londres pensando em me jogar no rio.

Houve um grunhido baixo de Papa, que obviamente pensava que essa seria a melhor solução.

– Graças a Deus você mudou de ideia – apressou-se em dizer Micky. – Agora, é melhor eu ir logo ao Banco Pilasters para conversar com Edward.

– Quando posso encontrá-lo?

– Você vai ao clube na hora do almoço?

– Claro, se você quiser me encontrar.

– Pois então me espere lá.

– Combinado.

Tonio levantou-se.

– Deixarei que terminem o café da manhã e...

– Não me agradeça – interrompeu Micky, levantando a mão para silenciá-lo. – Dá azar. Espere e torça.

– Está bem. Claro. – Tonio fez uma reverência para Papa. – Adeus, Señor Miranda.

Ele saiu.

– Garoto estúpido – murmurou Papa.

– Um idiota rematado – concordou Micky.

Ele foi para o quarto e vestiu uma roupa para a manhã: camisa branca de colarinho duro e punhos engomados, calça amarelo-clara, gravata preta de cetim, em que deu um laço perfeito, e uma casaca preta trespassada. Os sapatos encerados reluziam e os cabelos brilhavam devido ao óleo de Macassar. Sempre se vestia com elegância, mas num estilo conservador. Nunca usaria um dos novos colarinhos virados para baixo, como era a moda agora, nem carregaria um monóculo, como um dândi. Os ingleses estavam sempre dispostos a achar os estrangeiros rudes, e ele tomava o cuidado de não lhes dar o menor pretexto para pensar assim dele.

Deixando Papa sozinho por aquele dia, Micky saiu e atravessou a pé a ponte para o distrito financeiro, chamado de City por ocupar a área original da cidade romana de Londres. O tráfego se encontrava completamente parado em torno da Catedral de St. Paul, com carruagens, ônibus puxados por cavalos, carroças de cervejeiros, fiacres de aluguel e carrocinhas de verdureiros disputando espaço com um enorme rebanho de ovelhas que era conduzido para o mercado de carne de Smithfield.

O Banco Pilasters ficava num prédio novo e imenso, com uma fachada comprida e clássica e uma entrada imponente, flanqueada por maciças colunas acaneladas. Passavam alguns minutos do meio-dia quando Micky entrou. Embora Edward raramente começasse a trabalhar antes das dez, quase sempre se podia persuadi-lo a sair para o almoço em qualquer momento depois do meio-dia. Micky aproximou-se de um dos mensageiros.

– Por gentileza, avise ao Sr. Edward Pilaster que o Sr. Miranda deseja lhe falar.

– Pois não, senhor.

Ali, mais do que em qualquer outro lugar, Micky invejava os Pilasters. A riqueza e o poder da família eram proclamados em cada detalhe: no chão de mármore polido, nos ricos painéis nas paredes, nas vozes abafadas, no arranhar das penas em livros-caixa e, talvez acima de tudo, nos mensageiros bem-alimentados e bem-vestidos. Todo aquele espaço e todas aquelas pessoas eram basicamente usados para contar o dinheiro da família Pilaster. Ninguém ali criava gado, extraía nitrato ou construía ferrovias: o trabalho era realizado por outros, muito longe dali. Os Pilasters apenas contemplavam o dinheiro se multiplicar. Para Micky, parecia a melhor maneira possível de viver, agora que a escravidão fora abolida.

Havia também algo falso naquele ambiente. Era solene e distinto como uma igreja, um salão presidencial ou um museu. Eles eram agiotas, mas se comportavam como se cobrar juros fosse um nobre ofício, semelhante ao sacerdócio.

Depois de alguns minutos, Edward apareceu com o nariz machucado e um olho roxo. Micky ergueu as sobrancelhas.

– Meu caro amigo, o que aconteceu?

– Tive uma briga com Hugh.

– Por quê?

– Eu o repreendi por levar uma prostituta para casa e ele perdeu a cabeça.

Ocorreu a Micky que isso podia proporcionar a Augusta a oportunidade que ela vinha procurando para se livrar de Hugh.

– O que aconteceu com Hugh?

– Você não tornará a vê-lo por um longo tempo. Ele foi mandado para Boston.

Bom trabalho, Augusta, pensou Micky. Seria ótimo se pudessem liquidar Hugh e Tonio no mesmo dia.

– Parece que lhe faria bem uma garrafa de champanhe e um bom almoço, Edward.

– Que ideia esplêndida!

Deixaram o banco e seguiram para o oeste. Não havia sentido em pegar um fiacre, pois as ruas estavam bloqueadas pelas ovelhas e todos os veículos continuavam parados. Passaram pelo mercado de carne, que era o destino do rebanho. O mau cheiro dos matadouros era insuportavelmente repulsivo. As ovelhas eram jogadas da rua por um alçapão para o abatedouro subterrâneo. A queda era suficiente para quebrar suas pernas, o que as deixava imóveis até que o açougueiro se aproximasse para cortar suas gargantas.

– É o suficiente para você deixar de comer carneiro pelo resto da vida – comentou Edward enquanto cobriam o rosto com o lenço.

Micky pensou que seria preciso muito mais do que aquilo para afastar Edward de seu almoço.

Assim que deixaram a City, pegaram um fiacre e mandaram o cocheiro levá-los a Pall Mall. Ao partirem, Micky iniciou o discurso que havia preparado.

– Detesto pessoas que espalham notícias sobre o mau comportamento dos colegas.

– Eu também – murmurou Edward, vagamente.

– Quando isso afeta os amigos, a pessoa sente-se obrigada a dizer alguma coisa.

– Hum, hum...

Era evidente que Edward não tinha a menor ideia do que Micky queria dizer.

– E eu detestaria que você pensasse que fiquei calado só porque ele é meu conterrâneo.

Houve um momento de silêncio e depois Edward disse:

– Acho que não estou entendendo.

– Eu me refiro a Tonio Silva.

– Ah, sim. Suponho que ele não tenha condições de pagar o que me deve.

– Bobagem. Conheço a família dele. É quase tão rica quanto a sua.

Micky não tinha o menor receio de mentir de forma tão afrontosa: as pessoas em Londres não faziam a menor ideia da possível riqueza das famílias sul-americanas. Edward ficou surpreso.

– Santo Deus! Eu pensava justamente o contrário.

– Ele pode pagar com a maior facilidade. O que torna a situação ainda pior.

– Como assim? Que situação?

Micky deixou escapar um profundo suspiro.

– Receio que ele não tenha a menor intenção de lhe pagar. E tem se gabado por aí, dizendo que você não é homem o bastante para obrigá-lo a isso.

O rosto de Edward ficou todo vermelho.

– Ele disse isso? Que não sou homem o bastante? É o que veremos!

– Avisei a ele que não o subestimasse. Falei que talvez você não tolerasse que o fizessem de tolo. Mas ele preferiu ignorar meu conselho.

– Que canalha! Bem, se ele não quer escutar um conselho sensato, talvez tenha de descobrir a verdade pelo caminho mais árduo.

– É uma vergonha.

Edward permaneceu em silêncio, fervilhando de raiva.

Micky se remexia, impaciente, enquanto o fiacre se arrastava pela Strand. Tonio já devia ter chegado ao clube. Edward se encontrava no ânimo certo para uma briga. Tudo corria bem.

O fiacre finalmente parou na frente do clube. Micky esperou enquanto Edward pagava o cocheiro. Entraram. No saguão, em meio a muitas pessoas pendurando o chapéu, encontraram Tonio.

Micky estava nervoso. Cuidara de tudo. Agora, só lhe restava cruzar os dedos e torcer para que o drama que imaginara se desenrolasse conforme o planejado.

Tonio avistou Edward.

– Bom dia para vocês dois – murmurou, constrangido.

Micky olhou para Edward. Seu rosto estava rosado, os olhos esbugalhados.

– Quero falar com você, Silva – disse Edward.

Tonio fitou-o amedrontado.

– O que é, Pilaster?

Edward falou bem alto:

– Sobre aquelas 100 libras.

Houve um súbito silêncio. Várias pessoas olharam, e dois homens, já de saída, pararam e se viraram. Era um comportamento reprovável falar de dinheiro. Um cavalheiro só fazia isso em circunstâncias extremas. Todos sabiam que Edward Pilaster tinha tanto dinheiro que não sabia como gastar, então era óbvio que havia outro motivo para mencionar a dívida de Tonio em público. Os espectadores pressentiram um escândalo. Tonio empalideceu.

– O que tem?

– Pode me pagar hoje se isso lhe for conveniente – declarou Edward, impiedoso.

Um desafio fora lançado. Muitas pessoas sabiam que a dívida era real, por isso não havia sentido em contestá-la. Como um cavalheiro, Tonio só tinha uma opção. Devia dizer: *Claro. Se é tão importante para você, terá o seu dinheiro imediatamente. Vamos subir e farei um cheque... ou prefere ir até o meu banco?* Se ele não fizesse isso, todos descobririam que ele não podia pagar e Tonio cairia no ostracismo.

Micky observava com um fascínio mórbido. A princípio, uma expressão de pânico estampou-se no rosto de Tonio e, por um momento, Micky chegou a temer que ele cometesse alguma loucura. Depois, o medo deu lugar à raiva e ele abriu a boca para protestar, mas as palavras não saíram. Em vez disso, Tonio abriu os braços num gesto suplicante, mas logo abandonou também esse caminho. Ao final, ficou com o rosto murcho como o de uma criança prestes a chorar. Foi nesse instante que se virou e saiu correndo. Os dois homens na porta recuaram para lhe dar passagem. Ele disparou pelo saguão e saiu para a rua sem o chapéu.

Micky estava exultante. Tudo transcorrera com absoluta perfeição.

Todos os homens na entrada tossiram nervosos, tentando disfarçar o embaraço.

– Foi um pouco duro, Pilaster – comentou um sócio.

Micky interveio depressa:

– Ele mereceu.

– Sem dúvida, sem dúvida – murmurou o homem mais velho.

– Preciso de uma bebida – disse Edward.

– Pode pedir um conhaque para mim? – propôs Micky. – É melhor eu ir atrás de Silva, para evitar que ele se jogue sob as rodas de um ônibus.

Ele saiu apressado.

Era a parte mais sutil de seu plano: agora tinha de convencer o homem que arruinara de que era seu melhor amigo.

Tonio seguia em passos rápidos na direção de St. James's, sem olhar para onde ia, esbarrando nas pessoas. Micky correu e alcançou-o.

– Lamento profundamente, Silva.

Tonio parou. Havia lágrimas em seu rosto.

– Estou liquidado. Acabou tudo.

– Pilaster recusou meu pedido. Fiz o que pude...

– Sei disso. Obrigado.

– Não me agradeça. Fracassei.

– Você tentou. Gostaria que houvesse algo que eu pudesse fazer para demonstrar meu agradecimento.

Micky hesitou. *Devo me atrever a pedir seu emprego agora?* Ele decidiu ser ousado.

– Para ser franco, há uma coisa... Só que é melhor conversarmos a respeito em outra ocasião.

– Não. Fale agora.

– Eu me sentiria mal. Vamos deixar para outro dia.

– Não sei quantos dias mais continuarei aqui. O que é?

– Bem... – Micky simulou embaraço. – Imagino que o embaixador cordovês terá de procurar alguém para substituí-lo.

– Ele precisará de alguém imediatamente. – A compreensão surgiu no rosto molhado de Tonio. – É claro... Você deve ficar com o cargo! Seria perfeito!

– Se pudesse interferir em meu favor...

– Farei mais do que isso. Direi que você me prestou uma grande ajuda, tentou me livrar da confusão em que me meti. Tenho certeza de que ele vai querer nomeá-lo.

– Eu gostaria de não tirar proveito de seus problemas – disse Micky. – Sinto que estou me comportando como um rato.

– De jeito nenhum! – Tonio pegou a mão de Micky entre as suas. – Você é um amigo de verdade.

171

CAPÍTULO CINCO
Setembro

1

DOROTHY, A IRMÃ de 6 anos de Hugh, dobrava suas camisas e as guardava no baú. Ele sabia que, assim que a irmã fosse para a cama, teria de tirar tudo e arrumar de novo, porque ela não sabia dobrar direito, mas fingiu que a menina fazia um bom trabalho e elogiou-a.

– Fale de novo sobre a América – pediu ela.

– A América é tão longe que pela manhã o sol leva quatro horas para chegar lá.

– Eles passam a manhã inteira na cama?

– Isso mesmo... Aí se levantam na hora do almoço e tomam o café da manhã!

Ela riu.

– Eles são preguiçosos.

– Não é bem assim. Como só escurece depois da meia-noite, eles têm de trabalhar a noite inteira.

– Eles vão para a cama tarde! Gosto de ir tarde para a cama. Acho que eu gostaria da América. Por que não podemos ir com você?

– Eu bem que gostaria que pudessem, Dotty.

Hugh sentia-se bastante melancólico. Passaria anos sem ver a irmã caçula. Ela já teria mudado quando ele voltasse. Compreenderia os fusos horários.

A chuva de setembro tamborilava nas janelas e, na baía, o vento fustigava as ondas, mas onde estava havia um fogo de carvão e um tapete diante da lareira. Hugh guardou um punhado de livros: *Modernos métodos de negócios, O escriturário comercial de sucesso, A riqueza das nações, Robinson Crusoé...* Os funcionários mais velhos do Banco Pilasters desdenhavam do que chamavam de "aprendizado livresco" e gostavam de dizer que a experiência era o melhor professor, mas estavam enganados. Hugh fora capaz de compreender o funcionamento dos diversos departamentos muito mais depressa porque estudara a teoria antes.

Partia para a América num momento de crise. No início da década de 1870, vários bancos haviam concedido vultosos empréstimos com a garantia de ações especulativas de ferrovias. Em meados de 1873, quando a construção de ferrovias começou a enfrentar dificuldades, os bancos ficaram numa situação difícil. Poucos dias antes, o Jay Cooke & Co., agente do governo americano, havia quebrado, arrastando junto o First National Bank de Washington, e a notícia chegara a Londres no mesmo dia pelo cabo de telégrafo transatlântico. Agora, cinco bancos de Nova York haviam suspendido suas operações, inclusive a Union Trust Company – um banco grande – e a antiga Mechanics' Banking Association. A Bolsa de Valores fechara suas portas. Negócios seriam frustrados, milhares de pessoas ficariam desempregadas, o comércio sofreria e as operações americanas do Pilasters se tornariam menores e mais cautelosas... Assim, seria mais difícil para Hugh demonstrar sua capacidade.

Até agora, a crise causara pouco impacto na Inglaterra. A taxa bancária subira um ponto, para 4%, e um pequeno banco de Londres com muitos negócios nos Estados Unidos fechara as portas, mas não entraram em pânico. Mesmo assim, o velho Seth afirmava que haveria problemas muito em breve. Ele estava bastante fraco agora. Mudara-se para a casa de Augusta e passava a maioria dos dias na cama. Mas se recusava obstinadamente a renunciar enquanto não conduzisse o Pilasters através da tempestade.

Hugh começou a dobrar suas roupas. O banco lhe pagara dois ternos novos. Desconfiava que a mãe persuadira seu tio-avô a autorizar a compra. O velho Seth era tão sovina quanto o resto da família, mas tinha uma fraqueza pela mãe de Hugh. Na verdade, fora a pequena mesada que Seth dava a ela que permitira sua sobrevivência durante todos aqueles anos.

A mãe também pedira que Hugh ganhasse algumas semanas de licença antes de viajar, a fim de que tivesse mais tempo para se aprontar e se despedir. Quase não o via desde que ele fora trabalhar no banco – Hugh não tinha como arcar com o custo da viagem de trem até Folkestone com muita frequência – e queria passar algum tempo com o filho antes que ele deixasse o país. Passaram a maior parte do mês de agosto ali, à beira-mar, enquanto Augusta e sua família foram para a Escócia em férias. Agora as férias haviam acabado. Chegara o momento de partir e Hugh tinha de se despedir da mãe.

Enquanto pensava na mãe, ela entrou no quarto. Já estava no oitavo ano de viuvez, mas ainda se vestia de preto. Parecia que não queria se casar de novo, embora pudesse arrumar um pretendente com a maior facilidade. Ainda era bonita, com seus olhos azuis serenos e fartos cabelos louros.

Hugh sabia que ela estava triste porque não o veria durante anos. Mas a mãe não falara de sua tristeza. Em vez disso, partilhara a animação e a apreensão do filho pelo desafio de viver em um novo país.

– Está quase na hora de deitar, Dorothy – disse ela. – Vá vestir sua camisola.

Assim que Dotty saiu do quarto, a mãe começou a dobrar direito as camisas de Hugh. Ele queria conversar a respeito de Maisie, mas sentia-se inibido. Sabia que Augusta escrevera para ela. A mãe podia também ter sabido por intermédio de outras pessoas da família ou de alguém com quem tivesse encontrado numa de suas raras viagens de compras a Londres. E a história que ela ouvira talvez estivesse muito distante da verdade.

– Mãe... – murmurou ele depois de um momento.

– O que é, querido?

– Tia Augusta nem sempre diz a verdade.

– Não precisa ser tão polido – respondeu a mãe com um sorriso amargurado. – Há anos Augusta vem espalhando mentiras sobre seu pai.

Hugh ficou surpreso com a franqueza da mãe.

– Acha que foi ela quem contou aos pais de Florence Stalworthy que ele era um jogador?

– Tenho certeza, infelizmente.

– Por que ela é assim?

A mãe largou a camisa que estava dobrando e pensou por um momento.

– Augusta foi uma garota muito bonita. Sua família ia ao culto na Igreja Metodista de Kensington e foi lá que a conhecemos. Ela era filha única, mimada e voluntariosa. Os pais não tinham nada de especial. Ele era vendedor de loja, abriu seu próprio negócio e acabou com três pequenas mercearias nos subúrbios a oeste de Londres. Mas era evidente que Augusta estava destinada a coisas maiores.

Ela foi até a janela molhada pela chuva e olhou para fora, contemplando não o canal da Mancha sob a tempestade, mas o passado.

– Quando tinha 17 anos, o conde de Strang apaixonou-se por ela. Era um rapaz adorável. Bonito, gentil, bem-nascido, rico. É claro que os pais dele ficaram horrorizados com a possibilidade de ele se casar com a filha de um merceeiro. Só que Augusta era linda e já naquele tempo, embora ainda jovem, exibia um ar distinto que lhe permitia enfrentar a maioria das situações sociais.

– Eles ficaram noivos?

– Não formalmente. Mas todos presumiam que era uma conclusão inevitável. E foi então que estourou um terrível escândalo. Acusaram o pai de Augusta de roubar sistematicamente no peso em suas lojas. Um empregado que fora despedido o denunciou à Junta de Comércio. Falaram que ele enganava até a igreja, que comprava dele o chá para os grupos de estudo da Bíblia nas noites de terça-feira, e assim por diante. Havia a possibilidade de que ele fosse para a prisão. Ele negou tudo com veemência e no final não deu em nada. Mas Strang largou Augusta.

– Ela deve ter ficado desolada.

– Não, não desolada... Ficou louca de raiva. Durante toda a vida sempre impusera sua vontade. Queria Strang mais do que jamais desejara qualquer outra coisa... e não podia tê-lo.

– E ela acabou se casando com tio Joseph num acesso de dor de cotovelo, como costumam dizer.

– Eu diria que se casou com ele num acesso de raiva. Joseph era sete anos mais velho, o que é muito quando se tem 17, e não era muito mais bonito do que agora. Mas era muito rico, mais ainda do que o conde. Para dar crédito a Augusta, digamos que ela tem feito o que pode para ser uma boa esposa. Só que ele nunca será Strang, e Augusta ainda está furiosa por isso.

– O que aconteceu com o conde?

– Casou com uma condessa francesa e morreu num acidente de caça.

– Quase sinto pena de tia Augusta.

– Não importa o que tenha, ela sempre quer mais: mais dinheiro, um cargo mais importante para o marido, uma posição social mais elevada para si mesma. O motivo de tanta ambição, por si, por Joseph e por Edward, é que ela ainda anseia pelo que Strang poderia ter lhe proporcionado: um título, o lar ancestral, a vida de descanso interminável, riqueza sem trabalho. Mas, na verdade, não era isso que Strang lhe oferecia. Ele oferecia amor. Foi isso que Augusta realmente perdeu. E nada jamais compensará essa perda.

Hugh nunca tivera uma conversa tão íntima com a mãe. Sentiu-se encorajado a abrir seu coração.

– Mãe... sobre Maisie...

Ela fitou-o confusa.

– Maisie?

– A moça... A causa de todo o problema. Maisie Robinson.

O rosto da mãe se desanuviou.

– Augusta não me contou o nome dela.

Hugh hesitou, mas acabou falando:
– Ela não é uma mulher "desafortunada".

A mãe ficou embaraçada. Os homens nunca mencionavam palavras como "prostitutas" para suas mães.

– Entendo – murmurou ela, desviando o olhar.
– Ela é de classe baixa, sem dúvida – continuou Hugh. – E judia.

Ele olhou para o rosto da mãe e constatou que ela estava aturdida, mas não horrorizada.

– Não é nada pior do que isso. Para dizer a verdade...

Hugh hesitou novamente. A mãe tornou a encará-lo.

– Continue.
– Na verdade, ela era virgem.

A mãe corou.

– Lamento falar dessas coisas, mãe, mas, se eu não falar, você só conhecerá a versão da tia Augusta.

A mãe engoliu em seco.

– Você gosta dela, Hugh?
– Gosto. – Ele sentiu as lágrimas aflorarem aos olhos. – Não entendo por que ela desapareceu. Não tenho a menor ideia de para onde foi. Nunca soube seu endereço. Perguntei na estrebaria na qual ela trabalhava e no Argyll Rooms, onde a conheci. Solly Greenbourne também gosta dela, e ficou tão aturdido quanto eu. Tonio Silva conhece sua amiga April, mas ele voltou para a América do Sul e não consegui encontrar April.

– Que coisa misteriosa!
– Tenho certeza de que tia Augusta é responsável de algum modo.
– E eu não tenho a menor dúvida disso. Não posso imaginar como, mas sei que ela é terrivelmente manipuladora. Mas agora você deve pensar em seu futuro, Hugh. Boston será uma grande oportunidade. Deve trabalhar com afinco e dedicação.

– Ela é realmente uma moça extraordinária, mãe.

A mãe não acreditava nisso, Hugh percebeu.

– Mas você vai esquecê-la.
– Acho que não.

A mãe beijou-o na testa.

– Vai, sim. Eu garanto.

2

HAVIA APENAS UMA gravura na parede do sótão que Maisie partilhava com April. Era um cartaz de circo espalhafatoso, mostrando Maisie num traje justo, de pé no lombo de um cavalo galopando. Por baixo, em letras vermelhas, estava escrito A MARAVILHOSA MAISIE. O cartaz não correspondia à verdade absoluta, pois o circo nunca tivera um cavalo branco e as pernas de Maisie não eram tão compridas. Ainda assim, ela gostava do cartaz. Era seu único suvenir daqueles tempos.

Afora isso, o quarto continha apenas uma cama estreita, um lavatório, uma cadeira e um banco de três pernas. As roupas das duas ficavam penduradas em pregos nas paredes. A sujeira na janela servia de cortina. Elas bem que tentavam manter o quarto limpo, mas era impossível. Fuligem caía da chaminé, camundongos subiam pelas frestas no assoalho e poeira e insetos entravam pelos buracos entre a moldura da janela e os tijolos. Estava chovendo, e a água pingava do batente da janela e de uma rachadura no teto.

Maisie se vestia. Era o período do Rosh Hashanah, quando o Livro da Vida era aberto, e nessa época do ano Maisie sempre se perguntava o que estaria escrito para ela. Nunca chegava a orar, apenas desejava, de uma maneira um tanto solene, que houvesse algo bom em sua página do Livro.

April fora fazer chá na cozinha comunitária e voltou alvoroçada para o quarto com um jornal na mão.

– É você, Maisie, é você!

– Como?

– No *Lloyd's Weekly News*. Escute só: "Srta. Maisie Robinson, nome de nascimento Miriam Rabinowicz. Se a Srta. Robinson entrar em contato com os Srs. Goldman e Jay, advogados, no Gray's Inn, vai saber de uma coisa em seu proveito." Só pode ser você!

O coração de Maisie disparou, mas ela forçou uma expressão indiferente e falou numa voz fria:

– É Hugh. Não irei.

April parecia desapontada.

– Você pode ter herdado dinheiro de algum parente desaparecido.

– Pode ser até a rainha da Mongólia, mas não existe nenhuma chance de eu ir até o Gray's Inn.

Ela conseguiu parecer irreverente, mas sentiu um aperto no coração.

Pensava em Hugh todos os dias e todas as noites e sofria muito. Mal o conhecia, mas era impossível esquecê-lo.

Mesmo assim, estava determinada a tentar. Sabia que ele a procurara. Estivera no Argyll Rooms todas as noites, pressionara Sammles, o dono da estrebaria, e perguntara por ela em metade das pensões baratas de Londres. Depois as indagações cessaram e Maisie presumira que ele desistira. Agora, tudo indicava que Hugh mudara de tática e tentava alcançá-la por meio de anúncios de jornal. Era muito difícil continuar a evitá-lo quando ele a procurava com tanta persistência e Maisie desejava tanto revê-lo. Mas ela tomara sua decisão. Amava-o demais para arruiná-lo.

Enfiou os braços no espartilho.

– Ajude-me com as barbatanas – pediu ela a April.

April começou a puxar os laços.

– Meu nome nunca apareceu no jornal – comentou a amiga invejosa. – E você já teve o seu duas vezes agora, se contar a Leoa.

– E de que isso me adiantou? Por Deus, como estou engordando!

April amarrou os laços e ajudou-a a pôr o vestido. Iam sair naquela noite. April tinha um novo amante, um editor de revista de meia-idade, com esposa e seis filhos em Clapham. Ele e um amigo levariam April e Maisie a um *music-hall*.

Até lá, elas passeariam pela Bond Street, olhando as vitrines das lojas elegantes. Não comprariam nada. Para se esconder de Hugh, Maisie fora obrigada a parar de trabalhar para Sammles – para o grande pesar do dono da estrebaria, que ela ajudara a vender cinco cavalos e um pônei com charrete. E o dinheiro que economizara estava quase acabando. Mas tinham de sair, apesar do tempo. Era deprimente demais permanecer no quarto.

O vestido de Maisie estava apertado nos seios e ela estremeceu quando April o levantou. April lançou-lhe um olhar estranho.

– Seus mamilos estão doloridos?

– Estão, sim... Por que será?

– Maisie, quando teve o último fluxo? – indagou April, preocupada.

– Nunca me lembro de contar. – Maisie pensou por um momento e um calafrio percorreu-lhe o corpo. – Ah, meu Deus!

– Quando?

– Acho que foi antes de irmos às corridas em Goodwood. Acha que estou grávida?

– Sua cintura ficou maior, os mamilos doem e não tem fluxo há dois meses... É isso mesmo, você está grávida – declarou April, exasperada. – Não posso acreditar que tenha sido tão estúpida. Quem foi?

– Hugh, é claro. Só fizemos uma vez. Como se pode engravidar de uma única trepada?

– *Sempre* se engravida de uma única trepada.

– Ah, meu Deus!

Maisie teve a sensação de que fora atropelada por um trem. Chocada, aturdida e assustada, sentou na cama e começou a chorar.

– O que vou fazer? – perguntou, inutilmente.

– Podemos ir ao escritório daqueles advogados, para começar.

~

Subitamente, tudo era diferente.

A princípio, Maisie sentiu-se apavorada e furiosa. Depois, compreendeu que era obrigada agora a entrar em contato com Hugh, pelo bem da criança em seu ventre. E quando admitiu isso para si mesma, ficou mais contente do que assustada. Estava louca para revê-lo. Havia se convencido de que isso seria um erro. Mas o bebê tornava tudo diferente. Agora, era seu dever entrar em contato com Hugh, e ficou tonta de alívio com a possibilidade.

Mesmo assim, estava nervosa quando ela e April subiram a escada íngreme para o escritório dos advogados no Gray's Inn. O anúncio podia não ter sido posto por Hugh. Não seria surpresa se ele tivesse desistido de procurá-la. Ela se mostrara tão esquiva quanto uma moça podia ser, e nenhum homem se mantém apaixonado para sempre. O anúncio podia ter alguma relação com seus pais, se ainda estivessem vivos. Talvez as coisas tivessem finalmente começado a melhorar e eles dispusessem de dinheiro para procurá-la. Maisie não sabia direito como se sentia em relação a isso. Em muitas ocasiões ela desejara ver Mama e Papa de novo, mas tinha medo de que tivessem vergonha da vida que ela levava.

Chegaram ao topo da escada e entraram na recepção. O escriturário dos advogados era um jovem que usava um colete mostarda e exibia um sorriso condescendente. As moças estavam molhadas e enlameadas, mas ainda assim ele se dispôs a flertar.

– Caras damas! Como duas deusas podem precisar dos serviços dos Srs. Goldman e Jay? O que posso fazer para ajudá-las?

April se mostrou à altura da ocasião.

– Pode tirar esse colete, que está machucando meus olhos – respondeu.

Maisie não estava com paciência para galanteios.

– Meu nome é Maisie Robinson.

– Ah, sim! O anúncio! Por um feliz acaso, o cavalheiro em questão se encontra com o Sr. Jay neste momento.

Maisie sentiu-se trêmula de apreensão.

– Diga-me uma coisa – murmurou ela, hesitante. – O cavalheiro em questão... por acaso é o Sr. Hugh Pilaster?

Sua expressão era suplicante. Ele não percebeu e respondeu num tom efusivo:

– Santo Deus, claro que não!

As esperanças de Maisie sofreram outro colapso. Sentou num banco duro de madeira, ao lado da porta, fazendo um esforço para conter as lágrimas.

– Não é ele – balbuciou ela.

– Não, não é. Para ser franco, conheço Hugh Pilaster. Estudamos juntos em Folkestone. Ele foi para a América.

Maisie inclinou-se para trás, como se tivesse sido golpeada.

– Para a América?

– Boston, Massachusetts. O navio partiu há umas duas semanas. Conhece Hugh?

Maisie ignorou a pergunta. Seu coração parecia uma pedra, pesado e frio. Hugh fora para a América. E ela tinha o filho dele no ventre. Sentia-se horrorizada demais para chorar.

– Quem é então? – indagou April, agressiva.

O escriturário começou a perceber que fora além de suas atribuições. Perdeu o ar de superioridade e respondeu, bastante nervoso:

– É melhor eu deixar que ele mesmo se apresente. Com licença.

Ele desapareceu por uma porta interna. Maisie ficou olhando para as caixas de papéis empilhadas contra a parede, lendo os títulos inscritos nas laterais: *Espólio Blenkinsop, Regina versus Moinhos Wiltshire, Grande Ferrovia do Sul, Sra. Stanley Evans (falecida)*. Tudo o que acontecia naquele escritório era uma tragédia para alguém, refletiu ela: morte, bancarrota, divórcio, processo penal.

Quando a porta foi aberta de novo, um homem peculiar, de aparência impressionante, apareceu. Não muito mais velho do que Maisie, tinha o rosto de um profeta bíblico, os olhos escuros destacando-se por baixo das sobrancelhas pretas, um nariz grande com narinas enormes e uma barba cerrada. Parecia familiar e, depois de um momento, ela compreendeu que lembrava um pouco seu pai, embora Papa nunca parecesse tão intenso.

– Maisie? – perguntou ele. – Maisie Robinson?

Suas roupas eram um pouco esquisitas, como se tivessem sido compradas em outro país, e o sotaque era americano.

– Isso mesmo. Sou Maisie Robinson. Quem diabos é você?

– Não me reconhece?

E de repente ela se lembrou de um menino magro, esfarrapado e descalço, com a sombra de um bigode sobre o lábio e uma expressão determinada nos olhos.

– Ah, meu Deus! – gritou ela. – Danny!

Por um momento ela esqueceu seus problemas e correu para os braços do irmão.

– É você mesmo, Danny?

Ele abraçou-a com tanta força que chegou a doer.

– Claro que sou eu.

– Quem é ele? – intrometeu-se April.

– Meu irmão! – exclamou Maisie. – O que fugiu para a América! Ele voltou!

Danny soltou-se do abraço para contemplá-la.

– Como conseguiu ficar tão bonita? Era uma pirralha esquelética!

Ela tocou em sua barba.

– Eu teria reconhecido você se não fosse por todo esse pelo no rosto.

Houve uma tosse discreta atrás de Danny, e Maisie virou-se para deparar com um homem idoso, parado à porta, que observava a cena com algum desdém.

– Ao que parece, fomos bem-sucedidos – comentou ele.

– Sr. Jay – disse Danny –, permita que lhe apresente minha irmã, Srta. Robinson.

– Seu criado, Srta. Robinson. Se posso fazer uma sugestão...

– Por que não? – disse Danny.

– Há um café na Theobalds Road, a poucos metros daqui. Vocês devem ter muito que conversar.

Era óbvio que ele queria tirá-los do escritório, mas Danny não parecia se importar com os desejos do Sr. Jay. O que quer que acontecera com ele, não aprendera a ser deferente.

– O que acham, meninas? Gostariam de conversar aqui ou preferem sair para tomar um café?

– Vamos sair – disse Maisie.

– E talvez você queira voltar mais tarde para acertar suas contas, Sr. Robinson – acrescentou o Sr. Jay.

– Não esquecerei. Vamos, meninas.

Deixaram o escritório e desceram a escada. Maisie fervilhava de perguntas, mas controlou a curiosidade com algum esforço enquanto seguiam até o café e ocupavam uma mesa. Só então indagou:

– O que andou fazendo nos últimos sete anos?

– Construindo ferrovias. Por acaso cheguei à América numa boa ocasião. A Guerra Civil acabara de terminar e a febre da construção de ferrovias começava. Precisavam tanto de trabalhadores que os traziam da Europa. Até mesmo um garoto magrelo de 14 anos podia conseguir um emprego. Trabalhei na primeira ponte de aço já construída, sobre o Mississippi, em St. Louis. Depois, arrumei um emprego na construção da Union Pacific Railroad, em Utah. Era capataz aos 19 anos... É um trabalho para jovens. Entrei para o sindicato e liderei uma greve.

– Por que você voltou?

– Houve uma crise no mercado de ações. As ferrovias ficaram sem dinheiro e os bancos que as financiavam quebraram. Há milhares de homens, centenas de milhares, procurando por trabalho. Decidi voltar para casa e começar uma vida nova.

– O que pretende fazer? Construir ferrovias aqui?

Danny balançou a cabeça.

– Tenho uma ideia. Sabe, a mesma coisa me aconteceu duas vezes, minha vida ser abalada por uma crise financeira. Os homens que dirigem os bancos são as pessoas mais estúpidas do mundo. Nunca aprendem e por isso cometem os mesmos erros sem parar. E são os trabalhadores que sofrem. Ninguém os ajuda... Ninguém jamais os ajudará. Eles devem se ajudar.

– As pessoas nunca se ajudam – comentou April. – É cada um por si neste mundo. Você tem de ser egoísta.

April dizia isso com frequência, recordou Maisie, embora na prática fosse generosa, capaz de fazer qualquer coisa por uma amiga.

– Vou fundar uma espécie de clube para os trabalhadores – explicou Danny. – Eles pagarão 6 pence por semana e, se forem despedidos, caso a culpa não seja deles, o clube lhes pagará 1 libra por semana enquanto procuram um novo emprego.

Maisie fitou o irmão com profunda admiração. O plano era tremendamente ambicioso, mas ela pensara a mesma coisa quando aos 14 anos ele dissera: *Há um navio no porto que vai partir para Boston com a maré da manhã... subirei por uma corda esta noite e me esconderei num dos botes no convés.* Danny fizera o que prometera e era provável que também fizesse agora. Contara que liderara uma greve. Parecia ter se transformado no tipo de pessoa que outros homens seguiam.

– Tem notícias de Papa e Mama? – indagou ele. – Manteve contato com eles?

Maisie balançou a cabeça e depois, para a própria surpresa, desatou a chorar. Sentia de repente a dor de perder a família, uma angústia que se recusara a reconhecer durante todos aqueles anos. Danny pôs a mão em seu ombro.

– Voltarei ao norte e tentarei encontrá-los.
– Tomara que consiga. Sinto muita saudade.

Ela olhou para April, que a fitava espantada.

– Receio que se envergonharão de mim.
– Por que deveriam?
– Estou grávida.

O rosto de Danny ficou vermelho.

– E não é casada?
– Não.
– Vai casar?
– Não.

Danny estava furioso.

– Quem é o miserável?

Maisie ergueu a voz.

– Poupe-me do seu ato de irmão indignado, está bem?
– Eu queria torcer o pescoço dele...
– Cale-se, Danny! – gritou Maisie, com raiva. – Você me deixou sozinha há sete anos e não pode voltar e se comportar como se fosse meu dono.

Ele parecia consternado e Maisie acrescentou, num tom mais gentil:

– Não importa mais. Ele teria casado comigo, eu acho, mas fui eu que não quis. Portanto, pode esquecê-lo. Além do mais, ele foi para a América.

Danny se acalmou.

— Se não fosse seu irmão, eu mesmo me casaria com você. Está muito bonita. Seja como for, pode ficar com o pouco dinheiro que me restou.

— Não quero. — Ela compreendeu que parecia ingratidão, mas não podia evitar. — Não precisa cuidar de mim, Danny. Invista o dinheiro no seu clube de trabalhadores. Cuidarei de mim mesma. Consegui fazer isso quando tinha 11 anos, também posso conseguir agora.

3

MICKY MIRANDA E Papa estavam num restaurante no Soho, almoçando um ensopado de ostras — o prato mais barato do cardápio — com cerveja forte. A casa ficava a poucos minutos da embaixada cordovesa, em Portland Place, onde Micky agora trabalhava sentado a uma escrivaninha todas as manhãs, por uma ou duas horas, cuidando da correspondência do embaixador. Já concluíra seu trabalho por aquele dia e se encontrara com Papa para almoçar. Sentaram um de frente para o outro em bancos de madeira de encosto alto. Havia serragem no chão e anos de gordura no teto baixo. Micky detestava comer em lugares assim, mas o fazia com frequência para poupar dinheiro. Só comia no Cowes Club quando Edward pagava. Além do mais, levar Papa ao clube era uma tensão constante. Micky sentia um medo permanente de que o velho provocasse uma briga, sacasse uma arma ou cuspisse no tapete.

Papa limpou a tigela com um pedaço de pão e empurrou-a para o lado.

— Devo lhe explicar uma coisa — disse ele.

Micky largou sua colher.

— Preciso dos rifles para lutar contra a família Delabarca. Depois que a destruir, assumirei o controle das minas de nitrato. As minas tornarão nossa família rica.

Micky assentiu sem falar nada. Já ouvira tudo isso antes, mas não ousava dizê-lo.

— As minas de nitrato são apenas o começo, o primeiro passo — continuou Papa. — Quando tivermos mais dinheiro, compraremos mais rifles. E várias pessoas da família se tornarão importantes na província.

Micky aguçou os ouvidos. Aquele era um novo argumento.

— Seu primo Jorge será coronel no Exército. Seu irmão Paulo vai ser o chefe de polícia da província de Santa María.

E assim poderá ser um valentão profissional em vez de amador, pensou Micky.

– E eu serei o governador – acrescentou Papa.

Governador! Micky não imaginara que as aspirações de Papa fossem tão altas. Mas o velho ainda não acabara.

– Assim que controlarmos a província, vamos olhar para a nação. Seremos fervorosos partidários do presidente Garcia. Você será o embaixador dele em Londres. Seu irmão talvez seja o ministro da Justiça. Seus tios serão generais. Seu meio-irmão Dominic, o padre, será o arcebispo de Palma.

Micky ficou atônito. Não sabia que tinha um meio-irmão. Não falou nada, pois não queria interromper.

– E depois, quando chegar o momento oportuno, vamos expulsar a família Garcia e tomar seu lugar.

– Está querendo dizer que assumiremos o governo? – indagou Micky, os olhos arregalados, aturdido com a audácia e a confiança de Papa.

– Isso mesmo. Daqui a vinte anos, meu filho, eu serei o presidente de Córdoba... ou você.

Micky tentou absorver o plano. Córdoba tinha uma Constituição que determinava eleições democráticas, mas nenhuma jamais fora realizada. O presidente Garcia assumira o poder por meio de um golpe havia dez anos. Antes, fora o comandante em chefe das Forças Armadas, sob o governo do presidente Lopez, que liderara a rebelião contra o domínio espanhol em que Papa e seus vaqueiros haviam lutado.

Papa surpreendeu Micky com a sutileza de sua estratégia: tornar-se um fervoroso partidário do atual governante e depois traí-lo. Mas qual era o papel de Micky? Deveria se tornar o embaixador cordovês em Londres. Já dera o primeiro passo, afastando Tonio Silva e obtendo seu lugar. Teria de encontrar um meio de fazer o mesmo com o embaixador.

E depois? Se seu pai fosse presidente, Micky poderia ser o ministro do Exterior, viajar pelo mundo como representante de seu país. Mas Papa dissera que o próprio Micky poderia ser o presidente... Não Paulo nem tio Rico, mas Micky. Seria mesmo possível?

Por que não? Micky era inteligente, implacável, bem-relacionado. De que mais precisava? A perspectiva de dominar um país inteiro era inebriante. Todos se curvariam a ele. As mulheres mais lindas do mundo estariam à sua disposição, quer o desejassem ou não, e seria tão rico quanto os Pilasters.

– Presidente... – murmurou ele, sonhador. – Gosto disso.

Papa inclinou-se calmamente e deu um tapa em seu rosto.

O velho tinha um braço musculoso e a mão calejada. O tapa sacudiu Micky. Ele soltou um grito de choque e dor, levantando-se de um pulo. Sentia o gosto de sangue na boca. Houve silêncio no restaurante e todos se viraram para encará-los.

– Sente-se – ordenou Papa.

Devagar e relutante, Micky obedeceu.

Papa estendeu as mãos por cima da mesa, agarrou-o pelas lapelas e falou em voz desdenhosa:

– Todo esse plano corre perigo porque você fracassou por completo no simples serviço que lhe foi designado!

Micky estava apavorado.

– Vai ter seus rifles, Papa!

– Dentro de um mês, será primavera em Córdoba. Precisamos tomar as minas dos Delabarcas nessa época. Ano que vem será tarde demais. Reservei passagem num cargueiro que vai para o Panamá. O capitão já foi subornado para me desembarcar, junto com as armas, na costa atlântica de Santa María.

Papa levantou-se, puxando Micky e rasgando sua camisa com a força do movimento. O rosto estava vermelho de raiva.

– O navio parte dentro de cinco dias – acrescentou ele numa voz que encheu Micky de medo. – Agora saia daqui e me compre aquelas armas!

~

O subserviente mordomo de Augusta Pilaster, Hastead, pegou o casaco molhado de Micky e pendurou-o perto do fogo que ardia no vestíbulo. Micky não agradeceu. Os dois se detestavam. Hastead tinha ciúme de qualquer pessoa que Augusta favorecesse, e Micky o desprezava por ser tão bajulador. Além do mais, Micky nunca sabia para que lado os olhos de Hastead se dirigiam e isso o irritava.

Micky foi para a sala de estar e encontrou Augusta sozinha. Ela pareceu feliz em vê-lo. Pegou a mão de Micky entre as suas.

– Você está gelado.

– Atravessei o parque a pé.

– Que tolice! Deveria ter pegado um fiacre.

Micky não tinha condições de pagar fiacres de aluguel, mas Augusta tão sabia disso. Ela comprimiu a mão de Micky contra o peito e sorriu. Era como um convite sexual, mas a mulher agia como se estivesse inocentemente esquentando seus dedos frios.

Augusta fazia esse tipo de jogo com frequência quando se achavam a sós, e Micky costumava gostar. Ela pegava a mão de Micky, tocava sua coxa, ele afagava o braço ou o ombro dela, fitava-a nos olhos, conversavam em voz baixa como amantes, sem jamais reconhecerem que flertavam. Mas nesse dia ele estava desesperado demais para tais distrações.

– Como está o velho Seth? – perguntou ele, torcendo para ouvir sobre uma súbita recaída.

Ela percebeu e largou sua mão sem protestar, embora parecesse desapontada.

– Vamos nos sentar perto do fogo.

Augusta se instalou num sofá e deu uma batidinha no assento ao seu lado.

– Seth melhorou bastante.

Micky sentiu um aperto no coração.

– Ele pode continuar conosco por muitos anos ainda.

Ela não podia evitar que a irritação transparecesse em sua voz. Estava impaciente. Queria que o marido assumisse logo.

– Ele mora aqui agora, você sabe. Pode visitá-lo depois de tomar chá.

– Ele não pretende se aposentar em breve? – indagou Micky.

– Não há o menor sinal de que isso vá acontecer, infelizmente. Esta manhã mesmo ele proibiu a emissão de mais títulos ferroviários russos. – Augusta afagou o joelho de Micky. – Seja paciente. Seu Papa vai conseguir os rifles mais cedo ou mais tarde.

– Ele não pode esperar muito mais – explicou Micky, preocupado. – Tem de partir na semana que vem.

– Então é por isso que você anda tão nervoso. Pobre menino... Eu gostaria de poder fazer alguma coisa para ajudar. Se houvesse alguma possibilidade, eu já teria feito.

– Não conhece meu pai. – Micky não podia disfarçar o desespero em sua voz. – Ele finge ser civilizado quando a encontra, mas na verdade é um bárbaro. Só Deus sabe o que vai fazer comigo se eu o decepcionar.

Soaram vozes no vestíbulo.

– Preciso lhe contar uma coisa antes de os outros entrarem, Micky. Finalmente conheci o Sr. David Middleton.

– O que ele disse?

– Foi educado, mas franco. Disse que não acreditava que toda a verdade sobre a morte de seu irmão tenha sido revelada e perguntou se eu podia pô-lo em contato com Hugh Pilaster ou Antonio Silva. Informei que os dois haviam viajado para o exterior e que ele desperdiçava seu tempo.

– Quem dera pudéssemos resolver o problema do velho Seth tão bem quanto resolvemos esse – murmurou Micky no momento em que a porta foi aberta.

Edward entrou, seguido pela irmã Clementine. Ela se parecia com Augusta, mas não possuía a mesma personalidade forte. E, embora fosse mais jovem, não tinha o apelo sexual da mãe. Augusta serviu o chá. Micky conversou com Edward de maneira superficial sobre os planos para a noite. Não havia festas ou bailes em setembro. A aristocracia permanecia longe de Londres até depois do Natal e só os políticos e suas esposas se encontravam na cidade. Mas não havia escassez de diversão para a classe média, e Edward tinha ingressos para uma peça de teatro. Micky fingiu estar ansioso pelo espetáculo, mas sua mente estava concentrada em Papa.

Hastead trouxe os bolinhos quentes com manteiga. Edward comeu vários, mas Micky não sentia apetite. Mais pessoas da família chegaram: o irmão de Joseph, o jovem William; a feia irmã de Joseph, Madeleine; e o marido de Madeleine, major Hartshorn, com a cicatriz na testa. Todos conversaram sobre a crise financeira, mas Micky podia notar que não tinham medo: o velho Seth percebera que ela se aproximava e cuidara para que o Banco Pilasters não ficasse exposto. Os papéis de alto risco haviam perdido o valor – os títulos egípcios, peruanos e turcos despencaram –, mas os títulos do governo inglês e as ações das ferrovias inglesas tinham sofrido apenas quedas mínimas.

Um a um, todos subiram para visitar Seth. Um a um, todos desceram e disseram que ele estava ótimo. Micky esperou para ser o último. Só subiu às cinco e meia.

Seth estava no antigo quarto de Hugh. Uma enfermeira ficava sentada do lado de fora, com a porta entreaberta, para o caso de ser chamada. Micky entrou e fechou a porta. Seth estava sentado na cama, lendo o *The Economist*.

– Boa tarde, Sr. Pilaster – disse Micky. – Como está se sentindo?

O velho baixou o jornal, com óbvia relutância.

– Muito bem, obrigado. Como vai seu pai?

– Ansioso por voltar para casa.

Micky avaliou o velho frágil deitado entre os lençóis brancos. A pele do rosto era translúcida e a curva do nariz Pilaster parecia mais acentuada do que nunca, mas ainda havia uma inteligência intensa brilhando nos olhos dele. Seth dava a impressão de que poderia continuar a viver e a dirigir o banco por mais dez anos.

Micky teve a sensação de que ouvia a voz do pai em seu ouvido, indagando: *Quem está em nosso caminho?*

O velho estava fraco e impotente, e só havia Micky no quarto e a enfermeira lá fora.

Micky compreendeu que tinha de matar Seth.

A voz do pai disse: *Faça isso agora.*

Podia sufocar o velho com um travesseiro, sem deixar nenhuma pista. Todos pensariam que ele sofrera uma morte natural.

O coração de Micky se encheu de repugnância e ele sentiu-se mal.

– Qual é o problema? – indagou Seth. – Você parece mais doente do que eu.

– Está confortável, senhor? Deixe-me ajeitar seus travesseiros.

– Não precisa se incomodar, por favor. Estou bem.

Mesmo assim, Micky estendeu as mãos por trás dele e pegou um enorme travesseiro de plumas.

Olhou para o velho e hesitou.

O medo surgiu nos olhos de Seth, que abriu a boca para gritar.

Antes que ele pudesse emitir algum som, Micky cobriu seu rosto com o travesseiro e empurrou a cabeça para baixo.

Infelizmente, os braços de Seth se encontravam sobre as cobertas e agora as mãos agarravam o antebraço de Micky com uma força surpreendente. Micky viu, horrorizado, as garras envelhecidas puxando as mangas de seu casaco, e continuou a apertar com toda a força. Seth batia desesperadamente nos braços de Micky, mas o jovem era mais forte.

Quando percebeu que isso não adiantaria, Seth passou a chutar e a se contorcer. Não podia escapar da pressão de Micky, mas a velha cama de Hugh rangia. Micky ficou apavorado. A enfermeira poderia ouvir e entrar para investigar. A única maneira que lhe ocorreu de manter o velho quieto foi montar em cima dele. Ainda mantendo o travesseiro sobre o rosto de Seth, Micky subiu na cama e estendeu-se sobre o corpo que se debatia. Era uma cena grotesca, parecia estar estuprando uma mulher, pensou Micky, enlouquecido, e reprimiu a risada histérica que aflorou em seus lábios. Seth continuou a espernear, mas os movimentos eram contidos pelo peso de Micky, e a cama parou de ranger. Micky ainda pressionava.

Os movimentos finalmente cessaram. Micky manteve a pressão por tanto tempo quanto ousava, para ter certeza. Depois,ცauteloso, removeu o travesseiro e examinou o rosto branco e inerte. Os olhos estavam fechados e o rosto, imóvel. O velho parecia morto. Micky pensou que deveria verificar as batidas do coração. Devagar, apreensivo, baixou a cabeça para o peito de Seth.

Nesse instante, os olhos de Seth se arregalaram e o velho aspirou o ar, sôfrego e trêmulo.

Micky quase soltou um grito de horror. Um momento depois, recuperou o controle e tornou a comprimir o travesseiro contra o rosto de Seth. Sentia que tremia de medo e repulsa enquanto fazia força, mas não houve mais resistência.

Sabia que deveria persistir por vários minutos a fim de ter certeza de que dessa vez o velho morrera mesmo, só que estava preocupado com a enfermeira. Ela podia estranhar o silêncio. Micky precisava falar, para aparentar normalidade. Mas não podia imaginar o que dizer a um morto. Diga qualquer coisa, ordenou a si mesmo, não importa o que seja, contanto que ela escute um murmúrio de conversa.

– Estou muito bem – murmurou ele, desesperado. – Muito bem, muito bem. E como vai você? Bem, bem. Fico contente em saber que se sente melhor. Esplêndido, Sr. Pilaster. Fico contente em vê-lo tão bem, tão esplêndido, tão melhor, ah, meu Deus, não posso continuar com isso, muito bem, esplêndido, esplêndido...

Ele não aguentava mais. Tirou seu peso do travesseiro. Com uma careta de repugnância, pôs a mão no peito de Seth, onde imaginava que ficava o coração. Havia cabelos brancos esparsos na pele branca do velho. O corpo ainda estava quente por baixo da camisa de dormir, mas o coração não batia. *Está mesmo morto agora?*, pensou Micky. E foi então que ele teve a impressão de ouvir a voz de Papa, furiosa e impaciente: *Está, sim, seu idiota! Ele já morreu, agora trate de sair daí bem depressa!* Deixando o travesseiro sobre o rosto do cadáver, Micky saiu de cima dele e ficou parado ao lado da cama.

Uma onda de náusea o engolfou. Sentia-se fraco e tonto e teve de se apoiar na cama. Eu o matei, pensou ele. Eu o matei.

Uma voz soou no patamar.

Micky olhou para o corpo na cama. O travesseiro ainda se encontrava sobre o rosto de Seth. Ele arrancou-o. Os olhos do velho estavam arregalados, com um olhar fixo.

A porta foi aberta.

Augusta entrou.

Parou no mesmo instante, olhando para a cama desarrumada, o rosto imóvel de Seth com os olhos arregalados, o travesseiro nas mãos de Micky. O sangue se esvaiu de seu rosto.

Micky fitou-a, em silêncio e desamparado, esperando que ela falasse.

Augusta continuou parada, olhando de Seth para Micky, outra vez para Seth, por um longo momento.

Depois, devagar, fechou a porta.

Tirou o travesseiro das mãos de Micky. Levantou a cabeça de Seth, ajeitou o travesseiro por baixo, esticou as cobertas. Pegou o *The Economist* no chão, colocou-o no peito do morto e cruzou as mãos dele por cima a fim de dar a impressão de que Seth adormecera enquanto lia.

Ela fechou os olhos dele. E, depois, aproximou-se de Micky.

– Você está tremendo.

Pegou o rosto de Micky entre as mãos e beijou-o na boca.

Por um instante, ele ficou aturdido demais para corresponder. Então, de repente, passou do terror ao desejo. Abraçou-a, sentindo os seios se comprimirem contra seu peito. Augusta abriu a boca e as línguas se encontraram. Micky segurou os seios dela com as duas mãos e apertou-os com força. Ela ofegou. A ereção foi imediata. Augusta esfregou a pélvis contra a dele, roçando no pênis duro. Os dois tinham a respiração acelerada. Augusta pegou a mão de Micky, levou-a à sua boca e mordeu para não gritar. Mantinha os olhos fechados e todo o seu corpo tremia. Micky compreendeu que ela atingiria o orgasmo e sentiu-se tão inflamado que também chegou ao clímax.

Levara apenas uns poucos minutos. Depois, permaneceram abraçados, ofegantes, por mais um instante. Micky estava atordoado demais para pensar.

Assim que recuperou o fôlego, Augusta desvencilhou-se.

– Vou para o meu quarto – murmurou ela. – Você deve deixar a casa imediatamente.

– Augusta...

– Trate-me por Sra. Pilaster!

– Está bem...

– Isso nunca aconteceu! – acrescentou ela num sussurro veemente. – Está me entendendo? *Nada disso jamais aconteceu!*

– Está bem – concordou ele de novo.

Ela alisou a frente do vestido e ajeitou os cabelos. Micky observava-a, impotente, imobilizado pela força de sua vontade. Augusta virou-se e encaminhou-se para a porta. Num gesto automático, Micky abriu-a. E saiu atrás dela.

A enfermeira lançou um olhar inquisitivo para os dois. Augusta levou um dedo aos lábios, num gesto de silêncio.

– Ele acaba de pegar no sono – murmurou.

Micky estava espantado e assustado com tanta frieza.

– A melhor coisa para ele – comentou a enfermeira. – Vou deixá-lo descansar por uma hora.

Augusta assentiu.

– Era o que eu faria se estivesse no seu lugar. Pode ter certeza de que ele está muito bem agora.

PARTE DOIS

1879

CAPÍTULO UM

Janeiro

1

HUGH VOLTOU A Londres seis anos depois.

Durante esse período, os Pilasters haviam dobrado sua fortuna, e Hugh era em parte o responsável.

Havia se saído extraordinariamente bem em Boston, melhor do que sonhara. O comércio transatlântico prosperara à medida que os Estados Unidos se recuperavam da Guerra Civil, e Hugh cuidara para que o Banco Pilasters financiasse uma parcela considerável das transações.

Também orientara os sócios numa sucessão de lançamentos lucrativos de ações e outros títulos norte-americanos. Depois da guerra, o governo e as empresas precisavam de recursos, e o Banco Pilasters se encarregou de levantar o dinheiro necessário.

Ao final, ele desenvolvera uma excepcional compreensão do caótico mercado de ações de ferrovias, identificando quais delas proporcionariam fortunas e quais nunca passariam da primeira cordilheira. Tio Joseph mantivera-se cauteloso a princípio, recordando a crise de Nova York em 1873, mas Hugh herdara o comedimento ansioso dos Pilasters e recomendara apenas as ações de melhor qualidade, evitando de forma escrupulosa qualquer coisa que cheirasse a mera especulação. Seu julgamento sempre se provara correto. Agora, o Banco Pilasters era o líder mundial no financiamento do desenvolvimento industrial da América do Norte. Hugh ganhava 1.000 libras por ano e sabia que seu trabalho valia mais.

Ao desembarcar em Liverpool, foi recebido no cais pelo escriturário-chefe da sucursal local do banco, um homem com quem trocara telegramas pelo menos uma vez por semana desde que fora para Boston. Nunca haviam se encontrado pessoalmente.

— Eu não sabia que era tão jovem, senhor! — comentou o escriturário ao se identificarem.

Hugh ficou satisfeito, pois naquela manhã encontrara um fio prateado entre seus cabelos pretos. Tinha 26 anos.

Ele seguiu de trem para Folkestone, sem fazer escala em Londres. Os sócios do Banco Pilasters talvez achassem que ele deveria encontrá-los primeiro, antes de procurar a mãe, mas Hugh pensava diferente. Dedicara-lhes os últimos seis anos de sua vida e devia à mãe pelo menos um dia.

Encontrou-a mais bela e serena do que nunca, mas ainda usando preto, em memória de seu pai. A irmã Dotty, agora com 12 anos, mal se recordava dele, e permaneceu tímida até Hugh colocá-la em seu colo e lembrar como ela dobrara de qualquer maneira suas camisas.

Ele pediu à mãe que se mudasse para uma casa maior. Agora podia pagar o aluguel sem dificuldade. Ela recusou e pediu que guardasse seu dinheiro, juntasse um capital. Mas Hugh conseguiu persuadi-la a contratar outra criada para ajudar a Sra. Builth, a velha governanta.

Partiu para Londres no dia seguinte, pela London, Chatham & Dover Railway, e desembarcou na Holborn Viaduct Station. Um imenso hotel fora construído na estação por investidores que achavam que Holborn seria uma escala movimentada para ingleses a caminho de Nice ou São Petersburgo. Hugh não tinha investido dinheiro no empreendimento. Achava que a estação seria usada principalmente por pessoas que trabalhavam na City e que residiam nos subúrbios em expansão a sudeste de Londres.

Era uma linda manhã de primavera. Ele seguiu a pé até o Banco Pilasters. Esquecera o ar enfumaçado de Londres, muito pior que o de Boston ou Nova York. Parou por um momento diante da empresa, contemplando a fachada grandiosa.

Dissera aos sócios que queria tirar uma licença para rever a mãe, a irmã e o país. Mas tinha outro motivo para retornar à capital.

Estava prestes a lançar uma bomba.

Viera propor a fusão da operação norte-americana do Pilasters com um banco de Nova York, o Madler & Bell, formando uma nova sociedade, que passaria a se chamar Madler, Bell & Pilasters. Renderia muito dinheiro ao banco, coroaria suas realizações nos Estados Unidos e permitiria seu retorno a Londres, passando de agente a tomador de decisões. Representaria o fim de seu período de exílio.

Ele ajeitou a gravata, nervoso, e entrou.

O salão, que anos antes tanto o impressionara com o chão de mármore e os pomposos mensageiros, agora parecia apenas sóbrio. Ao começar a subir a escada, encontrou-se com Jonas Mulberry, seu antigo supervisor. Mulberry mostrou-se surpreso e satisfeito ao vê-lo.

– Sr. Hugh! – exclamou ele, apertando sua mão vigorosamente. – Voltou em caráter permanente?

– Espero que sim. Como vai a Sra. Mulberry?

– Muito bem, obrigado.

– Transmita-lhe os meus cumprimentos. E as três crianças?

– São cinco agora. Todas gozando de boa saúde, Deus seja louvado.

Ocorreu a Hugh que o escriturário-chefe podia saber a resposta a uma pergunta que o preocupava.

– Mulberry, o senhor já estava aqui quando o Sr. Joseph foi promovido a sócio?

– Acabara de ingressar no banco. Vai fazer 25 anos em junho.

– Portanto, o Sr. Joseph tinha...

– Vinte e nove anos.

– Obrigado.

Hugh subiu para a Sala dos Sócios, bateu à porta e entrou. Tio Joseph, sentado à mesa do sócio sênior, estava mais velho, mais calvo e mais parecido com o velho Seth. O marido de tia Madeleine, major Hartshorn, cujo nariz se tornara vermelho para combinar com a cicatriz na testa, lia o *Times* ao lado da lareira. Tio Samuel, muito bem-vestido como sempre, num fraque cinza-escuro trespassado e colete cinza-pérola, franzia o rosto sobre um contrato. E o sócio mais novo, o jovem William, agora com 31 anos, sentado à sua mesa, escrevia num bloco.

Samuel foi o primeiro a cumprimentar Hugh.

– Meu caro rapaz! – disse ele, levantando-se apertando-lhe a mão. – Está com uma ótima aparência!

Hugh apertou a mão de todos e aceitou uma taça de xerez. Correu os olhos pelos retratos dos antigos sócios seniores nas paredes.

– Há seis anos, nesta sala, vendi a sir John Cammel títulos do governo russo no valor de 100 mil libras – recordou ele.

– É verdade – concordou Samuel.

– A comissão do Pilasters sobre essa venda, a 5%, ainda é mais dinheiro do que tudo o que recebi nos oito anos em que trabalhei para o banco – comentou Hugh com um sorriso.

– Espero que não esteja pedindo um aumento de salário – disse Joseph, irritado. – Já é o empregado mais bem pago de toda a firma.

– Exceto pelos sócios – ressaltou Hugh.

– Claro – arrematou Joseph, ríspido.

Hugh percebeu que começara mal. Ansioso demais, como sempre, disse a si mesmo. Trate de se controlar.

– Não estou pedindo um aumento. Só que tenho uma proposta para apresentar aos sócios.

– É melhor se sentar e nos falar a respeito – disse Samuel.

Hugh pousou a taça sem prová-la e organizou os pensamentos. Queria desesperadamente que concordassem com sua proposta. Era ao mesmo tempo a culminação e a prova de seu triunfo sobre a adversidade. Traria de uma só vez mais negócios para o banco do que a maioria dos sócios podia atrair em um ano. E, se concordassem, seriam mais ou menos obrigados a promovê-lo a sócio.

– Boston não é mais o centro financeiro dos Estados Unidos – começou ele. – Nova York é agora o lugar mais importante. Devemos transferir nosso escritório para lá. Mas há um problema. Muitos dos negócios que realizei nos últimos seis anos foram em conjunto com um estabelecimento de Nova York, o Madler & Bell. Sidney Madler, de certa forma, me tomou sob sua proteção quando eu era inexperiente. Se nos mudássemos para Nova York, entraríamos em competição com eles.

– Não há nada de errado com a competição quando é apropriada – declarou o major Hartshorn.

Raramente ele tinha algo de valor com que contribuir para uma discussão, mas, em vez de permanecer calado, preferia enunciar o óbvio de maneira dogmática.

– Talvez. Mas tenho uma ideia melhor. Por que não fundir nossa operação norte-americana com o Madler & Bell?

– Fundir? – repetiu Hartshorn. – Como assim?

– Formaríamos uma sociedade. Madler, Bell & Pilasters. Um escritório em Nova York, outro em Boston.

– Como funcionaria?

– A nova empresa cuidaria de todo o financiamento de importações e exportações que no momento se efetuam em separado e os lucros seriam divididos. O Pilasters teria a oportunidade de participar de todos os novos lançamentos de títulos e ações negociados pelo Madler & Bell. Eu cuidaria dessas atividades aqui de Londres.

– Não me agrada – declarou Joseph. – Seria entregar nossos negócios ao controle de outros.

– Ainda não ouviram a melhor parte – continuou Hugh. – Todos os negócios europeus do Madler & Bell, agora distribuídos entre vários agentes em Londres, seriam entregues ao Pilasters.

Joseph soltou um grunhido de surpresa.

– Isso deve equivaler a...

– Mais de 50 mil libras por ano em comissões.

– Santo Deus! – exclamou Hartshorn.

Todos estavam surpresos. Nunca haviam participado de uma sociedade entre empresas e não esperavam que uma proposta tão inovadora partisse de alguém que nem era sócio. Mas a perspectiva de 50 mil libras por ano em comissões era irresistível.

– É evidente que você já conversou a respeito com eles – disse Samuel.

– Isso mesmo. Madler é muito sagaz, assim como seu sócio, John James Bell.

– E você supervisionaria o empreendimento de Londres – comentou o jovem William.

Hugh percebeu que William o encarava como um rival que seria muito menos perigoso a 5 mil quilômetros de distância.

– Por que não? Afinal, é em Londres que se levanta o dinheiro.

– E qual seria sua posição?

Era uma pergunta que Hugh preferia não responder tão cedo. Astuto, William queria embaraçá-lo. Agora não tinha como se esquivar.

– Creio que o Sr. Madler e o Sr. Bell esperariam tratar com um sócio.

– É jovem demais para ser sócio – protestou Joseph no mesmo instante.

– Tenho 26 anos, tio. O senhor foi promovido a sócio quando tinha 29 anos.

– Três anos é uma grande diferença.

– E 50 mil libras por ano é um bocado de dinheiro.

Hugh compreendeu que estava sendo petulante – um defeito a que era propenso – e recuou, apressado. Sabia que, se os acuasse, rejeitariam a proposta por puro conservadorismo.

– Há diversos fatores que devem ser avaliados. Sei que vão querer conversar sobre o assunto. Não seria melhor eu me retirar?

Samuel acenou com a cabeça, num gesto discreto, e Hugh encaminhou-se para a porta.

– Quer dê certo ou não, Hugh – comentou Samuel antes de sua saída –, você merece os parabéns por uma boa proposta. Tenho certeza de que todos concordam com isso.

Ele olhou inquisitivo para os outros sócios, que assentiram.

– É verdade, é verdade... – murmurou tio Joseph.

Hugh não sabia se deveria se sentir frustrado por não terem concordado de imediato com seu plano ou satisfeito por não o terem ainda recusado. Experimentava uma sensação desoladora de anticlímax. Mas não havia mais nada que pudesse fazer ali.

– Obrigado – murmurou ele, saindo da sala.

~

Às quatro horas da tarde ele parou diante da casa enorme e chamativa de Augusta, na Kensington Gore.

Seis anos da fuligem de Londres haviam escurecido os tijolos vermelhos e manchado a pedra branca, mas as estátuas de aves e monstros ainda estavam no frontão inclinado, com o navio de velas enfunadas no topo. E ainda dizem que os americanos são pretensiosos!, pensou Hugh.

Pelas cartas da mãe, ele sabia que Joseph e Augusta haviam gastado parte de sua crescente fortuna com duas outras propriedades: um castelo na Escócia e uma mansão de campo em Buckinghamshire. Augusta pensara em vender a casa em Kensington e comprar uma mansão em Mayfair, mas Joseph resistira, porque gostava daquele lugar.

Era uma casa relativamente nova quando Hugh partira, mas ainda lhe trazia muitas recordações. Sofrera ali a perseguição de Augusta, cortejara Florence Stalworthy, socara o nariz de Edward e fizera amor com Maisie Robinson. A lembrança de Maisie era o que mais doía. Não eram tanto a humilhação e a vergonha que ele recordava, e sim a paixão e a emoção. Não vira nem tivera notícias de Maisie desde aquela noite, mas ainda pensava nela todos os dias de sua vida.

A família lembraria o escândalo pelo relato de Augusta: como o filho depravado de Tobias Pilaster levara uma prostituta para casa e, ao ser surpreendido, agredira covardemente o pobre e indefeso Edward. Que assim fosse. Podiam pensar o que bem quisessem, mas tinham de reconhecê-lo como um Pilaster e como banqueiro e, muito em breve, se ele tivesse um pouco de sorte, seriam obrigados a promovê-lo a sócio.

Ele se perguntou quanto a família teria mudado em seis anos. Sua mãe o mantivera a par dos eventos domésticos por meio de cartas mensais. Sua prima Clementine ficara noiva e estava prestes a casar. Edward não, apesar dos esforços de Augusta. O jovem William e Beatrice haviam tido uma filha. Mas a mãe não relatara as mudanças mais profundas. Tio Samuel ainda vivia com seu "secretário"? Augusta continuava impiedosa ou abrandara com a idade? Edward se tornara mais sóbrio e calmo? Micky Miranda finalmente se casara com uma das moças que se apaixonavam por ele a cada temporada?

Era tempo de enfrentar todos. Hugh atravessou a rua e bateu à porta.

Foi aberta por Hastead, o mordomo bajulador de Augusta. Ele não parecia ter mudado. Os olhos ainda se fixavam em direções diferentes.

– Boa tarde, Sr. Hugh.

O sotaque galês era gelado, indicando que Hugh ainda era malvisto naquela casa. A recepção de Hastead sempre refletia o que Augusta pensava.

Hugh passou pelo vestíbulo e deparou com um comitê de recepção, as três megeras da família Pilaster: Augusta, a cunhada Madeleine e a filha Clementine. Aos 47 anos, Augusta continuava tão bonita quanto antes. Ainda tinha um rosto clássico, com sobrancelhas escuras e um olhar orgulhoso. Se ganhara um pouco de peso naqueles seis anos, era alta o suficiente para lhe cair bem. Clementine era uma edição mais fina do mesmo livro, mas não exibia o ar indômito da mãe e carecia de sua sensualidade. Tia Madeleine era uma Pilaster da cabeça aos pés, desde o nariz curvado para baixo, passando pelo corpo magro e ossudo, até a renda cara na bainha do vestido azul.

Hugh rangeu os dentes e beijou todas.

– Posso presumir que sua experiência no exterior o tenha transformado num jovem mais sensato do que era, Hugh? – indagou Augusta.

Ela não deixaria ninguém esquecer que o sobrinho partira em desgraça.

– Acredito que todos nós nos tornamos mais sábios com a idade, minha querida tia – respondeu ele, tendo a satisfação de ver o rosto de Augusta se contrair de raiva.

– Tem toda a razão! – retrucou ela com voz gelada.

– Hugh, permita que lhe apresente meu noivo, sir Harry Tonks – disse Clementine.

Trocaram um aperto de mãos. Harry era jovem demais para ter sido contemplado com o título de cavaleiro, então o "sir" devia significar que era um baronete, uma espécie de baixa aristocracia. Hugh não o invejava por se casar com Clementine. Ela não chegava a ser tão ruim quanto a mãe, mas sempre tivera uma veia de mesquinhez.

– Como foi sua travessia? – perguntou Harry.

– Muito rápida – respondeu Hugh. – Viajei num dos novos vapores a hélice. Levou apenas sete dias.

– Minha nossa! Isso é incrível!

– De que parte da Inglaterra é, sir Harry? – indagou Hugh, sondando os antecedentes do homem.

– Tenho uma propriedade em Dorsetshire. A maioria dos meus arrendatários cultiva lúpulo.

A pequena aristocracia rural, concluiu Hugh. Se ele tivesse algum bom senso, venderia a propriedade e investiria o dinheiro no Banco Pilasters. Na verdade, Harry não parecia primar pela inteligência, mas podia ser dócil. As mulheres Pilasters gostavam de se casar com homens que fizessem o que elas mandassem, e Harry era uma versão mais jovem de George, o marido de Madeleine. Ao envelhecer, ficavam rabugentos e ressentidos, mas raramente se rebelavam.

– Vamos para a sala de estar – ordenou Augusta. – Todos o aguardam.

Hugh seguiu-a, mas estacou na porta. A enorme sala familiar, com enormes lareiras nas extremidades e portas de vidro que davam para o jardim, mudara bastante. Todos os móveis e tecidos japoneses haviam desaparecido e a sala fora redecorada com uma profusão de padrões ousados de cores vivas. Olhando mais atentamente, Hugh percebeu que eram todos de flores: enormes margaridas amarelas no tapete, rosas vermelhas subindo por uma treliça no papel de parede, papoulas nas cortinas, crisântemos rosa na seda que cobria os pés das cadeiras, dos espelhos, das mesas e do piano.

– Mudou a sala, tia – comentou ele, desnecessariamente.

– Veio tudo da nova loja de William Morris, na Oxford Street. É a última moda – informou Clementine.

– O tapete tem de ser trocado – acrescentou Augusta. – Não é da cor certa.

Ela nunca estava satisfeita, recordou Hugh.

Quase toda a família Pilaster se encontrava ali. Hugh percebeu que todos estavam curiosos em relação a ele. Partira em desgraça e talvez tivessem pensado que nunca mais tornariam a vê-lo. Haviam-no subestimado e ele voltara como um herói conquistador. Agora, todos estavam ansiosos por avaliá-lo melhor.

A primeira pessoa cuja mão ele apertou foi seu primo Edward. Aos 29 anos, Edward parecia mais velho. Já estava bastante corpulento e o rosto era vermelho como o de um glutão.

– Então você voltou – murmurou ele.

Edward tentou sorrir, mas conseguiu apenas mostrar uma expressão de desdém ressentido. Hugh não podia culpá-lo. Os dois primos sempre haviam sido comparados. Agora, o sucesso de Hugh atraía atenção para o desempenho fraco de Edward no banco.

Micky Miranda postava-se ao lado de Edward. Ainda bonito e impecavelmente vestido, parecia mais insinuante e presunçoso do que nunca.

– Olá, Miranda – disse Hugh. – Ainda trabalha para o embaixador cordovês?

– Agora *eu sou* o embaixador cordovês – respondeu Micky.

Hugh não se surpreendeu. Ficou satisfeito ao deparar com sua velha amiga, Rachel Bodwin.

– Olá, Rachel. Como tem passado?

Ela não fora uma jovem bonita, mas estava se transformando numa mulher atraente, constatou Hugh. Tinha o rosto ossudo e olhos muito juntos, mas o que parecera feio seis anos antes era agora estranhamente fascinante.

– O que tem feito nos últimos tempos, Rachel?

– Uma campanha para reformar a lei de propriedade das mulheres. – Ela sorriu e acrescentou: – Para o constrangimento de meus pais, que prefeririam que eu fizesse campanha para arrumar um marido.

Rachel sempre fora assustadoramente franca, recordou Hugh. Achava-a interessante por isso, mas podia imaginar que muitos solteiros se sentiam intimidados. Os homens gostavam que as mulheres fossem um pouco tímidas e não muito inteligentes.

Enquanto conversava com ela, Hugh especulou se Augusta ainda queria promover o casamento entre os dois. Não fazia muita diferença: o único homem por quem Rachel já demonstrara interesse genuíno era Micky Miranda. Mesmo agora, ela cuidava de incluir Micky em sua conversa com Hugh. Ele nunca entendera por que as garotas achavam Micky irresistível, e Rachel o surpreendia mais do que a maioria porque era inteligente o suficiente para perceber que Micky não prestava. Na verdade, tinha a impressão de que Micky fascinava ainda mais as mulheres justamente por isso.

Hugh foi cumprimentar o jovem William e sua esposa. Beatrice saudou-o com a maior cordialidade e ele concluiu que ela não sofria tanto a influência de Augusta quanto as outras mulheres da família.

Hastead interrompeu-os para entregar um envelope a Hugh.

– Um mensageiro acaba de trazer – anunciou o mordomo.

Continha um bilhete, que parecia escrito por uma secretária:

> *Piccadilly, 123*
> *Londres, W.*
> *Terça-feira*
>
> A Sra. Solomon Greenbourne solicita o prazer de sua companhia no jantar esta noite.

Embaixo, num rabisco vermelho, estava escrito:

Seja bem-vindo de volta! – Solly

Hugh ficou contente. Solly sempre fora cordial e tranquilo. Por que os Pilasters não podiam ser descontraídos assim? Seriam os metodistas naturalmente mais tensos do que os judeus? Talvez houvesse tensões que ele desconhecesse na família Greenbourne.

– O mensageiro espera por uma resposta, Sr. Hugh – disse Hastead.

– Meus cumprimentos à Sra. Greenbourne. Avise que terei o maior prazer em comparecer ao jantar – respondeu Hugh.

Hastead fez uma reverência e se retirou.

– Vai jantar com os Greenbournes? – comentou Beatrice. – Que coisa maravilhosa!

Hugh ficou surpreso.

– Não me parece tão maravilhoso assim. Fui colega de Solly no colégio e sempre gostei dele, mas um convite para jantar em sua casa nunca foi um privilégio cobiçado.

– Agora é – garantiu Beatrice.

– A esposa de Solly tem uma imensa energia – explicou William. – A Sra. Greenbourne adora receber, e suas festas são as melhores de Londres.

– Eles fazem parte da Turma de Marlborough – acrescentou Beatrice, reverente. – São amigos do príncipe de Gales.

O noivo de Clementine, Harry, ouviu o comentário e protestou, ressentido:

– Não sei onde a sociedade inglesa vai acabar, agora que o herdeiro do trono prefere judeus a cristãos.

– É mesmo? – disse Hugh. – Nunca entendi por que algumas pessoas detestam os judeus.

– Eu não consigo suportá-los – declarou Harry.

– Como está entrando numa família de banqueiros, vai encontrá-los com bastante frequência no futuro.

Harry mostrou-se ligeiramente ofendido.

– Augusta desaprova toda a Turma de Marlborough, sejam judeus ou não – comentou William. – Ao que parece, a moral deles não é o que deveria ser.

– E eu aposto que não convidam Augusta para suas festas – comentou Hugh.

Beatrice riu da ideia.

– Claro que não! – exclamou William.

– Mal posso esperar para conhecer a Sra. Greenbourne – acrescentou Hugh.

~

Piccadilly era uma rua de palácios. Às oito horas de uma noite fria de janeiro, o movimento ali era intenso. Carruagens passavam de um lado para outro, e as calçadas iluminadas por lampiões a gás eram ocupadas por homens vestidos como Hugh, de gravata branca e casaca, e mulheres em casacos de veludo com gola de pele, além de garotas e garotos de programa maquiados.

Hugh caminhava absorto em pensamentos. Augusta fora implacavelmente hostil com ele, como sempre. Acalentara uma tênue e secreta esperança de que ela pudesse ter abrandado, o que não acontecera. E ela ainda era a matriarca. Portanto, tê-la como inimiga era entrar em desavença com a família.

A situação no banco era melhor. Os negócios obrigavam os homens a ser objetivos. Era inevitável que Augusta tentasse impedir sua ascensão ali, mas nesse território ele podia se defender. Ela sabia como manipular as pessoas, mas era de uma ignorância total em relação a operações bancárias.

De modo geral, o dia não fora tão ruim assim, e agora ele aguardava ansioso por uma noite descontraída na companhia dos amigos.

Quando Hugh partira para a América, Solly Greenbourne morava com o pai, Ben, numa enorme casa diante do Green Park. Agora, Solly tinha sua própria casa, na mesma rua que a residência do pai e não muito menor. Hugh passou por um portal imponente, entrou num enorme vestíbulo margeado de mármore verde e contemplou a extravagante escada de mármore preto e laranja. A Sra. Greenbourne tinha algo em comum com Augusta Pilaster: nenhuma das duas acreditava na discrição.

Um mordomo e dois lacaios estavam no vestíbulo. O mordomo recebeu o chapéu de Hugh apenas para entregá-lo a um lacaio. Depois, o segundo lacaio conduziu-o escada acima. No patamar, ele olhou por uma porta aberta e viu o assoalho envernizado de um salão de baile, as janelas cobertas por cortinas e, logo depois, uma sala de estar.

Hugh não entendia muito de decoração, mas reconheceu logo o grandioso e extravagante estilo Luís XVI. O teto era uma profusão de sancas, as paredes tinham painéis de papel e todas as mesas e cadeiras tinham finos pés dourados, que davam a impressão de que poderiam se partir a qualquer instante. As cores eram amarelo, laranja-avermelhado, dourado e verde. Hugh podia muito bem imaginar pessoas afetadas dizendo que era vulgar, escondendo sua inveja sob uma falsa aversão. Na verdade, era sensual, uma sala em que pessoas de riqueza incalculável faziam qualquer coisa que lhes aprouvesse.

Vários convidados já haviam chegado e conversavam em grupos, tomando champanhe e fumando cigarros. Aquilo era novidade para Hugh, que nunca vira ninguém fumando numa sala de estar. Solly avistou-o e se afastou de um grupo para ir ao seu encontro.

– Pilaster, que bom que você veio! Como tem passado?

Hugh percebeu que Solly se tornara um pouco mais extrovertido. Ainda era gordo e usava óculos e já tinha algum tipo de mancha no colete branco, mas estava mais jovial do que nunca, e Hugh notou logo que também era mais feliz.

– Muito bem, obrigado, Greenbourne.

– Sei disso! Tenho observado seu progresso. Quem dera nosso banco tivesse alguém como você na América. Espero que os Pilasters estejam lhe pagando uma fortuna. Você merece.

– E você se tornou um socialite, pelo que dizem.

– Não foi por obra minha. Casei, como já sabe.

Ele virou-se e cutucou o ombro alvo e nu de uma mulher baixa, num vestido verde. Ela estava de costas, mas sua silhueta era estranhamente familiar, e uma súbita impressão de déjà-vu dominou Hugh, provocando nele uma tristeza inexplicável.

– Querida, lembra-se do meu velho amigo Hugh Pilaster?

A mulher permaneceu como estava por mais um momento, concluindo o que dizia às outras pessoas, e Hugh pensou: por que estou tão ansioso para vê-la? Então ela se virou, bem devagar, como uma porta se abrindo para o passado. O coração de Hugh parou ao contemplar o rosto dela.

– Claro que me lembro dele – disse ela. – Como vai, Sr. Pilaster?

Hugh ficou olhando, aturdido, incapaz de falar, para a mulher que se tornara a Sra. Solomon Greenbourne.

Era Maisie.

2

AUGUSTA SENTOU-SE À penteadeira e pôs o colar simples de pérolas que sempre usava nos jantares elegantes. Era sua joia mais cara. Os metodistas não admitiam ornamentos dispendiosos e seu parcimonioso marido usava essa desculpa para não lhe comprar joias. Ele bem que gostaria que Augusta parasse de redecorar a casa com tanta frequência, mas ela o fazia sem consultá-lo. Se ficasse a critério de Joseph, ele não viveria com mais luxo que seus empregados. Aceitava as mudanças na decoração de má vontade e exigia apenas que ela não mexesse em seu quarto.

Ela tirou da caixa aberta o anel que Strang lhe dera trinta anos antes. Tinha a forma de uma serpente de ouro, a cabeça de diamante e os olhos de rubi. Enfiou-o no dedo e, como já fizera mil vezes antes, roçou a cabeça da serpente com os lábios, recordando.

A mãe lhe dissera: "Devolva o anel e tente esquecê-lo."

Ao que Augusta, com 17 anos, respondera: "Já o mandei de volta, e vou esquecê-lo."

Era mentira. Escondia o anel na lombada de sua Bíblia e jamais esquecera Strang. Se não podia ter o seu amor, ela jurara que um dia teria todas as outras coisas que Strang poderia ter lhe dado.

Nunca seria a condessa de Strang, aceitara isso havia muitos anos. Mas estava determinada a ter um título e, como Joseph não tinha nenhum, ela trataria de providenciá-lo.

Remoera o problema por anos, estudando os mecanismos pelos quais os homens adquiriam títulos, e gastara em sua estratégia muitas noites insones de planejamento e expectativa. Agora estava preparada, e o momento era oportuno.

Iniciaria sua campanha naquela noite, durante o jantar. Entre os seus convidados, havia três pessoas que desempenhariam um papel fundamental na concessão do título de conde a Joseph.

Ele deveria ser o conde de Whitehaven, refletiu Augusta. Whitehaven era o porto em que a família Pilaster começara os seus negócios, quatro gerações antes. O bisavô de Joseph, Amos Pilaster, ganhara sua fortuna numa jogada lendária, apostando todo o seu dinheiro num navio negreiro. Mas depois passara para transações menos arriscadas, comprando sarja e outros tecidos de algodão estampados da indústria têxtil de Lancashire e embarcando para as Américas. A residência da família em Londres já era chamada de Casa Whitehaven, em homenagem ao local em que começara a prosperidade dos Pilasters. Augusta seria a condessa de Whitehaven se os seus planos dessem certo.

Ela imaginou a si e Joseph entrando numa imponente sala de recepção enquanto um mordomo anunciava: "O conde e a condessa de Whitehaven." Sorriu com a imagem. Viu Joseph fazendo seu primeiro discurso na Câmara dos Lordes, sobre algum tema relacionado com as altas finanças, e os outros membros escutando com respeitosa atenção. Os lojistas a chamariam de lady Whitehaven em voz alta e as pessoas ao redor se virariam para ver quem era.

Mas queria isso por Edward tanto quanto por qualquer outro motivo, disse a si mesma. Um dia ele herdaria o título do pai e até lá poderia pôr em seu cartão de visitas: *Honorável Edward Pilaster*.

Augusta sabia exatamente o que tinha de fazer, mas ainda assim estava apreensiva. Obter um título de nobreza não era como comprar um tapete. Não podia procurar o fornecedor e dizer: "Quero este. Quanto custa?" Tudo deveria ser feito por insinuações. Precisaria ser muito cautelosa naquela noite. Se desse um único passo em falso, seus planos meticulosos poderiam desmoronar num instante. Se avaliasse errado as pessoas, estaria perdida.

Uma criada bateu à porta.

– O Sr. Hobbes chegou, madame – anunciou ela.

Ela terá de me chamar de "milady" muito em breve, pensou Augusta.

Augusta guardou o anel de Strang, levantou-se e passou pela porta de comunicação para o quarto de Joseph. Ele já se vestira para o jantar e estava sentado junto ao armário em que mantinha sua coleção de caixinhas de rapé cravejadas de pedras preciosas, examinando uma delas à luz a gás. Augusta se perguntou se deveria mencionar Hugh agora.

Hugh continuava a ser um estorvo. Seis anos antes, Augusta pensara que se livrara dele para sempre, mas o sobrinho voltara, ameaçando outra vez ofuscar Edward. Já se falava em promovê-lo a sócio, o que Augusta não iria tolerar. Decidira que Edward seria um dia o sócio sênior e não permitiria que Hugh tomasse a dianteira.

Mas teria razão em se preocupar tanto? Talvez fosse melhor deixar Hugh dirigir os negócios. Edward faria outra coisa, poderia até ingressar na política. O banco, no entanto, era o coração da família. As pessoas que se afastavam, como Tobias, o pai de Hugh, sempre acabavam naufragando. Era no banco que se ganhava dinheiro e que se exercia o poder. Os Pilasters podiam derrubar um monarca ao lhe recusarem um empréstimo. Poucos políticos tinham essa capacidade. Era terrível pensar em Hugh como sócio sênior, recebendo embaixadores, tomando café com o ministro das Finanças da Inglaterra e ocupando o lugar principal nas reuniões familiares, acima de Augusta e de seu lado da família.

Seria muito difícil se livrar de Hugh dessa vez. Ele estava mais velho e mais esperto e conquistara uma posição consolidada no banco. O desgraçado trabalhara com afinco e paciência durante seis anos para reabilitar sua reputação. Ela conseguiria desfazer tudo isso?

Só que aquele não era o momento para confrontar Joseph a propósito de Hugh. Ela o queria no melhor ânimo possível para o jantar.

– Pode ficar aqui em cima mais alguns minutos se quiser, Joseph. Só Arnold Hobbes chegou até agora.

– Eu gostaria de ficar mesmo, se você não se importar.

Augusta queria conversar a sós com Hobbes por algum tempo.

Hobbes era o editor de um jornal político chamado *The Forum*. De modo geral, apoiava os conservadores, que representavam a aristocracia e a Igreja oficial, e combatia os liberais, o partido dos homens de negócios e dos metodistas. Os Pilasters eram ao mesmo tempo homens de negócios e metodistas, mas os conservadores estavam no poder.

Augusta só se encontrara com Hobbes uma ou duas vezes antes e calculava que ele ficara surpreso ao receber seu convite. No entanto, estava certa de que ele iria. Hobbes não recebia muitos convites para casas tão ricas quanto a de Augusta.

Hobbes encontrava-se numa posição curiosa. Era poderoso, porque seu jornal era bastante lido e respeitado, mas também era pobre, pois não ganhava muito dinheiro com isso. A combinação era constrangedora para o jornalista e mais do que apropriada para os objetivos de Augusta. Hobbes tinha o poder para ajudá-la, e podia ser comprado.

Só havia um problema. Augusta esperava que ele não tivesse princípios morais elevados, pois isso acabaria com sua utilidade. Mas se o julgara corretamente, Hobbes era corruptível.

Ela estava nervosa e apreensiva. Parou por um momento na porta da sala de estar, repetindo para si mesma: *Relaxe, Sra. Pilaster, você é muito competente nessas coisas.* Logo se acalmou e entrou na sala.

Hobbes levantou-se ansioso para cumprimentá-la. Era um homem agitado e perspicaz, de movimentos bruscos e nervosos. Sua roupa tinha pelo menos dez anos, calculou Augusta. Ela conduziu-o ao sofá na janela a fim de proporcionar à conversa um clima de intimidade, embora não fossem velhos amigos.

– Conte-me qual foi sua travessura do dia – disse ela, brincando. – Desancou o Sr. Gladstone? Censurou nossa política na Índia? Falou mal dos católicos?

Ele fitou-a através dos óculos sujos.

– Escrevi sobre o City of Glasgow Bank.

Augusta franziu o cenho.

– Esse é o banco que quebrou há pouco tempo.

– Exatamente. Muitos sindicatos escoceses ficaram arruinados, como sabe.

– Lembro que ouvi comentários a respeito. Meu marido contou que já se sabia havia anos que o banco não era sólido.

– Não consigo entender – disse Hobbes, animado. – Todo mundo sabe que um banco não é bom, mas permitem que continue em atividade até quebrar e milhares de pessoas perderem o que economizaram durante toda a vida.

Augusta também não compreendia. Não sabia quase nada sobre negócios, mas percebeu a oportunidade de levar a conversa na direção que desejava.

– Talvez o mundo dos negócios e o do governo estejam separados demais – comentou ela.

– Deve ser isso. Uma comunicação melhor entre homens de negócios e estadistas poderia evitar tais catástrofes.

– Eu me pergunto... – Augusta hesitou, como se avaliasse uma ideia que acabara de lhe ocorrer. – Eu me pergunto se alguém como o senhor não consideraria se tornar diretor de uma ou duas companhias.

Ele ficou surpreso.

– Na verdade, é possível.

– Afinal, uma experiência direta, participando da direção de um empreendimento, poderia ajudá-lo quando comentasse em seu jornal sobre o mundo do comércio.

– Não tenho a menor dúvida quanto a isso.

– As recompensas não são grandes, umas 100 ou 200 libras por ano, no máximo.

Augusta viu os olhos do jornalista se iluminarem. Era bastante dinheiro para ele.

– As obrigações também não são muitas – concluiu ela.

– Uma ideia muito interessante.

Hobbes fazia um esforço para esconder seu entusiasmo, mas Augusta podia percebê-lo.

– Meu marido poderia dar um jeito se o senhor estivesse interessado. Ele sempre recomenda diretores para as empresas em que tem alguma participação. Pense a respeito e depois me diga se gostaria que eu mencionasse o assunto.

– Está certo.

Até agora, tudo bem, pensou Augusta. Mostrar a isca era a parte fácil. Agora tinha de fisgá-lo.

– E o mundo do comércio deve retribuir, é claro – acrescentou ela, pensativa. – Acho que mais homens de negócios deveriam servir ao país na Câmara dos Lordes.

Os olhos de Hobbes estreitaram-se um pouco, e ela concluiu que sua mente ágil começava a compreender o acordo que lhe era oferecido.

– Não resta a menor dúvida – murmurou ele, em tom neutro.

Augusta tratou de desenvolver o tema:

– As duas casas do Parlamento se beneficiariam com os conhecimentos e a sabedoria de homens de negócios experientes, em particular quando se debatem as finanças da nação. Só que há um estranho preconceito contra um homem de negócios ser elevado à nobreza.

– Há mesmo, e é completamente irracional – admitiu Hobbes. – Nossos comerciantes, manufatores e banqueiros são responsáveis pela prosperidade do país, muito mais do que os proprietários de terras e os clérigos. São estes, porém, que são promovidos à nobreza por seus préstimos à nação, enquanto se esquecem os homens que de fato produzem e fazem as coisas.

– Deveria escrever um artigo sobre isso. É o tipo de causa que seu jornal já defendeu no passado: a modernização de nossas antigas instituições.

Augusta ofereceu-lhe seu sorriso mais efusivo. Já pusera suas cartas na mesa. Hobbes havia percebido, claro, que essa campanha era o preço que teria de pagar pelas diretorias que ela oferecia. Ele se empertigaria, com cara de ofendido, e discordaria? Iria embora furioso? Sorriria e rejeitaria a proposta com toda a polidez? Se fizesse qualquer das três coisas, ela teria de começar tudo de novo com outro.

Houve uma pausa prolongada.

– Talvez a senhora tenha razão – disse ele por fim.

Augusta relaxou.

– Talvez devamos mencionar o assunto – continuou Hobbes. – Uma ligação maior entre o comércio e o governo.

– Títulos de nobreza para homens de negócios – ressaltou Augusta.

– E diretorias de empresas para jornalistas.

Augusta sentiu que já haviam sido tão francos quanto era possível e chegara o momento de recuar. Se ficasse subentendido que ela o estava subornando, ele poderia se sentir humilhado e recusar. Já estava satisfeita com o que conseguira e se achava prestes a mudar de assunto quando mais convidados chegaram, poupando-lhe o trabalho.

Os outros convidados apareceram logo em seguida, quando Joseph desceu. Poucos minutos depois, Hastead entrou na sala.

– O jantar está servido, senhor – anunciou.

Augusta ansiava por ouvi-lo dizer *milorde* em vez de *senhor*.

Saíram da sala de estar e atravessaram o corredor para a sala de jantar. Essa procissão um tanto curta irritava Augusta. Nas casas aristocráticas havia quase sempre um corredor longo e elegante até a sala de jantar e essa procissão era um ponto alto do ritual. Os Pilasters tradicionalmente se recusavam a copiar as maneiras da aristocracia, mas Augusta pensava de modo diferente. Para ela, aquela casa parecia suburbana demais, de uma forma irremediável. Mas não conseguira persuadir Joseph a se mudar.

Naquela noite, ela dera um jeito de Edward comparecer ao jantar com Emily Maple, uma jovem bonita e tímida de 19 anos, acompanhada pelo pai, um pastor metodista, e a mãe. Eles ficaram impressionados com a casa e a companhia e era evidente que não se enquadravam no ambiente, mas Augusta já começava a se desesperar em sua busca por uma esposa apropriada para o filho. Edward tinha agora 29 anos e nunca demonstrara o menor interesse por nenhuma moça disponível, para a tremenda frustração da mãe. Ele não podia deixar de achar Emily atraente, com seus enormes olhos azuis e seu sorriso meigo. Os pais ficariam emocionados com a união. Quanto à moça, faria o que mandassem. Só que Edward precisava ser pressionado. O problema era que ele não via motivo para casar. Gostava da vida que levava com os amigos, frequentando o clube e tudo o mais, e se prender à vida conjugal não o atraía. Por algum tempo, Augusta presumira que se tratasse apenas de uma fase normal na vida de um rapaz, mas já se prolongara por muito tempo e ela começara a temer que Edward nunca saísse dessa situação. Teria de lhe aplicar o máximo de pressão.

À sua esquerda na mesa, Augusta pôs Michael Fortescue, um jovem simpático com aspirações políticas. Diziam que era muito ligado ao primeiro-ministro, Benjamin Disraeli, que fora elevado à nobreza e agora era lorde Beaconsfield. Fortescue era a segunda das três pessoas de que Augusta precisava para ajudá-la a obter um título para Joseph. Ele não era tão inteligente quanto Hobbes, mas era mais sofisticado e seguro. Augusta fora capaz de impressionar Hobbes, mas teria de seduzir Fortescue.

O Sr. Maple fez a oração e Hastead serviu o vinho. Nem Joseph nem Augusta bebiam vinho, mas sempre ofereciam aos convidados. Enquanto o consomê era servido, Augusta sorriu efusivamente para Fortescue e perguntou em voz baixa e íntima:

– Quando vamos vê-lo no Parlamento?

– Eu bem que gostaria de saber.

– Todos dizem que você é um jovem brilhante, como deve saber.

Ele ficou satisfeito pela lisonja, e também embaraçado.

– Não tenho tanta certeza assim.

– E também é bem-apessoado, o que nunca faz mal.

A reação de Fortescue foi de surpresa. Não esperava que ela flertasse, mas não se sentia avesso à investida.

– Não deveria esperar por uma eleição geral – continuou Augusta. – Por que não se candidata numa eleição suplementar? Deve ser bastante fácil providenciar isso. Dizem que você tem acesso direto ao primeiro-ministro.

– É muito gentil, mas as eleições suplementares são muito caras, Sra. Pilaster.

Era a resposta que Augusta esperava, mas não o deixou perceber isso.

– É mesmo?

– E não sou rico.

– Eu não sabia disso. Neste caso, deve arrumar um patrocinador.

– Quem sabe um banqueiro? – sugeriu Fortescue, num tom meio brincalhão, meio esperançoso.

– Não é impossível. O Sr. Pilaster deseja assumir uma participação mais ativa no governo da nação. – Assim seria, se um título lhe fosse oferecido. –

E ele acha que não há motivo para que os homens do comércio se sintam na obrigação de apoiar os liberais. Cá entre nós, muitas vezes ele se descobre mais de acordo com os jovens conservadores.

O tom confidencial de Augusta encorajou-o a ser franco – como ela desejava.

– De que maneira o Sr. Pilaster gostaria de servir à nação, além de patrocinar um candidato numa eleição suplementar? – sugeriu ele.

Era um desafio. Ela deveria responder à pergunta ou continuar plantando indiretas? Augusta decidiu ser franca também.

– Talvez na Câmara dos Lordes. Acha que é possível?

Ela estava gostando daquele jogo, assim como Fortescue.

– Possível? Claro que sim. Se é provável, já é outra questão. Devo sondar?

Estava sendo mais direto do que Augusta previra.

– Poderia fazê-lo com discrição?

Ele hesitou.

– Creio que sim.

– Seria muita gentileza – murmurou ela, satisfeita por tê-lo convertido num parceiro na conspiração.

– Eu a informarei do que descobrir.

– E se for marcada uma eleição suplementar conveniente...

– É muito generosa.

Augusta tocou em seu braço. Era um jovem muito atraente e gostara de conspirar com ele.

– Acho que nos entendemos muito bem – sussurrou ela.

Augusta notou que ele tinha mãos excepcionalmente grandes. Manteve a mão em seu braço por mais um momento, fitando-o nos olhos, antes de se virar.

Sentia-se muito bem. Já acertara tudo com duas das três pessoas essenciais e ainda não cometera deslize algum. Enquanto comiam o prato seguinte, ela conversou com lorde Morte, sentado à sua direita. Com ele, limitou-se a uma conversa polida e superficial. Era sua esposa que queria influenciar, e para isso teria de esperar que o jantar terminasse.

Os homens permaneceram na sala de jantar para fumar e Augusta levou as mulheres para seu quarto. Ali, ficou a sós com lady Morte por alguns minutos. Quinze anos mais velha do que Augusta, Harriet Morte era dama de companhia da rainha Vitória. Tinha cabelos grisalhos e um ar de superioridade. Como Arnold Hobbes e Michael Fortescue, tinha influência, e

Augusta esperava que ela também fosse corruptível. Hobbes e Fortescue eram vulneráveis por serem pobres. Lorde e lady Morte não eram tão desfavorecidos, e sim imprudentes. Tinham bastante dinheiro, mas gastavam além dos seus recursos. Os vestidos de lady Morte eram esplêndidos e as joias, magníficas, e lorde Morte ainda acreditava, contra quarenta anos de evidência, que tinha um bom olho para cavalos de corrida.

Augusta estava mais nervosa por lidar com lady Morte do que ficara com os homens. As mulheres eram mais difíceis. Enxergavam por trás das aparências e sabiam quando estavam sendo manipuladas. Trinta anos na corte teriam refinado a sensibilidade de lady Morte a ponto de nada lhe escapar.

– O Sr. Pilaster e eu somos grandes admiradores da nossa querida rainha – começou Augusta.

Lady Morte assentiu, como se dissesse: *É evidente*. Mas não era bem assim: a rainha Vitória era detestada por grande parte da nação por ser retraída, séria, distante e inflexível.

– Se algum dia houver alguma coisa que possamos fazer para ajudá-la em seus nobres deveres, teríamos o maior prazer – acrescentou Augusta.

– É muita gentileza.

Lady Morte parecia um pouco confusa. Hesitou por um instante, então decidiu perguntar:

– O que poderiam fazer?

– O que os banqueiros fazem? Emprestam dinheiro. – Augusta baixou a voz. – Imagino que a vida na corte deva ser bastante dispendiosa.

Lady Morte se empertigou. Era um tabu em sua classe falar de dinheiro, e Augusta o violava de maneira flagrante. Mesmo assim, persistiu:

– Se abrisse uma conta no Pilasters, nunca teria problemas nessa área...

Lady Morte sentiu-se ofendida, mas, por outro lado, era-lhe oferecido o notável privilégio de crédito ilimitado num dos maiores bancos do mundo. O instinto lhe dizia para esnobar Augusta, mas a ganância a conteve. Augusta pôde perceber o conflito em seu rosto e não lhe deu tempo para pensar.

– Por favor, perdoe-me por ser tão horrivelmente franca. Só faço isso pelo desejo de poder ajudar.

Lady Morte não acreditava nisso, mas presumiu que Augusta queria apenas agradar à realeza. Não procuraria por um motivo mais específico, e Augusta não lhe daria mais nenhuma indicação naquela noite.

Lady Morte ainda hesitou um pouco, só que acabou dizendo:

– É muito gentil.

Augusta superara o terceiro obstáculo. Se avaliara a mulher corretamente, em seis meses lady Morte estaria irremediavelmente endividada com o Banco Pilasters. E só então descobriria o que Augusta desejava.

A Sra. Maple, mãe de Emily, voltou do toalete e lady Morte aproveitou para se retirar com uma expressão de suave constrangimento. Augusta sabia que ela e lorde Morte concordariam, ao voltarem para casa na carruagem, que os comerciantes eram insuportavelmente vulgares e mal-educados, mas um dia, muito em breve, ele perderia mil guinéus num cavalo, e nesse mesmo dia a costureira de lady Morte exigiria o pagamento de 300 libras de uma conta com seis meses de atraso, e os dois concluiriam que os comerciantes vulgares, afinal, tinham alguma utilidade.

As mulheres voltaram a se reunir na sala de estar, no andar térreo, para tomar café. Lady Morte ainda se mantinha distante, mas deixou a grosseria de lado. Os homens se reuniram a elas minutos depois. Joseph subiu com o Sr. Maple para mostrar sua coleção de caixinhas de rapé. Augusta ficou satisfeita. Joseph só fazia isso quando gostava de alguém. Emily tocou piano. A Sra. Maple pediu-lhe que cantasse, mas ela disse que estava resfriada e persistiu na recusa com uma obstinação admirável, apesar das súplicas da mãe, levando Augusta a pensar, contrariada, que talvez a moça não fosse tão submissa quanto parecia.

Ela já realizara seu trabalho daquela noite. Queria agora que todos fossem embora, a fim de poder repassar os acontecimentos e avaliar quanto conseguira. Não gostava, na verdade, de nenhum deles, à exceção de Michael Fortescue. Contudo, forçou-se a ser polida e manteve a conversa por mais uma hora. Havia fisgado Hobbes, concluiu Augusta. Fortescue fizera um acordo e cumpriria sua parte. E lady Morte vislumbrara a encosta escorregadia que levava à perdição e era apenas uma questão de tempo até que começasse a descer. Augusta sentia-se aliviada e satisfeita.

Depois que todos os convidados se retiraram, Edward preparou-se para ir ao clube, mas Augusta o deteve.

– Sente-se e escute por um momento – disse ela. – Quero conversar com você e seu pai.

Joseph, que já ia para a cama, tornou a sentar.

– Quando vai promover Edward a sócio no banco? – indagou Augusta.

Joseph se mostrou irritado.

– Quando ele for mais velho.

– Ouvi dizer que Hugh pode ser promovido a sócio, e ele é três anos mais novo do que Edward.

Augusta não tinha a menor ideia de como se ganhava dinheiro, mas sempre sabia do progresso pessoal dos membros da família no banco. Os homens não costumavam falar de negócios na presença das mulheres, mas ela arrancava deles todas as informações em suas reuniões na hora do chá.

— A idade é apenas um dos meios pelos quais um homem pode se qualificar para sócio — respondeu Joseph, ainda irritado. — Outra é a capacidade de realizar negócios, que Hugh possui num grau que nunca vi em alguém tão jovem. Outras qualificações seriam um grande investimento de capital no banco, uma alta posição social ou influência política. Receio que Edward ainda não tenha nenhuma dessas.

— Mas ele é seu filho.

— O banco é um negócio, não uma recepção social! — protestou Joseph, cada vez mais furioso.

Detestava quando a mulher o contestava.

— O cargo não é apenas uma questão de posição ou precedência. A capacidade de ganhar dinheiro é o grande teste.

Augusta ficou em dúvida por um momento. Deveria pressionar pela promoção de Edward mesmo que ele não fosse capaz? Isso era um absurdo. Edward era perfeitamente competente. Podia não somar uma coluna de cifras tão depressa quanto Hugh, mas no final a criação que lhe dera acabaria prevalecendo.

— Edward poderia ter um alto investimento de capital no banco se você quisesse — insistiu ela. — Pode lhe dar o dinheiro a qualquer momento.

Joseph assumiu uma expressão obstinada que Augusta conhecia muito bem. Era a mesma que ele exibia quando se recusava a mudar de casa ou a proibia de redecorar seu quarto.

— Não antes de o rapaz se casar — declarou Joseph, deixando a sala em seguida.

— Você o deixou furioso — comentou Edward.

— É para o seu bem, Teddy, querido.

— Só piorou a situação!

— Não, não piorei. — Augusta suspirou. — Às vezes sua visão generosa o impede de perceber o que está acontecendo. Seu pai pode acreditar que tomou uma decisão dura, mas, se pensar um pouco no que ele disse, vai compreender que lhe prometeu uma grande quantia, além de promovê-lo a sócio assim que você se casar.

— Meu Deus, tem razão. Acho que foi isso mesmo — murmurou Edward, surpreso. — Não vi por esse lado.

— É esse o seu problema, querido. Não é ardiloso como Hugh.

— Hugh teve muita sorte na América.

— Claro que teve. Você gostaria de se casar, não é?

Edward se sentou ao lado da mãe e pegou sua mão.

— Por que deveria, quando tenho você para cuidar de mim?

— Quem vai fazer isso depois que eu não estiver mais aqui? Gostou da pequena Emily Maple? Achei-a encantadora.

— Ela falou que a caça é uma crueldade com a raposa — disse Edward, com desdém.

— Seu pai lhe daria pelo menos 100 mil libras, talvez mais. Talvez um quarto de milhão.

Edward não se impressionou.

— Já tenho tudo o que quero e gosto de viver com você.

— E eu também gosto de tê-lo ao meu lado. Mas quero que tenha um casamento feliz, com uma esposa adorável, sua própria fortuna e o cargo de sócio no banco. Diga que pensará a respeito.

— Está certo, vou pensar. — Ele beijou-a no rosto. — E agora tenho de ir, mamãe. Prometi me encontrar com alguns amigos há meia hora.

— Pois então vá logo.

Edward levantou-se e foi até a porta.

— Boa noite, mamãe.

— Boa noite. E pense em Emily.

3

A MANSÃO KINGSBRIDGE ERA uma das maiores residências da Inglaterra. Maisie já estivera lá três ou quatro vezes e ainda não vira nem a metade. A casa tinha vinte quartos principais, além dos cômodos de cerca de cinquenta criados. Era aquecida por carvão e iluminada por velas. Só tinha um banheiro, mas o que faltava em matéria de conforto moderno era compensado pelo luxo antigo: camas de baldaquino com cortinas grossas de seda, deliciosos vinhos da enorme adega subterrânea, cavalos, armas, livros e caçadas sem fim.

O jovem duque de Kingsbridge possuíra outrora 40 mil hectares da melhor terra agrícola de Wiltshire, mas a conselho de Solly vendera a metade e com o dinheiro comprara uma boa parte de South Kensington. Pouco depois, a crise agrícola empobrecera muitas grandes famílias, mas deixara "Kingo" incólume e ele ainda era capaz de receber os amigos em grande estilo.

O príncipe de Gales passara a primeira semana com eles. Solly, Kingo e o príncipe partilhavam o gosto por diversões turbulentas, e Maisie ajudara a providenciá-las. Substituíra o chantili por espuma de sabão na sobremesa de Kingo, desabotoara os suspensórios de Solly enquanto cochilava na biblioteca e sua calça caíra quando ele se levantou, e colara as páginas do *Times* a fim de que ninguém pudesse abrir o jornal. Por acaso, o príncipe fora o primeiro a pegá-la e, enquanto ele puxava as páginas, houve um momento de suspense, todos se perguntando qual seria sua reação. Afinal, embora o herdeiro do trono adorasse aquelas brincadeiras, nunca era a vítima, mas ele desatara a rir ao perceber o que acontecera e os outros caíram na gargalhada, tanto de alívio quanto de divertimento.

O príncipe fora embora e Hugh chegara. Então os problemas começaram.

Fora ideia de Solly convidar Hugh para Kingsbridge. Solly gostava dele. Maisie não conseguira pensar numa razão plausível para protestar. Fora também Solly quem sugerira convidar Hugh para o jantar em Londres.

Ele recuperara o controle bastante depressa naquela noite e demonstrara ser um convidado perfeito para o jantar. Talvez suas maneiras não fossem tão refinadas se tivesse passado os últimos seis anos nos salões de Londres em vez de nos armazéns de Boston, mas seu charme natural compensava qualquer deficiência. Nos dois dias desde que chegara a Kingsbridge, divertira a todos com histórias da vida na América, um lugar que nenhum deles visitara.

Era irônico que ela achasse as maneiras de Hugh um tanto rudes. Seis anos antes, era o contrário. Só que Maisie aprendia depressa. Adquirira o sotaque da classe alta sem a menor dificuldade. A gramática demorara um pouco mais. O mais difícil foram as pequenas sutilezas de comportamento, as atitudes que indicavam a superioridade social: a maneira como passavam por uma porta, falavam com um cachorro de estimação, mudavam de assunto na conversa, ignoravam um bêbado. Mas ela estudara com afinco e agora tudo lhe vinha com naturalidade.

Hugh se recuperara do choque do reencontro, mas Maisie não. Jamais esqueceria a expressão dele quando a viu. Ela estava preparada. Para Hugh, porém, fora totalmente inesperado. Por causa da surpresa, ele deixara transparecer os sentimentos que o dominavam, e Maisie ficara consternada ao perceber a tristeza em seus olhos. Ela o magoara profundamente seis anos antes, e Hugh não superara o sofrimento.

A expressão dele a atormentava desde então. Ficara transtornada quando soubera que Hugh iria para Kingsbridge. Não queria vê-lo. Não queria que o passado voltasse. Estava casada com Solly, que era um bom marido, e não podia suportar a ideia de fazê-lo sofrer. E havia Bertie, sua razão de viver.

Dera o nome de Hubert ao filho, mas todos o chamavam de Bertie, que também era o apelido do príncipe de Gales. Bertie Greenbourne completaria 5 anos no dia 1º de maio, só que isso era segredo. Seu aniversário era comemorado em setembro, para esconder o fato de que nascera apenas seis meses depois do casamento. A família de Solly conhecia a verdade, e ninguém mais estava a par. Bertie nascera na Suíça durante a excursão europeia de doze meses da lua de mel. Desde então, Maisie fora feliz.

Os pais de Solly não acolheram Maisie muito bem. Eram judeus alemães obstinados e esnobes que viviam na Inglaterra havia gerações e desprezavam os judeus russos que falavam iídiche e haviam acabado de imigrar. O fato de ela estar grávida de outro homem confirmava os preconceitos e lhes dava um pretexto para rejeitá-la. Mas a irmã de Solly, Kate, que tinha mais ou menos a idade de Maisie e uma filha de 6 anos, tratava-a muito bem quando os pais não estavam por perto.

Solly a amava, e amava Bertie também, embora não soubesse quem era o pai do menino. E isso era suficiente para Maisie... até Hugh voltar.

Ela se levantou cedo, como sempre, e foi até a ala das crianças. Bertie tomava o café da manhã no refeitório com os filhos de Kingo, Anne e Alfred, sob a supervisão de três babás. Maisie beijou o rosto sujo do filho.

– O que está comendo? – perguntou ela.

– Mingau com mel.

O menino falava com o jeito arrastado da classe alta, o sotaque que Maisie se esforçara a aprender e que esquecia de vez em quando.

– Está gostoso?

– O mel é gostoso.

– Acho que também vou comer um pouco – disse Maisie, sentando.

Seria mais digerível do que os salmões ou rins temperados que os adultos comiam no café da manhã.

Bertie não saíra a Hugh. Quando bebê, se parecia com Solly, pois todos os bebês se pareciam com Solly. Agora, tornava-se cada vez mais parecido com o avô paterno, de cabelos ruivos e olhos verdes. Maisie podia perceber alguma coisa de Hugh de vez em quando, principalmente quando ele dava um sorriso malicioso, mas, por sorte, não havia qualquer semelhança óbvia.

Uma babá trouxe para Maisie um prato de mingau e mel e ela provou.

– Gostou, mamãe? – perguntou Bertie.

– Não fale de boca cheia, Bertie – interveio Anne.

Anne Kingsbridge era uma menina arrogante de 7 anos que dominava Bertie e o irmão dela, Freddy, de 5.

– Está uma delícia – disse Maisie.

– Querem torradas com manteiga, crianças? – perguntou outra babá.

As crianças responderam que sim em coro.

A princípio, Maisie não achara natural que uma criança crescesse cercada por criados e receara que Bertie pudesse ser superprotegido. Mas aprendera que as crianças ricas brincavam na sujeira, escalavam muros e se metiam em brigas tanto quanto as pobres. A principal diferença era que as pessoas que as limpavam depois eram pagas para fazer isso.

Ela queria ter mais filhos, filhos de Solly, mas tivera algum problema interno quando Bertie nascera e os médicos suíços lhe disseram que nunca mais poderia conceber. Acertaram em cheio, pois ela dormia com Solly havia cinco anos e não conseguira engravidar. Bertie era o único filho que jamais teria. Lamentava amargamente por Solly, que nunca teria seus próprios filhos, embora declarasse que já era mais feliz do que qualquer homem merecia.

A esposa de Kingo, a duquesa, que os amigos chamavam de Liz, aderiu à reunião com as crianças pouco depois de Maisie. Enquanto lavavam as mãos e o rosto dos filhos, Liz comentou:

– Sabe, minha mãe nunca teria feito isso. Ela só nos via depois que estivéssemos limpos e vestidos.

Maisie sorriu. Liz considerava-se uma pessoa com os pés no chão porque lavava o rosto dos próprios filhos.

Elas ficaram com as crianças até as dez horas, quando a governanta chegou e pôs as três para brincar com desenho e pintura. Maisie e Liz voltaram a seus aposentos. Aquele era um dia tranquilo, sem caçada. Alguns homens sairiam para pescar, outros passeariam pelo bosque, com um ou dois cachorros, atirando em coelhos. As mulheres – e os homens que gostavam das mulheres mais do que de cachorros – dariam uma volta pelo jardim antes do almoço.

Solly já tomara o café da manhã e se aprontava para sair. Vestira um terno esporte marrom de tweed, com o paletó curto. Maisie beijou-o e ajudou-o a calçar as botas que subiam até os tornozelos. Se ela não estivesse ali, Solly teria chamado seu criado pessoal, pois não conseguia se abaixar o suficiente para prender os cordões. Ela pôs um casaco de pele e um chapéu, Solly vestiu um capote xadrez sem mangas, ajeitou na cabeça um chapéu-coco e desceram para o vestíbulo frio a fim de se encontrarem com os outros.

Era uma manhã clara e fria, maravilhosa quando se tinha um casaco de pele e uma tortura para quem vivia num cortiço gelado e tinha de andar descalço. Maisie gostava de recordar as privações da infância: aumentava o prazer que sentia por ser casada com um dos homens mais ricos do mundo.

Ela foi andando com Kingo de um lado e Solly do outro. Hugh vinha atrás com Liz. Embora não o visse, Maisie podia sentir sua presença, ouvi-lo conversar com Liz, fazê-la rir, e imaginava o brilho em seus olhos azuis. Tinham andado menos de 1 quilômetro quando chegaram ao portão principal. Quando fizeram uma curva para atravessar o pomar, Maisie avistou um vulto alto e familiar, de barba preta, aproximando-se da direção da aldeia. Por um momento imaginou que fosse seu pai. Depois reconheceu o irmão, Danny.

Seis anos antes, Danny voltara à primeira cidade da Inglaterra em que haviam residido, e descobrira que os pais não viviam mais na velha casa e não haviam deixado outro endereço. Desapontado, ele viajara mais para o norte, até Glasgow, e fundara a Associação de Auxílio aos Trabalhadores, que não apenas segurava seus associados contra o desemprego, como fazia campanha por regras de segurança nas fábricas, pelo direito à sindicalização e pela regulamentação financeira das empresas. Seu nome começara a aparecer nos jornais – Dan Robinson, não Danny, pois ele era importante demais para ser Danny agora. Papa lera a seu respeito, fora ao escritório da associação e houvera uma alegre reunião.

Papa e Mama haviam finalmente encontrado outros judeus, pouco depois de Maisie e Danny fugirem de casa. Tomaram dinheiro emprestado e se mudaram para Manchester, onde Papa arrumara outro emprego e nunca mais passaram tanta necessidade. Mama sobrevivera à doença e agora estava bastante saudável.

Maisie já era casada com Solly quando a família se reencontrou. Solly teria tido o maior prazer em dar a Papa uma casa e uma renda pelo resto da vida, mas Papa não queria se aposentar, então pedira a Solly que lhe emprestasse dinheiro para abrir uma loja. Agora, Papa e Mama vendiam caviar e outras iguarias aos cidadãos ricos de Manchester. Quando os visitava, Maisie tirava seus diamantes, vestia um avental e atendia os fregueses de trás do balcão. Afinal, era improvável que alguém da Turma de Marlborough fosse a Manchester, e se fosse, jamais faria suas próprias compras.

Vendo Danny ali, em Kingsbridge, Maisie temeu no mesmo instante que algo tivesse acontecido aos pais e correu ao seu encontro, com o coração na boca.

– Danny! O que aconteceu? É Mama?

– Papa e Mama estão bem, assim como todo o resto – respondeu ele, com seu sotaque americano.

– Graças a Deus! Como soube que eu estava aqui?

– Você me escreveu.

– Ah, é verdade...

Danny parecia um guerreiro turco, com sua barba crespa e os olhos faiscantes, mas vestia-se como um escriturário, de terno preto surrado e chapéu-coco. Dava a impressão de ter caminhado por uma longa distância, pois tinha as botas enlameadas e uma expressão de cansaço. Kingo fitou-o de esguelha, mas Solly contornou a situação com sua elegância social habitual. Apertou a mão de Danny e disse:

– Como tem passado, Robinson? Este é meu amigo, o duque de Kingsbridge. Kingo, permita que lhe apresente meu cunhado, Dan Robinson, secretário-geral da Associação de Auxílio aos Trabalhadores.

Muitos homens ficariam sem reação ao serem apresentados a um duque, mas não Danny.

– Como tem passado, duque? – disse ele com descontraída cortesia.

Kingo apertou a mão de Danny, cauteloso. Maisie imaginou que ele pensava que ser educado com as classes inferiores era correto, mas só até certo ponto. Não se devia ir longe demais.

– E este é nosso amigo Hugh Pilaster – acrescentou Solly.

Maisie ficou tensa. Em sua preocupação com Mama e Papa, esquecera que Hugh vinha logo atrás. Danny sabia os segredos a respeito de Hugh, segredos que Maisie nunca revelara ao marido. Sabia que Hugh era o pai de Bertie. Outrora, Danny quisera torcer o pescoço de Hugh. Nunca haviam se encontrado, mas Danny não se esquecera. O que faria agora?

Mas ele era seis anos mais velho agora. Lançou um olhar frio para Hugh e apertou sua mão de maneira cortês.

Hugh, que não sabia que era pai, não tinha a menor ideia da ameaça antiga e dirigiu-se a Danny com toda a cordialidade:

– Então você é o irmão que fugiu de casa e foi para Boston?

– Isso mesmo.

– Não sabia que Hugh conhecia essa história – comentou Solly.

Solly não imaginava quanto Hugh e Maisie sabiam a respeito um do outro. Ignorava que haviam passado uma noite juntos, revelando a história de suas vidas.

Aquela conversa deixara Maisie desnorteada. Deslizava sobre a superfície de muitos segredos e o gelo era fino. Por isso tratou de voltar a terreno firme:

– Por que está aqui, Danny?

O rosto cansado assumiu uma expressão de amargura.

– Não sou mais o secretário da Associação de Auxílio aos Trabalhadores. Fui arruinado, pela terceira vez na vida, por banqueiros incompetentes.

– Danny, por favor! – protestou Maisie.

Ele sabia muito bem que tanto Solly quanto Hugh eram banqueiros.

– Não se preocupe – interveio Hugh. – Também detestamos os banqueiros incompetentes. São uma ameaça a todos. Mas o que aconteceu exatamente, Sr. Robinson?

– Passei cinco anos desenvolvendo a associação. Era um tremendo sucesso. Pagávamos centenas de libras todas as semanas em benefícios e recebíamos milhares em contribuições. O que deveríamos fazer com os excedentes?

– Presumo que guardaram, caso viesse um ano desfavorável – disse Solly.

– E onde acha que guardamos?

– Num banco, eu espero.

– No City of Glasgow Bank para ser mais preciso.

– Minha nossa! – murmurou Solly.

– Não estou entendendo – interveio Maisie.

– O City of Glasgow Bank quebrou – explicou o marido.

– Ah, não!

Maisie estava com vontade de chorar. Danny assentia.

– Todos aqueles xelins pagos por trabalhadores honestos... perdidos por idiotas de cartola. E ainda há quem se espante quando falam em revolução.

– Ele suspirou. – Vinha tentando salvar a associação desde que isso aconteceu, mas o esforço era inútil e acabei desistindo.

– Sr. Robinson – disse Kingo abruptamente –, lamento por você e seus associados. Não quer tomar um refresco? Deve ter andado mais de 10 quilômetros se veio a pé da estação.

– Quero, sim, obrigado.

– Vou lá para dentro com Danny e deixarei que vocês terminem o passeio – disse Maisie.

Ela sabia que o irmão estava magoado e queria ficar a sós com ele. Faria o que pudesse para atenuar seu desespero. Os outros também perceberam a tragédia.

– Vai passar a noite aqui, Sr. Robinson? – indagou Kingo.

Maisie estremeceu. Kingo estava sendo generoso demais. Era muito fácil ser cortês com Danny por alguns minutos ali fora, no jardim, mas, se ele passasse a noite na propriedade, Kingo e seus amigos indolentes logo se cansariam de suas roupas ordinárias e suas preocupações proletárias e começariam a esnobá-lo, o que o deixaria ainda mais magoado.

– Preciso ir a Londres ainda esta noite – disse Danny. – Só vim passar algumas horas com minha irmã.

– Neste caso, permita que eu mande minha carruagem levá-lo à estação quando desejar – propôs Kingo.

– Agradeço a gentileza.

Maisie pegou o braço do irmão.

– Venha comigo, providenciarei alguma coisa para você comer.

~

Depois que Danny partiu para Londres, Maisie foi se juntar a Solly para um cochilo vespertino.

Solly deitou-se na cama num roupão vermelho de seda e observou-a se despir.

– Não posso salvar a associação de Dan – comentou ele. – Mesmo que houvesse algum senso financeiro nisso, o que não é o caso, não conseguiria persuadir os outros sócios.

Maisie experimentou um súbito ímpeto de afeição pelo marido. Não lhe pedira que ajudasse Danny.

– Você é um homem tão bom. – Ela abriu o roupão e beijou a barriga enorme de Solly. – Já fez muito por minha família, nunca precisa se desculpar. Além do mais, Danny não aceitaria sua ajuda, e você sabe disso. Ele é muito orgulhoso.

– O que ele pretende fazer?

Maisie tirou a anágua e as meias.

– Vai se reunir amanhã com a Sociedade dos Engenheiros Unidos. Quer ser um membro do Parlamento e espera que eles o patrocinem.

– E imagino que ele vai defender regulamentos mais rigorosos do governo para os bancos.

– Você seria contra isso?

– Não gostamos que o governo nos diga o que fazer. É verdade que tem havido muitas quebras, mas ocorreriam ainda mais se os políticos dirigissem os bancos.

Ele rolou para o lado e apoiou a cabeça na mão para ter uma visão melhor de Maisie tirando as roupas de baixo.

– Queria não ter de partir esta noite.

Maisie desejava o mesmo. Uma parte dela sentia-se animada pela perspectiva de ficar a sós com Hugh durante a ausência de Solly, mas isso aumentava ainda mais seu sentimento de culpa.

– Não me importo – murmurou ela.

– Sinto-me envergonhado por minha família, Maisie.

– Não deveria.

Era a Páscoa e Solly ia celebrar o *seder* com os pais. Maisie não fora convidada. Compreendia a aversão de Ben Greenbourne por ela e até achava que merecia a maneira como era tratada. Solly, no entanto, sentia-se profundamente perturbado. Seria capaz até de brigar com o pai se Maisie permitisse, mas ela não queria mais esse peso na consciência e insistia que ele continuasse a se encontrar com os pais normalmente.

– Tem certeza de que não se importa? – indagou ele, angustiado.

– Claro que tenho. Se me preocupasse com essas coisas, poderia ir para Manchester e passar a Páscoa com meus pais. – Ela se calou, pensativa, por um momento. – A verdade é que, desde que deixamos a Rússia, nunca me senti parte de todo esse ritual judaico. Quando chegamos à Inglaterra, não havia judeus na cidade. A maioria das pessoas com as quais convivi no circo não tinha religião. Depois que casei com um judeu, sua família fez com que eu me sentisse indesejável. Estou fadada a ser uma intrusa e, para dizer a verdade, não me importo. Deus nunca fez nada por mim. – Maisie sorriu. – Mama diz que Deus me deu você, mas isso é bobagem. Eu o conquistei por mim mesma.

Solly ficou mais calmo.

– Sentirei sua falta esta noite.

Maisie sentou na beirada da cama e inclinou-se para que ele pudesse aconchegar-se a seus seios.

– Também vou sentir sua falta.

– Hum...

Depois de um momento, deitaram-se lado a lado, ao contrário, e Solly acariciou-a entre as pernas enquanto ela beijava, lambia e chupava seu pênis. Ele adorava fazer isso à tarde, e soltou um grito abafado ao gozar em sua boca.

Maisie mudou de posição e aninhou-se em seu ombro.

– Que gosto tem? – indagou ele, sonolento.

Ela estalou os lábios.

– Caviar.

Solly deu uma risada e fechou os olhos.

Maisie começou a se acariciar. Logo ele estava roncando. Quando ela gozou, Solly nem se mexeu.

~

– Os homens que dirigiam o City of Glasgow Bank deviam ir para a cadeia – disse Maisie pouco antes do jantar.

– Isso é um pouco duro – protestou Hugh.

Ela achou o comentário presunçoso.

– Duro? – repetiu ela, irritada. – Não tanto quanto o que aconteceu aos trabalhadores que perderam seu dinheiro!

– Ainda assim, ninguém é perfeito, nem mesmo esses trabalhadores – insistiu Hugh. – Se um carpinteiro comete um erro e uma casa cai, ele deve ir para a cadeia?

– Não é a mesma coisa!

– E por que não?

– Porque o carpinteiro ganha 30 xelins por semana e é obrigado a seguir as ordens de um capataz, enquanto um banqueiro ganha milhares de libras e justifica isso alegando que carrega o peso da responsabilidade.

– É verdade. Mas o banqueiro também é um ser humano e tem uma esposa e filhos para sustentar.

– Pode-se dizer o mesmo de assassinos, mas os enforcamos independentemente do destino de seus filhos órfãos.

– Se um homem mata outro acidentalmente, ao atirar num coelho e acertar alguém que se escondia atrás de uma moita, por exemplo, nem o mandamos para a cadeia. Então por que deveríamos encarcerar os banqueiros que perdem o dinheiro de outras pessoas?

– Para que os outros banqueiros sejam mais cuidadosos!

– Pela mesma lógica, deveríamos enforcar o homem que atirou no coelho para que os outros caçadores sejam mais cuidadosos.

– Hugh, você está distorcendo tudo.

– Não estou, não. Por que tratar os banqueiros descuidados com mais rigor do que os caçadores negligentes?

– A diferença é que os tiros descuidados não jogam milhares de trabalhadores na miséria de tempos em tempos, como fazem os banqueiros.

A essa altura, Kingo interveio, entediado:

– É *bem provável* que os diretores do City of Glasgow Bank acabem na cadeia, pelo que ouvi dizer. E o gerente também.

– É possível – confirmou Hugh.

Frustrada, Maisie sentiu vontade de gritar.

– Então por que me contestou?

Ele sorriu.

– Para ver se você podia justificar sua atitude.

Ela recordou que Hugh sempre tivera o poder de irritá-la e mordeu a língua. Sua personalidade inflamada era uma das coisas que atraíam a Turma de Marlborough, um dos motivos pelos quais a aceitavam, apesar de suas origens, mas acabariam entediados se ela permitisse que seus acessos se prolongassem além da conta. Seu ânimo mudou no mesmo instante.

– Senhor, acaba de me insultar! – gritou ela, teatral. – Eu o desafio a um duelo!

– Com que armas as damas duelam? – indagou Hugh, rindo.

– Agulhas de crochê ao amanhecer!

Todos riram e, nesse instante, um criado entrou para anunciar o jantar.

Havia sempre de dezoito a vinte pessoas em torno da mesa comprida. Maisie não se cansava de admirar o linho engomado e a porcelana delicada, as centenas de velas refletidas nos copos, os impecáveis trajes a rigor em preto e branco dos homens, as cores deslumbrantes e as joias de valor inestimável das mulheres. Havia champanhe todas as noites, mas o álcool subia direto para a cabeça de Maisie, por isso ela só se permitia um ou dois goles.

Descobriu-se sentada ao lado de Hugh. A duquesa normalmente a colocava perto de Kingo, pois ele gostava de mulheres bonitas e a duquesa era tolerante, mas naquela noite ela parecia querer variar a fórmula. Ninguém disse uma oração, pois naquele grupo a religião era reservada apenas aos domingos. A sopa foi servida e Maisie conversou alegremente com os homens ao seu lado. Seus pensamentos, no entanto, desviavam-se a todo instante para o irmão. Pobre Danny! Tão inteligente, tão dedicado, um líder tão vigoroso... e tão desafortunado. Ela se perguntou se Danny teria êxito em sua nova ambição de se tornar membro do Parlamento. Esperava que sim. Papa ficaria muito orgulhoso.

Hoje, de forma inesperada, suas origens haviam se intrometido visivelmente em sua nova vida. Era surpreendente quão pouca diferença fizera. Como ela, Danny não parecia pertencer a nenhuma classe específica da sociedade. Representava os trabalhadores; vestia-se como alguém da classe média; e, no entanto, exibia a atitude confiante e um pouco arrogante de Kingo e seus amigos. Não poderiam dizer com facilidade se ele era um filho da classe alta que optara pelo martírio entre os trabalhadores ou um filho da classe trabalhadora que subira na vida.

Algo similar se aplicava a Maisie. Qualquer pessoa com o mínimo instinto para as diferenças de classe saberia que ela não nascera uma dama. Contudo, desempenhava o papel tão bem, era tão bonita e encantadora, que também não podiam acreditar no persistente rumor de que Solly a conhecera num salão de dança. Se restava alguma dúvida de sua aceitação pela sociedade de Londres, fora dirimida quando o príncipe de Gales, filho da rainha Vitória e futuro rei, se confessara "cativado" por ela e lhe enviara de presente uma cigarreira de ouro com um fecho de diamantes.

À medida que o jantar se desenrolava, ela foi sentindo cada vez mais a presença de Hugh ao seu lado. Fez um esforço para manter a conversa leve e cuidou de falar também com o homem do outro lado, mas o passado parecia rondar, esperando para ser reconhecido, como um pedinte cansado e paciente.

Ela e Hugh haviam se encontrado três ou quatro vezes desde que ele voltara a Londres e agora estavam havia 48 horas na mesma casa, mas não tinham conversado sobre o que acontecera seis anos antes. Tudo o que Hugh sabia era que ela desaparecera sem deixar vestígios, apenas para ressurgir depois como Sra. Solomon Greenbourne. Mais cedo ou mais tarde, Maisie teria de lhe dar alguma explicação. Ela temia que uma conversa sobre o passado ressuscitasse todos os antigos sentimentos em ambos. Mas era preciso tê-la, e talvez aquela fosse uma ocasião oportuna, com Solly ausente.

Houve um momento em que várias pessoas ao redor da mesa conversavam ruidosamente. Maisie decidiu que deveria falar agora. Virou-se para Hugh e subitamente foi dominada pela emoção. Começou a falar três ou quatro vezes, mas não conseguiu continuar. Por fim, apenas balbuciou umas poucas palavras:

– Eu teria arruinado sua carreira, você sabe disso.

Depois, teve de fazer um esforço tão grande para não chorar que não foi capaz de acrescentar nada. Hugh compreendeu no mesmo instante o que ela queria dizer.

– Quem falou que você arruinaria minha carreira?

Se ele se mostrasse compreensivo, Maisie teria desmoronado, mas felizmente Hugh falou num tom agressivo, o que lhe deu forças para responder:

– Sua tia Augusta.

– Eu já desconfiava que ela estava envolvida de alguma forma.

– Mas ela tinha razão.

– Não acredito nisso – respondeu ele, irritado. – Você não arruinou a carreira de Solly.

– Acalme-se. Solly não era a ovelha negra da família. Mesmo assim, foi muito difícil. A família dele ainda me odeia.

– Apesar de você ser judia?

– Não faz diferença. Os judeus podem ser tão esnobes quanto todo mundo. Ele nunca saberia o verdadeiro motivo... que Bertie não era filho de Solly.

– Por que não me contou o que estava fazendo e por quê?

– Não podia.

Recordando aqueles dias horríveis, Maisie sentiu que ficava sem voz outra vez e respirou fundo para se acalmar.

– Foi muito difícil me afastar daquele jeito, partiu meu coração. Não conseguiria se ainda tivesse que me justificar para você.

Ele não a deixaria escapar tão fácil.

– Podia ter me enviado um bilhete.

– Não consegui escrever – respondeu Maisie num sussurro.

Hugh finalmente abrandou. Tomou um gole do vinho, evitando os olhos de Maisie.

– Foi horrível não compreender o que tinha acontecido, não saber se você ainda estava viva.

Ele falava em tom ríspido, mas agora Maisie podia perceber a angústia da lembrança em seus olhos.

– Lamento muito – balbuciou ela. – Lamento tê-lo feito sofrer. Não queria isso. Queria apenas salvá-lo da infelicidade. Eu fugi por amor.

Ela se arrependeu no instante em que pronunciou a palavra.

Hugh aproveitou o descuido,

– Você ama Solly agora?

– Amo.

– Vocês dois parecem muito bem.

– Da maneira como vivemos... não é difícil sermos felizes.

Ele ainda não descarregara toda a sua fúria.

– Você conseguiu o que sempre desejou.

Era um pouco agressivo, mas ela achou que talvez merecesse, por isso limitou-se a assentir.

– O que aconteceu com April?

Maisie hesitou. Estava indo longe demais.

– Quer dizer que me compara a April? – murmurou ela, magoada.

Por algum motivo, isso conteve a raiva de Hugh. Ele sorriu, pesaroso.

– Não, você nunca foi como April. Sei disso. Apesar disso, eu gostaria de saber o que aconteceu com ela. Ainda a vê?

– Ainda... discretamente.

April era um tópico neutro. Conversar sobre ela os afastaria daquele terreno perigosamente afetivo. Ela decidiu satisfazer a curiosidade de Hugh.

– Conhece um lugar chamado Nellie's?

Ele baixou a voz:

– É um bordel.

Maisie não pôde se controlar.

– Já esteve lá alguma vez?

Hugh ficou embaraçado.

– Uma vez. E foi um fiasco.

O que não a surpreendeu, pois recordava como Hugh era ingênuo e inexperiente aos 20 anos.

– Pois April agora é a dona do lugar.

– Incrível! Como isso aconteceu?

– Primeiro, ela se tornou amante de um famoso escritor e foi viver no chalé mais bonito de Clapham. Ele cansou-se de April mais ou menos quando Nell pensava em se aposentar. Assim, April vendeu o chalé e comprou a casa de Nell.

– É engraçado... Nunca me esqueci de Nell. Foi a mulher mais gorda que já conheci.

Nesse exato instante, a mesa ficou quieta, e a última frase foi ouvida por diversas pessoas próximas. Houve risos e alguém perguntou:

– Quem era essa mulher tão gorda?

Hugh apenas sorriu e não respondeu.

Depois disso, os dois se mantiveram longe de assuntos perigosos, mas Maisie estava triste e um tanto sensível, como se tivesse sofrido uma queda e se machucado.

Quando o jantar terminou e os homens fumavam seus charutos, Kingo anunciou que queria dançar. O tapete da sala de estar foi enrolado e um lacaio que sabia tocar polcas ao piano foi chamado.

Maisie dançou com todos, à exceção de Hugh, mas logo ficou óbvio que o evitava e acabou dançando com ele também. Foi como se seis anos se desvanecessem e eles se encontrassem de novo em Cremorne Gardens. Hugh mal a conduzia. Pareciam fazer os mesmos movimentos instintivamente. Maisie não pôde reprimir o pensamento desleal de que Solly era um dançarino desajeitado.

Depois, Hugh tomou nos braços outra parceira, mas os outros pararam de chamar Maisie para dançar. As dez horas viraram onze, o conhaque apareceu e as convenções começaram a ser abandonadas. Gravatas brancas foram afrouxadas, algumas mulheres tiraram os sapatos, e Maisie fez par constante com Hugh. Sabia que deveria se sentir culpada, mas nunca se deixara angustiar por isso. Estava se divertindo e não ia parar.

Quando o lacaio-pianista ficou exausto, a duquesa quis respirar um pouco de ar fresco. As criadas foram buscar casacos a fim de que todos pudessem dar uma volta pelo jardim. Na escuridão, Maisie pegou o braço de Hugh.

– Todo mundo sabe o que andei fazendo nos últimos seis anos, mas e você?

– Gosto da América. Não há sistema de classes. Há ricos e pobres, mas não existe aristocracia, nenhuma dessas bobagens de posição e protocolo. Isso que você fez, ao se casar com Solly e se tornar amiga dos poderosos do país, é muito raro aqui. E sou capaz de apostar que até hoje não revelou toda a verdade sobre sua origem...

– Eles desconfiam, eu acho... Mas você tem razão, não contei tudo.

– Na América, você se gabaria de seu passado humilde, da mesma forma que Kingo se gaba de seus ancestrais lutando na Batalha de Agincourt.

Ela estava interessada em Hugh, não na América.

– Você não se casou.

– Não.

– Em Boston... houve alguma moça de quem gostasse?

– Bem que tentei, Maisie.

Subitamente, ela desejou não ter feito a pergunta, pois teve uma premonição de que a resposta destruiria sua felicidade. Agora era tarde demais, a pergunta fora formulada e ele já começara a responder:

– Havia moças bonitas em Boston, simpáticas, inteligentes, moças que dariam maravilhosas esposas e mães. Interessei-me por algumas e elas pareciam gostar de mim. Só que, quando chegava o momento em que eu tinha que propor casamento ou recuar, sempre percebia que meus sentimentos não eram suficientes. Não era o que senti por você. Não era amor.

Agora, ele já dissera.

– Pare! – sussurrou Maisie.

– Duas ou três mães ficaram aborrecidas comigo, minha reputação se espalhou e as moças se tornaram cautelosas. Mostravam-se bastante simpáticas, mas sabiam que havia algo errado comigo. Eu não era sério, não era do tipo que casa. Hugh Pilaster, o banqueiro inglês que partia corações. E se alguma moça parecia se apaixonar por mim apesar da minha reputação, eu tratava de desencorajá-la. Não gosto de partir corações. Sei muito bem qual é a sensação.

Maisie percebeu que seu rosto estava molhado de lágrimas e sentiu-se grata pela escuridão.

– Sinto muito – sussurrou ela, tão baixo que mal ouviu a própria voz.

– Seja como for, sei agora o que há de errado comigo. Creio que sempre soube, mas os dois últimos dias removeram toda a dúvida.

Haviam ficado um pouco para trás dos outros. Hugh parou e encarou-a.

– Não fale, Hugh, por favor – balbuciou Maisie.

– Ainda amo você. Isso é tudo.

Já confessara, e tudo estava arruinado.

– E acredito que você também me ama – acrescentou ele, implacável. – Não é verdade?

Maisie encarou-o também. Podia ver refletidas em seus olhos as luzes da casa, do outro lado do gramado, mas o rosto de Hugh continuava na sombra. Ele inclinou a cabeça, beijou-a nos lábios e ela não se afastou.

– Lágrimas salgadas – murmurou ele, depois de um momento. – Você me ama. Eu sabia.

Hugh tirou do bolso um lenço dobrado e tocou gentilmente no rosto de Maisie, enxugando as lágrimas. Ela precisava acabar com aquilo.

– Devemos alcançar os outros antes que comecem a falar.

Maisie virou-se e começou a andar, de modo que Hugh tinha de largar seu braço ou acompanhá-la. Ele foi junto.

– Estou surpreso que se preocupe com o que as pessoas possam falar, Maisie. Sua turma é famosa por não se importar com coisas desse tipo.

Ela não se importava de fato com os outros. Era consigo mesma que se preocupava. Obrigou-o a andar mais depressa até se juntarem aos demais, depois se afastou de Hugh e passou a conversar com a duquesa.

Sentia-se vagamente aborrecida pelo comentário de Hugh sobre a tolerância da Turma de Marlborough. Era verdade, mas gostaria que ele não tivesse usado a expressão *coisas desse tipo* e não sabia direito por quê.

Ao retornarem à casa, o relógio no vestíbulo marcava meia-noite. Maisie sentiu-se de repente esgotada pelas tensões do dia.

– Vou para a cama – anunciou.

Viu a duquesa lançar um olhar pensativo para Hugh, depois para ela, reprimindo o riso, e compreendeu que todos pensavam que os dois dormiriam juntos naquela noite.

As mulheres subiram juntas, deixando os homens jogando bilhar e tomando um último drinque. Quando elas lhe deram um beijo de boa-noite, Maisie percebeu a mesma expressão nos olhos de cada uma, um brilho de entusiasmo mesclado com inveja.

Foi para o seu quarto e fechou a porta. Um fogo alegre ardia na lareira a carvão e havia velas no consolo e na penteadeira. Na mesa de cabeceira, como sempre, havia uma bandeja com sanduíches e uma garrafa de xerez para o caso de ela sentir fome durante a noite. Maisie nunca os tocava, mas os criados competentes da Mansão Kingsbridge sempre deixavam o lanche ao lado de sua cama, sem falta.

Ela começou a se despir. Todos podiam estar errados. Talvez Hugh não a procurasse naquela noite. Pensar aquilo foi como sentir uma pontada, e ela compreendeu que o desejava, queria vê-lo passar pela porta a fim de poder abraçá-lo e beijá-lo, beijos de verdade, não culpados, como acontecera no jardim, e sim sôfregos, sem inibições. Veio de volta a lembrança sufocante da noite das corridas de Goodwood, seis anos antes, a cama estreita na casa da tia de Hugh, a expressão em seu rosto quando ela tirara o vestido.

Maisie contemplou seu corpo no espelho comprido. Hugh notaria como mudara. Seis anos antes, tinha pequenos mamilos rosados, como covinhas, mas agora, depois de amamentar Bertie, haviam crescido, saltado para fora, adquirido a cor de morango. Quando moça, ela não precisava usar espartilho – tinha um corpo naturalmente delgado –, mas sua cintura nunca voltara completamente ao normal depois da gravidez.

Ouviu os homens subindo a escada, arrastando os pés, rindo de alguma piada. Hugh tinha razão. Nenhum deles ficaria chocado por um pequeno adultério numa festa no campo. Não se sentiriam desleais com o amigo deles, Solly?, pensou Maisie, irônica. E foi então que lhe ocorreu, como um tapa na cara, que era ela quem devia se sentir desleal.

Excluíra Solly de sua mente durante toda a noite, mas então ele voltou em espírito: o inofensivo e amável Solly, o gentil e generoso Solly, o homem que a amava perdidamente, o homem que cuidava de Bertie mesmo sabendo que era filho de outro. Poucas horas depois de Solly viajar, Maisie já se dispunha a deixar que outro homem fosse à sua cama. Que tipo de mulher eu sou?, pensou ela.

Num impulso, foi até a porta e trancou-a.

Entendeu agora por que detestara quando Hugh dissera: *Sua turma é famosa por não se importar com coisas desse tipo.* Fazia seus sentimentos por Hugh parecerem vulgares, como qualquer outro dos muitos flertes, romances e infidelidades que proporcionavam temas para as fofocas das mulheres da sociedade. Solly merecia algo melhor do que ser traído por um caso vulgar.

Mas eu quero Hugh, pensou ela.

A ideia de renunciar àquela noite com ele lhe deu vontade de chorar. Recordou seu sorriso de menino, o peito magro, os olhos azuis, a pele branca e lisa, e lembrou-se de seu rosto quando contemplara o corpo dela, a expressão de admiração e felicidade, desejo e prazer, e pareceu muito difícil renunciar a tudo isso.

Houve batidas leves à porta.

Ela ficou parada no meio do quarto, nua, paralisada e confusa.

A maçaneta girou, a porta foi forçada, mas é claro que não abriu.

Ela ouviu seu nome pronunciado em voz baixa.

Foi até a porta e pôs a mão na chave.

– Maisie! – chamou ele, baixinho. – Sou eu, Hugh!

Ela o desejava tanto que o som de sua voz a deixou toda molhada. Enfiou um dedo na boca e mordeu com força, mas a dor não mascarou o desejo.

Hugh tornou a bater à porta.

– Maisie! Não quer me deixar entrar?

Ela se encostou na parede, as lágrimas escorrendo pelo rosto, pingando do queixo para os seios.

– Vamos pelo menos conversar!

Maisie sabia que se abrisse a porta não haveria conversa. Trataria de abraçá-lo e cairiam no chão, num frenesi de desejo.

– Diga *alguma coisa*! Você está aí? Sei que está aí!

Ela ficou imóvel, chorando em silêncio.

– Por favor, Maisie... por favor...

Depois de algum tempo, ele foi embora.

~

Maisie dormiu mal e acordou cedo, mas se reanimou um pouco quando o novo dia raiou. Antes que os outros hóspedes se levantassem, foi até a ala das crianças, como sempre fazia. Parou de repente, diante da porta do refeitório. Não fora a primeira hóspede a se levantar, afinal. Podia ouvir uma voz de homem lá dentro. Ficou escutando. Era Hugh.

– ... e foi nesse momento que o gigante acordou – disse ele.

Houve um grito infantil de terror e alegria, e Maisie reconheceu que partira de Bertie.

– João desceu pelo pé de feijão tão depressa quanto suas pernas podiam – continuou Hugh –, mas o gigante foi atrás dele!

A filha de Kingo, Anne, interveio, com o jeito superior de uma sábia menina de 7 anos:

– Bertie se escondeu atrás da cadeira porque está com medo. Eu não tenho medo.

Maisie queria se esconder como Bertie. Virou-se e começou a voltar para seu quarto, mas parou de novo. Teria de enfrentar Hugh em algum momento do dia, e ali talvez fosse o lugar mais fácil. Tratou de se controlar e entrou.

Hugh mantinha as três crianças fascinadas. Bertie mal reparou na presença da mãe. Hugh fitou-a, com mágoa nos olhos.

– Não pare – disse Maisie, sentando-se ao lado de Bertie e abraçando-o.

Hugh tornou a se concentrar nas crianças.

– E o que vocês acham que João fez em seguida?

– Eu sei – declarou Anne. – Ele pegou um machado.

– Isso mesmo.

Maisie continuou sentada ali, abraçando Bertie, que encarava de olhos arregalados o homem que era seu verdadeiro pai. Se eu puder suportar isso, pensou Maisie, sou capaz de qualquer coisa.

– Enquanto o gigante ainda estava no meio do pé de feijão – continuou Hugh –, João cortou-o com o machado! O gigante despencou lá de cima... e morreu. E João e sua mãe viveram felizes para sempre.

Bertie pediu:

– Conte de novo.

4

O EMBAIXADOR CORDOVÊS ESTAVA muito ocupado. No dia seguinte era o Dia da Independência de Córdoba e haveria uma grande recepção à tarde para membros do Parlamento, autoridades do Ministério do Exterior britânico, diplomatas e jornalistas. Naquela manhã, para aumentar suas preocupações, Micky Miranda recebera um comunicado formal do ministro do Exterior sobre dois turistas ingleses que haviam sido assassinados quando exploravam os Andes. Quando Edward Pilaster apareceu, Micky Miranda largou tudo, pois o que tinha a dizer ao amigo era muito mais importante do que a recepção ou o comunicado. Precisava de meio milhão de libras e esperava obter todo esse dinheiro de Edward.

Micky era o embaixador cordovês havia um ano. Obter o cargo exigira toda a sua astúcia, e também custara à sua família uma fortuna em subornos em Córdoba. Prometera a Papa que todo o dinheiro seria devolvido e agora precisava cumprir a promessa. Preferia morrer a decepcionar o pai.

Ele levou Edward para o gabinete do embaixador, uma sala grande no segundo andar, dominada por uma enorme bandeira cordovesa. Foi até a mesa, abriu um mapa de Córdoba, prendendo os cantos com sua charuteira, a garrafa de cristal com xerez, um copo e a cartola cinza de Edward. Hesitou por um instante. Era a primeira vez que pedia meio milhão de libras a alguém.

– Aqui está a província de Santa María, no norte do país – começou ele.

– Conheço a geografia de Córdoba – disse Edward, impaciente.

– Sei que conhece – respondeu Micky para tranquilizá-lo.

Era verdade. O Banco Pilasters tinha um considerável volume de negócios em Córdoba, financiando suas exportações de nitrato, carne salgada e prata e suas importações de equipamentos de mineração, armas e artigos de luxo. Edward cuidava de todas as operações graças a Micky, que, como adido e depois embaixador, tornara a vida difícil para qualquer um que não quisesse financiar pelo Banco Pilasters seus negócios com o país. Em consequência, Edward era agora considerado o maior especialista em Córdoba em Londres.

– Sei que conhece – repetiu Micky. – E sabe também que todo o nitrato extraído por meu pai tem de ser transportado em caravanas de mulas de Santa María para Palma. O que talvez não saiba é que é perfeitamente possível construir uma ferrovia ao longo desse percurso.

– Como pode ter certeza? Uma ferrovia é uma coisa muito complicada.

Micky pegou um volume encadernado em sua escrivaninha.

– Porque meu pai encomendou um levantamento a um engenheiro escocês, Gordon Halfpenny. Todos os detalhes estão aqui, inclusive os custos. Dê uma olhada.

– Quanto? – indagou Edward.

– Quinhentas mil libras.

Edward folheou as páginas do relatório.

– Como está a situação política?

Micky levantou os olhos para o enorme retrato do presidente Garcia no uniforme de comandante em chefe. Cada vez que olhava para aquilo, Micky jurava a si mesmo que um dia seu próprio retrato ocuparia aquele espaço na parede.

– O presidente é a favor da ideia. Acredita que reforçará seu controle militar sobre o interior.

Garcia confiava em Papa. Desde que Papa se tornara governador da província de Santa María – com a ajuda de dois mil rifles de cano curto Westley-Richards fabricados em Birmingham –, os Mirandas eram os mais fervorosos partidários e maiores aliados do presidente. Garcia não desconfiava dos motivos de Papa para querer uma ferrovia até a capital: isso permitiria que a família Miranda atacasse Palma em dois dias em vez de em duas semanas.

– Como será financiada? – perguntou Edward.

— Levantemos o dinheiro no mercado de Londres — disse Micky, casual. — Pensei que o Banco Pilasters talvez quisesse cuidar da operação.

Ele tentava manter a respiração lenta e normal. Era o clímax da sua longa e meticulosa relação com a família Pilaster, a recompensa por anos de preparativos. Mas Edward balançou a cabeça.

— Acho que não.

Micky ficou atônito, consternado. Na pior das hipóteses, esperava que Edward concordasse em pensar a respeito.

— Vocês estão sempre levantando dinheiro para ferrovias! Pensei que aproveitariam essa oportunidade com a maior satisfação!

— Córdoba não é a mesma coisa que o Canadá ou a Rússia — explicou Edward. — Os investidores não gostam da estrutura política do país, cada caudilho de província contando com seu exército particular. É medieval.

Micky não pensara nisso.

— Mas vocês financiaram a mina de prata de Papa!

Aquilo ocorrera três anos antes e rendera uma boa centena de milhares de libras para Papa.

— Tem razão! É a única mina de prata da América do Sul que tem dificuldade em dar algum lucro.

Na verdade, a mina dava muito dinheiro, mas Papa desviava todos os lucros e não deixava nada para os acionistas. Se ao menos ele deixasse uma pequena margem para garantir a respeitabilidade! Só que Papa nunca escutava conselhos desse tipo.

Micky fez um esforço para conter o pânico, mas as emoções deviam ter transparecido em seu rosto, pois Edward disse, preocupado:

— É tão importante assim, meu caro? Você parece transtornado.

— Para ser franco, significaria muito para minha família — admitiu Micky.

Achava que Edward poderia levantar o dinheiro se quisesse de fato. Não devia ser impossível.

— Se um banco com o prestígio do Pilasters apoiasse o projeto, tenho certeza de que as pessoas concluiriam que Córdoba deve ser um bom lugar para se investir.

— É bem possível — concordou Edward. — Se um dos sócios apresentasse a proposta e quisesse mesmo executá-la, provavelmente teria sucesso. Acontece que não sou um sócio.

Micky compreendeu que subestimara a dificuldade de levantar meio milhão de libras. Mas não se dava por vencido. Encontraria uma forma.

– Vou pensar melhor – disse ele, com bom humor forçado.

Edward esvaziou seu copo de xerez e levantou-se.

– Vamos almoçar?

~

Naquela noite, Micky e os Pilasters assistiriam a *H.M.S. Pinafore*, no Opera Comique. Micky chegou alguns minutos antes. Enquanto esperava no saguão, encontrou a família Bodwin, muito ligada aos Pilasters. Albert Bodwin era advogado e trabalhava bastante para o banco, e Augusta insistira outrora em casar a filha dele, Rachel Bodwin, com Hugh.

A mente de Micky estava ocupada com o problema do financiamento da ferrovia, mas ele flertou com Rachel numa reação automática, como fazia com todas as moças e muitas mulheres casadas.

– Como vai o movimento de emancipação feminina, Srta. Bodwin?

A mãe dela corou.

– Eu gostaria que não falasse a respeito, Señor Miranda – pediu ela.

– Então não falarei, Sra. Bodwin, pois seus desejos são para mim como as decisões do Parlamento, legalmente compulsórias.

Ele tornou a se virar para Rachel. Ela não era exatamente bonita – os olhos eram juntos demais –, mas tinha um corpo atraente, pernas compridas, cintura estreita, busto volumoso. Num súbito instante de fantasia, Micky imaginou-a com as mãos amarradas na cabeceira de uma cama, as pernas nuas abertas, e gostou da imagem. Levantando os olhos de seus seios, ele surpreendeu os olhos de Rachel. A maioria das moças teria corado e se apressado em virar o rosto, mas ela ofereceu-lhe um olhar de extraordinária franqueza e sorriu. Foi Micky quem se sentiu embaraçado.

– Sabia que nosso velho amigo Hugh Pilaster voltou das colônias? – perguntou ele, procurando algum assunto.

– Claro. Estive com ele na Casa Whitehaven. Você também estava lá.

– Ah, sim... Eu tinha esquecido.

– Sempre gostei de Hugh.

Só que não quis se casar com ele, pensou Micky. Rachel estava em oferta no mercado de casamentos havia muitos anos e começava a parecer uma mercadoria velha e encalhada, refletiu ele, cruelmente. Seu instinto, porém, lhe dizia que Rachel era uma mulher das mais sensuais. Seu problema, sem dúvida, era ser extraordinária. Afugentava os homens. Mas devia estar ficando desesperada. Aproximava-se dos 30 anos e continuava sem marido. Com certeza especulava se estaria fadada a uma vida de solteirona. Algumas mulheres podiam encarar essa perspectiva com serenidade, mas não era o caso de Rachel, Micky tinha certeza.

Ela sentia-se atraída por ele, o que acontecia com quase todas as pessoas, jovens e velhas, homens e mulheres. Micky gostava quando alguém rico e influente se deixava fascinar por ele, pois isso lhe proporcionava poder, mas Rachel não era ninguém e o interesse dela por ele não tinha o menor valor.

Os Pilasters chegaram e Micky concentrou sua atenção em Augusta. Ela usava um vestido rosa deslumbrante.

– Parece... deliciosa, Sra. Pilaster – murmurou ele.

Augusta sorriu com evidente prazer. As duas famílias conversaram por alguns minutos até o momento de ocuparem seus lugares.

Os Bodwins estavam na plateia, mas os Pilasters tinham um camarote. Ao se separarem, Rachel ofereceu um sorriso efusivo a Micky.

– Talvez nos encontremos de novo mais tarde, Señor Miranda – disse ela.

O pai ouviu, pegou o braço da filha com uma expressão desaprovadora e se afastou apressado, e a Sra. Bodwin sorriu para Micky. O Sr. Bodwin não queria que a filha se apaixonasse por um estrangeiro, pensou Micky, mas a Sra. Bodwin não é mais tão exigente.

Ele ficou pensando no financiamento da ferrovia durante o primeiro ato. Não lhe ocorrera que a estrutura política primitiva de Córdoba, que permitira que a família Miranda lutasse para alcançar a riqueza e o poder, fosse encarada pelos investidores como um risco. Isso provavelmente significava que não conseguiria obter de nenhum outro banco o empréstimo. O único meio de levantar o dinheiro seria usar sua influência e sua intimidade com os Pilasters. E as únicas pessoas que podia influenciar eram Edward e Augusta.

Durante o primeiro intervalo, ele ficou a sós no camarote com Augusta por um momento e foi direto ao assunto, sabendo que ela apreciava sua franqueza.

– Quando Edward vai ser promovido a sócio do banco?

– Essa é uma questão delicada – disse ela, amargurada. – Por que pergunta?

Micky fez um rápido relato do projeto da ferrovia, excluindo o objetivo a longo prazo de Papa de atacar a capital.

– Não posso obter o dinheiro de outro banco. Nenhum deles sabe nada sobre Córdoba porque os mantive a distância para ajudar Edward.

Não era o verdadeiro motivo, mas Augusta nunca saberia disso. Ela não compreendia o mundo dos negócios.

– Mas seria um sucesso se Edward apresentasse a proposta – acrescentou ele.

Augusta assentiu.

– Meu marido prometeu promover Edward a sócio assim que ele se casar.

Micky ficou surpreso. Edward casar? A ideia era desconcertante. E por que deveria ser?

– Até concordamos numa esposa, Emily Maple, a filha do diácono Maple – disse Augusta.

– Como ela é?

– Bonita, jovem... Tem apenas 19 anos... E é sensata. Os pais aprovam a união.

Parecia a mulher certa para Edward, pensou Micky. Ele gostava de garotas bonitas, mas precisava de uma que pudesse dominar.

– Então qual é o obstáculo?

Augusta franziu o cenho.

– Não sei. Por algum motivo Edward nunca se anima a pedi-la em casamento.

O que não surpreendia Micky. Não podia imaginar Edward casando, por mais apropriada que fosse a moça. O que ele tinha a ganhar com o casamento? Não queria ter filhos. Só que agora havia um incentivo: a posição de sócio. Mesmo que Edward não se importasse, Micky se importava.

– O que podemos fazer para encorajá-lo? – perguntou ele.

Augusta encarou-o.

– Tenho a impressão de que ele poderia concordar se você também se casasse.

Micky desviou os olhos. Augusta acertara em seu chute. Ela não tinha a menor ideia do que acontecia nos quartos do bordel da Nellie, mas tinha uma intuição de mãe. Ele também achava que, se casasse primeiro, Edward poderia se mostrar mais disposto.

– Eu? – murmurou Micky, soltando uma risada.

Claro que ele se casaria, mais cedo ou mais tarde, pois todos se casavam, mas não via motivo para fazê-lo por enquanto.

Mas se fosse o preço para conseguir o financiamento da ferrovia...

Não era apenas a ferrovia, refletiu Micky. Um empréstimo bem-sucedido levaria a outro. Países como a Rússia e o Canadá levantavam novos empréstimos todos os anos no mercado de Londres, para ferrovias, portos, companhias de abastecimento de água e financiamento geral do governo. Não havia razão para Córdoba não fazer o mesmo. Micky receberia uma comissão, oficial ou extraoficial, em cada libra obtida. E, mais importante ainda, o dinheiro seria canalizado para os interesses de sua família em Córdoba, tornando-a ainda mais rica e poderosa.

E a alternativa era inconcebível. Se decepcionasse o pai dessa vez, nunca seria perdoado. Para evitar a sua ira, seria capaz de se casar três vezes.

Ele tornou a olhar para Augusta. Nunca haviam falado sobre o que acontecera no quarto de Seth em setembro de 1873, mas não era possível que ela tivesse esquecido. Fora sexo sem intercurso carnal, infidelidade sem adultério, alguma coisa e nada. Ambos estavam vestidos, durara apenas alguns segundos, mas fora mais arrebatador, profundo e inesquecível do que tudo que Micky já fizera com as prostitutas no bordel, e tinha certeza de que também fora um acontecimento significativo para Augusta. Como ela se sentia, no íntimo, diante da perspectiva do casamento de Micky? Metade das mulheres de Londres sentiria ciúme, mas era muito difícil saber o que havia no coração de Augusta. Ele decidiu perguntar diretamente e encarou-a:

– Quer mesmo que eu me case?

Augusta hesitou. Ele viu o pesar em seu rosto por um momento, mas logo a expressão dela se endureceu.

– Quero – respondeu com firmeza.

Micky continuou a encará-la. Ela sustentou o olhar. Compreendeu que Augusta falava a verdade e sentiu um estranho desapontamento.

– Precisa ser acertado em breve – continuou Augusta. – Emily Maple e os pais não ficarão à espera indefinidamente.

Em outras palavras, é melhor eu me casar depressa, pensou Micky.

Pois me casarei. Que assim seja.

Joseph e Edward voltaram ao camarote e a conversa mudou.

Durante o ato seguinte, Micky pensou em Edward. Eram amigos havia quinze anos. Edward era fraco e inseguro, ansioso em agradar, mas sem iniciativa ou ímpeto. Seu projeto de vida era fazer com que as pessoas o encorajassem e o apoiassem, e Micky vinha suprindo essa necessidade desde que começara a ajudá-lo com o latim no colégio. Agora, Edward precisava ser pressionado a se casar, algo que era necessário para a sua carreira... e a de Micky.

– Edward precisa de alguém para ajudá-lo no banco – disse Micky a Augusta durante o segundo intervalo. – Um escriturário inteligente, que lhe seja leal e cuide de seus interesses.

Augusta pensou por um momento.

– É uma boa ideia. Alguém que você e eu conheçamos e em quem possamos confiar.

– Exatamente.

– Tem alguém em vista?

– Tenho um primo que trabalha para mim na embaixada. Seu nome é Simon Oliver. Era Olivera, mas ele o anglicizou. É um rapaz inteligente e merece confiança absoluta.

– Leve-o para o chá – disse Augusta. – Se eu gostar do jeito dele, falarei com Joseph.

– Combinado.

O último ato começou. Ele e Augusta pensavam da mesma forma com frequência, refletiu Micky. Era com Augusta que deveria se casar. Juntos, poderiam conquistar o mundo. Tratou de afastar da cabeça aquela ideia absurda. Com quem iria se casar? Não devia ser uma herdeira, pois nada tinha a oferecer a uma moça assim. Havia várias herdeiras que poderia seduzir com a maior facilidade, mas conquistar seus corações seria apenas o começo. Haveria uma batalha prolongada com os pais, sem nenhuma garantia de resultado. Nada disso. Precisava de uma moça de origem modesta, que já gostasse dele e o aceitasse com a maior satisfação. Seus olhos vaguearam pelo teatro até encontrarem Rachel Bodwin.

Ela se ajusta com perfeição ao papel, compreendeu Micky. Já era meio apaixonada por ele. E começava a se desesperar na procura de um marido. O pai não o apreciava, mas a mãe gostava dele, e mãe e filha juntas superariam a oposição do pai.

Mais importante ainda, ela o excitava.

Devia ser virgem, inocente e apreensiva. Faria coisas com ela que a deixariam perplexa e com nojo. Ela poderia resistir, o que tornaria tudo ainda melhor. Afinal, uma esposa tinha de ceder às exigências sexuais do marido, por mais bizarras ou repulsivas que fossem, pois ela não tinha a quem se queixar. Micky imaginou-a novamente amarrada na cama, só que dessa vez ela se contorcia de dor ou desejo, talvez de ambos...

O espetáculo terminou. Ao deixarem o teatro, Micky procurou os Bodwins. Encontraram-se na calçada. Enquanto os Pilasters esperavam sua carruagem, Albert Bodwin fazia sinal para um fiacre. Micky ofereceu um sorriso sedutor à Sra. Bodwin.

– Posso ter a honra de lhes fazer uma visita amanhã à tarde? – indagou ele.

Ela ficou obviamente espantada.

– A honra será toda minha, Señor Miranda.

– É muito gentil.

Micky apertou a mão de Rachel, encarou-a e acrescentou:

– Até amanhã.

– Aguardarei, ansiosa – murmurou ela.

A carruagem de Augusta chegou, Micky abriu a porta e perguntou num sussurro:

– O que acha dela?

– Os olhos dela são muito juntos – respondeu Augusta ao subir.

Depois de se acomodar, ela completou pela porta aberta:

– Fora isso, ela se parece comigo.

Augusta bateu a porta e a carruagem partiu.

~

Uma hora depois, Micky e Edward jantavam num quarto particular no Nellie's. Além da mesa, o quarto continha um sofá, um guarda-roupa e uma cama enorme. April Tilsley redecorara todo o bordel e aquele quarto tinha tecidos elegantes da William Morris e um conjunto de desenhos emoldurados mostrando pessoas fazendo sexo com uma variedade de frutas e legumes. Como era da natureza do negócio que as pessoas se embriagassem e se comportassem mal, o papel de parede já fora rasgado, as cortinas exibiam manchas e o carpete tinha rasgões. A luz das velas, no entanto, ocultava as extravagâncias do quarto e a idade das mulheres.

Os dois estavam sendo servidos por duas de suas prostitutas prediletas, Muriel e Lily, que usavam sapatos de seda vermelha e chapéus enormes e elaborados. Exceto por isso, estavam nuas. Lá de fora vinham os sons de um canto rouco e de uma discussão acalorada, mas no interior do quarto reinava a tranquilidade, com o crepitar do carvão que mantinha o fogo aceso e as palavras murmuradas pelas duas enquanto serviam o jantar. O ambiente relaxou Micky, que ficou menos ansioso pelo financiamento ferroviário. Pelo menos tinha um plano. Só lhe restava tentar. Ele olhou para Edward. A amizade entre os dois fora bastante proveitosa, refletiu Micky. Houvera ocasiões em que quase sentira afeição por ele. A carência do amigo era cansativa, mas era o que dava a Micky o poder sobre ele. Ajudara Edward, Edward o ajudara, e juntos haviam desfrutado de todos os vícios da cidade mais sofisticada do mundo.

Ao terminarem de comer, Micky serviu outra taça de vinho.

– Vou me casar com Rachel Bodwin – anunciou.

Muriel e Lily riram.

Edward encarou-o por um longo momento antes de murmurar:

– Não acredito.

Micky deu de ombros.

– Acredite no que quiser. De qualquer forma, é verdade.

– Fala a sério?

– Claro.

– Seu porco!

Foi a vez de Micky se mostrar surpreso.

– Por que eu não deveria me casar?

Edward levantou-se e inclinou-se sobre a mesa, agressivo.

– Você é um porco nojento, Miranda, e isso é tudo o que tenho a dizer.

Micky não previra tal reação.

– O que deu em você? Não vai se casar também, com Emily Maple?

– Quem lhe contou isso?

– Sua mãe.

– Não vou me casar com ninguém.

– Por que não? Está com 29 anos. E eu também. É a idade certa para um homem arrumar algo parecido com uma família respeitável.

– Que se dane a família respeitável! – berrou Edward, virando a mesa.

Micky saltou para trás enquanto a louça se quebrava no chão e o vinho entornava. As mulheres nuas se afastaram, assustadas.

– Fique calmo! – protestou Micky.

– Depois de tantos anos! – gritou Edward. – Depois de tudo o que fiz por você!

Micky estava desconcertado com a fúria de Edward. Compreendeu que precisava acalmá-lo. Uma cena assim poderia reforçar seu preconceito contra o casamento, o oposto do que Micky desejava.

– Não é um desastre – disse ele, num tom apaziguador. – Não vai fazer nenhuma diferença para nós.

– Isso é inevitável!

– Não é, não. Ainda viremos para cá.

Edward assumiu uma expressão desconfiada.

– Viremos? – indagou, numa voz mais contida.

– Claro que sim. E também continuaremos a frequentar o clube. É para isso que os clubes servem. Os homens vão aos clubes para escapar das esposas.

– Acho que tem razão.

A porta abriu-se e April entrou.

– Que barulho foi esse? – indagou ela. – Edward, você quebrou minha porcelana?

– Desculpe, April. Pagarei por tudo.

– Estava apenas explicando a Edward que ele ainda pode vir aqui depois que casar – acrescentou Micky para April.

– Pelo amor de Deus. Se nenhum homem casado nos visitasse, eu teria de fechar a casa.

April virou-se para a porta.

– Sid! – gritou ela. – Traga uma vassoura!

Edward começou a se acalmar, para o alívio de Micky.

– Logo depois de nos casarmos, teremos de passar algumas noites em casa, oferecer um ou outro jantar. Depois de algum tempo, tudo voltará a ser como antes.

Edward franziu o cenho.

– As esposas não se importam?

Micky deu de ombros.

– E quem se preocupa com o que elas pensam? O que uma esposa pode fazer?

– Se ela ficar infeliz, imagino que possa atormentar o marido.

Micky percebeu que Edward pensava em sua mãe como uma esposa típica. Por sorte, poucas mulheres eram tão determinadas e inteligentes quanto Augusta.

– O truque é não ser muito bom para elas – explicou Micky, baseando-se no que observara dos companheiros casados do Cowes Club. – Se for bom para sua esposa, ela sempre vai querer a sua presença. Trate-a com rigor e ela ficará contente quando você sair à noite para ir ao clube, deixando-a em paz.

Muriel passou os braços ao redor do pescoço de Edward.

– Prometo que vai continuar a ser a mesma coisa depois que você casar, Edward. Vou chupar seu pau enquanto olha Micky foder Lily, exatamente como você gosta.

– Vai mesmo? – perguntou ele, com um sorriso tolo.

– Claro que sim.

– Então nada vai realmente mudar – murmurou Edward, olhando para Micky.

– Ah, não. Uma coisa vai mudar – ressaltou Micky. – Você vai ser sócio no banco.

CAPÍTULO DOIS
Abril

1

O MUSIC-HALL ESTAVA QUENTE como um banho turco. O ar recendia a cerveja, crustáceos e pessoas sem banho. No palco, uma jovem vestida em trapos postava-se em frente a um pano de fundo pintado como um bar. Segurava uma boneca, que representava um bebê recém-nascido, e cantava como fora seduzida e abandonada. A plateia, sentada em bancos diante de mesas compridas sobre cavaletes, se deu os braços e entoou o coro:

E só foi preciso uma pequena gota de gim!

Hugh cantava a plenos pulmões. Sentia-se bem. Comera uma porção de caramujos e tomara vários copos da cerveja. Comprimia-se contra Nora Dempster, em quem era agradável se comprimir. Ela tinha um corpo macio e rechonchudo, um sorriso cativante, e provavelmente salvara sua vida.

Depois da visita à Mansão Kingsbridge, Hugh mergulhara numa profunda depressão. Ver Maisie revolvera fantasmas antigos e, como ela o rejeitara outra vez, os fantasmas passaram a atormentá-lo sem trégua.

Conseguia sobreviver durante o dia, pois no trabalho havia desafios e problemas para afastar sua mente da angústia. Estava ocupado em organizar a sociedade com o Madler & Bell, que os sócios do Pilasters haviam finalmente aprovado. E muito em breve se tornaria sócio, algo com que sempre sonhara. Mas à noite não tinha entusiasmo por nada. Era convidado para muitas festas, bailes e jantares, já que ingressara na Turma de Marlborough devido à sua amizade com Solly. Ia com frequência, mas, se Maisie não estivesse, ficava entediado e, se a encontrasse, ficava angustiado. Assim, passava a maioria das noites em casa, pensando nela, ou vagava pelas ruas na esperança, contra todas as probabilidades, de encontrá-la.

Conhecera Nora na rua. Fora à Peter Robinson's – uma loja na Oxford Street que outrora vendia tecidos, mas agora era chamada de "loja de departamentos" – a fim de comprar um presente de aniversário para a irmã Dotty. Planejava pegar o trem para Folkestone logo em seguida. Mas sentia-se tão angustiado que não sabia como poderia encarar a família e uma espécie de paralisia o tornara incapaz de escolher um presente. Saiu de mãos vazias quando já começava a escurecer, e Nora literalmente se chocara nele. Ela tropeçara e Hugh a amparara em seus braços.

Jamais esqueceria a sensação. Embora ela usasse um casaco, seu corpo era macio e flexível e irradiava calor e uma fragrância inebriante. Por um instante, a rua fria e escura de Londres desaparecera e ele se descobrira num mundo protegido de súbito prazer. Depois, ela largara sua compra, um vaso de cerâmica que quebrara ao cair na calçada. Nora soltara um grito de consternação e parecia que desataria a chorar. Hugh, é claro, insistira em lhe comprar outro.

Nora era um ou dois anos mais moça do que ele. Tinha 24 ou 25 anos. O rosto era redondo e bonito, com cachos ruivos projetando-se debaixo de uma touca. As roupas eram baratas, mas agradáveis: um vestido rosa de lã com flores bordadas e crinolina e um blusão de veludo azul justo, adornado com pele de coelho. Nora falava com um sotaque do East End.

Enquanto compravam outro vaso, Hugh comentara, para puxar conversa, que não sabia o que dar à irmã de aniversário. Nora sugerira um guarda-chuva colorido e insistira em ajudá-lo a escolher.

Depois, ele a levara para casa num fiacre. Nora dissera que morava com o pai, um caixeiro-viajante que vendia remédios. A mãe morrera. O bairro em que ela residia era um pouco menos respeitável do que Hugh imaginara, de classe trabalhadora pobre em vez de classe média.

Ele presumira que nunca mais tornaria a vê-la e durante todo o domingo em Folkestone pensara em Maisie, como sempre. Na segunda-feira, recebera no banco um bilhete de Nora agradecendo sua gentileza. A letra dela era pequena, impecável, uma letra de menina, reparou Hugh antes de amassar o bilhete e jogá-lo na cesta de papel.

No dia seguinte, ele saíra do banco ao meio-dia a caminho de um café para um prato de costeleta de cordeiro e a vira se aproximando pela rua em sua direção. Não a reconhecera a princípio, pensando que era apenas uma moça de rosto bonito. Logo que ela sorrira, no entanto, Hugh recordara. Tirara o chapéu e Nora parara para conversar. Trabalhava como assistente de uma fabricante de espartilhos, informara ela, corando, e voltava para a loja depois de visitar uma cliente. Um impulso repentino levara Hugh a convidá-la para dançar naquela noite.

Ela respondera que gostaria de ir, mas não tinha um chapéu decente. Hugh a acompanhara até uma loja, comprara o chapéu e resolvera o problema.

Muito do romance dos dois fora conduzido enquanto faziam compras.

Nora não tinha muitas posses e não se envergonhava de demonstrar prazer com a prosperidade de Hugh. Por sua vez, ele gostava de lhe comprar luvas, sapatos, casacos, pulseiras e qualquer coisa que Nora desejasse. A irmã Dotty, com toda a sabedoria de seus 12 anos, anunciara que Nora só gostava dele por causa do dinheiro.

— E quem me amaria por minha aparência? — dissera Hugh, rindo.

Maisie não saíra de sua cabeça. Na verdade, ainda pensava nela todos os dias, mas as recordações não o mergulhavam mais no desespero. Tinha algo por que esperar agora: seu próximo encontro com Nora. Em poucas semanas, ela lhe devolvera a *joie de vivre*.

Numa dessas excursões de compras, encontraram Maisie numa peleteria na Bond Street. Um tanto constrangido, Hugh as apresentara. Nora se impressionara por conhecer a Sra. Solomon Greenbourne. Maisie convidara-os para um chá na casa em Piccadilly. Naquela noite, Hugh tornara a se encontrar com Maisie num baile. Para sua surpresa, Maisie mostrara-se indelicada em relação a Nora.

— Desculpe, mas não gosto dela — declarara Maisie. — Pareceu-me uma mulher fria e interesseira e não acredito que ela o ame nem um pouco. Pelo amor de Deus, não se case com ela.

Hugh ficara magoado e ofendido. Era apenas ciúme de Maisie, concluíra ele. De qualquer forma, ele não estava pensando em casamento.

Quando o espetáculo do *music-hall* terminou, eles saíram para um nevoeiro denso, com ventos fortes, recendendo a fuligem. Puseram cachecóis em torno do pescoço, cobrindo a boca, e seguiram para a casa de Nora, em Camden Town.

Era como estar debaixo d'água. Os sons eram abafados, as pessoas e as coisas surgiam da neblina de repente, sem aviso: uma prostituta à procura de clientes sob um lampião a gás, um bêbado trocando as pernas na saída de um bar, um guarda em patrulha, um limpador de chaminés atravessando a rua, uma carruagem iluminada avançando devagar, um cachorro molhado na sarjeta, um gato de olhos brilhando num beco. Hugh e Nora andavam de mãos dadas, paravam de vez em quando na escuridão mais densa, baixavam os cachecóis e se beijavam. Os lábios de Nora eram macios e sôfregos, e ela o deixou enfiar a mão por dentro do casaco e acariciar seus seios. O nevoeiro tornava tudo secreto e romântico.

Hugh costumava deixá-la na esquina de sua rua, mas naquela noite, por causa do nevoeiro, conduziu-a até a porta. Queria beijá-la outra vez ali, mas teve medo de que o pai dela pudesse abrir a porta e vê-los. Nora, porém, surpreendeu-o ao perguntar:

– Não quer entrar?

Hugh nunca estivera na casa dela.

– O que seu pai vai pensar?

– Ele foi para Huddersfield – explicou Nora, abrindo a porta.

O coração de Hugh disparou. Não sabia o que poderia acontecer em seguida, mas, sem dúvida, era excitante. Ajudou Nora a tirar o casaco e seus olhos admiraram com desejo as curvas por baixo do vestido azul.

A casa era pequena, ainda menor do que a casa em Folkestone para a qual a mãe de Hugh se mudara depois da morte do pai. A escada ocupava a maior parte do vestíbulo estreito. Havia duas portas ali, que deviam levar a uma sala na frente e a uma cozinha nos fundos. Lá em cima devia haver dois quartos. Imaginou uma pequena banheira de estanho na cozinha e uma privada no quintal dos fundos.

Hugh pendurou o casaco e o chapéu num cabide. Um cachorro latia na cozinha e Nora abriu a porta para soltar um pequeno terrier escocês preto, com uma fita azul em torno do pescoço. O cachorro saudou-a com o maior entusiasmo, depois contornou Hugh, cauteloso.

– O Pretinho me protege quando papai viaja – disse Nora, e Hugh percebeu o duplo sentido.

Seguiu Nora até a sala. Os móveis eram velhos e surrados, mas Nora enfeitara o cômodo com coisas que haviam comprado juntos: almofadas graciosas, um tapete colorido e um quadro do Castelo de Balmoral. Ela acendeu uma vela e fechou as cortinas.

Hugh ficou parado no meio da sala sem saber o que fazer.

– Veja se consegue acender o fogo – pediu ela, tirando-o de sua angústia.

Havia algumas brasas na lareira. Hugh acrescentou uns gravetos e soprou com um pequeno fole até que o fogo ressurgiu.

Virou-se em seguida e deparou com Nora sentada no sofá, sem o chapéu, os cabelos soltos. Ela deu uma palmadinha na almofada ao seu lado e Hugh sentou, obediente. Pretinho lançou-lhe um olhar ciumento e ele se perguntou quando poderia tirar o cachorro da sala.

Ficaram de mãos dadas, olhando o fogo. Hugh sentia-se em paz. Não podia imaginar fazer outra coisa pelo resto de sua vida. Depois de algum tempo, tornou a beijá-la. Hesitante, tocou em seu seio. Era firme e enchia sua mão. Ele apertou-o gentilmente e Nora deixou escapar um suspiro profundo. Hugh não se sentia tão bem assim havia anos, mas queria mais. Beijou-a com mais vigor, ainda acariciando os seios.

Aos poucos ela foi se inclinando para trás, até que Hugh ficou quase por cima. Os dois tinham a respiração ofegante. Ele tinha certeza de que Nora sentia seu pênis comprimindo a coxa grossa. No fundo de sua mente, a consciência lhe dizia que se aproveitava de uma moça na ausência do pai, mas era uma voz tênue e não podia deter o desejo que aflorava como um vulcão.

Hugh ansiava tocar-lhe nas partes mais íntimas. Enfiou a mão entre as pernas de Nora. Ela se contraiu no mesmo instante e o cachorro latiu, sentindo a tensão. Hugh afastou-se um pouco.

– Vamos pôr o cachorro lá fora – murmurou ele.

Nora parecia perturbada.

– Talvez devêssemos parar.

Hugh não suportaria parar. Mas a palavra "talvez" o encorajou.

– Não posso parar agora. Leve o cachorro para fora.

– Mas... não estamos noivos nem nada!

– Podemos ficar noivos – disse ele sem pensar.

Nora empalideceu um pouco.

– Fala a sério?

Hugh se fez a mesma pergunta. Desde o início, pensara no caso como uma mera aventura, não um namoro sério. Contudo, alguns minutos antes, pensara em como gostaria de passar o resto da vida de mãos dadas com Nora na frente de uma lareira acesa. Queria realmente se casar com ela? Ele concluiu que sim. Mais do que isso, não havia nada que desejasse mais. Haveria problemas, é claro. A família diria que estava se casando com alguém abaixo de sua classe. Que todos fossem para o inferno. Tinha 26 anos, ganhava 1.000 libras por ano e estava prestes a ser promovido a sócio num dos bancos de maior prestígio no mundo. Podia se casar com quem quisesse. A mãe ficaria desgostosa, mas o apoiaria. Ela se preocuparia, e acabaria contente por ver o filho feliz. E os outros podiam dizer o que lhes aprouvesse. Nunca haviam feito coisa alguma por ele.

Hugh contemplou Nora, rosada, bonita, adorável, recostada no sofá velho, os cabelos espalhados sobre os ombros nus. Ele a queria muito, agora, depressa. Vivera sozinho por muito tempo. Maisie construíra uma vida com Solly, nunca seria sua. Era tempo de encontrar uma mulher quente e macia para partilhar sua cama e sua vida. Por que não podia ser Nora?

Ele estalou os dedos.

— Venha aqui, Pretinho.

O cachorro se aproximou cauteloso. Hugh afagou sua cabeça e pegou a fita em torno do pescoço.

— Trate de vigiar a porta da frente.

Ele puxou o cachorro para fora e depois fechou a porta. Pretinho ainda latiu duas vezes, mas em seguida ficou em silêncio. Hugh foi sentar ao lado de Nora e pegou sua mão. Ela também estava apreensiva.

— Nora, quer se casar comigo?

O rosto dela ficou vermelho.

— Quero.

Hugh beijou-a. Ela abriu a boca e retribuiu com ardor. Ele tocou seu joelho. Nora pegou sua mão e conduziu-a por baixo das roupas, entre as pernas, até a bifurcação das coxas. Através do tecido fino, ele pôde sentir os pelos ásperos e a carne macia. Os lábios de Nora roçaram seu rosto até o ouvido.

— Hugh, querido, faça-me sua esta noite, agora — sussurrou ela.

— Eu farei — balbuciou ele, a voz rouca. — Eu farei.

2

O BAILE A FANTASIA da duquesa de Tenbigh foi o primeiro grande evento da temporada de Londres de 1879. Todos falavam a respeito semanas antes. Fortunas foram gastas em fantasias e as pessoas faziam qualquer coisa para conseguir um convite.

Augusta e Joseph Pilaster não foram convidados. O que não era surpresa, pois não pertenciam ao mais alto escalão da sociedade de Londres. Só que Augusta queria ir e tomou a decisão de que compareceria de qualquer maneira.

Assim que soube do baile, mencionou-o para Harriet Morte, que reagiu com uma expressão embaraçada e não disse nada. Como dama de companhia da rainha, lady Morte tinha grande poder social e ainda por cima era prima distante da duquesa de Tenbigh. Mas não se ofereceu para providenciar um convite para Augusta.

Augusta verificou a conta de lorde Morte no Banco Pilasters e descobriu que havia um saque a descoberto de 1.000 libras. No dia seguinte, ele recebeu um bilhete indagando quando esperava regularizar sua conta.

Nesse mesmo dia, Augusta visitou lady Morte. Pediu desculpas, dizendo que o bilhete fora um equívoco e que o escriturário responsável já havia sido demitido. Depois, tornou a mencionar o baile.

Por um instante, o rosto normalmente impassível de lady Morte foi dominado por uma expressão furiosa de intenso ódio ao compreender a barganha que lhe era oferecida. Augusta não se abalou. Não tinha o menor desejo de ser apreciada por lady Morte, queria apenas usá-la. E lady Morte deparava com uma opção simples: exercer sua influência para que Augusta fosse convidada ao baile ou encontrar 1.000 libras para cobrir o saque. Ela preferiu a opção mais fácil e os convites foram entregues no dia seguinte.

Augusta ficou aborrecida por lady Morte não ter ajudado de bom grado. Era irritante que a mulher tivesse de ser coagida. Rancorosa, Augusta obrigou-a a obter um convite para Edward também.

Augusta iria à festa fantasiada de rainha Elizabeth, e Joseph, de conde de Leicester. Na noite do baile, eles jantaram em casa e trocaram de roupa em seguida. Depois de se vestir, Augusta foi ao quarto de Joseph para ajudá-lo a pôr sua fantasia e para falar sobre o sobrinho Hugh.

Estava furiosa porque Hugh seria promovido a sócio do banco ao mesmo tempo que Edward. Pior ainda, todos sabiam que Edward só se tornaria sócio porque casara e ganhara 250 mil libras de investimento no banco, enquanto Hugh conseguira o cargo por ter fechado um negócio espetacularmente lucrativo com o Madler & Bell de Nova York. As pessoas já começavam a falar de Hugh como um possível sócio sênior. Essa ideia fazia Augusta ranger os dentes.

A promoção dos dois seria efetivada no final de abril, quando a cada ano o contrato social da empresa era formalmente renovado. Mas no início do mês, para a enorme satisfação de Augusta, Hugh cometera o erro incrivelmente tolo de se casar com uma moça rechonchuda da classe trabalhadora de Camden Town.

O episódio de Maisie, seis anos antes, demonstrara que ele tinha uma queda por mulheres da sarjeta, mas Augusta nunca esperaria que ele de fato se casaria com uma. Hugh o fizera com discrição, em Folkestone, com a presença apenas de sua mãe e sua irmã e do pai da noiva, e depois comunicara à família com um *fait accompli*.

– Presumo que você terá de pensar de novo sobre a promoção de Hugh a sócio, agora que ele casou com uma criada – comentou Augusta ao ajustar o rufo elisabetano de Joseph.

– Ela não é uma criada, e sim uma *corsetière*. Ou melhor, era. Agora é a Sra. Pilaster.

– Seja como for, um sócio do Pilasters não pode ter uma atendente de loja como esposa.

– Devo dizer que ele pode se casar com quem quiser.

Augusta já receava que o marido enveredasse por essa linha.

– Você não diria isso se ela fosse feia, magra e antipática – argumentou Augusta, incisiva. – Só porque ela é bonita e simpática você é tão tolerante.

– Não vejo nenhum problema.

– Um sócio deve se reunir com ministros de Estado, diplomatas, líderes de grandes empresas. Ela não saberá como se comportar. Pode embaraçá-lo a qualquer momento.

– Ela pode aprender. – Joseph hesitou por um instante, depois acrescentou: – Às vezes acho que você esquece suas próprias origens, minha cara.

Augusta empertigou-se e protestou com veemência:

– Meu pai tinha três lojas! Como ousa me comparar a essa vagabundinha?

Ele recuou no mesmo instante.

– Desculpe, desculpe...

Augusta continuou indignada.

– Além do mais, nunca trabalhei nas lojas do meu pai! Fui criada para ser uma dama!

– Já pedi desculpas. Não vamos mais falar a respeito. E agora está na hora de partirmos.

Augusta se calou, mas por dentro ainda fervia de raiva.

Edward e Emily os esperavam no vestíbulo, vestidos como Henrique II e Eleanor de Aquitânia. Edward enfrentava dificuldade com as ligas.

– Vocês podem ir na frente, mamãe – disse ele –, e depois mande a carruagem nos buscar.

– Ah, não, quero ir agora! – interveio prontamente Emily. – Ajeite as ligas no caminho.

Emily tinha enormes olhos azuis e o rosto atraente de uma menina. Estava fascinante no vestido e no manto bordados no estilo século XII, com uma touca comprida na cabeça. Augusta, porém, já descobrira que ela não era tão tímida quanto parecia. Durante os preparativos para o casamento, ficara evidente que Emily tinha vontade própria. Demonstrara prazer em deixar que Augusta cuidasse do café da manhã nupcial, mas insistira, com bastante obstinação, em se encarregar do próprio vestido e das damas de honra.

Ao embarcarem na carruagem, Augusta recordou vagamente que o casamento de Henrique II e Eleanor fora tempestuoso. Esperava que Emily não criasse muitos problemas para Edward. Desde o casamento, Edward andava mal-humorado, e Augusta desconfiava que havia algo errado. Tentara descobrir, interrogando-o com a maior cautela, mas ele não revelara nada.

O mais importante, no entanto, era que ele estava casado e se tornaria sócio do banco. Tinha conquistado seu lugar. Todo o resto poderia ser resolvido.

O baile começou às dez e meia e os Pilasters chegaram a tempo. Luzes brilhavam em todas as janelas da Casa Tenbigh. Já havia uma multidão de curiosos na rua e uma fileira de carruagens esperava na Park Lane para entrar no pátio. A multidão aplaudia cada fantasia quando os convidados desciam dos veículos e subiam os degraus até a porta. Olhando para a frente enquanto aguardavam, Augusta viu Antônio e Cleópatra, vários puritanos do tempo de Cromwell e cavaleiros medievais, duas deusas gregas e três Napoleões entrarem na casa.

A carruagem finalmente chegou à porta e eles saltaram. Dentro da casa havia outra fila, começando no vestíbulo e subindo pela escada curva até o patamar, onde o duque e a duquesa de Tenbigh, vestidos como Salomão e Sabá, cumprimentavam os convidados. O vestíbulo era uma massa de flores e uma banda tocava para distrair os convidados enquanto esperavam sua vez.

Os Pilasters foram seguidos por Micky Miranda – convidado por causa de sua posição como embaixador – e sua esposa, Rachel. Micky parecia mais sedutor do que nunca na seda vermelha do traje de cardeal Wolseley e por um instante o coração de Augusta palpitou. Ela fitou com um olhar crítico a esposa dele, que escolhera comparecer como uma escrava, o que era um tanto surpreendente. Augusta encorajara Micky a se casar, mas não pôde reprimir uma pontada de ressentimento por ele ter desposado uma mulher um tanto feia. Rachel retribuiu o olhar da mulher com frieza e segurou o braço de Micky num gesto possessivo depois que ele beijou a mão de Augusta.

– O enviado espanhol também está presente – disse Micky a Rachel ao subirem a escada lentamente. – Trate de ser simpática com ele.

– Você é que tem de ser – protestou Rachel, incisiva. – Eu o acho insuportável.

Micky franziu o cenho, mas não disse mais nada. Com suas opiniões extremistas e atitudes firmes, Rachel teria dado uma boa esposa para um jornalista combativo ou um membro radical do Parlamento. Micky merecia uma mulher menos excêntrica e mais bonita, refletiu Augusta.

Logo acima, ela divisou outros recém-casados, Hugh e Nora. Hugh era membro da Turma de Marlborough devido à sua amizade com os Greenbournes e, para a tristeza de Augusta, era convidado para todos os eventos.

Ele vestia-se como um rajá indiano e Nora parecia ser uma encantadora de serpentes, num traje cheio de lantejoulas cortado de modo a revelar uma calça no estilo harém. Havia serpentes artificiais enroladas em seus braços e pernas, e uma delas repousava a cabeça de papel machê em seu busto volumoso. Augusta estremeceu.

– A esposa de Hugh é vulgar demais – murmurou ela para Joseph.

Ele estava propenso a ser indulgente.

– Ora, é apenas uma fantasia.

– Nenhuma das outras mulheres aqui teve o mau gosto de mostrar as pernas.

– Não vejo a menor diferença entre uma calça larga e um vestido.

Era provável que ele estivesse apreciando a visão das pernas de Nora, pensou Augusta com profunda aversão. Era muito fácil para uma mulher assim turvar o julgamento dos homens.

– Apenas não acho que ela tenha condições de ser esposa de um sócio do Banco Pilasters.

– Nora não vai ter de tomar nenhuma decisão financeira.

Augusta teve vontade de soltar um grito de frustração. Não bastava Nora ser uma jovem da classe trabalhadora. Ela teria de fazer algo imperdoável para que Joseph e seus sócios se voltassem contra Hugh.

Era uma ideia.

A raiva de Augusta se dissipou tão depressa quanto aflorara. Talvez houvesse algum meio de meter Nora em encrenca, refletiu ela. Tornou a levantar os olhos pela escada e estudou sua presa.

Nora e Hugh conversavam com o adido húngaro, o conde de Tokoly, um homem de moral duvidosa, vestido apropriadamente de Henrique VIII. Nora era o tipo de mulher pela qual o conde se deixaria levar, pensou Augusta, maldosa. As damas respeitáveis cruzavam a sala para evitar falar com ele, mas ainda assim era preciso convidá-lo para os eventos sociais, já que era um diplomata importante. Não havia o menor sinal de desaprovação no rosto de Hugh enquanto observava a esposa flertar com o velho devasso. Não havia nada além de adoração no rosto de Hugh. Ainda estava muito apaixonado para perceber qualquer defeito na esposa. Essa situação não duraria muito.

– Nora está conversando com De Tokoly – murmurou Augusta para Joseph. – É melhor ela cuidar de sua reputação.

– Não seja grosseira com ele – declarou Joseph, bruscamente. – Esperamos levantar 2 milhões de libras para seu governo.

Augusta não ligava a mínima para De Tokoly. Continuou a remoer o que podia fazer em relação a Nora. A jovem era mais vulnerável agora, quando ainda não sabia de nada e não tivera tempo de aprender as maneiras da classe alta. Se conseguisse encontrar um meio de desgraçá-la de alguma forma, de preferência na frente do príncipe de Gales...

No instante em que ela pensava no príncipe, houve uma grande aclamação lá fora, indicando que a realeza chegara.

Um momento depois, o príncipe e a princesa Alexandra entraram, vestidos como rei Artur e rainha Guinevere, seguidos por sua comitiva, cavaleiros de armadura e damas medievais. A banda parou de tocar de repente, no meio de uma valsa de Strauss, e iniciou o hino nacional. Todos os convidados no vestíbulo fizeram reverência e a fila na escada se inclinou como uma onda enquanto o casal real subia. O príncipe se tornava mais gordo a cada ano, pensou Augusta ao fazer sua reverência. Não tinha certeza se havia fios brancos em sua barba, mas estava ficando rapidamente calvo no alto da cabeça. Sempre sentira pena da linda princesa, que tinha de aturar muita coisa de seu marido perdulário e mulherengo.

No topo da escada, o duque e a duquesa receberam os convidados reais e os levaram para o salão de baile. Os outros convidados na escada moveram-se em grupos para acompanhá-los.

Dentro do salão, massas de flores das estufas da casa de campo dos Tenbighs espalhavam-se pelas paredes e a luz de mil velas refletia-se nos espelhos altos entre as janelas. Os lacaios que serviam champanhe se vestiam como cortesãos elisabetanos, de gibão e meias compridas. O príncipe e a princesa foram conduzidos a um palanque na extremidade do salão. Fora acertado que convidados com as fantasias mais espetaculares deveriam desfilar em procissão em frente ao casal real. Assim que os dois sentaram, o primeiro grupo se adiantou. Formou-se um aglomerado perto do palanque e Augusta descobriu-se ao lado do conde de Tokoly.

– É uma jovem encantadora a esposa de seu sobrinho, Sra. Pilaster – comentou ele.

Augusta lançou-lhe um olhar gelado.

– É muita generosidade sua dizer isso, conde.

De Tokoly ergueu uma sobrancelha.

– Estou percebendo um tom de discordância? Sem dúvida, a senhora teria preferido que o jovem Hugh escolhesse uma esposa de sua própria classe.

– Sabe a resposta sem precisar que eu lhe diga.

– Mas a jovem tem um charme irresistível.
– Sem dúvida.
– Vou convidá-la para dançar mais tarde. Acha que ela aceitará?
Augusta não pôde resistir a um comentário ácido:
– Tenho certeza de que sim. Ela não é muito exigente.
Augusta se virou. Seria querer demais esperar que Nora provocasse algum incidente com o conde...
E foi nesse instante que ela teve uma súbita inspiração.
O conde era o fator crítico. Se ela o juntasse a Nora, a combinação poderia ser explosiva.
Sua mente disparou. Aquela noite era uma oportunidade perfeita. Tinha de resolver tudo agora.
Animada e um pouco ofegante, Augusta olhou ao redor, avistou Micky e aproximou-se dele.
– Há uma coisa que quero que faça por mim agora, o mais depressa possível – murmurou ela.
Micky lançou-lhe um olhar sugestivo.
– Qualquer coisa – retrucou ele.
Augusta ignorou a insinuação.
– Conhece o conde de Tokoly?
– Claro. Todos os diplomatas se conhecem.
– Diga a ele que Nora não é melhor do que deveria ser.
A boca de Micky se contraiu num meio sorriso.
– Apenas isso?
– Pode desenvolver, se quiser.
– Devo insinuar que sei disso... por experiência?
A conversa estava passando dos limites do decoro, mas a ideia de Micky era boa e Augusta assentiu.
– Ainda melhor.
– Sabe o que ele fará?
– Espero que faça uma sugestão indecente a ela.
– Se é isso que você quer...
– É isso.
Foi a vez de Micky assentir.
– Sou seu escravo nisto também, como em todas as coisas.
Augusta dispensou o elogio com um gesto impaciente, tensa demais para ouvir galanteios jocosos. Procurou Nora e avistou-a olhando ao redor em

admiração, impressionada com a decoração suntuosa e os trajes extravagantes. A moça nunca vira nada assim em toda a sua vida. Estava desprevenida. Sem pensar duas vezes, Augusta atravessou a multidão até ela.

– Quero lhe dar um conselho – sussurrou em seu ouvido.

– Pode estar certa de que ficarei agradecida.

Hugh devia ter feito a Nora um relato insidioso do caráter de Augusta, mas a moça, para seu crédito, não deixou transparecer nenhum sinal de hostilidade. Parecia ainda não ter chegado a uma conclusão sobre Augusta e não se mostrou calorosa nem fria.

– Observei-a conversando com o conde de Tokoly.

– Um velho safado – disse Nora no mesmo instante.

Augusta estremeceu com a vulgaridade, mas continuou:

– Se dá valor à sua reputação, tome cuidado com ele.

– Tomar cuidado? O que exatamente está querendo me dizer?

– Seja polida, é claro... Aconteça o que acontecer, não o deixe tomar liberdades. O menor encorajamento é suficiente para ele e, se não for contido de imediato, pode se tornar embaraçoso.

Nora assentiu, indicando que entendera.

– Não se preocupe. Sei lidar com homens desse tipo.

Hugh estava perto, conversando com o duque de Kingsbridge. Notou Augusta, lançou um olhar desconfiado e veio para o lado da esposa. Augusta, no entanto, já dissera tudo o que precisava e afastou-se para assistir ao desfile. Realizara seu trabalho. As sementes foram plantadas. Agora tinha de esperar, ansiosa, e torcer pelo melhor.

Algumas pessoas da Turma de Marlborough passavam na frente do príncipe, inclusive o duque e a duquesa de Kingsbridge e Solly e Maisie Greenbourne. Vestiam-se como potentados orientais, xás, paxás e sultanas, e, em vez de fazerem uma reverência, ajoelharam-se e realizaram um salamaleque, o que despertou uma risada do corpulento príncipe e aplausos da multidão. Augusta detestava Maisie Greenbourne, mas mal a notou. Sua mente analisava rapidamente as possibilidades. Havia uma centena de maneiras de sua trama dar errado. De Tokoly poderia ficar fascinado por outro rosto bonito, Nora podia tratá-lo com toda a cortesia, Hugh podia permanecer por perto, evitando que o conde fizesse qualquer coisa ofensiva. Com um pouco de sorte, o drama que ela planejara seria encenado, e seria turbulento.

O desfile terminava quando Augusta, consternada, notou que David Middleton se aproximava.

Vira-o pela última vez seis anos antes, quando ele a interrogara sobre a morte de seu irmão Peter na Escola Windfield e ela lhe dissera que as duas testemunhas, Hugh Pilaster e Antonio Silva, tinham viajado para o exterior. Mas Hugh voltara e ali estava Middleton. Como um mero advogado podia ser convidado para aquele baile? Augusta recordou vagamente que ele era um parente distante do duque de Tenbigh. Não havia previsto aquela situação. Podia ser um desastre. Não posso pensar em tudo!, disse a si mesma, nervosa.

Para seu horror, Middleton foi falar direto com Hugh.

Augusta adiantou-se pela multidão para ouvir a conversa.

– Olá, Pilaster – disse Middleton. – Soube que voltou à Inglaterra. Lembra-se de mim? Sou o irmão de Peter Middleton.

Augusta deu-lhe as costas a fim de que ele não percebesse sua presença e se esforçou para escutar o diálogo em meio ao burburinho ao seu redor.

– Lembro, sim... Você compareceu ao inquérito. Permita que lhe apresente minha esposa.

– Como tem passado, Sra. Pilaster? – cumprimentou Middleton, apressado, tornando a concentrar a atenção em Hugh. – Nunca fiquei satisfeito com as conclusões do inquérito, como sabe.

Augusta sentiu um calafrio. Middleton devia estar muito obcecado para mencionar daquela maneira um assunto tão impróprio no meio de um baile a fantasia. Era insuportável. O pobre Teddy nunca se livraria daquela suspeita antiga?

Ela não ouviu a resposta de Hugh, mas o tom era neutro e cauteloso. A voz de Middleton era mais alta e Augusta captou o que ele disse em seguida:

– Deve saber que ninguém no colégio acreditou na história de que Edward tentou salvar meu irmão do afogamento.

Augusta ficou tensa, temendo o que Hugh poderia responder, mas ele se manteve circunspecto e comentou que o incidente ocorrera havia muito tempo.

Nesse instante, Micky surgiu ao lado de Augusta. Seu rosto era uma máscara de descontração e refinamento, embora ela percebesse a tensão nos ombros rígidos.

– Aquele não é o tal Middleton? – murmurou ele no ouvido de Augusta.

Ela assentiu.

– Pensei tê-lo reconhecido.

– Cale-se e escute.

Middleton ficara um pouco agressivo.

— Acho que você sabe a verdade sobre o que aconteceu — declarou ele num tom de desafio.

— É isso que pensa?

A voz de Hugh se tornou audível e o tom, menos cordial.

— Perdoe-me por ser tão rude, Pilaster. Ele era meu irmão. Há anos me pergunto o que aconteceu de fato. Não acha que tenho o direito de saber?

Houve uma pausa. Augusta sabia que esse apelo ao que era certo e errado era o tipo de coisa capaz de comover o hipócrita do sobrinho. Queria interferir, fazê-los se calarem ou mudarem de assunto, mas isso seria confessar que tinha algo a esconder. Por isso permaneceu ali, impotente e apavorada, pregada no chão, aguçando os ouvidos para escutar tudo em meio ao murmúrio da multidão.

— Não vi Peter morrer, Middleton — respondeu Hugh finalmente. — Não posso lhe dizer o que aconteceu. Não tenho certeza e seria errado especular.

— Isso significa que tem suspeitas? Pode imaginar como aconteceu?

— Não há margem para palpites nesse caso. Seria uma irresponsabilidade. Você diz que quer a verdade. Sou sempre a favor da verdade. Se eu soubesse qual era, iria me considerar obrigado pelo dever a revelá-la. Acontece que não sei.

— Acho que está protegendo seu primo.

Hugh ficou ofendido.

— Caramba, Middleton. Está indo longe demais. Tem direito de se sentir mal, mas não lance dúvidas sobre a minha honestidade.

— Alguém está mentindo — insistiu Middleton rudemente, para se afastar em seguida.

Augusta voltou a respirar. O alívio deixou-a de joelhos bambos e ela teve de se apoiar discretamente em Micky. Os preciosos princípios de Hugh haviam trabalhado em seu favor. Hugh desconfiava que Edward contribuíra para a morte de Peter, mas nada diria porque era apenas uma suspeita. E agora Middleton deixara Hugh furioso. Um cavalheiro nunca devia dizer uma mentira e, para jovens como Hugh, a insinuação de que não estaria dizendo a verdade era um grave insulto. Era bem provável que Middleton e Hugh nunca mais tornassem a se falar.

A crise desabara de repente, como uma tempestade de verão, deixando-a assustada, mas se dissipara com a mesma rapidez. Estava abalada, mas sã e salva.

O desfile terminou. A banda começou a tocar uma quadrilha. O príncipe tirou a duquesa para dançar e o duque foi com a princesa, formando o primeiro quarteto. Outros grupos seguiram o exemplo. A dança era meio lenta, talvez porque muitas pessoas usassem fantasias pesadas.

— Talvez o Sr. Middleton não represente mais um perigo para nós — comentou Augusta com Micky.

— Não se Hugh continuar de boca fechada.

— E desde que seu amigo Silva permaneça em Córdoba.

— A família dele tem cada vez menos influência. Não acho que o verei na Europa outra vez.

— Ainda bem. — Augusta voltou a pensar na conspiração. — Falou com De Tokoly?

— Falei.

— Ótimo.

— Só espero que você saiba o que está fazendo.

Augusta lançou-lhe um olhar de reprovação.

— Que tolice a minha! — exclamou Micky. — Você sempre sabe o que está fazendo.

A segunda dança foi uma valsa, e Micky convidou-a para dançar. Quando Augusta era moça, a valsa era considerada indecente, porque os parceiros ficavam muito próximos, o braço do homem envolvendo toda a cintura da mulher. Hoje em dia, porém, até a realeza se rendia à valsa.

Assim que Micky a tomou em seus braços, ela sentiu que mudava. Era como ter 17 anos outra vez e dançar com Strang. Quando se movimentava, Strang pensava em sua parceira, não nos próprios pés, e Micky tinha o mesmo talento. Fazia Augusta se sentir jovem, bela e despreocupada. Podia sentir a suavidade das mãos de Micky, o cheiro masculino de tabaco e óleo de Macassar, o calor do corpo a se comprimir contra o seu. Teve uma pontada de inveja de Rachel, que partilhava a cama dele. Por um momento, recordou a cena no quarto do velho Seth, seis anos antes, mas parecia irreal, como um sonho antigo que não sabia se acontecera de fato.

Algumas mulheres em sua posição teriam uma ligação amorosa clandestina, mas Augusta, embora às vezes sonhasse com encontros secretos com Micky, não suportaria a escapada sorrateira por ruas transversais, os encontros em esconderijos, os abraços furtivos, as evasivas e as desculpas. Além do mais, esses casos eram muitas vezes descobertos. Era mais provável que deixasse Joseph e fugisse com Micky. Ele talvez quisesse. E tinha certeza de que o faria querer, se assim se empenhasse. Mas sempre que aventava esse sonho Augusta pensava em todas as coisas a que teria de renunciar:

suas três casas, a carruagem, o dinheiro para roupas, a posição social, o acesso a bailes como aquele. Strang teria lhe dado tudo isso, mas Micky só poderia lhe oferecer sua personalidade sedutora, o que não bastava.

– Olhe nessa direção – sugeriu Micky, indicando com um aceno de cabeça.

Augusta avistou Nora dançando com o conde de Tokoly. Ficou tensa.

– Vamos chegar mais perto – murmurou ela.

Não foi fácil, pois o grupo real se encontrava naquele canto e todos queriam se manter nas proximidades. Com extrema habilidade, Micky conduziu-a através da multidão.

A valsa continuava, repetindo interminavelmente a mesma melodia banal. Até agora, Nora e o conde dançavam como qualquer outro casal. Ele fazia comentários ocasionais, em voz baixa. Ela assentia e sorria. Talvez ele a segurasse um pouco perto demais, mas não o suficiente para causar estranheza. Enquanto a música prosseguia, Augusta se perguntou se julgara mal suas duas vítimas. Estava tão preocupada e tensa que não conseguia dançar.

A valsa foi se aproximando do clímax. Augusta não desviava os olhos de Nora e do conde. E, de repente, houve uma mudança. O rosto de Nora assumiu uma expressão fria de consternação. O conde devia ter falado algo de que ela não gostara. As esperanças de Augusta aumentaram. Mas o que ele dissera não fora ofensivo o bastante para que Nora fizesse uma cena e os dois continuaram dançando.

Augusta já perdia as esperanças e a valsa entrava nos últimos acordes quando a confusão ocorreu.

Augusta foi a única pessoa que percebeu como começara. O conde aproximou os lábios do ouvido de Nora e murmurou alguma coisa. Ela ficou vermelha, parou de dançar abruptamente e empurrou-o para longe. Ninguém, exceto Augusta, notou isso, porque a dança terminava. O conde, no entanto, arriscou sua sorte, tornando a falar, o rosto contraído num típico sorriso lascivo. No instante em que a música parou e houve um silêncio momentâneo, Nora acertou-lhe uma bofetada.

O barulho ressoou pelo salão como o estampido de um tiro. Não foi um tapa polido, de uma dama, apropriado ao ambiente, mas o tipo de golpe para afastar um bêbado importuno num bar. O conde cambaleou para trás... e esbarrou no príncipe de Gales.

Houve um rumor de espanto coletivo das pessoas ao redor. O príncipe quase caiu e foi amparado pelo duque de Tenbigh. No silêncio de horror, o sotaque do East End de Nora soou em alto e bom som:

– Nunca mais chegue perto de mim, seu velho safado!

Por mais um segundo, eles formaram um quadro imóvel: a mulher indignada, o conde humilhado e o príncipe aturdido. Augusta foi invadida por uma imensa alegria. Dera certo. E fora muito melhor do que ela poderia imaginar!

Foi então que Hugh apareceu ao lado de Nora e pegou-a pelo braço. O conde se empertigou e afastou-se. Um grupo ansioso se aglomerou em torno do príncipe, escondendo-o. As conversas irromperam por todo o salão, como uma trovoada.

Augusta olhou triunfante para Micky.

– Brilhante! – sussurrou ele com genuína admiração. – Você foi brilhante, Augusta!

Micky apertou o braço dela e levou-a para um canto do salão.

Joseph a esperava.

– Que mulher terrível! – queixou-se ele. – Fazer uma cena assim na presença do príncipe. Trouxe vergonha para toda a família, e ainda por cima devemos perder um grande contrato!

Era justamente a reação que Augusta esperava.

– Agora talvez você entenda por que Hugh não pode ser promovido a sócio – comentou ela, triunfante.

Joseph lançou-lhe um olhar pensativo. Por um terrível momento, Augusta pensou ter exagerado. Temeu que o marido imaginasse que fora ela quem orquestrara todo o incidente. Se o pensamento atravessou a mente de Joseph, devia tê-lo descartado, pois logo disse:

– Tem razão, minha cara. Tem razão desde o início.

Hugh conduziu Nora para a porta.

– Estamos de saída, claro – disse ele em tom neutro ao passarem.

– Vamos todos nos retirar agora – anunciou Augusta.

Só que ela não queria que o casal fosse embora imediatamente. Se nada mais fosse dito naquela noite, haveria o risco de que, no dia seguinte, depois que todos esfriassem a cabeça, se dissesse que o incidente não fora tão desastroso quanto parecera. Para se prevenir, Augusta queria mais uma briga agora: temperamentos exaltados, palavras iradas, acusações que não poderiam ser esquecidas com facilidade. Por isso pôs a mão no braço de Nora, detendo-a.

– Tentei avisá-la sobre o conde de Tokoly – comentou em tom acusador.

– Quando um homem ofende uma dama ao dançarem – disse Hugh –, não há muito que ela possa fazer sem causar uma cena.

– Não seja ridículo – rebateu Augusta. – Qualquer moça de boa educação saberia exatamente o que fazer. Ela deveria ter dito que se achava indisposta e pedir sua carruagem.

Hugh sabia que era verdade e não tentou negar. Mais uma vez, Augusta temeu que todos se acalmassem e o incidente fosse superado. Mas Joseph ainda estava furioso.

– Só os céus sabem quantos danos você causou à família e ao banco esta noite – disse ao sobrinho.

Hugh ficou vermelho e indagou, tenso:

– O que está querendo dizer?

Ao desafiar Joseph a explicitar a acusação, Hugh só agravava sua situação, pensou Augusta, satisfeita. Ele era muito jovem para saber que àquela altura deveria se calar e ir para casa. Joseph ficou ainda mais irritado.

– É certo que perdemos a conta húngara e nunca mais seremos convidados para um evento real.

– Sei disso muito bem – respondeu Hugh. – Só perguntei por que acha que os danos foram causados por *mim*.

– Porque você trouxe para a família uma mulher que não sabe se comportar!

Cada vez melhor, pensou Augusta, com um júbilo malicioso.

Hugh estava vermelho agora, mas falava com uma fúria controlada:

– Vamos esclarecer as coisas. A esposa de um Pilaster deve estar disposta a sofrer insultos e humilhações em bailes, desde que não ponha em risco um negócio? É essa a sua filosofia?

Joseph se sentia agora muito ofendido.

– Seu garoto insolente! O que estou dizendo é que, ao casar com alguém de classe inferior, você se tornou para sempre indigno de vir a ser um sócio no banco!

Ele falou!, pensou Augusta, exultante. Ele falou o que eu queria!

Hugh levou um choque que o reduziu ao silêncio. Ao contrário de Augusta, ele não previra as implicações da briga. Agora, começava a absorver o significado do que acontecera, e ela percebeu a expressão dele mudar de raiva para ansiedade e compreensão e depois para desespero.

Augusta se esforçou para reprimir um sorriso vitorioso. Conseguira o que queria: vencera. Mais tarde, Joseph poderia se arrepender de seu pronunciamento, mas era improvável que o retirasse, pois era orgulhoso demais.

– Então é isso – disse Hugh, depois de um longo momento.

Ele olhava para Augusta, e não para Joseph. Ela constatou, surpresa, que o sobrinho estava à beira das lágrimas.

– Muito bem, Augusta, a senhora venceu. Não sei como, mas não tenho a menor dúvida de que foi a senhora quem provocou esse incidente. – Ele virou-se para Joseph. – Deve refletir a respeito, tio Joseph. Deve pensar em quem se importa de fato com o banco...

Hugh tornou a fitar Augusta e arrematou:

– E quem são seus verdadeiros inimigos.

3

A NOTÍCIA DA QUEDA de Hugh espalhou-se pela City rapidamente. Na tarde seguinte, pessoas que disputavam o privilégio de conversar com ele, propondo projetos para ferrovias, usinas siderúrgicas, estaleiros e loteamentos suburbanos, estavam cancelando as reuniões. No banco, funcionários que o veneravam até então passaram a tratá-lo como um gerente qualquer. Descobriu que podia entrar num café nas ruas próximas do Banco da Inglaterra sem atrair um bando de pessoas ansiosas em saber sua opinião sobre a Grand Trunk Railroad, o preço dos títulos públicos da Louisiana e a dívida nacional americana.

Houve uma briga na Sala dos Sócios. Tio Samuel ficou indignado quando Joseph anunciou que Hugh não poderia ser promovido a sócio. Mas o jovem William apoiou seu irmão Joseph, assim como o major Hartshorn, deixando Samuel sozinho.

Foi Jonas Mulberry, o calvo e lúgubre escriturário-chefe, quem contou a Hugh o que acontecera entre os sócios.

– Devo dizer que lamento a decisão, Sr. Hugh – declarou ele com evidente sinceridade. – Quando trabalhava sob as minhas ordens, ainda jovem, nunca tentou me culpar por seus erros, ao contrário de outros membros da família com os quais lidei no passado.

– Eu não ousaria fazer isso, Sr. Mulberry – comentou Hugh, sorrindo.

Nora chorou por uma semana. Hugh recusou-se a culpá-la pelo que acontecera. Ninguém o obrigara a se casar com ela. Tinha de assumir a responsabilidade por suas próprias decisões. Se sua família tivesse o mínimo de decência, trataria de apoiá-lo numa crise assim, mas nunca contara com eles para esse tipo de amparo.

Depois que superou sua perturbação, Nora mostrou-se um tanto insensível, revelando um lado duro que surpreendeu Hugh. Ela não entendia o significado da sociedade para o marido. Hugh compreendeu, um pouco desapontado, que ela não era muito capaz de imaginar os sentimentos das outras pessoas. Pensou que era porque ela crescera pobre e sem mãe e fora obrigada a colocar seus interesses pessoais em primeiro lugar durante toda a vida. Embora tivesse ficado um pouco abalado com a atitude de Nora, ele a esquecia todas as noites quando iam juntos para a cama enorme e macia e faziam amor.

O ressentimento aumentava dentro de Hugh como uma úlcera, mas agora tinha uma esposa, uma casa nova e grande e seis criados para sustentar, por isso tinha de permanecer no banco. Ganhou sua própria sala, no andar acima da Sala dos Sócios, e pôs na parede um mapa enorme da América do Norte. Todas as manhãs de segunda-feira escrevia um resumo dos negócios norte-americanos da semana anterior e enviava um cabograma para Sidney Madler em Nova York. Numa segunda-feira, duas semanas depois do baile da duquesa de Tenbigh, estava na sala do telégrafo, no andar térreo, quando encontrou um estranho de cabelos escuros, em torno dos 21 anos. Hugh sorriu.

– Bom dia. Quem é você?

– Simon Oliver – respondeu o homem num sotaque vagamente espanhol.

– Deve ser novo aqui. – Hugh estendeu a mão. – Sou Hugh Pilaster.

– Muito prazer.

Oliver parecia um tanto esquivo.

– Trabalho nos negócios norte-americanos – acrescentou Hugh. – E você?

– Trabalho com o Sr. Edward.

Hugh fez a ligação.

– Você é da América do Sul?

– Isso mesmo. De Córdoba.

Fazia sentido. Como a especialidade de Edward era a América do Sul em geral e Córdoba em particular, podia ser útil ter um natural daquele país trabalhando com ele, ainda mais porque Edward não falava espanhol.

– Fui colega do embaixador cordovês, Micky Miranda, no colégio – informou Hugh. – Deve conhecê-lo.

– Ele é meu primo.

– Ah...

Não havia nenhuma semelhança de família, mas Oliver se arrumava de maneira impecável, com roupas sob medida e bem-passadas, os cabelos penteados e os sapatos brilhando, sem dúvida seguindo o exemplo do primo mais velho e bem-sucedido.

– Espero que goste de trabalhar conosco.

– Obrigado.

Hugh voltou pensativo para sua sala. Edward precisava de toda a ajuda que pudesse obter, mas Hugh ficava um pouco incomodado por ter um primo de Micky numa posição tão potencialmente influente no banco.

Sua apreensão foi justificada poucos dias depois.

Mais uma vez, foi Jonas Mulberry quem lhe relatou o que acontecera na Sala dos Sócios. Mulberry foi ao escritório de Hugh com uma programação dos pagamentos que o banco tinha de efetuar em Londres em nome do governo dos Estados Unidos, mas seu verdadeiro objetivo era conversar. O rosto de cocker spaniel parecia mais murcho do que nunca.

– Não gosto da situação, Sr. Hugh. Os títulos sul-americanos nunca foram sólidos.

– Estamos lançando um título sul-americano?

Mulberry assentiu.

– O Sr. Edward propôs e os sócios concordaram.

– Para quê?

– Uma nova ferrovia, da capital de Córdoba, Palma, até a província de Santa María.

– Cujo governador é Papa Miranda...

– O pai do Señor Miranda, amigo do Sr. Edward.

– E tio do escriturário de Edward, Simon Oliver.

Mulberry balançou a cabeça em desaprovação.

– Eu já trabalhava aqui quando o governo venezuelano deixou de pagar seus títulos, há quinze anos. Meu pai, que Deus guarde sua alma, se lembrava do calote argentino em 1828. E olhe para os títulos mexicanos... Só pagam dividendos de vez em quando. Quem já ouviu falar de títulos que só rendem de vez em quando?

Hugh concordou.

– Além do mais, os investidores que gostam de ferrovias podem obter de cinco a 6% sobre as ações nos Estados Unidos. Por que ir para Córdoba?

– Exatamente.

Hugh coçou a cabeça.

– Bem, vou tentar descobrir o que eles estão pensando.

Mulberry lhe estendeu um maço de papéis.

– O Sr. Samuel pediu um resumo das posições no Extremo Oriente. Pode levar os dados para ele.

Hugh sorriu.

– O senhor pensa em tudo.

Ele pegou os papéis e desceu para a Sala dos Sócios.

Só Samuel e Joseph estavam ali. Joseph ditava cartas a um estenógrafo e Samuel examinava um mapa da China. Hugh pôs o relatório na mesa de Samuel.

– Mulberry me pediu que lhe entregasse isto.

– Obrigado. – Samuel fitou-o e sorriu. – Mais alguma coisa?

– Há, sim. Tenho me perguntado por que vamos financiar a ferrovia de Santa María.

Hugh ouviu Joseph interromper o ditado por um instante e depois recomeçar.

– Não é o investimento mais atraente que já lançamos, reconheço – respondeu Samuel –, mas tudo deve dar certo com o apoio do nome Pilaster.

– Pode-se dizer a mesma coisa de qualquer negócio que nos é proposto – protestou Hugh. – O motivo de nossa reputação é que nunca oferecemos aos investidores um título que pode apenas "dar certo".

– Seu tio Joseph acha que a América do Sul pode estar pronta para uma recuperação.

Ouvindo seu nome, Joseph entrou na conversa:

– É como mergulhar o dedão na água para sentir a temperatura.

– Ou seja, é um risco – disse Hugh.

– Se meu bisavô nunca tivesse assumido um risco, não empenharia todo o seu dinheiro num navio negreiro e hoje não existiria o Banco Pilasters.

– E desde então os Pilasters sempre deixaram para casas menores e mais especulativas a exploração de águas desconhecidas – insistiu Hugh.

Tio Joseph não gostou de ser contestado.

– Uma exceção não vai nos fazer mal – respondeu em tom irritado.

– A disposição para abrir exceções pode nos prejudicar profundamente.

– Não compete a você julgar isso.

Hugh franziu o cenho. Seu instinto estava certo. O investimento não tinha sentido comercial e Joseph não podia justificá-lo. Então por que o aceitara? Assim que se perguntou, Hugh percebeu qual era a resposta.

– Fez isso por causa de Edward, não é mesmo? Quer encorajá-lo, e este é o primeiro negócio que ele apresenta desde que se tornou sócio. Por isso vai deixar que o leve adiante, embora as perspectivas sejam desfavoráveis.

– Não cabe a você questionar meus motivos!

– E não cabe ao senhor arriscar o dinheiro de outras pessoas para fazer um favor a seu filho. Pequenos investidores de Brighton e Harrogate vão aplicar seu dinheiro nessa ferrovia e vão perder tudo se fracassar.

– Você não é sócio, então sua opinião não nos interessa.

Hugh detestava quando as pessoas mudavam de assunto no meio de uma discussão e reagiu com irritação:

– Sou um Pilaster e, quando a reputação do banco é prejudicada, também afeta o meu nome.

– Creio que você já tenha falado demais, Hugh... – interveio Samuel.

Hugh sabia que deveria se calar, mas não pôde se conter.

– Receio que ainda não falei tudo o que devo. – Percebeu que estava gritando e tentou baixar a voz. – Estão dissipando a reputação do banco com esse negócio. Nosso bom nome é nosso maior patrimônio. Usá-lo dessa maneira é como esbanjar capital.

Tio Joseph perdeu toda a compostura.

– Não se atreva a me fazer uma preleção, aqui no meu banco, sobre princípios de investimentos, seu jovem insolente e presunçoso! Saia desta sala!

Hugh fitou o tio em silêncio por um longo tempo. Sentia-se furioso e deprimido. O tolo e fraco Edward era um sócio e levava o banco a realizar péssimos negócios com a ajuda do pai imprudente, e não havia nada que ninguém pudesse fazer. Fervendo de frustração, Hugh virou-se e saiu da sala, batendo a porta.

~

Dez minutos depois, foi pedir um emprego a Solly Greenbourne.

Não tinha certeza de que os Greenbournes o aceitariam. Era um funcionário que qualquer banco cobiçaria por causa de seus contatos nos Estados Unidos e no Canadá, mas os banqueiros não achavam uma atitude cavalheiresca tirar pessoas importantes de seus rivais. Além disso, os Greenbournes podiam temer que Hugh revelasse segredos à família durante o jantar, e o fato de não ser judeu só podia aumentar esse receio.

O Pilasters, no entanto, tornara-se um beco sem saída para ele. Tinha de sair de lá.

Chovera mais cedo, mas o sol aparecera na metade da manhã e o vapor se elevava do estrume de cavalo que cobria as ruas de Londres. A arquitetura da City era uma mistura de prédios clássicos grandiosos e casas velhas quase em ruínas. O prédio do Pilasters era do tipo grandioso, o do Greenbournes não. Não se poderia imaginar que o Banco Greenbournes era maior e mais importante do que o Pilasters pela aparência da matriz. Os negócios haviam começado três gerações antes, com empréstimos a importadores de peles, a partir de duas salas de uma casa antiga na Thames Street. Sempre que havia necessidade de mais espaço, eles se expandiam para outra casa. Agora, ocupavam quatro prédios adjacentes e mais três nas proximidades. Só que eram realizadas mais transações naquelas casas dilapidadas do que no esplendor ostentoso do prédio do Pilasters.

No interior, não havia o silêncio reverencial do salão do Pilasters. Hugh teve de abrir caminho através de uma multidão, como suplicantes esperando para falar com um rei medieval, todos convencidos de que, se pudessem ao menos falar com Ben Greenbourne, apresentar seu caso ou vender uma proposta, ganhariam uma fortuna. Os corredores em zigue-zague e as escadas estreitas eram parcialmente obstruídos por antigos arquivos de metal, caixas de papelão de papel timbrado e garrafões de tinta, e cada cubículo fora convertido na sala de um escriturário. Hugh encontrou Solly num escritório grande, de assoalho irregular, com uma janela em estado precário que dava para o rio. A corpulência de Solly estava meio escondida pelas pilhas de papel em sua mesa.

– Moro num palácio e trabalho num barraco – comentou Solly, pesaroso. – Tento convencer meu pai a construir um prédio apropriado para um banco, mas ele alega que não há lucro em ter uma propriedade assim.

Hugh sentou-se num sofá cheio de caroços e aceitou uma taça grande de um xerez muito caro. Sentia-se constrangido, porque no fundo de sua mente pensava em Maisie. Seduzira-a antes que ela se tornasse esposa de Solly e o teria feito de novo se ela houvesse permitido. Mas tudo isso era passado agora, disse ele a si mesmo. Maisie trancara a porta na Mansão Kingsbridge e ele se casara com Nora. Não pretendia ser um marido infiel.

Ainda assim, sentia-se constrangido.

– Vim procurá-lo aqui porque quero falar de negócios – anunciou ele.

Solly abriu os braços.

– Pode falar.

– Sou especialista em América do Norte, como sabe.

– Claro que sei! Você se saiu tão bem por lá que não nos deixou muito espaço para operar.

– Exatamente. E, por causa disso, estão perdendo muitos negócios lucrativos.

– Não precisa jogar isso na minha cara. Papai me pergunta a todo instante por que não sou mais parecido com você.

– O que precisa é de alguém com experiência norte-americana para abrir um escritório em Nova York e partir atrás dos negócios.

– Isso e uma fada madrinha.

– Falo a sério, Greenbourne. Sou o homem de que precisa.

– Você?

– Quero trabalhar para vocês.

Solly estava perplexo. Espiou por cima dos óculos como se conferisse que fora realmente Hugh quem dissera aquilo.

– Suponho que é por causa do incidente no baile da duquesa de Tenbigh – comentou depois de um momento.

– Disseram que não vão me promover a sócio por causa de minha esposa.

Solly compreenderia, pensou Hugh, porque também se casara com uma moça de classe inferior.

– Lamento ouvir isso – murmurou Solly.

– Não estou pedindo compaixão. Sei do meu valor e vocês vão ter de pagar o preço se me quiserem. Ganho agora mil libras por ano e espero ter aumento todos os anos enquanto proporcionar mais lucros para o banco.

– Isso não é problema. – Solly pensou por um momento. – Pode ser uma coisa muito importante para mim. Sou grato pela oferta. Você é um bom amigo e um excepcional homem de negócios.

Pensando outra vez em Maisie, Hugh sentiu uma pontada de culpa ao ouvir a expressão "bom amigo".

– Não há nada que eu gostaria mais do que tê-lo trabalhando comigo – acrescentou Solly.

– Percebo que há um "mas" à espreita – comentou Hugh, com apreensão no coração.

Solly balançou a cabeça, solene.

– Não há "mas" nenhum, pelo menos para mim. Claro que não posso contratá-lo como faria com um escriturário subalterno. Tenho que consultar meu pai. Sabe como as coisas funcionam no mundo financeiro. O lucro é um argumento que supera todos os outros. Não imagino que meu pai recuse uma considerável fatia do mercado norte-americano.

Hugh não queria parecer muito ansioso, então não pôde deixar de indagar:

– Quando vai falar com ele?

– Por que não agora? – Solly levantou-se. – Não vou demorar um minuto. Tome outra taça de xerez.

Ele saiu da sala. Hugh tomou um gole da bebida, mas estava tão tenso que tinha dificuldade para engolir. Nunca pedira emprego antes. Era angustiante saber que seu futuro dependia do capricho do velho Ben Greenbourne. Pela primeira vez pôde compreender os sentimentos dos jovens bem-arrumados, em colarinhos engomados, que entrevistara algumas vezes para vagas de escriturário. Inquieto, ele se levantou e foi até a janela. No outro lado do rio, uma barcaça descarregava fardos de tabaco para um armazém. Era tabaco da Virgínia, e era bem provável que tivesse sido ele quem financiara a transação.

Sentia-se como se estivesse diante do Juízo Final, um pouco como o que experimentara ao embarcar no navio para Boston seis anos antes, achando que nada mais voltaria a ser como era.

Solly voltou com o pai. Ben Greenbourne tinha o porte empertigado e a cabeça em formato de bala, como um general prussiano. Hugh levantou-se para apertar sua mão. Examinou ansioso o rosto do velho. A expressão era solene. Significava um não?

– Solly me contou que sua família decidiu não lhe oferecer um lugar na sociedade.

A fala de Ben era fria e incisiva. Ele era muito diferente do filho, refletiu Hugh.

– Para ser mais preciso, eles ofereceram, mas depois retiraram a oferta – explicou Hugh.

Ben assentiu. Era um homem que apreciava a precisão.

– Não cabe a mim criticar o julgamento deles. Mas se seu conhecimento do mercado norte-americano está à venda, pode ter certeza de que sou um comprador.

O coração de Hugh disparou. Parecia uma oferta de emprego.

– Obrigado.

– Não quero contratá-lo sob falsas impressões. Por isso devo esclarecer uma coisa: é improvável que algum dia você venha a se tornar sócio do nosso banco.

Hugh não chegara a pensar tão longe, mas ainda assim era um golpe.

– Entendo.

— Digo isso agora para que nunca pense que é um reflexo do seu trabalho. Muitos cristãos são colegas valorizados e amigos queridos, mas os sócios sempre foram judeus e sempre vão ser.

— Agradeço sua franqueza.

Por Deus, pensou Hugh, você é mesmo um velho impiedoso!

— Ainda quer o emprego?

— Quero.

Ben Greenbourne tornou a apertar a mão de Hugh.

— Neste caso, aguardo ansiosamente o momento de começar a trabalhar com você — acrescentou, antes de se retirar.

Solly exibiu um largo sorriso.

— Seja bem-vindo à firma!

Hugh sentou.

— Obrigado.

O alívio e o prazer eram um pouco ofuscados pela ideia de que nunca seria um sócio, mas Hugh fez um esforço para aceitar de bom grado a situação. Ganharia um bom salário, viveria com conforto. Só que nunca seria milionário. Era preciso ser um sócio para ganhar tanto dinheiro assim.

— Quando pode começar? — perguntou Solly, ansioso.

Hugh não pensara nisso.

— Provavelmente devo cumprir o aviso prévio de noventa dias.

— Faça menos, se for possível.

— Claro. Isso é ótimo, Solly. Não tenho palavras para descrever como estou satisfeito.

— Eu também.

Hugh não podia pensar em nada para dizer em seguida e levantou-se, então Solly acrescentou:

— Posso fazer outra sugestão?

— Claro — disse ele, tornando a sentar.

— É sobre Nora. Espero que não se ofenda.

Hugh hesitou. Eram velhos amigos, mas ele não queria conversar com Solly sobre sua esposa. Seus próprios sentimentos eram ambíguos. Sentia-se embaraçado pela cena que ela fizera, mas ainda assim achava que a atitude de Nora fora justificada. Ficava na defensiva por seu sotaque, suas maneiras e sua classe de origem, mas também se orgulhava por Nora ser tão bonita e encantadora.

No entanto, não podia ser melindroso com o homem que acabara de salvar sua carreira e por isso concordou.

– Pode falar.

– Como sabe, também me casei com uma moça que... não estava acostumada à alta sociedade.

Hugh fez que sim com a cabeça. Sabia disso muito bem, mas ignorava como Maisie e Solly haviam enfrentado a situação, pois estava no exterior quando se casaram. Deviam ter cuidado bem dela, já que Maisie se tornara uma das mais destacadas anfitriãs da sociedade londrina. E se alguém se lembrava de suas origens humildes, nunca mencionava o assunto. Era algo raro, mas havia precedentes. Hugh já ouvira falar de duas ou três beldades da classe baixa que haviam sido aceitas pela alta sociedade no passado.

– Maisie sabe o que Nora está passando – continuou Solly. – Pode ajudá-la bastante, dizer a ela o que fazer e falar, quais erros evitar, onde comprar vestidos e chapéus, como controlar o mordomo e a governanta, todas essas coisas. Maisie sempre gostou de você, Hugh, por isso estou certo de que ela teria o maior prazer em ajudar. E não há motivo para que Nora não faça o que Maisie fez e se torne um pilar da sociedade.

Hugh estava à beira das lágrimas. Aquele gesto de apoio do velho amigo tocou fundo em seu coração.

– Darei a sugestão a Nora – respondeu ele em tom um pouco brusco para disfarçar seus sentimentos e se levantou para ir embora.

– Espero não ter ido além do que deveria – comentou Solly apreensivo, ao trocarem um aperto de mãos.

Hugh parou na porta.

– Ao contrário, Greenbourne. Você é um amigo melhor do que eu mereço.

~

Ao voltar ao Banco Pilasters, Hugh encontrou um bilhete à sua espera. Dizia:

10h30

Meu caro Pilaster,
    Preciso falar com você imediatamente.
    Poderá me encontrar na Plage's Coffee House, logo depois da esquina? Estarei à sua espera. Seu velho amigo,

    Antonio Silva

Então Tonio voltara! A carreira dele fora arruinada quando perdera mais do que podia pagar num jogo de cartas com Edward e Micky. Deixara a Inglaterra em desgraça, mais ou menos na mesma ocasião que Hugh. O que teria lhe acontecido desde então? Na maior curiosidade, Hugh seguiu direto para o café.

Encontrou um Tonio mais velho, mais controlado, em roupas mais surradas, sentado a um canto lendo o *Times*. Ainda tinha os cabelos ruivos, mas, fora isso, nada restava do colegial travesso ou do jovem perdulário. Embora tivesse apenas a idade de Hugh, 26 anos, já trazia pequenas rugas de preocupação em torno dos olhos.

– Fiz muito sucesso em Boston – disse Hugh em resposta à primeira pergunta de Tonio. – Voltei em janeiro. Agora estou enfrentando problemas com minha família outra vez. E você?

– Houve muitas mudanças em meu país. Minha família não é mais tão influente quanto antes. Ainda controlamos Milpita, nossa cidade natal, mas na capital outros se interpuseram entre nós e o presidente Garcia.

– Quem?

– A facção Miranda.

– A família de Micky?

– Isso mesmo. Eles assumiram o controle das minas de nitrato no norte, o que os deixou muito ricos. Também monopolizam o comércio com a Europa por causa da ligação com o banco de sua família.

Hugh ficou surpreso.

– Sabia que Edward fazia muitos negócios com Córdoba, só não imaginei que eram todos por intermédio de Micky. Mas creio que isso não tem importância.

– Tem, sim.

Tonio tirou um maço de papéis do bolso interno do paletó.

– Leia isto. É um artigo que escrevi para o *Times*.

Hugh pegou o manuscrito e começou a ler. Era uma descrição das condições nas minas de nitrato que pertenciam aos Mirandas. Como o comércio era financiado pelo Banco Pilasters, Tonio considerava o banco responsável pelos maus-tratos infligidos aos mineiros. A princípio, Hugh não se impressionou: longas jornadas de trabalho, salários ínfimos e crianças trabalhando eram coisas que existiam em minas do mundo inteiro. Aos poucos, compreendeu que a situação ali era muito pior. Nas minas dos Mirandas, os capatazes eram armados com pistolas e chicotes e os usavam sem a menor hesitação para impor disciplina. Os trabalhadores – inclusive mulheres e crianças – eram açoitados por serem lerdos e podiam ser fuzilados se tentassem escapar antes que findasse o prazo de seus contratos. Tonio tinha depoimentos de testemunhas dessas "execuções".

Hugh estava horrorizado.

– Isso é assassinato!

– Exatamente.

– Seu presidente não sabe disso?

– Claro que sabe, mas os Mirandas são agora seus favoritos.

– E sua família...

– Houve um tempo em que podíamos dar fim a essa situação. Agora, todo o nosso esforço é só para manter o controle de nossa província.

Hugh sentia-se mortificado por saber que sua própria família e seu banco financiavam uma indústria tão brutal, mas por um momento tentou deixar de lado os sentimentos e analisar as consequências de forma objetiva. O artigo escrito por Tonio era o tipo de material que o *Times* gostava de publicar. Haveria discursos no Parlamento e cartas de protesto nas revistas semanais. A consciência social dos homens de negócios, muitos dos quais eram metodistas, faria com que hesitassem antes de se envolver com o Banco Pilasters. Seria tudo extremamente prejudicial para o banco.

E eu me importo?, pensou Hugh. O banco o tratara muito mal e ele estava prestes a deixá-lo. Apesar disso, não podia ignorar aquele problema. Ainda era um empregado, receberia seu salário no fim do mês e devia lealdade ao Pilasters, pelo menos até o fim de seu período. Tinha de fazer alguma coisa.

O que Tonio queria? O fato de mostrar o artigo a Hugh antes de publicá-lo indicava que desejava um acordo.

– O que pretende? – perguntou Hugh. – Quer que suspendamos o financiamento ao comércio de nitrato?

Tonio balançou a cabeça.

– Se o Pilasters saísse, alguém assumiria... outro banco, mais insensível. Nada disso. Devemos ser mais sutis.

– Tem alguma ideia específica?

– Os Mirandas estão planejando uma ferrovia.

– Isso mesmo. A Ferrovia Santa María.

– Essa ferrovia vai fazer de Papa Miranda o homem mais rico e poderoso do país, abaixo apenas do presidente. E Papa Miranda é um homem brutal. Quero que a ferrovia seja cancelada.

– E é por isso que vai publicar seu artigo.

– Vários artigos. E vou também promover reuniões, fazer discursos, pressionar membros do Parlamento, vou tentar até me encontrar com o ministro do Exterior... Qualquer coisa para impedir o financiamento da ferrovia.

Podia dar certo, pensou Hugh. Os investidores se afastariam de um empreendimento tão controvertido. Tonio mudara muito, do jovem imprudente que não conseguia parar de jogar ao adulto sóbrio que fazia campanha contra maus-tratos infligidos a mineiros.

– Então por que veio me procurar?

– Podemos abreviar o processo. Se o banco decidir que não vai lançar os títulos da ferrovia, não divulgarei o artigo. Assim, vocês evitam muita publicidade negativa e eu consigo o que quero. – Tonio sorriu, embaraçado. – Espero que não considere isso chantagem. Sei que é um tanto grosseiro, mas nem de longe tão terrível quanto açoitar crianças numa mina de nitrato.

Hugh balançou a cabeça.

– Não tem nada de grosseiro e admiro seu espírito combativo. As consequências para o banco não me afetam diretamente. Estou prestes a pedir demissão.

– É mesmo? – A surpresa de Tonio era enorme. – Por quê?

– É uma longa história e deixo para lhe contar em outra ocasião. A conclusão é que só posso fazer uma coisa: comunicar aos sócios que você me procurou com essa proposta. Eles decidirão como se sentem a respeito e o que pretendem fazer. Tenho certeza de que não vão pedir minha opinião. – Hugh ainda segurava o manuscrito de Tonio. – Posso ficar com isto?

– Pode, sim. Tenho uma cópia.

As folhas tinham o cabeçalho do Hotel Russe, Berwick Street, Soho. Hugh nunca ouvira falar. Não era um dos melhores hotéis de Londres.

– Eu lhe transmitirei a resposta dos sócios.

– Obrigado. – Tonio mudou de assunto. – Lamento que toda a conversa tenha sido sobre negócios. Vamos nos encontrar em outra ocasião e conversar sobre os velhos tempos.

– Você precisa conhecer minha esposa.

– Eu adoraria.

– Manteremos contato.

Hugh deixou o café e voltou ao banco. Ficou surpreso ao olhar para o relógio grande na parede. Ainda não era uma hora da tarde e tanta coisa ocorrera naquela manhã! Foi direto para a Sala dos Sócios, onde encontrou

Samuel, Joseph e Edward. Entregou o artigo de Tonio a Samuel, que o leu e passou para Edward.

Edward ficou apoplético de raiva e não conseguiu terminar de ler. Com o rosto vermelho, apontou um dedo para Hugh.

– Você tramou essa história com seu velho amigo do colégio! – exclamou Edward. – Está tentando destruir toda a nossa operação sul-americana! Tem inveja de mim porque não foi promovido a sócio!

Hugh compreendeu por que o primo ficara tão histérico. O comércio sul-americano era a única contribuição significativa de Edward aos negócios do banco. Se isso acabasse, ele se tornaria um inútil. Hugh suspirou.

– Você era um cabeça-dura no colégio e continua a ser. A questão é se o banco quer ser responsável por aumentar o poder e a influência de Papa Miranda, um homem que aparentemente não hesita em açoitar mulheres e assassinar crianças.

– Não acredito nisso! – protestou Edward. – A família Silva é inimiga dos Mirandas. É apenas propaganda difamatória.

– Tenho certeza de que seu amigo Micky dirá isso. Mas será verdade?

Joseph fitava Hugh com uma expressão desconfiada.

– Você esteve aqui há poucas horas para tentar me dissuadir desse negócio. Não posso deixar de me perguntar se toda essa história não é um plano para frustrar a primeira grande operação de Edward como sócio.

Hugh levantou-se.

– Se vai lançar dúvidas sobre minha boa-fé, devo me retirar imediatamente.

– Sente-se, Hugh – interveio Samuel. – Não precisamos descobrir se a história é falsa ou verdadeira. Somos banqueiros, não juízes. O simples fato de a Ferrovia Santa María ser uma questão controvertida torna o lançamento dos títulos mais arriscado e isso significa que devemos reconsiderar.

– Não vou permitir que me pressionem – declarou Joseph, agressivo. – Vamos deixar esse idiota sul-americano publicar seu artigo e ele que se dane.

– É uma maneira de cuidar do problema – disse Samuel, tratando a beligerância de Joseph com mais seriedade do que merecia. – Podemos esperar para verificar o efeito do artigo no preço dos títulos sul-americanos. Ainda não são muitos, apenas o suficiente para servir como termômetro. Se caírem, cancelaremos a Ferrovia Santa María. Se não, efetuaremos o lançamento.

– Não me importo em submeter a decisão ao mercado – comentou Joseph, um tanto apaziguado.

— Há outra opção que podemos considerar — continuou Samuel. — Podemos chamar outro banco para participar conosco do lançamento. Assim, qualquer publicidade hostil seria atenuada pela divisão do alvo.

Isso fazia sentido, pensou Hugh. Não era o que ele faria. Teria preferido pura e simplesmente cancelar o lançamento dos títulos. Mas a estratégia sugerida por Samuel diminuiria o risco, que, afinal, era o fator fundamental na atividade bancária. Samuel era um banqueiro muito melhor do que Joseph.

— Muito bem — concordou Joseph, com sua impulsividade habitual. — Edward, veja se consegue nos arrumar um parceiro no empreendimento.

— A quem devo procurar? — indagou Edward, nervoso.

Hugh percebeu que ele não tinha a menor ideia do que fazer num caso assim. Foi Samuel quem respondeu:

— É um lançamento grande. Pensando bem, não são muitos os bancos que querem tamanha exposição na América do Sul. Deve procurar os Greenbournes. Devem ser os únicos grandes o bastante para assumir o risco. Conhece Solly Greenbourne, não é?

— Conheço, sim. Falarei com ele.

Hugh especulou se deveria aconselhar Solly a rejeitar a proposta de Edward, mas mudou de ideia no mesmo instante. Estava sendo contratado como um especialista na América do Norte e seria muita presunção sua se começasse com um julgamento numa área completamente diferente. Só que ele decidiu fazer uma última tentativa de persuadir Joseph a cancelar o projeto.

— Por que não nos desvinculamos da Ferrovia Santa María? É um negócio pouco lucrativo. O risco sempre foi alto e agora, ainda por cima, existe essa ameaça de publicidade negativa. Precisamos mesmo disso?

— Os sócios tomaram sua decisão e não cabe a você questioná-los — retrucou Edward, petulante.

Hugh desistiu.

— Tem toda a razão. Não sou um sócio e em breve não serei nem um empregado.

Joseph franziu o cenho.

— O que significa isso?

— Estou pedindo demissão do banco.

A surpresa do tio foi evidente.

— Não pode fazer isso!

– Claro que posso. Sou um mero empregado e tenho sido tratado como tal. Portanto, como um empregado, estou saindo para um lugar melhor.

– Onde?

– Para ser franco, vou trabalhar no Greenbournes.

Os olhos de Joseph davam a impressão de que iam saltar das órbitas.

– É você quem conhece todos os norte-americanos!

– Imagino que foi por isso que Ben Greenbourne quis tanto me contratar.

Hugh não podia deixar de se sentir satisfeito por ver o tio tão irado.

– Mas vai tirar negócios de nós!

– Deveria ter pensado nisso quando decidiu voltar atrás em sua oferta de sociedade.

– Quanto vão lhe pagar?

Hugh levantou-se para se retirar.

– Não é da sua conta.

– Como se atreve a falar assim com meu pai? – gritou Edward numa voz estridente.

A indignação de Joseph esvaziou-se como uma bolha e, para a surpresa de Hugh, ele acalmou-se subitamente.

– Cale a boca, Edward – disse ele, em tom suave. – Um bom banqueiro precisa do mínimo de astúcia e discrição. Há ocasiões em que eu gostaria que você fosse mais parecido com Hugh. Ele pode ser a ovelha negra da família, mas pelo menos tem algum brio.

Ele tornou a se virar para Hugh e acrescentou, sem raiva:

– Pode ir embora. Torço para que fracasse, mas não estou apostando nisso.

– Não tenho a menor dúvida de que isso é o melhor que posso ouvir do seu ramo da família – respondeu Hugh. – Bom dia para todos.

4

– E COMO ESTÁ A nossa querida Rachel? – perguntou Augusta a Micky enquanto servia o chá.

– Está bem. Ela deve vir mais tarde.

Na verdade, ele não conseguia entender a esposa. Rachel era virgem quando se casaram, mas se comportava como uma prostituta. Entregava-se a ele em qualquer momento, em qualquer lugar, e sempre com entusiasmo. Uma das primeiras coisas que ele tentara, logo depois do casamento, fora amarrá-la na cabeceira da cama para recriar a visão de que desfrutara quando se sentira pela primeira vez atraído por ela. E, um tanto para sua decepção, Rachel se submetera com a maior docilidade. Até agora, nada do que Micky fizera com ela a levara a resistir. Ele até a possuíra na sala de estar, onde havia um risco constante de serem surpreendidos pelos criados, e Rachel parecera gostar mais do que nunca.

Por outro lado, ela era o oposto da esposa submissa em todos os demais aspectos da vida. Discutia com ele sobre a casa, os criados, dinheiro, política e religião. Quando se cansava de contestá-la, Micky tentava ignorá-la, depois a insultava, mas nada disso fazia diferença. Rachel sofria a ilusão de que tinha tanto direito a uma opinião quanto um homem.

— Espero que ela seja uma boa ajuda em seu trabalho — comentou Augusta.

Micky confirmou com a cabeça.

— Ela é uma boa anfitriã nas funções da embaixada, sempre atenciosa e graciosa.

— Acho que ela se saiu muito bem na festa que você ofereceu ao embaixador Portillo.

Portillo era o enviado português, e Augusta e Joseph haviam sido convidados para o jantar.

— Ela tem um plano estúpido de criar um hospital-maternidade para mulheres sem marido — anunciou Micky de repente, deixando transparecer sua irritação.

Augusta balançou a cabeça em desaprovação.

— Isso é inadmissível para uma mulher da posição dela na sociedade. Além do mais, já existem um ou dois hospitais assim.

— Ela alega que são instituições religiosas que dizem às mulheres que não passam de pecadoras. Seu hospital vai ajudar sem pregações.

— Pior ainda. Pense só no que a imprensa diria.

— É verdade. Tenho sido muito firme com ela nessa questão.

— Rachel é uma moça de sorte — murmurou Augusta, com um sorriso insinuante.

Ele compreendeu que Augusta flertava e que ele não estava reagindo. O fato é que se encontrava envolvido demais com Rachel. Claro que não a amava, mas se deixara levar ao máximo pelo relacionamento e ela absorvia toda a sua energia sexual. Para compensar sua distração, ele segurou a mão de Augusta por um momento quando ela lhe estendeu a xícara com o chá.

– Está me lisonjeando – sussurrou ele.

– Não tenha a menor dúvida quanto a isso. Mas posso perceber que algo o preocupa.

– Observadora como sempre, minha cara Sra. Pilaster. Por que ainda imagino que posso esconder alguma coisa de você? – Ele soltou a mão de Augusta e pegou o chá. – Estou um pouco tenso com a Ferrovia Santa María.

– Pensei que os sócios já houvessem concordado.

– E concordaram, mas leva muito tempo para organizar essas coisas.

– O mundo financeiro é moroso.

– Eu compreendo isso, mas minha família não. Papa me envia cabogramas duas vezes por semana. Amaldiçoo o dia em que o telégrafo chegou a Santa María.

Edward entrou nesse instante, ansioso para dar as notícias.

– Antonio Silva voltou! – anunciou ele antes mesmo de fechar a porta.

Augusta empalideceu.

– Como sabe?

– Hugh esteve com ele.

– Isso é péssimo – murmurou ela.

Micky ficou surpreso ao perceber que a mão dela tremia ao largar a xícara numa mesinha. Lembrou a conversa de Middleton com Hugh no baile da duquesa de Tenbigh.

– E David Middleton ainda continua a fazer perguntas.

Micky fingia estar preocupado, mas na verdade não estava insatisfeito com a situação. Era bom que Edward e Augusta se lembrassem de vez em quando do segredo e da culpa que todos partilhavam.

– E não é apenas isso – acrescentou Edward. – Ele está tentando sabotar o lançamento dos títulos da Ferrovia Santa María.

Micky franziu o cenho. A família de Tonio se opusera ao plano da ferrovia em Córdoba, mas fora repelida pelo presidente Garcia. O que Tonio poderia fazer em Londres? Augusta pensou a mesma coisa.

– O que ele pode fazer?

Edward entregou um maço de papéis à mãe.

– Leia isto.

– E o que é? – perguntou Micky.

– Um artigo que Tonio planeja publicar no *Times* sobre as minas de nitrato da família Miranda.

Augusta folheou as páginas rapidamente.

— Ele alega que a vida de um mineiro de nitrato é desagradável e perigosa — comentou ela, desdenhosa. — Alguém imaginou que fosse uma festa?

— Ele também diz que mulheres são açoitadas e crianças, fuziladas por desobediência — ressaltou Edward.

— O que isso tem a ver com o lançamento dos títulos? — indagou Augusta.

— A ferrovia vai transportar o nitrato para a capital. Os investidores não gostam de um negócio controvertido. Muitos já ficam cautelosos com qualquer título sul-americano. Algo assim pode afugentá-los por completo.

Micky estava abalado. Aquilo parecia uma péssima notícia.

— O que seu pai disse de tudo isso? — perguntou ele.

— Estamos tentando atrair outro banco para participar conosco da operação, mas basicamente vamos deixar Tonio publicar o artigo e ver o que acontece. Se a publicidade provocar uma queda nos títulos sul-americanos, teremos de desistir da Ferrovia Santa María.

Maldito Tonio! Ele era esperto... e Papa era um tolo por dirigir suas minas como um campo de trabalho escravo e depois ainda tentar levantar dinheiro no mundo civilizado.

Mas o que podia ser feito? Micky pôs-se a pensar. Era preciso silenciar Tonio, só que ele não se deixaria persuadir nem subornar. Micky sentiu um aperto no coração ao compreender que teria de usar métodos mais brutais e arriscados. Fingiu manter a calma.

— Posso ver o artigo, por favor?

Augusta entregou-lhe os papéis.

A primeira coisa que ele notou foi o endereço do hotel no alto da folha.

— Ora, isso não tem o menor problema — declarou Micky, aparentando uma despreocupação que não sentia.

— Você ainda não leu! — protestou Edward.

— Nem preciso. Já vi o endereço.

— E daí?

— Agora que sabemos onde encontrá-lo, podemos cuidar de Tonio. Deixem que eu resolvo tudo.

CAPÍTULO TRÊS

Maio

1

SOLLY ADORAVA OBSERVAR Maisie se vestir.

Todo dia, ao final da tarde, ela punha um penhoar e chamava as criadas para prender seus cabelos, enfeitá-los com flores, plumas ou contas. Depois, dispensava as moças e esperava o marido.

Iam sair naquela noite, o que quase sempre acontecia. Só costumavam ficar em casa durante a temporada londrina quando ofereciam uma festa. Entre a Páscoa e o final de julho, nunca jantavam a sós.

Solly entrou em seu quarto às seis e meia, de calça e colete branco, com uma taça enorme de champanhe na mão. Os cabelos de Maisie estavam enfeitados com flores amarelas de seda. Ela tirou o penhoar e postou-se nua diante do espelho. Fez uma pirueta para agradá-lo e começou a se vestir.

Primeiro, pôs uma camisa de baixo de linho com uma gola bordada de flores. Tinha fitas de seda nos ombros para amarrar ao vestido, a fim de que não aparecesse. Depois, calçou as meias brancas de lã, prendendo com ligas elásticas um pouco acima dos joelhos. Vestiu um calção de algodão que descia até os joelhos, com galões nas bainhas e um elástico na cintura. Em seguida calçou as sandálias amarelas de seda.

Solly pegou o espartilho na armação, ajudou-a a vestir e depois puxou os cordões atrás. A maioria das mulheres precisava da ajuda de uma ou duas criadas para se vestir, pois era impossível pôr sozinha o espartilho e o vestido complicados. Solly, no entanto, aprendera a prestar esses serviços para não dispensar o prazer de assistir.

As crinolinas e anquinhas haviam saído de moda, então Maisie pôs uma anágua de algodão, com uma cauda de babados e uma bainha franzida, para sustentar a cauda do vestido. A anágua era presa nas costas com um laço, que Solly se encarregou de amarrar.

Finalmente ela estava pronta para o vestido. Era de tafetá, com listras amarelas e brancas. O corpete folgado, que ressaltava seu busto volumoso, era preso nos ombros por laços. O resto do vestido também era preso na cintura, nos joelhos e na bainha. Uma criada levara o dia inteiro para passá-lo a ferro.

Maisie sentou no chão e Solly enfiou o vestido por cima de sua cabeça, como se fosse uma tenda. Depois, Maisie se levantou com o maior cuidado, enfiando os braços pelas aberturas e a cabeça pela gola. Juntos, ela e Solly arrumaram as dobras do vestido até que tudo estivesse no lugar.

Maisie abriu sua caixa de joias e pegou um colar de diamantes e esmeraldas e brincos combinando, um presente de Solly no primeiro aniversário de casamento.

– Vamos ver muito mais nosso velho amigo Hugh Pilaster daqui por diante – disse Solly enquanto ela punha as joias.

Maisie reprimiu um suspiro. A natureza crédula de Solly podia ser cansativa. Os outros maridos, desconfiados, já teriam percebido a atração entre Maisie e Hugh e ficariam de mau humor cada vez que o nome do outro homem fosse mencionado, mas Solly era ingênuo demais. Não tinha a menor ideia de que punha a tentação no caminho da esposa.

– O que aconteceu? – perguntou ela em tom neutro.

– Ele vai trabalhar no banco.

Não era tão ruim assim. Maisie quase temera que Solly tivesse convidado Hugh para morar com eles.

– Por que ele está deixando o Pilasters? Pensei que ia muito bem lá.

– Recusaram-se a admiti-lo na sociedade.

– Ah, não!

Ela conhecia Hugh melhor do que ninguém e sabia como ele sofrera por causa da falência e do suicídio do pai. Podia imaginar quanto ele ficara abalado ao lhe negarem a posição de sócio.

– A família Pilaster é muito mesquinha – murmurou Maisie, com ressentimento.

– Foi por causa da esposa.

Maisie assentiu.

– Isso não me surpreende.

Ela testemunhara o incidente no baile da duquesa de Tenbigh. Conhecendo os Pilasters, não podia deixar de especular se Augusta arquitetara de algum modo o incidente a fim de desacreditar Hugh.

– Deve sentir pena de Nora.

– Hum...

Maisie conhecera Nora algumas semanas antes do casamento e sentira por ela uma aversão imediata. Na verdade, magoara Hugh ao lhe dizer que Nora era fria e interesseira e que não deveria se casar com ela.

– Seja como for, comentei com Hugh que você poderia ajudá-la.

– O quê? – retrucou Maisie em tom um tanto brusco, desviando os olhos do espelho. – Ajudá-la?

– Reabilitá-la. Você sabe como é ser desprezada por causa da origem. Você conseguiu superar todos os preconceitos.

– E agora devo promover a mesma transformação em todas as outras mulheres de classe baixa que se casam na sociedade?

– Parece evidente que cometi algum erro – murmurou Solly, preocupado. – Pensei que você teria o maior prazer em ajudar, pois sempre gostou de Hugh.

Maisie foi até o armário para pegar as luvas.

– Eu gostaria que você tivesse me consultado antes.

Ela abriu o guarda-roupa. Atrás da porta, emoldurado em madeira, estava pendurado o cartaz antigo que ela guardara do circo, representando-a de calção, de pé no lombo de um cavalo branco, sobre a legenda "A maravilhosa Maisie". A imagem arrancou-a de seu acesso de raiva e no mesmo instante sentiu-se envergonhada. Correu para Solly e abraçou-o.

– Ah, Solly, como posso ser tão ingrata?

– Calma, calma... – sussurrou ele, acariciando os ombros nus da esposa.

– Tem sido gentil e generoso demais comigo e com minha família, e é claro que farei isso por você, se é o que deseja.

– Eu detestaria forçá-la a qualquer coisa...

– Não, Solly, não está me forçando a nada. Por que eu não deveria ajudá-la a conseguir o que tenho?

Ela contemplou o rosto rechonchudo do marido, vincado agora com linhas de ansiedade. Acariciou sua face.

– Pare de se preocupar. Fui horrivelmente egoísta por um momento, mas já passou. E agora vista seu casaco. Já estou pronta.

Maisie ficou na ponta dos pés e beijou os lábios do marido, depois se virou e calçou as luvas.

Ela sabia o que realmente a incomodava. A ironia da situação era amarga. Pediam que ela treinasse Nora a assumir o papel de Sra. Hugh Pilaster, a posição que ela própria quisera ocupar. No fundo do seu coração, ela ainda queria ser esposa de Hugh e odiava Nora por ter conseguido o que ela perdera. Mesmo assim, era uma atitude vergonhosa e Maisie resolveu abandoná-la. Devia ficar contente por Hugh ter se casado. Ele fora muito infeliz, em parte por culpa dela. Agora podia parar de se preocupar com ele. Sentia a perda, talvez arrependimento, mas precisava guardar esses sentimentos em um lugar em que ninguém entrasse. Daria tudo de si na tarefa de trazer Nora Pilaster de volta às boas graças da alta sociedade londrina.

Solly voltou com o casaco e os dois foram até o quarto de Bertie. Ele já estava de camisola e brincava com um trenzinho de madeira. Adorava ver Maisie vestida para sair e ficava muito desapontado se, por algum motivo, ela saísse à noite sem mostrar o que usava. Bertie contou o que acontecera no parque naquela tarde – fizera amizade com um cachorro enorme – e Solly sentou no chão para brincar de trem com o menino por algum tempo. Depois, chegou a hora de Bertie ir para a cama. Maisie e Solly desceram e entraram na carruagem.

Iam a um jantar e depois a um baile. Os dois aconteceriam a menos de 1 quilômetro da casa em Piccadilly, mas Maisie não podia andar pelas ruas num traje tão elaborado. A bainha e a cauda, sem falar nos sapatos de seda, estariam imundos quando chegasse. Mesmo assim, ela ainda sorria ao pensar que a garota que outrora andara por quatro dias para chegar a Newcastle não podia agora percorrer menos de 1 quilômetro sem sua carruagem.

Maisie pôde iniciar sua campanha em favor de Nora naquela mesma noite. Ao chegarem a seu destino e entrarem na sala de estar do marquês de Hatchford, a primeira pessoa que ela viu foi o conde de Tokoly. Conhecia-o bastante bem e o conde sempre flertava com ela, por isso Maisie se sentiu à vontade para ser direta.

– Quero que perdoe Nora Pilaster por esbofeteá-lo – disse ela.

– Perdoar? Eu me sinto lisonjeado! Pensar que na minha idade ainda posso fazer uma mulher jovem me dar um tapa na cara... é um grande elogio!

Não foi assim que você se sentiu na ocasião, pensou Maisie. Contudo, ela ficou contente por constatar que o conde decidira não dar maior importância ao incidente.

– Se ela se recusasse a me levar a sério, isso é que seria um insulto – acrescentou De Tokoly.

Era exatamente o que Nora deveria ter feito, refletiu Maisie.

– Diga-me uma coisa. Augusta Pilaster o encorajou a flertar com sua nora?

– Que sugestão espantosa! A Sra. Joseph Pilaster, uma alcoviteira! Ela não fez nada disso.

– Alguém o encorajou?

Ele estreitou os olhos para encarar Maisie.

– É muito esperta, Sra. Greenbourne. Sempre a respeitei por isso. Mais esperta do que Nora Pilaster. Ela jamais conseguirá chegar à sua posição.

– Não respondeu à minha pergunta.

– Direi a verdade, pois a admiro demais. O embaixador cordovês, Señor Miranda, me contou que Nora era... como posso explicar?... suscetível.

Então era isso.

– E Micky Miranda foi instruído por Augusta, tenho certeza. Aqueles dois são como unha e carne.

De Tokoly ficou furioso.

– Espero não ter sido usado como um peão de xadrez.

– Esse é o perigo de ser tão previsível – comentou Maisie, irritada.

~

No dia seguinte, ela levou Nora à sua costureira.

Enquanto Nora experimentava modas e panos, Maisie descobriu um pouco mais sobre o incidente no baile da duquesa de Tenbigh.

– Augusta lhe falou alguma coisa antes do seu problema com o conde? – perguntou ela.

– Avisou que não deixasse que ele tomasse nenhuma liberdade – respondeu Nora.

– Ou seja, você estava preparada para ele, por assim dizer.

– É isso mesmo.

– Se Augusta não tivesse comentado nada, você teria se comportado da mesma maneira?

Nora assumiu uma expressão pensativa.

– Provavelmente não o teria esbofeteado... Não teria coragem para isso. Mas Augusta me fez pensar que era importante tomar uma posição firme.

Maisie assentiu.

– Ela queria que isso acontecesse. Também mandou alguém dizer ao conde que você era uma mulher fácil.

Nora se surpreendeu.

– Tem certeza?

– Ele me contou. Augusta é uma vaca ardilosa e não tem o menor escrúpulo.

Maisie percebeu que falava com seu sotaque de Newcastle, algo que quase nunca acontecia agora. Voltou ao normal.

– Nunca subestime a capacidade de Augusta para a traição.

– Ela não me assusta – afirmou Nora num tom de desafio. – Também não tenho muitos escrúpulos.

Maisie acreditou e sentiu pena de Hugh.

O vestido à polonesa era perfeito para ela, pensou Maisie enquanto a costureira o prendia em torno do corpo generoso de Nora. Os detalhes elaborados combinavam com sua aparência: os rufos pregueados, a abertura na frente enfeitada com laços e a saia trançada e debruada, tudo caía muito bem nela. Talvez Nora fosse um pouco voluptuosa demais, mas um espartilho poderia conter sua tendência a rebolar.

– Ser bonita já é meio caminho andado – comentou Maisie enquanto Nora se admirava no espelho. – Em relação aos homens, isso é tudo o que realmente importa. Mas precisa fazer mais para ser aceita pelas mulheres.

– Sempre me dei melhor com os homens do que com as mulheres.

Maisie não se surpreendeu. Nora era desse tipo.

– Você também deve ser assim – acrescentou Nora. – Foi por isso que chegamos aonde estamos.

Somos iguais?, perguntou-se Maisie.

– Não que eu me coloque no seu nível – continuou Nora. – É invejada por todas as garotas ambiciosas de Londres.

Maisie estremeceu ao pensar que era vista como uma heroína pelas caçadoras de fortunas, mas não disse nada, porque provavelmente merecia. Nora se casara por dinheiro e não se importava em admiti-lo para Maisie, pois presumia que ela fizera o mesmo. E tinha razão.

– Não estou me queixando, mas fiquei com a ovelha negra da família, que não tem capital, enquanto você se casou com um dos homens mais ricos do mundo.

Como você ficaria surpresa, pensou Maisie, se soubesse que eu trocaria de bom grado!

Maisie tratou de afastar aquela ideia. Muito bem, ela e Nora eram da mesma espécie. Ajudaria a mulher a ser aceita pelos esnobes e pelas megeras que dominavam a sociedade.

– Nunca diga quanto custam as coisas – começou ela, recordando seus equívocos iniciais. – Sempre se mantenha calma e inabalável, não importa o que aconteça. Se seu cocheiro sofrer um ataque do coração, a carruagem bater, o chapéu voar para longe, o calção cair, diga apenas: "Meu Deus, que emocionante!", e pegue um fiacre de aluguel. Lembre-se de que o campo é melhor do que a cidade, a ociosidade é superior ao trabalho, o velho é preferível ao novo e a posição na sociedade é mais importante do que o dinheiro. Conheça um pouco de tudo, mas nunca seja uma especialista. Pratique falar sem mexer a boca... Isso vai melhorar seu sotaque. Diga às pessoas que seu bisavô era fazendeiro em Yorkshire, que é grande demais para alguém verificar, e, além disso, a agricultura é um meio honrado de se tornar pobre.

Nora assumiu uma pose, com um olhar vago, e murmurou lânguida:

– Minha nossa, é *tanta* coisa para lembrar... Será que *algum dia* vou conseguir?

– Perfeito – disse Maisie. – Vai se sair muito bem.

2

MICKY ESTAVA PARADO no portal de um edifício na Berwick Street, usando um sobretudo para se proteger do frio da noite de primavera. Fumava um charuto e observava a rua. Havia um lampião a gás ali perto, mas ele se mantinha na sombra e seu rosto não podia ser visto com facilidade pelas pessoas que passavam. Estava ansioso, insatisfeito consigo mesmo, sentindo-se sujo. Detestava a violência. Era o estilo de Papa, o estilo de Paulo. Para Micky, sempre parecera uma admissão de fracasso.

A Berwick Street era estreita e imunda, cheia de bares ordinários e pensões. Cachorros reviravam o lixo, crianças brincavam à luz do lampião. Micky não avistara um único guarda desde o anoitecer. Já era quase meia-noite.

O Hotel Russe ficava no outro lado da rua. Já conhecera dias melhores, mas ainda se destacava dos demais na região. Havia uma luz sobre a porta, e Micky podia avistar lá dentro o saguão com a recepção. Mas parecia não haver ninguém no balcão.

Dois outros homens espreitavam na outra calçada, nas laterais do hotel. Todos os três esperavam por Antonio Silva.

Micky simulara calma na presença de Edward e Augusta, só que na verdade estava desesperadamente preocupado com a possibilidade de o artigo de Tonio aparecer no *Times*. Empenhara muito esforço para persuadir os Pilasters a cuidar do financiamento da Ferrovia Santa María. Chegara até a se casar com aquela megera para conseguir o que queria. Toda a sua carreira dependia do sucesso do lançamento das ações. Se deixasse sua família na mão, o pai não apenas ficaria furioso como iria querer vingança. Papa tinha poder para derrubar Micky do cargo de embaixador. Sem dinheiro e sem posição, não teria condições de permanecer em Londres. Teria de voltar para seu país, enfrentar a humilhação e a desgraça. De qualquer forma, a vida de que desfrutara por tantos anos seria encerrada.

Rachel quisera saber onde ele planejava passar a noite.

– Nunca tente me interrogar – respondera Micky com uma risada.

– Então esta noite também vou sair – declarara ela, para sua surpresa.

– Para onde?

– Nunca tente me interrogar.

Micky a trancara no quarto.

Quando ele voltasse para casa, Rachel estaria fervendo de raiva, mas isso já acontecera antes. Em ocasiões anteriores, quando a esposa tinha seus acessos, Micky a jogara na cama, arrancara suas roupas e sempre fizera com que ela se submetesse com prazer. Tinha certeza de que isso ocorreria outra vez naquela noite.

Queria ter tanta certeza assim em relação a Tonio.

Nem mesmo sabia se ele ainda residia naquele hotel, mas não podia perguntar sem levantar suspeitas.

Agira tão depressa quanto possível, mas ainda assim levara 48 horas para localizar e contratar dois criminosos impiedosos, fazer o reconhecimento do local e preparar a emboscada. Nesse período, Tonio poderia ter se mudado. E, nesse caso, Micky estaria perdido.

Um homem cauteloso mudaria de hotel de poucos em poucos dias. Mas um homem cauteloso não usaria um papel com o endereço em que podia ser encontrado. Tonio não era do tipo cauteloso. Ao contrário, sempre fora imprudente. Era bem provável que ainda continuasse naquele hotel, refletiu Micky.

E estava certo.

Poucos minutos depois da meia-noite, Tonio apareceu.

Micky pensou reconhecer o jeito de andar quando o vulto surgiu na outra extremidade da Berwick Street, vindo da direção da Leicester Square. Nervoso, resistiu à tentação de agir de imediato. Controlando-se com o maior esforço, esperou que o homem passasse sob um lampião a gás. Seu rosto ficou claramente visível por um momento. A partir daí, não houve mais qualquer dúvida. Era mesmo Tonio. Micky pôde até ver a costeleta ruiva. Sentiu ao mesmo tempo alívio e ansiedade: alívio por Tonio estar à sua vista, ansiedade pelo ataque violento e perigoso que estava prestes a acontecer.

E foi nesse instante que avistou os guardas.

Era muito azar. Dois guardas desciam pela Berwick Street na direção oposta, de capacete e capa, os cassetetes pendendo do cinto, iluminando os cantos escuros com suas lanternas furta-fogos. Micky permaneceu imóvel. Não havia nada que pudesse fazer. Os guardas viram Micky, notaram a cartola e o charuto e acenaram com a cabeça, deferentes. Não era da conta deles o que um homem da classe alta estava fazendo parado ali. Procuravam criminosos, não cavalheiros. Passaram por Tonio a 15 ou 20 metros da entrada do hotel. Micky se remexia, frustrado. Mais alguns segundos e Tonio estaria são e salvo dentro do estabelecimento.

Os guardas viraram uma esquina e desapareceram.

Micky gesticulou para seus dois capangas.

Eles agiram depressa.

Antes que Tonio alcançasse a porta do hotel, os dois o agarraram e o empurraram por um beco ao lado do prédio. Ele berrou uma vez, mas depois seus gritos foram abafados.

Micky jogou fora o resto do charuto, atravessou a rua e entrou no beco. Tinham metido um lenço na boca de Tonio para evitar que ele fizesse barulho e o espancavam com barras de ferro. Seu chapéu caíra, e a cabeça e o rosto já estavam cobertos de sangue. O corpo estava protegido por um capote, mas os bandidos batiam nos joelhos, nas canelas e nas mãos desprotegidas.

A cena deixou Micky aflito.

– Parem com isso, seus idiotas! – sussurrou Micky. – Não veem que ele já apanhou o bastante?

Não queria que os homens matassem Tonio. O incidente deveria parecer um assalto de rotina, seguido de uma surra brutal. Um assassinato teria uma repercussão muito maior. E os guardas viram o rosto de Micky, mesmo que só por um instante.

Com evidente relutância, os dois homens pararam de bater em Tonio, que despencou no chão e ficou imóvel.

– Esvaziem os bolsos dele! – ordenou Micky.

Tonio não se mexeu quando lhe tiraram o relógio e a corrente, a carteira, algumas moedas, um lenço de seda e uma chave.

– A chave é minha – disse Micky. – Podem levar o resto.

– Pague o serviço – murmurou o mais velho dos dois homens, Barker, jocosamente chamado de Cachorro, porque seu nome em inglês significa "aquele que late".

Micky entregou a cada um 10 libras, em soberanos de ouro.

Cachorro deu-lhe a chave. Amarrada com um barbante, tinha um pedaço de cartolina com o número 11 rabiscado. Era tudo de que Micky precisava.

Ele se virou para deixar o beco e descobriu que eram observados. Um homem estava parado na rua, olhando para eles. O coração de Micky disparou.

Cachorro também o viu um momento depois. Grunhiu uma imprecação e levantou a barra de ferro, como se fosse atacar o homem. Subitamente, Micky percebeu uma coisa e segurou o braço de Cachorro.

– Não faça isso – disse ele. – Não é necessário. Olhe bem para o homem.

O intruso tinha a boca frouxa e um olhar vazio. Era um retardado. Cachorro baixou a arma.

– Ele não pode nos fazer mal – murmurou. – Tem um parafuso a menos.

Micky passou pelo homem e voltou para a rua. Olhando para trás, viu que Cachorro e seu comparsa tiravam as botas de Tonio.

Micky se afastou, esperando nunca mais tornar a vê-los.

Entrou no Hotel Russe. Para seu alívio, a recepção no pequeno saguão continuava vazia. Subiu a escada.

O hotel consistia em três casas reunidas, e Micky demorou um pouco para encontrar o caminho. Dois ou três minutos depois, no entanto, entrou no quarto 11.

Era pequeno e sujo, com móveis que outrora haviam sido pretensiosos, mas agora eram apenas surrados. Micky pôs o chapéu e a bengala numa cadeira e começou a revistar tudo, rápida e meticulosamente. Encontrou na escrivaninha uma cópia do artigo para o *Times*, que guardou no bolso. Aquilo não valia grande coisa. Tonio tinha outras cópias ou poderia reescrever tudo de memória. Mas, para que o artigo fosse publicado, ele teria de apresentar alguma prova, e era isso que Micky procurava.

Nas gavetas de uma cômoda ele encontrou um romance intitulado *A duquesa de Sodoma*, que se sentiu tentado a roubar, mas depois concluiu que era um risco desnecessário. Tirou as camisas e as roupas de baixo de Tonio das gavetas e jogou tudo no chão. Não havia nada escondido ali.

Ele não esperava mesmo encontrar alguma coisa num lugar tão óbvio.

Olhou atrás e embaixo da cômoda, da cama e do guarda-roupa. Subiu na mesa para olhar em cima do armário. Não havia nada ali além de uma espessa camada de poeira.

Tirou os lençóis da cama, apalpou os travesseiros em busca de alguma coisa dura, examinou o colchão. Acabou descobrindo o que queria debaixo dele.

Dentro de um envelope grande havia um maço de papéis amarrado com fitas de advogados.

Antes que pudesse examinar os documentos, Micky ouviu passos no corredor.

Largou tudo e se escondeu atrás da porta.

Os passos seguiram adiante até sumir.

Micky desatou as fitas e passou os olhos rapidamente pelos documentos. Estavam escritos em espanhol e tinham o lacre de um advogado de Palma, capital de Córdoba. Continham depoimentos juramentados de testemunhas que haviam presenciado os espancamentos e as execuções nas minas de nitrato da família de Micky.

Ele levou os papéis aos lábios e beijou-os. Eram a resposta às suas orações.

Guardou-os no imenso bolso do casaco. Antes de destruí-los, precisava anotar os nomes e os endereços das testemunhas. Os advogados podiam ter cópias dos depoimentos, mas de nada adiantariam sem as testemunhas. E agora que Micky sabia quem eram, os dias delas estavam contados. Mandaria os endereços para Papa, que trataria de silenciá-las.

Havia mais alguma coisa? Micky correu os olhos pelo quarto. Estava uma bagunça. Não havia mais nada para ele ali. Já tinha o que precisava. Sem provas, o artigo de Tonio não tinha o menor valor.

Ele saiu do quarto e desceu a escada.

Para sua surpresa, deparou com um homem na recepção.

– Posso perguntar o que está fazendo aqui? – disse ele em tom belicoso, encarando-o.

Micky tomou uma decisão imediata. Se ignorasse a interpelação, o homem provavelmente pensaria que ele era apenas grosseiro. Se parasse para se explicar, o recepcionista poderia estudar seu rosto. Micky não disse nada, apenas deixou o hotel. O homem não o seguiu.

Ao passar pelo beco, ele ouviu um débil pedido de socorro. Tonio rastejava para a rua, deixando uma trilha de sangue. A visão provocou náuseas em Micky. Repugnado, ele fez uma careta, desviou os olhos e se afastou.

3

À TARDE, AS DAMAS ricas e os cavalheiros ociosos se visitavam. Era uma prática cansativa e quatro dias por semana Maisie mandava os criados informarem que ela não estava em casa. Só recebia às sextas-feiras. Podiam vir vinte ou trinta pessoas ao longo de uma tarde. Eram sempre mais ou menos as mesmas: a Turma de Marlborough, a colônia judaica, mulheres com ideias "avançadas", como Rachel Bodwin, e algumas esposas dos associados mais importantes de Solly.

Emily Pilaster pertencia à última categoria. Seu marido, Edward, participava com Solly do lançamento dos títulos de uma ferrovia em Córdoba, e Maisie presumiu que era por isso que Emily a visitava. Passou a tarde inteira ali e, às cinco e meia, quando os outros se retiraram, permaneceu.

Era uma moça bonita, com enormes olhos azuis. Tinha apenas 20 anos e qualquer um podia perceber que estava triste. Por isso Maisie não ficou surpresa quando ela indagou:

– Posso lhe falar de uma coisa pessoal, por favor?

– Claro que sim. O que é?

– Espero que não fique ofendida, é que não há mais ninguém com quem eu possa conversar.

Parecia um problema sexual. Não seria a primeira vez que uma moça bem-nascida abordava Maisie em busca de conselhos sobre um assunto que não podia discutir com a mãe. Talvez tivessem ouvido rumores sobre seu passado ousado ou talvez apenas a considerassem acessível.

– É difícil me ofender – respondeu Maisie. – Qual é o problema?

– Meu marido me odeia – balbuciou Emily, desatando a chorar.

Maisie sentiu pena da moça. Conhecera Edward nos velhos tempos do Argyll Rooms, e ele já era um porco naquela época. Sem dúvida, piorara desde então. Maisie se compadecia de qualquer moça azarada o bastante para se casar com um homem assim.

– Os pais dele queriam que ele se casasse – explicou Emily, entre soluços –, mas ele não. Por isso ofereceram-lhe uma enorme quantia e a posição de sócio no banco, e isso o convenceu. Concordei porque era o que meus pais desejavam, ele parecia tão bom quanto qualquer outro e eu queria ter filhos. Mas Edward nunca gostou de mim e, agora que tem o dinheiro e se tornou sócio do banco, não suporta nem minha presença.

Maisie suspirou.

– Pode parecer uma coisa terrível, mas você está na mesma situação que milhares de mulheres.

Emily enxugou os olhos com um lenço e se esforçou para conter as lágrimas.

– Sei disso, e não quero que pense que estou me fazendo de vítima. Compreendo que devo tirar o melhor proveito possível. E sei que conseguiria suportar a situação se ao menos pudesse ter um bebê. Isso é tudo o que sempre desejei.

As crianças são o consolo da maioria das esposas infelizes, refletiu Maisie.

– Há algum motivo para que não deva ter filhos?

Emily se remexia inquieta no sofá, constrangida, mas o rosto infantil se contraía numa expressão de determinação.

– Estou casada há dois meses e *nada aconteceu*.

– Às vezes demora...

– Não estou querendo dizer que esperava já ter engravidado.

Maisie sabia que era difícil para moças assim serem específicas, por isso resolveu conduzi-la com algumas perguntas.

– Ele vai para sua cama?

– Ia no começo, agora não vai mais.

– Quando ele ia, qual era o problema?

– O problema é que não sei direito o que deveria acontecer.

Maisie tornou a suspirar. Como as mães podiam permitir que as filhas se casassem tão ignorantes? Lembrou que o pai de Emily era um pastor metodista. O que em nada ajudava.

– Vou explicar o que deve acontecer. Seu marido a beija e a acaricia, o membro dele fica grande e duro e penetra em você. A maioria das mulheres gosta.

Emily ficou vermelha.

– Ele me beijou e acariciou, mas foi só isso.

– O membro dele ficou duro?

– Estava escuro.

– Você não sentiu?

– Ele me fez esfregar uma vez.

– E como estava? Rígido como uma vela ou mole como uma minhoca? Ou no meio-termo, como uma salsicha antes de ser cozida?

– Mole.

– E ficou duro quando você o esfregou?

– Não. E isso o deixou furioso. Ele me bateu e disse que eu não prestava. A culpa é minha, Sra. Greenbourne?

– Não, não é culpa sua, embora os homens costumem dizer que a mulher é a responsável. É um problema comum chamado impotência.

– Qual é a causa?

– Podem ser várias coisas.

– E isso significa que não posso ter um bebê?

– Não, não pode enquanto ele não ficar duro.

Emily pareceu prestes a chorar.

– Quero tanto ter um bebê... Eu me sinto solitária e infeliz, mas poderia suportar todo o resto se tivesse um filho.

Maisie especulou qual seria o problema de Edward. Tinha certeza de que ele não era impotente no passado. O que ela poderia fazer para ajudar Emily? Talvez conseguisse descobrir se Edward era impotente com qualquer mulher ou apenas com a esposa. April Tilsley saberia. Edward continuava a ser um frequentador do bordel na última vez em que Maisie conversara com April, embora isso tivesse ocorrido havia alguns anos. Era muito difícil para uma dama da sociedade permanecer amiga íntima da principal cafetina de Londres.

– Conheço uma pessoa muito ligada a Edward – disse Maisie, cautelosa. – Talvez ela possa informar algo sobre o problema.

Emily engoliu em seco.

– Está querendo dizer que ele tem uma amante? Por favor, conte-me tudo... Tenho de enfrentar a verdade.

Era uma moça determinada, pensou Maisie. Podia ser ignorante e ingênua, mas conseguiria o que desejava.

– Essa mulher não é amante de seu marido. Se ele tem uma amante, ela pode saber.

Emily assentiu.

– Eu gostaria de conhecer sua amiga.

– Não sei se deve encontrá-la pessoalmente...

– Eu quero. Ele é meu marido e, se há alguma coisa errada com ele, quero saber. – Seu rosto tornou a assumir uma expressão obstinada, e ela acrescentou: – Farei qualquer coisa, pode acreditar. Absolutamente qualquer coisa. Toda a minha vida será inútil se eu não me salvar.

Maisie decidiu testar a determinação de Emily.

– O nome da minha amiga é April. Ela é dona de um bordel perto da Leicester Square. Fica a dois minutos daqui. Está disposta a ir até lá comigo agora?

– O que é um bordel?

~

O fiacre parou diante do Nellie's. Maisie esquadrinhou a rua. Não queria ser vista entrando num bordel por alguém que a conhecesse. Mas aquela era a hora em que a maioria das pessoas de sua classe estava se vestindo para o jantar e só havia umas poucas pessoas pobres na rua. Ela e Emily saltaram do fiacre. Maisie pagara adiantado ao cocheiro. A porta do bordel não estava trancada. As duas entraram.

A luz do dia não era generosa com o Nellie's. À noite, ainda podia ter certo encanto decadente, pensou Maisie, mas naquele momento tudo parecia puído e sujo. Os estofamentos de veludo estavam desbotados, as mesas tinham marcas de copos e queimaduras de charuto, o papel de parede descascava e os quadros eróticos eram apenas vulgares. Uma velha varria o chão, com um cachimbo na boca. Não se mostrou surpresa por ver duas damas da sociedade em vestidos elegantes. Quando Maisie pediu para falar com April, a velha sacudiu o polegar na direção da escada.

Encontraram April na cozinha lá em cima, tomando chá com várias outras mulheres, todas de roupão ou vestidos de usar em casa. Era evidente que ainda faltavam algumas horas para o movimento começar. A princípio, April não reconheceu Maisie, e as duas ficaram se encarando em silêncio por um longo momento. Maisie constatou que sua velha amiga pouco mudara. Ainda era esguia, o rosto duro, os olhos vivos, talvez parecendo um pouco cansada de tantas noites acordada e muito champanhe ordinário, mas tinha o ar confiante e decidido de uma mulher de negócios vitoriosa.

– O que podemos fazer por vocês? – perguntou ela.

– Não me reconhece, April?

No mesmo instante, April soltou um grito de alegria, levantou-se de um pulo e adiantou-se. Depois que se abraçaram e se beijaram, ela virou-se para as outras mulheres na cozinha.

– Meninas, esta é a mulher que fez o que todas nós sonhamos. A antiga Miriam Rabinowicz, depois Maisie Robinson, é agora a Sra. Solomon Greenbourne!

As mulheres aplaudiram, como se Maisie fosse uma heroína. Ela se sentiu constrangida. Não previra que April faria um relato tão franco de sua vida, ainda mais na presença de Emily Pilaster, mas agora era tarde demais.

– Vamos tomar um gim para celebrar – propôs April.

Elas se sentaram, uma das mulheres pegou uma garrafa e alguns copos e o gim foi servido. Maisie jamais gostara de gim e agora, depois que se acostumara ao melhor champanhe, apreciava ainda menos, mas bebeu para se mostrar cordial. Viu Emily tomar um gole de seu copo e fazer uma careta. Os copos foram imediatamente reabastecidos.

– O que a traz aqui? – indagou April.

- Um problema conjugal - respondeu Maisie. - Minha amiga aqui tem um marido impotente.

- Mande-o para cá, minha querida - disse April a Emily. - Daremos um jeito nele.

- Desconfio que ele já é um cliente - informou Maisie.

- Qual é o nome?

- Edward Pilaster.

April se mostrou surpresa.

- Santo Deus! - Ela fitou Emily. - Então você é Emily! Pobre criança!

- Sabe meu nome. - Emily estava mortificada. - Isso significa que ele fala a meu respeito.

Ela tomou outro gole de gim.

- Edward não é impotente - garantiu uma das outras mulheres.

Emily corou.

- Desculpe - acrescentou a mulher. - É que ele quase sempre me chama.

Era uma moça alta, de cabelos escuros e seios volumosos. Maisie não a achou muito atraente em seu robe sujo, fumando um cigarro como um homem, mas talvez ela ficasse quando estava arrumada.

Emily recuperou a compostura.

- É muito estranho. Ele é meu marido, mas você sabe mais a respeito dele do que eu. E nem mesmo sei o seu nome.

- Lily.

Houve um momento de silêncio constrangedor. Maisie tomou outro gole de gim. A segunda dose pareceu melhor que a primeira. Era uma cena insólita, pensou ela: a cozinha, as mulheres vestidas em um penhoar, os cigarros e o gim, e Emily, que uma hora antes não sabia direito em que consistia o ato sexual, discutindo a impotência do marido com a prostituta predileta dele.

- Muito bem - interveio April, incisiva -, agora você já tem a resposta para sua pergunta. Por que Edward é impotente com a esposa? Porque Micky não está presente. Ele nunca consegue ficar duro quando está a sós com uma mulher.

- Micky? - repetiu Emily, incrédula. - Micky Miranda? O embaixador cordovês?

April confirmou com a cabeça.

- Eles fazem tudo juntos, especialmente aqui. Edward bem que tentou fazer sozinho algumas vezes, mas nunca deu certo.

A perplexidade de Emily era cada vez maior. Maisie fez a pergunta óbvia:
– O que exatamente eles fazem?
Foi Lily quem respondeu:
– Nada muito complicado. Ao longo dos anos, experimentaram diversas variações. No momento, gostam de ir para a cama, os dois juntos, com uma só mulher, em geral eu ou Muriel.
– Mas Edward faz a coisa direito? – insistiu Maisie. – Fica duro e faz todo o resto?
Lily assentiu.
– Quanto a isso, não tenha a menor dúvida.
– Acha que essa é a única maneira de ele conseguir?
Lily franziu o cenho.
– Tenho a impressão de que não faz muita diferença o que acontece, com quantas mulheres, e assim por diante. Se Micky está, funciona. Se não está, nada feito.
– Quase como se fosse Micky quem Edward realmente ama – murmurou Maisie.
– Tenho a sensação de estar sonhando ou algo parecido – balbuciou Emily, tomando outro gole de gim. – Tudo isso pode ser verdade? Essas coisas acontecem de fato?
– Você nem imagina o que se passa aqui – respondeu April. – Edward e Micky até que são contidos em comparação com alguns dos nossos outros clientes.
Até Maisie estava assustada. A ideia de Edward e Micky juntos na cama com uma mulher era tão bizarra que dava vontade de rir e ela teve de fazer um esforço para se conter.
Recordou em voz alta a noite em que Edward a encontrara fazendo amor com Hugh. Ele ficara incontrolavelmente excitado.
Algumas mulheres começaram a rir.
Emily sorriu, confusa.
– Não estou entendendo.
– Alguns homens simplesmente gostam de se deitar com mulheres que acabaram de ser possuídas por outros – disse April, e as mulheres riram mais.
Emily também começou a rir, e um instante depois todas se sacudiam em gargalhadas histéricas. Era uma combinação do gim, da situação estranha e da conversa sobre as insólitas preferências sexuais dos homens,

pensou Maisie. Cada vez que os risos se atenuavam, uma delas recomeçava e todas tornavam a se desmanchar em gargalhadas.

Ao final, todas ficaram tão exaustas que não conseguiam mais rir. Assim que se acalmaram, Maisie falou:

– Em que posição isso tudo deixa Emily? Quer ter um bebê e não pode convidar Micky para se deitar na cama com ela e o marido.

Emily estava arrasada. April fitou-a nos olhos.

– Até que ponto você é determinada, Emily? – perguntou ela.

– Farei qualquer coisa... Tudo o que for necessário.

– Se está mesmo decidida, há algo que podemos tentar.

4

JOSEPH PILASTER TERMINOU de comer um prato de rins de cordeiro grelhados com ovos mexidos e começou a passar manteiga numa torrada. Augusta às vezes se perguntava se o mau humor habitual dos homens de meia-idade não teria alguma relação com a quantidade de carne que comiam. Passava mal só de pensar em comer rins no café da manhã.

– Sidney Madler está em Londres – informou Joseph. – Vou me reunir com ele esta manhã.

Por um momento, Augusta não entendeu de quem o marido falava.

– Madler?

– De Nova York. Ele está furioso porque Hugh não foi promovido a sócio.

– E o que ele tem a ver com isso? – perguntou Augusta. – Que insolência!

Ela falou com arrogância, mas estava perturbada.

– Já sei o que ele vai dizer – continuou Joseph. – Quando formamos a sociedade com o Madler & Bell, havia um acordo tácito de que o lado da operação em Londres seria dirigido por Hugh. Agora, Hugh pediu demissão do banco, como sabe.

– Mas você não queria que Hugh saísse.

– Não, mas só poderia mantê-lo se lhe oferecesse sociedade.

Augusta temia que o marido voltasse atrás. A perspectiva a assustava. Precisava reforçar sua coragem.

– Espero que não permita que pessoas de fora decidam quem será e quem não será sócio no Banco Pilasters.

– Claro que não permitirei.

Um pensamento ocorreu a Augusta.

– O Sr. Madler pode cancelar a sociedade?

– Pode, sim, embora até agora não tenha feito essa ameaça.

– Vale muito dinheiro?

– Valia. Mas é provável que Hugh, ao se transferir para o Greenbournes, leve muitos negócios.

– Portanto, não faz muita diferença o que Sr. Madler pensa.

– Talvez não. Só que tenho de lhe dizer alguma coisa. Ele veio de Nova York apenas para protestar pelo que aconteceu.

– Diga que Hugh se casou com uma mulher inaceitável. Ele não pode deixar de compreender isso.

– Claro. – Joseph levantou-se. – Até mais tarde, querida.

Augusta também ficou de pé e beijou o marido nos lábios.

– Não se deixe pressionar, Joseph.

Ele empertigou os ombros e a boca se contraiu de um jeito determinado.

– Não deixarei.

Depois que o marido se foi, ela tornou a sentar à mesa, tomando café e se perguntando até que ponto aquela ameaça era séria. Tentara incentivar a resistência de Joseph, mas havia um limite ao que podia fazer. Teria de se manter atenta à situação.

Estava surpresa por saber que a saída de Hugh custaria muito dinheiro ao banco. Não lhe ocorrera que ao promover Edward e derrubar Hugh também perderia dinheiro. Por um momento, especulou se estaria pondo em perigo o banco que era a base de todos os seus planos e esperanças. Mas isso era ridículo. O Banco Pilasters era rico demais, nada poderia ameaçá-lo.

Enquanto ela terminava o desjejum, Hastead entrou para avisar que o Sr. Fortescue desejava lhe falar. Augusta tratou de afastar Sidney Madler de seus pensamentos. Aquilo era muito mais importante. Seu coração bateu mais depressa.

Michael Fortescue era o seu político submisso. Depois de ganhar a eleição complementar de Deaconridge com a ajuda financeira de Joseph, ele era agora um membro do Parlamento e tinha uma dívida com Augusta. Ela deixara bem claro como essa dívida poderia ser saldada: ajudando-a a obter um título para Joseph. A eleição complementar custara 5 mil libras, o suficiente para comprar a melhor casa de Londres, mas era um preço ínfimo por um título de nobreza. Os visitantes eram esperados apenas de tarde, de modo que os que iam de manhã só apareciam por problemas urgentes.

Ela tinha certeza de que Fortescue não a procuraria tão cedo se não tivesse novidades sobre a concessão do título e por isso seu coração disparou.

– Leve o Sr. Fortescue para a sala de vigia – disse ela ao mordomo. – Irei ao seu encontro daqui a pouco.

Augusta ficou imóvel por algum tempo, fazendo um esforço para se acalmar.

Sua campanha transcorrera de acordo com os planos. Arnold Hobbes publicara uma série de artigos em seu jornal, *The Forum*, reclamando títulos de nobreza para os homens do comércio. Lady Morte falara com a rainha a respeito e entoara louvores a Joseph, e informara que Sua Majestade se mostrara impressionada. E Fortescue afirmara ao primeiro-ministro Disraeli que havia uma onda da opinião pública favorável à ideia. Agora, talvez, todo o esforço estivesse prestes a ser coroado de sucesso.

A tensão era quase insuportável e Augusta estava um pouco ofegante ao subir a escada, a cabeça transbordando com as palavras que esperava ouvir em breve: *Lady Whitehaven... o conde e a condessa Whitehaven... como desejar, milady...*

A sala de vigia era curiosa. Ficava em cima do vestíbulo, com acesso por uma porta no meio da escada. Tinha uma janela saliente dando para a rua, mas não era por isso que tinha esse nome. O detalhe mais insólito era uma janela interna pela qual se avistava o salão de entrada. As pessoas ali nem desconfiavam que eram observadas e ao longo dos anos Augusta vira muitas coisas inesperadas daquele ponto de vigia. Era uma sala informal, pequena e aconchegante, de pé-direito baixo e com lareira. Augusta recebia ali os visitantes pela manhã.

Fortescue era um jovem alto e bem-apessoado, com mãos enormes. Parecia um pouco tenso. Augusta sentou-se ao seu lado no divã próximo à janela, oferecendo-lhe um sorriso efusivo e tranquilizador.

– Acabei de falar com o primeiro-ministro – anunciou Fortescue.

Augusta mal podia falar.

– Conversaram sobre títulos de nobreza?

– Conversamos. Consegui convencê-lo de que está na hora de os bancos terem um representante na Câmara dos Lordes e ele resolveu se empenhar em conceder um título a um homem da City.

– Maravilhoso!

Mas a expressão de Fortescue era de contrariedade, não a de quem trazia boas notícias.

– Então por que você parece tão sombrio? – acrescentou Augusta, apreensiva.

— Há também uma notícia ruim — murmurou Fortescue, parecendo agora um pouco assustado.

— Qual?

— Infelizmente, ele quer conceder o título a Ben Greenbourne.

— Ah, não! — Augusta parecia ter levado um soco violento. — Como ele pode pensar uma coisa dessas?

Fortescue ficou na defensiva.

— Suponho que ele possa conceder títulos a quem quiser, já que é o primeiro-ministro.

— Não me dei todo esse trabalho para Ben Greenbourne se aproveitar!

— Concordo que é irônico — disse Fortescue, um tanto entediado. — Mas fiz o melhor que pude.

— Não seja tão presunçoso — protestou ela em tom ríspido. — Não se quiser minha ajuda em futuras eleições.

A revolta aflorou nos olhos de Fortescue e por um momento ela pensou que o perdera, que ele ia dizer que já saldara sua dívida e agora não precisava mais de sua ajuda, mas ele baixou os olhos e murmurou:

— Posso lhe assegurar que fiquei arrasado com a notícia...

— Fique quieto e deixe-me pensar. — Augusta pôs-se a andar de um lado para outro da pequena sala. — Devemos encontrar um meio de fazer o primeiro-ministro mudar de ideia... Precisamos criar um escândalo. Quais são as fraquezas de Ben Greenbourne? O filho é casado com a ralé, mas isso não é suficiente...

Ocorreu-lhe que se Greenbourne ganhasse um título, seria herdado pelo filho Solly, o que significava que Maisie acabaria se tornando condessa. A possibilidade era angustiante.

— Qual é a posição política de Greenbourne?

— Nenhuma, pelo que se sabe.

Augusta olhou-o e viu que ele estava contrariado. Compreendeu que lhe falara com aspereza excessiva. Tornou a se sentar ao seu lado e pegou uma das mãos enormes dele entre as suas.

— Seu instinto político é extraordinário e foi isso que primeiro chamou minha atenção. Diga-me qual é seu palpite.

Fortescue se desmanchou no mesmo instante, como em geral acontecia com todos os homens quando ela se dava o trabalho de ser gentil com eles.

— Se pressionado, ele provavelmente se declararia liberal. Quase todos os homens de negócios são liberais, assim como a maioria dos judeus. Mas, como ele nunca expressou nenhuma opinião em público, será difícil convertê-lo num inimigo do governo conservador...

– Ele é judeu – informou Augusta. – É esse o caminho.

– O próprio primeiro-ministro é judeu por nascimento e agora se tornou lorde Beaconsfield – disse Fortescue, com uma sombra de dúvida.

– Sei disso, mas ele é agora um cristão praticante. Além do mais...

Augusta fez uma pausa e Fortescue ergueu as sobrancelhas, inquisitivo.

– Também tenho instinto – acrescentou Augusta. – E o meu diz que o fato de Ben Greenbourne ser judeu é a chave de tudo.

– Se houver alguma coisa que eu possa fazer...

– Tem sido maravilhoso. Não há nada por enquanto. Quando o primeiro-ministro começar a ter dúvidas sobre Ben Greenbourne, basta lembrar a ele de que há uma alternativa segura em Joseph Pilaster.

– Conte comigo, Sra. Pilaster.

~

Lady Morte morava numa casa na Curzon Street que seu marido não tinha como manter. A porta foi aberta por um lacaio de libré que usava uma peruca empoada. Augusta foi conduzida a uma sala repleta de quinquilharias caras das lojas da Bond Street: candelabros de ouro, retratos em molduras de prata, ornamentos de porcelana, vasos de cristal e um requintado tinteiro antigo cravejado de pedras preciosas, que deveria ter custado tanto quanto um cavalo de corrida. Augusta desprezava Harriet Morte por sua fraqueza de gastar o que não possuía. Ao mesmo tempo, sentia-se tranquilizada por aqueles sinais de que a mulher continuava tão perdulária quanto antes.

Ela ficou andando de um lado para outro da sala enquanto esperava. Era dominada pelo pânico cada vez que encarava a perspectiva de o título de nobreza ser concedido a Ben Greenbourne e não a Joseph. Achava que não seria capaz de desfechar uma segunda campanha como aquela. E sentia calafrios só de pensar que o resultado de seus esforços podia ser o título de nobreza acabar um dia com aquela ratazana de esgoto, Maisie Greenbourne...

Lady Morte entrou na sala nesse instante.

– Que adorável surpresa vê-la a esta hora do dia! – disse ela com frieza.

Era uma censura a Augusta por visitá-la antes do almoço. Os cabelos grisalhos de lady Morte pareciam ter sido penteados às pressas e Augusta calculou que ela não se vestira completamente.

De qualquer maneira, você tinha de me receber, não é?, pensou Augusta. Ficou com medo de que eu viesse procurá-la por causa de sua conta no banco, então não tinha alternativa.

No entanto, Augusta respondeu num tom subserviente, que agradaria à outra mulher.

– Vim pedir seu conselho sobre um problema urgente.

– Qualquer coisa que eu possa fazer...

– O primeiro-ministro concordou em conceder um título a um banqueiro.

– Esplêndido! Mencionei o assunto à Sua Majestade, como sabe. Sem dúvida, teve seu efeito.

– Infelizmente, ele quer dar o título a Ben Greenbourne.

– Ah, não! Isso é lamentável!

Augusta percebeu que Harriet Morte estava secretamente satisfeita com a notícia. Ela odiava Augusta.

– É mais do que lamentável. Empenhei muito esforço nisso e agora tudo indica que o beneficiado será o maior rival de meu marido.

– Posso compreender sua posição.

– Queria que pudéssemos impedir que isso acontecesse.

– Não tenho certeza de podermos fazer alguma coisa.

Augusta fingiu estar pensando em voz alta.

– Os títulos não devem ser aprovados pela rainha?

– Devem, sim. Tecnicamente, é ela quem os concede.

– Então ela poderia interceder se você pedisse.

Lady Morte soltou uma risada breve.

– Minha cara Sra. Pilaster, superestima o meu poder.

Augusta segurou a língua e ignorou o tom condescendente.

– Não é provável que Sua Majestade leve mais em conta meu conselho do que a recomendação do primeiro-ministro – acrescentou lady Morte. – Além do mais, qual seria a minha base para uma objeção?

– Greenbourne é judeu.

Lady Morte balançou a cabeça.

– Houve um tempo em que isso liquidaria todas as pretensões dele. Lembro-me de quando Gladstone quis promover Lionel Rothschild a par do reino. A rainha recusou de imediato. Só que isso aconteceu há dez anos. Desde então, tivemos Disraeli.

– Mas Disraeli é cristão. Greenbourne é judeu praticante.

— Eu me pergunto se isso faria alguma diferença — refletiu lady Morte. — É possível. Ela vive criticando o príncipe de Gales por ter tantos amigos judeus.

— Neste caso, se você mencionar a ela que o primeiro-ministro pretende elevar um deles à nobreza...

— Posso fazer um comentário. Não tenho certeza de ser suficiente para atender a seu propósito.

Augusta pensou depressa.

— Há alguma coisa que possamos fazer para que a questão desperte a preocupação de Sua Majestade?

— Talvez se houvesse algum protesto público. Discussões no Parlamento ou artigos na imprensa...

— É isso, a imprensa! — Augusta pensou em Arnold Hobbes. — Acho que pode haver um jeito.

~

Hobbes ficou extremamente nervoso com a presença de Augusta em seu escritório pequeno e todo sujo de tinta. Não sabia se arrumava as coisas, a atendia ou tentava se livrar dela. Portanto, fez tudo isso numa confusão histérica. Transferiu papéis e pilhas de provas do chão para a mesa e tornou a largar no chão; foi buscar uma cadeira, uma taça de xerez e um prato de biscoitos; e ao mesmo tempo propôs que fossem conversar em outro lugar. Augusta deixou-o se agitar por um ou dois minutos.

— Sr. Hobbes, sente-se, por favor, e me escute — disse ela por fim.

— Claro, claro... — balbuciou ele, deixando-se cair numa cadeira e fitando-a por cima dos óculos sujos.

Augusta relatou em poucas frases a possibilidade de Ben Greenbourne receber um título de nobreza.

— É lamentável, lamentável... — murmurou o jornalista, cada vez mais nervoso. — Mas não creio que o *The Forum* possa ser acusado de falta de entusiasmo na promoção da causa que tão gentilmente me sugeriu.

E, em troca disso, você recebeu duas diretorias lucrativas em empresas controladas por meu marido, pensou Augusta.

— Sei que não é culpa sua — disse ela, irritada. — A questão é outra. O que pode fazer a respeito?

— Meu jornal se encontra numa situação difícil — respondeu ele, preocupado. — Depois de fazer uma campanha vigorosa para que um banqueiro fosse elevado à nobreza, é difícil para nós voltar atrás e protestar quando isso acontecer.

– Mas nunca teve como objetivo que o título fosse para um judeu.

– É verdade, é verdade, embora muitos banqueiros sejam judeus.

– Não poderia escrever que há banqueiros cristãos em número suficiente para que o primeiro-ministro escolha um deles?

Hobbes continuou relutante:

– Poderia...

– Então faça isso!

– Desculpe, Sra. Pilaster, mas não é suficiente.

– Não estou entendendo – disse ela, impaciente.

– Uma consideração profissional. Eu preciso do que os jornalistas chamam de ponto de vista. Por exemplo, poderíamos acusar Disraeli, ou lorde Beaconsfield, como ele é chamado agora, de parcialidade a favor de pessoas de sua própria raça. Isso seria um ponto de vista. Só que, em linhas gerais, ele é um homem tão íntegro que essa acusação específica não seria aceita.

Augusta detestava vacilações, mas conteve sua impaciência porque percebeu que havia nisso um problema genuíno. Pensou por um instante e uma ideia lhe ocorreu.

– Quando Disraeli tomou posse na Câmara dos Lordes houve uma cerimônia normal?

– Creio que sim, sob todos os aspectos.

– Ele prestou o juramento de lealdade sobre uma Bíblia cristã?

– Claro.

– O Antigo e o Novo Testamento?

– Já entendi aonde quer chegar, Sra. Pilaster. Ben Greenbourne juraria sobre uma Bíblia cristã? Pelo que sei a respeito dele, duvido muito.

Augusta balançou a cabeça, ainda em dúvida.

– Talvez jure se nada for dito a respeito. Ele não é homem de procurar confrontação. Mas fica obstinado quando é desafiado. Se houver um clamor público para que ele preste o juramento como todos os outros, Greenbourne pode se rebelar. Não deixaria que dissessem que foi pressionado a qualquer coisa.

– Um clamor público... – repetiu Hobbes. – É isso mesmo.

– Poderia criá-lo?

Hobbes começou a se entusiasmar com a ideia.

– Já posso imaginar – disse ele, excitado. – BLASFÊMIA NA CÂMARA

DOS LORDES. Isso é o que chamo de um ponto de vista, Sra. Pilaster. É muito inteligente. Deveria ser jornalista!

– Quanta lisonja.

Ele não percebeu o sarcasmo, mas de repente ficou pensativo.

– O Sr. Greenbourne é um homem muito poderoso.

– O Sr. Pilaster também.

– Claro, claro...

– Posso contar com você?

Hobbes avaliou rapidamente os riscos e decidiu apoiar a causa de Pilaster.

– Deixe isso comigo.

Augusta assentiu. Já se sentia melhor. Lady Morte viraria a rainha contra Greenbourne, Hobbes protestaria na imprensa e Fortescue sussurraria no ouvido do primeiro-ministro o nome de uma alternativa impecável: Joseph. Mais uma vez, as perspectivas pareciam boas.

Ela se levantou, mas Hobbes ainda não tinha acabado.

– Permite-me falar sobre outro assunto?

– Claro.

– Ofereceram-me um prelo bastante barato. No momento, como sabe, usamos prelos de terceiros. Se tivéssemos o nosso, poderíamos reduzir o custo do jornal e talvez até ganhar algum dinheiro extra imprimindo outras publicações.

– Isso é óbvio – murmurou Augusta, impaciente.

– Tenho pensado na possibilidade de o Banco Pilasters nos conceder um empréstimo comercial.

Era o preço da manutenção do apoio de Hobbes.

– Quanto?

– Cento e sessenta libras.

Uma ninharia. E se ele fizesse uma campanha contra a ascensão de judeus à nobreza com a mesma energia e astúcia que empregara na defesa dos títulos para os banqueiros, valeria a pena.

– Está quase de graça, posso garantir... – acrescentou Hobbes.

– Falarei com o Sr. Pilaster.

Joseph concordaria, mas ela não queria que Hobbes pensasse que era fácil demais. Ele daria uma importância maior se o empréstimo fosse concedido com alguma relutância.

– Obrigado. É sempre um prazer encontrá-la, Sra. Pilaster.

– Sem dúvida – murmurou ela, saindo em seguida.

CAPÍTULO QUATRO

Junho

1

A EMBAIXADA CORDOVESA ESTAVA quieta. As salas no andar térreo se encontravam vazias e os três funcionários tinham ido para casa horas antes. Micky e Rachel haviam oferecido um jantar no segundo andar a um pequeno grupo – sir Peter Mountjoy, subsecretário do Ministério do Exterior, e sua esposa; o embaixador dinamarquês; e o *chevalier* Michele, da embaixada italiana. Os convidados já haviam se retirado, os criados tinham arrumado tudo, e agora Micky se preparava para sair.

A novidade do casamento começava a se desgastar. Tentara chocar ou repugnar sua esposa sexualmente inexperiente, mas fracassara. O incessante entusiasmo de Rachel por qualquer perversão que ele propunha passara a enervá-lo. Ela decidira aceitar qualquer coisa que ele quisesse e não havia como demovê-la quando tomava uma decisão. Micky jamais conhecera uma mulher que fosse tão logicamente implacável.

Rachel faria qualquer coisa que ele pedisse na cama, mas acreditava que fora do quarto uma mulher não devia ser uma escrava do marido. E ela era igualmente rígida com as duas regras. Assim, viviam brigando sobre questões domésticas. Às vezes Micky passava de uma situação a outra. No meio de uma discussão sobre criados ou dinheiro, ele dizia:

– Levante a saia e deite no chão.

E tudo terminava num abraço arrebatado. Só que isso não funcionava em todas as ocasiões. De vez em quando Rachel retomava a discussão assim que ele saía de cima dela.

Ultimamente, ele e Edward vinham passando cada vez mais noites em seus antigos pousos. Aquela seria a Noite das Máscaras no bordel da Nellie. Era uma das inovações introduzidas por April e todas as mulheres estariam de máscara. April alegava que damas da alta sociedade sexualmente frustradas se misturavam com as prostitutas na Noite das Máscaras. É verdade que algumas não eram do bordel, mas Micky desconfiava que as forasteiras eram mulheres de classe média em dificuldades financeiras, não aristocratas entediadas à procura de emoções degeneradas. Qualquer que fosse a verdade, a Noite das Máscaras nunca deixava de ser interessante.

Ele penteou os cabelos, encheu a charuteira e desceu. Para sua surpresa, deparou com Rachel parada no vestíbulo, bloqueando a passagem para a porta. Ela cruzara os braços e exibia uma expressão determinada. Micky preparou-se para uma briga.

– São onze da noite – disse Rachel. – Aonde você vai?

– Ao inferno. Saia da minha frente.

Ele pegou o chapéu e a bengala.

– Vai a um bordel chamado Nellie's?

Micky ficou tão surpreso que se calou por um momento.

– Já vi que vai – acrescentou Rachel.

– Com quem você andou conversando?

Ela hesitou, mas acabou respondendo:

– Emily Pilaster. Ela me contou que você e Edward vão lá com frequência.

– Não deve dar ouvidos às intrigas das mulheres.

Rachel estava pálida. Micky compreendeu que estava assustada. O que era inesperado. Talvez aquela briga fosse diferente.

– Deve parar de ir a esse lugar, Micky.

– Já falei que não deve tentar dar ordens a seu amo.

– Não é uma ordem, é um ultimato.

– Não seja tola. Saia da minha frente.

– A menos que você me prometa que não irá mais lá, vou deixá-lo. Vou embora daqui esta noite e nunca mais voltarei.

Micky percebeu que ela falava a sério. Era por isso que parecia assustada. Até calçara os sapatos de sair.

– Você não vai embora – disse ele. – Eu a trancarei em seu quarto.

– Vai ser difícil. Recolhi todas as chaves e joguei fora. Não há um único aposento nesta casa que possa ser trancado.

Rachel fora muito esperta. Aquela parecia que ia ser uma das disputas mais interessantes entre os dois.

– Tire o calção – murmurou ele com um sorriso.

– Isso não vai adiantar esta noite, Micky. Eu pensava que isso significava que você me amava. Agora, compreendi que o sexo é apenas o seu modo de controlar as pessoas. Duvido até que você goste.

Ele estendeu a mão e apertou o seio da esposa. Era quente e pesado, apesar das camadas de roupa. Acariciou-o, observando o rosto de Rachel, mas a expressão dela não se alterou. Micky concluiu que naquela noite ela não se entregaria à paixão. Apertou com força, machucando-a, depois retirou a mão.

– O que deu em você? – perguntou ele com genuína curiosidade.

– Os homens pegam doenças infecciosas em lugares como o Nellie's.

– As garotas são muito limpas...

– Por favor, Micky, não finja ser estúpido.

Ela tinha razão. Não havia uma prostituta limpa. Na verdade, ele tivera sorte até agora. Só pegara um caso brando de varíola durante os muitos anos de visitas a bordéis.

– Está bem – admitiu ele. – Posso pegar uma doença infecciosa.

– E transmitir para mim.

Ele deu de ombros.

– É um dos riscos de ser uma esposa. Se eu pegar sarampo, também posso transmitir para você.

– A sífilis pode ser hereditária.

– Aonde quer chegar?

– Posso transmiti-la a nossos filhos, se os tivermos. E não estou disposta a isso. Não vou trazer ao mundo uma criança com uma doença tão terrível.

Rachel respirava depressa, um sinal de tensão intensa. Ela fala a sério, pensou Micky.

– Por isso vou deixá-lo – arrematou Rachel –, a menos que você concorde em interromper todo o contato com prostitutas.

Não havia sentido em continuar a discussão.

– Vamos ver se você consegue quebrar meu nariz – disse ele, erguendo a bengala para agredi-la.

Ela estava preparada. Esquivou-se do golpe e correu para a porta. Para surpresa de Micky, a porta se encontrava entreaberta. Ela devia tê-la deixado assim já esperando que ele fosse violento, pensou Micky, e Rachel saiu num instante.

Micky foi em seu encalço. Outra surpresa o aguardava lá fora: havia uma carruagem à espera no meio-fio. Rachel embarcou. Ele estava espantado com o planejamento meticuloso da esposa. Já ia entrar atrás dela na carruagem quando foi bloqueado por um vulto grande de cartola. Era o pai, Sr. Bodwin, o advogado.

– Presumo que você se recusa a corrigir seus hábitos – disse ele.

– Está sequestrando minha esposa? – indagou Micky, furioso por ter sido ludibriado.

– Ela deixa esta casa por livre e espontânea vontade. – A voz de Bodwin soava um pouco trêmula, mas ele se mantinha firme. – Voltará quando você concordar em renunciar a seus hábitos depravados. O que vai depender, é claro, de um exame médico satisfatório.

Por um momento, Micky sentiu-se tentado a agredi-lo, mas apenas por um momento. A violência não era o seu estilo. De qualquer forma, o advogado com certeza o acusaria de agressão, e um escândalo assim poderia arruinar sua carreira diplomática. Rachel não valia isso.

Ele compreendeu que estava diante de um impasse. Por que estou lutando?, perguntou a si mesmo.

— Pode ficar com sua filha — declarou Micky. — Já fiz tudo o que queria com ela.

Ele entrou na casa, batendo a porta.

Ouviu a carruagem se afastar. Para sua surpresa, percebeu que sentia a partida de Rachel. Casara-se com ela apenas por conveniência, é claro — fora um meio de persuadir Edward a se casar também —, e sob alguns aspectos a vida seria mais simples sem ela. Mas, de um modo curioso, gostara do duelo diário de personalidades. Nunca tivera isso com uma mulher. Às vezes era cansativo, sem dúvida, e ele disse a si mesmo que ficaria melhor sozinho.

Depois de recuperar o fôlego, Micky pôs o chapéu e saiu. Era uma noite amena de verão, com o céu claro, as estrelas cintilando. O ar de Londres sempre ficava melhor no verão, quando as pessoas não precisavam queimar carvão para aquecer suas casas.

Enquanto descia pela Regent Street, concentrou o pensamento nos negócios. Desde a surra em Tonio Silva, um mês antes, nunca mais ouvira falar de seu artigo sobre as minas de nitrato. Era provável que Tonio ainda estivesse se recuperando dos ferimentos. Micky enviara a Papa um telegrama em código com os nomes e os endereços das testemunhas que haviam assinado os depoimentos em poder de Tonio. Todas já deviam estar mortas àquela altura. Hugh parecera tolo por ter iniciado um pânico desnecessário e Edward ficara exultante.

Enquanto isso, Edward persuadira Solly Greenbourne, pelo menos a princípio, a lançarem em conjunto os títulos da Ferrovia Santa María. Não fora fácil. Solly se mostrava tão desconfiado da América do Sul quanto a maioria dos investidores. Edward fora obrigado a oferecer uma comissão mais alta e a assumir uma parte de um esquema especulativo de Solly antes que o negócio fosse fechado. Edward argumentara que haviam sido colegas de colégio, e Micky desconfiava que o fator decisivo havia sido o coração mole de Solly.

Agora, estavam elaborando os contratos. Era um processo angustiosamente lento. O que tornava a vida difícil para Micky era que Papa não entendia por que essas coisas não podiam ser feitas em poucas horas. Exigia o dinheiro de imediato.

Mas Micky estava satisfeito consigo mesmo ao pensar nos obstáculos que tivera de superar. Depois da rejeição inicial de Edward, a missão parecia impossível. Com a ajuda de Augusta, manobrara Edward para o casamento e a posição de sócio no banco. Depois, enfrentara a oposição de Hugh Pilaster e Tonio Silva. Agora, os frutos de seus esforços se achavam prestes a cair em suas mãos. Lá em Córdoba, a Ferrovia Santa María seria sempre a ferrovia de Micky. Quinhentas mil libras eram uma vasta soma, maior do que o orçamento militar de todo o país. Era uma realização que valeria mais do que tudo o que seu irmão Paulo já fizera.

Ele entrou no Nellie's poucos minutos depois. A festa estava no auge. Todas as mesas estavam ocupadas, o ar denso, de fumaça de charuto, conversas obscenas e risadas roucas ressoando acima da música dançante tocada por uma pequena orquestra. Todas as mulheres usavam máscaras. Algumas máscaras eram simples, mas a maioria era elaborada. Umas poucas cobriam toda a cabeça, deixando à mostra apenas os olhos e a boca.

Micky abriu caminho pela multidão, acenando com a cabeça para os conhecidos e beijando algumas mulheres. Edward estava na sala de jogo, mas levantou-se assim que Micky entrou.

– April arrumou uma virgem para nós – informou ele numa voz meio engrolada.

Era tarde e ele já havia bebido bastante.

Micky nunca fora obcecado com virgindade, mas sempre havia algo estimulante numa garota assustada e ele ficou excitado.

– De que idade?

– Dezessete anos.

O que devia significar 23, pensou Micky, sabendo como April calculava a idade de suas mulheres. Ainda assim, ele estava fascinado.

– Você já a viu?

– Já, sim. Ela está de máscara.

– Sim, é claro.

Micky se perguntou qual seria a história da garota. Podia ser do interior e fugira de casa e agora estava sem meios em Londres. Ou ter sido sequestrada de uma fazenda. Ou ainda ser uma mera criada, cansada de trabalhar como uma escrava dezesseis horas por dia a 6 xelins por semana.

Uma mulher numa pequena máscara preta tocou em seu braço. A máscara não era mais que um símbolo, e ele reconheceu April.

– Uma virgem genuína – murmurou ela.

Com toda a certeza, ela cobraria a Edward uma fortuna pelo privilégio de tirar a virgindade da moça.

– Já pôs a sua mão nela para sentir o hímen? – perguntou Micky, cético.

– Não preciso. Sei quando uma moça está dizendo a verdade.

– Se eu não sentir arrebentar, você não recebe – disse ele, embora ambos soubessem que Edward é que pagaria.

– Combinado.

– Qual é a história da garota?

– Ela é órfã, foi criada por um tio. Ele queria se livrar da sobrinha o mais depressa possível e acertou seu casamento com um homem mais velho. Como ela se recusou, o tio a expulsou de casa. Eu a salvei de uma vida de trabalho servil.

– Você é um anjo – comentou Micky, sarcástico.

Ele não acreditava em uma só palavra. Não podia ver a expressão de April por trás da máscara, mas tinha um forte pressentimento de que ela tramava alguma coisa. Encarou-a com um olhar cético.

– Conte a verdade.

– Já contei. Se não a quiser, há seis outros homens aqui que pagarão por ela tanto quanto você.

– Nós a queremos – disse Edward, impaciente. – Pare de discutir, Micky. Vamos dar uma olhada na garota.

– Quarto 3 – informou April. – Ela espera por vocês.

Micky e Edward subiram a escada, repleta de casais se agarrando, e foram para o quarto 3.

A garota estava num canto. Usava um vestido simples de musseline e tinha a cabeça inteira coberta por um capuz, apenas com aberturas para os olhos e a boca. Mais uma vez, Micky foi invadido pela suspeita. Nada podiam ver de seu rosto e sua cabeça. Ela devia ser hedionda, talvez deformada. Seria alguma brincadeira?

Ele percebeu, enquanto a contemplava, que a garota tremia de medo. Deixou as dúvidas de lado quando sentiu uma pontada de desejo na virilha. Para assustá-la ainda mais, atravessou o quarto apressado, abriu a gola do vestido e enfiou a mão em seus seios. Ela se encolheu, com terror nos olhos azul-claros, mas não saiu do lugar. Tinha seios pequenos e firmes.

O medo da moça fez com que Micky quisesse ser brutal. Normalmente, ele e Edward se divertiam com uma mulher por algum tempo, mas Micky decidiu que possuiria aquela logo.

– Fique de joelhos na cama – ordenou ele.

Ela obedeceu. Micky postou-se por trás e levantou a saia. Ela soltou um grito de medo. Não usava nada por baixo.

Foi mais fácil penetrá-la do que ele esperava. April devia ter dado algum creme para lubrificá-la. Ele sentiu a obstrução do hímen. Agarrou-a pelos quadris e puxou com força em sua direção, ao mesmo tempo que arremetia para a frente. A membrana se rompeu. Ela começou a soluçar, e isso excitou-o ainda mais, a tal ponto que chegou ao orgasmo no instante seguinte.

Retirou-se para dar a vez a Edward. Havia sangue em seu pênis. Não estava satisfeito. Desejou ter ficado em casa e ido para a cama com Rachel. Lembrou que ela o deixara e sentiu-se ainda pior.

Edward virou a garota de frente. Ela quase caiu e ele teve de segurá-la pelos tornozelos e puxá-la para o meio da cama. Nesse momento, o capuz se soltou parcialmente.

– Santo Deus! – exclamou Edward.

– Qual é o problema? – perguntou Micky sem muito interesse.

Edward estava ajoelhado entre as coxas da moça, com o pênis na mão, olhando fixamente para o rosto meio revelado. Micky concluiu que a moça devia ser alguém que eles conheciam. Observou, fascinado, enquanto ela tentava puxar o capuz para baixo. Edward impediu-a, arrancando-o.

E foi nesse instante que Micky viu os enormes olhos azuis e o rosto de menina da esposa de Edward, Emily.

– É a primeira vez que vejo uma coisa assim! – exclamou ele, desatando a rir.

Edward soltou um berro de raiva:

– Sua vaca nojenta! Fez isso para me envergonhar!

– Não, Edward, não! – soluçou ela. – Para ajudar você... Ajudar nós dois!

– Agora todos sabem! – gritou ele, dando um soco no rosto da esposa.

Ela começou a chorar e a se debater, e Edward agrediu-a outra vez.

Micky riu ainda mais. Era a coisa mais engraçada que já vira: um homem entrando num bordel e encontrando a própria esposa!

April veio correndo ao escutar os gritos.

– Deixem-na em paz! – exclamou ela, tentando afastar Edward.

Ele empurrou-a para o lado.

– Posso bater em minha esposa se eu quiser!

– Seu grande tolo, ela só quer ter um bebê!

– Vai ter meu punho em vez disso!

Lutaram por um tempo. Edward acertou outro soco na esposa e depois April bateu em seu ouvido. Ele soltou um grito de dor e surpresa, e Micky desabou num riso histérico.

April conseguiu finalmente afastar Edward da esposa.

Emily levantou da cama. Inesperadamente, não saiu correndo do quarto. Em vez disso, declarou ao marido:

– Por favor, Edward, não desista. Farei qualquer coisa que você quiser... Absolutamente qualquer coisa!

Ele tornou a avançar para Emily. April puxou suas pernas e o derrubou. Edward caiu de joelhos.

– Saia, Emily, antes que ele a mate – disse April.

Emily saiu correndo, em lágrimas. Edward continuava enfurecido.

– Nunca mais virei a este bordel nojento! – berrou ele, apontando o dedo para April.

Micky caiu no sofá, comprimindo a barriga, morrendo de rir.

2

O BAILE DO SOLSTÍCIO de Verão de Maisie Greenbourne era um dos pontos altos da temporada londrina. Ela sempre tinha a melhor banda, a comida mais deliciosa, a decoração mais extravagante e um estoque interminável de champanhe. Mas o principal motivo para que todos quisessem ir era a presença garantida do príncipe de Gales.

Nesse ano, Maisie decidiu aproveitar a ocasião para lançar a nova Nora Pilaster.

Era uma estratégia de alto risco. Se desse errado, tanto Nora quanto Maisie seriam humilhadas. Se tudo corresse bem, ninguém se atreveria mais a esnobar Nora.

Maisie ofereceu um jantar pequeno, para 24 pessoas, antes do baile. O príncipe não pôde comparecer. Hugh e Nora estavam presentes, e ela estava fascinante num vestido azul-celeste, coberto com pequenos laços de cetim. Os ombros à mostra realçavam a pele rosada e o corpo voluptuoso.

Os outros convidados ficaram surpresos ao vê-la à mesa, mas presumiram que Maisie sabia o que estava fazendo. Ela esperava que estivessem certos. Entendia como a mente do príncipe funcionava e tinha quase certeza de que podia prever suas reações, mas de vez em quando ele contrariava as expectativas e se virava contra os amigos, em particular se achasse que tentavam usá-lo. Se isso acontecesse, Maisie acabaria como Nora, desprezada pela sociedade de Londres. Quando pensava a respeito, ela se espantava por ter assumido tamanho risco apenas para ajudar a mulher. Só que não era por Nora, e sim por Hugh.

Hugh concluía o aviso prévio no Banco Pilasters. Dois meses já haviam se passado desde que pedira demissão. Solly estava impaciente para que ele começasse a trabalhar no Greenbournes, mas os sócios do Pilasters haviam exigido o cumprimento dos três meses. Era evidente que queriam adiar ao máximo o momento em que Hugh passaria a trabalhar para os rivais.

Depois do jantar, Maisie conversou por um instante com Nora enquanto as mulheres usavam o banheiro.

– Fique o mais perto de mim que puder – recomendou ela. – Quando chegar o momento de apresentá-la ao príncipe, não poderei sair à sua procura. Você deve estar ao meu lado.

– Ficarei grudada em você como um escocês numa nota de 5 libras – prometeu Nora em seu sotaque do East End, trocando em seguida para a fala arrastada da classe alta: – Não tenha medo! Não vou fugir!

Os convidados começaram a chegar às dez e meia. Maisie não costumava convidar Augusta Pilaster, mas a chamara naquele ano para que testemunhasse o triunfo de Nora, se é que haveria. Achava provável que Augusta recusasse, mas ela foi uma das primeiras a chegar. Maisie também convidara o mentor de Hugh em Nova York, Sidney Madler, um homem encantador, em torno dos 60 anos, com uma barba branca. Ele se apresentou numa versão nitidamente americana de traje a rigor, com casaco curto e gravata preta.

Maisie e Solly apertaram as mãos de convidados por uma hora, até que o príncipe apareceu. Escoltaram-no para o salão de baile e apresentaram-no ao pai de Solly. Ben Greenbourne fez uma reverência formal, abaixando-se à altura da cintura, as costas retas como um militar prussiano. Depois, Maisie dançou com o príncipe.

– Tenho uma esplêndida fofoca para lhe contar, senhor – disse ela enquanto valsavam. – Só espero que não o deixe zangado.

Ele puxou-a mais para perto.

– Muito intrigante, Sra. Greenbourne... Continue – disse ele em seu ouvido.

– É sobre o incidente no baile da duquesa de Tenbigh.

Ela sentiu que o príncipe se empertigava.

– Ah, sim... Um pouco embaraçoso, devo confessar. – Ele baixou a voz.

– Quando a garota chamou De Tokoly de velho safado, pensei por um instante que estivesse falando comigo!

Maisie riu alegremente, como se a ideia fosse absurda, embora soubesse que muitas pessoas haviam suposto a mesma coisa.

– Mas continue – acrescentou o príncipe. – Havia mais do que os olhos podiam ver?

– Parece que sim. De Tokoly fora informado falsamente de que a jovem era... como posso dizer... aberta a convites.

– Aberta a convites! – O príncipe riu, deliciado. – Devo me lembrar dessa expressão!

– E ela, por sua vez, fora aconselhada a esbofeteá-lo assim que ele tentasse tomar certas liberdades.

– Então era quase inevitável que ocorresse uma cena. Muito hábil. Quem estava por trás de tudo?

Maisie hesitou por um momento. Nunca usara sua amizade com o príncipe para falar mal de alguém. Mas Augusta era bastante perversa para merecê-lo.

– Sabe quem é Augusta Pilaster?

– Claro. A matriarca da *outra* família de banqueiros.

– Foi ela. A moça, Nora, é casada com o sobrinho de Augusta, Hugh. Augusta fez isso para se vingar de Hugh, a quem ela odeia.

– Que cobra ela deve ser! Não deveria provocar essas cenas quando estou presente. Tenho vontade de puni-la.

Era o momento que Maisie esperava.

– Tudo o que precisa fazer é notar Nora, mostrar que ela está perdoada – disse Maisie, prendendo a respiração à espera da resposta.

– E talvez ignorar Augusta. Acho que posso fazer isso.

A dança terminou.

– Devo apresentá-lo a Nora? – perguntou Maisie. – Ela está aqui.

O príncipe encarou-a.

– Planejou tudo isso, hein, sua malandrinha?

Ela receava isso. Ele não era estúpido e podia perceber sua trama. Era melhor não negar. Maisie assumiu um ar tímido e fez o melhor que pôde para corar.

– Descobriu tudo. Foi tolice minha pensar que conseguiria lançar areia nos *seus* olhos de águia. – Ela mudou a expressão do rosto e dedicou-lhe um olhar direto e franco. – O que devo fazer por penitência?

Um sorriso lascivo se estampou no rosto do príncipe.

– Não me tente. Vamos, eu a perdoo.

Maisie respirou, mais tranquila. Escapara impune. Agora, cabia a Nora encantá-lo.

– Onde está ela? – indagou ele.

Nora estava por perto, de acordo com as instruções. Maisie encarou-a e ela se aproximou no mesmo instante.

– Vossa Alteza Real – disse Maisie –, permita que lhe apresente a Sra. Hugh Pilaster.

Nora fez uma reverência, piscando os olhos.

O príncipe contemplou os ombros nus, o colo cheio e rosado.

– Encantadora! – exclamou ele, entusiasmado. – Muito encantadora!

~

Hugh observava, espantado e feliz, Nora conversar jovialmente com o príncipe de Gales.

Até o dia anterior, ela era uma pária social, a prova viva de que não se pode aparentar o que não se é. Fizera o banco perder um grande contrato e lançara a carreira de Hugh a um impasse. Agora, era invejada por todas as mulheres no salão. Suas roupas eram perfeitas, as maneiras, encantadoras, e flertava com o herdeiro do trono. E a transformação fora promovida por Maisie.

Hugh olhou para Augusta, que estava perto, ao lado do marido. Ela não desviava os olhos de Nora e do príncipe. Tentava parecer despreocupada, mas Hugh podia perceber que estava horrorizada. Como isso deve enfurecê-la, pensou Hugh, saber que Maisie, a moça da classe trabalhadora que ela desdenhara seis anos antes, é agora muito mais influente do que ela.

Sidney Madler aproximou-se no momento mais oportuno e perguntou a Joseph, com um ar incrédulo:

– É *aquela* a mulher que você diz ser irremediavelmente imprópria para ser esposa de um banqueiro?

Antes que Joseph pudesse responder, Augusta interveio:

– Ela fez o banco perder um grande contrato – disse ela, num tom falsamente humilde.

– Na verdade, não – protestou Hugh. – O negócio está sendo fechado.

Augusta virou-se para Joseph:

– O conde de Tokoly não interferiu?

– Ele parece ter superado seu acesso de indignação muito depressa – respondeu Joseph.

Augusta tinha de fingir estar satisfeita.

– Ainda bem – murmurou ela, com insinceridade evidente.

– De um modo geral, a necessidade financeira sempre acaba prevalecendo sobre os preconceitos sociais – comentou Madler.

– Tem toda a razão – concordou Joseph. – Talvez eu tenha sido um pouco precipitado ao negar sociedade a Hugh.

– O que quer dizer, Joseph? – tornou a interferir Augusta, com uma doçura venenosa.

– Falamos de negócios, minha cara... Conversa de homens. Não precisa se preocupar com essas coisas. – Ele virou-se para Hugh: – Não queremos que você trabalhe para o Greenbournes.

Hugh não sabia o que dizer. Sabia que Sidney Madler protestara com veemência, e que Samuel o apoiara... Mas era algo quase sem precedentes tio Joseph reconhecer um erro. E, no entanto, pensou ele cada vez mais animado, por qual outro motivo Joseph estaria abordando o assunto?

– Sabe por que vou para o Greenbournes, tio.

– Nunca o farão sócio, e você sabe disso. Só se fosse judeu.

– Estou a par da situação.

– Nessas circunstâncias, não prefere trabalhar para a família?

Hugh ficou decepcionado. No fim das contas, Joseph apenas tentava persuadi-lo a continuar sendo seu empregado.

– Não, não prefiro trabalhar para a família – respondeu ele, indignado.

Percebeu que o tio estava consternado com a intensidade de seu sentimento.

– Para ser franco – continuou –, prefiro trabalhar para os Greenbournes, onde estarei livre das intrigas de família. – Hugh lançou um olhar desafiador para Augusta. – E onde minhas responsabilidades e recompensas dependerão exclusivamente de minha capacidade como banqueiro.

– Prefere judeus à sua própria família? – indagou Augusta em tom escandalizado.

– Fique fora disso! – ordenou Joseph, bruscamente. – Sabe por que toquei no assunto, Hugh. O Sr. Madler acha que o desapontamos e todos os sócios se preocupam com a possibilidade de você levar nossos negócios norte-americanos quando sair.

Hugh tentou se controlar. Era o momento de impor um acordo firme.

– Eu não voltaria atrás nem que dobrasse meu salário – declarou ele, exibindo todas as suas cartas. – Só uma coisa me faria mudar de ideia: a sociedade.

Joseph suspirou.

– Você é o próprio demônio para se negociar.

– Como todo bom banqueiro deve ser – comentou Madler.

– Muito bem – disse Joseph, depois de um longo momento. – Eu lhe ofereço a sociedade.

Hugh sentiu-se tonto. Eles recuaram, pensou. Cederam. E eu venci. Mal podia acreditar que aquilo acontecera de fato.

Olhou para Augusta. Seu rosto era uma máscara rígida de autocontrole, mas ela não comentou nada. Sabia que perdera.

– Neste caso... – começou Hugh.

Hesitou, saboreando o momento. Respirou fundo.

– Neste caso, eu aceito.

Augusta finalmente perdeu a compostura. Ficou vermelha. Os olhos pareciam que iam saltar das órbitas.

– Vão se arrepender pelo resto de suas vidas! – exclamou ela, afastando-se em seguida.

~

Ela abriu passagem pela multidão no salão de baile a caminho da porta. As pessoas a encaravam com olhares nervosos. Augusta compreendeu que sua raiva transparecia e desejou poder ocultar seus sentimentos, mas estava transtornada demais. Todas as pessoas que ela detestava e desprezava haviam triunfado. A esfarrapada Maisie, o miserável Hugh e a lamentável Nora haviam frustrado seus esforços e conseguido o que queriam. O estômago de Augusta se contraía em frustração e náusea.

Por fim, passou pela porta e saiu para o patamar do segundo andar, onde a multidão não era tão densa. Abordou um lacaio que passava.

– Chame imediatamente a carruagem do Sr. Pilaster! – ordenou ela.

Ele saiu em disparada. Pelo menos ainda podia intimidar os lacaios.

Deixou a festa sem falar com mais ninguém. O marido podia ir para casa num fiacre. Fervia de raiva por todo o caminho até Kensington. Ao chegar em casa, deparou com o mordomo Hastead no vestíbulo.

– O Sr. Hobbes está à espera na sala de estar – anunciou ele, sonolento. – Eu avisei que a senhora talvez não voltasse antes do amanhecer, mas ele insistiu em esperar.

– E que diabos ele quer?

– Não me informou, madame.

Augusta não sentia a menor disposição para falar com o editor do *The Forum*. O que ele viera fazer em sua casa de madrugada? Ficou tentada a ignorá-lo e subir direto para seu quarto, mas depois se lembrou do título de nobreza e decidiu que era melhor atendê-lo.

Foi para a sala de estar. Hobbes dormia ao lado do fogo agonizante na lareira.

– Bom dia! – disse Augusta quase gritando.

Ele estremeceu. Levantou-se de um pulo, fitando-a através dos óculos sujos.

– Sra. Pilaster! Boa... Ah, sim, bom dia.

– O que o traz aqui a esta hora?

– Achei que gostaria de ser a primeira a ver isto – respondeu Hobbes, estendendo um exemplar do jornal.

Era o novo número do *The Forum*, ainda quente, recendendo a tinta.

Augusta abriu a primeira página e leu o título do artigo principal:

UM JUDEU PODE SE TORNAR UM LORDE?

Ela se reanimou. O fiasco daquela noite fora apenas uma derrota, lembrou a si mesma. Havia outras batalhas a serem travadas.

Leu os primeiros parágrafos.

Esperamos que não haja qualquer procedência nos rumores que circulam em Westminster e nos clubes de Londres de que o primeiro-ministro cogita conceder um pariato a um proeminente banqueiro de raça e fé judaicas.

Nunca fomos a favor da perseguição a religiões pagãs. Contudo, a tolerância pode ir longe demais. Oferecer a mais alta honraria a quem rejeita a salvação cristã seria uma atitude perigosamente próxima da blasfêmia.

É verdade que o próprio primeiro-ministro é judeu por nascimento. Converteu-se e prestou o juramento de lealdade à Sua Majestade sobre a Bíblia cristã. Assim, não houve qualquer dúvida constitucional em sua ascensão à nobreza. Entretanto, temos de indagar se o banqueiro sem batismo, o homem indicado pelos rumores, estaria disposto a abrir mão de sua fé a ponto de jurar sobre o Antigo e o Novo Testamento juntos. Se ele insistisse em só fazê-lo pelo Antigo Testamento, como os bispos da Câmara dos Lordes poderiam admiti-lo sem protesto?

Não temos a menor dúvida de que se trata de um cidadão leal e um honesto homem de negócios...

Havia muito mais no mesmo estilo. Augusta ficou satisfeita. Levantou os olhos do jornal.

– Bom trabalho – comentou ela. – Deve ter a maior repercussão.

– Espero que sim.

Num gesto rápido, Hobbes enfiou a mão no paletó e tirou um papel.

– Tomei a liberdade de efetuar a compra do prelo de que falei. A nota...

– Vá ao banco pela manhã – disse Augusta, ríspida, ignorando o papel estendido.

Ela nunca conseguia ser cortês com Hobbes por muito tempo, nem mesmo quando ele a servia da melhor maneira possível. Algo em seu comportamento a irritava. Fez um esforço para ser mais afável e acrescentou, abrandando a voz:

– Meu marido lhe dará um cheque.

Hobbes fez uma mesura.

– Neste caso, peço licença para me retirar.

Ele saiu. Augusta deixou escapar um suspiro de satisfação. Seria uma lição para todos. Maisie Greenbourne pensava que era a líder da alta sociedade de Londres. Podia dançar com o príncipe de Gales a noite inteira, mas não era capaz de lutar contra o poder da imprensa. Os Greenbournes levariam muito tempo para se recuperar daquele ataque. E, enquanto isso, Joseph obteria seu título.

Sentindo-se melhor, ela sentou-se para reler o artigo.

3

HUGH ESTAVA EXULTANTE ao despertar na manhã seguinte. A esposa fora aceita na classe alta e ele se tornaria sócio do Banco Pilasters. A sociedade lhe dava a oportunidade de ganhar não milhares de libras, mas centenas de milhares ao longo dos anos. Um dia seria rico.

Solly ficaria desapontado ao saber que Hugh não iria trabalhar para ele. Mas o amigo era um homem tranquilo e compreenderia a situação.

Hugh vestiu o robe de chambre. Pegou na gaveta da mesa de cabeceira uma caixa de joia embrulhada para presente, pôs no bolso e foi para o quarto da esposa.

O cômodo de Nora era grande, mas sempre parecia entulhado. As janelas, os espelhos e a cama tinham cortinas estampadas de seda, o chão era coberto por tapetes espessos, as cadeiras ostentavam almofadas bordadas e todas as prateleiras e os tampos de mesa se achavam ocupados por retratos emoldurados, bonecas, caixinhas de porcelana e outros objetos similares. As cores predominantes eram as prediletas de Nora, rosa e azul, mas quase todas as outras podiam ser vistas em algum lugar, no papel de parede, na roupa de cama, nas cortinas ou nos estofados.

Nora estava sentada na cama, cercada por travesseiros de rendas, tomando chá. Hugh sentou-se na beirada da cama.

– Você foi maravilhosa ontem à noite – disse ele.

– Dei uma lição em todo mundo! – exclamou ela, satisfeita consigo mesma. – Dancei com o príncipe de Gales.

– Ele não parava de olhar para seus seios.

Hugh estendeu a mão e acariciou os seios da esposa através da seda da camisola abotoada até o pescoço. Ela empurrou sua mão, irritada.

– Agora não, Hugh!

Aquilo o magoou.

– Por que não?

– É a segunda vez esta semana.

– Assim que casamos, fazíamos o tempo todo.

– Exatamente. Assim que casamos. Uma mulher não espera ter de fazer isso todos os dias para sempre.

Hugh franziu o cenho. Ficaria feliz se pudesse fazer todos os dias para sempre... Afinal, o casamento não era para isso? Só que ele não sabia o que era normal. Talvez ele fosse superativo.

– Com que frequência acha que deveríamos fazer? – indagou, indeciso.

Nora parecia satisfeita com a pergunta, como se aguardasse uma oportunidade para esclarecer o assunto.

– Não mais do que uma vez por semana – respondeu ela com firmeza.

– É mesmo?

O sentimento de triunfo de Hugh se desvaneceu e ele foi dominado por uma súbita tristeza. Uma semana parecia muito tempo. Acariciou a coxa de Nora através dos lençóis.

– Talvez um pouco mais do que isso.

– Não! – disse ela, afastando a perna.

Hugh estava chateado. Houvera um tempo em que ela se mostrava entusiasmada com o ato sexual. Era uma coisa de que desfrutavam juntos. Como pudera se transformar num dever que ela cumpria para agradar ao marido? Será que Nora algum dia gostara dele ou apenas fingia? Havia algo terrivelmente deprimente nessa ideia.

Ele não sentia mais vontade de lhe dar o presente, mas já o comprara e não queria levar de volta à loja.

– Seja como for, comprei isto para você a fim de comemorar seu triunfo no baile de Maisie Greenbourne – murmurou ele, num tom meio triste, estendendo-lhe a caixa.

A atitude da esposa mudou no mesmo instante.

– Ah, Hugh, você sabe como eu adoro presentes!

Ela desfez o laço e abriu a caixa. Continha uma corrente de ouro com um pingente no formato de um buquê de flores, com rubis e safiras em hastes de ouro.

– É lindo! – exclamou Nora.

– Pois então o coloque.

Ela enfiou o cordão pela cabeça. Não se destacava muito sobre a camisola.

– Ficará melhor com um vestido decotado – comentou Hugh.

Nora ofereceu-lhe um olhar sedutor e começou a desabotoar a camisola. Hugh a observava, ansioso, expor mais e mais dos seios. A joia se aninhou entre eles como uma gota de chuva num botão de rosa. Ela sorriu para Hugh. Continuou a abrir a camisola e depois a puxou, mostrando os seios.

– Não quer beijá-los, Hugh?

Ele não sabia o que pensar. Nora brincava com ele ou queria mesmo fazer amor? Ele inclinou-se e beijou os seios com a joia aninhada no meio. Pôs o mamilo entre os lábios e sugou gentilmente.

– Venha para a cama – sussurrou Nora.

– Mas você disse...

– Bem, uma mulher tem de demonstrar sua gratidão, não é mesmo?

Ela empurrou as cobertas para o lado.

Hugh sentia-se mal. Fora a joia que a fizera mudar de ideia. Mesmo assim, ele não conseguiu resistir ao convite. Tirou a roupa, odiando-se por ser tão fraco, e se estendeu na cama ao lado de Nora.

Ao gozar, teve vontade de chorar.

~

Havia uma carta de Tonio Silva na correspondência da manhã.

Tonio sumira pouco depois de encontrar Hugh na Plage's Coffee House.

Nenhum artigo aparecera no *Times*. Hugh parecera um tanto tolo por ter feito tamanho estardalhaço sobre o perigo para o banco. Edward aproveitava todas as oportunidades para lembrar aos sócios do alarme falso. Contudo, o incidente fora ofuscado pela ameaça de Hugh ir trabalhar para os Greenbournes.

Hugh escrevera para o Hotel Russe, mas não recebera resposta. Preocupava-se com o amigo, contudo não podia fazer mais nada.

Abriu a carta com ansiedade. Vinha de um hospital e pedia a Hugh que o visitasse. Ao final, recomendava: "O que quer que faça, *não conte a ninguém onde estou.*"

O que havia acontecido? Tonio se encontrava em perfeita saúde dois meses antes. E por que estava num hospital público? Hugh ficou consternado. Apenas os pobres se internavam em hospitais, que eram lugares sujos e insalubres. Quem tinha recursos ficava em casa e chamava médicos e enfermeiras até mesmo para cirurgias.

Confuso e preocupado, Hugh seguiu direto para o hospital. Encontrou Tonio numa enfermaria simples e escura em que havia trinta leitos. Seu cabelo vermelho fora raspado e o rosto e a cabeça exibiam diversas cicatrizes.

– Santo Deus! – exclamou Hugh. – Você foi atropelado?

– Espancado.

– O que aconteceu?

– Fui atacado na rua, perto do Hotel Russe, há dois meses.

– E foi roubado, suponho.

– Isso mesmo.

– Você está horrível!

– Não é tão ruim quanto parece. Quebrei um dedo e um tornozelo, mas, fora isso, só sofri cortes e hematomas... embora muitos. Já estou melhor agora.

– Deveria ter me procurado antes. Precisamos tirá-lo daqui. Mandarei meu médico e providenciarei uma enfermeira...

– Não, obrigado, meu caro amigo. Agradeço sua generosidade, mas o custo não é o único motivo de eu ter vindo para cá. Também é mais seguro. Além de você, só há uma pessoa que sabe onde estou, um colega de confiança que me traz comida, conhaque e mensagens de Córdoba. Espero que não tenha contado a ninguém que vinha me visitar.

– Nem à minha esposa.

– Ainda bem.

A antiga imprudência de Tonio parecia ter sumido, pensou Hugh, e ele caíra no outro extremo.

– Mas não pode ficar no hospital pelo resto da vida para se esconder dos assaltantes.

– As pessoas que me atacaram não eram meros ladrões, Pilaster.

Hugh tirou o chapéu e sentou na beirada da cama. Tentou ignorar os gemidos intermitentes do paciente no leito ao lado.

– Conte-me o que aconteceu.

– Não foi um assalto comum. Pegaram minha chave e entraram no meu quarto. Não levaram nada de valor, apenas os papéis relacionados com meu artigo para o *Times*, inclusive os depoimentos assinados pelas testemunhas.

Hugh ficou horrorizado. Sentiu um frio no coração ao pensar que transações respeitáveis, discutidas nas salas solenes do Pilasters, podiam ter alguma ligação com o crime violento nas ruas e o rosto desfigurado à sua frente.

– É quase como se suspeitasse do banco!

– Não do banco – disse Tonio. – O Pilasters é uma instituição poderosa, mas não creio que pudesse planejar assassinatos em Córdoba.

– Assassinatos? – A situação ficava cada vez pior. – Quem foi assassinado?

– Todas as testemunhas cujos nomes e endereços constavam dos depoimentos que foram roubados do meu quarto no hotel.

– Não posso acreditar!

– Tenho sorte de continuar vivo. Acho que teriam me matado também se os crimes não fossem investigados com mais rigor em Londres do que em Córdoba. Ficaram com medo da repercussão.

Hugh ainda estava atordoado e indignado pela revelação de que pessoas haviam sido assassinadas por causa de um lançamento de títulos pelo Banco Pilasters.

– Quem está por trás de tudo isso?

– Micky Miranda.

Hugh balançou a cabeça, incrédulo.

– Não gosto de Micky, você sabe, mas não creio que ele faria isso.

– A Ferrovia Santa María é vital para ele. Vai fazer com que a família dele se torne a segunda mais poderosa do país.

– Sei disso, e não duvido que Micky seria capaz de violar várias regras para alcançar seus objetivos. Mas ele não é um assassino.

– É, sim! – garantiu Tonio.

– Ora, pare com isso!

– Tenho certeza. Nem sempre agi como se soubesse... Para dizer a verdade, fui um idiota em relação a Miranda. É por causa daquele charme maléfico dele. Por algum tempo, ele me fez pensar que era meu amigo. A verdade é que ele é um demônio, e sei disso desde os tempos de colégio.

– Como poderia?

Tonio mudou de posição na cama.

– Sei o que realmente aconteceu há treze anos, na tarde em que Peter Middleton se afogou no poço em Bishop's Wood.

Hugh sentiu um calafrio. Havia anos vinha especulando a respeito. Peter Middleton era um excelente nadador. Era bastante improvável que tivesse morrido por acidente. Fazia muito tempo que Hugh se convencera de que ele havia sido vítima de alguma violência. Talvez finalmente fosse descobrir a verdade.

– Continue, meu caro. Mal posso esperar para ouvir toda a história.

Tonio hesitou.

– Poderia me dar um pouco de vinho?

Havia uma garrafa de Madeira no chão, ao lado da cama. Hugh serviu num copo. Enquanto Tonio tomava um gole, Hugh recordou o calor daquele dia, o ar parado em Bishop's Wood, as paredes rochosas do poço e a água fria, muito fria.

– Disseram ao juiz que Peter estava em dificuldades na água. Nunca lhe contaram que Edward empurrou a cabeça dele dentro d'água várias vezes.

– Até aí eu sei – interrompeu Hugh. – Recebi uma carta do Corcunda Cammel, da Colônia do Cabo. Ele assistiu ao episódio do outro lado do poço. Mas não ficou para ver até o fim.

– Isso mesmo. Você escapou e o Corcunda também. Só Peter, Edward, Micky e eu continuamos ali.

– O que aconteceu depois que fui embora? – perguntou Hugh, impaciente.

– Saí da água e joguei uma pedra em Edward. Foi uma pedrada certeira. Pegou no meio da testa e jorrou sangue. Ele parou de atormentar Peter e foi atrás de mim. Subi pela parede da pedreira, tentando escapar.

– Edward nunca foi rápido, nem naquela época – comentou Hugh.

– É verdade. Consegui me distanciar e na metade do paredão olhei para trás. Micky continuava a atormentar Peter. Peter nadara para a margem do poço e tentava sair da água, mas Micky empurrava sua cabeça para baixo. Só olhei para os dois por um instante, mas pude ver nitidamente o que acontecia. Depois, continuei a subir.

Ele tomou outro gole de vinho.

– Quando cheguei lá em cima, tornei a olhar para trás. Edward ainda me seguia, mas estava muito longe e tive tempo de recuperar o fôlego.

Tonio fez uma pausa e uma expressão de repulsa estampou-se no rosto deformado.

– A essa altura, Micky entrara na água, junto com Peter. O que vi, com absoluta nitidez, e ainda posso ver na minha memória como se tivesse acontecido ontem, foi Micky mantendo Peter debaixo d'água. Peter se debatia, mas Micky prendia sua cabeça com o braço e ele não conseguia se desvencilhar. Micky afogou Peter. Não tenho a menor dúvida disso. Foi mesmo um assassinato.

– Santo Deus! – balbuciou Hugh.

Tonio assentiu.

– Mesmo agora, ainda me sinto mal só em pensar a respeito. Não sei por quanto tempo fiquei observando os dois. Edward quase me alcançou. Peter parara de se debater e seus movimentos eram cada vez mais lentos quando Edward chegou à beirada da pedreira e eu tive de fugir.

– Então foi assim que Peter morreu...

Hugh estava chocado e horrorizado.

– Edward me seguiu pelo bosque por algum tempo, mas logo perdeu o fôlego e eu me livrei dele. Depois, encontrei você.

Hugh recordou Tonio aos 13 anos vagando por Bishop's Wood nu, todo molhado, carregando suas roupas e chorando. A lembrança trouxe de volta o choque e a dor que sofrera mais tarde, naquele mesmo dia, quando soubera da morte do pai.

– Por que você nunca contou a ninguém o que viu?

– Eu tinha medo de Micky... Medo de que ele pudesse fazer comigo o que fizera com Peter. Ainda tenho medo dele... Olhe só como estou! Você também deveria temê-lo.

– E temo, não se preocupe. – Hugh pensou por um momento. – Quer saber de uma coisa? Não acredito que Edward e a mãe saibam de toda a verdade.

– O que o leva a pensar assim?

– Eles não teriam motivo para proteger Micky.

Tonio parecia em dúvida.

– Edward talvez o protegesse por amizade.

– Talvez... Embora eu duvide que ele pudesse guardar o segredo por mais de um ou dois dias. Seja como for, Augusta sabia que a história que eles contaram, de que Edward tentara salvar Peter, era mentira.

– Como ela podia saber?

– Eu contei para minha mãe, que contou para ela. O que significa que Augusta estava envolvida no encobrimento da verdade. Posso acreditar que Augusta diria qualquer mentira para proteger o filho, mas não para proteger Micky. Ela nem o conhecia naquela época.

– Então o que acha que aconteceu?

Hugh franziu o cenho.

– Imagine a cena. Edward desiste de alcançar você e volta para o poço. Encontra Micky tirando o corpo de Peter da água. Quando Edward aparece, Micky diz: "Seu idiota, você o matou!" Lembre-se de que Edward não vira Micky mantendo a cabeça de Peter debaixo d'água. Micky alega que Peter ficou tão cansado com os caldos dados por Edward que não conseguiu mais nadar e se afogou. "O que vou fazer?", pergunta Edward. E Micky responde: "Não se preocupe. Vamos dizer que foi um acidente. Mais do que isso, vamos dizer que você pulou na água para tentar salvá-lo." Com isso, Micky encobre o próprio crime e ainda ganha a gratidão eterna de Edward e Augusta. Faz sentido?

Tonio assentiu.

– Por Deus, acho que você está certo!

– Devemos procurar a polícia – declarou Hugh, furioso.

– Com que propósito?

– Você é testemunha de um crime. O fato de ter acontecido há treze anos não faz a menor diferença. Micky deve ser levado a julgamento.

– Está esquecendo uma coisa, Hugh. Micky tem imunidade diplomática.

Hugh não pensara nisso. Como embaixador cordovês, Micky não poderia ser julgado na Inglaterra.

– Ainda assim, podemos fazê-lo cair em desgraça, o que o obrigaria a voltar para seu país.

Tonio balançou a cabeça.

– Sou a única testemunha. Micky e Edward contariam uma história diferente. E todos sabem que a família de Micky e a minha são inimigas em Córdoba. Mesmo que tivesse ocorrido ontem, teríamos dificuldade para convencer alguém. – Tonio fez uma pausa. – Você poderia contar a Edward que ele não é um assassino.

– Ele não acreditaria em mim. Acharia que estou tentando jogá-lo contra Micky. Mas há uma pessoa a quem devo contar.

– Quem?

– David Middleton.

– Por quê?

– Ele tem o direito de saber como o irmão morreu. Interrogou-me sobre isso no baile da duquesa de Tenbigh. Foi um tanto grosseiro, para ser franco. Eu lhe disse que, se soubesse a verdade, seria obrigado pela honra a revelá-la. Vou procurá-lo hoje mesmo.

– Acha que ele vai falar com a polícia?

– Presumo que chegará à conclusão de que seria inútil, como nós dois chegamos.

Subitamente, Hugh sentiu-se sufocado pela enfermaria escura e miserável e pela conversa sombria sobre um crime do passado. Levantou-se.

– É melhor eu voltar ao trabalho. Vou ser promovido a sócio do banco.

– Meus parabéns. Tenho certeza de que você merece. – Tonio parecia esperançoso. – Acha que poderá impedir o financiamento da Ferrovia Santa María?

Hugh balançou a cabeça.

– Sinto muito, Tonio. Por mais que eu deteste o projeto, não posso fazer mais nada a respeito. Edward fez um acordo com o Banco Greenbournes para o lançamento conjunto dos títulos. Os sócios dos dois bancos já aprovaram a operação e os contratos estão sendo elaborados. Receio termos perdido essa batalha.

– Droga!

Tonio estava desolado.

– Sua família vai ter de encontrar outros meios de combater os Mirandas.

– Acho que será impossível detê-los.

– Sinto muito – repetiu Hugh.

Uma nova ideia ocorreu-lhe e ele franziu o cenho, perplexo.

– Você resolveu um mistério para mim, Tonio. Eu não entendia como Peter se afogara, já que ele era um excelente nadador. Só que sua resposta provoca um mistério ainda maior.

– Não entendi.

– Pense um pouco. Peter nadava inocentemente. Edward deu-lhe alguns caldos, por pura maldade. Todos fugimos. Edward foi atrás de você... e Micky aproveitou para matar Peter a sangue-frio. *Isso não tem nada a ver com o que aconteceu antes.* Então o que houve? O que Peter havia feito?

– Tem toda a razão. Também é um mistério para mim há anos.

– Micky Miranda assassinou Peter Middleton... mas por quê?

CAPÍTULO CINCO
Julho

1

AUGUSTA SE COMPORTOU como uma galinha que pusera um ovo no dia em que o pariato de Joseph foi anunciado. Micky foi à casa dela na hora do chá, como sempre, e encontrou a sala de estar apinhada de pessoas lhe dando os parabéns por se tornar a condessa de Whitehaven. O mordomo Hastead exibia um sorriso presunçoso e dizia "milady" em todas as oportunidades.

Ela era incrível, refletiu Micky enquanto observava as pessoas zumbindo ao redor de Augusta como as abelhas no jardim ensolarado em volta da casa. Augusta planejara sua campanha como um general. Em determinado momento, circulara o rumor de que Ben Greenbourne receberia o título, mas essa possibilidade fora liquidada pela explosão de um sentimento antissemita na imprensa. Augusta não admitia, nem mesmo para Micky, que estava por trás dessa manifestação, mas ele tinha certeza disso. Em alguns aspectos, ela lembrava seu pai. Papa tinha a mesma determinação e a mesma falta de remorso. Mas Augusta era mais esperta. A admiração de Micky por ela só aumentava com o passar dos anos.

A única pessoa que conseguira derrotar sua astúcia fora Hugh Pilaster. Era espantoso como parecia difícil destruí-lo. Como uma erva daninha resistente, Hugh podia ser arrancado de seu lugar várias vezes, mas sempre voltava a crescer, mais forte do que nunca.

Ainda bem que Hugh não fora capaz de impedir o financiamento da Ferrovia Santa María. Micky e Edward haviam demonstrado ser mais fortes do que Hugh e Tonio.

– Por falar nisso – disse Micky a Edward enquanto tomavam chá –, quando você vai assinar o contrato com o Greenbournes?

– Amanhã.

– Excelente!

Micky ficaria aliviado quando o negócio fosse finalmente sacramentado. Arrastava-se havia meio ano e Papa agora enviava cabogramas furiosos todas as semanas indagando se algum dia receberia o dinheiro.

Naquela noite, Micky e Edward jantaram no Cowes Club. Ao longo da refeição, Edward foi interrompido várias vezes por pessoas que lhe davam os parabéns. Um dia ele herdaria o título, é claro. Micky estava satisfeito. Sua associação com Edward e os Pilasters fora um fator fundamental em tudo o que conseguira, e mais prestígio para os Pilasters significaria mais poder para Micky.

Depois do jantar, foram para a sala de fumantes. Haviam sido os primeiros a jantar e por algum tempo ficaram sozinhos ali.

– Cheguei à conclusão de que os ingleses têm pavor de suas esposas – comentou Micky enquanto acendiam os charutos. – É a única explicação possível para o clube londrino.

– De que você está falando?

– Olhe ao redor. Este lugar é exatamente como a sua casa ou a minha. Móveis elegantes, criados por toda a parte, comida insossa e bebida ilimitada. Podemos fazer todas as nossas refeições aqui, receber a correspondência, ler os jornais, tirar um cochilo. E, se ficarmos bêbados demais para conseguir entrar num fiacre, podemos até arrumar uma cama para passar a noite. A única diferença entre o clube de um inglês e sua casa é que no clube não existem mulheres.

– Quer dizer que vocês não têm clubes assim em Córdoba?

– Claro que não. Ninguém se tornaria sócio. Quando um cordovês quer beber, jogar cartas, conversar sobre política, falar de prostitutas, fumar, arrotar e peidar com todo o conforto, faz isso em sua própria casa. Se a esposa é tola o bastante para protestar, ele a espanca até que veja a luz da razão. Mas um cavalheiro inglês tem tanto medo da esposa que sai de casa para se divertir. É por isso que existem os clubes.

– Você não parece ter medo de Rachel. Livrou-se dela, não é mesmo?

– Mandei-a de volta para a mãe – disse Micky, casualmente.

Não fora bem assim que acontecera, mas ele não contaria a verdade a Edward.

– Já devem ter notado que ela não cumpre mais suas funções na embaixada. Ninguém comenta?

– Digo a todo mundo que ela está com problemas de saúde.

– Mas todos sabem que Rachel está tentando abrir um hospital para mulheres solteiras terem filhos. É um escândalo público.

– Não tem importância. As pessoas se compadecem de mim por ter uma esposa difícil.

– Vai se divorciar?

– Não. Isso é que seria um verdadeiro escândalo. Um diplomata não pode se divorciar. Estou preso nesse casamento enquanto for o embaixador cordovês, infelizmente. Graças a Deus ela não engravidou antes de ir embora.

Era um milagre que isso não tivesse acontecido, pensou Micky. Talvez ela fosse estéril. Ele acenou para um garçom e pediu outro conhaque antes de acrescentar, hesitante:

– Por falar em esposas, o que me diz de Emily?

Edward parecia embaraçado.

– Eu a vejo tão pouco quanto você vê Rachel. Comprei uma casa de campo em Leicestershire há alguns meses e ela passa todo o tempo lá.

– Portanto, somos solteiros outra vez.

Edward sorriu.

– Nunca fomos outra coisa, não é mesmo?

Micky olhou para a sala vazia e avistou o vulto corpulento de Solly Greenbourne à porta. Por algum motivo, sua presença fez Micky se sentir nervoso, o que era estranho, porque Solly era o homem mais inofensivo de Londres.

– Lá vem outro amigo para lhe dar os parabéns – disse Micky a Edward enquanto Solly se aproximava.

Quando Solly chegou perto, no entanto, Micky compreendeu que ele não ostentava seu amável sorriso habitual. Na verdade, parecia muito zangado. O que era raro. Micky concluiu, intuitivamente, que era algum problema com a operação da Ferrovia Santa María. Garantiu a si mesmo que estava se preocupando como uma velha. Mas Solly nunca se irritava... A ansiedade levou Micky a demonstrar uma falsa cordialidade.

– Olá, Solly, meu caro, como vai o gênio da City?

Só que Solly não estava interessado em Micky. Sem ao menos responder ao cumprimento, deu as costas a Micky e confrontou Edward.

– Pilaster, você não presta!

Micky ficou atônito e horrorizado. Solly e Edward estavam a ponto de assinar o acordo. Aquilo era muito grave. Solly nunca discutia com ninguém. O que teria acontecido? Edward também parecia surpreso.

– De que você está falando, Greenbourne?

Com o rosto vermelho, Solly mal conseguia falar.

– Descobri que você e aquela bruxa que chama de mãe estão por trás daqueles artigos sórdidos do *Forum*.

– Ah, não! – murmurou Micky para si mesmo, consternado.

Era uma catástrofe. Desconfiara do envolvimento de Augusta, embora não tivesse provas. Como Solly descobrira? A mesma pergunta ocorreu a Edward.

– Quem encheu sua cabeça gorda com tamanha podridão?

– Uma das amigas da sua mãe é dama de companhia da rainha.

Micky calculou que ele se referia a Harriet Morte. Augusta parecia ter algum poder sobre ela.

– Ela revelou o segredo... – continuou Solly. – Contou tudo ao príncipe de Gales. Acabei de conversar com ele.

Solly devia estar quase louco de raiva para falar de forma tão indiscreta sobre uma conversa particular com a realeza, pensou Micky. Tratava-se de uma alma doce sendo pressionada ao extremo. Ele não imaginava como uma briga assim poderia ser reparada, pelo menos não a tempo para a assinatura do contrato no dia seguinte.

Desesperado, Micky tentou acalmar os ânimos:

– Solly, meu caro, não pode ter certeza de essa história ser verdadeira...

Solly virou-se para ele. Tinha os olhos arregalados, o rosto coberto de suor.

– Não posso? Quando leio no jornal de hoje que Joseph Pilaster recebeu o título que deveria ser concedido a Ben Greenbourne?

– Mesmo assim...

– Pode imaginar o que isso significa para meu pai?

Micky começou a compreender como a armadura da cordialidade de Solly fora rompida. Não era por si mesmo que ele estava furioso, mas pelo pai. O avô de Ben Greenbourne chegara a Londres com um fardo de peles russas, uma nota de 5 libras e um buraco na botina. Para Ben, ocupar um lugar na Câmara dos Lordes seria o símbolo supremo de sua aceitação na sociedade inglesa. Não havia dúvida de que Joseph também gostaria de coroar sua carreira com um título de nobreza – sua família também ascendera pelos próprios esforços –, mas seria uma realização muito maior para um judeu. O pariato de Greenbourne seria um triunfo não apenas para si mesmo e sua família, mas para toda a comunidade judaica da Grã-Bretanha.

– Não é culpa minha você ser judeu – disse Edward.

Micky tentou apaziguar os dois.

– Não deveriam deixar que seus pais interferissem na relação de vocês dois. Afinal, estão associados num grande empreendimento...

– Não seja idiota, Miranda! – gritou Solly com uma fúria que fez Micky se encolher. – Pode esquecer a Ferrovia Santa María ou qualquer outro empreendimento com o Banco Greenbournes. Depois que nossos sócios ouvirem essa história, nunca mais vão querer fazer negócio com o Pilasters.

~

Micky sentiu a bílis subir pela garganta enquanto observava Solly deixar a sala. Era fácil esquecer como aqueles banqueiros eram poderosos, em particular o despretensioso Solly. Contudo, num momento de fúria, ele era capaz de liquidar todas as esperanças de Micky com uma única frase.

– Que insolência! – exclamou Edward. – Típica de judeu.

Micky quase lhe pediu que se calasse. Edward sobreviveria ao colapso daquele negócio, mas talvez Micky não. Papa ficaria desapontado e irado, procuraria alguém para punir e Micky teria de suportar todo o impacto de sua raiva.

Será que não havia mesmo nenhuma esperança? Ele tentou parar de se lamentar e começou a pensar. Poderia fazer alguma coisa para evitar que Solly cancelasse a operação? Se pudesse, teria de agir depressa. Assim que Solly revelasse o que descobrira aos outros Greenbournes, todos se poriam contra o negócio.

Conseguiria dissuadir Solly?

Micky tinha de tentar.

Levantou-se abruptamente.

– Aonde você vai? – perguntou Edward.

Micky decidiu não dizer a Edward o que tinha em mente.

– À sala de jogo. Não quer jogar?

– Claro que quero.

Edward também se pôs de pé e os dois saíram da sala. Na base da escada, Micky desviou-se para o banheiro.

– Pode subir... Eu o alcanço num instante.

Edward subiu. Micky foi para o roupeiro, pegou o chapéu e a bengala e passou apressado pela porta da frente.

Olhou para um lado e para outro da Pall Mall, apavorado com a possibilidade de Solly já ter sumido de vista. Era fim de tarde e os lampiões a gás começavam a ser acesos. Micky não avistou Solly em parte alguma. Só depois de algum tempo é que divisou, a uns 100 metros, seu vulto corpulento, de cartola, encaminhando-se a passos rápidos para St. James's.

Micky partiu em seu encalço.

Explicaria a Solly como a ferrovia era importante para ele e Córdoba. Diria que Solly punia milhares de camponeses pobres por causa de uma atitude de Augusta. O banqueiro tinha o coração mole. Se conseguisse acalmá-lo, talvez a persuasão desse certo.

Ele dissera que acabara de conversar com o príncipe de Gales. Isso significava que talvez ainda não tivesse contado a ninguém o segredo que o príncipe revelara – que Augusta promovera a campanha antijudaica na imprensa. Ninguém ouvira a discussão no clube. Só os três estavam na sala de fumantes. Era bem provável que Ben Greenbourne ainda não soubesse que fora privado de seu título de nobreza de forma fraudulenta.

Claro que a verdade poderia aflorar mais cedo ou mais tarde. O príncipe talvez contasse a outra pessoa. Mas o contrato seria assinado no dia seguinte. Se fosse possível guardar o segredo até lá, tudo acabaria bem. Depois disso, os Greenbournes e os Pilasters poderiam brigar até o Juízo Final, pois Papa já teria sua ferrovia.

A Pall Mall estava apinhada de prostitutas andando pelas calçadas, homens entrando e saindo dos clubes, acendedores de lampiões empenhados em seu trabalho, carruagens e fiacres passando de um lado para outro. Micky tinha dificuldade para alcançar Solly. O pânico dominou-o. Solly entrou numa rua transversal, seguindo para sua casa, em Piccadilly.

Micky foi atrás. O movimento na rua transversal era menor. Começou a correr.

– Greenbourne! – gritou ele. – Espere um instante!

Solly parou, virou-se, a respiração ofegante. Reconheceu Micky e tornou a andar. Micky alcançou-o e segurou-o pelo braço.

– Preciso falar com você!

Solly ofegava tanto que mal podia falar.

– Tire a mão de mim! – balbuciou ele.

Desvencilhou-se de Micky e continuou a andar. Micky foi atrás, segurando-o de novo. Solly tentou se livrar, mas dessa vez Micky o agarrou com firmeza.

– Quero que me escute!

– Já falei para você me deixar em paz! – disse Solly, irritado.

– Só um instante!

Micky começava a ficar furioso. Solly não queria escutar. Sacudiu o braço, soltando a mão de Micky, e continuou a andar.

Dois passos adiante, chegou a um cruzamento e foi obrigado a parar no meio-fio enquanto uma carruagem passava a toda a velocidade. Micky aproveitou a oportunidade para argumentar outra vez:

– Solly, acalme-se! Só quero conversar com você!

– Vá para o inferno!

A rua ficou livre. Para impedi-lo de continuar, Micky segurou Solly pela lapela. Solly se debateu, mas Micky manteve-se firme.

– Escute! – gritou.

– Largue-me!

Solly livrou uma das mãos e acertou um soco no nariz de Micky.

O golpe doeu e Micky sentiu o gosto de sangue.

– Desgraçado! – berrou Micky.

Largou o casaco de Solly e desferiu-lhe um soco, acertando-o no rosto.

Solly cambaleou para a rua. Nesse momento, os dois viram uma carruagem se aproximando em alta velocidade. Solly pulou de volta para a calçada a fim de não ser atropelado.

Micky percebeu uma oportunidade.

Se Solly morresse, todos os seus problemas acabariam.

Não havia tempo para calcular as probabilidades, nenhuma margem para hesitação e ponderação.

Micky deu um violento empurrão em Solly, jogando-o na frente dos cavalos.

O cocheiro soltou um berro, puxando as rédeas. Solly tropeçou. Viu os cavalos quase em cima dele quando caiu no chão, gritando.

Paralisado por um instante, Micky viu os cavalos avançando, as pesadas rodas da carruagem, o cocheiro apavorado e o corpo imenso e impotente de Solly caído de costas no meio da rua.

Então os cavalos passaram por cima do banqueiro. Micky viu o corpo gordo se contorcer, golpeado pelos cascos com ferraduras. A roda da frente da carruagem atingiu a cabeça de Solly, um golpe violento, e ele ficou inerte, inconsciente. Uma fração de segundo depois, a roda posterior passou sobre o seu rosto, esmagando o crânio como se fosse uma casca de ovo.

Micky virou-se. Pensou que ia vomitar, mas conseguiu controlar o impulso. Depois começou a tremer. Sentia-se fraco e tonto e teve de se encostar na parede.

Forçou-se a olhar para o corpo imóvel no meio da rua. A cabeça de Solly fora esmagada, o rosto estava irreconhecível, o sangue e mais alguma coisa espalhavam-se pela rua ao seu lado. Ele estava morto.

E Micky se salvara.

Agora, Ben Greenbourne nunca saberia o que Augusta lhe fizera. A operação seria concretizada, a ferrovia, construída, e Micky viraria um herói em Córdoba.

Ele sentiu um filete quente no lábio. Seu nariz sangrava. Tirou o lenço do bolso e enxugou-o.

Observou Solly por mais um momento. Você só perdeu a calma uma vez na vida e isso o matou, pensou Micky.

Olhou para um lado e para outro da rua iluminada pelos lampiões a gás. Não havia ninguém por perto. Apenas o cocheiro vira o que acontecera.

A carruagem parou, estremecendo, 30 metros adiante. O cocheiro saltou e uma mulher olhou pela janela. Micky virou-se, afastando-se apressado de volta para Pall Mall.

Poucos segundos depois, ouviu o cocheiro gritar:

– Ei, você!

Micky andou mais depressa e virou a esquina para Pall Mall sem olhar para trás. Um momento depois, perdeu-se na multidão.

Por Deus, eu consegui!, pensou ele. Agora que não podia mais ver o corpo mutilado, a sensação de repulsa começava a passar e o sentimento era de triunfo. O pensamento rápido e a ação ousada haviam lhe permitido superar mais um obstáculo.

Subiu, apressado, os degraus do clube. Com um pouco de sorte, ninguém teria percebido sua ausência. Mas, ao passar pela porta da frente, teve o azar de esbarrar com Hugh Pilaster, que estava saindo. Hugh acenou com a cabeça.

– Boa noite, Miranda.

– Boa noite, Pilaster.

Micky entrou, amaldiçoando Hugh. Foi para o roupeiro. O nariz estava vermelho do soco de Solly, mas, fora isso, parecia apenas um pouco machucado. Ele endireitou as roupas e alisou os cabelos. Pensou em Hugh Pilaster. Se Hugh não estivesse bem na porta no momento errado, ninguém jamais saberia que Micky deixara o clube. Ele só se ausentara por uns poucos minutos. Será que isso tinha alguma importância? Ninguém desconfiaria que Micky pudesse **matar Solly**. E, se **alguém desconfiasse**, o fato de ter deixado o clube por alguns minutos não provaria nada. Ainda assim, ele não tinha mais um álibi irrefutável, e isso o preocupava.

Lavou as mãos com todo o cuidado e subiu apressado para a sala de jogo.

Edward já estava jogando bacará, e havia um lugar vazio à mesa ao seu lado. Micky sentou. Ninguém comentou sua ausência.

Ele recebeu as cartas.

— Você parece um pouco enjoado — comentou Edward.

— E estou mesmo — respondeu Micky, calmamente. — Acho que a sopa de peixe não estava muito fresca esta noite.

Edward acenou para um garçom.

— Traga um copo de conhaque para este homem.

Micky olhou para suas cartas. Tinha um nove e um dez, a mão perfeita. Apostou 1 soberano.

Hoje não podia perder.

2

HUGH FOI PROCURAR Maisie dois dias depois da morte de Solly. Encontrou-a sozinha, sentada em silêncio e imóvel num sofá, impecável num vestido preto, parecendo pequena e insignificante no esplendor da sala de estar da mansão em Piccadilly. O rosto estava vincado pela tristeza e ela dava a impressão de que não dormira. Sentiu um aperto no coração por ela.

Foi Maisie quem se jogou em seus braços.

— Ah, Hugh, ele era o melhor de nós!

Ao ouvir isso, Hugh não pôde conter as lágrimas. Até aquele momento, sentira-se atordoado demais para chorar. Era um destino terrível morrer como Solly, e ele o merecia menos do que qualquer homem que Hugh conhecia.

— Não havia maldade nele — murmurou Hugh. — Parecia incapaz disso. Eu o conheci por quinze anos e não posso me lembrar de uma única ocasião em que tenha sido grosseiro com alguém.

— Por que essas coisas acontecem? — indagou Maisie, desesperada.

Hugh hesitou. Apenas poucos dias antes descobrira, por intermédio de Tonio Silva, que Micky Miranda matara Peter Middleton. Por causa disso, Hugh não podia deixar de especular que Micky tinha alguma coisa a ver com a morte de Solly. A polícia procurava um homem bem-vestido que discutira com Solly pouco antes do atropelamento. Hugh vira Micky entrando no Cowes Club mais ou menos na hora da morte de Solly, portanto era certo que ele estivera nas proximidades.

Mas não havia motivo. Pelo contrário. Solly estava prestes a fechar o contrato da Ferrovia Santa María, um projeto do maior interesse de Micky. Por que ele mataria seu benfeitor? Hugh decidiu não dizer nada a Maisie sobre suas suspeitas infundadas.

– Parece ter sido um trágico acidente – comentou ele.

– O cocheiro acha que Solly foi empurrado. Por que o homem que testemunhou tudo fugiria se não fosse culpado?

– Talvez ele estivesse tentando assaltar Solly. Pelo menos é o que dizem os jornais.

A história tivera muita repercussão. Era um caso sensacional: a morte macabra de um proeminente banqueiro, um dos homens mais ricos do mundo.

– Ladrões usam traje a rigor?

– Estava escurecendo. O cocheiro pode ter se enganado sobre as roupas do homem.

Maisie afastou-se de Hugh e tornou a sentar.

– Se você tivesse esperado um pouco mais, poderia se casar comigo, e não com Nora – murmurou ela.

Hugh ficou surpreso com a franqueza. A ideia lhe ocorrera segundos depois de ouvir a notícia e ele se envergonhara por acalentá-la. Era típico de Maisie dizer à queima-roupa o que ambos pensavam. Ele não sabia como responder, por isso fez um gracejo tolo:

– Se um Pilaster se casasse com uma Greenbourne, não seria um casamento, e sim uma fusão.

Ela balançou a cabeça.

– Não sou uma Greenbourne. A família de Solly nunca me aceitou.

– Deve ter herdado uma boa parte do banco.

– Não herdei nada, Hugh.

– Isso é impossível!

– É a pura verdade. Solly não tinha dinheiro no nome dele. O pai lhe dava uma quantia considerável todos os meses, mas nunca concedeu nenhum capital por minha causa. Até mesmo esta casa é alugada. Tenho minhas roupas, móveis e joias, por isso nunca vou passar fome. Mas não sou herdeira do banco... e o pequeno Bertie também não.

Hugh ficou espantado e também irritado por alguém ser tão mesquinho com Maisie.

– O velho nem sequer vai sustentar seu filho?

– Não vai dar nada a Bertie. Estive com meu sogro esta manhã.

Era uma maneira lamentável de tratá-la, e Hugh, como amigo de Maisie, ficou pessoalmente ofendido.

– É vergonhoso!

– Nem tanto. Dei a Solly cinco anos de felicidade e em troca tive cinco anos da melhor vida. Posso voltar ao que era antes. Venderei minhas joias, investirei o dinheiro e viverei dos rendimentos.

Era difícil aceitar aquilo.

– Vai morar com seus pais?

– Em Manchester? Não. Acho que não conseguiria retroceder tanto. Vou permanecer em Londres. Rachel Bodwin está abrindo um hospital para mães solteiras e posso trabalhar com ela.

– Há muita reação contra o hospital de Rachel. As pessoas acham que é um escândalo.

– Então é perfeito para mim!

Hugh ainda estava magoado e preocupado com a maneira como Ben Greenbourne tratava a nora. Decidiu conversar com ele, tentar persuadi-lo a mudar de ideia. Mas não mencionaria a tentativa a Maisie. Não queria atiçar suas esperanças e depois desapontá-la.

– Não tome nenhuma decisão súbita, está bem, Maisie?

– Por exemplo?

– Não saia desta casa. Greenbourne pode tentar confiscar seus móveis.

– Não sairei.

– E precisa de um advogado para defender seus interesses.

Ela balançou a cabeça.

– Não pertenço mais à classe de pessoas que chamam um advogado como se fosse um lacaio. Preciso pensar no custo. Não vou contratar um advogado a menos que tenha certeza de que estou sendo enganada. E não creio que isso aconteça. Ben Greenbourne não é desonesto. É apenas um velho duro como o ferro, e muito frio. É espantoso que tenha gerado alguém tão generoso como Solly.

– Encara a situação de maneira filosófica – comentou Hugh, admirando tanta coragem.

Maisie deu de ombros.

– Levei uma vida espantosa, Hugh. Era indigente aos 11 anos e fabulosamente rica aos 19. – Ela tocou um anel em seu dedo. – Este diamante deve valer muito mais do que todo o dinheiro que minha mãe jamais viu. Promovi as melhores festas de Londres, conheci todas as pessoas ilustres, dancei com o príncipe de Gales. Não lamento coisa alguma... exceto o seu casamento com Nora.

– Gosto muito dela – disse Hugh, sem muita convicção.

– Ficou furioso porque eu não quis ter um caso com você. Estava desesperado, precisando da descarga sexual. E escolheu Nora porque ela o lembrava de mim. Mas ela não tem nada a ver comigo e agora você é infeliz.

Hugh estremeceu como se tivesse sido golpeado. Tudo aquilo era dolorosamente próximo da verdade.

– Você jamais gostou de Nora – disse ele.

– Pode até achar que tenho ciúme, talvez esteja certo, mas continuo a dizer que ela nunca o amou e só casou pelo seu dinheiro. Aposto que, depois do casamento, você descobriu que isso é verdade. Não tenho razão?

Hugh pensou na maneira como Nora se recusava a fazer amor mais de uma vez por semana e como mudava de comportamento se ganhasse presentes. Sentiu-se angustiado e desviou os olhos.

– Ela sempre foi pobre, Maisie. Não é de surpreender que seja tão materialista.

– Ela nunca foi tão pobre quanto eu – respondeu Maisie, desdenhosa. – Até você foi tirado do colégio por falta de dinheiro, Hugh. Não é desculpa para falsos valores. O mundo está repleto de pessoas pobres que compreendem que o amor e a amizade são mais importantes do que a riqueza.

Seu desdém fez Hugh assumir uma posição defensiva.

– Ela não é tão ruim quanto a pinta.

– De qualquer forma, você não é feliz.

Confuso, Hugh tratou de voltar ao que sabia que era certo.

– Mas agora estou casado com ela e não vou deixá-la. É isso que significa um juramento.

Maisie sorriu, à beira das lágrimas.

– Eu sabia que você diria isso.

Hugh teve uma súbita visão de Maisie nua, os seios redondos e sardentos, a moita de pelos acobreados entre as coxas, e desejou poder voltar atrás em suas palavras de princípios elevados. Em vez disso, levantou-se para sair. Maisie também ficou de pé.

– Obrigada por ter vindo, Hugh, querido.

Ele pretendia apenas apertar sua mão, mas acabou se inclinando para beijá-la no rosto. De alguma forma, percebeu que a beijara nos lábios. Foi um beijo terno e suave, que se prolongou por mais um segundo e quase destruiu a determinação de Hugh, mas ele acabou se desvencilhando e saiu da sala sem dizer mais nada.

~

A casa de Ben Greenbourne era outro palácio a poucos metros de distância na Piccadilly. Hugh foi direto para lá depois de conversar com Maisie. Estava contente por ter algo para fazer, um meio de afastar os pensamentos do turbilhão em seu coração. Pediu para falar com o velho.

– Avise que é uma questão da maior urgência – disse ele ao mordomo.

Enquanto esperava, notou que os espelhos no vestíbulo estavam cobertos e imaginou que era parte do ritual de luto judaico.

Maisie o deixara atordoado. Quando a vira, seu coração se enchera de amor e desejo. Sabia que nunca seria realmente feliz sem ela. Mas Nora era sua esposa. Ela trouxera calor e afeição à sua vida depois que Maisie o rejeitara, e fora por isso que se casara. Qual era o sentido de fazer promessas numa cerimônia de casamento se fosse para mudar de ideia mais tarde?

O mordomo conduziu Hugh à biblioteca. Seis ou sete pessoas se retiravam, deixando Ben Greenbourne sozinho. Ele não usava sapatos e estava sentado num banco de madeira. Havia frutas e doces para os visitantes numa mesa. Greenbourne já passara dos 60 anos – Solly fora um filho temporão – e parecia velho e consumido, mas não apresentava sinais de lágrimas. Levantou-se, empertigado e formal como sempre, e apertou a mão de Hugh, indicando que se sentasse em outro banco. Tinha uma carta antiga na mão.

– Escute isto – disse ele, começando a ler: – "Querido papai, temos um novo professor de latim, o reverendo Green, e estou ficando cada vez melhor. Waterford pegou um rato no armário de vassouras e está tentando treiná-lo para comer de sua mão. A comida aqui é muito pouca. Pode me mandar um bolo? Seu filho que muito o ama, Solomon." Ele tinha 14 anos quando escreveu isto.

Hugh compreendeu que Greenbourne sofria, apesar de seu rígido autocontrole.

– Lembro-me desse rato – disse Hugh. – Acabou mordendo o dedo de Waterford.

– Como eu gostaria que os anos pudessem voltar...

Hugh percebeu que o autocontrole do velho começava a enfraquecer.

– Devo ser um dos amigos mais antigos de Solly.

– É verdade. Ele sempre o admirou, apesar de você ser mais jovem.

– Não consigo imaginar por quê. Mas ele sempre estava disposto a pensar o melhor das pessoas.

– Era bom demais.

Hugh não queria que a conversa seguisse por esse rumo.

– Não vim aqui apenas como amigo de Solly, mas também como amigo de Maisie.

Greenbourne reassumiu uma postura rígida no mesmo instante. A expressão triste desapareceu de seu rosto e ele voltou a ser a caricatura do prussiano empertigado. Hugh se perguntou como alguém podia odiar tanto uma mulher tão bela e alegre quanto Maisie.

– Só a conheci depois de Solly. Apaixonei-me por ela, mas foi Solly quem a conquistou – disse Hugh.

– Ele era mais rico.

– Sr. Greenbourne, espero que me permita ser franco. Maisie era uma moça sem dinheiro à procura de um marido rico. Mas, depois que casou com Solly, cumpriu sua parte do acordo. Foi uma boa esposa.

– E teve sua recompensa. Desfrutou da vida de uma dama durante cinco anos.

– É curioso, mas ela comentou a mesma coisa. Só que não creio que seja o suficiente. E o pequeno Bertie? Não vai querer deixar seu neto na indigência, não é mesmo?

– Neto? – repetiu Greenbourne. – Hubert não é meu parente.

Hugh teve a estranha premonição de que algo muito importante estava prestes a acontecer. Era como um pesadelo, em que algo terrível, mas indefinido, se achava na iminência de atacar.

– Não entendi. O que está querendo dizer?

– Aquela mulher já esperava uma criança quando se casou com meu filho.

Hugh soltou um murmúrio de espanto.

– Solly sabia disso, e sabia também que a criança não era dele – continuou Greenbourne. – Casou mesmo assim, contra a minha vontade, nem preciso acrescentar. As pessoas, de um modo geral, não sabem disso, é claro. Aplicamos todos os esforços para guardar o segredo, mas não há mais necessidade, agora que...

Ele parou de falar e engoliu em seco antes de acrescentar:

– Eles viajaram pelo mundo depois do casamento e a criança nasceu na Suíça. Providenciaram uma data de nascimento falsa e, quando voltaram para casa, depois de uma ausência de quase dois anos, era difícil alguém perceber que o bebê era quatro meses mais velho do que diziam.

Hugh sentia que seu coração tinha parado. Havia uma pergunta que precisava fazer, mas estava apavorado para ouvir a resposta.

– Quem... quem é o pai?

– Ela nunca revelou – respondeu Greenbourne. – Solly nunca soube.

Mas Hugh sabia. O filho era seu.

Ele ficou encarando Ben Greenbourne, incapaz de falar.

Conversaria com Maisie, haveria de obrigá-la a contar a verdade, mas sabia que ela confirmaria sua intuição. Maisie nunca fora promíscua, apesar das aparências. Era virgem quando ele a seduzira. Engravidara-a naquela noite. Depois, Augusta tramara para separá-los e Maisie se casara com Solly.

Ela até dera ao bebê o nome de Hubert, bastante parecido com Hugh.

– É terrível, eu sei – comentou Greenbourne, percebendo a consternação de Hugh, que atribuiu ao motivo errado.

Tenho um filho, pensou Hugh. Um filho. Hubert. Que todos chamam de Bertie.

Aquela ideia dilacerava seu coração.

– Tenho certeza de que compreende por que não desejo ter mais nenhum relacionamento com aquela mulher e sua criança, agora que meu querido filho morreu.

– Não se preocupe – murmurou Hugh, distraído. – Cuidarei deles.

– Você? – murmurou Greenbourne, surpreso. – Por que isso deveria ser um problema seu?

– Ahn... Acho que sou a única pessoa com quem podem contar agora.

– Não se deixe enganar, jovem Pilaster – disse Greenbourne, gentilmente. – Tem sua própria esposa para se preocupar.

Hugh não queria explicar e estava atordoado demais para inventar uma história. Compreendeu que precisava sair dali sem demora. Levantou-se.

– Preciso ir. Minhas sentidas condolências, Sr. Greenbourne. Solly era o melhor homem que já conheci.

Greenbourne abaixou a cabeça. Hugh se retirou.

No vestíbulo, com os espelhos amortalhados, ele recebeu o chapéu de um lacaio e saiu para o sol de Piccadilly. Foi andando para oeste e entrou no Hyde Park a caminho de sua casa, em Kensington. Poderia pegar um fiacre, mas queria tempo para pensar.

Tudo era diferente agora. Nora era sua esposa legal, mas Maisie era a mãe de seu filho. Nora podia cuidar de si mesma – e Maisie também, sem dúvida, mas uma criança precisava de um pai. Subitamente, a questão sobre o que fazer com o resto de sua vida aflorava outra vez.

Um clérigo diria, com toda a certeza, que nada mudara e ele deveria continuar com Nora, a mulher com quem se casara na igreja. Mas os clérigos não sabiam muito da vida. O metodismo rigoroso dos Pilasters não fora absorvido por Hugh. Nunca fora capaz de acreditar que a resposta para todos os dilemas morais modernos podia ser encontrada na Bíblia. Nora o seduzira e se casara por interesse, com o coração frio – Maisie tinha razão nesse ponto –, e tudo o que havia entre os dois era um pedaço de papel. O que era muito pouco, comparado a uma criança, fruto de um amor tão forte que resistira por anos a muitas provações.

Estou apenas inventando desculpas?, perguntou-se Hugh. Tudo isso não passa de uma justificativa capciosa para ceder a um desejo que sei ser errado?

Ele sentia-se dividido.

Tentou avaliar os aspectos práticos. Não tinha motivo para o divórcio, mas estava convencido de que Nora estaria disposta a aceitar se lhe oferecesse bastante dinheiro. Os Pilasters, no entanto, pediriam que ele deixasse o banco. O estigma social do divórcio era grande demais para permitirem que continuasse como sócio. Poderia conseguir outro emprego, mas as pessoas respeitáveis de Londres não receberiam a ele e Maisie como um casal, mesmo depois que se casassem. Era quase certo que teriam de ir para o exterior. Essa perspectiva o atraía, e tinha certeza de que também agradaria a Maisie. Podia voltar para Boston ou, melhor ainda, ir para Nova York. Talvez nunca se tornasse milionário, mas o que isso representava em comparação com a alegria de viver com a mulher que sempre amara?

Percebeu que estava diante de sua casa. Era parte de um conjunto novo e elegante de casas de tijolo, em Kensington, a menos de 1 quilômetro da residência muito mais extravagante de sua tia Augusta, em Kensington Gore. Nora estaria em seu quarto exageradamente decorado, vestindo-se para almoçar. O que o impedia de entrar e anunciar que ia deixá-la?

Era o que desejava fazer, sabia disso agora. Mas seria certo?

Era a criança que fazia diferença. Seria errado deixar Nora por Maisie, mas era certo deixar Nora pelo bem de Bertie.

Ele se perguntou o que Nora diria quando lhe contasse e sua imaginação deu a resposta. Viu seu rosto se contrair em uma expressão determinada, ouviu o tom desagradável de sua voz e pôde adivinhar as palavras exatas que ela diria: "Vai custar todo o seu dinheiro."

Por mais estranho que pudesse parecer, foi isso que o fez decidir. Se a imaginasse se desmanchando em lágrimas de tristeza, seria incapaz de seguir em frente, mas sabia que sua primeira intuição era a correta.

Entrou em casa e subiu correndo a escada.

Nora estava na frente do espelho, pondo o pingente que ele lhe dera. Era um amargo lembrete de que precisava comprar joias para persuadi-la a fazer amor. Ela falou antes que Hugh pudesse dizer qualquer coisa:

– Tenho uma notícia para você.

– Não se preocupe com isso agora...

Mas ela não queria se calar. Tinha uma expressão estranha, meio triunfante, meio soturna.

– Você vai ter de passar algum tempo longe da minha cama.

Hugh compreendeu que não conseguiria falar enquanto ela não acabasse o que tinha a dizer.

– De que está falando? – indagou ele, impaciente.

– O inevitável aconteceu.

E, de repente, Hugh adivinhou. Experimentou a sensação de ser atropelado por um trem. Era tarde demais, compreendeu. Nunca poderia deixá-la agora. Sentiu repulsa e a dor da perda... a perda de Maisie, a perda de seu filho.

Encarou Nora. Havia desafio nos olhos dela, quase como se ela tivesse previsto o que ele planejava. O que talvez fosse verdade. Mas ele se forçou a sorrir.

– O inevitável?

E Nora confirmou:

– Vou ter um bebê.

PARTE TRÊS

1890

CAPÍTULO UM
Setembro

1

JOSEPH PILASTER MORREU em setembro de 1890, tendo sido sócio sênior do Banco Pilasters por dezessete anos. Durante esse período, a Inglaterra se tornara cada vez mais rica e os Pilasters também. Eram agora quase tão ricos quanto os Greenbournes. O patrimônio de Joseph se elevava a mais de 2 milhões de libras, o que incluía sua coleção de 65 caixinhas de rapé antigas, cravejadas de pedras preciosas – uma para cada ano de sua vida –, que valia 100 mil libras e que ele deixou para o filho Edward.

A família inteira mantinha todo o seu capital investido no banco, que pagava juros garantidos de 5%, na maior parte do tempo. Os sócios recebiam ainda mais. Além de 5% sobre o capital investido, partilhavam os lucros de acordo com fórmulas complicadas. Depois de dez anos recebendo lucros, Hugh estava a meio caminho de se tornar milionário.

Na manhã do velório, Hugh examinou seu rosto no espelho ao fazer a barba, à procura de sinais de envelhecimento. Tinha 37 anos. Os cabelos começavam a ficar grisalhos, mas a barba ainda era preta. O bigode enrolado nas pontas estava na moda e ele se perguntou se deveria deixar crescer o seu a fim de parecer mais jovem.

Tio Joseph tivera sorte, pensou ele. Durante o tempo em que fora sócio sênior, o mundo financeiro se mantivera estável. Houvera apenas duas crises menores: a bancarrota do City of Glasgow Bank em 1878 e a quebra do banco francês Union Générale em 1882. Nas duas ocasiões, o Banco da Inglaterra contivera a crise elevando as taxas de juros para 6% por um breve período, muito abaixo do nível de pânico. Na opinião de Hugh, tio Joseph comprometera demais o banco com investimentos na América do Sul, mas o desastre que ele constantemente temera não ocorrera. E, para Joseph, jamais ocorreria. Contudo, fazer investimentos arriscados era como ter uma casa prestes a desmoronar e alugá-la a inquilinos: os aluguéis continuariam a ser pagos até o fim, mas, quando a casa finalmente desmoronasse, não haveria mais nem o aluguel nem a casa. Agora que Joseph morrera, Hugh queria levar o banco para um terreno mais sólido, vendendo ou liquidando alguns dos perigosos investimentos sul-americanos.

Depois de se lavar e fazer a barba, vestiu o robe de chambre e foi para o quarto de Nora. Ela o esperava. Sempre faziam amor nas manhãs de sexta-feira. Havia muito que Hugh aceitara a regra de uma vez por semana. Ela se tornara bastante gorda, seu rosto estava mais redondo do que nunca, mas em consequência tinha poucas rugas e ainda era bonita.

Mesmo assim, enquanto fazia amor com ela, Hugh fechava os olhos e imaginava que estava com Maisie.

Às vezes tinha vontade de renunciar àquilo. Mas aquelas sessões nas manhãs de sexta-feira já haviam lhe dado três filhos, aos quais amava profundamente: Tobias, assim chamado em homenagem a seu pai; Samuel, em homenagem ao tio; e Solomon, em homenagem a Solly Greenbourne. Toby, o mais velho, começaria a estudar na Escola Windfield no ano seguinte. Nora gerava bebês sem dificuldades, mas perdia o interesse por eles depois que nasciam, e Hugh lhes dispensava mais atenção a fim de compensar a frieza da mãe.

O filho secreto de Hugh com Maisie, Bertie, tinha agora 16 anos, estudava em Windfield havia anos, era um aluno premiado e o astro da equipe de críquete. Hugh pagava o colégio, visitava-o nas festas escolares e se comportava em geral como um padrinho. Talvez isso levasse algumas pessoas cínicas a desconfiar que ele era o verdadeiro pai de Bertie. Mas Hugh fora amigo de Solly e todos sabiam que Ben Greenbourne se recusava a sustentar o menino. Assim, a maioria das pessoas presumia que ele estava apenas sendo generoso e fiel à memória do banqueiro.

– A que horas será a cerimônia? – perguntou Nora quando ele terminou.

– Às onze, na Igreja Metodista de Kensington. Haverá um almoço depois na Casa Whitehaven.

Hugh e Nora ainda moravam em Kensington, mas haviam se mudado para uma casa maior por causa dos meninos. Hugh deixara a escolha aos cuidados de Nora e ela optara por um casarão, no mesmo estilo muito ornamentado e vagamente flamengo que a mansão de Augusta – um estilo que se tornara o auge da moda, pelo menos da moda suburbana, depois que Augusta construíra sua casa.

Augusta nunca se sentira satisfeita com a Casa Whitehaven. Queria um palácio em Piccadilly, como os Greenbournes. Mas ainda havia certo puritanismo metodista nos Pilasters e Joseph insistia que a Casa Whitehaven já era luxuosa o bastante para qualquer um, por mais rico que fosse. Agora, a casa pertencia a Edward. Talvez Augusta o persuadisse a vendê-la e comprar algo mais espetacular.

Ao descer para o café da manhã, Hugh encontrou sua mãe à espera. Ela e sua irmã Dotty haviam chegado de Folkestone no dia anterior. Hugh beijou a mãe e se sentou.

– Acha que ele realmente a ama, Hugh? – indagou ela, sem qualquer preâmbulo.

Hugh não precisava perguntar a quem a mãe se referia. Dotty, agora com 24 anos, estava noiva de lorde Ipswich, filho mais velho do duque de Norwich. Nick Ipswich era herdeiro de um ducado falido, e a mãe receava que ele só estivesse com Dotty por seu dinheiro. Ou melhor, pelo dinheiro do irmão.

Hugh olhou afetuosamente para a mãe. Ela ainda se vestia de preto, 24 anos depois da morte de seu pai. Tinha agora os cabelos brancos, mas os olhos continuavam lindos como sempre.

– Ele a ama, mamãe.

Como Dotty não tinha pai vivo, Nick procurara Hugh para solicitar a permissão formal para se casar com ela. Em casos assim, era comum os advogados de ambas as partes elaborarem o contrato de casamento antes que o noivado fosse confirmado, mas Nick insistira em agir de outro modo.

– Contei para a Srta. Pilaster que sou pobre – falara ele a Hugh. – Ela diz que já conheceu tanto a prosperidade quanto a pobreza e sabe que a felicidade vem das pessoas com quem se vive, não do dinheiro que se possui.

Era tudo muito idealista, e Hugh com certeza daria um dote generoso à irmã, mas ficara feliz por saber que Nick a amava de verdade, independentemente de sua riqueza ou pobreza.

Augusta ficara furiosa ao saber que Dotty se casaria tão bem. Quando o pai de Nick morresse, Dotty seria uma duquesa, o que era superior a uma condessa.

Dotty desceu poucos minutos depois. Crescera de uma forma que Hugh nunca imaginara. A menina tímida e risonha se tornara uma mulher fascinante e sensual, de cabelos escuros, vontade firme e temperamento explosivo. Hugh calculava que muitos rapazes se sentiam intimidados por ela, e talvez fosse por isso que chegara aos 24 anos sem casar. Mas Nick Ipswich tinha uma força tranquila que não precisava do adereço de uma esposa dócil. Hugh tinha a impressão de que aquele casamento seria repleto de paixão e brigas, muito diferente do seu.

Nick apareceu, conforme o combinado, às dez horas, quando ainda estavam sentados à mesa do café da manhã. Hugh o convidara. Nick se sentou ao lado de Dotty e tomou uma xícara de café. Era um rapaz inteligente de

22 anos. Acabara de sair de Oxford, onde prestara exames e obtivera um diploma, ao contrário do que acontecia com a maioria dos jovens aristocratas. Possuía a típica aparência inglesa – cabelos louros, olhos azuis e traços regulares – e Dotty o contemplava como se quisesse devorá-lo com os olhos. Hugh invejava o amor simples e sensual dos dois.

Aos 37 anos, ele sentia-se jovem demais para assumir o papel de chefe da família, mas convocara aquela reunião e por isso foi direto ao assunto.

– Dotty, seu noivo e eu tivemos várias conversas sobre dinheiro.

A mãe se levantou para deixar a sala, mas Hugh a deteve.

– As mulheres também devem entender de dinheiro hoje em dia, mamãe... É o jeito moderno.

Ela sorriu para Hugh como se ele fosse um menino tolo, mas tornou a sentar.

– Como todos sabem, Nick planejava iniciar uma carreira profissional e pensava em se tornar advogado, já que o ducado não tem mais condições de prover seu sustento – continuou Hugh.

Sendo banqueiro, Hugh compreendia exatamente como o pai de Nick perdera tudo. O duque fora um proprietário de terras progressista e, no surto de expansão agrícola na metade do século, tomara dinheiro emprestado para financiar melhorias: sistemas de drenagem, remoção de quilômetros de sebes e dispendiosas máquinas a vapor para cortar, colher e debulhar. Depois, na década de 1870, ocorrera a grande depressão agrícola, que ainda persistia em 1890. O preço das terras caíra e as propriedades do duque valiam menos do que as hipotecas que ele assumira.

– Se Nick conseguir se livrar das hipotecas que pendem em torno de seu pescoço e racionalizar o ducado, ainda pode gerar uma renda considerável. Só precisa ser bem administrado, como qualquer empreendimento.

– Vou vender muitas das fazendas distantes e outras propriedades e me dedicar a tirar o máximo de proveito do que restar – acrescentou Nick. – E vou construir casas nos terrenos que possuímos em Sydenham, no sul de Londres.

– Chegamos à conclusão de que as finanças do ducado podem ser transformadas de maneira definitiva com cerca de 100 mil libras. Assim, Dotty, esse é o dote que vou lhe dar.

Dotty soltou um grito de espanto e a mãe começou a chorar. Nick, que já conhecia a cifra, murmurou:

– É muita generosidade de sua parte.

Dotty abraçou e beijou o noivo, depois contornou a mesa para beijar o irmão. Hugh sentiu-se um pouco embaraçado, mas ainda assim estava contente por poder fazê-los tão felizes. Tinha confiança em que Nick saberia usar muito bem o dinheiro, proporcionando um lar seguro a Dotty.

Nora desceu nesse instante, vestida para o velório, numa bombazina roxa e preta. Tomara café da manhã em seu quarto, como sempre.

– Onde estão os meninos? – indagou ela, irritada. – Mandei aquela governanta estúpida arrumá-los...

Foi interrompida pela chegada da governanta com os meninos: Toby, de 11 anos; Sam, de 6; e Sol, de 4. Todos vestiam casaco e gravata pretos e carregavam cartolas em miniatura. Hugh sentiu o maior orgulho.

– Meus pequenos soldados – murmurou ele. – Qual foi a taxa de desconto do Banco da Inglaterra ontem à noite, Toby?

– Inalterada em 2,5%, senhor – respondeu Tobias, que tinha de ler o *Times* todas as manhãs.

Sam, o do meio, estava animado com uma notícia.

– Mamãe, tenho um bicho de estimação! – anunciou, excitado.

A governanta parecia nervosa.

– Você não me contou...

Sam tirou uma caixa de fósforos do bolso, estendeu-a para a mãe e abriu-a.

– Bill, a aranha! – declarou, orgulhoso.

Nora gritou, arrancou a caixa de sua mão com um tapa e saltou para longe.

– Menino horrível! – berrou ela.

Sam abaixou-se para pegar a caixa.

– Bill sumiu! – exclamou ele, começando a chorar.

Nora virou-se para a governanta.

– Como permite que ele faça uma coisa assim?

– Desculpe. Eu não sabia...

Hugh interveio, tentando acalmar a situação:

– Não houve mal nenhum. – Ele passou o braço pelos ombros de Nora. – Você apenas foi tomada de surpresa, mais nada. – Hugh conduziu-a para o vestíbulo. – Vamos embora. Está na hora de partirmos.

Ao deixarem a casa, ele pôs a mão no ombro de Sam.

– Espero que tenha aprendido que não deve assustar as mulheres, Sam.

– Perdi meu bichinho de estimação – comentou o menino, triste.

– As aranhas não gostam mesmo de viver em caixas de fósforos. Talvez você devesse ter um bicho de estimação diferente. Que tal um canário?

Sam se animou no mesmo instante.

– Posso?

– Teria de alimentá-lo e dar água regularmente ou o canário morreria.

– Eu faria qualquer coisa!

– Então vamos procurar um canário amanhã.

– Oba!

Seguiram para o Salão Metodista de Kensington em carruagens fechadas. Chovia muito. Os meninos nunca haviam ido a um velório.

– Devemos chorar? – perguntou Toby, que era um tanto solene.

– Não seja estúpido! – respondeu Nora.

Hugh gostaria que ela fosse mais afetuosa com os meninos. Nora era um bebê quando a mãe morrera e ele imaginava que era por isso que tinha tanta dificuldade em lidar com os próprios filhos. Nunca aprendera como devia ser. Apesar disso, ela deveria tentar com mais afinco, pensou Hugh.

– Você pode chorar se sentir vontade – disse ele a Toby. – É permitido nos funerais.

– Acho que não vou chorar. Não gostava muito do tio Joseph.

– Eu adorava Bill, a aranha – declarou Sam.

– Sou muito grande para chorar – arrematou Sol, o caçula.

O Salão Metodista de Kensington expressava em pedras os sentimentos ambivalentes dos prósperos metodistas, que acreditavam na simplicidade religiosa, mas secretamente ansiavam por ostentar sua riqueza. Embora fosse chamado de salão, era tão ornamentado quanto qualquer igreja anglicana ou católica. Não tinha altar, mas havia ali um órgão magnífico. Quadros e estátuas eram proibidos, mas a arquitetura era barroca, com cornijas extravagantes e uma decoração elaborada.

Naquela manhã. a igreja estava apinhada até as galerias, com pessoas de pé nos corredores laterais e no fundo. Os empregados do banco haviam recebido o dia de folga para comparecerem, e ali estavam representantes de todas as instituições financeiras importantes da City. Hugh acenou com a cabeça para o diretor do Banco da Inglaterra, o ministro da Fazenda e o velho Ben Greenbourne, com mais de 70 anos, mas ainda empertigado como um jovem soldado.

A família foi conduzida aos bancos reservados na primeira fila. Hugh sentou ao lado de Samuel, impecável como sempre, de sobrecasaca preta, colarinho de ponta virada e uma elegante gravata de seda. Como Greenbourne, Samuel também já entrara na casa dos 70 anos, mas ainda se mantinha alerta e capaz.

Samuel era a escolha óbvia para sócio sênior, agora que Joseph morrera. Era o mais velho e o mais experiente da sociedade. Contudo, Augusta e Samuel acalentavam um ódio mútuo, e ela se oporia a ele com todo o vigor. Provavelmente apoiaria o irmão de Joseph, o jovem William, agora com 42 anos.

Entre os outros sócios, dois não seriam considerados porque não tinham o nome Pilaster: o major Hartshorn e sir Harry Tonks, marido da filha de Joseph, Clementine. Os sócios restantes eram Hugh e Edward.

Hugh queria ser sócio sênior, e queria de todo o coração. Embora fosse o mais jovem, era o mais competente entre todos. Sabia que poderia tornar o banco maior e mais forte do que nunca e ao mesmo tempo reduzir sua exposição ao tipo de empréstimo de risco que Joseph aceitara. Só que Augusta se oporia a ele com mais empenho do que a Samuel. Mas ele não suportaria esperar para assumir o controle só quando Augusta estivesse velha demais ou morta. Ela tinha apenas 58 anos e poderia muito bem viver por mais quinze, vigorosa e rancorosa como sempre.

O outro sócio era Edward. Ele sentava na primeira fileira, ao lado de Augusta. Tornara-se corpulento, com o rosto vermelho. Estava na meia-idade e pouco antes passara a ter erupções repulsivas na pele. Edward não era nem inteligente nem trabalhador, e em dezessete anos aprendera muito pouco das atividades bancárias. Chegava ao banco depois das dez horas, saía para almoçar por volta do meio-dia e muitas vezes não voltava à tarde. Bebia xerez no café da manhã e nunca se mantinha completamente sóbrio durante o dia inteiro. Contava com seu assistente, Simon Oliver, para mantê-lo longe de maiores encrencas. A ideia de promovê-lo a sócio sênior era inadmissível.

A esposa de Edward, Emily, estava sentada ao seu lado, o que era um fato raro. Levavam vidas inteiramente separadas. Ele residia na Casa Whitehaven junto à mãe e Emily passava todo o seu tempo na casa de campo. Só ia a Londres para ocasiões formais, como funerais. Emily fora outrora muito bonita, com enormes olhos azuis e um sorriso de menina, mas ao longo dos anos seu rosto ficara marcado por rugas de tristeza. Não tinham filhos, e a impressão de Hugh era que se odiavam.

Ao lado de Emily estava Micky Miranda, sempre afável e insinuante, num casaco cinza com gola preta de visom. Desde que descobrira que Micky assassinara Peter Middleton, Hugh passara a temê-lo. Edward e Micky ainda eram como unha e carne. Micky estava envolvido em muitos dos investimentos sul-americanos que o banco apoiara naquela década.

O serviço foi longo e tedioso, e depois o cortejo da igreja ao cemitério, sob a chuva implacável de setembro, levou mais de uma hora porque centenas de carruagens seguiam o coche fúnebre.

Hugh estudou Augusta enquanto o caixão de seu marido era baixado para a sepultura. Ela estava sob um enorme guarda-chuva, segurado por Edward. Seus cabelos eram prateados e ela estava magnífica, com um enorme chapéu preto. Será que agora, ao perder o companheiro de toda a vida, pareceria humana e digna de compaixão? Mas seu rosto orgulhoso mantinha linhas firmes, como uma escultura em mármore de um senador romano, e ela não demonstrava o menor pesar.

Depois do velório, houve um almoço na Casa Whitehaven para toda a família Pilaster, os sócios com suas esposas e filhos, mais os associados nos negócios e os antigos agregados, como Micky Miranda. A fim de que todos pudessem comer juntos, Augusta juntara duas mesas de jantar na enorme sala de estar.

Havia mais de um ano que Hugh não entrava na casa. Fora redecorada desde a sua última visita, seguindo a nova moda, o estilo árabe. Arcadas mouriscas tinham sido instaladas nas portas, todos os móveis exibiam arabescos esculpidos na madeira, os estofados eram estampados nos coloridos padrões abstratos islâmicos e no meio da sala havia um biombo do Cairo e um suporte para o Corão.

Augusta sentou Edward na cadeira do pai. Hugh achou aquilo uma falta de tato. Colocá-lo à cabeceira da mesa enfatizava cruelmente como ele era incapaz de ocupar o lugar de Joseph. Joseph podia ter sido um líder excêntrico, mas nunca fora um tolo.

Porém, Augusta tinha um propósito, como sempre. Quase ao final da refeição, declarou, em sua forma brusca habitual:

– Devem escolher um novo sócio sênior o mais depressa possível, e é evidente que será Edward.

Hugh ficou horrorizado. Augusta sempre fora cega aos defeitos do filho, e mesmo assim era uma atitude totalmente inesperada. Ele tinha certeza de que o desejo de Augusta jamais se realizaria, mas a mera sugestão já era enervante.

Houve um momento de silêncio, e Hugh compreendeu que todos esperavam que ele se manifestasse. Era considerado pela família a oposição a Augusta.

Ele hesitou, pensando na melhor maneira de enfrentar a situação. Decidiu tentar um adiamento da decisão.

– Acho que os sócios devem discutir a questão amanhã.

Augusta não se deixaria desviar de seu objetivo com facilidade.

– Agradeceria se não me dissesse o que posso ou não discutir em minha própria casa, jovem Hugh.

– Já que insiste... – Hugh recuperou-se no mesmo instante. – Não há nada de evidente nessa decisão, embora seja óbvio, minha cara tia, que não compreende as sutilezas do problema, talvez porque nunca tenha trabalhado no banco ou em qualquer outra coisa, diga-se de passagem...

– Como ousa...

Ele elevou a voz para abafá-la.

– O sócio mais velho é tio Samuel. – Hugh percebeu que estava sendo muito agressivo e tratou de abrandar a voz. – Tenho certeza de que todos concordariam que ele seria uma escolha sensata, um sócio sênior maduro, experiente e aceitável para a comunidade financeira.

Samuel inclinou a cabeça em agradecimento pelo elogio, mas não disse nada.

Ninguém contestou Hugh, mas tampouco o apoiou. Ele calculou que não queriam hostilizar Augusta. Os covardes preferiam que ele o fizesse por todos, pensou Hugh. Pois que assim fosse.

– Contudo, tio Samuel já recusou essa honra uma vez. Se tomasse essa mesma decisão de novo, o Pilaster mais velho seria o jovem William, que também é muito respeitado na City.

– Não é a City que tem de fazer a escolha – declarou Augusta, impaciente –, é a família Pilaster.

– Os sócios Pilasters, para ser mais preciso – corrigiu-a Hugh. – Assim como os sócios precisam da confiança do resto da família, o banco precisa merecer a confiança da comunidade financeira em geral. Se perdermos isso, estaremos liquidados.

Augusta parecia cada vez mais furiosa.

– Temos o direito de escolher quem quisermos!

Hugh balançou a cabeça vigorosamente. Nada o irritava mais do que aquele tipo de declaração irresponsável.

– Não temos direitos, apenas deveres – disse ele, incisivo. – Outras pessoas nos confiam milhões de libras. Não podemos fazer o que quisermos. Temos de fazer o que devemos.

Augusta tentou outro rumo.

– Edward é filho e herdeiro.

– Esse não é um título hereditário! – protestou Hugh, indignado. – O cargo vai para o mais competente.

Foi a vez de Augusta se mostrar indignada:

– Edward é tão bom quanto qualquer outro!

Hugh correu os olhos pela mesa, fitando cada um de forma dramática antes de perguntar:

– Há alguém aqui que esteja disposto a pôr a mão no coração e declarar que Edward é o banqueiro mais competente entre nós?

Ninguém falou por um longo minuto.

– Os títulos sul-americanos de Edward deram uma fortuna para o banco – disse Augusta.

Hugh assentiu.

– É verdade que vendemos milhões de libras em títulos sul-americanos nos últimos dez anos e Edward cuidou de todas essas operações. Mas é um dinheiro perigoso. As pessoas compram os títulos porque confiam no Pilasters. Se um desses governos suspender o pagamento dos juros, a cotação de todos os títulos sul-americanos vai cair e o Pilasters será responsabilizado. Por causa do sucesso de Edward na venda de títulos sul-americanos, nossa reputação, que é o patrimônio mais valioso do banco, se encontra agora nas mãos de déspotas cruéis e generais que nem sabem ler.

Hugh percebeu que fora tomado pela emoção. Ajudara a promover a reputação do banco com sua inteligência e seu trabalho árduo e ficara furioso ao constatar que Augusta estava disposta a arriscar tudo.

– Você vende títulos norte-americanos – declarou Augusta. – Há sempre um risco. É a própria essência da atividade bancária.

Ela falou de modo triunfante, como se fosse um argumento irrefutável.

– Os Estados Unidos da América possuem um moderno governo democrático, vastas riquezas naturais e nenhum inimigo. Agora que aboliram a escravidão, não há motivo para que o país não continue estável pelos próximos cem anos. Em contraste, a América do Sul é um amontoado de ditaduras em guerra cujos governos podem mudar nos próximos dez dias. Há risco nos dois casos, mas no norte é muito menor. A essência da atividade bancária é o risco *calculado*.

Augusta não entendia mesmo de negócios, pois declarou:

– Você está apenas com inveja de Edward, como sempre aconteceu.

Hugh se perguntou por que os outros sócios se mantinham em silêncio. Compreendeu no mesmo instante que Augusta devia ter conversado com eles antes. Mas como conseguira persuadi-los a aceitar Edward como sócio sênior? Ele começou a ficar muito preocupado.

– O que ela disse a vocês? – perguntou ele abruptamente, encarando cada um. – William? George? Harry? Vamos, contem logo. Discutiram o assunto antes e Augusta os aliciou.

Todos pareciam contrariados.

– Ninguém foi aliciado, Hugh – acabou respondendo William. – Augusta e Edward deixaram claro que se ele não fosse o escolhido sócio sênior...

O jovem William hesitou, constrangido.

– Fale logo! – insistiu Hugh.

– Eles retirariam seu capital do banco.

– *O quê?*

Hugh estava atordoado. Retirar o capital do banco era um pecado mortal na família. Seu pai fizera isso e nunca fora perdoado. O fato de Augusta se mostrar disposta a fazer tal ameaça era espantoso e demonstrava como ela estava decidida.

Ela e Edward controlavam cerca de 40% do capital do banco, o equivalente a mais de 2 milhões de libras. Se retirassem o dinheiro ao final do ano fiscal, como tinham o direito de fazer, o banco ficaria numa situação crítica.

Era alarmante que Augusta fizesse tal ameaça e ainda pior que os sócios parecessem dispostos a ceder.

– Vocês estão entregando toda a autoridade a ela! Se a deixarem impor sua vontade agora, ela vai tornar a agir assim mais tarde. No momento em que quiser alguma coisa, bastará ameaçar retirar seu capital e vocês vão ter de se submeter. Melhor indicarem logo ela própria para o cargo!

– Não se atreva a falar com minha mãe desse jeito... – protestou Edward. – Cuide de suas maneiras!

– As maneiras que se danem! – respondeu Hugh, sem se importar em ser grosseiro.

Hugh sabia que perder o controle não ajudava sua causa, mas estava furioso demais para se conter.

– Vocês estão prestes a arruinar um grande banco. Augusta é cega, Edward é estúpido e os outros são covardes demais para detê-los.

Ele empurrou sua cadeira para trás, levantou-se e jogou o guardanapo na mesa, desafiador.

– Pois aqui está alguém que não se deixará intimidar! – completou ele.

Respirando fundo, Hugh compreendeu que estava prestes a dizer algo que mudaria o curso do resto de sua vida. Ao redor da mesa, todos o fitavam. Concluiu que não tinha alternativa.

– Peço demissão – arrematou.

Ao se virar, viu que Augusta exibia um sorriso vitorioso.

~

Samuel procurou-o naquela noite.

Era um velho agora, mas não menos vaidoso do que vinte anos antes. Ainda vivia com seu "secretário", Stephen Caine. Hugh era o único Pilaster que frequentava sua casa, no bairro vulgar de Chelsea, decorada num estilo em voga e cheia de gatos. Numa ocasião, depois que haviam tomado meia garrafa de Porto, Stephen comentara que ele era a única esposa Pilaster que não se comportava como uma megera.

Quando Samuel chegou, Hugh estava na biblioteca, para onde costumava ir depois do jantar. Tinha um livro nos joelhos, mas não o lia. Em vez disso, olhava para o fogo, pensando no futuro. Tinha bastante dinheiro, o suficiente para levar uma vida confortável pelo resto de seus dias sem trabalhar. Mas nunca seria o sócio sênior.

Samuel parecia cansado e triste.

– Passei a maior parte da vida em conflito com meu primo Joseph – comentou ele. – Queria que não tivesse sido assim.

Hugh ofereceu-lhe um drinque, e ele aceitou um Porto. Hugh chamou seu mordomo e pediu que trouxesse uma garrafa decantada.

– Como se sente em relação a tudo isso, Hugh?

Samuel era a única pessoa no mundo que perguntava como Hugh se sentia.

– Fiquei com raiva antes, mas agora estou apenas desanimado. Edward é irremediavelmente inadequado para o cargo, e não há nada que se possa fazer. E o senhor, como se sente?

– Igual a você. Também vou pedir demissão. Não retirarei meu capital, pelo menos não de imediato, mas sairei no final do ano. Foi o que anunciei após sua saída dramática. Não sei se deveria ter falado antes. Mas não faria a menor diferença.

– O que mais eles disseram?

– É por isso que estou aqui, meu caro. Lamento dizer que sou uma espécie de mensageiro do inimigo. Pediram que eu o persuadisse a não pedir demissão.

– Então são uns idiotas.

– Quanto a isso, não resta a menor dúvida. Mas há uma coisa em que você deve pensar. Se pedir demissão agora, todos na City saberão por quê. As pessoas dirão que, se Hugh Pilaster acredita que Edward não tem condições de dirigir o banco, é bem provável que ele esteja certo. Poderia causar uma perda de confiança.

– Se o banco tem uma liderança fraca, as pessoas devem mesmo perder a confiança nele. Caso contrário, perderão seu dinheiro.

– E se sua saída provocar uma crise financeira?

Hugh não pensara nisso.

– É possível?

– Acho que sim.

– É desnecessário dizer que eu não gostaria que isso acontecesse.

Uma crise poderia destruir outros empreendimentos sólidos, da mesma forma que o colapso do Overend & Gurney liquidara com a empresa do pai de Hugh em 1866.

– Talvez você devesse ficar até o final do ano fiscal, como eu – aconselhou Samuel. – Faltam apenas poucos meses. Até lá, Edward já estará no comando e as pessoas terão se acostumado. Então você poderia sair sem maiores repercussões.

O mordomo voltou com o Porto. Hugh tomou um gole, pensativo. Achava que devia concordar com a proposta de Samuel, por mais que detestasse a ideia. Fizera um sermão sobre o dever do banco com os depositantes e a comunidade financeira em geral e devia se guiar por suas próprias palavras. Se permitisse que o banco fosse prejudicado só por causa de seus sentimentos pessoais, não seria melhor do que Augusta. Além do mais, o adiamento lhe proporcionaria tempo para pensar no que fazer com o resto de sua vida. Ele suspirou.

– Está certo. Ficarei até o final do ano.

Samuel assentiu.

– Eu já imaginava que você concordaria. É a coisa certa a fazer... e você sempre acaba fazendo a coisa certa.

2

ANTES DE SE despedir da alta sociedade, onze anos antes, Maisie Greenbourne procurara todos os seus amigos – que eram muitos e ricos – e os persuadira a doar dinheiro ao Hospital para Mulheres Southwark, criado por Rachel Bodwin. Assim, os custos de operação do hospital eram cobertos pela receita dos investimentos.

O dinheiro era administrado pelo pai de Rachel, o único homem envolvido na direção do hospital. A princípio, Maisie quisera cuidar pessoalmente dos investimentos, mas logo descobrira que os banqueiros e os corretores se recusavam a levá-la a sério. Ignoravam suas instruções, pediam a autorização de seu marido e abstinham-se de lhe dar informações. Maisie poderia ter lutado contra eles, mas, ao fundarem o hospital, ela e Rachel já tinham de enfrentar muitas brigas, por isso deixaram o Sr. Bodwin cuidar das finanças.

Maisie era viúva, mas Rachel continuava casada com Micky Miranda. Rachel nunca via o marido, mas eles não se divorciaram. Havia dez anos Rachel mantinha uma relação discreta com o irmão de Maisie, Dan Robinson, agora membro do Parlamento. Os três viviam juntos na casa de Maisie no subúrbio de Walworth.

Southwark, o bairro em que se situava o hospital, era uma área da classe trabalhadora, no coração da cidade. Haviam feito um arrendamento longo de quatro casas vizinhas, perto da Catedral de Southwark, abrindo portas internas de ligação em cada andar. Em vez de fileiras de leitos em imensas enfermarias, havia quartos pequenos e confortáveis, cada um com apenas duas ou três camas.

O escritório de Maisie era um santuário aconchegante, perto da entrada principal. Tinha duas poltronas confortáveis, flores num vaso, um tapete desbotado e cortinas alegres. Na parede fora pendurado o cartaz emoldurado de "A maravilhosa Maisie", sua única recordação do circo. A escrivaninha era pequena e os livros em que mantinha os registros ficavam guardados num armário.

A mulher sentada à sua frente estava descalça, esfarrapada e grávida de nove meses. Tinha nos olhos a expressão cautelosa e desesperada de um gato faminto que entra numa casa estranha, com a esperança de ser alimentado.

– Qual é o seu nome, querida? – perguntou Maisie.

– Rose Porter, madame.

Sempre a chamavam de "madame", como se ela fosse uma grande dama. Havia muito que desistira de tentar fazer com que a tratassem por Maisie.

– Quer tomar uma xícara de chá?

– Sim, obrigada, madame.

Maisie serviu o chá numa xícara simples de porcelana e acrescentou leite e açúcar.

– Você parece cansada.

– Andei desde Bath, madame.

Era um percurso de 150 quilômetros.

– Deve ter levado uma semana! – exclamou Maisie. – Pobrezinha!

Rose começou a chorar.

Isso era normal, e Maisie já se acostumara. Era melhor deixar que elas chorassem pelo tempo que quisessem. Maisie sentou-se no braço da poltrona de Rose e a abraçou.

– Sei que sou uma pecadora – soluçou Rose.

– Não é, não – protestou Maisie. – Somos todas mulheres aqui, e nós compreendemos. Não falamos de pecado. Deixamos essa conversa para os clérigos e os políticos.

Depois de algum tempo, Rose se acalmou e tomou seu chá. Maisie pegou um livro no armário e se sentou à escrivaninha. Fazia anotações sobre todas as mulheres que eram internadas no hospital. Os registros muitas vezes eram úteis. Se algum conservador hipócrita se levantava no Parlamento para dizer que as mães solteiras, em sua maioria, eram prostitutas ou que todas queriam abandonar seus bebês ou alguma outra infâmia, ela o refutava com uma carta cuidadosa, polida e objetiva e repetia os argumentos em discursos que fazia por todo o país.

– Conte-me o que aconteceu, Rose. Como você vivia antes de engravidar?

– Era cozinheira da Sra. Freeman, em Bath.

– E como conheceu seu jovem?

– Ele se aproximou e falou comigo na rua. Era a minha tarde de folga e eu levava uma sombrinha amarela nova. Eu estava muito tentadora, sei disso. Aquela sombrinha amarela foi a minha perdição.

Maisie lhe arrancou toda a história. Era típica. O homem era um estofador, um respeitável e próspero membro da classe trabalhadora. Cortejara Rose, falaram em casamento. Nas noites quentes acariciavam-se sentados no parque, depois de escurecer, cercados por outros casais que faziam a mesma coisa. As oportunidades de intercurso sexual eram poucas, mas conseguiram quatro ou cinco vezes, quando a patroa de Rose viajava ou a senhoria do estofador ficava bêbada demais. Depois, ele perdera o emprego. Mudara-se para outra cidade à procura de trabalho. Ainda escrevera para Rose uma ou duas vezes, mas logo desaparecera de sua vida por completo. Então ela descobrira que estava grávida.

– Tentaremos entrar em contato com ele – disse Maisie.

– Acho que ele não me ama mais.

– Veremos.

Era surpreendente com que frequência os homens se dispunham a casar com as moças, afinal. Mesmo quando fugiam ao saberem da gravidez, podiam se arrepender de seu pânico. No caso de Rose, as chances eram grandes. Afinal, o homem fora embora porque perdera o emprego, não porque deixara de gostar dela. E ainda não sabia que ia ser pai. Maisie sempre tentava atrair os homens ao hospital para que vissem a mãe com a criança. A visão de um bebê desamparado, sangue do seu sangue, às vezes despertava o melhor neles. Rose estremeceu.

– Qual é o problema? – indagou Maisie.

– Sinto muita dor nas costas. Deve ser de tanto andar.

Maisie sorriu.

– Não é dor nas costas. É seu bebê que já vai chegar. Vamos para um leito.

Ela levou Rose para o segundo andar e entregou-a aos cuidados de uma enfermeira.

– Tudo vai acabar bem – garantiu Maisie. – Você vai ter um bebê lindo e forte.

Ela foi para outro quarto e parou ao lado da cama da mulher que chamavam de Srta. Ninguém, pois se recusava a fornecer qualquer informação a seu respeito, até seu nome. Era uma jovem de cabelos escuros, em torno dos 18 anos. Falava como alguém da classe alta e suas roupas de baixo eram caras. Além disso, Maisie tinha quase certeza de que era judia.

– Como se sente, minha cara? – perguntou Maisie.

– Estou bem... e quero lhe agradecer por tudo, Sra. Greenbourne.

Ela era tão diferente de Rose quanto possível – pareciam ter vindo de extremidades opostas do mundo –, mas ambas se encontravam na mesma situação e dariam à luz da mesma maneira dolorosa.

Ao retornar à sua sala, Maisie voltou à carta que começara a escrever ao editor do *Times*.

Hospital para Mulheres
Bridge Street
Southwark
Londres, S.E.
10 de setembro de 1890

Ao editor do "Times"
Prezado Senhor,
    Li com interesse a carta do Dr. Charles Wickham sobre a questão da inferioridade física das mulheres em relação aos homens.

Antes, Maisie não sabia como continuar, mas a chegada de Rose Porter a inspirara.

    Acabei de internar neste hospital uma jovem numa determinada condição que aqui chegou procedente de Bath, de onde veio a pé.

O editor provavelmente cortaria as palavras "numa determinada condição", considerando-as vulgares, mas Maisie não faria a censura por ele.

    Constato que o Dr. Wickham escreve do Cowes Club e não posso deixar de me perguntar quantos sócios do clube seriam capazes de andar de Bath a Londres.
    É claro que uma mulher como eu nunca esteve no interior do clube, mas vejo com frequência os sócios nos degraus, chamando fiacres para conduzi-los a uma distância de um quilômetro ou menos, e me sinto propensa a dizer que a maioria dá a impressão de que teria a maior dificuldade para andar de Piccadilly Circus à Parliament Square.
    Claro que não teriam condições de cumprir uma jornada de trabalho de doze horas numa oficina de costura no East End, como milhares de mulheres inglesas fazem todos os dias...

Ela foi interrompida de novo por uma batida à porta.
– Entre!
A mulher que entrou não era pobre nem estava grávida. Tinha enormes olhos azuis e o rosto de menina, e se vestia com elegância. Era Emily, a esposa de Edward Pilaster.
    Maisie levantou-se e beijou-a. Emily Pilaster era um dos esteios do hos-

pital. O grupo incluía uma surpreendente diversidade de mulheres. A velha amiga de Maisie, April Tilsley, agora proprietária de três bordéis em Londres, era uma delas. Doavam roupas que seriam jogadas fora, móveis velhos, a sobra de comida de suas cozinhas e suprimentos sortidos, até mesmo papel e tinta. Às vezes, até arrumavam emprego para as mães depois do resguardo. Mas, acima de tudo, ofereciam apoio moral a Maisie e Rachel quando eram difamadas pelos homens por não exigirem orações, hinos e sermões sobre a iniquidade da condição de mãe solteira.

Maisie sentia-se em parte responsável pela desastrosa visita de Emily ao bordel de April na Noite das Máscaras, quando ela fracassara na tentativa de seduzir o próprio marido. Desde então, Emily e o repulsivo Edward discretamente levavam vidas separadas, como os casais ricos que se odiavam.

Naquela manhã, os olhos de Emily faiscavam, num excitamento evidente. Ela se sentou, tornou a se levantar e verificou se a porta estava fechada direito. Só depois é que anunciou:

– Estou apaixonada!

Maisie não tinha certeza se era mesmo uma boa notícia, mas falou:

– Que coisa maravilhosa! Por quem?

– Robert Charlesworth. Ele é poeta e escreve artigos sobre arte italiana. Passa a maior parte do ano em Florença, mas alugou um chalé em nossa aldeia, pois gosta da Inglaterra em setembro.

Maisie pensou que Robert Charlesworth tinha dinheiro suficiente para viver bem sem ter de trabalhar de verdade.

– Ele parece muito romântico – comentou ela.

– E é mesmo, um homem muito sensível! Você vai gostar dele!

– Tenho certeza disso.

Na verdade, Maisie não suportava os poetas sensíveis que viviam de renda. Mas sentiu-se feliz por Emily, que tivera mais azar do que merecia.

– Já é amante dele?

Emily corou.

– Ah, Maisie, você sempre faz as perguntas mais embaraçosas! Claro que não!

Depois do que acontecera na Noite das Máscaras, Maisie achava incrível que Emily ainda pudesse ficar embaraçada por qualquer coisa. Contudo, a experiência lhe ensinara que era ela, Maisie, quem era diferente nesse aspecto. A maioria das mulheres era capaz de fechar os olhos a tudo se assim desejasse. Mas Maisie não tinha paciência com eufemismos polidos e frases delicadas. Se queria saber alguma coisa, não hesitava em perguntar.

– Ora, não pode se tornar a esposa dele, não é mesmo? – completou, bruscamente.

A resposta a pegou de surpresa.

– Foi por isso que vim procurá-la, Maisie. Sabe alguma coisa sobre anulação de casamento?

– Ah, Deus! – Maisie pensou por um momento. – Sob a alegação de que o casamento nunca foi consumado, eu presumo?

– Isso mesmo.

Maisie assentiu.

– Sei alguma coisa a respeito.

Não era surpresa que Emily a procurasse em busca de conselhos legais. Não havia advogadas mulheres, e um homem trataria de contar tudo a Edward. Maisie defendia os direitos femininos e estudara as leis que tratavam de casamento e divórcio.

– Teria de recorrer à Divisão de Divórcio do Tribunal Superior e provar que Edward é impotente em todas as circunstâncias, não apenas com você.

Emily ficou desanimada.

– Ah, querida... Sabemos que ele não é...

– Além disso, o fato de você não ser mais virgem seria um grande problema.

– Então não tem jeito – murmurou Emily, angustiada.

– O único meio seria persuadir Edward a cooperar. Acha que ele concordaria?

Emily se reanimou.

– É possível.

– Se ele assinasse um depoimento dizendo que é impotente e concordasse em não contestar a anulação, não haveria muita dificuldade.

– Neste caso, tenho de encontrar uma maneira de fazê-lo assinar.

O rosto de Emily assumiu uma expressão obstinada e Maisie recordou como aquela mulher podia se mostrar inesperadamente forte.

– Seja discreta. É contra a lei marido e mulher conspirarem dessa forma e há um procurador da rainha que atua como uma espécie de policial dos divórcios.

– Vou poder me casar com Robert depois?

– Claro. A não consumação é motivo para um divórcio pleno pelas leis da Igreja. Levaria cerca de um ano para o caso ser levado a julgamento, com um período posterior de espera de seis meses antes que o divórcio seja homologado. Mas depois você terá permissão para se casar de novo.

– Espero que ele concorde.

– Como Edward se sente em relação a você?

– Ele me odeia.

– Acha que gostaria de se livrar de você?

– Não creio que se importe comigo, desde que eu não o atrapalhe.

– E se você o atrapalhasse?

– Se me tornasse um estorvo para ele?

– Foi o que pensei.

– Acho que é possível.

Maisie tinha certeza de que Emily poderia se tornar um estorvo insuportável se assim decidisse.

– Vou precisar de um advogado para escrever a carta que Edward terá de assinar – lembrou Emily.

– Pedirei ao pai de Rachel. Ele é advogado.

– Pedirá mesmo?

– Claro que sim. – Maisie olhou para o relógio. – Não posso falar com ele hoje. É o primeiro dia do ano letivo em Windfield e tenho de levar Bertie. Mas prometo que vou procurá-lo amanhã de manhã.

Emily levantou-se.

– Maisie, você é a melhor amiga que uma mulher jamais teve.

– Mas devo avisar. Isso vai provocar uma confusão na família Pilaster. Augusta vai ter um ataque.

– Augusta não me assusta – declarou Emily.

~

Maisie Greenbourne costumava atrair muita atenção na Escola Windfield. E havia vários motivos. Era conhecida como a viúva do fabulosamente rico Solly Greenbourne, embora ela própria não tivesse muito dinheiro. Era também famosa por ser uma mulher "avançada", que acreditava nos direitos das mulheres e encorajava as criadas, pelo que se dizia, a terem bebês ilegítimos. E quando levava Bertie para a escola, era sempre acompanhada por Hugh Pilaster, o belo banqueiro que pagava os estudos de seu filho. Com toda a certeza, os mais sofisticados entre os outros pais desconfiavam que Hugh era o verdadeiro pai de Bertie. Mas o principal motivo, refletiu ela, era que, aos 34 anos, continuava bastante bonita para fazer os homens virarem a cabeça.

Ela usava um vestido vermelho com um casaco curto por cima e um chapéu com uma pluma. Sabia que parecia linda e despreocupada. Na verdade, porém, aquelas idas à escola com Bertie e Hugh partiam seu coração.

Dezessete anos haviam transcorrido desde que passara uma noite com Hugh e ainda o amava tanto quanto antes. Na maior parte do tempo, absorvia-se nos problemas das moças pobres que procuravam o hospital e esquecia seu próprio pesar. Duas ou três vezes por ano, porém, tinha de se encontrar com Hugh e toda a angústia ressurgia.

Fazia onze anos que ele sabia que era o verdadeiro pai de Bertie. Ben Greenbourne dera-lhe uma dica e ele a confrontara com suas suspeitas. Maisie contara a verdade. Desde então, Hugh fizera tudo o que podia por Bertie, só faltava reconhecê-lo como filho. Bertie pensava que seu pai era o falecido e adorável Solomon Greenbourne e revelar-lhe a verdade apenas causaria um sofrimento desnecessário.

Seu nome era Hubert, e chamá-lo de Bertie fora uma homenagem insinuante ao príncipe de Gales, que também era Bertie. Maisie não via mais o príncipe. Deixara de ser anfitriã da alta sociedade e esposa de um milionário. Era apenas uma viúva que vivia numa casa modesta num subúrbio ao sul de Londres, e uma mulher assim não se enquadrava no círculo de amizade do príncipe.

Ela resolvera dar ao filho o nome de Hubert porque soava parecido com Hugh, mas logo se sentira embaraçada com a semelhança. Esse fora outro motivo para chamá-lo de Bertie. Dissera ao filho que Hugh era o melhor amigo de seu falecido pai. Por sorte, não havia uma semelhança física óbvia entre Bertie e Hugh. Na verdade, Bertie era como o pai de Maisie, de cabelos escuros lisos e olhos castanhos tristes. Era alto e forte, um bom atleta e um aluno esforçado, e Maisie se orgulhava tanto do filho que às vezes tinha a sensação de que seu coração ia explodir.

Nessas ocasiões, Hugh se mostrava escrupulosamente polido com Maisie, desempenhando o papel de amigo da família, mas ela podia perceber que ele sentia a amargura e a ternura da situação com a mesma intensidade.

Maisie soubera, pelo pai de Rachel, que Hugh era considerado um prodígio na City. Quando ele falava sobre o banco, seus olhos brilhavam, e era sempre interessante e divertido. Dava para perceber que seu trabalho representava um desafio e uma realização. Mas se a conversa por acaso se desviava para o campo doméstico, Hugh ficava azedo e pouco comunicativo. Não gostava de falar sobre sua casa, sua vida social, muito menos de sua esposa. De sua família, só falava sobre os três filhos, que amava profundamente. Mas havia um tom de pesar até mesmo quando discorria sobre os meninos, e Maisie concluíra que Nora não era uma mãe amorosa. Ao longo dos anos, ela o vira se resignar a um casamento frio e frustrante na área sexual.

Naquele dia, ele usava um terno de tweed cinza-prateado, combinando com os cabelos, e uma gravata azul da cor dos olhos. Estava mais corpulento do que antes, mas ainda tinha um sorriso insinuante que aflorava de vez em quando. Formavam um casal atraente, mas não eram de fato um casal, e o fato de parecerem e agirem como se fossem era o que a deixava tão triste. Maisie pegou o seu braço ao entrarem na Escola Windfield e pensou que daria a própria alma para estar com Hugh todos os dias.

Ajudaram Bertie a desfazer seu baú e depois o garoto lhes preparou um chá em seu estúdio. Hugh levara um bolo que provavelmente alimentaria todo o sexto ano por uma semana.

– Meu filho Toby vai entrar aqui no próximo semestre – comentou Hugh enquanto tomavam o chá. – Será que você poderia ficar de olho nele por mim?

– Terei o maior prazer... Cuidarei para que ele não vá nadar em Bishop's Wood.

Maisie fez cara feia.

– Desculpem – Bertie se apressou em acrescentar. – Foi uma piada de mau gosto.

– Ainda falam sobre isso? – perguntou Hugh.

– Todos os anos o diretor conta a história do afogamento de Peter Middleton para tentar assustar os alunos. Mas todos continuam a ir até lá para nadar.

Despediram-se de Bertie depois do chá. Maisie quase chorou, como sempre ocorria quando deixava seu filhinho, embora ele fosse agora mais alto do que ela. Voltaram a pé para a cidade e pegaram o trem para Londres. Ficaram sozinhos num compartimento da primeira classe.

– Edward vai ser o novo sócio sênior do banco – informou Hugh enquanto contemplavam a paisagem pela janela.

Maisie se surpreendeu.

– Nunca pensei que ele fosse inteligente o bastante para isso.

– E não é. Devo deixar o Pilasters no final do ano.

– Ah, Hugh!

Maisie sabia como o banco era importante para ele. Depositara ali todas as suas esperanças.

– O que pretende fazer?

– Não sei. Continuarei até o final do ano fiscal, assim vou ter tempo para pensar a respeito.

– Edward não vai arruinar a firma?

– Infelizmente, é bem possível que sim.

Maisie sentiu-se triste por Hugh. Ele tivera mais azar do que merecia, enquanto Edward contara com muita sorte.

– Edward é agora o lorde Whitehaven. Compreende que, se o título tivesse ido para Ben Greenbourne, como deveria, Bertie estaria na fila para herdá-lo? – disse ela.

– É verdade.

– Mas Augusta acabou com essa possibilidade.

– Augusta? – murmurou Hugh, encarando-a com perplexidade.

– Isso mesmo. Ela estava por trás daquela campanha na imprensa: *Um judeu pode se tornar um lorde?* Você lembra?

– Claro que lembro. Como tem certeza de que Augusta foi a responsável?

– O príncipe de Gales nos contou.

– Ora, ora... – Hugh balançou a cabeça. – Augusta nunca deixa de me surpreender.

– Seja como for, a pobre Emily é agora lady Whitehaven.

– Pelo menos ela obteve alguma coisa desse casamento infeliz.

– Vou lhe contar um segredo. – Maisie baixou a voz, embora não houvesse ninguém por perto para escutar. – Emily está prestes a pedir a Edward a anulação do casamento.

– O que é ótimo para ela! Sob a alegação de não consumação, não é mesmo?

– É, sim. Você não parece surpreso.

– Dá para perceber. Eles nunca se tocam. Ficam tão incomodados um com o outro que é difícil acreditar que sejam marido e mulher.

– Ela tem levado uma vida falsa durante todos esses anos e decidiu acabar com isso.

– Enfrentará problemas com a família.

– Ou seja, com Augusta – emendou Maisie. – Emily sabe disso. Mas tem uma veia de obstinação que deve ajudá-la.

– Ela está apaixonada?

– Sim, mas se recusa a ser amante. Não consigo entender por que tanto escrúpulo. Edward passa todas as noites num bordel.

Hugh sorriu para ela, um sorriso triste e afetuoso.

– Você também foi escrupulosa certa ocasião.

Maisie sabia que ele se referia à noite na Mansão Kingsbridge, quando trancara a porta do quarto para impedir que ele entrasse.

– Eu era casada com um bom homem e nós dois estávamos prestes a traí-lo. A situação de Emily é muito diferente.

Hugh concordou.

– Mesmo assim, creio que compreendo como ela se sente. É a mentira que torna o adultério vergonhoso.

Maisie discordava.

– As pessoas devem agarrar a felicidade quando a encontram. Só se tem uma vida.

– Se você agarrar a felicidade, pode perder uma coisa ainda mais valiosa: sua integridade.

– É abstrato demais para mim – rebateu Maisie com desdém.

– Pode ter certeza de que também foi para mim naquela noite na casa de Kingo, quando eu trairia de bom grado a confiança de Solly se você tivesse permitido. Ao longo dos anos, porém, foi se tornando cada vez mais concreto. Agora, acho que prezo a integridade mais do que qualquer outra coisa.

– Mas o que é isso?

– Significa dizer a verdade, cumprir as promessas e assumir a responsabilidade por seus erros. Funciona tanto nos negócios quanto na vida cotidiana. É uma questão de ser o que você alega ser, de fazer o que diz que fará. E um banqueiro, mais que qualquer outra pessoa, não pode ser um mentiroso. Afinal, se a própria mulher não pode confiar nele, quem poderá?

Maisie percebeu que começava a se zangar com Hugh e especulou por quê. Recostou-se em silêncio por algum tempo, olhando pela janela para os subúrbios de Londres ao crepúsculo. Agora que ele ia deixar o banco, o que restava em sua vida? Não amava a esposa, e a esposa não amava seus filhos. Por que não deveria encontrar a felicidade nos braços de Maisie, a mulher que sempre amara?

Na estação de Paddington, Hugh conduziu-a até o ponto dos fiacres e ajudou-a a embarcar. Ao se despedirem, ela segurou suas mãos.

– Venha para casa comigo – convidou ela.

Com o semblante triste, ele balançou a cabeça.

– Nós nos amamos... Sempre nos amamos – suplicou Maisie. – Venha comigo e que se danem as consequências.

– A vida é feita de consequências!

– Por favor, Hugh!

Ele retirou as mãos e recuou.

– Adeus, Maisie, querida.

Ela fitou-o desolada. Anos de desejo reprimido a dominavam. Se fosse bastante forte, poderia agarrá-lo, arrastá-lo para o fiacre mesmo contra sua vontade. Sentia-se enlouquecida de frustração.

Poderia ter permanecido ali para sempre, mas Hugh acenou com a cabeça para o cocheiro.

– Pode partir – disse ele.

O homem encostou o chicote no cavalo e as rodas giraram.

Um momento depois, Maisie não podia mais ver Hugh.

3

HUGH DORMIU MAL naquela noite. Acordou várias vezes, recordando a conversa com Maisie. Desejava ter cedido, ido para a casa dela. Poderia estar dormindo em seus braços agora, a cabeça aconchegada em seus seios, em vez de ficar se revirando na cama sozinho.

Mas outra coisa também o perturbava. Tinha a impressão de que ela dissera algo muito importante, algo surpreendente e sinistro, cujo significado lhe escapara no momento. E que continuava a se esquivar agora.

Haviam falado sobre o banco, sobre a promoção de Edward a sócio sênior, sobre o título de Edward, sobre o plano de Emily para anular o casamento, sobre a noite na Mansão Kingsbridge em que quase haviam feito amor, sobre os valores conflitantes de felicidade e integridade... Qual seria a revelação de suma importância?

Hugh tentou reconstituir a conversa de trás para a frente: *Venha para casa comigo... As pessoas devem agarrar a felicidade quando a encontram... Emily está prestes a pedir a Edward a anulação do casamento... Emily é agora lady Whitehaven... Compreende que, se o título tivesse ido para Ben Greenbourne, como deveria, Bertie estaria na fila para herdá-lo?*

Não, ele estava deixando algo escapar. Edward ganhara o título que deveria ter sido de Ben Greenbourne, mas Augusta impedira que fosse. Ela estivera por trás da campanha contra a ascensão de um judeu à nobreza. Hugh não percebera isso, embora, recordando os fatos agora, entendesse que devia ter suposto. Só que o príncipe de Gales descobrira, de alguma forma, e contara a Maisie e Solly.

Hugh revirou a questão. Por que isso deveria ser tão importante? Era apenas outro exemplo da força impiedosa de Augusta. O caso fora abafado na ocasião. Mas Solly ficara sabendo...

Subitamente, Hugh sentou na cama, olhando para a escuridão.

Solly ficara sabendo.

E, se Solly sabia que os Pilasters eram os responsáveis pela campanha na imprensa de ódio racial contra seu pai, jamais faria negócio com o Banco Pilasters. Em particular, teria cancelado o lançamento dos títulos da Ferrovia Santa María. E teria comunicado a Edward que estava se retirando da transação. E Edward teria avisado a Micky.

– Ah, meu Deus! – exclamou Hugh.

Sempre se perguntara se Micky tinha algo a ver com a morte de Solly. Sabia que Micky se encontrava nas proximidades. Mas o motivo sempre fora um enigma. Até onde ele sabia, Solly estava prestes a concretizar o negócio, dar o que Micky queria. Se isso fosse verdade, Micky tinha todos os motivos para manter Solly vivo. Mas se Solly estava disposto a cancelar o lançamento, Micky poderia tê-lo matado para salvar a operação. Era Micky o homem bem-vestido que discutia com Solly poucos segundos antes do atropelamento? O cocheiro sempre alegara que Solly fora empurrado para a rua. Teria Micky jogado Solly sob as rodas da carruagem? Era uma ideia horrível e repulsiva.

Hugh saiu da cama e acendeu o lampião a gás. Não voltaria a dormir naquela noite. Pôs um robe e ficou sentado perto das brasas na lareira. Micky assassinara *dois* de seus amigos: Peter Middleton e Solly Greenbourne?

E, se isso tivesse acontecido, o que faria?

~

No dia seguinte, ainda se afligia com a questão quando aconteceu algo que lhe proporcionou a resposta.

Passou a manhã à sua mesa, na Sala dos Sócios. Outrora ansiara sentar ali, no centro do poder, tranquilo e luxuoso, tomando decisões sobre milhões de libras sob os olhos dos retratos de seus ancestrais, mas agora já se acostumara. E muito em breve renunciaria a tudo aquilo.

Estava cuidando dos problemas, concluindo projetos já iniciados, mas sem começar novos. Seus pensamentos se desviavam a todo instante para Micky Miranda e o pobre Solly. Enfurecia-o pensar que um homem tão bom quanto Solly fora liquidado por um réptil e parasita como Micky. Sua vontade era estrangular Micky com as próprias mãos. Mas não podia matá-lo. Na verdade, nem adiantava comunicar suas convicções à polícia, pois não dispunha de provas.

Seu escriturário, Jonas Mulberry, parecera nervoso durante toda a manhã. Entrara na Sala dos Sócios quatro ou cinco vezes sob diferentes pretextos, mas não dissera o que tinha em mente. Hugh acabou chegando à conclusão de que Mulberry tinha algo a revelar, mas não queria que os outros sócios ouvissem.

Poucos minutos antes do meio-dia, Hugh deixou a Sala dos Sócios e seguiu pelo corredor para a sala do telefone. O telefone fora instalado dois anos antes e já estavam arrependidos de não o terem posto na Sala dos Sócios. Cada um deles era chamado ao aparelho várias vezes por dia.

No caminho, ele encontrou Mulberry no corredor. Deteve-o e perguntou:

– Há alguma coisa que quer me contar?

– Tenho, sim, Sr. Hugh – respondeu Mulberry com evidente alívio.

Ele baixou a voz:

– Por acaso vi alguns documentos que estão sendo preparados por Simon Oliver, o escriturário do Sr. Edward.

– Venha comigo.

Hugh entrou na sala do telefone e fechou a porta.

– O que havia nesses papéis?

– Uma proposta de empréstimo a Córdoba no valor de 2 milhões de libras!

– Essa, não! – exclamou Hugh. – O banco precisa se expor menos à dívida sul-americana... não se expor mais!

– Eu sabia que pensaria assim.

– Para que é o empréstimo?

– Para a construção de um novo porto na província de Santa María.

– Outro esquema do Señor Miranda.

– Isso mesmo. Receio que ele e seu primo Simon Oliver tenham muita influência sobre o Sr. Edward.

– Obrigado por me avisar, Mulberry. Vou tentar resolver o problema.

Esquecendo o telefonema, Hugh voltou à Sala dos Sócios. Os outros sócios deixariam que Edward levasse adiante esse projeto? Era bem possível. Hugh e Samuel não tinham mais grande influência, já que estavam de saída. O jovem William não partilhava o temor de Hugh com relação a um colapso sul-americano. O major Hartshorn e sir Harry fariam o que mandassem. E Edward era agora o sócio sênior.

O que Hugh podia fazer? Ainda não deixara o banco e tinha sua participação nos lucros. Portanto, suas responsabilidades não haviam terminado.

O problema era que Edward não agia de forma racional. Como Mulberry contara, ele se encontrava sob a influência total de Micky Miranda.

Haveria algum meio de Hugh enfraquecer essa influência? Podia dizer a Edward que Micky era um assassino. Edward não acreditaria. Mas ele começava a pensar que devia tentar. Não tinha nada a perder. E precisava fazer algo a respeito da terrível revelação da noite anterior.

O primo já saíra para o almoço. Num súbito impulso, Hugh decidiu segui-lo.

Adivinhando o destino de Edward, pegou um fiacre para o Cowes Club. Passou o caminho da City a Pall Mall tentando encontrar palavras plausíveis e inofensivas a fim de convencê-lo. Mas todas as frases que imaginou pareciam artificiais e, ao chegar, decidiu contar a verdade pura e simples, torcendo pelo melhor.

Ainda era cedo e ele encontrou Edward sozinho na sala de fumantes do clube, tomando uma taça grande de Madeira. As erupções na pele de Edward estavam cada vez piores, ele notou. Onde o colarinho roçava no pescoço a pele estava vermelha, quase em carne viva.

Hugh sentou à mesma mesa e pediu um chá. Quando eram meninos, Hugh dedicava um ódio profundo a Edward por ser um valentão bruto. Nos últimos anos, porém, passara a ver o primo como uma vítima. Edward era assim por causa da influência de duas pessoas impiedosas: Augusta e Micky. Augusta o sufocara e Micky o corrompera. Mas Edward não abrandara sua opinião em relação a Hugh e não hesitou em deixar claro que a companhia do primo não era bem-vinda.

– Não veio tão longe para tomar uma xícara de chá – disse ele. – O que você quer?

Era um mau começo, mas nada podia fazer para contorná-lo.

– Tenho uma coisa para lhe contar que vai deixá-lo chocado e horrorizado – começou Hugh, pessimista.

– É mesmo?

– Não vai querer acreditar, mas é a verdade. Acho que Micky Miranda é um assassino.

– Ora, pelo amor de Deus! – exclamou Edward, irritado. – Não venha me incomodar com esses absurdos!

– Quero que me escute antes de descartar a ideia por completo – insistiu Hugh. – Estou deixando o banco, você é o sócio sênior, não disputo nada com você. Descobri uma coisa ontem. Solly Greenbourne sabia que sua mãe estava por trás da campanha contra a concessão do pariato a Ben Greenbourne.

Edward estremeceu, numa reação involuntária, como se as palavras de Hugh ressoassem algo que já soubesse. Hugh ficou mais esperançoso.

– Estou no caminho certo, não é mesmo? – Adivinhando, ele continuou: – E Solly ameaçou cancelar o acordo da Ferrovia Santa María?

Edward confirmou com um aceno de cabeça.

Hugh inclinou-se para a frente, tentando conter a agitação.

– Eu estava nesta mesma mesa, com Micky, quando Solly apareceu, furioso. Mas...

– E nessa noite Solly morreu.

– Isso mesmo... Só que Micky passou a noite inteira comigo. Jogamos cartas aqui e depois fomos ao Nellie's.

– Ele deve tê-lo deixado, nem que tenha sido por uns poucos minutos.

– Não...

– Eu o vi entrando no clube mais ou menos na hora em que Solly morreu.

– Deve ter sido antes.

– Ele pode ter ido ao banheiro ou algo assim.

– O que não lhe daria tempo suficiente.

Edward assumiu uma expressão de decidido ceticismo.

As esperanças de Hugh tornaram a se desvanecer. Por um momento, conseguira criar uma dúvida na mente de Edward, mas não durara muito.

– Você perdeu o juízo – acrescentou Edward. – Micky não é um assassino. A ideia é absurda.

Hugh decidiu falar sobre Peter Middleton. Era um ato de desespero. Se o primo se recusava a acreditar que Micky matara Solly onze anos antes, por que acreditaria no assassinato de Peter havia 24? Mas tinha de tentar.

– Micky matou Peter Middleton – declarou ele, sabendo que corria o risco de parecer delirante.

– Isso é ridículo!

– Você pensa que o matou. Sei disso. Deu-lhe diversos caldos e depois saiu atrás de Tonio. E você pensa que Peter ficou exausto demais para nadar até a margem e se afogou. Mas há uma coisa que não sabe.

Apesar de seu ceticismo, Edward ficou curioso.

– O quê?

– Peter era um excelente nadador.

– Ele era um fracote!

– Era, sim, mas vinha praticando natação todos os dias durante o verão. Era um fracote, é verdade, mas podia nadar por quilômetros. Nadou até a margem sem dificuldade... Tonio viu.

– O quê... – Edward engoliu em seco. – O que mais Tonio viu?

– Enquanto você subia pela pedreira, Micky manteve a cabeça de Peter debaixo d'água até que ele se afogasse.

Para a surpresa de Hugh, Edward não rejeitou a ideia. Em vez disso, perguntou:

– Por que esperou tanto tempo para me contar?

– Achei que não acreditaria. Só estou contando agora por desespero, para tentar dissuadi-lo desse novo investimento em Córdoba. – Ele estudou a expressão de Edward e acrescentou: – Acredita em mim, não é mesmo?

Edward assentiu.

– Por quê?

– Porque sei o motivo.

– Sabe o motivo?

Hugh foi dominado pela curiosidade. Havia anos que especulava a respeito.

– E por que Micky matou Peter?

Edward tomou um longo gole do Madeira e permaneceu em silêncio por algum tempo. Hugh receou que ele não quisesse falar mais nada, mas o primo acabou respondendo:

– Em Córdoba, a família Miranda é muito rica, mas seu dinheiro não vale muita coisa aqui. Quando Micky foi para Windfield, gastou todo o seu dinheiro em poucas semanas. Mas se gabara da fortuna da família e era muito orgulhoso para admitir a verdade. Assim, quando seu dinheiro acabou... ele roubou.

Hugh recordou o escândalo que abalara o colégio em junho de 1866.

– Os 6 soberanos de ouro que roubaram do Sr. Offerton – murmurou ele, espantado. – Micky foi o ladrão?

– Isso mesmo.
– Essa, não!
– E Peter sabia.
– Como?
– Ele viu Micky saindo da sala de Offerton e adivinhou a verdade quando o roubo foi denunciado. Falou que contaria tudo se Micky não confessasse. Achamos que foi um golpe de sorte encontrá-lo no poço. Quando dei os caldos, estava tentando assustá-lo para mantê-lo calado. Mas nunca pensei...
– Que Micky o mataria.
– E durante todos esses anos ele me deixou acreditar que eu era o culpado e que me dava cobertura – comentou Edward. – Aquele porco!

Hugh compreendeu que, contra todas as chances, conseguira abalar a fé de Edward em Micky. Sentiu-se tentado a dizer: *Agora que você sabe como ele é, esqueça o porto de Santa María*. Mas precisava ser cauteloso para não forçar demais. Concluiu que já falara o suficiente. Era melhor deixar que Edward tirasse as próprias conclusões. Hugh levantou-se para sair.

– Lamento ter dado tamanho golpe.

Edward estava imerso em seus pensamentos, esfregando o pescoço no ponto em que coçava.

– Tudo bem – murmurou ele, vagamente.
– Tenho de ir agora.

Edward não disse nada. Parecia ter esquecido a existência de Hugh. Olhava para sua taça. Hugh fitou-o com mais atenção e descobriu surpreso que ele chorava.

Saiu em silêncio e fechou a porta.

4

AUGUSTA GOSTAVA DE ser viúva. Para começo de conversa, o preto lhe caía muito bem. Com seus olhos escuros, cabelos prateados e sobrancelhas pretas, ficava muito atraente em roupas de luto.

Joseph morrera havia quatro semanas e era extraordinário como sentia pouca saudade dele. Estranhava um pouco que ele não estivesse ali para se queixar que o bife estava malpassado ou a biblioteca coberta de pó. Jantava sozinha uma ou duas vezes por semana, mas sempre fora capaz de desfrutar de sua própria companhia. Não era mais a esposa do sócio sênior, mas a mãe do novo sócio sênior. E era a condessa-viúva de Whitehaven. Tinha tudo o que Joseph lhe dera, sem o estorvo do próprio marido.

E poderia se casar outra vez. Tinha 58 anos e não era mais capaz de gerar filhos, mas ainda sentia os desejos que considerava sentimentos juvenis. Na verdade, esses sentimentos tornaram-se mais intensos desde a morte de Joseph. Quando Micky Miranda tocava em seu braço, a fitava nos olhos ou punha a mão em seu quadril ao conduzi-la para uma sala, Augusta sentia mais forte do que nunca uma sensação de prazer combinada com fraqueza que lhe provocava uma vertigem.

Contemplando-se no espelho da sala de estar, ela pensou: somos muito parecidos, Micky e eu, até mesmo nas cores. Poderíamos ter tido lindos bebês de olhos negros.

Enquanto pensava nisso, seu bebê de cabelos louros e olhos azuis entrou na sala. Ele não parecia bem-disposto. Passara da corpulência à gordura incontestável e tinha algum problema de pele. Muitas vezes ficava irritado na hora do chá, à medida que passava o efeito do vinho que tomara durante o almoço.

Mas Augusta tinha uma coisa para lhe contar e não estava no ânimo de tratá-lo com brandura.

– Que história é essa que ouvi sobre Emily pedir anulação do casamento?

– Ela quer se casar com outro – respondeu Edward, apático.

– Mas não pode... Já é casada com você!

– Não realmente.

Do que ele estava falando? Por mais que o amasse, não podia deixar de reconhecer que Edward era às vezes profundamente irritante.

– Não diga bobagem! – protestou Augusta, ríspida. – Claro que ela é casada com você.

– Só me casei porque você queria e Emily só concordou porque seus pais a obrigaram. Nunca nos amamos e... – Ele hesitou, mas acabou acrescentando: – Nunca consumamos o casamento.

Então era esse o problema. Augusta se espantou ao ouvir o filho se referir diretamente ao ato sexual. Tais coisas nunca eram ditas na presença das mulheres. Contudo, não a surpreendeu descobrir que o casamento não passara de uma farsa. Havia anos que já desconfiava. Mesmo assim, não permitiria que Emily levasse isso adiante.

– Não podemos ter um escândalo – declarou ela com firmeza.

– Não seria um escândalo...

– Claro que seria! – gritou Augusta, exasperada com a cegueira do filho. – Seria a fofoca de Londres inteira por um ano e sairia nos jornais mais vulgares.

Edward era lorde Whitehaven agora e um escândalo sexual envolvendo um par do reino era o tipo de assunto que as revistas que os criados compravam gostavam de publicar.

– Não acha que Emily tem direito à sua liberdade? – indagou Edward, angustiado.

Augusta ignorou o débil apelo à justiça.

– Ela pode forçá-lo?

– Quer que eu assine um documento admitindo que o casamento nunca foi consumado. E depois, ao que parece, o processo é simples.

– E se você não assinar?

– Fica mais difícil. Essas coisas não são fáceis de provar.

– Então está decidido. Não temos de nos preocupar com nada. E não falemos mais nesse assunto embaraçoso.

– Mas...

– Diga a ela que não vai conseguir a anulação. Não admitirei de jeito nenhum.

– Está bem, mãe.

Augusta ficou consternada com a rápida capitulação. Embora sempre acabasse impondo sua vontade, Edward costumava resistir com mais empenho. Ele devia ter outros problemas na cabeça.

– O que aconteceu, Teddy? – indagou ela com voz suave.

O filho suspirou.

– Hugh me contou uma coisa terrível.

– O quê?

– Micky matou Solly Greenbourne.

Augusta sentiu um calafrio de horror e fascínio.

– Como? Solly foi atropelado.

– Hugh diz que Micky o empurrou na frente da carruagem.

– E você acredita?

– Micky esteve comigo naquela noite, mas pode ter escapulido por alguns minutos. É possível. Acredita nisso, mãe?

Augusta assentiu. Micky era perigoso e ousado. E era isso que o tornava tão magnético. Ela não tinha a menor dúvida de que Micky era capaz de cometer um crime tão audacioso... e escapar impune.

– Acho difícil acreditar – acrescentou Edward. – Sei que Micky é cruel em alguns momentos, mas pensar que ele seria capaz de matar...

– Ele seria – garantiu Augusta.

– Como pode ter certeza?

Edward parecia tão patético que Augusta se sentiu tentada a partilhar seu segredo. Seria sensato? Não faria mal. Talvez até fizesse bem. O choque da revelação de Hugh parecia ter deixado Edward mais pensativo do que o habitual. Talvez a verdade lhe fosse benéfica. Poderia torná-lo mais sério. Ela decidiu contar.

– Micky matou seu tio Seth.

– Santo Deus!

– Sufocou-o com um travesseiro. Eu o peguei em flagrante.

Augusta experimentou um calor intenso na virilha ao recordar a cena subsequente.

– Por que Micky mataria tio Seth? – perguntou Edward.

– Não lembra que ele tinha pressa em embarcar aqueles rifles para Córdoba?

– Lembro, sim.

Edward permaneceu em silêncio por um momento. Augusta fechou os olhos, revivendo aquele longo e desvairado abraço com Micky no quarto junto ao falecido. O filho arrancou-a de seu devaneio.

– Há mais uma coisa, e é ainda pior. Lembra-se daquele menino chamado Peter Middleton?

– Claro.

Augusta nunca o esqueceria. A morte dele atormentava a família desde então.

– O que há com ele?

– Hugh diz que foi Micky quem o matou.

Dessa vez, Augusta ficou chocada.

– O quê? Não... não posso acreditar.

Edward assentiu.

– Micky manteve deliberadamente a cabeça de Peter debaixo d'água e o afogou.

Não era o assassinato, mas a ideia da traição de Micky que horrorizava Augusta.

– Hugh deve estar mentindo.

– Ele diz que Tonio Silva viu tudo.

– Isso significaria que Micky nos enganou durante todos esses anos!

– Acho que é verdade, mãe.

Augusta compreendeu, com um crescente temor, que Edward não daria crédito a uma história assim sem motivo.

– Por que está tão disposto a acreditar no que Hugh diz?

– Porque eu sabia de uma coisa que Hugh ignorava, uma coisa que confirma a história. Micky roubara dinheiro de um dos professores. Peter sabia e ameaçara denunciá-lo. Micky estava desesperado para encontrar um meio de fazê-lo se calar.

– Micky sempre teve pouco dinheiro – recordou Augusta, balançando a cabeça, incrédula. – E durante todos esses anos pensamos...

– Que foi por minha culpa que Peter morreu.

Augusta assentiu.

– E Micky nos deixou pensar isso – acrescentou Edward. – Não consigo suportar, mãe. Eu pensava que era um assassino e Micky sabia que eu não era, mas nunca falou nada. Não é uma terrível traição?

Augusta fitou o filho, compadecida.

– Vai romper com ele?

– É inevitável – murmurou Edward, desesperado. – O problema é que ele é meu único amigo.

Augusta estava à beira das lágrimas. Ficaram olhando um para o outro, pensando no que haviam feito e por quê.

– Há quase 25 anos o tratamos como um membro da família – disse Edward. – E ele é um monstro.

Um monstro, pensou Augusta. Era verdade.

E, no entanto, ela o amava. Embora ele tivesse matado três pessoas, Augusta amava Micky Miranda. Apesar de ter sido enganada, ela sabia que, se Micky entrasse na sala naquele momento, desejaria tomá-lo nos braços.

Ela tornou a encarar o filho. Lendo seu rosto, compreendeu que ele sentia o mesmo. No fundo de seu coração, ela sempre soubera, mas agora sua mente reconhecia.

Edward também amava Micky.

CAPÍTULO DOIS
Outubro

1

MICKY MIRANDA ESTAVA preocupado. Sentado no salão do Cowes Club fumando um charuto, tentava descobrir o que fizera para ofender Edward. O fato é que Edward passara a evitá-lo. Não aparecia no clube, deixara de frequentar o Nellie's e nem sequer comparecia à sala de estar de Augusta na hora do chá. Havia uma semana que Micky não o via.

Perguntara a Augusta qual era o problema, mas ela dissera que não sabia. Ela também vinha se comportando de maneira um pouco estranha com ele e Micky desconfiava que ela sabia, mas não queria contar.

Isso não acontecera nos últimos vinte anos. De vez em quando, Edward se ofendia com alguma coisa que Micky fazia, só que nunca durava mais que um ou dois dias. Desta vez era sério, e isso significava que o financiamento do porto de Santa María podia estar em risco.

Na última década, o Banco Pilasters lançara títulos cordoveses cerca de uma vez por ano. Uma parte do dinheiro fora para ferrovias, sistemas de abastecimento de água e minas. Outra parte eram simples empréstimos para o governo. Todas as operações beneficiaram a família Miranda, direta ou indiretamente, e Papa era agora o homem mais poderoso de Córdoba depois do presidente.

Micky ganhara comissão em tudo – embora ninguém no banco soubesse disso – e tinha agora uma boa fortuna pessoal. E mais: sua capacidade de levantar dinheiro o convertera numa das figuras mais importantes da política cordovesa e em herdeiro incontestável do poder do pai.

E Papa estava prestes a comandar uma revolução.

Os planos estavam prontos. O exército Miranda seguiria para o sul, pela ferrovia, e sitiaria a capital. Haveria um ataque simultâneo a Milpita, o porto na costa do Pacífico que servia à capital.

Mas revoluções custam muito dinheiro. Papa instruíra Micky a levantar o maior empréstimo até então, 2 milhões de libras esterlinas, a fim de comprar armas e suprimentos para financiar uma guerra civil. E Papa prometera uma recompensa incomparável. Quando ele se tornasse o presidente, Micky seria o primeiro-ministro, com autoridade sobre todos, exceto o próprio Papa. E seria designado o sucessor do pai, assumindo a presidência quando o velho morresse.

Era tudo o que ele sempre desejara.

Retornaria a seu país como um herói vitorioso, o herdeiro do trono, o braço direito do presidente, com autoridade sobre todos os primos e tios e até mesmo – o mais gratificante – sobre o irmão mais velho.

E agora tudo isso estava em risco por causa de Edward.

Ele era essencial para o plano. Micky dera ao Pilasters o monopólio extraoficial do comércio com Córdoba, a fim de elevar o prestígio e o poder de Edward no banco. Dera certo: o amigo era agora o sócio sênior, algo que jamais conseguiria sem ajuda. E ninguém mais na comunidade financeira de Londres tivera a oportunidade de desenvolver um conhecimento mais profundo dos negócios cordoveses. Em consequência, os outros bancos achavam que não sabiam o suficiente para investir ali. Além disso, mostravam-se duplamente desconfiados de qualquer projeto que Micky lhes apresentasse, presumindo que já fora rejeitado pelo Pilasters. Micky tentara levantar dinheiro para Córdoba por intermédio de outros bancos, mas nunca obtivera êxito.

O mau humor de Edward, portanto, era muito inquietante. Havia noites em que Micky não conseguia dormir direito. Com Augusta relutante ou incapaz de esclarecer qual era o problema, Micky não tinha mais ninguém a quem perguntar. Era o único amigo íntimo de Edward.

Sentado ali fumando, preocupado, ele avistou Hugh Pilaster. Eram sete da noite e Hugh usava traje a rigor. Fora tomar um drinque sozinho, presumivelmente antes de se encontrar com outras pessoas para o jantar.

Micky não gostava de Hugh e sabia que o sentimento era recíproco. O banqueiro, no entanto, talvez soubesse o que estava acontecendo. E Micky nada tinha a perder em perguntar. Levantou-se e foi até a mesa dele.

– Boa noite, Pilaster.

– Boa noite, Miranda.

– Tem visto seu primo Edward ultimamente? Ele parece ter desaparecido.

– Ele vai ao banco todos os dias.

– Ah...

Micky hesitou. Como Hugh não o convidara a sentar, ele perguntou:

– Posso me juntar a você?

Ele ocupou um lugar sem esperar a resposta.

– Por acaso fiz alguma coisa que pudesse ofender Edward? – indagou ele em voz baixa.

Hugh se manteve calado, pensativo, por um momento.

– Não vejo nenhum motivo para não lhe contar – acabou declarando. –

Edward descobriu que você matou Peter Middleton e que há 24 anos vem mentindo para a família.

Micky quase saltou da cadeira. Como isso viera à tona? Ele ia perguntar, mas se lembrou a tempo de que seria uma admissão de culpa. Então, simulou indignação e levantou-se abruptamente.

– Vou esquecer que você disse isso – murmurou ele, deixando a sala em seguida.

~

Micky levou apenas uns poucos minutos para concluir que não corria mais perigo de ser preso do que antes. Ninguém poderia provar o que ele fizera. E aquilo acontecera havia tanto tempo que não teria sentido reabrir a investigação. O verdadeiro perigo que ele enfrentava era a possibilidade de Edward se recusar a levantar os 2 milhões de libras de que Papa necessitava.

Precisava que Edward o perdoasse. E para isso tinha de vê-lo.

Não podia fazer nada naquela noite, pois já se comprometera a comparecer a uma recepção diplomática na embaixada francesa e a uma ceia com membros conservadores do Parlamento. Então no dia seguinte foi ao Nellie's, na hora do almoço, acordou April e persuadiu-a a enviar um bilhete a Edward prometendo "algo especial" se ele fosse ao bordel naquela noite.

Micky reservou o melhor quarto da cafetina e a atual favorita de Edward, Henrietta, uma jovem esguia, de cabelos escuros curtos. Instruiu-a a usar um traje a rigor masculino, inclusive cartola, que Edward achava sensual.

Às nove e meia da noite ele esperava por Edward. O quarto tinha uma enorme cama de baldaquino, dois sofás, uma lareira grande ornamentada, o lavatório habitual e uma série de quadros obscenos, mostrando um atendente servil, numa capela mortuária, realizando vários atos sexuais no cadáver pálido de uma linda jovem. Micky estava reclinado num sofá de veludo, usando apenas um robe de seda, e tomava conhaque com Henrietta ao seu lado.

Ela logo se entediou.

– Gosta desses quadros? – perguntou ela.

Micky deu de ombros. Não queria conversar. Tinha pouco interesse em mulheres pelo que elas eram. O ato sexual em si era um processo mecânico enfadonho. O que apreciava no sexo era o poder que lhe proporcionava. Mulheres e homens sempre se apaixonavam por ele, que nunca se cansava de usar essa atração para controlá-los, explorá-los e humilhá-los.

Até mesmo sua paixão juvenil por Augusta Pilaster fora em parte desejo de domar e cavalgar uma égua arisca.

Desse ponto de vista, Henrietta nada lhe oferecia. Não havia qualquer desafio em controlá-la, ela nada tinha que ele pudesse explorar e não obtinha satisfação nenhuma em humilhar alguém tão baixo quanto uma prostituta. Por isso, se limitava a fumar seu charuto, preocupado, pensando se Edward viria ou não.

Uma hora passou e depois outra. Micky começou a perder a esperança. Haveria algum outro meio de entrar em contato com Edward? Era muito difícil abordar um homem que não queria ser encontrado. Ele podia "não estar em casa" quando Micky fosse visitá-lo ou permanecer indisponível no local de trabalho. Micky poderia esperar em frente ao banco para pegar Edward quando saísse para o almoço, mas seria pouco digno e, de qualquer maneira, o outro ainda poderia ignorá-lo. Mais cedo ou mais tarde, haveriam de se encontrar em alguma ocasião social, mas isso talvez demorasse semanas para acontecer e Micky não podia se dar ao luxo de esperar por tanto tempo.

Pouco antes da meia-noite, April enfiou a cabeça pela porta.

– Ele chegou – anunciou.

– Finalmente – murmurou Micky, aliviado.

– Está tomando um drinque, mas avisou que não vai querer jogar cartas. Calculo que subirá daqui a poucos minutos.

A tensão de Micky aumentou. Era culpado de uma terrível traição. Permitira que Edward sofresse por um quarto de século a ilusão de que matara Peter Middleton, quando na verdade era ele o assassino. Era demais pedir que Edward o perdoasse.

Mas Micky tinha um plano.

Ajeitou Henrietta no sofá. Ele a fez sentar com a cartola sobre os olhos, as pernas cruzadas, fumando um cigarro. Abaixou as luzes a gás e foi sentar na cama, atrás da porta.

Edward entrou um momento depois. Na penumbra, não percebeu Micky sentado na cama. Parou na porta, olhando para Henrietta.

– Olá... Quem é você?

Ela ergueu o rosto.

– Olá, Edward.

– Ah, é você... – Ele fechou a porta e se aproximou. – O que é o "algo especial" que April me prometeu? Já a vi vestida com uma casaca antes.

– Sou eu – respondeu Micky, levantando-se.

Edward franziu o cenho.

– Não quero falar com você – disse ele, virando-se para a porta.

Micky postou-se na sua frente.

– Pelo menos me diga por quê. Somos amigos há muito tempo.

– Descobri a verdade sobre Peter Middleton.

Micky assentiu.

– Pode me dar a oportunidade de explicar?

– O que há para explicar?

– Como cometi um erro tão lamentável e por que nunca tive a coragem de admiti-lo.

Edward parecia decidido.

– Sente-se, só por um instante, ao lado de Henrietta, e deixe-me falar – insistiu Micky.

Edward hesitou.

– Por favor... – murmurou Micky.

Edward sentou no sofá.

Micky foi até o aparador e serviu-lhe um conhaque. Edward aceitou, com um aceno de cabeça. Henrietta chegou mais perto no sofá e segurou seu braço. Edward tomou um gole e olhou ao redor.

– Detesto esses quadros – comentou ele.

– Eu também – disse a prostituta. – Eles me dão calafrios.

– Cale a boca, Henrietta – ordenou Micky.

– Já me arrependi de ter falado – protestou ela, ofendida.

Micky foi sentar no outro sofá, encarando Edward.

– Eu estava errado e o traí. Tinha 15 anos na ocasião. Fomos amigos durante a maior parte de nossas vidas. Pretende mesmo romper essa amizade por causa de um pecadilho de colegial?

– Poderia ter me contado a verdade em qualquer momento dos últimos 24 anos! – exclamou Edward, indignado.

Micky fez sua cara triste.

– Poderia, e deveria, mas, depois que se conta uma mentira, é difícil voltar atrás. Teria arruinado nossa amizade.

– Não necessariamente.

– Não foi o que aconteceu agora?

– Tem razão – murmurou Edward, mas havia um tremor de incerteza em sua voz.

Micky compreendeu que chegara o momento de jogar a cartada decisiva. Levantou-se e tirou o robe.

Sabia que era atraente. Ainda era esguio e tinha a pele lisa, exceto pelos pelos crespos no peito e na virilha.

Henrietta saiu do sofá no mesmo instante e ajoelhou-se à sua frente. Micky observou Edward. Seus olhos brilhavam de desejo, mas ele assumiu uma expressão irritada e obstinada e virou o rosto.

Em desespero, Micky resolveu usar seu último trunfo.

– Deixe-nos, Henrietta – disse ele.

Ela ficou surpresa, mas levantou-se e saiu.

Edward encarou Micky.

– Por que a mandou sair?

– Para que precisamos dela?

Micky aproximou-se do sofá, o membro a poucos centímetros do rosto de Edward. Estendeu a mão, hesitante, tocou a cabeça de Edward e afagou-lhe gentilmente os cabelos. Edward não se mexeu.

– Estamos melhor sem ela... não concorda? – acrescentou Micky.

Edward engoliu em seco. Não falou nada.

– Não estamos? – insistiu Micky.

E Edward acabou respondendo, num sussurro:

– Estamos, sim.

~

Na semana seguinte, Micky entrou pela primeira vez na sóbria dignidade da Sala dos Sócios do Banco Pilasters.

Trazia negócios para o banco havia dezessete anos, mas sempre que ia até lá era conduzido a uma das outras salas e um mensageiro chamava Edward na Sala dos Sócios. Desconfiava que um inglês teria sido admitido naquele santuário muito mais depressa. Adorava Londres, mas sabia que sempre seria um forasteiro.

Nervoso, estendeu sobre a mesa grande, no meio da sala, os planos para o porto de Santa María. As plantas mostravam um porto inteiramente novo na costa atlântica de Córdoba, com estaleiro para reparos de navios e um ramal ferroviário.

Nada daquilo seria construído, é claro. Os 2 milhões de libras iriam direto para o tesouro de guerra dos Mirandas. Mas o levantamento era genuíno, as plantas, um trabalho de profissionais, e poderia até dar um bom dinheiro se fosse uma proposta honesta.

Como era uma proposta desonesta, devia ser uma das fraudes mais ambiciosas da história.

Enquanto falava de materiais de construção, custo de mão de obra, tarifas alfandegárias e projeções de receita, Micky esforçava-se para manter uma aparência calma. Toda a sua carreira, o futuro da família e o destino do país dependiam da decisão que seria tomada ali naquela sala.

Os sócios também estavam tensos. Todos os seis estavam presentes: os dois parentes pelo casamento, o major Hartshorn e sir Harry Tonks; Samuel, o velho pederasta; o jovem William; Edward e Hugh.

Haveria uma batalha, mas as chances eram favoráveis a Edward. Afinal, era o sócio sênior. O major Hartshorn e sir Harry sempre faziam o que suas esposas Pilasters mandavam, e estas recebiam ordens de Augusta. Por isso eles apoiariam Edward. Samuel deveria apoiar Hugh. O jovem William era o único imprevisível.

Edward se mostrou entusiasmado, como era de esperar. Perdoara Micky, eram de novo melhores amigos e aquele era seu primeiro grande projeto como sócio sênior. Estava satisfeito por trazer um negócio tão vultoso para marcar o início de seu mandato. Sir Harry falou depois de Micky:

– A proposta é meticulosa e bem fundamentada, e há dez anos temos lucrado com os títulos de Córdoba. Parece-me uma ideia muito atraente.

Como previsto, a oposição partiu de Hugh. Fora Hugh quem revelara a Edward a verdade sobre Peter Middleton, sem dúvida para impedir o lançamento daquele empréstimo.

– Andei examinando o que aconteceu com os nossos últimos lançamentos de títulos sul-americanos – disse ele, distribuindo cópias de um relatório ao redor da mesa.

Micky estudou o relatório enquanto Hugh continuava:

– A taxa de juros subiu de 6% há três anos para 7,5% no ano passado. Apesar desse aumento, o número de títulos não vendidos tem sido mais alto a cada lançamento.

Micky entendia o suficiente de finanças para saber o que isso significava: os investidores consideravam os títulos sul-americanos cada vez menos atraentes. A exposição serena e a lógica irrefutável de Hugh deixaram Micky furioso.

– Além disso – prosseguiu Hugh –, nos últimos três lançamentos o banco foi obrigado a comprar títulos no mercado aberto para manter o preço alto artificialmente.

O que significava, concluiu Micky, que os dados no relatório subdimensionavam a gravidade do problema.

– A consequência de nossa persistência nesse mercado saturado é que agora temos em nossas mãos quase meio milhão de libras em títulos de Córdoba. Nosso banco está comprometido demais com esse único setor.

Era um argumento convincente. Tentando permanecer calmo, Micky refletiu que, se fosse um sócio, votaria agora contra o lançamento. Mas a questão não seria resolvida apenas pelo raciocínio financeiro. Havia mais em jogo do que dinheiro.

Ninguém falou por alguns segundos. Edward parecia furioso, mas tentava se conter, pois sabia que seria melhor se um dos outros sócios contestasse Hugh. Foi sir Harry quem acabou falando:

– Um bom argumento, Hugh, mas acho que você pode estar exagerando um pouco.

– Todos concordamos que o plano em si é sólido – opinou George Hartshorn. – O risco é mínimo e os lucros vão ser consideráveis. Acho que devemos aceitar.

Micky já sabia que aqueles dois apoiariam Edward. Esperava pelo veredito do jovem William, mas foi Samuel quem falou em seguida:

– Compreendo que todos relutem em vetar a primeira grande proposta apresentada pelo novo sócio sênior.

Seu tom sugeria que eles não eram inimigos ocupando campos opostos, mas homens razoáveis que não poderiam deixar de chegar a um acordo se houvesse um pouco de boa vontade.

– Talvez vocês não se sintam muito propensos a depositar muita confiança na opinião de dois sócios que já anunciaram sua decisão de deixar o banco. Mas estou neste negócio há pelo menos o dobro do tempo de qualquer outro nesta sala, Hugh é provavelmente o mais bem-sucedido jovem banqueiro do mundo e ambos achamos que este projeto é mais perigoso do que parece. Não deixem que considerações pessoais os levem a descartar de imediato nosso conselho.

Samuel era eloquente, pensou Micky, mas sua posição já era conhecida. Todos olharam para o jovem William.

– Os títulos sul-americanos sempre pareceram mais arriscados – manifestou-se ele por fim. – Se tivéssemos permitido que nos assustassem, teríamos perdido muitos negócios lucrativos durante os últimos anos.

Parecia um bom começo, refletiu Micky enquanto William continuava:

– Não creio que possa ocorrer um colapso financeiro. Córdoba torna-se cada vez mais forte no governo do presidente Garcia. Podemos prever lucros crescentes de nossas operações no futuro. Devemos buscar mais negócios, não menos.

Micky deixou escapar a respiração num longo e silencioso suspiro de alívio. Vencera.

– Quatro sócios a favor, portanto, e dois contra – anunciou Edward.

– Um momento, por favor – disse Hugh.

Que Deus não permita que Hugh tenha algum trunfo na manga, pensou Micky. Sua vontade era gritar em protesto, mas reprimiu os sentimentos.

Edward lançou um olhar irritado para Hugh.

– O que é? Você perdeu a votação.

– O voto sempre foi o último recurso nesta sala – argumentou Hugh. – Quando há divergência entre os sócios, tentamos chegar a um acordo que todos possam aceitar.

Micky percebeu que Edward estava disposto a descartar a proposta, mas William perguntou:

– Qual é sua ideia, Hugh?

– Gostaria de fazer uma pergunta a Edward primeiro – disse Hugh. – Está confiante em que podemos vender todo esse lançamento ou a maior parte dele?

– Claro, se o preço for adequado – respondeu Edward.

Era evidente por sua expressão que ele não sabia quais eram as intenções de Hugh. Micky teve uma terrível premonição de que ia ser derrubado.

– Então por que não vendemos os títulos na base de comissão em vez de subscrevermos todo o lançamento? – propôs Hugh.

Micky reprimiu uma imprecação. Não era o que ele queria. Normalmente, quando o banco efetuava um lançamento, por exemplo, de títulos no valor de um milhão de libras, concordava em adquirir todos os títulos que não fossem vendidos no mercado, garantindo assim que o tomador recebesse seu milhão completo. Em troca dessa garantia, o banco assumia uma porcentagem mais elevada. O método alternativo era pôr os títulos à venda sem nenhuma garantia. O banco não assumia riscos, sua comissão era muito menor, mas, se apenas 10 mil do milhão em títulos fossem vendidos, o tomador só receberia 10 mil libras. O risco permanecia com o tomador, mas, àquela altura, Micky não queria nenhum risco.

– Hum... – murmurou William. – É uma ideia.

Hugh fora muito esperto, pensou Micky, desolado. Se continuasse a se opor totalmente ao projeto, os outros venceriam. Mas sugerira um meio de reduzir os riscos. Os banqueiros, sendo conservadores, adoravam reduzir seus riscos.

– Se vendermos tudo – comentou sir Harry –, ainda ganharemos cerca de 60 mil libras, mesmo com a comissão reduzida. E, se não vendermos, teremos evitado uma perda considerável.

Diga alguma coisa, Edward!, pensou Micky. Edward estava perdendo o controle da reunião, mas parecia não saber como recuperá-lo.

– E poderemos registrar uma decisão unânime dos sócios – acrescentou Samuel –, o que é sempre um resultado mais agradável.

Houve um murmúrio geral de assentimento.

– Não posso prometer que meus superiores vão concordar com isso – declarou Micky, em desespero. – No passado, o banco sempre subscreveu os títulos cordoveses. Se decidirem mudar sua política... – Ele hesitou. – Posso recorrer a outro banco.

Era uma ameaça vazia, eles saberiam disso? William mostrou-se ofendido.

– É seu direito. Outro banco pode assumir uma posição diferente sobre os riscos.

Micky compreendeu que a ameaça só servira para consolidar a oposição.

– Os líderes do meu país prezam seu relacionamento com o Banco Pilasters – apressou-se em acrescentar – e não gostariam de arriscá-lo.

– O sentimento é recíproco – declarou Edward.

– Obrigado.

Micky concluiu que não havia mais nada a dizer. Começou a enrolar as plantas do porto. Fora derrotado, mas não desistiria. Aqueles 2 milhões de libras eram a chave para a presidência de seu país. Tinha de obtê-los.

Pensaria em alguma coisa.

~

Edward e Micky haviam combinado de almoçar juntos no Cowes Club. Fora planejado como uma comemoração do triunfo, mas agora nada tinham para celebrar.

Quando Edward chegou, Micky já definira seu próximo passo. Sua única chance agora era persuadir Edward a agir secretamente contra a decisão dos sócios e subscrever os títulos sem informá-los. Era um ato afrontoso, temerário, provavelmente criminoso. Mas não havia alternativa.

Micky já sentara à mesa quando Edward entrou no restaurante.

– Estou muito desapontado com o que aconteceu no banco hoje de manhã – declarou Micky, sem qualquer preâmbulo.

– Foi culpa do desgraçado do meu primo Hugh – disse Edward enquanto se sentava.

Ele acenou para um garçom.

– Traga-me uma taça grande de Madeira.

– O problema é que, se o lançamento não for subscrito, não haverá garantia de que o porto será construído.

– Fiz o melhor que pude – protestou Edward, amuado. – Você viu, estava lá.

Micky assentiu. Infelizmente, era verdade. Se Edward fosse um brilhante manipulador como a mãe, poderia ter derrotado Hugh. Mas se Edward fosse esse tipo de pessoa, não seria um peão nas mãos de Micky.

Porém, mesmo sendo um peão, ele podia resistir à proposta de Micky, que tentava imaginar um meio de persuadi-lo ou coagi-lo.

Pediram o almoço.

– Estive pensando em ter minha própria casa – disse Edward depois que o garçom se afastou. – Moro com minha mãe há muito tempo.

Micky fez um esforço para se mostrar interessado.

– Pretende comprar uma casa?

– Pequena. Não quero um palácio, com dezenas de criados circulando por toda a parte, pondo carvão nas lareiras. Uma casa modesta, que possa ser cuidada por um mordomo eficiente e alguns criados.

– Mas tem tudo de que precisa em Whitehaven.

– Tudo menos privacidade.

Micky percebeu aonde ele queria chegar.

– Não quer que sua mãe saiba de tudo o que faz...

– Você pode querer passar a noite comigo, por exemplo – sugeriu Edward, encarando Micky.

Micky percebeu que poderia explorar essa ideia. Simulou tristeza e balançou a cabeça.

– Quando você encontrar sua casa, é bem provável que eu já tenha deixado Londres.

– De que diabos você está falando? – indagou Edward, arrasado.

– Se eu não levantar o dinheiro para o novo porto, tenho certeza de que vou ser chamado de volta pelo presidente.

– Mas não pode voltar! – exclamou Edward, apavorado.

– E nem quero. Só que talvez não tenha opção.

– Vamos vender todos os títulos, tenho certeza.

– Espero que sim. Se isso não acontecer...

Edward bateu na mesa com o punho, fazendo a louça tremer.

– Eu bem que gostaria que Hugh me deixasse subscrever o lançamento!

– Suponho que você tenha de respeitar a decisão dos sócios – murmurou Micky, nervoso.

– Claro que tenho... O que mais poderia fazer?

– Bem...

Micky hesitou, tentando parecer indiferente.

– Não poderia ignorar o que foi dito hoje e mandar seu pessoal preparar um contrato de subscrição sem contar a ninguém?

– Creio que é possível – respondeu Edward, preocupado.

– Afinal, você é o sócio sênior. Isso deve significar alguma coisa.

– Tem toda a razão.

– Simon Oliver prepararia os documentos com toda a discrição. Você pode confiar nele.

– Sei disso.

Micky mal podia acreditar que Edward concordava com tanta facilidade.

– Talvez isso defina se permanecerei em Londres ou se serei chamado de volta a Córdoba.

O garçom trouxe o vinho e serviu-os.

– Mais cedo ou mais tarde, todos acabariam sabendo – comentou Edward.

– A essa altura, será tarde demais. E você pode dizer que foi um erro de um escriturário.

Micky sabia que isso era implausível e duvidava que Edward fosse engolir. Mas Edward ignorou a questão.

– Se você ficar...

Ele fez uma pausa e baixou os olhos.

– O que foi? – indagou Micky.

– Se continuar em Londres, vai passar algumas noites em minha nova casa?

Era a única coisa pela qual Edward se interessava, compreendeu Micky, sentindo-se triunfante. Ofereceu seu sorriso mais cativante.

– É claro.

Edward assentiu.

– Isso é tudo o que quero. Vou falar com Simon hoje à tarde.

Micky levantou sua taça de vinho.

– À amizade.

Edward retiniu as taças com um sorriso tímido.

– À amizade.

2

SEM AVISAR, EMILY, a esposa de Edward, mudou-se para a Casa Whitehaven.

Embora todos ainda pensassem nela como a casa de Augusta, Joseph na verdade a legara a Edward. Assim, não podiam expulsar Emily. Seria uma base provável para o divórcio, e era justamente isso que Emily queria.

Era fato que, em termos técnicos, Emily era a dona da casa, e Augusta, apenas a sogra residindo ali de favor. Se Emily procurasse uma confrontação aberta com Augusta, haveria um tremendo conflito de vontades. Augusta bem que gostaria, mas Emily era hábil demais para combatê-la ostensivamente.

– A casa é sua – dizia ela em seu tom mais doce. – Pode fazer o que desejar.

O tom condescendente deixava Augusta toda arrepiada.

Emily tinha até o título da sogra. Como esposa de Edward, era agora a condessa de Whitehaven, enquanto Augusta não passava da condessa-viúva.

Augusta continuava a dar ordens aos criados como se ainda fosse a dona da casa e sempre que tinha oportunidade revogava as instruções de Emily, que nunca se queixava. Os criados, no entanto, logo se tornaram subversivos. Gostavam mais de Emily que de Augusta – porque era indulgente demais com eles, pensava a mais velha – e sempre descobriam meios de tornar a vida de Emily mais confortável, apesar dos esforços em contrário de sua sogra.

A arma mais poderosa de uma empregadora era a ameaça de dispensar um criado sem uma carta de referência. Ninguém mais daria emprego ao criado depois disso. Mas Emily tirara essa arma de Augusta com uma tranquilidade quase assustadora. Um dia, Emily pediu linguado para o almoço, mas Augusta mudou para salmão. O linguado foi servido e Augusta despediu a cozinheira. Emily, no entanto, deu à cozinheira uma carta de referência excepcional e ela foi contratada pelo duque de Kingsbridge, com um salário maior. Pela primeira vez, os criados não tinham medo de Augusta.

Os amigos de Emily apareciam em Whitehaven à tarde. O chá era um ritual presidido pela dona da casa. Emily exibia um sorriso insinuante e pedia a Augusta que assumisse o comando. Assim, Augusta tinha de ser polida com os amigos de Emily, o que era quase tão ruim quanto permitir que a nora desempenhasse o papel de dona da casa.

O jantar era ainda pior. Augusta tinha de suportar os convidados lhe dizerem como era gentil da parte de lady Whitehaven homenagear a sogra deixando-a sentar à cabeceira.

Augusta estava sendo manipulada, uma experiência nova para ela. Normalmente, manobrava as pessoas empregando a suprema ameaça: a expulsão de seu círculo. Mas era a expulsão que Emily queria, o que tornava impossível assustá-la.

Augusta ficou ainda mais determinada a nunca ceder.

As pessoas começaram a convidar Edward e Emily para funções sociais. Emily ia, quer Edward a acompanhasse ou não. Todos passaram a notar. Quando Emily se escondia em Leicestershire, a distância entre ela e o marido podia ser ignorada, mas, com os dois vivendo na mesma cidade, a situação era embaraçosa.

Houvera uma época em que Augusta era indiferente à opinião da alta sociedade. Era uma tradição entre o pessoal do comércio considerar a aristocracia frívola, senão degenerada, e ignorar suas opiniões, ou pelo menos fingir. Mas Augusta havia muito deixara para trás esse orgulho simplório de classe média. Era a condessa-viúva de Whitehaven e desejava a aprovação da elite de Londres. Não podia permitir que o filho recusasse grosseiramente os convites das melhores pessoas. Então o obrigou a comparecer.

Aquela noite era uma dessas situações. O marquês de Hocastle fora a Londres para um debate na Câmara dos Lordes e a marquesa ofereceria um jantar para seus poucos amigos que não se encontravam no campo caçando. Edward e Emily iriam, e Augusta também.

Mas ao descer, em seu vestido preto de seda, Augusta deparou com Micky Miranda num traje a rigor, tomando um uísque na sala de estar. Seu coração disparou ao vê-lo, tão atraente no colete branco e colarinho alto. Ele se levantou e beijou sua mão. Augusta sentiu-se contente por ter escolhido aquele vestido decotado que deixava o colo à mostra.

Edward se afastara de Micky ao descobrir a verdade sobre Peter Middleton, mas a separação durara poucos dias e agora os amigos eram ainda mais unidos do que antes. Aquilo deixava Augusta satisfeita. Não podia se zangar com Micky. Sempre soubera que ele era perigoso e isso o tornava ainda mais desejável. Às vezes temia Micky, sabendo que ele matara três pessoas, mas o medo era excitante. Era a pessoa mais imoral que ela já conhecera e desejava que Micky a jogasse no chão e a violentasse.

Micky ainda era casado. Era bem provável que pudesse se divorciar de Rachel se assim desejasse. Afinal, havia rumores persistentes sobre ela e o irmão de Maisie Robinson, Dan, o membro radical do Parlamento. No entanto, não poderia fazê-lo enquanto fosse embaixador.

Augusta sentou-se no sofá egípcio, esperando que Micky se instalasse ao seu lado. Para seu desapontamento, ele se acomodou à sua frente.

– O que veio fazer aqui? – perguntou ela, sentindo-se desprezada.

– Edward e eu vamos a uma luta de boxe.

– Não vão, não. Edward vai jantar com o marquês de Hocastle.

– Ah... – Micky hesitou. – Não sei se fui eu quem cometeu o erro... ou se foi ele.

Augusta tinha quase certeza de que Edward era o responsável e duvidava que fosse um mero equívoco. Ele adorava lutas de boxe e tudo indicava que pretendia se esquivar do jantar. Teria de pôr um fim nisso.

– É melhor você ir sozinho, Micky.

Uma expressão de rebeldia aflorou nos olhos de Micky. Por um momento, Augusta pensou que ele fosse desafiá-la e se perguntou se estaria perdendo o poder sobre aquele jovem. Mas Micky se levantou devagar.

– Neste caso – disse ele –, vou sair agora, se puder fazer a gentileza de explicar a Edward.

– Claro.

Era tarde demais. Edward entrou na sala antes que Micky alcançasse a porta.

Augusta notou que a pele do filho estava ainda mais inflamada naquela noite. As erupções cobriam o pescoço e a nuca e subiam até a orelha. Era algo que a perturbava, mas Edward dizia que o médico garantira que não havia motivo para preocupação.

– Estou ansioso pelas lutas desta noite – comentou ele, esfregando as mãos em expectativa.

– Edward, você não pode ir às lutas – interveio Augusta em sua voz mais autoritária.

Ele parecia uma criança informada de que o Natal fora cancelado.

– Por que não?

Por um momento, Augusta sentiu pena do filho e quase cedeu. Mas logo endureceu o coração.

– Sabe muito bem que combinamos jantar com o marquês de Hocastle.

– Não é esta noite, é?

– Sabe que é.

– Eu não vou.

– Tem de ir!

– Jantei com Emily ontem à noite!

– Então, com esta noite, serão dois jantares civilizados seguidos.

– Por que diabos fomos convidados?

– Não xingue na frente de sua mãe! Fomos convidados porque eles são amigos de Emily.

– Emily pode ir para... – Ele percebeu o olhar de Augusta e se conteve. – Diga a eles que fiquei doente.

– Não seja ridículo.

– Acho que posso ir aonde eu quiser, mãe.

– Não pode ofender pessoas da nobreza!

– Quero assistir às lutas!

– Mas não pode ir!

Emily entrou na sala nesse momento. Não pôde deixar de notar o clima tenso.

– Qual é o problema? – apressou-se ela em indagar.

– Vá buscar aquela droga de papel que está sempre me pedindo para assinar! – gritou Edward.

– De que está falando? – perguntou Augusta. – Que papel é esse?

– Minha concordância com a anulação do casamento – respondeu ele.

Augusta ficou horrorizada e compreendeu, com uma raiva súbita, que nada daquilo fora acidental. Emily planejara tudo. Seu objetivo era irritar Edward a tal ponto que ele assinaria qualquer coisa só para se livrar dela. Augusta até a ajudara, sem saber, ao insistir que Edward cumprisse suas obrigações sociais. Sentia-se uma tola. Permitira que a manipulassem. E agora o plano de Emily estava na iminência do sucesso.

– Emily! Permaneça aqui! – gritou Augusta.

Com um sorriso doce, a nora saiu da sala.

Augusta virou-se para Edward.

– Você não vai consentir na anulação!

– Tenho 40 anos, mãe. Sou o chefe do negócio da família e esta casa é minha. Não deve me dizer o que fazer.

Edward tinha uma expressão irritada e obstinada e ocorreu a Augusta a ideia terrível de que ele poderia desafiá-la pela primeira vez na vida.

Ela ficou assustada.

– Venha aqui, Teddy – pediu ela em voz mais branda.

Relutante, ele se sentou ao seu lado.

Augusta levantou a mão para acariciar o rosto dele, mas o filho desviou a cabeça.

— Não tem condições de cuidar de si mesmo sozinho, Teddy. Nunca foi capaz. É por isso que Micky e eu sempre cuidamos de você, desde os tempos do colégio.

Ele parecia ainda mais obstinado.

— Talvez seja a hora de pararem.

Um sentimento de pânico dominou Augusta. Era quase como se estivesse perdendo o controle.

Antes que ela pudesse dizer mais alguma coisa, Emily voltou com o documento. Pôs na escrivaninha mourisca, onde já havia penas e tinta.

Augusta encarou o filho. Seria possível que ele tivesse mais medo da esposa do que da mãe? Pensou em apanhar o documento, jogar as penas no fogo, derramar a tinta. Tratou de se controlar. Talvez fosse melhor ceder e fingir que isso não tinha muita importância. Mas a farsa seria inútil. Assumira uma posição, proibindo a anulação, e todos saberiam que fora derrotada.

— Terá de renunciar à sua posição no banco se assinar esse documento — disse ela a Edward.

— Não vejo por quê — respondeu ele. — Não é como um divórcio.

— A Igreja não faz qualquer objeção a uma anulação se os motivos forem genuínos — acrescentou Emily.

Parecia uma citação. Era evidente que ela já verificara.

Edward sentou à mesa, escolheu uma pena, mergulhou a ponta num tinteiro de prata. Augusta disparou seu último tiro.

— Edward! — gritou ela, a voz trêmula de raiva. — Se assinar esse documento, nunca mais falarei com você!

Ele hesitou por um instante, depois encostou a pena no papel. Todos ficaram em silêncio. Sua mão se deslocou e o roçar da pena no papel soou como uma trovoada.

Edward largou a pena.

— Como pode tratar sua mãe desse jeito? — balbuciou Augusta, e o soluço em sua voz era real.

Emily espalhou areia sobre a assinatura e pegou o documento.

Augusta foi se postar entre Emily e a porta.

Edward e Micky ficaram olhando, fascinados e imóveis, enquanto as duas mulheres se confrontavam.

— Me dê esse papel — ordenou Augusta.

Emily se adiantou, hesitou diante da sogra, e depois, surpreendentemente, acertou-lhe um tapa no rosto.

O golpe doeu. Augusta soltou um grito de surpresa e dor, cambaleando para trás.

Emily passou por ela rapidamente, abriu a porta e deixou a sala, ainda segurando o documento.

Augusta desabou na cadeira mais próxima e começou a chorar. Ouviu Edward e Micky se retirarem.

Sentia-se velha, derrotada e sozinha.

3

O LANÇAMENTO DOS TÍTULOS para o porto de Santa María, no valor de 2 milhões de libras, foi um fracasso, muito pior do que Hugh temera. Ao final do prazo, o Banco Pilasters vendera apenas 400 mil libras e o preço caiu no dia seguinte. Hugh ficou muito feliz por ter forçado Edward a vender os títulos por comissão em vez de subscrevê-los.

Na manhã da segunda-feira seguinte, Jonas Mulberry levou o resumo das operações da semana anterior, que foi entregue a todos os sócios. Antes que o escriturário se retirasse, Hugh notou uma discrepância.

– Espere um instante, Mulberry. Isto não pode estar certo.

Havia uma enorme queda no dinheiro em caixa, acima de 1 milhão de libras.

– Não houve nenhuma grande retirada, certo? – acrescentou Hugh.

– Não que eu saiba, Sr. Hugh.

Hugh correu os olhos pela sala. Todos os sócios estavam ali, menos Edward, que ainda não chegara.

– Alguém se lembra de uma grande retirada na semana passada?

Ninguém lembrava. Hugh levantou-se.

– Vamos verificar – disse a Mulberry.

Eles subiram a escada para a sala do escriturário-chefe. O item que procuravam era grande demais para ter sido uma retirada em dinheiro. Só podia ser uma transação interbancária. Hugh recordava, de seus tempos como escriturário, que havia um registro dessas transações que era atualizado todos os dias. Sentou a uma mesa.

– Traga-me o livro interbancário, por favor – pediu a Mulberry.

Mulberry tirou um enorme livro-caixa de uma prateleira e colocou-o na frente de Hugh.

– Há alguma coisa que eu possa fazer para ajudar, Sr. Hugh? – perguntou outro escriturário. – Eu cuido desses registros.

Seu ar preocupado mostrava o receio de ter cometido um erro.

– Seu nome é Clemmow, correto?

– Sim, senhor.

– Quais foram as grandes retiradas na semana passada? Um milhão de libras ou mais.

– Só houve uma – respondeu Clemmow no mesmo instante. – A Companhia Docas de Santa María retirou 1,8 milhão de libras, o valor total do lançamento dos títulos menos a comissão.

Hugh levantou-se de um pulo.

– Mas eles não tinham tudo isso... Só levantaram 400 mil libras!

Clemmow empalideceu.

– O lançamento de títulos foi no valor de 2 milhões de libras...

– Mas não foi subscrito! Era uma venda comissionada!

– Verifiquei o saldo deles... Eles tinham 1,8 milhão de libras.

– Inferno! – berrou Hugh, atraindo os olhares de todos os funcionários. – Mostrem-me os registros!

Outro escriturário trouxe um enorme livro para Hugh, abrindo-o numa página com a indicação de "Companhia Docas de Santa María".

Havia apenas três registros: um crédito de 2 milhões de libras, um débito de 200 mil libras de comissão devida ao banco e uma transferência do saldo para outro banco.

Hugh ficou lívido. O dinheiro desaparecera. Se apenas tivesse sido creditado à conta por engano, o erro poderia ser retificado sem nenhum problema. Só que o dinheiro fora retirado do banco no dia seguinte. Isso sugeria uma fraude cuidadosamente planejada.

– Meu Deus, alguém vai para a cadeia por isso! – exclamou ele, furioso. – Quem escreveu estes registros?

– Fui eu, senhor – respondeu o empregado que trouxera o livro, tremendo de medo.

– Com base em quais instruções?

– Os documentos habituais, senhor. Estava tudo em ordem.

– De onde vieram?

– Do Sr. Oliver.

Simon Oliver era cordovês, primo de Micky Miranda. Hugh desconfiou no mesmo instante que ele estava por trás da fraude.

Não queria continuar a fazer perguntas na presença de vinte empregados. Já lamentava ter permitido que todos tomassem conhecimento do problema. Ao começar, porém, não sabia que descobriria um desfalque maciço.

Oliver era escriturário de Edward e trabalhava no andar dos sócios, ao lado de Mulberry.

– Procure o Sr. Oliver e leve-o imediatamente à Sala dos Sócios – ordenou Hugh a Mulberry.

Seria melhor continuar a investigação ali, junto dos outros.

– Certo, Sr. Hugh – disse Mulberry. – E vocês todos podem voltar ao trabalho agora.

Os empregados retornaram às suas mesas e pegaram suas penas, mas irrompeu um burburinho excitado antes mesmo que Hugh se retirasse. Ele voltou à Sala dos Sócios.

– Houve uma grande fraude – anunciou, sombrio. – A Companhia Docas de Santa María recebeu o valor total do lançamento dos títulos, apesar de só termos vendido 400 mil libras.

Todos ficaram horrorizados.

– Como isso aconteceu? – perguntou William.

– A quantia foi creditada na conta deles e, logo em seguida, transferida para outro banco.

– Quem é o responsável?

– Creio que seja Simon Oliver, o escriturário de Edward. Mandei chamá-lo, mas meu palpite é que o desgraçado já embarcou num navio para Córdoba.

– Podemos recuperar o dinheiro? – indagou sir Harry.

– Não sei. A esta altura já devem ter enviado a quantia para fora do país.

– Não podem construir um porto com dinheiro roubado!

– Talvez não queiram construir um porto. Pode ter sido uma fraude planejada desde o início.

– Santo Deus!

Mulberry entrou e, para a surpresa de Hugh, estava acompanhado de Simon Oliver. O que sugeria que Oliver não roubara o dinheiro. Trazia na mão um volumoso contrato. Parecia assustado. Sem dúvida, o comentário de Hugh de que alguém iria para a cadeia chegara a seus ouvidos.

– O lançamento de Santa María foi subscrito... – declarou Oliver, sem qualquer preâmbulo. – É o que diz o contrato.

Ele estendeu o documento para Hugh com a mão trêmula.

— Os sócios combinaram que esses títulos seriam vendidos por comissão — disse Hugh.

— O Sr. Edward mandou que eu preparasse um contrato de subscrição.

— Pode provar?

— Posso, senhor.

Ele entregou outro documento a Hugh. Era uma minuta de contrato, as instruções abreviadas sobre os termos de um acordo encaminhado por um sócio ao funcionário encarregado de elaborar o contrato completo. Era a letra de Edward e dizia expressamente que o empréstimo seria subscrito.

Isso esclarecia a questão. Edward era o responsável. Não houvera fraude e não existia a menor possibilidade de recuperar o dinheiro. A transação fora absolutamente legítima. Hugh estava consternado e furioso.

— Muito bem, Oliver, pode se retirar — disse ele.

Oliver não se mexeu.

— Espero que não reste nenhuma suspeita sobre o meu comportamento, Sr. Hugh.

Hugh não estava convencido da absoluta inocência de Oliver, mas foi obrigado a concordar:

— Você não é culpado de nada que fez por ordens do Sr. Edward.

— Obrigado, senhor.

Oliver se retirou. Hugh olhou para os outros sócios.

— Edward agiu contra nossa decisão coletiva — anunciou ele, amargurado. — Mudou os termos do lançamento sem o nosso conhecimento. E isso nos custou 1,4 milhão de libras.

— Que coisa terrível! — murmurou Samuel, desabando na cadeira.

Sir Harry e o major Hartshorn pareciam apenas confusos.

— Estamos quebrados? — indagou William.

Hugh compreendeu que a pergunta fora dirigida a ele. Estavam quebrados? Era inconcebível. Ele refletiu por um momento antes de responder.

— Tecnicamente, não. Embora nossa reserva em dinheiro tenha caído em 1,4 milhão de libras, os títulos aparecem no outro lado, na coluna de crédito, quase ao preço de compra. Portanto, o patrimônio se iguala aos débitos e continuamos solventes.

— Desde que não haja uma queda brusca nas cotações — acrescentou Samuel.

— É verdade. Se acontecer alguma coisa que provoque uma queda nos títulos sul-americanos, ficaremos em grave dificuldade.

Pensar que o poderoso Banco Pilasters estava tão frágil o deixava trêmulo de raiva de Edward.

– Podemos abafar o caso? – perguntou sir Harry.

– Duvido muito – respondeu Hugh. – Infelizmente temo que não tenha tentado esconder o problema quando fui investigar. A notícia já deve estar circulando por todo o prédio a esta altura, e toda a City tomará conhecimento antes do fim da hora do almoço.

Jonas Mulberry interveio com uma indagação prática:

– E a nossa liquidez, Sr. Hugh? Precisaremos de um depósito grande antes do final da semana para atender às retiradas de rotina. Não podemos vender os títulos do porto. Isso faria o preço desabar.

Era um problema e tanto. Hugh pensou a respeito por um momento.

– Vou pedir 1 milhão ao Banco Colonial. O velho Cunliffe será discreto. Deve ser suficiente para aguentar o primeiro impacto.

Ele correu os olhos pelos outros.

– Isso resolve a emergência imediata. Só que o banco está numa posição perigosamente frágil. A médio prazo, temos de corrigi-la.

– E quanto a Edward? – indagou William.

Hugh sabia o que Edward tinha de fazer: renunciar. Mas queria que outro declarasse isso, por isso permaneceu calado. Foi Samuel quem se manifestou:

– Edward deve renunciar a seu cargo no banco. Nenhum de nós poderá jamais tornar a confiar nele.

– Ele pode retirar seu capital – lembrou William.

– Não pode, não – respondeu Hugh. – Não temos mais o dinheiro. A ameaça perdeu seu poder.

– Tem razão – murmurou William. – Eu não tinha pensado nisso.

– Então quem será o sócio sênior? – perguntou sir Harry.

Houve um momento de silêncio, interrompido por Samuel:

– Ora, pelo amor de Deus, como pode haver alguma dúvida a respeito? Quem descobriu a trapaça de Edward? Quem assumiu o comando na crise? A quem todos vocês recorreram em busca de orientação? Durante a última hora, todas as decisões foram tomadas por uma única pessoa. Vocês se limitaram a fazer perguntas, impotentes. Vocês *sabem* quem deve ser o novo sócio sênior.

Hugh foi tomado de surpresa. Concentrara-se nos problemas do banco e não pensara por um instante sequer em sua própria posição. Percebia agora que Samuel tinha razão. Os outros haviam se mantido mais ou menos inertes. Desde que notara a discrepância no relatório semanal, ele vinha se comportando como se fosse o sócio sênior. E sabia que era o único capaz de conduzir o banco através da crise.

Lentamente, ocorreu-lhe que estava prestes a consumar a grande ambição de sua vida: seria o sócio sênior do Banco Pilasters. Olhou para William, Harry e George. Todos tinham um ar envergonhado. Haviam provocado aquele desastre ao permitirem que Edward se tornasse o sócio sênior. Agora sabiam que Hugh tinha razão desde o início. Desejavam tê-lo ouvido antes e queriam compensar seu erro. Dava para perceber em seus rostos que eram a favor de que ele assumisse.

Mas tinham de dizê-lo expressamente.

Hugh olhou para William, que era o Pilaster mais velho depois de Samuel.

– Qual é a sua opinião?

William hesitou apenas por um segundo.

– Acho que você deve ser o sócio sênior, Hugh.

– Major Hartshorn?

– Concordo.

– Sir Harry?

– Claro que sim... e espero que você aceite.

Estava consumado. Hugh mal podia acreditar. Respirou fundo.

– Obrigado pela confiança. Eu aceito. Espero poder conduzir todos nós através dessa calamidade com nossa reputação e nossa fortuna intactas.

Foi nesse momento que Edward entrou na sala.

Houve um silêncio contrafeito. Vinham conversando quase como se ele estivesse morto e foi um choque vê-lo ali.

A princípio, Edward não notou o clima.

– Todo o banco está uma confusão – comentou ele. – Os empregados mais novos estão correndo de um lado para outro, os mais antigos sussurram nos corredores, quase ninguém trabalha... O que está acontecendo?

Ninguém falou nada.

A consternação espalhou-se pelo rosto de Edward, dando lugar a uma expressão de culpa.

– Qual é o problema? – indagou ele, mas seu rosto revelou a Hugh que já adivinhara. – É melhor me contarem por que estão todos me olhando desse jeito. Afinal, sou o sócio sênior.

– Não, não é mais – declarou Hugh. – Agora sou eu.

CAPÍTULO TRÊS
Novembro

1

A SRTA. DOROTHY PILASTER se casou com o visconde Nicholas Ipswich no Salão Metodista de Kensington numa manhã clara e fria de novembro. O serviço foi simples, embora o sermão tivesse sido longo. Depois, foi servido um almoço, de consomê quente, linguado de Dover e galinha silvestre assada para trezentas pessoas numa enorme barraca no jardim da casa de Hugh.

Ele estava muito feliz. A irmã estava bela e radiante, e seu marido foi encantador com todos. Mas a pessoa mais feliz era a mãe de Hugh. Sorrindo extasiada, sentou-se ao lado do pai do noivo, o duque de Norwich. Pela primeira vez em 24 anos ela não vestia preto. Usava um vestido de casimira azul-claro, que realçava os cabelos grisalhos e os olhos cinza serenos. Sua vida fora atormentada pelo suicídio do marido e ela sofrera anos de extrema pobreza, mas agora, na casa dos 60, tinha tudo o que desejava. A linda filha tornara-se viscondessa de Ipswich e um dia seria a duquesa de Norwich, enquanto o filho era o rico e bem-sucedido sócio sênior do Banco Pilasters.

– Eu costumava pensar que tinha muito azar – murmurou ela para Hugh no intervalo entre os pratos. – Estava enganada.

Ela pôs a mão no braço do filho, num gesto que parecia uma bênção.

– Sou muito afortunada – acrescentou ela.

Hugh sentiu vontade de chorar.

Como nenhuma das mulheres queria usar branco, com receio de competir com a noiva, nem preto, porque era reservado a velórios, as convidadas ofereciam um espetáculo colorido. Pareciam ter escolhido cores quentes para afastar o frio do outono: laranja brilhante, amarelo forte, vermelho-morango e rosa-fúcsia. Os homens vestiam-se de preto, branco e cinza, como sempre. Hugh usava uma sobrecasaca com lapelas e punhos de veludo. Era preta, mas ele desafiava as convenções, como sempre, ao exibir uma gravata de seda azul, sua única excentricidade. Era tão respeitável agora que às vezes sentia saudade do tempo em que era a ovelha negra da família.

Ele tomou um gole de Château Margaux, seu vinho tinto predileto. Era um suntuoso desjejum nupcial para um casal muito especial e Hugh sentia-se feliz por ter condições de pagá-lo. Mas também sentia uma pontada de culpa por gastar todo aquele dinheiro num momento em que o Banco Pilasters atravessava uma situação difícil. Ainda tinham 1,4 milhão de libras em títulos do porto de Santa María, além de quase meio milhão de libras de outros títulos cordoveses, e não podiam vendê-los sem provocar uma queda nas cotações, justamente o que Hugh mais temia. Levaria pelo menos um ano para recuperar o balancete do banco. Mas conseguira cuidar da crise imediata e agora dispunham de dinheiro suficiente para atender às retiradas normais num futuro previsível. Edward nem aparecia mais no banco, embora oficialmente ainda fosse um sócio até o final do ano fiscal. Estavam a salvo de tudo, exceto alguma catástrofe inesperada como guerra, terremoto ou praga. De modo que achava que tinha o direito de oferecer um casamento luxuoso à única irmã.

E era bom para o Banco Pilasters. Todos na comunidade financeira sabiam que a firma tinha um rombo de mais de 1 milhão de libras por causa do porto de Santa María. Aquela grande festa incutia confiança, assegurando às pessoas que os Pilasters ainda eram imensamente ricos. Um casamento despretensioso despertaria suspeitas.

O dote de Dotty, no valor de 100 mil libras, fora transferido para o marido, mas permanecia investido no banco a juros de 5%. Nick podia retirá-lo, mas não precisava do dinheiro de imediato. Sacaria aos poucos, à medida que pagasse as hipotecas contraídas pelo pai e reorganizasse as propriedades. Hugh estava contente por ele não querer todo o dinheiro logo, pois grandes retiradas eram um sacrifício para o banco no momento.

Todos sabiam do enorme dote de Dotty. Hugh e Nick não conseguiram mantê-lo em segredo, e esse era o tipo de notícia que se espalhava muito depressa. Agora, era o tema das conversas em Londres. Hugh calculou que era discutido naquele exato momento em pelo menos metade das mesas.

Olhando ao redor, ele avistou uma única convidada que não parecia feliz... Mais do que isso, parecia arrasada e enganada, como um eunuco numa orgia: tia Augusta.

~

– A sociedade de Londres degenerou por completo – disse Augusta ao coronel Mudeford.

– Infelizmente, lady Whitehaven, acho que tem razão – murmurou ele, polido.

– A criação não conta mais – continuou ela. – Os judeus são admitidos em toda parte.

– É verdade.

– Fui a primeira condessa de Whitehaven, mas os Pilasters já eram uma família distinta por um século antes de serem honrados com um título. Hoje em dia um homem cujo pai foi um mero trabalhador pode obter um título só porque ganhou uma fortuna vendendo salame.

– Tem toda a razão. – O coronel Mudeford virou-se para a mulher no outro lado. – Sra. Telston, posso servi-la mais um pouco deste molho de groselha?

Augusta perdeu o interesse nele. Fervia de raiva pelo espetáculo a que fora obrigada a comparecer. Hugh Pilaster, o filho do falido Tobias, oferecendo Château Margaux a trezentos convidados; Lydia Pilaster, viúva de Tobias, sentada ao lado do duque de Norwich; Dorothy Pilaster, a filha de Tobias, casada com o visconde de Ipswich, com o maior dote de que já se ouvira falar. Enquanto isso, seu filho, o querido Teddy, a prole do grande Joseph Pilaster, fora sumariamente afastado da posição de sócio sênior e em breve teria seu casamento anulado.

Não havia mais regras! Qualquer pessoa podia ingressar na sociedade. Como a provar seu argumento, ela avistou nesse momento a maior entre todas as arrivistas: a Sra. Solly Greenbourne, ex-Maisie Robinson. Era espantoso que Hugh tivesse a desfaçatez de convidá-la, uma mulher cuja vida inteira fora escandalosa. Primeiro, fora praticamente uma prostituta, depois se casara com o judeu mais rico de Londres e agora dirige um hospital em que mulheres não melhores do que ela davam à luz seus bastardos. Mas lá estava ela, sentada à mesa ao lado num vestido da cor de uma moeda nova de cobre, conversando, muito séria, com o diretor do Banco da Inglaterra. Devia estar falando sobre mães solteiras... e ele escutava!

~

– Ponha-se no lugar de uma criada solteira – disse Maisie.

O diretor do banco ficou surpreso, e ela reprimiu um sorriso.

– Você pensa nas consequências de se tornar mãe. Perderá o emprego e a casa, não terá meios de se sustentar e seu filho não terá pai. Então pensa: "Ora, sempre posso dar à luz no hospital da Sra. Greenbourne em Southwark, por que não sigo em frente e engravido?" É claro que não. Meu hospital não faz nada para encorajar as moças à imoralidade. Apenas evito que tenham seus filhos na sarjeta.

– É como a lei bancária que estou propondo no Parlamento – acrescentou Dan Robinson, sentado do outro lado da irmã –, que obrigaria os bancos a fazer um seguro em benefício dos pequenos depositantes.

– Sei disso – rebateu o diretor.

– Alguns críticos dizem que estimularia a bancarrota dos bancos, tornando-a menos dolorosa – continuou Dan. – Mas isso é um absurdo. Nenhum banqueiro vai querer quebrar, em nenhuma circunstância.

– Tem toda a razão.

– Quando um banqueiro faz um negócio, não pensa que pode deixar uma viúva em Bournemouth na indigência por causa de sua imprudência... Preocupa-se apenas com a própria riqueza. Da mesma forma, fazer as crianças ilegítimas sofrerem não contribui em nada para desencorajar homens inescrupulosos a seduzir pobres criadas.

– Compreendo seu argumento – disse o diretor do banco, com uma expressão aflita. – Um... ah... paralelo muito original.

Maisie concluiu que já o haviam atormentado bastante e se virou, deixando que ele se concentrasse na comida.

– Já notou como os títulos de nobreza sempre vão para as pessoas erradas? – comentou Dan. – Olhe só para Hugh e seu primo Edward. Hugh é honesto, talentoso e trabalhador, enquanto Edward é tolo, preguiçoso e sem valor... Mas Edward é o conde de Whitehaven, enquanto Hugh é apenas o Sr. Pilaster.

Maisie tentava não encarar Hugh. Embora ficasse contente por ter sido convidada, era doloroso observá-lo no seio de sua família. A esposa, os filhos, a mãe e a irmã formavam um círculo familiar fechado, que a deixava de fora. Sabia que o casamento dele com Nora era infeliz. Era evidente pela maneira como falavam um com o outro, jamais se tocando, jamais sorrindo, sem nenhuma demonstração de afeto. Mas isso não servia de consolo. Eles constituíam uma família, da qual ela nunca faria parte.

Desejou não ter ido ao casamento.

~

Um lacaio aproximou-se de Hugh.

– Há um telefonema do banco para o senhor – informou.

– Não posso atender agora – respondeu Hugh.

O mordomo veio procurá-lo poucos minutos depois.

– O Sr. Mulberry, do banco, está ao telefone e deseja lhe falar, senhor.

– Não posso atender agora! – exclamou Hugh, irritado.

– Está bem, senhor.

O mordomo afastou-se.

– Não. Espere um pouco.

Mulberry sabia que Hugh estaria no meio da recepção do casamento. Era um homem inteligente e responsável. Não insistiria em falar com o sócio sênior se não houvesse algum problema grave.

Muito grave. Hugh sentiu um calafrio de medo.

– É melhor eu falar com ele. – Hugh levantou-se. – Com licença, por favor, mãe, Vossa Graça... Tenho de resolver um problema.

Ele saiu da barraca apressado, atravessou o gramado e entrou na casa. O telefone ficava na biblioteca. Ele atendeu.

– Hugh Pilaster falando.

Ele ouviu a voz de seu escriturário.

– É Mulberry, senhor. Lamento...

– O que aconteceu?

– Um telegrama de Nova York. Irrompeu uma guerra em Córdoba.

– Ah, não!

Era uma notícia catastrófica para Hugh, sua família e o banco. Nada poderia ser pior.

– Uma guerra civil, para ser mais preciso – continuou Mulberry. – Uma revolução. A família Miranda atacou a capital, Palma.

O coração de Hugh disparou.

– Alguma indicação da força dos revolucionários?

Se a revolução pudesse ser esmagada depressa, ainda haveria esperança.

– O presidente Garcia fugiu.

– Essa, não!

A crise era mesmo grave. Hugh xingou Micky e Edward, enfurecido.

– Mais alguma coisa?

– Há um cabograma do nosso escritório em Córdoba, mas ainda está sendo decodificado.

– Telefone-me assim que ficar pronto.

– Certo, senhor.

Hugh girou a manivela e deu à telefonista o nome do corretor do banco. Esperou enquanto o homem era chamado ao telefone.

– Danby, aqui é Hugh Pilaster. O que está acontecendo com os títulos cordoveses?

– Estamos oferecendo pela metade do preço e ninguém quer comprar.

O que significava que o Pilasters já estava quebrado, pensou Hugh. O desespero tomou seu coração.

– Até que ponto devem cair?

– Acho que vão chegar a zero. Ninguém paga juros sobre títulos do governo no meio de uma guerra civil.

Zero. O Pilasters acabara de perder 2,5 milhões de libras. Não havia esperança agora de uma recuperação gradativa do banco.

– Se os revolucionários forem esmagados nas próximas horas... o que acontece? – perguntou Hugh, tentando se agarrar a alguma esperança.

– Creio que ninguém compraria os títulos mesmo assim – respondeu Danby. – Os investidores vão esperar para ver. Na melhor das hipóteses, vai levar cinco ou seis semanas para a confiança começar a voltar.

– Entendo...

Hugh sabia que Danby tinha razão. O corretor apenas confirmava o que seu instinto já lhe dizia.

– Não vai haver maiores problemas com seu banco, não é, Pilaster? – perguntou Danby, preocupado. – Vocês devem ter muitos desses títulos. Circulou a informação de que quase não conseguiram vender o lançamento do porto de Santa María.

Hugh hesitou. Detestava mentir, mas a verdade destruiria o banco.

– Temos mais títulos cordoveses do que eu gostaria, Danby. Mas também temos muitas outras coisas.

– Ainda bem.

– Preciso voltar para os meus convidados.

Hugh não tinha a menor intenção de fazer isso, mas queria passar uma impressão de calma.

– Estou oferecendo uma recepção para trezentas pessoas. Minha irmã se casou esta manhã.

– Eu soube. Meus parabéns.

– Adeus.

Antes que Hugh pudesse pedir outro número, Mulberry tornou a telefonar.

– O Sr. Cunliffe, do Banco Colonial, está aqui, senhor – disse ele, com pânico na voz. – Pede o pagamento do empréstimo.

– Desgraçado!

O Colonial emprestara ao Pilasters 1 milhão de libras para cobri-lo durante a crise, mas o dinheiro deveria ser pago de imediato, à vista. Cunliffe soubera da guerra civil, acompanhara a queda nos títulos cordoveses e sabia que o Pilasters estava em situação precária. Naturalmente, queria tirar seu dinheiro antes que o banco quebrasse.

E era apenas o primeiro. Outros viriam em seguida. Na manhã seguinte os correntistas fariam fila nas portas do banco para sacar seu dinheiro. E Hugh não teria condições de pagar.

– Temos 1 milhão de libras, Mulberry?

– Não, senhor.

O peso do mundo se abateu sobre os ombros de Hugh e ele se sentiu velho. O fim chegara. Era o pesadelo do banqueiro: as pessoas vinham buscar seu dinheiro e o banco não o tinha. E estava acontecendo com Hugh.

– Diga ao Sr. Cunliffe que não conseguiu obter autorização para assinar o cheque porque todos os sócios estão no casamento.

– Certo, Sr. Hugh.

– E mais uma coisa...

– Pois não, senhor?

Hugh fez uma pausa. Sabia que não tinha opção, mas hesitava em pronunciar as palavras terríveis. Fechou os olhos. Era melhor acabar logo com aquilo.

– E depois, Mulberry, você deve fechar as portas do banco.

– Ah, Sr. Hugh!

– Sinto muito, Mulberry.

Houve um ruído estranho na linha e Hugh compreendeu que Mulberry estava chorando.

Desligou. Olhou para as prateleiras da biblioteca, mas em seu lugar viu a fachada imponente do Pilasters e imaginou o fechamento das portas de ferro. Viu os transeuntes pararem e olharem. Logo haveria uma multidão apontando para as portas fechadas, com comentários excitados. A notícia circularia pela City mais depressa do que fogo num depósito de óleo: o Pilasters quebrara.

O Pilasters quebrara.

Hugh enfiou o rosto nas mãos.

2

– ESTAMOS ABSOLUTAMENTE SEM dinheiro – declarou Hugh.

Eles não entenderam, a princípio. Dava para perceber em seus rostos.

Haviam se reunido na sala de estar de sua casa. Era um cômodo atravancado, decorado por sua esposa, Nora, que adorava cobrir cada móvel com tecidos floridos e encher todas as superfícies com ornamentos. Os convidados haviam finalmente se retirado. Hugh não dera a má notícia a ninguém antes de a festa terminar, e a família ainda vestia os trajes de festa. Augusta se sentava ao lado de Edward, os dois com expressões desdenhosas e incrédulas. Tio Samuel estava ao lado de Hugh. Os outros sócios – o jovem William, o major Hartshorn e sir Harry – estavam de pé atrás de um sofá em que se sentavam suas esposas, Beatrice, Madeleine e Clementine. Nora, corada devido ao champanhe, tinha se acomodado em sua poltrona habitual, ao lado do fogo. Os recém-casados, Nick e Dotty, de mãos dadas, pareciam assustados. Hugh sentia pena deles.

– O dote de minha irmã se perdeu, Nick. Receio que todos os nossos planos tenham sido em vão.

– Você é o sócio sênior. A culpa deve ser sua! – protestou tia Madeleine com a voz estridente.

Ela estava sendo estúpida e maldosa. Era uma reação previsível, mas, mesmo assim, Hugh sentiu-se magoado. Era injusto que ela o culpasse depois de ele ter lutado com tanto empenho para evitar o desastre. Mas William, o irmão mais moço, apressou-se em corrigi-la com surpreendente rispidez:

– Não diga bobagem, Madeleine. Edward enganou todos nós, sobrecarregando o banco com imensas quantidades de títulos cordoveses, que agora não valem nada.

Hugh sentiu-se grato a ele por ser honesto.

– A culpa é daqueles entre nós que permitiram que Edward se tornasse o sócio sênior – acrescentou William, olhando para Augusta.

Nora parecia aturdida.

– Não podemos estar *sem dinheiro* – murmurou ela.

– Estamos – reiterou Hugh, paciente. – Todo o nosso dinheiro está no banco e o banco quebrou.

Sua esposa tinha desculpa para não compreender, afinal ela não nascera numa família de banqueiros.

Augusta levantou-se e foi até a lareira. Hugh se perguntou se ela tentaria defender o filho, mas a tia não era tão tola assim.

– Não importa de quem é a culpa – disse ela. – Devemos tentar salvar o que for possível. Imagino que ainda reste muito dinheiro no banco, em ouro e notas. Podemos retirar tudo e esconder em algum lugar seguro antes que os credores peguem. E depois...

Hugh interrompeu-a:

– Não vamos fazer isso – disse ele, seco. – O dinheiro não é nosso.

– É claro que o dinheiro é nosso!

– Cale a boca e sente-se, Augusta, ou mandarei os lacaios expulsarem-na daqui.

Ela ficou bastante surpresa e calou-se, mas não se sentou.

– Há dinheiro no banco – continuou Hugh – e, como não declaramos falência oficialmente, podemos optar pelo pagamento de alguns credores. Todos terão de dispensar seus criados e, se os mandarem para a porta lateral do banco com uma nota dizendo quanto lhes é devido, providenciarei o pagamento. Devem pedir a todos os comerciantes com os quais mantêm contas que lhes apresentem o saldo devedor e providenciarei também o pagamento deles... Mas só até a data de hoje. Não pagarei nenhuma dívida que assumirem daqui por diante.

– Quem é você para me mandar dispensar meus criados? – protestou Augusta, indignada.

Hugh estava propenso a sentir compaixão pela situação crítica em que todos se encontravam, apesar de ter sido provocada por eles próprios, mas começava a ficar cansado daquela obtusidade deliberada.

– Se não os dispensar – disse ele, bruscamente –, eles vão sair de qualquer maneira, porque não serão mais pagos. Tia Augusta, tente compreender: *você não tem mais dinheiro.*

– Ridículo! – murmurou ela.

Nora tornou a falar:

– Não posso dispensar nossos criados. Não é possível viver numa casa como esta sem criados.

– Quanto a isso, não precisa se preocupar – respondeu Hugh. – Não vai mais viver numa casa como esta. Terei de vendê-la. Todos nós teremos de vender nossas casas, móveis, obras de arte, adegas e joias.

– Isso é um absurdo! – gritou Augusta.

– É a lei – declarou Hugh. – Cada sócio é pessoalmente responsável por todas as dívidas do negócio.

– Não sou um sócio – disse Augusta.

– Edward é. Ele renunciou ao cargo de sócio sênior, mas permaneceu como sócio no papel. E é o dono de sua casa... Joseph a deixou para ele.

– Precisamos de um lugar para morar – comentou Nora.

– Amanhã todos devemos procurar casas menores e mais baratas para alugar. Se escolherem casas modestas, nossos credores aceitarão. Se não, terão de procurar outra coisa.

– Não tenho a menor intenção de sair da minha casa e ponto final – declarou Augusta. – E imagino que o resto da família pensa da mesma forma. – Ela olhou para a cunhada. – Madeleine?

– Você está certa, Augusta – concordou Madeleine. – George e eu ficaremos onde estamos. Nada disso faz sentido. Não podemos estar na miséria.

Hugh os desprezava. Mesmo agora, arruinados por sua arrogância e sua irresponsabilidade, ainda se recusavam a escutar a voz da razão. Ao final, teriam de renunciar a suas ilusões. Mas, se tentassem se apegar à riqueza que não mais lhes pertencia, destruiriam a reputação da família, além de sua fortuna. Ele estava determinado a fazer com que se comportassem com uma honestidade escrupulosa, tanto na pobreza quanto na riqueza. Seria uma luta árdua, mas ele não cederia.

Augusta virou-se para a filha:

– Clementine, tenho certeza de que você e Harry vão assumir a mesma posição que Madeleine e George.

– Não, mãe.

Augusta levou um susto. Hugh também se surpreendeu. Sua prima Clementine não costumava ficar contra a mãe. Pelo menos uma pessoa da família tinha um pouco de bom senso, pensou ele.

– Foi por escutar você que todos nós nos metemos nesta encrenca – acrescentou Clementine. – Se tivéssemos escolhido Hugh como sócio sênior em vez de Edward, ainda seríamos tão ricos quanto Creso.

Hugh começou a se sentir melhor. Havia na família quem compreendesse o que ele tentava fazer.

– Você estava errada, mãe, e nos arruinou – continuou Clementine. – Nunca mais vou aceitar seus conselhos. Hugh estava certo, e é melhor que todos concordemos que ele nos guie através deste terrível desastre.

– Tem toda a razão, Clementine – disse William. – Devemos fazer o que Hugh aconselhar.

As linhas da batalha haviam sido traçadas. Do lado de Hugh estavam William, Samuel e Clementine, que controlava o marido, sir Harry. Tentariam se comportar de maneira decente e honesta. A ele se opunham Augusta, Edward e Madeleine, que falava pelo major Hartshorn. Tentariam arrebatar o que pudessem e deixariam que a reputação da família se danasse.

Foi nesse instante que Nora declarou, num tom de desafio:

– Só saio desta casa carregada.

Hugh sentiu um gosto amargo. Sua esposa se juntava ao inimigo.

– Você é a única pessoa nesta sala que ficou contra o cônjuge – comentou ele, triste. – Não me deve nenhuma lealdade?

Ela balançou a cabeça.

– Não me casei com você para viver na pobreza.

– Mesmo assim, *terá* de sair desta casa.

Ele olhou para os outros intransigentes: Augusta, Edward, Madeleine e o major Hartshorn.

– Todos vão ter de ceder, mais cedo ou mais tarde. Se não o fizerem agora, com dignidade, serão forçados depois, em desgraça, com a presença de oficiais de justiça, guardas e repórteres, criticados pela imprensa sensacionalista e insultados por seus criados sem pagamento.

– É o que veremos! – disse Augusta.

~

Depois que todos se retiraram, Hugh continuou sentado, olhando para o fogo, vasculhando o cérebro à procura de algum meio de pagar os credores do banco.

Estava determinado a impedir que o Banco Pilasters declarasse formalmente falência. Era uma perspectiva dolorosa demais. Passara toda a sua vida à sombra da bancarrota do pai. Toda a sua carreira fora uma tentativa de provar que não se contaminara. No fundo de seu coração, temia que, se sofresse o mesmo destino que o pai, também seria levado a se matar.

O Pilasters estava liquidado como banco. Fechara as portas aos correntistas, e essa situação era irremediável. A longo prazo, no entanto, teria condições de pagar suas dívidas, especialmente se os sócios fossem escrupulosos na venda de seus bens valiosos.

Enquanto a noite chegava, os contornos de um plano começaram a se delinear em sua mente e ele se permitiu um tênue vislumbre de esperança.

Às seis da tarde foi procurar Ben Greenbourne.

Aos 70 anos, Greenbourne ainda estava em forma e continuava a comandar seus negócios. Tinha uma filha, Kate, mas Solly fora o único filho homem. Assim, quando se aposentasse, teria de entregar tudo aos sobrinhos, e parecia relutante em fazê-lo.

Hugh foi à mansão em Piccadilly. A propriedade dava a impressão não apenas de prosperidade, mas de riqueza ilimitada. Cada relógio era uma joia, cada móvel, uma antiguidade de valor inestimável, cada painel fora esculpido com requinte, cada tapete era um luxo incomparável. Hugh foi conduzido à biblioteca, onde havia luzes a gás acesas e fogo na lareira. Fora naquela sala que descobrira que o menino chamado Bertie Greenbourne era seu filho.

Especulando se os livros seriam mera ostentação, ele examinou várias lombadas enquanto esperava. Alguns podiam ter sido escolhidos por serem edições de luxo, concluiu Hugh, mas outros mostravam sinais de bastante manuseio, e havia títulos em diversas línguas. O saber de Greenbourne era genuíno.

O velho apareceu quinze minutos depois e pediu desculpas por deixar Hugh esperando.

– Um problema familiar me deteve – explicou ele com sua cortesia prussiana.

Sua família nunca fora prussiana. Copiara as maneiras dos alemães da classe alta e as conservara ao longo de cem anos de vida na Inglaterra. Ele continuava tão empertigado como sempre, mas Hugh achou que parecia cansado e preocupado. Greenbourne não disse qual era o problema familiar e Hugh não perguntou.

– Creio que já sabe que os títulos cordoveses caíram esta tarde – disse Hugh.

– Sei, sim.

– E provavelmente já foi informado de que por isso meu banco fechou as portas.

– Já sabia. Lamento muito.

– Já se passaram 24 anos desde a última vez que um banco inglês quebrou.

– Foi o Overend & Gurney. Lembro muito bem.

– Eu também. Meu pai foi à bancarrota e enforcou-se em seu escritório, na Leadenhall Street.

Greenbourne parecia embaraçado.

– Sinto muito, Pilaster. Havia esquecido esse fato terrível.

– Muitas firmas quebraram naquela crise. Mas vai ser pior ainda amanhã.

Hugh inclinou-se para a frente e iniciou seu discurso.

– No último quarto de século, os negócios na City aumentaram dez vezes. E, como a atividade bancária se tornou cada vez mais sofisticada e complexa, estamos mais interligados do que nunca. Algumas pessoas cujo dinheiro perdemos não vão conseguir pagar suas dívidas e quebrarão também... e assim por diante. Na próxima semana, *dezenas* de bancos estarão quebrados, centenas de companhias serão obrigadas a fechar e milhares e milhares de pessoas vão se descobrir de repente na miséria... A menos que iniciemos uma ação para impedir que isso aconteça.

– Ação? – repetiu Greenbourne, um pouco irritado. – Que ação pode ser feita? Sua única solução é pagar as dívidas. Não pode fazê-lo. Portanto, está impotente.

– Sozinho, estou mesmo. Mas espero que a comunidade bancária faça alguma coisa.

– Propõe pedir aos outros bancos que paguem suas dívidas? Por que deveriam?

O velho parecia quase furioso.

– Tenho certeza de que vai concordar que seria melhor para todos se os credores do Pilasters fossem pagos integralmente.

– Isso é óbvio.

– Vamos supor que se formasse uma associação de banqueiros para assumir tanto o patrimônio quanto as dívidas do Pilasters. A associação garantiria o pagamento a todos os credores. Ao mesmo tempo, começaria a liquidar o patrimônio do Pilasters de maneira ordenada.

Subitamente, Greenbourne se mostrou interessado. Sua irritação desapareceu enquanto avaliava a proposta.

– Estou entendendo. Se os membros da associação fossem bastante respeitados e prestigiados, a garantia poderia ser suficiente para tranquilizar a todos, e os credores talvez não exigissem o pagamento imediato. Com um pouco de sorte, o fluxo de dinheiro da venda do patrimônio poderia cobrir os pagamentos aos credores.

– E uma tremenda crise seria evitada.

Greenbourne balançou a cabeça.

– No final, porém, os membros da associação perderiam dinheiro, pois as dívidas do Pilasters são maiores que seu patrimônio.

– Não necessariamente.

– Como assim?

– Temos mais de 2 milhões de libras em títulos de Córdoba, que hoje não valem nada. Mas nossos outros ativos são substanciais. Muita coisa dependerá de quanto vamos conseguir levantar com a venda das casas dos sócios e assim por diante. Calculo que o rombo é de apenas 1 milhão de libras.

– Portanto, a associação deve esperar um prejuízo de 1 milhão.

– Talvez. Mas os títulos de Córdoba podem recuperar seu valor. Talvez os revolucionários sejam derrotados. Ou o novo governo pode retomar o pagamento dos juros. Em algum momento, a cotação dos títulos de Córdoba vai subir.

– É possível.

– Se os títulos alcançarem apenas a metade do nível anterior, a associação não terá prejuízo. E se subirem mais do que isso, a associação passará a ter lucro.

Greenbourne balançou a cabeça.

– Poderia dar certo se não houvesse os títulos do porto de Santa María. Aquele embaixador cordovês, Miranda, me parece um ladrão rematado. E o pai, ao que parece, é o líder dos revolucionários. Meu palpite é que todo o dinheiro foi gasto em armas e munição. Neste caso, os investidores nunca terão qualquer retorno.

O velho continuava tão perspicaz quanto antes, pensou Hugh, que temia exatamente a mesma coisa.

– Acho que é isso mesmo. Ainda assim, há uma possibilidade. Por outro lado, se permitirem que ocorra um pânico financeiro, podem estar certos de que vão perder dinheiro por outros meios.

– É um plano engenhoso. Você sempre foi o mais inteligente de sua família, jovem Pilaster.

– O plano depende do senhor.

– Hum...

– Se concordar em liderar a associação, a City seguirá seu exemplo. Se recusar sua participação, a associação não vai ter o prestígio necessário para tranquilizar os credores.

– Sei disso.

Greenbourne não era um homem de falsa modéstia.

– O que pretende fazer?

Hugh prendeu a respiração. O velho permaneceu em silêncio por alguns segundos, pensando, depois declarou, com firmeza:

– Não vou participar.

Hugh afundou na cadeira. Era seu último recurso e fracassara. Sentiu um imenso cansaço dominá-lo, como se sua vida tivesse chegado ao fim e ele fosse um velho exausto.

– Tenho sido cauteloso durante toda a minha vida – acrescentou Greenbourne. – Onde outros homens veem lucros altos, eu vejo riscos altos e resisto à tentação. Seu tio Joseph não era como eu. Assumia os riscos e embolsava os lucros. O filho Edward foi pior ainda. Não digo nada a seu respeito, pois acaba de assumir. Mas os Pilasters devem pagar o preço por seus anos de lucros elevados. Não me beneficiei desses lucros, então por que deveria pagar suas dívidas? Se eu usar meu dinheiro para salvá-los agora, o investidor tolo vai ser recompensado e o cauteloso vai sofrer. E, se a atividade bancária funcionasse assim, por que alguém seria cauteloso? Poderíamos todos assumir os maiores riscos, pois eles nada significariam se os bancos quebrados fossem sempre salvos. Mas há sempre um risco. A atividade bancária não pode ser conduzida como você sugere. Sempre haverá quebras. Elas são necessárias para lembrar aos bons e aos maus investidores que o risco é real.

Antes de ir, Hugh se perguntara se deveria contar ao velho que Micky Miranda assassinara Solly. Agora, considerou outra vez a ideia e chegou à mesma conclusão: deixaria Greenbourne chocado e triste, mas não ajudaria a persuadi-lo a salvar o Pilasters.

Procurava alguma coisa para dizer, uma última tentativa de fazer Greenbourne mudar de ideia, quando o mordomo entrou.

– Com licença, Sr. Greenbourne – disse ele –, mas me pediu que o avisasse quando o detetive chegasse.

Greenbourne levantou-se no mesmo instante, parecendo nervoso, mas a cortesia não o permitia se retirar às pressas sem uma explicação.

– Lamento muito, Pilaster, devo deixá-lo. Minha neta Rebecca... desapareceu... e estamos todos transtornados.

– Sinto muito.

Hugh conhecia a irmã de Solly, Kate, e tinha uma vaga lembrança de sua filha, uma garota bonita, de cabelos escuros.

– Espero que a encontrem sã e salva.

– Não acreditamos que ela tenha sofrido alguma violência... Para ser franco, temos quase certeza de que apenas fugiu de casa com um rapaz. Mas isso já é bastante terrível. Peço que me dê licença, por favor.

– Claro.

O velho se retirou, deixando Hugh em meio às ruínas de suas esperanças.

3

MAISIE ÀS VEZES se perguntava se havia algo contagioso no trabalho de parto. Acontecia com frequência, nos quartos cheios de mulheres grávidas de nove meses, que transcorressem dias sem nenhum incidente, mas, assim que uma entrava em trabalho de parto, as outras seguiam o exemplo numa questão de horas.

Fora assim hoje. Começara às quatro da madrugada e diversos partos haviam ocorrido desde então. As parteiras e as enfermeiras faziam a maior parte do trabalho, mas, quando havia atividade demais, Maisie e Rachel tinham de largar as penas e os livros de registros e correr com toalhas e mantas.

Por volta das sete horas, no entanto, tudo já acabara, e elas tomavam chá na sala de Maisie, acompanhadas do amante de Rachel, Dan Robinson, quando Hugh Pilaster apareceu.

– Trago péssimas notícias, infelizmente – foi logo dizendo.

Maisie servia o chá naquele instante, mas o tom de voz de Hugh deixou-a tão assustada que ela parou. Observou-o com atenção e viu que ele estava desesperado. Pensou que alguém havia morrido.

– O que aconteceu, Hugh?

– Guardavam todo o dinheiro do hospital numa conta em meu banco, não é?

Se era apenas dinheiro, refletiu Maisie, a notícia não podia ser tão ruim assim. Foi Rachel quem respondeu:

– É, sim. Meu pai cuida do dinheiro, mas tem uma conta particular com vocês desde que se tornou advogado do banco. Suponho que ele achou mais conveniente manter também a conta do hospital lá.

– E ele investiu o dinheiro em títulos de Córdoba.

– Investiu?

– Qual é o problema, Hugh? – perguntou Maisie. – Pelo amor de Deus, conte logo!

– O banco quebrou.

Os olhos de Maisie ficaram marejados de lágrimas, não por si mesma, mas por ele.

– Ah, Hugh!

Ela sabia quanto Hugh estava sofrendo. Para ele, era quase como a morte de um ente querido, pois investira todas as suas esperanças e seus sonhos no banco. Desejou poder assumir uma parte de sua aflição a fim de atenuar o sofrimento dele.

– Santo Deus! – exclamou Dan. – Vai haver um pânico!

– Perderam todo o dinheiro – disse Hugh. – É bem provável que tenhamos de fechar o hospital. Não tenho palavras para dizer quanto lamento.

Rachel ficara pálida com o choque.

– Não é possível! – gritou ela. – Como podem ter perdido nosso dinheiro?

Foi Dan quem respondeu, amargurado:

– O banco não pode pagar suas dívidas. É isto que significa a bancarrota: você deve dinheiro às pessoas e não tem condições de pagar a elas.

Num súbito relance, Maisie viu seu pai, um quarto de século mais jovem, muito parecido com Dan hoje, dizendo a mesma coisa sobre bancarrota. Dan passara grande parte da vida tentando proteger as pessoas comuns dos efeitos daquelas crises financeiras, mas até então nada conseguira.

– Talvez agora aprovem a sua lei dos bancos, Dan – comentou ela.

– Mas o que vocês *fizeram* com o nosso dinheiro? – perguntou Rachel a Hugh.

Hugh suspirou.

– Isto aconteceu por causa de uma coisa que Edward fez quando era sócio sênior. Foi um erro, um tremendo erro, e ele perdeu muito dinheiro, mais de 1 milhão de libras. Venho tentando recuperar o banco, mas hoje minha sorte acabou.

– Nunca imaginei que isso pudesse acontecer – disse Rachel.

– Vocês devem recuperar uma parte do dinheiro, mas não antes de um ano ou mais – informou Hugh.

Dan abraçou Rachel, mas não havia como confortá-la.

– E o que vai acontecer com todas essas pobres mulheres que vêm aqui em busca de ajuda?

Hugh parecia tão consternado que Maisie sentiu vontade de mandar Rachel se calar.

– Eu lhes daria todo o dinheiro do meu próprio bolso com o maior prazer – respondeu ele. – Mas também perdi tudo.

– Tem certeza de que não se pode fazer nada? – insistiu Rachel.

– Bem que tentei. Estou vindo da casa de Ben Greenbourne. Pedi-lhe que salvasse o banco e pagasse aos credores, mas ele se recusou. O pobre coitado já tem seus problemas pessoais. Ao que parece, sua neta Rebecca fugiu de casa com o namorado. De qualquer forma, nada pode ser feito sem o seu apoio.

Rachel levantou-se.

– Acho melhor eu ir conversar com meu pai.

– E eu devo ir à Câmara dos Comuns – declarou Dan.

Eles saíram.

Maisie sentia o coração pesado. Estava transtornada pela perspectiva de fechar o hospital, abalada pela súbita destruição de tudo por que tanto se empenhara, mas, acima de tudo, sofria por Hugh. Recordou, como se fosse ontem, uma noite dezessete anos antes, depois das corridas em Goodwood, quando Hugh lhe contara a história de sua vida. Ainda agora podia ouvir a angústia em sua voz ao relatar que o pai quebrara e por isso se matara. Ele dissera na ocasião que um dia seria o banqueiro mais esperto, mais conservador e mais rico do mundo, como se acreditasse que isso atenuaria a dor de sua perda. E talvez atenuasse mesmo. Em vez disso, porém, ele deparava com o mesmo destino do pai.

Seus olhos se encontraram. Maisie viu um apelo silencioso no olhar de Hugh. Levantou-se e foi até perto de sua cadeira. Pegou sua cabeça entre as mãos e aninhou-a nos seios, afagando seus cabelos. Hesitante, ele passou o braço pela cintura de Maisie, cauteloso a princípio, e depois a apertou com força. E começou a chorar.

～

Depois que Hugh foi embora, Maisie fez uma ronda pelos quartos. Agora, via tudo com novos olhos: as paredes que elas próprias haviam pintado, as camas de segunda mão, as lindas cortinas feitas pela mãe de Rachel. Recordou os esforços sobre-humanos dela e de Rachel necessários para abrir o hospital, as brigas com os médicos e o conselho administrativo local, a incansável simpatia que ela e Rachel haviam usado para convencer respeitáveis donas de casa e clérigos hostis da vizinhança, a persistência obstinada que lhes permitira vencer. Consolou-se com o pensamento de que, no fim das contas, foram bem-sucedidas e o hospital funcionara por doze anos, proporcionando conforto a centenas de mulheres. Só que ela desejara promover uma mudança permanente. Encarara aquele como o primeiro de dezenas de Hospitais para Mulheres que se espalhariam por todo o país. Mas fracassara nesse ponto.

Falou com cada uma das mulheres que deram à luz naquele dia. Só se preocupava com uma, a Srta. Ninguém. Ela era franzina e a criança nascera muito pequena. Maisie calculava que ela andara passando fome para esconder a gravidez da família. Maisie sempre se espantava que outras mulheres conseguissem fazer isso – ela estufara ao engravidar e não fora possível esconder depois de cinco meses –, mas sabia que isso acontecia a todo instante.

Ela se sentou na beirada da cama da Srta. Ninguém, que amamentava a filha recém-nascida.

– Ela não é linda? – murmurou a moça.

Maisie assentiu.

– Tem os cabelos pretos, iguais aos seus.

– Minha mãe também tem cabelos assim.

Maisie estendeu a mão e acariciou a cabeça da criança. Como todos os bebês, aquele também se parecia com Solly. Na verdade...

Maisie teve um sobressalto com a súbita revelação.

– Ah, Deus, já sei quem você é!

A moça encarou-a.

– É Rebecca, a neta de Ben Greenbourne, não é mesmo? Manteve a gravidez em segredo pelo tempo que pôde e depois fugiu de casa para ter a criança.

Os olhos da moça se arregalaram.

– Como descobriu? Não me vê desde que eu tinha 6 anos!

– Conheci sua mãe muito bem. Afinal, fui casada com o irmão dela. Kate sempre foi gentil comigo quando os pais não estavam presentes. E me lembro de você bebê. Tinha cabelos pretos, iguais aos de sua filha.

Rebecca estava assustada.

– Promete que não vai contar a eles?

– Prometo que não farei coisa alguma sem o seu consentimento. Mas acho que deve mandar um aviso para sua família. Seu avô está transtornado.

– É dele que tenho medo.

Maisie assentiu.

– Entendo por quê. É um velho rabugento de coração duro. Sei por experiência própria. Se me deixar conversar com ele, acho que posso enfiar um pouco de bom senso naquela cabeça.

– É mesmo? – murmurou Rebecca, a voz já transbordando com um otimismo juvenil. – Faria isso por mim?

– Claro que sim. Mas só direi onde você está se ele prometer ser gentil.

Rebecca baixou os olhos. A criança parara de mamar.

– Ela está dormindo...

Maisie sorriu.

– Já escolheu um nome para ela?

– Já, sim – respondeu Rebecca. – Vou chamá-la de Maisie.

~

O rosto de Ben Greenbourne estava molhado de lágrimas quando ele desceu do quarto.

– Deixei-a a sós com Kate – comentou ele, a voz embargada.

O velho tirou um lenço do bolso e tentou em vão enxugar as faces. Maisie nunca vira o sogro perder o controle. Ele parecia uma figura um tanto patética, mas Maisie refletiu que isso lhe faria muito bem.

– Vamos para a minha sala – sugeriu ela. – Farei um chá.

– Obrigado.

Quando ele se sentou, Maisie pensou que era o segundo homem que chorava ali naquela noite.

– Todas essas moças... estão na mesma situação que Rebecca?

– Nem todas – respondeu Maisie. – Algumas são viúvas. Outras foram abandonadas pelos maridos. Muitas fugiram de homens que as espancavam. Uma mulher pode suportar muita coisa e permanecer com um marido mesmo quando ele a machuca, mas, quando engravida, fica com medo de que as pancadas afetem a criança e é nesse momento que ela sai de casa. A maioria é como Rebecca, moças que simplesmente cometeram um erro estúpido.

– Pensava que a vida não tinha muita coisa para me ensinar. Agora descubro que tenho sido um tolo ignorante.

Maisie entregou-lhe uma xícara de chá.

– Obrigado – continuou ele. – É muito gentil... e eu nunca fui gentil com você.

– Todos nós cometemos erros.

– Ainda bem que você está aqui – comentou Greenbourne. – De outro modo, para onde iriam essas pobres moças?

– Teriam seus bebês em valas e becos.

– E pensar que isso poderia ter acontecido com Rebecca...

– Infelizmente o hospital vai fechar.

– Por quê?

Ela encarou-o.

– Todo o nosso dinheiro estava no Banco Pilasters. Agora não temos mais nada.

– É mesmo? – murmurou Ben Greenbourne, pensativo.

~

Hugh preparou-se para dormir, mas não tinha sono. Foi se sentar diante da lareira, de robe, e ficou olhando para o fogo. Analisou várias vezes a situação do banco, mas não conseguiu descobrir nenhum meio de melhorá-la. E não conseguia parar de pensar a respeito.

À meia-noite, ouviu batidas fortes e determinadas à porta da frente. Desceu para atender. Havia uma carruagem parada no meio-fio e um lacaio de libré junto à entrada.

– Peço perdão por vir tão tarde, senhor, mas a mensagem é urgente.

Ele entregou um envelope e foi embora.

Enquanto Hugh fechava a porta, seu mordomo desceu a escada e indagou preocupado:

– Está tudo bem, senhor?

– É apenas uma mensagem. Pode voltar para a cama.

– Obrigado, senhor.

Hugh abriu o envelope e deparou com a letra impecável e antiquada de um velho meticuloso. As palavras fizeram seu coração transbordar de alegria.

Piccadilly, 12
Londres, S. W.
23 de novembro de 1890

Prezado Pilaster,

Pensando melhor, decidi concordar com sua proposta.

Cordialmente,

B. Greenbourne

Ele levantou os olhos da mensagem e sorriu para o vestíbulo vazio.

– Que tremenda surpresa! O que será que fez o velho mudar de ideia?

4

AUGUSTA ESTAVA SENTADA na sala dos fundos da melhor joalheria da Bond Street. Luzes a gás faziam as joias brilharem em seus mostruários. A sala tinha vários espelhos. Um assistente atencioso atravessou a sala e pôs à sua frente uma caixa de veludo preto contendo um colar de diamantes. O gerente da loja mantinha-se de pé ao lado de Augusta.

– Quanto custa? – perguntou ela.

– Nove mil libras, lady Whitehaven.

Ele murmurou o preço com devoção, quase como se fosse uma oração.

O colar era simples, apenas uma fieira de enormes diamantes idênticos encrustados em ouro. Ficaria deslumbrante com os vestidos pretos de uma viúva, pensou Augusta. Só que não ia comprá-lo para usar.

– É uma peça maravilhosa, milady, a mais adorável que temos aqui.

– Não tente me apressar. Estou pensando.

Era a sua última e desesperada tentativa de conseguir levantar algum dinheiro. Já tentara indo ao banco e exigindo 100 libras em soberanos de ouro. O escriturário, um cão insolente chamado Mulberry, recusara. Tentara transferir a casa do nome de Edward para o seu, mas também não dera certo. A escritura estava no cofre do velho Bodwin, o advogado do banco, e ele passara para o lado de Hugh. Agora, sua ideia era comprar diamantes a crédito para vender à vista.

Edward fora seu aliado, a princípio, mas agora até ele se recusava a ajudá-la.

– O que Hugh está fazendo é o melhor – dissera ele, como um idiota. – Caso se espalhe que pessoas da família estão tentando se apoderar do que for, a associação de bancos pode se desfazer. Foram persuadidos a entrar com dinheiro para evitar uma crise financeira, não para manter o luxo da família Pilaster.

Fora um discurso longo para Edward. Um ano antes, ela ficaria profundamente abalada pela posição do filho, mas, desde sua rebeldia no caso da anulação do casamento, ele deixara de ser o menino meigo e dócil que Augusta tanto amara. Clementine também se virara contra ela, aprovando os planos de Hugh para transformar todos eles em indigentes. Augusta tremia de raiva só de pensar a respeito. Mas eles não escapariam impunes.

Ela levantou os olhos para o gerente da joalheria.

– Vou levá-lo – anunciou, decidida.

– Uma sábia escolha, não tenho a menor dúvida, lady Whitehaven.

– Mande a conta para o banco.

– Pois não, milady. Entregaremos o colar na Casa Whitehaven.

– Vou levá-lo agora. Quero usá-lo esta noite.

O gerente fitou-a com uma expressão aflita.

– A senhora me deixa numa situação embaraçosa, milady.

– De que está falando? Mande logo embrulhar!

– Lamento, mas não posso liberar a joia antes que o pagamento tenha sido efetuado.

– Não seja ridículo! Sabe quem eu sou?

– Sim... mas os jornais dizem que o banco fechou.

– Isto é um insulto!

– Sinto muito.

Augusta levantou-se e pegou o colar.

– Eu me recuso a escutar esses absurdos. Levarei o colar agora.

Suando muito, o gerente colocou-se entre ela e a porta.

– Suplico que não faça isso, milady.

Ela se adiantou, mas o homem se manteve firme.

– Saia da minha frente!

– Terei de mandar trancar a porta da joalheria e chamar a polícia.

Augusta compreendeu que, embora balbuciasse de terror, o homem não cederia um milímetro. Tinha medo dela, mas sentia um medo ainda maior de perder um colar de diamantes no valor de 9 mil libras. Ela concluiu que fora derrotada. Furiosa, jogou o colar no chão. O homem recolheu-o sem nenhuma tentativa de dignidade. Augusta abriu a porta, atravessou a loja e saiu para sua carruagem, que a esperava.

Mantinha a cabeça erguida, mas sentia-se arrasada. O homem praticamente a acusara de roubo. Uma vozinha no fundo de sua mente dizia que fora mesmo um roubo o que tentara fazer, e tratou de reprimi-la. Voltou para casa dominada pela raiva.

Ao entrar, Hastead, o mordomo, tentou detê-la, mas Augusta não tinha cabeça para trivialidades domésticas naquele momento e silenciou-o.

– Leve-me um copo de leite quente – ordenou ela.

Ela sentia dor de estômago. Foi para seu quarto. Sentou-se à penteadeira e abriu sua caixa de joias. Havia bem pouco ali. Valiam no máximo umas poucas centenas de libras. Augusta removeu a bandeja do fundo, tirou um pedaço de seda dobrado e abriu-o para revelar o anel de ouro em formato de serpente que Strang lhe dera. Como sempre, enfiou-o no dedo e esfregou a cabeça da serpente contra os lábios. Nunca venderia aquele anel. Como tudo teria sido diferente se lhe tivessem permitido casar com o conde... Por um momento, ela sentiu vontade de chorar.

Foi então que ouviu vozes estranhas além da porta do quarto. Um homem... talvez dois homens... e uma mulher. Não pareciam criados. Além do mais, os criados jamais teriam a ousadia de conversar no patamar. Ela deixou seu quarto.

A porta do cômodo de seu falecido marido estava aberta e as vozes vinham de lá. Ao entrar, Augusta deparou com um jovem, obviamente um subalterno, e um casal mais velho, bem-vestido, de classe alta.

– Quem são vocês? – perguntou ela.

– Sou Stoddart, da corretora, milady – respondeu o jovem. – O Sr. e a Sra. De Graaf estão muito interessados em comprar sua linda casa...

– Saiam daqui!

A voz do jovem reduziu-se a um ganido:

– Recebemos instruções para oferecer a casa no mercado...

– Eu mandei saírem! Minha casa não está à venda!

– Mas falei pessoalmente...

O Sr. De Graaf tocou no braço de Stoddart, silenciando-o.

– Um equívoco embaraçoso, com toda a certeza, Sr. Stoddart – disse ele, suavemente.

Virou-se para a esposa.

– Vamos embora, querida?

Os dois se retiraram com uma tranquila dignidade que deixou Augusta fervendo de raiva. Stoddart foi atrás, desmanchando-se em desculpas.

Hugh era o responsável. Augusta nem precisava indagar para saber disso. A casa era propriedade da associação que salvara o banco, dissera ele, e é claro que desejavam vendê-la. Hugh aconselhara Augusta a se mudar, mas ela se recusava. A reação dele fora enviar compradores em potencial para visitar a casa assim mesmo.

Ela se sentou na cadeira de Joseph. O mordomo entrou com o leite quente.

– Não deve mais deixar essas pessoas entrarem, Hastead... A casa não está à venda.

– Certo, milady.

Ele pôs a bandeja numa mesa e hesitou.

– Mais alguma coisa? – perguntou Augusta.

– O açougueiro veio aqui hoje para tratar da conta, milady.

– Diga-lhe que será pago de acordo com a conveniência de lady Whitehaven, não da dele.

– Pois não, milady. E os dois lacaios foram embora hoje.

– Eles apresentaram aviso prévio?

– Não. Apenas foram embora.

– Desgraçados!

– Milady, os outros empregados querem saber quando receberão seus salários.

– Mais alguma coisa?

Hastead estava desnorteado.

– O que direi a eles?

– Diga que não respondi à sua pergunta.

– Está bem. – Ele tornou a hesitar. – Desejo comunicar que vou embora no fim desta semana.

– Por quê?

– Todos os outros Pilasters dispensaram seus empregados. O Sr. Hugh falou que receberíamos até a última sexta-feira, mas depois não nos pagaria mais, mesmo que continuássemos no serviço.

– Suma da minha vista, seu traidor!

– Pois não, milady.

Augusta disse a si mesma que ficaria contente por nunca mais ver Hastead. Nunca gostara dele, com aqueles olhos que pareciam se fixar em direções diferentes. Era melhor se livrar de todos eles, ratos abandonando o navio que naufragava.

Ela tomou um gole do leite, mas a dor no estômago não diminuiu.

Correu os olhos pelo quarto. Joseph nunca a deixara redecorá-lo, por isso continuava no estilo que ela escolhera em 1873, o mesmo papel de parede, cortinas de brocado e a coleção de caixinhas de rapé cravejadas de pedras preciosas num mostruário laqueado. O quarto parecia morto, como Joseph. Ela desejou poder trazê-lo de volta. Nada daquilo estaria acontecendo se ele tivesse continuado vivo. Teve uma visão momentânea de Joseph parado ao lado da janela, segurando uma de suas caixinhas de rapé prediletas, virando-a de um lado para outro a fim de admirar o jogo de luz nas pedras preciosas. Teve uma estranha sensação de estrangulamento e balançou a cabeça para dissipar a visão.

Muito em breve o Sr. De Graaf ou outro como ele se instalaria naquele quarto. E com toda a certeza removeria o papel de parede e as cortinas e redecoraria o quarto, provavelmente no estilo artes e ofícios em voga, com painéis de carvalho e cadeiras rústicas.

Ela teria de sair da casa. Já aceitara isso, embora fingisse o contrário. Mas não se mudaria para uma casa moderna e apertada em St. John's Wood ou Clapham, como Madeleine e Clementine. Não suportaria viver em condições modestas em Londres, onde poderia ser vista por pessoas que outrora desdenhara.

Preferia deixar o país.

Ainda não sabia direito para onde iria. A vida em Calais era barata, mas muito perto de Londres. Paris era elegante, mas sentia-se velha demais para iniciar uma vida social numa cidade estranha. Ouvira falar de um lugar chamado Nice, na costa mediterrânea da França, onde se podia ter uma casa grande e vários criados por uma bagatela, e havia uma comunidade de estrangeiros, muitos de sua idade, desfrutando dos invernos amenos e do ar marinho.

Mas não poderia viver de brisa. Precisava de dinheiro suficiente para o aluguel e os salários dos criados e, embora estivesse disposta a levar uma vida frugal, não poderia dispensar uma carruagem. Só que dispunha de muito pouco dinheiro, não mais do que 50 libras. Daí a sua tentativa desesperada de comprar os diamantes. Nove mil libras não eram muita coisa, mas talvez fossem suficientes para sustentá-la por alguns anos.

Ela sabia que punha em risco os planos de Hugh. Edward tinha razão nesse ponto. A boa vontade da associação de banqueiros dependia da seriedade da família no pagamento das dívidas. Uma pessoa que fugisse para o continente com a bagagem cheia de joias era o tipo de coisa que podia liquidar uma frágil coalizão. De certa forma, isso tornava a perspectiva ainda mais atraente. Ficaria feliz em destruir o hipócrita do Hugh.

Só que precisava ter uma base. O resto seria fácil. Arrumaria tudo num único baú, iria ao escritório da companhia de navegação para reservar a passagem, chamaria um fiacre pela manhã e seguiria para a estação ferroviária sem avisar a ninguém. Mas o que poderia converter em dinheiro?

Tornando a correr os olhos pelo quarto do marido, ela notou um caderninho de anotações. Abriu-o, com uma vaga curiosidade, e notou que alguém — devia ter sido Stoddart, o funcionário da corretora imobiliária — fizera um inventário do que havia na casa. Enfureceu-a ver seus bens relacionados no caderninho de um empregado subalterno e avaliados por alto: *mesa de jantar, 9 libras; biombo egípcio, 30 xelins; retrato de uma mulher por Joshua Reynolds, 110 libras*. Os quadros na casa deviam valer milhares de libras, mas não havia como levá-los num baú. Ela virou a página e leu: *65 caixas de rapé — consultar departamento de joias*. Ergueu os olhos. Ali, na sua frente, no mostruário que comprara dezessete anos antes, encontrava-se a solução para seu problema. A coleção de caixas de rapé de Joseph valia milhares de libras, talvez até 100 mil. Poderia esconder as caixas na bagagem com a maior facilidade, pois eram pequenas, feitas para caber no bolso do colete de um homem. Poderia vendê-las uma a uma, à medida que precisasse do dinheiro.

Seu coração bateu mais depressa. Podia ser a resposta às suas preces.

Estendeu a mão para abrir o mostruário. Estava trancado.

Por um momento, Augusta ficou em pânico. Não sabia se conseguiria arrombá-la. A madeira era grossa, os painéis de vidro, pequenos e espessos.

Tratou de se acalmar. Onde Joseph costumava guardar a chave? Devia ser na gaveta de sua escrivaninha. Ela foi até lá e abriu a gaveta. Havia um livro ali, com o título horrível *A duquesa de Sodoma*, que ela empurrou para o fundo, e uma pequena chave prateada. Pegou a chave.

Com a mão trêmula, inseriu-a na fechadura do mostruário. Ao virar, ouviu um estalido e a porta se abriu. Respirou fundo e esperou que as mãos parassem de tremer. Depois começou a retirar as caixinhas.

CAPÍTULO QUATRO
Dezembro

1

A QUEBRA DO PILASTERS fora o escândalo do ano na sociedade. Os jornais sensacionalistas noticiavam cada fato com o maior estardalhaço: a venda das grandes mansões em Kensington, os leilões dos quadros, móveis antigos e caixas de vinho do Porto, o cancelamento da planejada lua de mel de seis meses de Nick e Dotty pela Europa e as modestas casas suburbanas em que os orgulhosos e poderosos Pilasters agora descascavam as próprias batatas e lavavam suas roupas de baixo.

Hugh e Nora alugaram uma casa pequena com um jardim em Chingford, uma aldeia a 15 quilômetros de Londres. Desfizeram-se de todos os seus criados, mas uma musculosa moça de 14 anos ia às tardes para limpar o chão e lavar as janelas. Nora, que havia doze anos não fazia qualquer trabalho doméstico, submeteu-se à mudança, contrafeita. Arrastava-se de um lado para outro num avental imundo, varrendo o chão sem muito ânimo, preparando refeições intragáveis e sempre se queixando. Os meninos gostavam mais da aldeia do que de Londres porque podiam brincar no bosque. Hugh viajava de trem para a City todos os dias e continuava a ir ao banco, onde seu trabalho consistia na liquidação do patrimônio da família por conta da associação de banqueiros.

Cada sócio recebia uma pequena quantia mensal do banco. Em teoria, não tinham direito a nada. Mas os membros da associação não eram bárbaros. Eram banqueiros como eles e pensavam, no fundo de suas mentes: *Pela graça de Deus, não sou eu que estou nessa situação.* Além do mais, a cooperação dos sócios era importante na liquidação do patrimônio e valia um pequeno pagamento para que contassem com sua boa vontade.

Hugh acompanhava o andamento da guerra civil em Córdoba com o coração ansioso. O resultado determinaria quanto dinheiro a associação perderia. Hugh queria muito que obtivessem lucro. Queria que um dia pudesse dizer que ninguém perdera dinheiro ao salvar o Banco Pilasters. Mas a possibilidade parecia remota.

A princípio, a facção dos Mirandas dava a impressão de estar na iminência de ganhar a guerra. Pelos relatos, seu ataque fora bem planejado e desfechado com a maior brutalidade. O presidente Garcia fora obrigado a fugir da capital e se refugiara na cidade fortificada de Campanário, no Sul, sua região natal. Hugh andava desanimado. Se os Mirandas vencessem, governariam Córdoba como um reino particular e nunca pagariam os juros dos empréstimos contraídos pelo regime anterior. E os títulos de Córdoba continuariam a não valer nada por todo o futuro previsível.

Só que depois ocorreu uma reviravolta inesperada. A família de Tonio, os Silvas, que por alguns anos fora a base da pequena e ineficaz oposição liberal, entrara na guerra ao lado do presidente em troca de promessas de eleições livres e reforma agrária quando Garcia recuperasse o controle do país. As esperanças de Hugh tornaram a aumentar.

O exército presidencial revitalizado conquistara um grande apoio popular e conseguira deter os usurpadores. Havia agora um equilíbrio de forças. O mesmo acontecia com os recursos financeiros. Os Mirandas haviam gastado seu tesouro de guerra na violenta ofensiva inicial. O Norte tinha as minas de nitrato, o Sul tinha a prata, mas nenhum dos lados podia obter financiamento ou seguro para suas exportações, já que o Pilasters não mais operava e nenhum outro banco aceitaria um cliente que poderia desaparecer no dia seguinte.

Ambos os lados apelaram ao governo britânico por reconhecimento, na esperança de que isso os ajudasse a conseguir uma linha de crédito. Micky Miranda, ainda oficialmente o embaixador cordovês em Londres, assediava as autoridades do Ministério do Exterior, os altos escalões do governo e membros do Parlamento, pressionando para que Papa Miranda fosse reconhecido como o novo presidente. Até agora, porém, o primeiro-ministro britânico, lorde Salisbury, recusara-se a favorecer qualquer dos lados.

E foi então que Tonio Silva voltou a Londres.

Ele apareceu na casa suburbana de Hugh na véspera do Natal. Hugh estava na cozinha, servindo leite quente e torrada com manteiga aos meninos enquanto Nora se vestia, pois iria a Londres para fazer suas compras de Natal, embora dispusesse de bem pouco dinheiro para gastar. Hugh concordara em ficar em casa, cuidando dos filhos, pois não tinha nenhum trabalho urgente para fazer no banco naquele dia.

Ele atendeu pessoalmente à campainha, uma experiência que o lembrou dos velhos tempos com a mãe em Folkestone. Tonio deixara crescer o bigode e a barba, sem dúvida para esconder as cicatrizes da surra que recebera dos sicários contratados por Micky doze anos antes, mas Hugh reconheceu no mesmo instante os cabelos ruivos e o sorriso despreocupado. Estava nevando e havia uma camada branca no chapéu e nos ombros de Tonio.

Hugh levou seu velho amigo para a cozinha e lhe ofereceu chá.

– Como me descobriu?

– Não foi fácil – respondeu Tonio. – Não havia ninguém em sua antiga casa e o banco estava fechado. Fui a Whitehaven e falei com sua tia Augusta. Ela não mudou nada. Não sabia seu endereço, mas se lembrou de Chingford. Pela maneira como falou, parecia um campo de prisioneiros, como a Terra de Van Diemen.

Hugh assentiu.

– Não é tão ruim assim. Os meninos até que gostam. É um pouco duro para Nora.

– Augusta não deixou a casa.

– Sei disso. Ela é mais culpada do que qualquer outra pessoa pela nossa situação crítica, mas é a única que ainda se recusa a aceitar a realidade. Vai descobrir que há lugares piores do que Chingford.

– Córdoba, por exemplo – disse Tonio.

– Como estão as coisas por lá?

– Meu irmão morreu em combate.

– Sinto muito.

– A guerra chegou a um impasse. Tudo depende agora do governo britânico. O lado que for reconhecido poderá obter crédito, reabastecer seu exército e esmagar a oposição. É por isso que estou aqui.

– Foi enviado pelo presidente Garcia?

– Melhor do que isso. Agora sou oficialmente o embaixador cordovês em Londres. Miranda foi afastado do cargo.

– Esplêndido!

Hugh ficou feliz por Micky ter sido finalmente demitido. Irritava-o ver um homem que lhe roubara 2 milhões de libras circulando por Londres, frequentando clubes, teatros e jantares como se nada tivesse acontecido.

– Trouxe cartas de credenciamento e as apresentei ontem no Ministério do Exterior – acrescentou Tonio.

– E espera persuadir o primeiro-ministro a apoiar o seu lado.

– Isso mesmo.

Hugh fitou-o com uma expressão de curiosidade.

– Como?

– Garcia é o presidente... A Inglaterra deve apoiar o governo legítimo.

Era um argumento um pouco frágil, pensou Hugh.

– Não o reconhecemos até agora.

– Direi ao primeiro-ministro que devem fazer isso.

– Lorde Salisbury anda muito ocupado tentando cuidar do caldeirão fervendo na Irlanda... Não tem tempo para uma distante guerra civil sul-americana.

Hugh não queria parecer pessimista, mas uma ideia começava a aflorar em sua mente.

– Meu trabalho é persuadir Salisbury de que deve dispensar alguma atenção ao que acontece na América do Sul, mesmo que tenha outros problemas a preocupá-lo – comentou Tonio, irritado.

Mas até ele podia perceber a fragilidade dessa posição.

– Você é inglês, Hugh – falou o cordovês depois de um momento. – O que acha que atrairia a atenção do primeiro-ministro?

– Pode prometer que protegerão os investidores britânicos de prejuízos – respondeu o banqueiro sem hesitação.

– Como?

– Ainda não sei direito, estou apenas pensando em voz alta.

Hugh mudou de posição na cadeira. Sol, com 4 anos, construía um castelo de blocos de madeira em torno de seus pés. Era muito estranho decidir o futuro de todo um país ali, na cozinha pequena de uma despretensiosa casa suburbana.

– Investidores britânicos aplicaram 2 milhões de libras na Companhia Docas de Santa María. O Banco Pilasters foi o maior contribuinte. Todos os diretores da companhia eram membros ou associados da família Miranda e não tenho a menor dúvida de que todo o dinheiro foi direto para seu tesouro de guerra. Precisamos recuperá-lo.

– Mas já foi tudo gasto com armas!

– Certo. Mas a família Miranda deve ter um patrimônio que vale milhões.

– É verdade... Possui as minas de nitrato do país.

– Se o seu lado vencesse a guerra, o presidente Garcia poderia entregar as minas à Companhia Docas de Santa María como compensação pela fraude? Os títulos passariam a valer alguma coisa.

– O presidente me disse que posso prometer qualquer coisa, *absolutamente qualquer coisa*, que atraia os britânicos para o lado das forças do governo em Córdoba – respondeu Tonio com firmeza.

Hugh começou a ficar animado. De repente, a perspectiva de pagar todas as dívidas do Pilasters parecia mais próxima.

– Deixe-me pensar... Devemos preparar o terreno antes que você faça o contato. Creio que posso persuadir o velho Ben Greenbourne a falar com lorde Salisbury, pedindo-lhe que apoie o investidor britânico. E como reagiria a oposição no Parlamento? Podemos conversar com Dan Robinson, o irmão de Maisie... Ele é membro do Parlamento e é obcecado pela quebra de bancos. Aprova o meu esquema de recuperação do Pilasters e quer que dê certo. Pode nos garantir o apoio da oposição na Câmara dos Comuns. – Hugh tamborilou os dedos na mesa da cozinha. – Está começando a parecer que vai dar certo!

– Temos de agir depressa.

– Vamos para a cidade imediatamente. Dan Robinson mora com Maisie na zona sul de Londres. Greenbourne deve estar em sua casa de campo, mas posso lhe telefonar do banco. – Hugh levantou-se. – Vou avisar Nora.

Ele tomou cuidado para não derrubar o castelo de Sol ao passar e deixou a cozinha.

Encontrou Nora no quarto, pondo um chapéu elaborado com forro de pele.

– Tenho de ir a Londres – anunciou Hugh, pondo o colarinho e gravata.

– E quem vai tomar conta dos meninos?

– Você, eu espero.

– Não! – protestou Nora com voz estridente. – Eu vou fazer compras!

– Lamento, Nora, mas é muito importante.

– Eu também sou importante!

– Claro que é, mas não vai poder fazer o que deseja agora. Preciso conversar o mais depressa possível com Ben Greenbourne.

– Estou cansada de tudo isto! – exclamou ela, desgostosa. – Cansada desta casa, cansada desta aldeia insuportável, cansada das crianças e cansada de você! Meu pai vive melhor do que nós!

O pai de Nora abrira um bar, com um empréstimo do Banco Pilasters, e estava indo muito bem.

– Prefiro ir morar com ele e trabalhar no bar! Seria mais divertido e eu ainda receberia pelo trabalho!

Hugh fitou-a aturdido. Compreendeu subitamente que nunca mais partilharia a cama da esposa. Nora o odiava, e ele a desprezava.

– Tire o chapéu, Nora. Você não vai fazer compras hoje.

Hugh vestiu o casaco e saiu do quarto.

Tonio esperava impaciente no vestíbulo. Hugh beijou os meninos, pegou o chapéu e o sobretudo e abriu a porta.

– Há um trem dentro de poucos minutos – informou ele ao saírem.

Ele pôs o chapéu e vestiu o sobretudo enquanto atravessavam o pequeno jardim e passavam pelo portão. Continuava a nevar e já havia uma camada espessa sobre a relva. Havia mais vinte ou trinta casas iguais à de Hugh, construídas no que fora outrora uma plantação de rabanetes. Foram andando por um caminho de cascalho na direção da aldeia.

– Falaremos com Robinson primeiro – disse Hugh, planejando o esquema de ação. – Depois, poderei comunicar a Greenbourne que a oposição já está do nosso lado... Escute!

– O quê?

– É o nosso trem. Temos de nos apressar.

Aceleraram o passo. Por sorte, a estação ficava no lado mais próximo da aldeia. O trem apareceu no momento em que atravessavam uma passarela sobre os trilhos.

Um homem se debruçava no parapeito, observando o trem. Virou-se no instante em que eles passaram e Hugh reconheceu-o. Era Micky Miranda.

E tinha um revólver na mão.

Depois disso, tudo aconteceu muito depressa.

Hugh berrou, mas seu grito foi um sussurro em comparação com o ruído do trem. Micky apontou a arma para Tonio e disparou à queima-roupa. Tonio cambaleou e caiu. Micky virou a arma para Hugh, mas nesse instante o vapor e a fumaça da locomotiva ocuparam a passarela numa densa nuvem e os dois ficaram cegos. Hugh jogou-se no chão, coberto de neve. Ouviu a arma disparar de novo, duas vezes, mas nada sentiu. Rolou para o lado e ficou de joelhos, tentando divisar alguma coisa através da névoa.

A fumaça começou a se dissipar. Hugh vislumbrou um vulto e correu em sua direção. Micky viu-o e se virou, mas era tarde demais. Hugh jogou-se contra ele. Micky caiu, a arma escapuliu de sua mão, voou por cima do parapeito e foi parar na linha do trem, lá embaixo. Hugh caiu sobre Micky e rolou para o lado.

Ambos se levantaram com bastante dificuldade. Micky inclinou-se para pegar sua bengala. Hugh tornou a avançar. Derrubou-o novamente, mas Micky não largou a bengala. Quando ele se levantou, Hugh atacou-o mais uma vez. Só que Hugh não brigava com ninguém havia vinte anos e errou o soco. Micky levantou a bengala e acertou-a em sua cabeça. O golpe doeu. Micky bateu de novo. O segundo golpe enfureceu Hugh, que soltou um urro de raiva. Avançou para Micky e deu uma cabeçada em seu rosto. Os dois cambalearam para trás, ofegantes.

Foi nesse instante que soou um apito na estação, indicando que o trem estava prestes a partir. O pânico estampou-se no rosto de Micky. Hugh concluiu que ele planejara escapar naquele trem e não podia permanecer em Chingford por mais uma hora, tão perto do local do crime. O palpite estava certo. Micky virou-se e saiu correndo para a estação.

Hugh partiu em seu encalço.

Micky não era um corredor, tendo perdido muitas noites bebendo em bordéis, e Hugh passara sua vida adulta sentado atrás de uma escrivaninha e já não estava tão em forma. Micky entrou correndo na estação no momento em que o trem começava a andar. Hugh seguiu-o, respirando com dificuldade.

– Ei, onde estão suas passagens? – gritou um ferroviário quando eles entraram na plataforma.

Como resposta, Hugh berrou:

– Assassino!

Micky disparou pela plataforma, tentando alcançar a traseira do trem. Hugh seguiu atrás, fazendo um esforço para ignorar a pontada de dor no flanco. O ferroviário aderiu à perseguição. Micky alcançou o trem, segurou uma alça e pulou para o degrau. Hugh saltou e segurou seu tornozelo, mas teve de largá-lo. O ferroviário tropeçou em Hugh e caiu no chão.

Quando Hugh se levantou, o trem já estava fora de alcance. Ficou olhando, desesperado. Viu Micky abrir a porta do vagão e cruzá-la, cauteloso, tornando a fechá-la.

O ferroviário também se levantou, removendo a neve da roupa.

– Afinal, o que aconteceu?

Hugh dobrou-se, respirando como um fole cheio de buracos, fraco demais para falar.

– Um homem foi baleado – informou ele assim que recuperou o fôlego.

Quando se sentiu forte o bastante, caminhou para a entrada da estação, fazendo sinal para o ferroviário segui-lo. Levou-o até a passarela em que estava Tonio.

Hugh ajoelhou-se ao lado do corpo. Tonio fora atingido entre os olhos e não restava muita coisa de seu rosto.

– Por Deus, que coisa terrível! – murmurou o ferroviário.

Hugh engoliu em seco, reprimindo a náusea. Controlou-se e enfiou a mão por baixo do capote de Tonio para sentir o coração. Como já esperava, não havia pulsação. Recordou o menino travesso com quem costumava nadar no poço em Bishop's Wood havia 24 anos e sentiu uma onda de tristeza que o levou à beira das lágrimas.

A cabeça de Hugh começava a desanuviar, e ele pôde perceber, com uma lucidez angustiante, como Micky planejara tudo. Micky tinha amigos no Ministério do Exterior, como todos os diplomatas competentes. Um desses amigos devia tê-lo informado, talvez numa recepção ou num jantar na noite anterior, que Tonio estava em Londres. Tonio já apresentara suas credenciais e por isso Micky sabia que seus dias estavam contados. Mas se Tonio morresse, a situação voltaria a ficar confusa. Não haveria ninguém em Londres para negociar em nome do presidente Garcia e Micky seria o embaixador *de facto*. Era sua única esperança. Mas ele tinha de agir depressa e correr riscos, pois só lhe restava um dia, no máximo dois.

Como Micky soubera onde encontraria Tonio? Talvez tenha mandado alguém segui-lo, ou talvez Augusta o tenha avisado de que Tonio a procurara perguntando onde poderia encontrar Hugh. Seja como for, ele acompanhara Tonio até Chingford.

Procurar a casa de Hugh implicaria falar com muitas pessoas. Mas ele sabia que Tonio voltaria à estação ferroviária, mais cedo ou mais tarde. Assim, permanecera à espreita perto da estação, planejando matar Tonio – e qualquer testemunha do crime – e escapar de trem.

Micky era um homem em desespero e seu plano era muito arriscado, mas quase dera certo. Precisaria matar Hugh também, além de Tonio, mas a fumaça da locomotiva prejudicara sua mira. Se tudo tivesse corrido de acordo com o plano, ninguém o teria reconhecido. Chingford não tinha telégrafo nem telefone e não havia meio de transporte mais rápido do que o trem. Assim, ele voltaria a Londres antes que o crime pudesse ser comunicado. E, com toda a certeza, um de seus empregados lhe providenciaria um álibi.

Mas ele não conseguira matar Hugh. E Hugh compreendeu de repente que, tecnicamente, Micky não era mais o embaixador cordovês. Perdera sua imunidade diplomática.

Podia ser enforcado pelo que fizera.

Hugh levantou-se.

– Precisamos comunicar o crime o mais depressa possível.
– Há uma delegacia de polícia em Walthamstow, a poucas estações daqui.
– Quando passa o próximo trem?
O homem tirou um relógio grande do bolso do colete.
– Daqui a 47 minutos.
– Devemos embarcar nele. Você vai à delegacia em Walthamstow e eu irei a Londres para comunicar à Scotland Yard.
– Não há ninguém para cuidar da estação. Sou o único de serviço, já que é véspera de Natal.
– Tenho certeza de que o chefe vai querer que cumpra seu dever público.
– Tem razão – respondeu o ferroviário, agradecido por alguém lhe determinar o que fazer.
– É melhor levarmos o pobre Silva daqui. Há algum lugar na estação em que possamos deixar o corpo?
– Só a sala de espera.
– Então vamos carregá-lo até lá e trancá-lo. – Hugh inclinou-se e pegou o corpo pelos braços. – Você segura as pernas.

Levaram Tonio para a estação e estenderam-no num banco na sala de espera. Depois, não sabiam direito o que fazer. Hugh estava irrequieto. Não podia se lamentar. Era muito cedo para isso. Queria primeiro pegar o assassino. Ficou andando de um lado para outro, consultando seu relógio de minuto em minuto e esfregando a área dolorida na cabeça em que a bengala de Micky o acertara. O ferroviário sentou no banco em frente, olhando para o cadáver com fascínio e medo. Depois de algum tempo, Hugh sentou ao seu lado. Assim permaneceram, calados, olhando e partilhando a sala fria com o cadáver até que o trem seguinte entrou na estação.

2

MICKY MIRANDA FUGIA por sua vida.
Sua sorte se esgotava. Cometera quatro assassinatos nos últimos 24 anos e escapara impune dos três primeiros, mas desta vez fora diferente. Hugh Pilaster o vira atirar em Tonio Silva em plena luz do dia e não havia como escapar do carrasco, a não ser deixando a Inglaterra.

De repente, ele se tornara um fugitivo na cidade que fora o seu lar durante a maior parte de sua vida. Atravessou, apressado, a estação da Liverpool

Street, evitando os olhos dos guardas – o coração disparado, a respiração entrecortada –, e embarcou num fiacre de aluguel.

Seguiu direto para o escritório da Companhia de Navegação da Costa do Ouro e do México.

O lugar estava apinhado e quase todos eram latinos. Alguns tentavam voltar a Córdoba, outros queriam trazer parentes de lá ou estavam apenas atrás de notícias. Havia barulho e confusão. Micky não podia esperar que a gentalha fosse atendida. Abriu caminho até o balcão, usando a bengala em homens e mulheres, indiscriminadamente. As roupas elegantes e a arrogância da classe alta atraíram a atenção de um funcionário.

– Quero reservar uma passagem para Córdoba – disse Micky.

– Há uma guerra em Córdoba.

Micky suprimiu uma resposta sarcástica.

– Mas presumo que vocês não tenham suspendido todas as viagens.

– Estamos vendendo passagens para o Peru. O navio continuará até Palma se as condições políticas permitirem. A decisão só será tomada quando chegar a Lima.

Serviria. Antes de tudo, Micky precisava sair da Inglaterra.

– Quando é a próxima partida?

– Daqui a quatro semanas.

Ele sentiu um frio no coração.

– Não dá! Tenho de ir antes disso!

– Há um navio que zarpa de Southampton esta noite, se tem tanta pressa.

– Graças a Deus! – Sua sorte ainda não se esgotara por completo. – Reserve-me um camarote, o melhor que tiver.

– Pois não, senhor. Pode me dar seu nome?

– Miranda.

– Como, senhor?

Os ingleses pareciam surdos quando um nome estrangeiro era pronunciado. Micky já ia soletrar seu nome quando mudou de ideia.

– Andrews – disse ele. – M. R. Andrews.

Ocorrera-lhe que a polícia poderia verificar as listas de passageiros, procurando pelo nome Miranda. Agora, não o descobririam. Sentia-se grato pelo insano liberalismo das leis britânicas, que permitiam que as pessoas entrassem e saíssem do país sem passaporte. Não seria tão fácil em Córdoba.

O funcionário começou a preparar a passagem. Micky ficou observando, apreensivo, massageando o ponto dolorido do rosto em que Hugh Pilaster o atingira com uma cabeçada. Compreendeu que tinha outro problema. A Scotland Yard poderia enviar sua descrição a todos os portos pelo cabograma. Maldito telégrafo. Em apenas uma hora, haveria policiais locais verificando todos os passageiros. Precisava de alguma espécie de disfarce.

O funcionário lhe entregou a passagem e ele pagou em dinheiro. Tornou a abrir caminho pela multidão e saiu para a neve, ainda preocupado.

Pegou um fiacre e mandou o cocheiro seguir para a embaixada cordovesa, mas depois mudou de ideia. Era arriscado voltar lá, e de qualquer forma dispunha de bem pouco tempo.

A polícia procuraria por um homem bem-vestido, em torno dos 40 anos, viajando sozinho. Um jeito de despistá-la seria se apresentar como um homem mais velho, acompanhado. Podia até se fingir de inválido e ser levado para bordo numa cadeira de rodas. Para isso, no entanto, precisaria de um cúmplice. Quem poderia usar? Não tinha certeza de poder confiar em nenhum dos seus subordinados, ainda mais agora que deixara de ser o embaixador.

Portanto, só restava Edward.

– Siga para a Hill Street – ordenou ele ao cocheiro.

Edward tinha uma pequena casa em Mayfair. Ao contrário dos outros Pilasters, já morava numa casa alugada e não fora obrigado a se mudar porque pagara adiantado três meses.

Edward parecia não ter se importado que Micky tivesse destruído o Banco Pilasters e provocado a ruína de sua família. Na verdade, tornara-se ainda mais dependente de Micky. Quanto ao resto dos Pilasters, Micky não os via desde que o banco quebrara.

Edward abriu a porta num robe de chambre de seda todo manchado e levou Micky para o seu quarto, onde havia uma lareira. Às onze horas da manhã, já fumava um charuto e bebia uísque. As erupções na pele haviam se espalhado por todo o rosto agora, e Micky quase abandonou a ideia de usá-lo como cúmplice, pois o rosto marcado atrairia muita atenção. Mas não havia tempo para ser exigente. Teria de se contentar com Edward.

– Estou deixando o país – anunciou Micky.

– Leve-me com você! – exclamou Edward, começando a chorar.

– O que há com você? – indagou Micky, irritado.

– Estou morrendo. Vamos para algum lugar tranquilo em que possamos viver juntos, em paz, até eu morrer.

– Você não está morrendo, seu idiota... apenas tem uma doença de pele.

– Não é uma doença de pele. Estou com sífilis.

Micky escancarou a boca, horrorizado.

– Meu Deus, eu também posso estar!

– Não seria de admirar, pelo tempo que passávamos no Nellie's.

– Mas as mulheres de April deviam ser limpas!

– Prostitutas nunca são limpas.

Micky fez um esforço para reprimir o pânico. Se permanecesse em Londres para consultar um médico, poderia morrer na ponta de uma corda. Precisava deixar o país ainda naquele dia. O navio fazia escala em Lisboa e ele poderia procurar um médico lá, dentro de poucos dias. Teria de se satisfazer com isso. E talvez nem tivesse a doença. Era muito mais saudável do que Edward, em termos gerais, e sempre se lavara depois do sexo, enquanto o amigo não era tão meticuloso.

Mas Edward não estava em condições de ajudá-lo a fugir do país. Além do mais, Micky não tinha a menor intenção de levar para Córdoba um caso terminal de sífilis. Ainda precisava de um cúmplice. E só restava uma pessoa a quem recorrer: Augusta.

Não tinha tanta certeza de que ela aceitaria quanto tinha de Edward. Afinal, Edward sempre se mostrara disposto a fazer qualquer coisa que ele pedisse. Augusta era independente. Mas ela era sua última chance.

Ele virou-se para sair.

– Não me deixe aqui! – suplicou Edward.

Não havia tempo para sentimentalismo.

– Não posso levar comigo um homem agonizante.

O rosto de Edward assumiu uma expressão rancorosa.

– Se não me levar...

– O que vai fazer?

– Contarei à polícia que você matou Peter Middleton, tio Seth e Solly Greenbourne.

Augusta devia ter lhe contado sobre o velho Seth. Micky contemplou Edward. Era uma figura patética. Como pude aturá-lo por tanto tempo?, perguntou-se ele. E compreendeu que ficaria muito feliz em deixá-lo para trás.

– Pode contar. Já estão à minha procura pela morte de Tonio Silva, e a pena por um crime é a mesma que por quatro: a forca.

Micky saiu sem olhar para trás. Foi pegar um fiacre em Park Lane.

– Kensington Gore – disse ao cocheiro. – Casa Whitehaven.

No caminho, refletiu sobre sua saúde. Não tinha nenhum dos sintomas: nada de problemas de pele, nada de caroços inexplicáveis nos órgãos genitais. Mas teria de esperar para ter certeza. Maldito Edward!

Também pensou em Augusta. Não a via desde a quebra do banco. Ela o ajudaria? Sabia que Augusta sempre lutara para conter o desejo sexual que sentia por ele. E, numa única e bizarra ocasião, até cedera à sua paixão. Naquele tempo, Micky também a desejava. Desde então, porém, o fogo de sua paixão arrefecera, mas achava que o desejo de Augusta apenas crescera. Esperava que assim fosse, pois ia lhe pedir que fugisse com ele.

A porta de Augusta não foi aberta pelo mordomo, mas por uma mulher desleixada, usando um avental. Ao passar pelo vestíbulo, Micky notou que o lugar não estava muito limpo. Era evidente que Augusta passava por dificuldades. Tanto melhor. Isso a deixaria mais propensa a concordar com seu plano.

Mas ela exibia sua personalidade autoritária habitual ao entrar na sala de estar, usando uma blusa roxa de seda e uma saia pregueada preta, justa na cintura. Quando mais jovem, fora uma mulher de beleza espetacular e ainda agora, aos 58 anos, podia fazer os homens virarem a cabeça para admirá-la. Micky recordou o desejo que ela despertava nele quando era um menino de 16 anos, mas não restara nada desse sentimento. Teria de fingir.

Augusta não lhe estendeu a mão.

– Por que veio aqui? – perguntou ela, friamente. – Arruinou a mim e à minha família.

– Não tive a intenção...

– Devia saber que seu pai estava prestes a iniciar uma guerra civil.

– Mas não sabia que os títulos cordoveses perderiam valor por causa da guerra. Você sabia?

Ela hesitou. Era evidente que isso não lhe passara pela cabeça.

Abrira-se uma fresta em sua armadura e Micky tentou expandi-la.

– Não teria feito se soubesse... Teria preferido cortar minha própria garganta a lhe fazer qualquer mal.

Ele percebeu que Augusta queria acreditar nisso, mas ela disse:

– Você persuadiu Edward a enganar os sócios a fim de obter 2 milhões de libras.

– Pensei que houvesse tanto dinheiro no banco que isso não faria a menor diferença.

Augusta desviou os olhos.

– Eu também – murmurou ela.

Micky tratou de aproveitar a abertura.

– Seja como for, tudo isso é irrelevante agora... Vou deixar a Inglaterra hoje e é bem provável que nunca mais volte.

Ela encarou-o com um súbito temor nos olhos e Micky compreendeu que já a dominara.

– Por quê?

Não havia tempo para rodeios.

– Acabo de matar um homem com um tiro e a polícia está à minha procura.

Augusta soltou uma exclamação de susto e pegou a mão dele.

– Quem?

– Antonio Silva.

Ela ficou ao mesmo tempo excitada e chocada. O rosto corou um pouco, os olhos brilhavam.

– Tonio! Por quê?

– Ele era uma ameaça para mim. Reservei passagem num vapor que parte de Southampton esta noite.

– Tão depressa?

– Não tenho opção.

– E veio se despedir – murmurou Augusta, baixando os olhos.

– Não.

Ela tornou a fitá-lo. Seria de esperança o brilho em seus olhos? Micky hesitou, mas resolveu arriscar.

– Quero que você venha comigo.

Os olhos de Augusta se arregalaram. Ela deu um passo para trás. Micky agarrou sua mão.

– Ter de partir, e tão depressa, me fez compreender algo que já deveria ter admitido para mim mesmo há muito tempo. Acho que você sempre soube. Eu a amo, Augusta.

Enquanto representava seu papel, ele observava o rosto de Augusta, avaliando-o da maneira como um marujo interpreta a superfície do mar. Por um momento, ela tentou demonstrar espanto, mas só por um instante. Ofereceu o indício de um sorriso de satisfação, depois um rubor de embaraço, quase como uma donzela, e ao final um olhar calculista, de quem avaliava o que tinha a ganhar e perder.

Micky compreendeu que ela ainda estava indecisa.

Pôs a mão em sua cintura e puxou-a gentilmente. Augusta não resistiu, mas seu rosto ainda conservava a expressão pensativa que dizia a Micky que não chegara a uma conclusão.

Quando seus rostos estavam próximos e os seios de Augusta encostavam em suas lapelas, Micky lançou mais uma cartada.

– Não posso viver sem você, querida Augusta.

Sentiu-a tremer sob seu toque.

– Tenho idade para ser sua mãe – sussurrou ela com a voz trêmula.

– Mas não é... – falou ele no ouvido de Augusta, roçando seu rosto com os lábios. – Ao contrário, é a mulher mais desejável que já conheci. Desejei você durante todos esses anos, e sabe disso. Agora...

Micky subiu a mão da cintura até quase alcançar o seio.

– Agora, mal consigo manter as mãos sob controle. Augusta...

Ele fez uma pausa.

– O quê?

Ele quase a tinha por completo, mas ainda faltava pouco. Tinha de jogar seu último trunfo.

– Agora que não sou mais embaixador, posso me divorciar de Rachel.

– O que está querendo dizer?

– Quer casar comigo? – sussurrou ele em seu ouvido.

– Quero.

E Micky beijou-a.

3

APRIL TILSLEY ENTROU na sala de Maisie no Hospital para Mulheres vestida com esmero, em seda escarlate e pele de raposa, com um jornal na mão.

– Já soube o que aconteceu? – foi logo dizendo.

Maisie levantou-se.

– April! O que houve?

– Micky Miranda atirou em Tonio Silva!

Maisie sabia quem era Micky, mas demorou um pouco para recordar que Tonio era um dos rapazes que andavam com Solly e Hugh quando eram jovens. Era um jogador naquela época, lembrou ela, e April gostava dele até descobrir que perdia o pouco dinheiro que tinha em apostas.

– Micky *atirou* nele? – perguntou ela, aturdida. – E ele morreu?

– Morreu. Saiu no jornal da tarde.

– Por quê?

– O jornal não diz. Mas também informa... – April hesitou. – Sente-se, Maisie.

– O que houve?

– O jornal diz que a polícia quer interrogá-lo sobre três outros assassinatos... de Peter Middleton, Seth Pilaster e... Solomon Greenbourne.

Maisie desabou na cadeira.

– Solly! – Sentiu que quase desfalecia. – Micky matou Solly? Ah, pobre Solly!

Ela fechou os olhos e baixou o rosto para as mãos.

– Você precisa de um gole de conhaque, Maisie. Onde guarda a garrafa?

– Não temos conhaque aqui. – Maisie fez um esforço para se controlar. – Mostre-me esse jornal.

April entregou-o.

Maisie leu o primeiro parágrafo. Dizia que a polícia procurava o ex-embaixador cordovês, Miguel Miranda, para interrogá-lo sobre o assassinato de Antonio Silva.

– Pobre Tonio... – murmurou April. – Foi um dos homens mais gentis para quem já abri as pernas.

Maisie continuou a ler. A polícia também queria interrogar Miranda sobre as mortes de Peter Middleton, na Escola Windfield, em 1866; de Seth Pilaster, o sócio sênior do Banco Pilasters, em 1873; e de Solomon Greenbourne, atropelado por uma carruagem a toda a velocidade numa rua transversal de Piccadilly em julho de 1879.

– Até Seth Pilaster, o tio Seth de Hugh? – disse Maisie, muito nervosa. – Por que ele matou todas essas pessoas?

– Os jornais nunca explicam o que a gente quer realmente saber.

O terceiro parágrafo provocou outro abalo em Maisie. O crime ocorrera a nordeste de Londres, perto de Walthamstow, numa aldeia chamada Chingford. Seu coração parou.

– Chingford!

– Nunca ouvi falar...

– É onde Hugh vive!

– Hugh Pilaster? Ainda é apaixonada por ele?

– Não percebe que ele deve estar envolvido? Não pode ser mera coincidência! Ah, meu Deus, espero que não tenha acontecido nada com ele!

– Acho que o jornal diria se ele estivesse ferido.

– Aconteceu há poucas horas. Talvez ainda não saibam.

Maisie não podia suportar a dúvida. Levantou-se.

– Tenho de descobrir se ele está bem.

– Como?

Ela pôs o chapéu, prendendo-o com um alfinete.

– Vou até a casa dele.

– A esposa não vai gostar.

– Ela não passa de um *paskudniak*.

April riu.

– O que é isso?

– Um saco de merda.

Maisie pôs o casaco. April também se levantou.

– Minha carruagem está lá fora. Eu a levo até a estação.

Ao entrarem na carruagem de April, descobriram que nenhuma das duas sabia em que estação de Londres pegar um trem para Chingford. Por sorte, o cocheiro, que também era o porteiro do bordel Nellie's, sabia que era a estação da Liverpool Street.

Ao chegarem ali, Maisie agradeceu apressada a April e entrou correndo na estação. Estava lotada de passageiros que viajavam para passar o Natal e pessoas que voltavam das compras para suas residências suburbanas. O ar estava impregnado de fumaça e poeira. Ouviam-se gritos de saudações e despedidas em meio ao ranger dos freios de aço e aos jatos explosivos das locomotivas a vapor. Maisie se esforçou para abrir caminho até o guichê de passagens através da multidão de mulheres carregadas de pacotes, escriturários de chapéu-coco voltando mais cedo para casa, maquinistas e foguistas de rosto sujo, crianças, cavalos e cachorros.

Teve de esperar quinze minutos por um trem. Na plataforma, assistiu à dolorosa despedida de dois jovens enamorados e invejou-os.

O trem passou pelos cortiços de Bethnal Green, pelos subúrbios de Walthamstow e pelos campos cobertos de neve de Woodford, parando a cada poucos minutos. Embora fosse duas vezes mais rápido do que uma carruagem puxada por cavalos, parecia lento a Maisie, que roía as unhas e se perguntava se Hugh estaria bem.

Ao desembarcar em Chingford, foi detida pela polícia e convidada a entrar na sala de espera. Um detetive perguntou-lhe se estivera na localidade naquela manhã. Era evidente que procuravam testemunhas do crime. Maisie falou que nunca estivera em Chingford.

— Mais alguém foi ferido além de Antonio Silva? — indagou ela num impulso.

— Duas pessoas sofreram pequenos cortes e hematomas na confusão.

— Estou preocupada com um amigo meu que conhecia o Sr. Silva. Seu nome é Hugh Pilaster.

— O Sr. Pilaster atracou-se com o atacante e foi atingido na cabeça. Seus ferimentos não são graves.

— Graças a Deus! Pode me informar onde fica a casa dele?

O detetive disse para onde ela devia ir e acrescentou:

— O Sr. Pilaster esteve na Scotland Yard. Não sei se já voltou.

Maisie se perguntou se deveria retornar a Londres imediatamente, agora que sabia que Hugh estava bem. Evitaria o encontro com a terrível Nora. Mas se sentiria melhor se visse Hugh e não tinha medo de Nora. Partiu para a casa indicada, andando por uma camada de neve de uns 5 centímetros.

Chingford contrastava brutalmente com Kensington, refletiu ela enquanto caminhava pela rua nova de casas baratas, com pequenos jardins na frente. Hugh reagia de maneira estoica à queda de padrão, concluiu Maisie, mas não tinha a mesma certeza em relação a Nora. A megera se casara com Hugh por dinheiro e não devia estar gostando nada de voltar a ser pobre.

Ela ouviu uma criança chorando quando bateu à porta da casa de Hugh. Foi aberta por um garoto de cerca de 11 anos.

— Você é Toby, não é mesmo? — disse Maisie. — Vim falar com seu pai. Sou a Sra. Greenbourne.

— Lamento, mas papai não está em casa — respondeu o garoto com formalidade.

— Quando ele deve voltar?

— Não sei.

Maisie ficou desolada. Aguardara com ansiedade a chance de encontrar Hugh.

— Talvez possa dizer a seu pai que li a notícia no jornal e vim me certificar de que ele está bem.

— Está certo. Direi a ele.

Não havia mais nada a falar. Ela podia voltar logo à estação e esperar pelo próximo trem para Londres. Virou-se desapontada. Pelo menos escapara de uma altercação com Nora.

Alguma coisa no rosto do menino a perturbara. Uma expressão quase de medo. Numa reação impulsiva, Maisie tornou a se virar.

– Sua mãe está?

– Não. Ela saiu.

O que era muito estranho. Hugh não tinha condições de pagar uma governanta. Maisie teve o pressentimento de que havia algo errado.

– Posso falar com a pessoa que está tomando conta de vocês?

O menino hesitou.

– Na verdade, não há mais ninguém em casa, só eu e meus irmãos.

A intuição de Maisie estava certa. O que teria acontecido? Como puderam deixar três meninos pequenos sozinhos em casa? Não queria interferir, sabendo que ouviria o diabo de Nora Pilaster. Por outro lado, também não podia ir embora e deixar os filhos de Hugh sozinhos.

– Sou uma velha amiga de seu pai... e de sua mãe.

– Eu a vi no casamento da tia Dotty.

– Tem razão. Ahn... Posso entrar?

Toby pareceu aliviado.

– Por favor.

Maisie passou pela porta e seguiu o som do choro de um menino até chegar à cozinha, no fundo da casa. Havia um garoto de 4 anos sentado no chão, em lágrimas, e outro de 6 sentado à mesa da cozinha, dando a impressão de que também começaria a chorar a qualquer momento.

Ela pegou o menor no colo. Sabia que ele se chamava Solomon em homenagem a Solly Greenbourne, mas todos o tratavam por Sol.

– Calma, calma... – murmurou ela. – Qual é o problema?

– Quero mamãe! – gritou o menino, berrando ainda mais alto.

– Calma, calma...

Maisie se pôs a embalá-lo. Sentiu a umidade penetrar em suas roupas e compreendeu que a criança urinara. Olhando ao redor, constatou que a cozinha estava uma bagunça. A mesa se achava coberta por migalhas de pão e leite derramado, havia pratos sujos na pia e lama no chão. Também fazia frio, pois o fogo se extinguira. Quase parecia que os filhos de Hugh haviam sido abandonados.

– O que está acontecendo por aqui? – perguntou ela a Toby.

– Dei alguma coisa para eles almoçarem. Passei manteiga no pão, cortei um pouco de presunto. Tentei fazer um chá, mas queimei a mão na chaleira.

Toby tentava se mostrar corajoso, mas era óbvio que também estava à beira das lágrimas.

– Sabe aonde meu pai foi?

– Não, não sei.

O caçula pedira a mãe, mas o mais velho perguntava pelo pai, notou Maisie.

– E sua mãe?

Toby pegou um envelope sobre a lareira e o estendeu. Do lado de fora estava escrito apenas "Hugh".

– Não foi lacrado – disse Toby. – Eu li.

Maisie abriu o envelope e tirou a folha de papel. Continha uma única palavra, escrita em letras grandes, maiúsculas, furiosas:

ADEUS

Maisie ficou horrorizada. Como uma mãe podia abandonar três filhos pequenos e deixá-los entregues à própria sorte? Nora dera à luz cada um daqueles meninos e aconchegara-os contra o seio, como bebês desamparados. Maisie pensou nas mães no Hospital para Mulheres de Southwark. Se elas pudessem viver numa casa de três quartos em Chingford, pensariam que estavam no paraíso. Ela tratou de afastar essas ideias, pelo menos por enquanto.

– Seu pai vai voltar ainda esta noite, tenho certeza – declarou ela, rezando para que fosse verdade.

Olhou para o menino de 4 anos em seu colo.

– Mas não queremos que ele encontre a casa nessa confusão, não é mesmo?

Sol assentiu, com uma expressão solene.

– Vamos lavar os pratos, limpar a cozinha, acender o fogo e preparar o jantar. – Ela olhou para o menino de 6 anos. – Acha que é uma boa ideia, Samuel?

O menino assentiu.

– Eu gosto de torrada com manteiga – sugeriu ele, esperançoso.

– Pois então é o que teremos.

Toby ainda não estava tranquilo.

– A que horas acha que meu pai vai voltar para casa?

– Não sei – respondeu Maisie com franqueza.

Não havia sentido em mentir. As crianças sempre sabiam quando eram enganadas.

– Mas vamos fazer uma coisa. Você pode ficar acordado até ele chegar, por mais tarde que seja. Combinado?

O menino pareceu um pouco aliviado.

– Combinado.

– Muito bem. Toby, você é o mais forte, pode ir buscar um balde de carvão. Samuel, creio que posso confiar em você para limpar a mesa da cozinha com um pano. Sol, você pode varrer o chão porque... porque é o menor e fica mais perto do chão. Muito bem, meninos, vamos começar a trabalhar!

4

HUGH FICOU IMPRESSIONADO com a maneira como a Scotland Yard reagiu a seu relato. O caso foi entregue ao inspetor-detetive Magridge, um homem de rosto fino, mais ou menos da idade de Hugh, meticuloso e inteligente, do tipo que seria promovido a escriturário-chefe num banco. Em menos de uma hora, ele já distribuíra uma descrição de Micky Miranda e providenciara vigilância em todos os portos.

Também mandou um sargento-detetive tomar o depoimento de Edward Pilaster, por sugestão de Hugh, e o homem voltou com a informação de que Miranda pretendia deixar o país.

Edward dissera ainda que Micky estava envolvido nas mortes de Peter Middleton, Seth Pilaster e Solomon Greenbourne. A sugestão de que Micky matara tio Seth abalou Hugh, mas ele disse a Magridge que já desconfiava que Micky assassinara Peter e Solly.

O mesmo detetive foi procurar Augusta. Ela ainda morava na Casa Whitehaven. Sem dinheiro, não poderia resistir indefinidamente, mas até então conseguira evitar a venda da casa e do que havia lá dentro.

Um guarda encarregado da verificação nos escritórios das companhias de navegação em Londres comunicou que um homem correspondendo à descrição, mas que se apresentara como M. R. Andrews, adquirira uma passagem no *Aztec*, zarpando de Southampton naquela noite. A polícia de Southampton foi instruída a postar seus homens na estação ferroviária e no cais.

O detetive que fora procurar Augusta voltou com a notícia de que ninguém atendera quando tocara a campainha e batera à porta da Casa Whitehaven.

– Tenho uma chave – informou Hugh.

– É provável que ela simplesmente tenha saído e quero que o sargento dê um pulo na embaixada cordovesa – disse Magridge. – Por que você mesmo não revista a Casa Whitehaven?

Contente por ter algo para fazer, Hugh pegou um fiacre até Kensington Gore. Tocou a campainha, bateu à porta, mas ninguém atendeu. Era evidente que o último criado já fora embora. Ele usou sua chave para entrar na casa.

Estava frio lá dentro. Esconder-se não era o estilo de Augusta, mas assim mesmo ele decidiu revistar todos os cômodos. Não havia ninguém no térreo. Ele subiu para o segundo andar e foi direto para o quarto de Augusta.

E se espantou com o que viu. As portas do guarda-roupa estavam entreabertas, as gavetas do cofre, puxadas, e havia roupas espalhadas pela cama e pelas cadeiras. Era estranho. Augusta era uma pessoa meticulosa, com a mente ordenada. A princípio, ele pensou que houvera um assalto. Então outra ideia lhe ocorreu.

Subiu dois lances de escada para os aposentos dos criados. Quando morara ali, dezessete anos antes, as malas e os baús eram guardados num closet grande, conhecido como quarto da bagagem.

Encontrou a porta aberta. Havia algumas malas, mas nenhum baú de viagem.

Augusta fugira.

Ele revistou depressa todos os outros cômodos da casa. Como esperava, não havia ninguém. Os aposentos dos criados e os quartos de hóspedes já começavam a cheirar a mofo pela falta de uso. Quando entrou no quarto que fora de seu tio Joseph, ficou surpreso ao constatar que continuava como sempre fora, embora o resto da casa tivesse sido redecorado várias vezes. Já ia se retirar quando seus olhos se fixaram na estante que guardava a valiosa coleção de caixinhas de rapé de Joseph.

Estava vazia.

Hugh franziu o cenho. Sabia que as caixas de rapé ainda não haviam sido entregues aos leiloeiros. Até aquele momento, Augusta conseguira evitar a remoção de qualquer coisa da casa.

Isso significava que ela levara as caixas de rapé ao fugir.

Valiam 100 mil libras, e ela poderia viver confortavelmente com esse dinheiro pelo resto de sua vida.

Só que as caixas não lhe pertenciam. Eram propriedade da associação de banqueiros.

Hugh decidiu ir atrás dela.

Desceu correndo a escada e saiu. Havia um ponto de fiacres na rua, a alguns metros de distância. Os cocheiros conversavam num grupo, batendo os pés para se manterem aquecidos. Hugh foi até lá.

– Algum de vocês conduziu lady Whitehaven esta tarde? – perguntou.

– Dois de nós – respondeu um cocheiro. – Um só para a bagagem!

Os outros riram. A dedução de Hugh fora confirmada.

– Para onde a levaram?

– Estação de Waterloo, para pegar o trem costeiro de uma hora.

O trem costeiro ia para Southampton, por onde Micky pretendia deixar a Inglaterra. Os dois sempre haviam sido muito ligados. Micky sempre a bajulara como um patife, beijando sua mão, adulando-a. Apesar da diferença de idade de dezoito anos, formavam um belo casal.

– Mas eles perderam o trem – acrescentou o cocheiro.

– Eles? – repetiu Hugh. – Havia alguém com ela?

– Um velho numa cadeira de rodas.

Não era Micky, com toda a certeza. Quem seria então? Ninguém na família era frágil a ponto de precisar de uma cadeira de rodas.

– Você disse que eles perderam o trem. Sabe quando sai o próximo para Southampton?

– Às três.

Hugh olhou para o relógio. Eram duas e meia. Ainda poderia alcançá-lo.

– Leve-me para Waterloo – disse ele, subindo no fiacre.

Chegou à estação bem a tempo de comprar a passagem e embarcar no trem.

Os vagões eram interligados e assim ele podia percorrer toda a composição. Enquanto o trem deixava a estação e ganhava velocidade, passando pelos cortiços do sul de Londres, Hugh saiu em busca de Augusta.

Não precisou procurar muito. Encontrou-a no vagão seguinte.

Com um rápido olhar, passou direto pelo compartimento para que ela não o visse.

Micky não estava ali. Devia ter viajado num trem anterior. A única outra pessoa no compartimento era um homem idoso, com uma manta nos joelhos.

Hugh foi para o outro vagão e sentou-se. Não havia muito sentido em confrontar Augusta agora. Ela podia não estar com as caixinhas de rapé. Talvez as tivesse guardado na bagagem. Falar com a tia serviria apenas para alertá-la. Era melhor esperar que o trem chegasse a Southampton. Ele saltaria na frente, procuraria um guarda e confiscaria a bagagem quando estivesse sendo descarregada.

E se Augusta negasse a posse das caixinhas de rapé? Hugh exigiria que a polícia revistasse a bagagem. Eles eram obrigados a investigar toda a comunicação de roubo e, quanto mais Augusta negasse, mais desconfiados ficariam.

E se ela alegasse que as caixinhas de rapé lhe pertenciam? Era difícil provar de imediato de quem eram as caixas. Se isso acontecesse, Hugh decidiu que proporia que a polícia assumisse a custódia da coleção enquanto investigava as alegações contraditórias.

Ele conteve sua impaciência enquanto o trem atravessava os campos brancos de Wimbledon. Cem mil libras eram uma boa parcela do dinheiro que o Banco Pilasters devia. Não permitiria que Augusta as roubasse. As caixinhas de rapé também tinham valor simbólico. Representavam a determinação da família em pagar suas dívidas. Se deixasse Augusta escapar com a coleção, as pessoas diriam que os Pilasters estavam desviando tudo o que podiam, como estelionatários comuns. Hugh ficava furioso só de pensar nisso.

Ainda nevava quando o trem chegou a Southampton. Hugh inclinou-se pela janela quando a locomotiva entrou na estação. Havia policiais uniformizados por toda a parte, o que só podia significar que Micky ainda não fora capturado.

Ele saltou para a plataforma com o trem ainda em movimento e chegou ao controle de saída antes de todo mundo.

– Sou o sócio sênior do Banco Pilasters – disse ele a um inspetor de polícia, entregando seu cartão. – Sei que procuram um assassino, mas há uma mulher neste trem que carrega bens roubados, no valor de 100 mil libras, pertencentes ao banco. Creio que ela planeja deixar o país esta noite, no *Aztec*.

– E de que se trata, Sr. Pilaster?

– Uma coleção de caixinhas de rapé cravejadas de pedras preciosas.

– E o nome da mulher?

– É a condessa-viúva de Whitehaven.

O inspetor franziu as sobrancelhas.

– Costumo ler os jornais, senhor. Presumo que isso tenha a ver com a quebra do banco.

Hugh confirmou com a cabeça.

– A coleção deve ser vendida para ajudar a pagar as pessoas que perderam seu dinheiro.

– Pode me apontar lady Whitehaven?

Hugh correu os olhos pela plataforma através da neve que caía.

– É aquela ali, junto ao vagão de bagagem, usando um chapéu grande com asas de pássaro.

Augusta supervisionava a descarga de sua bagagem. O inspetor assentiu.

– Fique aqui comigo, senhor. Vamos detê-la quando ela passar.

Hugh observava com tensão as pessoas descerem do trem e deixarem a plataforma. Mesmo tendo certeza de que Micky não estava ali, examinou o rosto de cada passageiro.

Augusta foi a última a se retirar. Três carregadores levavam sua bagagem. Ela empalideceu ao avistar Hugh no controle. O inspetor lhe falou com extrema polidez:

— Com licença, lady Whitehaven, podemos conversar por um momento?

Hugh nunca vira Augusta tão assustada, mas a tia não perdeu a atitude arrogante.

— Lamento não dispor de tempo — respondeu ela, com toda a frieza. — Tenho de embarcar num navio que vai zarpar esta noite.

— Garanto que o *Aztec* não partirá sem a senhora — respondeu o inspetor suavemente. Ele olhou para os carregadores. — Podem deixar tudo aqui por um minuto.

Ele tornou a se virar para Augusta:

— O Sr. Pilaster aqui presente alega que a senhora tem em seu poder algumas caixas de rapé muito valiosas que pertencem a ele. É verdade?

Ela começou a parecer menos alarmada, o que deixou Hugh perplexo e preocupado. Temia que ela tivesse algum trunfo escondido.

— Não sei por que devo responder a uma pergunta tão impertinente — protestou Augusta com arrogância.

— Se não o fizer, terei de revistar sua bagagem.

— Muito bem, estou com as caixinhas de rapé. Só que elas me pertencem. Eram do meu marido.

O inspetor virou-se para Hugh.

— O que tem a dizer sobre isso, Sr. Pilaster?

— Eram de fato do marido dela, mas ele as deixou para o filho, Edward Pilaster. E todos os bens de Edward foram confiscados pelo banco. Lady Whitehaven está tentando roubá-las.

— Devo pedir aos dois que me acompanhem à delegacia enquanto suas alegações são investigadas — declarou o inspetor.

Augusta entrou em pânico.

— Não posso perder meu navio!

— Neste caso, só posso sugerir que deixe a propriedade contestada aos cuidados da polícia. Será devolvida se suas alegações forem confirmadas.

Augusta hesitou. Hugh sabia que ela ficaria arrasada por se separar de tamanha fortuna. Mas ela compreenderia que era inevitável, não é mesmo? Fora apanhada em flagrante e tinha sorte de não ir para a cadeia.

– Onde estão as caixinhas de rapé, milady? – insistiu o inspetor.

Hugh esperou. Augusta apontou para uma valise.

– Estão ali.

– A chave, por gentileza...

Ela tornou a hesitar e cedeu outra vez. Pegou uma pequena argola com as chaves da bagagem, separou uma e entregou-a.

O inspetor abriu a valise. Estava cheia de bolsas e sapatos. Augusta indicou uma delas. O inspetor abriu-a e pegou uma caixa de charutos de madeira clara. Levantou a tampa para revelar numerosos objetos pequenos, enrolados em papel. Tirou um ao acaso e desembrulhou. Era uma caixinha de ouro, com pequenos diamantes, no formato de um lagarto.

Hugh deixou escapar um profundo suspiro de alívio. O inspetor fitou-o.

– Sabe quantas caixas deve haver aqui, senhor?

Todos na família sabiam.

– Sessenta e cinco – respondeu Hugh. – Uma para cada ano da vida de tio Joseph.

– Gostaria de contá-las?

– Estão todas aí – garantiu Augusta.

Hugh contou-as assim mesmo. Havia 65. Ele começou a sentir o prazer da vitória.

O inspetor pegou a caixa de charutos e entregou-a a outro policial.

– Se quiser acompanhar o guarda Neville até a delegacia, milady, ele lhe dará um recibo oficial pela mercadoria apreendida.

– Mande o recibo para o banco – disse Augusta. – Posso ir agora?

Algo incomodava Hugh. Augusta parecia desapontada, mas não arrasada. Era quase como se estivesse mais preocupada com outra coisa, ainda mais importante do que as caixinhas de rapé. E onde se metera Micky Miranda?

O inspetor fez uma reverência e Augusta se afastou, seguida pelos três carregadores.

– Muito obrigado, inspetor – disse Hugh. – Só lamento não terem também capturado Miranda.

– Vamos pegá-lo, senhor. Ele só embarcará no *Aztec* se souber voar.

O guarda do vagão de bagagem veio pela plataforma empurrando uma cadeira de rodas. Parou na frente de Hugh e do inspetor.

– O que devo fazer com isto? – indagou.

– Qual é o problema? – perguntou o inspetor, paciente.

– Aquela mulher com muita bagagem e um pássaro na cabeça...

– Lady Whitehaven. O que tem ela?

– Ela embarcou em Waterloo com um velho. Levou-o para uma cabine na primeira classe e depois me pediu que guardasse a cadeira de rodas no vagão de bagagem. Eu disse que seria um prazer atendê-la. Só que, ao desembarcar em Southampton, ela fingiu que não sabia do que se tratava. "Deve estar me confundindo com outra pessoa", disse ela. "Impossível", eu falei, "pois só existe um chapéu como o seu."

– É isso mesmo... – interveio Hugh. – O cocheiro me contou que ela foi para a estação com um homem numa cadeira de rodas e eu vi um velho em sua cabine.

– Não falei? – disse o guarda, triunfante.

O inspetor perdeu de repente o ar indulgente e virou-se para Hugh.

– Viu o velho passar pelo controle?

– Não. E examinei bem cada passageiro. Tia Augusta foi a última.

Foi nesse instante que lhe ocorreu.

– Santo Deus! Acha que era Micky Miranda disfarçado?

– Acho. Onde ele estará agora? Pode ter desembarcado numa estação anterior?

– Não – respondeu o guarda. – É um trem expresso, que vem direto de Waterloo a Southampton.

– Então vamos revistar o trem. Miranda ainda deve estar nele.

Mas não estava.

5

O *AZTEC FORA TODO* enfeitado com lanternas e tiras de papel coloridas. A festa de Natal estava animada quando Augusta embarcou. Uma banda tocava no convés principal e os passageiros, em trajes a rigor, tomavam champanhe e dançavam com amigos que tinham vindo se despedir.

Um camareiro conduziu Augusta pela escada principal até um camarote num convés superior. Ela gastara todo o seu dinheiro no melhor camarote disponível, pensando que não precisava se preocupar com problemas financeiros, já que levava as caixinhas de rapé numa valise. O camarote se abria direto para o deque. Tinha uma cama larga, lavatório amplo, poltronas confortáveis e luz elétrica. Havia flores na cômoda, uma caixa de bombons ao lado da cama e uma garrafa de champanhe num balde com gelo na mesinha de canto. Augusta ia dizer ao camareiro para levar o champanhe, mas mudou de ideia. Estava iniciando uma vida nova. Talvez devesse tomar champanhe dali em diante.

Chegara bem a tempo. Ouviu o tradicional grito de "Para terra todos os que em terra vão ficar!" no momento exato em que os carregadores traziam a bagagem para o camarote. Assim que eles se retiraram, Augusta saiu para o estreito deque, levantando a gola do casaco para se proteger da neve. Debruçou-se na amurada e olhou para baixo. Era enorme a distância até a água, onde um rebocador já manobrava para tirar o transatlântico da enseada e levá-lo para mar aberto. Enquanto ela observava, os passadiços foram recolhidos, um a um, e os cabos de atracação foram soltos. Soou o apito de nevoeiro, a multidão no cais aclamou e devagar, de maneira quase imperceptível, o imenso navio começou a se deslocar.

Augusta retornou ao camarote e fechou a porta. Despiu-se sem pressa, pôs uma camisola de seda e um robe de chambre combinando. Depois, chamou o camareiro e avisou que não precisaria de mais nada naquela noite.

– Devo acordá-la pela manhã, milady?

– Não, obrigada. Tocarei a campainha quando precisar.

– Pois não, milady.

Augusta trancou a porta assim que o homem se retirou.

Foi abrir o baú e deixou Micky sair.

Ele cambaleou pelo camarote e caiu na cama.

– Meu Deus, pensei que fosse morrer – balbuciou ele.

– Meu pobre querido! Onde sente dor?

– Nas pernas.

Augusta massageou as pernas dele. Os músculos estavam contraídos em câimbras. Comprimia a carne com as pontas dos dedos, sentindo o calor de seu corpo através do pano da calça. Havia muito tempo não tocava num homem assim e sentiu uma onda de calor subir pela garganta.

Sonhara muitas vezes em fazer aquilo, fugir com Micky Miranda, antes e depois da morte de seu marido. Sempre desistira ao pensar em tudo o que perderia... casa, criados, dinheiro para roupas, posição social e poder na família. Mas a quebra do banco acabara com tudo isso e agora estava livre para se entregar a seus desejos.

– Água – murmurou Micky debilmente.

Ela pegou o jarro ao lado da cama e encheu um copo. Micky virou-se, sentou para segurar o copo e bebeu tudo.

– Mais um pouco... Micky?

Ele balançou a cabeça.

Augusta pegou o copo.

– Você perdeu as caixinhas de rapé – disse Micky. – Ouvi tudo. Aquele desgraçado do Hugh...

– Mas você tem bastante dinheiro.

Ela apontou para o champanhe no balde com gelo.

– Devemos beber a isso. Você deixou a Inglaterra. Conseguiu escapar.

Ele olhava para seus seios. Augusta compreendeu que tinha os mamilos duros de desejo, e Micky podia vê-los através da camisola de seda. Sentiu vontade de dizer: *Pode tocá-los se quiser*, mas hesitou. Havia tempo suficiente. Tinham toda a noite. Tinham toda a viagem. Tinham o resto de suas vidas. Mas, de repente, sentiu que não podia mais esperar. Sentiu-se culpada e envergonhada, mas ansiava por apertar o corpo nu de Micky em seus braços e o desejo foi maior que a vergonha. Sentou na beirada da cama. Pegou a mão de Micky, levou-a a seus lábios e beijou-a, depois a comprimiu contra seu seio.

Micky fitou-a com uma expressão curiosa por um momento. Mas apertou o seio através da seda. Era uma carícia gentil. As pontas dos dedos roçaram no mamilo sensível e Augusta ofegou de prazer. Ele mudou a posição e comprimiu a palma contra o seio, levantando-o e balançando-o. Pegou o mamilo entre o polegar e o indicador e apertou. Augusta fechou os olhos. Ele apertou com mais força e doeu. E de repente Micky torceu o mamilo com a maior violência. Ela soltou um grito, afastou-se e ficou de pé.

– Sua vaca estúpida! – exclamou Micky, desdenhoso, também se levantando.

– Não, Micky! Não!

– Pensou realmente que eu fosse me casar com você?

– Pensei...

– Não tem mais dinheiro nem influência, o banco quebrou e você até perdeu as caixinhas de rapé. O que eu iria querer com você?

Augusta sentiu uma dor intensa no peito, como uma faca cravada em seu coração.

– Você disse que me amava...

– Já tem 58 anos... A idade da minha mãe, pelo amor de Deus! É velha e enrugada, mesquinha e egoísta, e eu não treparia com você nem que fosse a última mulher do mundo!

Augusta ficou tonta. Tentou não chorar, mas não adiantou. As lágrimas afloraram a seus olhos. Começou a tremer em soluços de desespero. Estava arruinada. Não tinha casa, dinheiro ou amigos, e agora era traída pelo homem em quem confiara. Virou-se para ocultar o rosto. Não queria que ele visse sua vergonha e seu sofrimento.

– Pare, por favor, Micky...

– Vou parar mesmo. Tenho um camarote reservado neste navio e é para lá que eu vou.

– Quando chegarmos a Córdoba...

– Você não vai para Córdoba. Pode descer do navio em Lisboa e voltar para a Inglaterra. Você não tem mais serventia para mim.

Cada palavra era como um golpe e Augusta recuou, erguendo as mãos à sua frente como se assim pudesse aparar os insultos. Esbarrou na porta do camarote. Desesperada para escapar de Micky, abriu-a e saiu.

O ar gelado da noite desanuviou sua cabeça subitamente. Comportava-se como uma mocinha desamparada, não como uma mulher madura e capaz. Perdera o controle de sua vida por um instante, mas era o momento de recuperá-lo.

Um homem vestido a rigor passou por ela, fumando um charuto. Olhou, aturdido, para suas roupas de dormir, mas não disse nada.

E isso deu uma ideia a Augusta.

Tornou a entrar no camarote e fechou a porta. Micky ajustava a gravata diante do espelho.

– Há um homem vindo para cá! – sussurrou Augusta, em tom de urgência. – Um policial!

A atitude de Micky mudou no mesmo instante. O desdém desapareceu de seu rosto e foi substituído pelo pânico.

– Ah, Deus!

Augusta pensava depressa.

– Ainda estamos em águas territoriais britânicas. Você pode ser preso e enviado de volta numa chalupa da Guarda Costeira.

Ela não tinha a menor ideia se isso era verdade.

– Tenho que me esconder de novo. – Ele entrou no baú. – Feche logo!

Augusta fechou-o dentro do baú.

E puxou a tranca.

– Assim está melhor – murmurou ela.

Sentou na cama, olhando para o baú. Reconstituiu toda a conversa. Ela estava vulnerável e ele a magoara. Pensou na maneira como Micky a acariciara. Apenas dois outros homens haviam tocado em seus seios: Strang e Joseph. Pensou na maneira como ele torcera seu mamilo e depois a rejeitara com palavras obscenas. À medida que os minutos passaram, a raiva se desvaneceu e foi se transformando num sinistro desejo de vingança. A voz de Micky saiu abafada do interior do baú:

– Augusta! O que está acontecendo?

Ela não respondeu.

Micky começou a gritar por socorro. Ela cobriu o baú com os cobertores da cama para abafar o som.

Depois de algum tempo, ele parou.

Pensativa, Augusta removeu as etiquetas com seu nome do baú.

Ouviu portas de camarotes sendo fechadas. Os passageiros desciam para o jantar. O navio começou a balançar um pouco enquanto avançava pelo canal da Mancha. A noite passou depressa para Augusta, sentada na cama, absorta em pensamentos.

Entre meia-noite e duas horas da madrugada, os passageiros voltaram aos pares e aos trios a seus camarotes. Depois disso, a banda parou de tocar e o navio ficou em silêncio, rompido apenas pelos ruídos das máquinas e do mar.

Obcecada, Augusta não desviava os olhos do baú em que trancara Micky. Fora trazido para o camarote nas costas de um carregador musculoso. Augusta não seria capaz de erguê-lo, mas tinha a impressão de que conseguiria arrastá-lo. Tinha alças de latão nos lados e tiras de couro em cima e embaixo. Ela segurou a tira de couro de cima e deu um puxão, inclinando o baú para o lado. Ele balançou por um instante e caiu, com o maior estrépito. Micky recomeçou a gritar e ela tornou a cobrir o baú com os cobertores. Esperou para ver se alguém aparecia para saber o motivo do estrondo, mas ninguém veio. Micky parou de gritar.

Augusta tornou a pegar a alça e puxou de novo. Era muito pesado, mas ela conseguia deslocar o baú alguns centímetros de cada vez. Descansava um pouco depois de cada puxão.

Levou dez minutos para arrastar o baú até a porta do camarote. Pôs meias, botas, casaco de pele e abriu a porta.

Não havia ninguém por ali. Os passageiros dormiam e, se algum tripulante patrulhava o convés, ela não o viu. O navio era iluminado por lâmpadas elétricas fracas e o céu estava sem estrelas.

Augusta arrastou o baú pela porta do camarote e descansou.

Depois foi um pouco mais fácil, pois o deque estava escorregadio por causa da neve. Em dez minutos, encostou o baú na amurada.

Agora vinha a parte mais difícil. Segurando a tira, ergueu uma extremidade do baú, tentando pô-la de pé. Deixou-o cair na primeira tentativa. O som lhe pareceu outra vez muito alto, mas ninguém veio investigar. Havia ruídos intermitentes durante todo o tempo no navio, as chaminés expelindo fumaça, o casco cortando as ondas.

Augusta fez um esforço mais determinado na segunda vez. Abaixou-se sobre um joelho, segurou a alça com as duas mãos e ergueu o baú devagar. Quando conseguiu um ângulo de 45 graus, Micky moveu-se lá dentro e seu peso se deslocou para o fundo, e de repente ficou fácil terminar de levantá-lo.

Ela tornou a inclinar o baú, encostando-o na amurada.

A última parte era a mais difícil de todas. Augusta se abaixou e segurou a tira inferior. Respirou fundo e a ergueu.

Não sustentava todo o peso do baú, pois a outra extremidade se apoiava na amurada. Ainda assim precisou de toda a sua força para erguê-lo uns 2 ou 3 centímetros do chão. Depois os dedos gelados escorregaram e ela o deixou cair.

Não ia conseguir.

Descansou, exausta, o corpo dormente. Mas não podia desistir. Esforçara-se ao máximo para levar o baú até ali. Devia tentar outra vez.

Abaixou-se e pegou a alça.

– O que está fazendo, Augusta? – voltou a falar Micky.

– Lembra-se de como Peter Middleton morreu? – respondeu ela em voz baixa e incisiva.

Fez uma pausa. Não veio som algum do interior do baú.

– Você vai morrer da mesma maneira.

– Não, por favor, Augusta, meu amor!

– A água será mais fria e terá um gosto salgado ao encher seus pulmões. Mas você conhecerá o terror que ele experimentou quando a morte fechar o punho sobre seu coração.

– Socorro! Socorro! – ele começou a gritar. – Alguém me salve!

Augusta agarrou a alça e levantou-a com toda a sua força. O fundo do baú se separou do deque. Quando Micky compreendeu o que estava acontecendo, seus gritos abafados se tornaram ainda mais altos, mais apavorados, sobrepondo-se ao barulho das máquinas e do mar. Logo alguém apareceria. Augusta fez outro esforço. Ergueu a base do baú até a altura do peito e parou, exausta, sentindo que não conseguia continuar. Sons frenéticos partiam lá de dentro enquanto Micky tentava em vão escapar. Ela fechou os olhos, cerrou os maxilares e empurrou. Usou toda a sua força e sentiu que alguma coisa se rompia em suas costas. Soltou um grito de dor, mas continuou a levantar. O fundo do baú estava agora mais alto do que a parte superior e escorregou pela amurada por vários centímetros, mas parou. Augusta sentia uma dor terrível nas costas. A qualquer momento os gritos de Micky despertariam um passageiro do sono meio embriagado. Ela sabia que só conseguiria levantá-lo mais uma vez. Tinha de ser a decisiva. Concentrou todas as suas forças, fechou os olhos, rangeu os dentes contra a dor nas costas e empurrou.

Lentamente, o baú deslizou para a frente sobre a amurada, depois caiu no ar da noite.

Micky soltou um grito prolongado, que se perdeu no vento.

Augusta cambaleou para a frente, apoiando-se na amurada para atenuar a dor nas costas, e observou o enorme baú cair, girando pelo ar em meio aos flocos de neve. Bateu na água com um estrondo e afundou.

Aflorou à superfície um momento depois. Flutuaria por algum tempo, pensou Augusta. A dor nas costas era lancinante e ela queria deitar, mas permaneceu na amurada observando o baú balançar nas ondas. Até que desapareceu de vista.

Foi nesse instante que ouviu uma voz masculina ao seu lado.

– Pensei ter ouvido alguém gritar por socorro – disse o homem, preocupado.

Augusta controlou-se depressa e virou-se para deparar com um jovem educado num robe de chambre de seda e echarpe.

– Era eu – disse ela, forçando um sorriso. – Tive um pesadelo e acordei gritando. Saí do camarote para desanuviar a cabeça.

– Tem certeza de que está bem?

– Estou, sim. É muito gentil.

– Neste caso, boa noite.

– Boa noite.

O jovem voltou para seu camarote.

Augusta tornou a olhar para o mar. Dali a pouco voltaria cambaleando para a cama, mas ainda queria contemplar o mar por mais um momento. O baú se encheria pouco a pouco, pensou ela, a água entrando pelas fendas mínimas. A água faria o corpo de Micky subir centímetro a centímetro enquanto ele tentasse abrir o baú. Quando cobrisse o nariz e a boca, ele prenderia a respiração pelo tempo que pudesse. Ao final, porém, exalaria o ar profundamente, de maneira involuntária, e a água salgada do mar entraria por sua boca, desceria pela garganta, encheria os pulmões. Ele ainda se debateria por um instante, aflito de dor e terror, e depois os movimentos se tornariam cada vez mais fracos até cessarem por completo. Tudo se tornaria escuro... e Micky morreria.

6

HUGH ESTAVA EXAUSTO quando finalmente seu trem entrou na estação de Chingford e ele desembarcou. Embora ansiasse por uma cama, parou na passarela, no lugar em que Micky atirara em Tonio naquela manhã. Tirou o chapéu e permaneceu imóvel por um minuto, a neve caindo sobre a cabeça descoberta enquanto recordava o amigo como um garoto e um homem. Depois seguiu em frente.

Perguntou-se como o crime afetaria a atitude do Ministério do Exterior em relação a Córdoba. Micky escapara da polícia até agora. Mas, quer Micky fosse capturado ou não, Hugh poderia explorar o fato de que testemunhara o assassinato. Os jornais adorariam publicar seu relato detalhado. O público ficaria indignado por um diplomata estrangeiro ter cometido um assassinato em plena luz do dia, e os membros do Parlamento provavelmente exigiriam alguma espécie de retaliação. O fato de Micky ser o assassino devia arruinar as chances de Papa Miranda ser reconhecido pelo governo britânico. O Ministério do Exterior poderia ser persuadido a apoiar a família Silva para punir os Mirandas e para obter uma compensação para os investidores britânicos da Companhia Docas de Santa María.

Quanto mais pensava a respeito, mais otimista ficava.

Esperava que Nora já estivesse dormindo quando chegasse em casa. Não queria ouvi-la descrever o péssimo dia que tivera, perdida numa aldeia remota, sem ninguém para ajudá-la a tomar conta de três meninos bagunceiros. Queria apenas se meter debaixo das cobertas e fechar os olhos. De manhã pensaria nos acontecimentos daquele dia e determinaria quais seriam as consequências para ele e seu banco.

Ficou desapontado ao ver uma luz acesa por trás das cortinas quando alcançou o portão do pequeno jardim. Isso significava que Nora ainda estava acordada. Entrou com sua chave e foi para a sala da frente.

Ficou espantado ao deparar com os três meninos, todos de pijama, sentados no sofá, olhando para um livro ilustrado.

E se espantou ainda mais ao encontrar Maisie entre eles, lendo a história em voz alta.

Os meninos se levantaram de um pulo e correram para ele. Hugh abraçou-os e beijou-os, um a um: Sol, o caçula, Samuel e Toby, de 11 anos. Os dois menores demonstravam apenas alegria por vê-lo, mas havia algo a mais no rosto de Toby.

– O que foi, meu velho? – perguntou Hugh. – Aconteceu alguma coisa? Onde está sua mãe?

– Ela foi fazer compras – respondeu o menino, desatando a chorar.

Hugh abraçou-o e olhou para Maisie.

– Cheguei aqui por volta das quatro da tarde – informou ela. – Nora deve ter saído logo depois de você.

– Ela os deixou sozinhos?

Maisie assentiu.

Hugh sentiu uma raiva intensa aflorar em seu peito. Os meninos haviam passado a maior parte do dia sozinhos naquela casa. Qualquer coisa poderia ter acontecido.

– Como ela foi capaz de fazer uma coisa dessas? – murmurou ele, amargurado.

– Ela deixou um bilhete.

Maisie entregou-lhe o envelope. Hugh abriu-o e leu a mensagem de uma única palavra: ADEUS.

– Não estava lacrado – explicou Maisie. – Toby leu e me mostrou.

– É difícil acreditar...

Assim que as palavras saíram de sua boca, Hugh compreendeu que não representavam a verdade. Pelo contrário, era muito fácil acreditar. Nora sempre colocara os próprios desejos acima de tudo. Agora, abandonara os filhos. Hugh imaginou que ela devia ter ido para o bar do pai.

E o bilhete parecia insinuar que ela não voltaria.

Ele não sabia o que sentir.

Seu primeiro dever era cuidar dos meninos. Era importante não os deixar ainda mais transtornados. Ele tratou de reprimir os próprios sentimentos por ora.

– Já deviam ter ido para a cama há muito tempo. Está na hora de dormir. Vamos.

Hugh levou-os para o segundo andar. Samuel e Sol dividiam o quarto, e Toby tinha o próprio. Hugh ajeitou os menores na cama e foi para o cômodo do mais velho. Inclinou-se para beijá-lo.

– A Sra. Greenbourne é ótima – disse Toby.

– Sei disso. Ela era casada com meu melhor amigo, Solly, que morreu há algum tempo.

– Ela é bonita também.

– Você acha?

– Acho. Mamãe vai voltar?

Era essa a pergunta que Hugh receava.

– Claro que vai.

– Vai mesmo?

Hugh suspirou.

– Para ser franco, meu velho, eu não sei.

– Se ela não voltar, a Sra. Greenbourne vai cuidar da gente?

Nada melhor que uma criança para ir direto ao assunto, pensou Hugh. Mas ele se esquivou de responder:

– Ela dirige um hospital. Tem dezenas de pacientes para cuidar. Acho que não tem tempo para cuidar também de meninos. Agora, chega de perguntas. Boa noite.

Toby não parecia muito convencido, mas não insistiu.

– Boa noite, papai.

Hugh soprou a vela, saiu do quarto e fechou a porta.

Maisie fizera um chocolate quente.

– Tenho certeza de que você iria preferir um conhaque, mas parece que não há nenhum na casa.

Hugh sorriu.

– Nós, da baixa classe média, não temos condições de tomar bebidas alcoólicas. Chocolate está ótimo.

Havia xícaras e um bule numa bandeja, mas nenhum dos dois foi até lá. Permaneceram no meio da sala, olhando um para o outro.

– Li sobre o crime no jornal da tarde e vim até aqui para ver se você estava bem – explicou Maisie. – Encontrei os meninos sozinhos e preparei o jantar. Ficamos esperando por você.

Ela ofereceu um sorriso resignado, que indicava que dependia de Hugh o que aconteceria em seguida.

De repente, ele começou a tremer. Teve de se apoiar no encosto de uma cadeira.

– Foi um dia terrível – murmurou Hugh, a voz trêmula também. – Estou me sentindo um pouco tonto.

– Talvez seja melhor sentar.

Subitamente, ele foi dominado pelo amor que sentia por Maisie. Em vez de sentar, foi abraçá-la.

– Abrace-me com força! – suplicou ele.

Ela passou os braços por sua cintura.

– Eu amo você, Maisie. Sempre amei.

– Sei disso.

Ele encarou-a. Os olhos dela estavam marejados de lágrimas. Enquanto Hugh a observava, uma lágrima rolou, escorrendo pela face. Ele removeu-a com um beijo.

– Depois de tantos anos, Maisie... depois de tantos anos...

– Faça amor comigo esta noite, Hugh.

Ele fez que sim com a cabeça.

– E todas as noites, daqui por diante – disse ele.

E tornou a beijá-la.

EPÍLOGO
1892

Do *Times*:

FALECIMENTOS

A 30 de maio, em sua residência em Antibes, França, depois de uma prolongada doença, o Conde de Whitehaven, ex-sócio sênior do Banco Pilasters.

– Edward morreu – disse Hugh, levantando os olhos do jornal.

Maisie estava ao seu lado no trem, usando um vestido de verão amarelo com bolas vermelhas e um pequeno chapéu com fitas amarelas de tafetá. Seguiam para o Dia do Discurso na Escola Windfield.

– Ele era um infeliz, mas a mãe vai sentir saudade – comentou Maisie.

Augusta e Edward viviam juntos no sul da França havia um ano e meio. Apesar do que tinham feito, a associação de banqueiros que assumira o Banco Pilasters decidira lhes pagar o mesmo estipêndio que os outros Pilasters recebiam. Ambos eram inválidos: Edward tinha sífilis terminal e Augusta sofrera um deslocamento de disco e passava a maior parte do tempo numa cadeira de rodas. Hugh soubera que, apesar da doença, ela se tornara a rainha informal da comunidade inglesa naquela parte do mundo. Promovia casamentos, arbitrava as disputas, organizava os eventos, promulgava as regras sociais.

– Ele amava a mãe – murmurou Hugh.

Maisie fitou-o curiosa.

– Por que diz isso?

– É a única coisa boa que me ocorre a seu respeito.

Ela sorriu afetuosamente e beijou-o no nariz.

O trem entrou na estação de Windfield e eles desembarcaram. Era o final do primeiro ano de Toby e do último ano de Bertie na escola. O sol brilhava e o dia estava quente. Maisie abriu sua sombrinha – feita com a mesma seda estampada do vestido – e seguiram a pé para a escola.

Mudara bastante nos 26 anos desde que Hugh saíra de lá. O velho diretor, o Dr. Poleson, morrera fazia muito tempo, e havia agora uma estátua dele na entrada. O novo diretor ainda usava a notória vara de freixo conhecida como Listradora, mas com menos frequência. O dormitório do quarto ano ainda ficava na antiga leiteria, ao lado da capela de pedra, mas havia um prédio novo, com um salão em que cabiam todos os alunos. A instrução também era melhor. Toby e Bertie aprendiam matemática e geografia, além de latim e grego.

Encontraram-se com Bertie diante do salão. Havia um ou dois anos que ele era mais alto do que Hugh. Era um garoto sério, esforçado e bem-comportado. Não se metia em encrencas no colégio, como costumava acontecer com Hugh. Tinha muita coisa dos ancestrais Rabinowicz e lembrava a Hugh o irmão de Maisie, Dan. Ele beijou a mãe e apertou a mão de Hugh.

– Está havendo uma pequena confusão – disse Bertie. – Não temos cópias suficientes da canção da escola e os calouros estão trabalhando rápido para fazer mais. Preciso apressá-los. Falo com vocês depois dos discursos.

Ele se afastou apressado. Hugh observou-o afetuosamente, recordando com nostalgia como o colégio parecia algo importante até você deixá-lo.

Encontraram Toby pouco depois. Os meninos pequenos não eram mais obrigados a usar fraque e cartola. Toby estava com um chapéu de palha e um casaco curto.

– Bertie disse que eu posso tomar chá com vocês no estúdio dele depois dos discursos, se não se importarem... Posso?

– Claro! – respondeu Hugh, rindo.

– Obrigado, pai!

Toby se afastou correndo.

Quando entraram no salão, Hugh e Maisie ficaram surpresos ao depararem com Ben Greenbourne, parecendo mais velho, um tanto frágil.

– O que está fazendo aqui? – perguntou Maisie, brusca como sempre.

– Meu neto é o orador. Vim ouvir seu discurso.

Hugh se espantou. Bertie não era neto de Greenbourne e o velho sabia disso. Será que ele estava amolecendo na velhice?

– Sentem-se ao meu lado – pediu o banqueiro.

Hugh olhou para Maisie. Ela deu de ombros e sentou. Ele fez o mesmo.

– Soube que vocês se casaram – disse Greenbourne.

– No mês passado – confirmou Hugh. – Minha primeira esposa não contestou o divórcio.

Nora vivia com um vendedor de uísque e o detetive contratado por Hugh levara menos de uma semana para obter provas de adultério.

– Não aprovo o divórcio – afirmou Greenbourne, com um suspiro. – Mas estou velho demais para dizer às pessoas o que fazer. O século se aproxima do final. O futuro pertence a vocês. Eu lhes desejo o melhor.

Hugh pegou a mão de Maisie e apertou-a.

– Vai mandar o garoto para a universidade? – perguntou Greenbourne a Maisie.

– Não tenho como arcar com os custos. Já é difícil pagar o colégio.

– Eu teria o maior prazer em pagar.

Maisie se surpreendeu.

– É muita gentileza sua.

– Eu deveria ter sido mais gentil há alguns anos – disse Greenbourne. – Sempre achei que você só ligava para dinheiro. Foi um dos meus erros. Se fosse assim, não teria se casado com o jovem Pilaster. Eu me enganei a seu respeito.

– Não me causou mal nenhum.

– Mesmo assim, fui rigoroso demais. Não tenho muitos arrependimentos na vida, mas esse é um deles.

Os alunos começaram a entrar no salão, os menores sentando lá na frente, no chão, e os mais velhos em cadeiras.

– Hugh adotou Bertie legalmente – informou Maisie a Greenbourne.

O velho encarou Hugh nos olhos.

– Imagino que você seja o verdadeiro pai.

Hugh assentiu.

– Eu deveria ter adivinhado há muito tempo. Mas não importa. O menino pensa que sou seu avô e isso me atribui responsabilidade.

Ele tossiu embaraçado e apressou-se em mudar de assunto.

– Soube que a associação vai pagar um dividendo.

– É verdade.

Hugh conseguira finalmente liquidar todo o patrimônio do Banco Pilasters e a associação de banqueiros que evitara a bancarrota obtivera um pequeno lucro.

– Todos receberão cerca de 5% sobre seu investimento.

– Bom trabalho. Não achei que você conseguiria.

– Tudo foi possível graças ao novo governo em Córdoba. Entregaram os bens da família Miranda à Companhia Docas de Santa María e isso fez com que os títulos voltassem a valer alguma coisa.

– O que aconteceu com aquele Miranda? Ele não prestava.

– Micky? O corpo dele foi encontrado dentro de um baú de viagem que a maré levou para uma praia na ilha de Wight. Nunca descobriram como chegou lá ou por que ele estava lá dentro.

Hugh se preocupara com a identificação do corpo. Fora importante determinar que Micky estava mesmo morto, a fim de que Rachel pudesse finalmente se casar com Dan Robinson.

Um aluno se aproximou, distribuindo cópias manuscritas da canção do colégio a todos os pais e parentes.

– E você? – perguntou Greenbourne a Hugh. – O que pretende fazer quando o Pilasters for liquidado?

– Planejava pedir seus conselhos a respeito. Gostaria de abrir um novo banco.

– Como?

– Lançando as cotas no mercado. Pilasters Sociedade Limitada. O que acha?

– É uma ideia ousada, mas você sempre foi original.

Greenbourne pensou por um momento.

– O mais curioso é que a quebra do seu banco acabou aumentando ainda mais a sua reputação de banqueiro competente, graças à maneira como se comportou durante a crise. Afinal, quem é mais confiável do que um banqueiro que consegue pagar todos os seus credores mesmo depois de quebrar?

– Então... acha que pode dar certo?

– Tenho certeza. E talvez até invista meu dinheiro no empreendimento.

Hugh assentiu, agradecido. Era importante que Greenbourne gostasse da ideia. Todos na City pediam sua opinião e a aprovação dele valia muito. Hugh imaginava que o plano podia funcionar, mas era importante que Greenbourne acrescentasse sua marca de confiança.

Todos se levantaram quando o diretor entrou, acompanhado pelos professores, pelo orador convidado – um membro liberal do Parlamento – e por Bertie, o orador. Sentaram-se nas cadeiras no palco. Bertie se adiantou e disse, em voz firme:

– Vamos cantar a canção da escola.

Hugh olhou para Maisie, que sorriu, orgulhosa. Os acordes familiares da introdução foram tocados ao piano e logo todos estavam cantando.

~

Uma hora depois, Hugh deixou-os tomando chá no estúdio de Bertie, atravessou a quadra de tênis e entrou no Bishop's Wood.

Fazia calor, como naquele dia fatídico, 26 anos antes. O bosque parecia igual, silencioso e úmido, à sombra das faias e dos olmos. Ele ainda se lembrava do caminho para o poço na pedreira abandonada e encontrou-o sem dificuldade.

Não desceu pela encosta da pedreira. Não tinha mais a agilidade necessária. Sentou na margem e jogou uma pedra no poço. Rompeu o espelho da superfície, irradiando ondulações em círculos perfeitos.

Ele era o único que restava, além de Albert Cammel, que ainda vivia na Colônia do Cabo. Todos os outros haviam morrido: Peter Middleton, afogado naquele dia; Tonio, baleado por Micky no Natal, havia dois anos; o próprio Micky, afogado num baú de viagem; e agora Edward, morto pela sífilis, enterrado num cemitério na França. Era como se alguma força maligna tivesse saído da água profunda naquele dia de 1866 e entrado em suas vidas, fazendo aflorar as paixões sinistras que acabaram por arruiná-las: o ódio, a ganância, o egoísmo e a crueldade que fomentaram a fraude, a bancarrota, a doença e o assassinato. Mas tudo acabara agora. As dívidas estavam pagas. Se houve algum espírito do mal, ele já retornara ao fundo do poço. E Hugh sobrevivera.

Ele se levantou. Era tempo de voltar à sua família. Afastou-se alguns passos, parou, lançou um último olhar para trás.

As ondulações da pedra haviam desaparecido e a superfície do poço recuperara a imobilidade imaculada de outrora.

AGRADECIMENTOS

PELA GENEROSA AJUDA na elaboração deste livro, agradeço aos seguintes amigos, colegas e conhecidos: Carole Baron, Joanna Bourke, Ben Braber, George Brennan, Jackie Farber, Barbara Follett, Emanuele Follett, Katya Follett, Michael Haskoll, Pam Mendez, M. J. Orbell, Richard Overy, Dan Starer, Kim Turner, Ann Ward, Jane Wood e Al Zuckerman.

CONHEÇA OS LIVROS DE KEN FOLLETT

Os pilares da Terra (e-book)
Mundo sem fim
Coluna de fogo
Um lugar chamado liberdade
As espiãs do Dia D
Noite sobre as águas
O homem de São Petersburgo
A chave de Rebecca
O voo da vespa
Contagem regressiva
O buraco da agulha
Tripla espionagem
Uma fortuna perigosa
Notre-Dame
O crepúsculo e a aurora
Nunca

O SÉCULO
Queda de gigantes
Inverno do mundo
Eternidade por um fio

Para saber mais sobre os títulos e autores da Editora Arqueiro,
visite o nosso site e siga as nossas redes sociais.
Além de informações sobre os próximos lançamentos,
você terá acesso a conteúdos exclusivos
e poderá participar de promoções e sorteios.

editoraarqueiro.com.br